大三线

流河 著

华龄出版社
HUALING PRESS

有 态 度 的 阅 读

小马过河（天津）文化传播有限公司

自序
薄薄的故乡，沉沉的往事

我们所处的年代是从信息单调、封闭向信息爆炸转换的年代，是从抓革命、促生产和搞阶级斗争到改革开放、以经济建设为中心的年代，是有着急剧变化的年代。

从20世纪60年代中期开始的三线建设，当时有正式职工400多万人，子弟家属1000多万人，加上后代，算起来的话可能有两三千万人口。当时的职工和家属来自全国各地，有大城市的，也有乡村的，逐步形成了各地风俗文化大融合。当时有一部分干部职工放弃了在大城市的工作，到穷乡僻壤的厂矿工作。

我的父辈献身三线建设，他们是历史上的无名之辈；我是三线子弟，有多彩且刻骨铭心的童年过往。都说三线子弟没有故乡，我却对生活过的地方爱得深沉，每每回忆心里都沉甸甸的。

我将我的童年碎片式回忆，一一进行拼接，使之成为一种更具人情味的记忆，与读者共享其中的温暖。

目录

CONTENTS

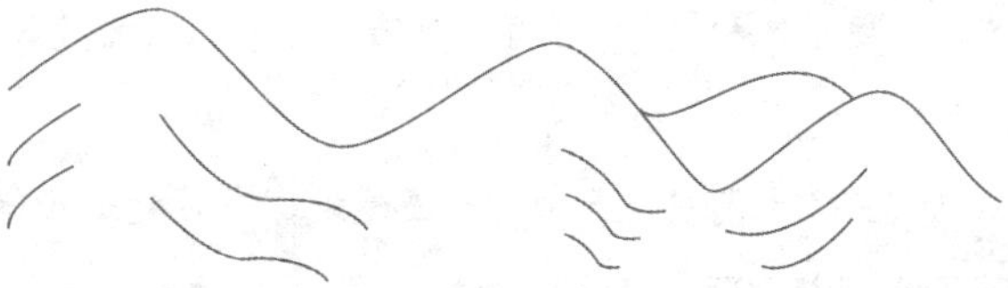

半个多世纪之前，父辈们所经历的种种，无形中给我们贴上了无比自豪的标签——三线子弟。正因为如此，我们注定和同龄人有着不一样的视角，注定有个一辈子共同的且能说一辈子的话题：半个世纪前，我们大山里的童年。

我自认是幸福的。无论是我的家庭，还是周围的邻居，大家相处得和睦且融洽，特别是小朋友之间关系处得特别好。

第一部分

从幸福开始叙述

第一章　席棚子，靠山的楼房，家

最初在席棚子的时候

从我开始记事儿的时候，就生活在一个山沟里，住在一个地上是土的席棚子里。下雨的时候，外边下大雨里面下小雨，妈妈就拿着盆和水桶接雨水。

那个时候，我没有什么玩具。妈妈的针线盒里的东西可以拿在手上玩一玩，里面有针、线、纽扣、顶针和剪刀。妈妈的缝纫机是我最大的玩具：有时去摇一摇脚踏板，有时去转一转皮带轮。我有一个绿色的铁皮青蛙，妈妈给上上发条放在地上，它就自己在那儿跳着。

妈妈总是很忙。我常常在一边看着妈妈干活儿，看着她有时先在床上展开布，用圆扁形的粉笔在布上画好了样，再用剪刀剪开，最后用缝纫机把布缝在一起；看着她快速踩着脚踏板，皮带轮飞快地转着，针头上下快速穿梭着，线圈不停地转动着。妈妈向前推着布，推过去的布就连在了一起。我有时把手伸到伸缩的针下面，妈妈会大声吼我："手拿开！"当时感到这些都很好玩儿！衣服快做好的时候，妈妈还拿到我身上比一比。

妈妈不是踩着缝纫机缝制衣服，就是用毛线织毛衣，有时还用小针和细线缝补衣服上的破洞和掉下来的扣子。她每天都要坐在小凳子上择菜、洗菜，再炒好给我们吃。有时一起吃饭的人也有好几个，吃的菜很多。

妈妈有时也跟我说："这是鼻子，这是耳朵，这是眼睛，这是手，这是肚子……"边讲边用手指着这些部位。有时候指着一个人说："那个是爸爸。"爸爸有时也抱抱我。除了这些能听懂，其他的我就不知道是什么意思了。

那时刚学会走路，不喜欢让别人抱。走路时不稳，时常摔跤，摔倒了很快自己就爬起来。那时我常穿着开裆裤，一身深蓝色的棉布或棕色的灯芯绒衣服，都是旧的，有些地方还打着补丁。

那时的我经常流鼻涕，妈妈会给我擦，有时用手绢，有时用纸。妈妈拿了一个手绢揣在我的兜里，说："鼻涕流出来了，就用这个擦。"边说边比画着。可我总是记不住，还是擦在袖子上；妈妈就在我的肩上用别针别了条手绢，为了方便我随时擦鼻涕。

爸爸给我买了辆红色的铁皮小三轮车。有时我自己蹬着走，有时也有人在后面推着我走。我们经常从坡上往下滑，有时候自己走到坡的高处，然后坐上去，快速往下滑，那种感觉很好，于是就又推着车子往坡的更高处走，然后再坐上往下滑。在坡上滑了一大截，也不知是咋回事，车一下就翻了，头和脸都碰疼了，整个人卡在车里出不来了，还是别人帮忙翻了起来。我从车子里出来后，摸着起了个大包生疼的头。妈妈回来看到了蹲下，关切地问："哎呀！这是咋弄的啊？疼不疼啊？"我看了看车，听到有人说："这是车翻了摔的呗！”妈妈给我拍了拍身上的土，站起来转身拿起车就走了。后来，我就再也没看到过车；再后来搬了新家，才重新看到它，但只能在楼道里骑了几次，因为车大，我自己拿不下楼。

有一天，吃完晚饭妈妈带我去玩儿。在去的路上看到一个小孩儿骑一辆有两个辅助轮的童车，我觉得非常漂亮，特想去骑一下，也想有一辆。这是我第一次很强烈地想要拥有一件东西！我想跟着去看，妈妈一把拉住我，直接走了。

我们来到了河边。有一座大桥，我们在大桥上走着。看了看河水，看到了河那边老乡的田，看到了田里有一片一片的油菜花盛开着，甚美。

后来妈妈说：“那是某某某家的小孩儿。我去问了，人家那车是从上海带回来的，我们这里没有卖的。”

有时妈妈在家看着我，有时也把我带着到她的单位里。妈妈在单位是打字员。她用的是推动着键柄找铅字的打字机。我常常在一旁看妈妈打字。妈妈经常找到了铅字后按一下，字就打在了蓝色的蜡纸上。

妈妈的单位里有几个年轻的姑娘，她们喊妈妈师父。她们有时蹲下冲着我笑，有时帮我擦鼻涕，有时摸一下我的脸蛋，有时刮一下我的鼻子，逗着我玩。她们看起来白白净净，挺漂亮的，跟妈妈有种不一样的感觉。

放电影的地方离我家很近，可以说是就在我们住的席棚子后面，仅隔一条大路。只要一放电影妈妈就带我去看，基本上是唱戏的，又唱又跳的那种。里面的内容我看不懂，慢慢地，看多了也就看懂了些。总归是有一些好人和坏人，最后好人打败了坏人。好人总是浓眉大眼、抬头挺胸，带着正义的光环；而坏人的脸总是灰白色的，弯腰驼背、胡子邋遢、贼眉鼠眼，要么瘦得像猴，要么胖得像猪。我倒记住了电影里面常说的一些名字，有洪常青、南霸天、白毛女、杨白劳、黄世仁、李玉和、阿庆嫂、刁德一、杨子荣、座山雕等。最吸引我的是，电影中有个小孩儿在玩儿一只小船，背景是大船。当时我想，我要是也有一只小船就好了！

搬新家、小女孩儿来找我、打蜂窝煤、压水和劈柴

没过多久，我们家就搬离了席棚子，搬到不远处的一栋靠山的两层红砖、红瓦的楼房的二楼上。楼上是一个过道，连着很多人家。搬家的时候有很多人来搬东西，一件件地从原来住的地方搬到了新的地方。我就在旁边看着他们忙。看到东西越来越少了。我刚想要上楼，趴下后手才刚摸到台阶，就有个人从后面把我提了起来，直接提到了二楼。

我在新房子里跟妈妈说："有个人抱我。"妈妈说："那是大哥啊！"我很吃惊，以前不知道，也没人说过。妈妈说："家里三个哥哥，小四还不知道啊！"又指着一个半大的小子说，"这是你三哥。"小孩儿冲我点了下头，妈妈说："还有二哥，哦！二哥在厨房里，快出来让小四看一下。"这时一个白净的大男孩从厨房里出来冲我点了下头。哦！原来他们一直住在隔壁的席棚子里。妈妈有时跟他们说话，有时对他们说："我走了，你们看着他，别让他乱跑啊！"他们在旁边看了一会儿就不在了，我还是到别处去玩儿。他们有时也抱我一下，有时也跟妈妈一起吃饭。我还以为他们是邻居。

搬到了楼房，晚饭后有两个小女孩儿来找我玩儿，看样子都比

我大。一个小女孩儿问我："你叫啥名字呢？"我一下愣住了，以前也没有人这样问过我啊！除了妈妈还没有人跟我说过话，也不知道怎样回答，就摇了摇头。她说："不知道啊？每个人都有名字啊！我叫赵小燕，她叫陈华。"另一个小女孩儿冲着我点头。她说："我们来玩游戏。"我又摇了摇头，她说："不会？很简单，就是石头砸剪刀，剪刀剪布，布包石头。"边说还边用手比给我看，还说，"谁输了刮谁的鼻子哟！"我点了点头，我们就开始玩儿。玩了好一会儿，她们才走。

我问妈妈："我叫啥名字啊？"妈妈说："你叫刘某某，小名刘小四。"前面的我也没听懂，只记住了后面的。

第二天，上午我一个人在家，也没有人来找我玩儿。先是在走廊上向外面看，看到楼下有人在干着啥事，是在弄地上一堆黑色的东西。先是在楼上看，看了会儿，就想下楼去看。第一次下楼的时候，先是双手去扶着上一个楼梯面，放下脚，再扶着楼梯，再放脚，一步步爬了下来。下楼就看清楚了。他先往黑色渣子上倒水，然后用铲子翻搅着；再拿一个后面有长铁柄，铁柄上带有一个小蹬柄的铁制的东西往堆里扎，歪倒后再用铲子或木条往铁制的东西一头里面刨，灌满后打平口上的；然后拿到已经做好的旁边，就蹬那个蹬柄，成了圆柱状的做好的东西就出来了。我觉得有趣，想去试试，就去拿那个铁锹，也挺重的，双手勉强能拿起来，可湿的黑渣子就翻不动了；又去拿那个铁制的模子，也很重，刚能把它弄立起来，却无法像大人那样拿来拿去的；只有拿根木条往铁模子里刨湿渣子的活能干。干了一会儿，就不想干了，就到其他的地方去看看了。

看见边上有大人压出来了水，就在旁边看。在地上有一个不高的铁管，一边有个不长的柄，另一边是个不长的管子。大人们压着柄，管子里流出了水。用铁桶接着水，水满了又换一桶。一般是一个人两个桶，接满后用扁担挑起来就走了，然后换下一个人。看了一会儿，也想压出水来，过去示意让我试试。他们还让我压，往下一压，很轻，出来了一点儿水，挺高兴的！还想压，有大人说："行啦！小孩儿，一边玩儿去吧！"

又看到不远处有大人在干啥，也过去看。看着大人先用锯子把长的木头锯成一节一节，然后把锯下来的木头立在粗扁的木桩上，用斧头先按住上面，举起斧头砍下去，把木桩分成两半，如果还是粗的就再来砍。大人看见了我在那儿看，停了下来说："小孩儿，走远点儿！走开啊！"我示意也想砍。他还真就放下斧头，等我走过去。我一拿斧头还很重，双手好不容易把斧头举起来砍了下去，结果只是在木桩上砍了条浅沟。这个也干不了，只有在远一点儿的地方看。斧头砍下去，砍到柴的那一瞬间，感觉挺好的，很有劲！还有就是听到那"啪"的一声，也好听！

晚上吃完饭，小女孩儿们又来找我玩儿了。我说："我叫刘小四。"赵小燕说："好啊！我们来玩儿苹果、香蕉、梨。"接着她说，"就是每个人临时叫一个名字，苹果、香蕉或梨，喊到谁，谁就跳一下，其他人不能动，没喊到你，你动了就算输了，输了就得刮鼻子。"我们就开始玩儿。我吃过苹果和梨，吃的时候妈妈都会说，就没吃过香蕉。我问她们："吃过香蕉没有？"她们都说："没吃过。"赵小燕说："听说特好吃！"于是，我们互相喊着苹果、香蕉、梨，不停地交换着名字，考反应力。当时觉得特好玩儿，很高兴！

认识新的小朋友、踢罐头盒、老家和捉迷藏

吃过晚饭，她们没来找我玩儿，我就又下了楼。比第一次下楼好多了，扶着墙慢慢地往下移。在楼下发现了一群小孩儿。天黑也看不太清楚，就跟着他们跑，跑了一段，有一个看着比我大的小孩儿看到我就停了下来。他走到我面前问："你叫啥名字？"我说："刘小四。"他又问："刘小四是小名，那你大名呢？我咋没见过你呢？"我说："大名不知道。"他又问："那你家在哪儿啊？"我指了一下家的大概位置。他说："哦！我叫王文利，以后一起玩儿啊！"我点了点头，他喊着："喂！都过来，这里有个新来的啊！"小孩儿们就都走了过来。王文利指着我说："这个是新来的，名叫刘小四，就是新搬来那家的。"他指着我家的地方，然后又指着一个比我大些的小孩儿说，"这个是刘小二，大名叫刘新文。"刘新文说了声："你好！"我也跟着学说："你好！"然后他又指着一个比我稍大点儿的小孩儿说："这是二扁，大名叫张军。"接着指着一个没走过来的在楼梯上的那个说，"那个是我弟，叫王青川。"我们都互相问了好。王文利说："这下可好了！都认识了，我们玩儿的人又多了一个。"看样子他很高兴，我也很高兴，因为有这么多小孩儿跟我玩儿了！从那天之后，我们几乎天天在一起玩儿，而且玩儿得都还不错！

我们最先玩的游戏是踢罐头盒。就是先找一个空罐头盒放在地上画的大圆圈中间，然后所有小孩儿一起同时用"石头、剪子、布"，谁输了就靠着柱子蒙上眼。别的小孩儿去踢罐头盒，踢开后大家就藏了起来。蒙着眼的小孩儿去找其他小孩儿，在找到之前，如果罐头盒被踢开了还是算输，输了的话那就继续；罐头盒被再次踢

走之前找到另一个小孩儿就算赢。被找到的小孩儿就算是输了，就要当被蒙眼的小孩儿再找其他的小孩儿。小孩儿们争着去踢罐头盒，踢完后迅速找地方藏起来。大家一般躲到柴火堆、杂物堆后面，还有的躲在一楼过道的柱子后面。一楼过道已经被各家的杂物阻隔断了，每家单独出门。

有一天下午王文利问我："你家没搬来之前住在哪儿啊？"我说："席棚子。"我指着原来住的地方。他又问："那在席棚子之前呢？"我说："不知道。"他问："你老家在哪儿啊？"我问："啥是老家？"他说："就是你爸爸、妈妈以前的家。"我说："不知道。"他说："回家问你妈，就能知道你的老家在哪里。"于是，我回家问妈妈："我们老家在哪里？"妈妈说："湖南。"

晚上吃完饭下楼又遇见了王文利。我跟他说："我妈说我们老家在湖南。"他说："哦，跟毛主席老家一样啊！"我问："那你老家在哪里呢？"他说："我老家在河北。"我问："刘小二老家呢？"他说："山东。"我问："二扁呢？"他说："河南。"我们以前在一起玩儿的时候，有时看到有些比我们大几岁的小孩儿偶尔过来跟王文利说几句话，也看到过他们进入他家里。我就指着我们家隔了一家的地方问："那个呢？"他说："高敏。"我指着在另一侧第二家的地方问："那个呢？"他说："郭青山。"我指着楼梯右手的第一家地方问："那家有两个呢？"他说："汪洋、汪海兄弟。"

没有罐头盒，我们就玩儿捉迷藏。先用"石头、剪子、布"，谁输了就靠着柱子蒙上眼，从一喊到十，就开始找四处藏着的小孩儿；还有一种是先用"石头、剪子、布"，谁输了就用手绢蒙上眼，喊到三停，其他的小孩儿就不动了，蒙上眼捉其他的小孩儿，捉到后猜是谁，猜对了就算赢，输了的再蒙上眼。

家外的风景和毛主席像章

家后面的窗户外是一片密密的树林包裹着的一座高山。我们楼就在山的跟前，在家里是看不到山顶的，但在窗边上可以看到窄窄的一条天空。

我上午一般在家待着。有时在走廊上坐着小凳子往外看，发现外面看起来还真漂亮！最近处是前面的红砖房的顶和住家的窗户；远处对着的左边是一个很高的山峰，山上长了很多大树；山较低的地方可以看到散住着几户人家，吃饭的时候会看到有烟飘出来，山上除了大树也有不多的农田。我们正对着山的最低的地方有一条路可以翻过山岗，有时可以看到路上有人推着车慢慢地走着，小到几乎快看不到了。对着的右边是较低的山丘，山丘上长有一片松树林，松树林密密麻麻的一大团；再往右就是由近处往远处延伸的高山，最近处是一个好像将要倒下似的高大的巨石般的山峰；高山的背后还有更高的顶上是白色的山峰。

我发现了一种漂亮东西，就是人们戴在胸口上的红色的毛主席像章，于是我也找了一个戴在胸口上，还经常拿在手里把玩，越看越漂亮！我发现家里有好多个呢，各式各样的。有红底银色头的，有红底金色头的，大的如小饼，小的如纽扣；上面的毛主席头像也不同，有正面的，也有侧面的，还有毛主席戴帽子的，也有不戴帽子的。下面还有各种图案，妈妈一一告诉我："这是房屋，这是麦子、鲜花、农用工用机械、军舰船只，还有工、农、兵，等等。"我就到处去找，不管啥像章、纪念章我都要。像章大都为铝铁制的，也有一种是白色塑料上面印着彩色的毛主席头像；有一横杠形状的"为人民服务"，有的像一个小房子的形状。我还翻箱倒柜到处找，把哥哥们的都找到了一起，一共攒了几十个，然后让妈妈帮我找了块白布，全部都别在上面，天天拿出来看，睡觉前也要看一下。拿给哥哥们看，要他们都帮我去找。

有一天，二哥给了我一个新的漂亮的毛主席像章，我高兴地接过别在了白布上。爸爸抽屉里锁着两个铜制纪念章，给我看过两次。一个是一条横杠下面连着一个多角星，上有天安门的图案；一个是一块布下面连着一个多角星，上面有地球的图案。我想要，问："给我吧？"爸爸说："这是荣誉，不能给你。"我不解地问："啥是荣誉？"爸爸说："荣誉很珍贵的，不能给你玩儿。"我当时也没搞懂荣誉是啥，感觉这个对于爸爸很重要。

红五星、大哥和干家务活

有时到车队那边玩儿可以看到解放军，我喜欢解放军军帽上的红五星和红领章。大哥有一套，让我看了一下。我想让他给我，问："给我吧？"他舍不得地说："我就这一套，以后帮你弄一套。"大哥果然没有食言，后来还真帮我弄了个红五星。我问大哥这是从哪儿弄的，他说："拿粮票跟解放军换的。"当时我也不知道粮票是啥，是咋用的。

我把红五星天天放在兜里，时不时地拿出来看一下，玩耍一会儿，真是太喜欢了！我知道王青川也喜欢红五星，因为他的帽子上用笔画了个五星。于是，我就拿给他看，他看了以后就不想放手了。他问："让我玩儿两天可以吗？两天后还给你。"我虽然很不舍，但还是给了他；两天后他还给了我。可有一天不知道红五星掉到哪儿去了，到处找也找不到，我特别不高兴！

大哥比我大十五岁。他站在我面前，我只比他小腿关节高一点点。他力气非常大，常拿着一些铁块反复地举来举去，我却拿不动。有时他把我举得很高；有时让我骑在他的背上，他趴在地上做俯卧撑；有时还把我抛起来又接着，我“咯咯”地笑着！妈妈看到后会说：“不要啊！摔伤了咋办啊？”大哥说：“没事。”我们还接着玩儿，妈妈生气地说：“这孩子咋就不听话呢？！”我们就停下了。他有一帮朋友经常在一起玩儿，偶尔也到我们家来玩儿，多数是几个人在楼下喊他，或者在楼下吹口哨，他听到后就走了。他们那帮人是我们厂里最大的孩子，都长得又高又壮。

在家里妈妈主要负责买菜做饭，然后洗衣服、缝补衣服、织毛衣、缝被子、腌咸菜，等等，总是很忙。大哥主要劈柴、搬蜂窝煤、挑水这些活儿。二哥、三哥也帮妈妈干活儿，如择菜、生火、洗碗、挑水、打扫卫生、去食堂打菜等。

有一天，大哥对妈妈说：“我们都要干活儿，老四会走路了，让他也干一点儿。”妈妈说：“他还小。”大哥说：“他可以倒垃圾了。”

有一次妈妈带我到五贸商店买酱油。她问：“下次你来买，行吗？”我说：“行啊！”后来家里酱油没有了，妈妈就让我去打酱油。我拿着空瓶子跑到五贸商店，柜台比我还高，我举过头顶递上酱油瓶和钱，看着售货员叔叔先放上漏斗，然后拿起提桶把酱油倒进了瓶子里。而后，售货员叔叔把瓶子递给了我。我就双手拿紧，赶紧跑回家。能帮妈妈干一点儿活儿，也挺高兴的！从那以后家里的酱油、盐、醋没有了，就是我去买。那时我还不会用钱给自己买东西，找的钱都拿回去给妈妈。

有一天，大哥喊我：“去倒垃圾！”我就去了。倒了两次就不想去倒了。后来，他又喊："去倒垃圾！"我没去，他就朝我瞪着眼，拿着簸箕在我面前推了一下，看样子想吓唬我！

第二天，他又喊我去，我又没去，他伸手就给了我一巴掌，我的脸火辣辣的疼，鼻血也打出来了！我哭着跑去告诉妈妈："大哥打我！"等了一会儿，他回来了，妈妈狠狠地问他："你那么大的孩子了，还要打小孩儿？"他说："喊他倒垃圾，他不动。"妈妈严厉地说："以后不许打了！打伤了可咋办啊？"他后来再没有打过我，就是有时对我瞪一下眼，我也跟他保持了距离。

上午还能待在家里。有时在工具箱里找钳子、扳手、钉子那些东西玩儿，有时看爸爸出差带回来的小人书，有时会把爸爸出差带回来的一套积木拿出来玩儿，有时三哥也在家跟我一起搭积木。下午就下楼去找别人玩儿，楼下没有人就自己在周围逛一会儿。

烟盒

有一天，看到王文利和刘新文在一号楼那边玩儿，我就走了过去问："你们在玩儿啥啊？"王文利说："烟盒。"我又问："这是在哪儿弄的啊？"他说："你爸抽烟，家里有，垃圾堆里也有。"我就在旁边看了一会儿，回家去找，很容易就找到了几个。他们就开始教我玩儿。先折成三角形，然后比出的多少。出的多的，就先用一张打地上另外人的，谁先打翻就归谁，很快他们就把我的赢了去。

晚上回家后，我跟爸爸说："以后抽完烟，烟盒不要丢，我要。"

第二天，我在垃圾堆里、邻居家里到处找。垃圾堆里发现了一个，邻居叔叔给了一个，我很高兴！

王青川最先跟我玩儿得起劲，我是最先能赢他的。他跟我差不多大，比我大一个多月，也穿着开裆裤。膝盖上打有很厚的补丁，一层一层的。他那惨白的脸上有一对不大的单眼皮眼睛，鼻子上常挂着两道鼻涕，一会儿出来，出来一半他又吸了进去。刚刚赢了他几个，他哥王文利过来，一会儿就把我的烟盒又全部都赢了去。没办法，我又得到处去找。

烟盒的玩儿法很多，都是先折成三角形。有用手拍打翻的，有用手和袖子扇翻的，有用一个打翻其他的；还有用一只手捏着，再用两根手指打飞，不远处画一根线，看谁的离线最近；还有用手指打飞撞墙，看谁的距离墙最近。

当时觉得很好玩儿！在一起玩的时候我就拿出来问他们是什么牌子，王文利和刘新文都抢着告诉我。烟的牌子也就搞熟了一些，有中华、牡丹、北京牌、上海牌、大前门、凤凰、红塔山、恒大、人参牌、春城、飞雁等。

有一天，我跟刘新文在楼梯口玩烟盒。有一个大点儿的孩子路过，跟刘新文很亲热地说了几句就走了，我问："这是谁啊？"他说："是我哥，刘景文。"

有一段时间我们那一片玩这个特别热！差不多大小的小孩儿都要玩儿，认不认识，看到年纪差不多大的，掏出来就开始玩儿。

有一天，有一个比我大几岁的小孩儿跟我玩儿了一下午。我问他："你叫啥名字？住哪儿啊？"他说："五铃，住前面二号楼。"我玩儿的水平也越来越高，都是有输有赢。刘新文和王文利是我的主要对手。他俩比我大两岁，都很会玩儿这个，我最想赢他们。一般拍打翻我赢不了他们，而飞线和撞墙我赢得就要多些了。

有一天，刘景文和五铃在小平房的门外面说着啥，我就走过去听，五铃还点着根烟，刘景文问五铃："你抽过中华没有？"五铃说："抽过，特醇！"刘景文说："要一块六一包呢！"接着说，"极品牡丹也不错！跟中华差不多，才一块二一包。"我问："那凤凰呢？"我喜欢凤凰烟盒。五铃说："凤凰闻起来香，抽起来一般。"我说："哦，我爸抽中华和牡丹。"五铃问："哪天帮我弄两根？"我也没答应，后来也没给他弄。他给我吸了一口，我没啥感觉，不明白他们为啥喜欢抽烟，而我只喜欢收集烟盒。晚上睡觉前，有时我还会拿出来看一下。有时爸爸还有几根没抽完，我也把外面的盒子拿掉，留下金银纸。爸爸说："先不要拿走盒子，没有了盒子，烟受潮了，就不好抽了。"

有一天晚上我的两个外甥和姐姐、姐夫、小外甥女到我们家吃饭。吃完了饭，我就问："咱们来玩烟盒？"他们说："没带。"我说："我有，用我的。"就去找出来拿了些给他们。我们就开始玩儿，刚拍得起劲，就听到楼下有人在骂什么，我们也不知道是咋回事继续拍。这时大哥从里屋出来了，妈妈问："你干啥去？"大哥说："我去收拾收拾她。"妈妈说："别去！她跟谁都吵架，别跟她计较，再说她儿子赵小伟还跟老二是同学呢！"转脸又对我们说，"你们别玩儿了，楼下的阿姨有意见！"大哥说："嗯！看在赵小伟的面子上，这次就放过她！"大哥又回到了里屋。我们也停下了玩烟盒，我就去把小人儿书拿出来给他们看。

楼下的阿姨是赵小燕的妈妈，胖胖的。我看到过两次她跟别人吵架：一次是跟隔壁老石头爷爷家，一次是跟赵小燕的爸爸。她的样子很凶，谁都不敢惹她，但不影响我跟赵小燕在一起玩儿。赵小伟来我们家找二哥玩儿过一次。

没几天，所有的小孩儿都不玩儿了，我就把剩下的烟盒拆开放在了床垫下面。

红卫兵袖套和听收音机

有一天，二哥兴冲冲地跑回家。吃完晚饭，从兜里掏出一个红色的小布拿在手中看。我凑近问：“这是啥啊？”他指着上面黄色的字说：“红卫兵。”然后戴在胳膊上看来看去。妈妈问：“哪儿弄来的？”他说：“学校发的。”接着又说，“今晚有批斗会。”大哥听到了说：“你不准去！”二哥问：“为啥？我们同学都要去。”大哥瞪着眼说：“你就是不能去！”二哥说：“你管不着！”大哥指着他大声地问：“你说啥？你再说一遍？”说着就要过去打二哥。这时爸爸在里屋一拍桌子，只听“啪”的一声，桌面上的玻璃板碎了，挺吓人的！爸爸大声地问：“你们要干啥？”从里屋走了出来又问，“你们这是要干啥？”看大哥、二哥不说话了，他说：“你们谁都不准出去，在家听广播。”接着又说，“我警告你们啊！不准听美国之音，更不准听台湾广播，犯了政治上的错误谁都帮不了你们！”说完就出去了。爸爸出去后，大哥还嘟囔道：“谁都不准出去？他不是还出去？”

哥哥们就打开了收音机。家里的是一台很大的棕色的电子管收音机，哥哥们有时把后盖打开看里面，里面像有很多灯泡似的发着光的东西。听收音机是家里最主要的娱乐活动之一，除此之外，他们也只有看书和报纸。收音机里传出了女播音员有力的声音：“革命已经到了新的阶段，伟大领袖毛主席带领我们取得了新的伟大胜利……”大哥说：“转。”二哥在耐心地扭动着圆圈，收音机里又传出了“向前进，向前进，我们向前进，红色娘子军……”的歌声，大哥说：“没劲！转。”这时收音机里传来了软软的抑扬顿挫的声音，大哥说：“停，就听这个。”于是，“……尼克松先生……越南……”，“美国之音为您播报新闻节目”的声音悠悠地传来。爸爸有个小砖头似的收音机，里面有时也有这种声音。

跟爸爸串门、家里吃的东西和张大炮来喝酒

有一天吃完饭，爸爸跟我说：“小四，我带你去串门。”然后他对正在收拾的妈妈说：“我带小四到桂祥安那里去看看。”妈妈说：“早点儿回来，别没完没了的。”我就跟着爸爸走到大概有两栋房距离的一栋房中间位置的一楼。

爸爸先敲门，开门的是个跟爸爸年纪差不多的有些瘦的中年男人。他热情地招呼我们：“哦！老刘，进来，进来。”爸爸问：“吃过了没有？”他说：“刚吃完，来，坐，坐。”然后对着厨房喊着，“老刘来啦！沏茶。”爸爸对我说：“喊桂叔叔。”我喊着：“桂叔叔好！”他又问：“哦，小四，几岁了？”爸爸说：“三岁了。”他又说：“好！好！”摸了一下我的头。记着以前还没有人摸我的头。他们家有一对竹木椅子，中间一个小方桌。他接着拿起小方桌上的烟，我一看是“大前门”，爸爸也在摸兜里的烟。他把烟抽出递了过来，爸爸也把香烟拿了出来，几乎同时递了过去。他说：“来抽我的。”爸爸说：“抽我的。”互相推让着。这时他说：“哟，中华！”也就不再让了，接过了烟，然后拿起火柴先给爸爸点上，再给自己

点上，吸了一口。这时他老婆从厨房端出两杯茶，他老婆冲我笑了一下，就又进屋去了。他又打开一个铁盒，我一看是糖，他抓了几块说："小四，吃糖。"我接过了糖，拨开糖纸开始吃。爸爸对我说："说谢谢叔叔。"我说："谢谢叔叔！"我这时看到了他们家的一个架子上挂了很多半透明的线，线上有铅块。爸爸吸了两口烟，吹了吹茶，喝了一口。爸爸开始问："咋样啊？老桂最近有啥消息吗？"他说："他们这两天在批斗常慧新。"爸爸生气地说："乱弹琴！"接着说了一句，"这伙人长久不了！"桂叔叔脸色一下子就变了，我觉得气氛不对劲了。桂叔叔对我说："小四，出去看一下有没有人？"我出去看了一下，回来说："没人。"他对我说："小四，去把门关上。"看他有些紧张的样子跟我爸说："咱们不说这个，不说这个！"爸爸好像还生气地说："我不怕他们！最多再让我去牛棚！"他问："那老孙和孩子们呢？"爸爸不说话了，吸着烟，等了一会儿问："美国在越南搞成这样子还能到咱们这儿来？"他说："都是些吓唬人的。"

我也不懂他们在说什么，却对他们家挂在架子上一堆半透明的线穿着的铅块模样的东西发生了兴趣！伸手去摸，线很硬，一拉就张开了密密的网洞。我就问："这是啥啊？干啥用的？"他说："渔网啊！捕鱼用的。"看到在电影《海港》里有，是在架子上撑开的。这时我还没有啥概念，就是鱼是啥东西都还没看到。

爸爸有时星期天要骑着自行车或是坐车去老乡那里赶场，买些好吃的东西回来。一般是猪肉或是鸡，有时也有野鸡和鸭子、猪蹄。爸爸又高又胖，总是穿着蓝色或灰色的衣服，有时还戴着一副墨镜，背一个竹制背篓。高敏有时问我："小四，回去问一下你爸去不去赶场？"我就跑回去问爸爸："高敏问你去不去赶场？"他说："去，让他等一下。"我们家中午、晚上两顿饭，顿顿都要有肉吃，没有肉就去食堂打一份。偶尔家里也吃罐头，最多的是午餐肉，也有半肥半瘦的红烧肉，还有鱼。当时觉得有啥好事才吃，觉得非常香！吃完了就把罐头盒留着。

有时在我们厂里有老乡来卖东西的，有时又没有来卖的，听说是有人要抓他们。有一段时间天天有个戴红袖标的人在五贸商店门口守着。

爸爸去赶场买了鸡回来后，妈妈和哥哥们就开始杀鸡，烧开水烫鸡毛，洗肠子，我也帮着拔鸡毛。

爸爸就在一旁看报纸或听收音机。鸡快烧好时，爸爸就倒一杯酒，弄一盘花生米，就在那里边看报纸边喝酒，还点着烟。鸡烧好后，他先盛一碗吃了起来。吃饭时一般把鸡冠子夹给我吃。

后来邻居们都知道我爸喜欢吃，有要分吃的时候都来问爸爸要不要。有一次楼下老石头爷爷买了只黑山羊。我去看了一会儿，黑山羊拴在柱子上正吃着草，听说晚上大家要吃了这只羊。晚上果然就分给了我们家一块。做好后，还有股很大的难闻的气味，我吃不下去，吃了一点儿就不想吃了，爸爸却吃得很香。还有一次，刘景文他爸打的狐狸，也拿给我们家一大块。我一吃，也是难闻的气味，吃不下去，爸爸却说好吃！

有一天，楼下很多人在那里围着看啥，我也跑去看，有一个东西在大红塑料盆里，又黑又黄的，四只脚还在慢慢地动。有一只又长又宽的尾巴，身体占了大红塑料盆的好大的一块地方。我看了会儿就问："这是啥啊？"王文利说："这是娃娃鱼。"我又问："这是谁的啊？"他又说："这是钱阿姨家买的。"看了一会儿，钱阿姨走了过来跟我说："小四，回去问一下你爸要不要？分给你们家一块，一斤五块钱。"我就跑回了家，爸爸不在家，问妈妈："钱阿姨那里有娃娃鱼，一斤五块钱，问咱家要不要？”妈妈说：“不要。”

爸爸回来了，我说：“钱阿姨家有一条大娃娃鱼，五块钱一斤，问咱家要不要。妈妈说不要。”爸爸听后忙问：“为啥不要啊？！小四你快去问一下还有没？”我跑去问钱阿姨：“娃娃鱼还有没有？我爸要。”钱阿姨说：“已经分完了。”我跑回家跟爸爸说：“已经分完了。”爸爸一副很遗憾的样子，跟我说：“下次如果有，就说要。”

有一天，我在茅房的前面玩儿，遇到一个外表跟爸爸很像的人，都是又高又胖。他问我：“小四，你爸呢？”我说：“在家。”我问：“你咋认识我？”他说：“你家刚搬来的时候我还抱过你呢！”

回家后跟爸爸说：“有个人在九号楼那里，问你在不在家，他还说抱过我。”爸爸说：“张大炮，你要喊他张叔叔。”

他住在离我们楼不远的九号楼。有时我在外面碰到他。他问：“小四，你爸呢？”我说：“不知道。”有时说：“在家。”

有一次他跟我说：“跟我走。”我跟着走到九号楼的二楼他家门口，他说：“在外面等一下。”他进屋了一会儿出来，拿了些糖给我。我说：“谢谢！张叔叔。”他说：“玩儿去吧！”

有一天，吃完晚饭来了个跟三哥差不多大的小孩儿，两个人在里屋说着什么，我就出去玩儿了，我回来了他还没走。我问妈妈：“他是谁啊？”妈妈说：“张利民，张大炮的儿子，他跟你三哥是同学。”等了一会儿他就走了，走的时候还冲我们笑了笑，看样子玩儿得很高兴！

有一天我从外面玩儿了回来，一看家里摆了很多菜。张叔叔和爸爸还有哥哥们已经坐在桌子上开始吃了。他说：“小四回来啦！快！洗个脸来吃啊！”妈妈给我倒了水，我洗脸后就上桌吃了起来。听到爸爸对张叔叔说：“来，吃，吃，夹菜。”端起酒杯向他敬酒说，

“喝，喝啊！”两个人碰杯，就一口把一杯酒都喝了。爸爸说：“小林，快给你张叔叔把酒满上。”大哥就拿起酒瓶给他们都倒满了。他们又各自喝了会儿酒，又开始抽烟。这时他们都有些酒意了。爸爸开始和他说话了，爸爸问：“常慧新犯了啥错误？你们要批斗他？”他说：“有人告他搞修正主义。”爸爸说：“胡扯！”接着问，“开什么国际玩笑？常慧新他哪儿来的修正主义？”接着说，“苏联赫鲁晓夫才是搞修正主义。”停了一下接着又问，“他老婆和他儿子要跟他划清界限，这不是乱搞吗？”他说：“那是他老婆和他儿子自愿的。”爸爸说：“中央有文件，要保护老干部，常慧新可是老八路啊，为革命做过贡献嘛！”接着又说，“还是要保持政治上的清醒，别弄些捕风捉影的事啊！”他慢慢地抬起了头说：“算了，放他一马！回头我跟他们去说说，看在你老刘的面子上！”停了下吃了口菜，他又说，“你也去跟他说说，让他放老实点儿，别老是跟咱无产阶级过不去！”爸爸说：“好！”举起酒杯说，“喝酒！”跟他碰了一下，又说，“干！”他也说：“好！干！”两个仰起了头，一杯喝了个干净。爸爸又说：“小林，快！给你张叔叔把酒满上。”跟着又说，“吃菜！吃菜！”就都在夹菜吃，听起来说话到最后是好的，就不停地吃东西，家里很少一顿有这么多菜吃。他俩就不停地吃菜、喝酒，爸爸也示意他喝酒，不干了，小口小口地喝。大哥在不停地给他们倒酒。

吃了会儿，张叔叔说：“你们湖南人还挺会整菜的啊！”爸爸说：“哪里，哪里啊！都是他们随便整了几个。”他说：“都挺好的！合我的口味，有的人请我去吃，我还不乐意去呢！吃过一顿就不想再去吃了！”吃了两口菜，又说，“这酒也不错啊！啥酒啊？挺香的！拿来给我看看？”大哥把酒瓶递到他手上，他拿起来看了会儿，说：“哦！是尖庄啊！”就递了回去，爸爸说：“我一般都喝这个，五粮液酒厂出的，不算贵，六七块钱一瓶。”他说：“不错！以后我也买这个喝，还是五粮液好喝！他们喝的二锅头真难喝啊！”爸爸说：“就是，还是五粮液好喝！有一次我出差，在一个地方遇到了五粮液卖十五块一瓶，买了一瓶喝，该多买几瓶就好了！”他说：“下次遇到帮我也带两瓶，我拿钱给你，好酒都让他们特权阶级喝了！咱无产阶级也想喝点儿啊！”爸爸说：“没问题！下次一定多买几瓶。”

又吃了会儿，有些晚了，他打着饱嗝说：“吃饱了！”站起来接着说，“回去了！”又问，“牙签呢？”爸爸递上了牙签。他用牙签掏着牙缝，脚步不稳地走到了门口说：“留步，留步！”爸爸说：“没关系，得送送！”爸爸和大哥把他扶到了楼下，我也跟到了楼下，他又连连说：“别送了，不用送了，留步，请留步！”爸爸问：“咋样啊？还是让孩子送你回去？”他说：“没事！没事！这点儿酒还弄不倒我！”爸爸对大哥说：“小林，你送你张叔叔回去。”又对他说，“那你慢走啊！”他说：“好的，再见！”爸爸说：“再见！”等了会儿大哥回来了，爸爸问：“咋样啊？”大哥说：“还说没事呢！走到了家门口还差点儿摔一跤！”

后来妈妈说他老婆见着妈妈还问：“那天他在你们家吃了啥啊？一晚上在床上翻来滚去的，还不停地说着话，一会儿说好酒！一会儿又骂特权阶级！一会儿又是老子放你一马！弄得我没法儿睡，实在没办法，只好跑到别处待了一夜！还说以前也没有过这样啊！”妈妈说：“也没吃啥呀！随便弄了几个菜。”

那时我们家里来的人虽然多，但也没啥人来我们家吃饭的。除了他来了一回，就是我姐夫一家来了几回。姐夫是堂姐夫，他们一家五口，两个男孩儿、一个女孩儿，大的比我大一岁，小的比我小一岁，女儿则刚出生不久。大的叫我舅舅，小的还不会说话。

有一天爸爸对我说："小四，我带你去串个门。"我说："好啊！"我就跟着爸爸来到跟我们楼相连的一号楼的二楼。他们说一号楼是我们厂里大官住的，我们常在这一带玩儿。一号楼的边上是小平房，是我们厂里最大的官住的。

到了门口爸爸敲门。开门的是一个看样子比爸爸岁数大，个子不高，穿着整齐的四个兜的灰色衣服。见着爸爸说："哦！老刘！请进、请进！"爸爸对我说："喊伯伯。"我喊了声："伯伯。"他冲我笑了笑，随后我们就进了屋。我注意到他们家有一种用布包起来的凳子，坐上去软软的，有一个长的、两个短小的，中间有个小方桌，小方桌上有一包中华香烟。我就坐在有布包的凳子中的那个长的上面了，爸爸坐在一个小的上面。等了会儿，伯伯拿来了两杯茶，他们都坐下了，喝着茶，点起了烟，聊着天，我也不懂他们说什么，就是爸爸说得多，伯伯说得少，很小心的样子，爸爸看样子挺高兴的！我却对他们家的有布的大凳子发生了兴趣，凳子是软的，坐起来真舒服啊！可以靠，可以躺，还可以骑，就像我们家里的床那样有弹力。只听到爸爸问我："你老实安静地坐在那里好不好？"说完我，他们又接着聊了会儿，随后爸爸又对我说，"你安静坐了不到两分钟，干脆出去玩儿吧！"我问："有没有烟盒？给我点儿？"我指着桌上的中华烟，伯伯进里屋拿了几个中华烟盒给我，我说："谢谢伯伯！"我就高兴地跑了出去，先把中华烟盒拿回家放好了，再出来找人玩去了。

茅房、画地图和高敏家

那时我还穿着开裆裤。撒尿很方便，腿张开一点儿就行，走到哪里就地解决，已经习惯了。在家里就尿到痰盂里。有时在床上睡觉起来，妈妈就拿起痰盂帮我接一下；后来就自己下床。可是有一天晚上正在楼前撒尿，旁边站着的高敏问我："你也不害臊？"我问："啥啊？"他又说："就是害羞！"边说还边用手刮着脸。看我没啥反应，他又说："不准随地大小便！"我问："那到哪儿啊？"他说："茅房。"我又问："哪儿啊？"他说："山坡上有屎的那个。"我说："那里远，不方便啊！"他说："不方便也要去啊！"那里我去过，是一个用竹席子搭成的烂房子。看到过他们在那里尿尿，在那边玩儿的时候也去那儿撒过尿。

有一次在茅房那里有一个新修的不深的水泥坑边玩儿。看到他们都在爬上爬下的，我也下去了，结果却上不来了，他们去把妈妈喊来才把我救了上来。

第二天，在楼梯遇到高敏。他见到我就又刮脸，我就明白了高敏的意思！

有一天晚上，想到高敏要刮脸就跑向了那个茅房，进去里面黑，啥都看不到，走了两步不敢走了，还是在门口解决算了。

第二天白天去那里撒尿，注意看了一下，就被吓倒了！幸亏没往里走！茅房里面的一半有两个可以蹲着拉屎的洞，有一半是敞开的池子，里面全是屎、尿和手纸，要是掉下去得多惨啊！算了算了，晚上还是不来的好。后来，白天一般还是到这儿来，晚上跑回家就尿在痰盂里。

又过了两天我跟妈妈说："妈，把开裆缝起来吧！留个洞就行了。”妈妈笑着问：“哟！我们小四也会害羞了？”

高敏大我四岁，他一般也不跟我玩儿。他家在我们家隔壁的隔壁，中间隔着孙伯伯家。他吃完饭有时站在走廊上看风景。

有一天，我刚从家里出来，高敏就问我：“小四，你家又拉警报了？”我问：“啥是警报啊？”他说：“你又哭了。”我说：“没哭啊！”他说：“你哭的声音就像警报声一样。”我实在想不起来啥时候哭过，我也没听过警报声是啥样，我的声音咋会像警报声呢？我感到很奇怪，就那次大哥给我一巴掌打哭了，爸爸、妈妈又没打过我。可能是刚才跟哥哥们抢东西叫了几声。

有一天晚上我看一本小人书，引起我很大兴趣。内容大致是一个小男孩儿用汽油点燃了一队停在路上的军车。觉得那个小男孩儿很像我，我也想这样干。

有一天晚上，睡觉做了个梦。梦到在我们的楼下有个台子，台子上有很多人，好像是哥哥和邻居们，我也想上去，但怎么也上不去，好不容易他们把我拉了上去。刚上去一会儿，不知怎么又到了一间大屋子里，大屋子里到处点着火把，像是座山雕的大厅，遇到个很可怕的人，说是要把我绑起来！把我吓着了，一下子惊醒了，又接着睡，梦也不一样了。

第二天中午，妈妈把我垫的褥子拿出来晒。我刚走出门，高敏就问我：“小四，你又画地图了？”我问：“啥？地图？”他说：“世界地图。”看我还是不明白？他走过来指着褥子问：“你看，像不像世界地图？”我一看有尿印子，我咋没有感觉呢？我没有尿床啊！我也没有以前尿床的记忆，想到以后再也不能尿床，结果没过多长时间又干了一次，后来就再也没有尿过了。世界地图啥样我也没见过，我只知道杨子荣手上拿着一幅地图。

高敏的爸爸天天梳着背头，头发剪得齐齐的，衣服也穿得平平整整的，手上总提着个黑色人造革提包。他见着我总是笑眯眯地问：“小四，吃饭了没有？”我有时说吃了，有时说没吃，有时见着他就大喊高叔叔！高敏的妈妈齐阿姨也笑眯眯地喊我：“小四！”我就喊：“齐阿姨！”我不明白为啥他们家的人总是笑眯眯的？他还有一个姐姐，我看到她的时候很少。

有一天我到他们家去。一进屋注意到门口放有几双拖鞋，而我们家的拖鞋都是放在床底下。进屋后注意到身后面留下了一串脚印，停下来想往回走。齐阿姨在他家的另一个屋的门口对我说：“没事，没事，小四来了，来，来！”又转身进到里屋拿了两块糖出来递给我，她说：“小四还是第一次到我们家来吧！”看到他们家靠墙边前后错开的有两张单人床，两个床中间挂着一个帘子，我感到很奇怪！他们家跟我们家不一样，床单和被子都像是新的，干干净净的。看了一会儿，我就回家了。

回到家后，我问妈妈：“去高敏家会留下脚印，我们家咋不会呢？”妈妈说：“他们家干净，少去他们家，都给人家踩脏了！”从那以后我就不再去他们家了。

挖陷阱和小女孩儿骂人

有一天，王青川从我们家楼下经过，看到我在走廊上，忙问我：“小四，洗澡堂那里有一堆沙，去不去玩儿？”一听说有玩儿的，我就说：“去，等我一下。”而后我就随着他走了没多远，来到了洗澡堂门口。爸爸之前带我来这里洗过澡。

已经有几个小孩儿在那里玩了，都跟我们年纪差不多，有男孩也有女孩。我先在旁边看他们是怎么玩儿的，看了会儿，有一种玩儿法引起了我的注意，就是挖陷阱。有竖着挖和横着挖两种挖法。竖着挖越深越好，直到挖到硬地面就挖不动了，挖完了用树枝或竹子条放在上面铺上纸，再在上面撒上沙子，表面让人看不出来，有时还要印一些脚印做些伪装；横着挖就在沙堆旁边往中间挖，把沙子掏空一个长洞，直掏到手臂伸不进去的地方，再把洞口用沙子封上。挖了一个又一个，越挖越起劲！虽然是穿毛衣的天气了，我都挖出汗了。直到有些累了才停下，就坐在沙堆旁看着，想看到有人踩到陷阱。正好这时有一个看样子比我们大些的女孩儿一脚踩了进去。看她的脸，先是变白了，马上又变红了，眼睛一闭，头往上扬了点儿，然后一摸胸口，吐了口气！在旁边的我们“咯”“咯”直笑，真好玩儿啊！她接着睁开眼看着我们，然后瞪着眼骂，骂了些我听不懂的话。她也不玩儿了，就走开了。可我的脑子里尽是想着她骂的那些话，走了没几步，脚一踩空，身体往前倒，心里“咯噔”一下，双手着地，摔倒了还吃到沙子。听着旁边的小孩儿“咯咯”笑着，我也就没有心思再玩儿了。

回到家，妈妈吃惊地对着我喊：“站着别动！”然后找了一把小扫帚跟我说：“出去，到走廊上去。”出去后，她边扫边问，“哎呀！你去哪儿淘了这是？”打了我两下就停下了，说，“自己扫。”说着就把小扫帚给了我，进了屋，半关着门在里面看着。我就拿着扫帚扫衣服，扫得周围泛起了灰尘，我便停下了。妈妈说：“继续扫，别停。”我又扫了一会儿，看灰没多少了，就进屋问妈妈刚才玩沙子时别人骂我的话啥意思，妈妈说：“没啥意思，都是些人名。”我还是不明白咋回事。

大草绳、草垫床和射箭

有一天下午，我发现了一根长草绳，顺手拣来拿在手上玩儿。刘新文说："我们来玩拔河游戏吧。"我们就找来了在附近的小孩儿，分成了两拨。刘新文喊："开始。"我们一拔，绳子就断了，都摔倒在地上。看样子是玩儿不成了。我们又把草绳接了起来。王文利说："把草绳缠在我的身上，你们分两拨拉，看能不能拉倒我？"我们就这样开始玩儿。拉着他转圈，还挺好玩儿，玩儿了好一会儿。这时出现了一个陌生的面孔，是穿着军装、戴着军帽的大孩子。看样子跟他们都很熟，还专门看着我问："你是刘小四？"我点了点头，他又说："我认识你大哥。"说完他们一帮人都走了，不知去了哪里？我玩儿得也差不多了，就回了家。

晚上见着大哥问："有一个人我不认识，他说认识你？"大哥说："那是陈亚文，陈亚民他哥，回老家一年多了才回来。"哦！陈亚民我认识，跟三哥是同学和朋友，他俩有时在一起玩儿，他们家住在小平房里。

第二天，我们在楼下玩儿，陈亚文跑来跟我们说："所有的人都到我们家去玩儿，我发现一个好玩儿的！"我问："也包括我吗？"他说："当然了！"我当时心里挺舒服的！因为岁数大的孩子一般不跟我玩儿。

有一次，三哥和刘景文、陈亚民他们要上山去，我也想跟着。走到了小平房外面，三哥回头对我说："你别去，你还太小。"我心里就很不舒服！

他们住的小平房，我没进去过。我们常在外面玩儿，感觉里面有些神秘！有一天，我问："为啥不到里面去玩儿呢？"刘新文说：

“里面的警卫员不让我们去玩儿，说是怕影响首长休息。”

我们就跟着他进入小平房的院子，走到小平房的背后。有一片小树林，树干多数跟小碗差不多粗。小树林旁是一个瀑布，有好几层楼那么高，下面有一个小水潭。他指着树上捆着的一个草垫说：“你们看！”看我们还没明白，他爬了上去，躺在上面，很舒服的样子！然后跟我们说，“你们都去找草垫，一起来玩儿啊！”我们就分头去找草垫。草垫还很好找，很快我们就找到了几个草垫，拿到了这里。想用草绳把四个角绑在小树上，可我手没劲，总是绑不紧，刚一上去就垮了。摔下来了几次，大哥就过来帮我绑，又把我抱了上去。我也躺在了上面，倒是很舒服！陈亚文看我们都有了，他又重新绑，把草垫绑在能绑得最高地方的树上。他又爬了上去，在上面使劲地晃动着，结果没一会儿草绳就断了，他就从树上摔了下来，还好没摔伤。

第二天我们又去玩儿了一会儿，后来就没玩儿了。

有一天，跟刘新文在楼下玩儿，看到一个不认识的小孩儿在拿着什么东西，我们过去看了一会儿，刘新文说：“原来是射箭。”说着就过去问小孩儿，“能让我玩儿一下吗？”那个小孩儿很爽快地递给刘新文，刘新文尝试了一下就还给了小孩儿。刘新文问：“小四，咋样啊？咱们也玩儿吧？”我说：“好啊！”刘新文说：“要上山去找金竹做弓，毛竹做箭头，还要去找芦苇做箭杆。”我说：“那咱们去找呗！”刘新文说：“把二扁喊上，他爸有把电工刀。”然后，我们就到张军家门口把张军喊了出来，问：“去找竹子做箭，你去不去？”张军说：“去。”我说：“那把你爸那把电工刀带上。”于是，我们三个就从楼右边的一条小路上了山，没走多远，刘新文指着一小片竹林说：“这就是金竹。”我们就开始砍竹子，没想到电工刀砍不断竹子，刘新文对我说：“小四，去把你们家的菜刀拿来砍。”我说：“好！”我就跑回家拿来了家里的菜刀。砍了几根，一人分了一根拿回来。随后，我们又跟着刘新文到楼房另一侧的小平房旁边。刘新文说：“这就是毛竹。”我们就去砍了几根，毛竹就好砍多了。毛竹在这儿有一小片，以前常看到。

回到家后，把竹子放下。我不知道咋做，就到刘新文家去看了会儿他咋做，然后又回家开始做。先把金竹砍成合适的长度，两头各用刀砍个缺口，然后把白线搓成粗一些的绳子，再拉弯些竹子捆在两头的缺口上。

第二天上午我就做好了。下午下楼时，我们三个又碰到了一起。我说：“没有箭杆啊？”刘新文说：“河边有。”我说：“那咱们去吧？”刘新文说：“你们在这儿等着，我回家拿点儿东西。”他下来的时候，我们也没注意他拿着啥。

我们从一号楼这边沿着大路走，便来到了河边的大路上。在大路上往上走了一段，来到以前我们去的河上游。以前还没来过，这里离河面很远，是很陡的坡。看到下面一段是青蓝色的河水，往上面一段是一片大小石头间泛起的白水花。刘新文指着陡坡上的一堆堆的大草说：“这就是芦苇。”这种大草长着巨大的长尖型的黄绿色叶子，中间长着长杆，有一个很大的黄色的有点儿偏紫色的头。我们又走了一段很陡的小路，来到芦苇的跟前。看到长杆的头上是一大串粗形状的细绒毛头。我们就开始拔芦苇，很好拔，一拔就拔下来了。拔下来了杆子再把头上的细绒毛头扔掉，只留杆子。我们拔了很多，我跟张军每个人抱了一大捆。杆子倒是不重，在回来的路上，我的手都抱酸了，却发现刘新文带了根绳子，捆了一大把背在背上，很轻松的样子。我问刘新文：“我们换一下好不好？”刘新文得意地笑着说：“才不呢，你们还是抱着吧！”

回来后我用剪刀把芦苇剪断，然后插在砍断了的细毛竹做的箭头上。做了几支就下楼开始射箭玩儿，他们也都做好了，还真好玩儿！先是射电线杆，又是往天上射，还有比谁射得远，还有找个瓶子啥的摆着射，互相比着。别的小孩儿看我们仨玩儿得开心，也要试试，都说他们也要去做。刘景文和王文利马上就上山去找竹子了。

下午射了会儿，晚上吃完晚饭出来玩儿又带上弓箭。看了会儿，白天看的目标都看不到了，只看到楼梯旁边的路灯。我一箭射过去，只听到“啪”的一声，路灯就不亮了，就听到张军的妈妈在屋里用河南话叫喊着：“谁家的小孩儿呀？谁家的小孩儿又把灯熄了？”我跟刘新文对视了一下，他喊：“快跑！”我俩就往二号那边跑了过去，在二号楼拐角的地方往回看。看到张军的妈妈站在他家门口骂着：“谁家的小孩儿呀？谁家的小孩儿又把灯熄了？是谁啊？才换的灯泡咋又熄了啊？”等了一会儿，看她进屋了我们才回来。回来后要上楼回家，没有路灯上楼看不见楼梯。刘新文说：“以后咱们再也不射路灯了，不方便啊！”我也说：“是啊，不方便！”

第二天，刘景文做了个又大又漂亮的弓，射出去的箭要远得多了。陈亚文也做了一套。这时玩儿射箭的人有好几个了，高敏、郭青山他们都有了，基本上是人手一把，只有大哥没做，但他拿我们的射了两下。开始都在乱射，玩儿了会儿，陈亚文说：“我喊一、二、三，一起往天上射，看谁射得最高。”我们听到他喊就开始射，一比就出来了，陈亚文的最高。射了两次，陈亚文的都是最高。他就把箭头搭在弦上射，结果只听到他“啊！”的惨叫了一声。箭也飞出去了，他的手舞动了一下，然后左手握住右手腕。我看到他的手有一根竹签从大拇指下面穿到了指甲盖上，把一小半的指甲盖都戳穿掉了，流着血，很吓人！我说：“看！他的手！”这时其他的人才注意到，都围了过来，看到他的脸变成惨白色了，额头上也冒着汗。大哥说：“走，去医院吧！”他俩就走了。他俩走了以后，高敏问：“小四最先看到的，我们咋没注意呢？”我说：“他要射，我就看他的手。”他问：“那你咋不说呢？”我说：“谁知道呢！”想说我咋会知道有这样的结果呢！没说出来！他搭上弦的时候我一直在看，想咋能这样呢？不对啊！我们也没多少兴致玩儿了，后来就都不再玩儿了。

第二章　山里的自在

海报和打架

有一天，妈妈给了我一些硬币，我数了数是一角一分钱。她对我说："你去买一点儿自己喜欢的东西吧！"这是我第一次去买自己的东西。我拿着钱来到五贸商店，在里面看了半天也不知道该买什么。我看见有卖糖的，想吃。我问："阿姨，糖咋卖？"她说："一斤一块五。"我说："我只有一角一分。"她说："不零卖。"我看了会儿，看到别处有一大张一大张的画。就过去看，觉得很漂亮！我问："这是啥啊？咋卖的啊？"里面的阿姨说："这是海报，一角一张。"我正好有一角一分。想干脆买张回去，天天都可以看，全家人都能看。于是就买了张我最喜欢的电影《海港》的海报，高兴地拿着回家让妈妈贴在外屋的门背后。看了会儿，真好看啊！我为自己的决定感到高兴！

晚上哥哥们吃完饭后我就问他们："看，海报，好不好看啊？"没想到大哥出门时头偏了一点瞄了一眼；二哥洗碗出来，站在厨房门口看了看，说了声："还行！"就又进厨房洗碗去了；三哥回来得晚还在吃饭，抬起头看了一眼，就又低下头继续吃；只有妈妈说："小四买张海报好！好啊！大家都能看，买糖吃了就没了。"但我还是很失望，觉得三个哥哥没有夸我，他们应该不是特别喜欢！

有一天晚上很晚了，我正准备睡觉了，躺在床上正看我的毛主席像章，大哥回来了，到我们的屋门外往里看了看，觉得神色不太对劲，他平时回来是不看的，这时妈妈也发现了不对劲，忙问他："又打架了啊？"他点了一下头，妈妈问："受伤没有？"他说："没有。"妈妈说："哎呀！衣服都扯烂了！快脱下来，我给你缝一下。"他脱下了衣服递给妈妈。妈妈边缝边问："不是好久都不打架了嘛，现在咋又打了啊？"他说："他们二十几个看我们只有五个，就想跟我们打，有的还有刀子。一个人冲上来，我抓住一抡肩膀就摔翻了，我们就跑了。"妈妈说："最近乱得很，你们尽量少出去！"我问："为啥要打架啊？"大哥说："跟你说，你也不懂。"他说完就睡觉去了。我也觉得有些乱，下午还听到王文利说在别处有人打架的事。

第二天下午在楼下玩儿，看见远处招待所那边有一群人，觉得有情况，就跑过去看。刚跟着他们走到饭店门口，站了一会儿就看到一个人打了一个穿大衣的高个子两拳，都打在了脸上，那个高个子顿时两个鼻孔都在流血。旁边有女人在叫，有个女孩儿在喊："去医院啊！"那个高个子就往五贸商店那边跑了。不一会儿，远处走来了另一帮人，人数不多，有三个人。他们岁数跟大哥差不多，里面有两个人我认识，到我们楼这边来过，还跟大哥打招呼。我觉得气氛不对劲了！这边这帮人跑了一下。我心里扑扑地跳着，手也不自觉地在动，一阵异样的感觉从未有过的！遇到十几步外的另外一帮人就不走了，远处过来的那帮人少的就冲过来和这边的人开始打了起来。我就在他们中间，他们就在我的周围打，也没有刚才的那种感觉了。看他们打斗，我眼睛都不够使了，看不过来了。先看这边的三个人打一个人，把那个人打到一个将要拆的临时房子的墙边，那个人已经靠着墙坐在地上了，也不抱头，还在还手，他们都是往头上打，那个人不知道挨了多少下；另外有两个人打一个人的，也是往头上打，你一下，我一下；另外有两个人在对打，都是抡起膀子或拉着衣服，不停地打，主要是往脸上、头上打。旁边有女人在“啊”“啊”不停地叫着。没一会儿，就听人多的那边有个人喊了一声“撤！”，人多的那帮人快速地停下打斗，往车队那边跑了。人少的这帮人，有的慢慢地站了起来，有的站都站不太稳了，有的抹着脸上的血，都往五贸商店的方向走了。我看着地上有很多血迹，回想着他们打斗时的情景，我是蒙的，压根儿就还没反应过来，真是刺激啊！

爸爸出差回来了

晚上爸爸出差回来了，回来抱着我，用胡子楂楂扎我的脸。他说：“给你带好东西了！”我问：“给我看？”他从包里拿出来几本小人书给我，还拿出一些零食，有糖啊啥的。我很高兴！我最喜欢小人书了，反反复复看着，可惜的是我不认识字，看不太懂，问爸爸：“你去哪儿出差？”他说：“北京。”我又问：“就是有天安门的那个北京吗？”他说：“当然了。”我又问：“见到毛主席没有？”他说：“没有。哪儿能见到毛主席啊？ 毛主席可不是谁都能见到的。”我又问：“那你是咋去的？”他说：“坐飞机。”我听后特别吃惊，飞机对于我来说简直太新鲜了，忙问："那走了多长时间？"他说："从省城去，不到两个小时。"我听后非常吃惊！

还记得有一天，跟刘新文在一个阶梯边上玩滑梯。王文利走过来说："走，去北京见毛主席。"刘新文问："去哪儿啊？"王文利说："走，到了你就知道了。"他俩就走了，我跟去看，他们来到小平房外面，也没啥，待了一会儿，我就回家了。

吃完晚饭心情很好，便下楼找人去玩。没想到楼梯下面有我从没有见过的场景，一大帮大孩子和小孩子都蹲着在玩着什么，我见到他们很高兴！三哥、刘景文、高敏、郭青山、刘新文、王文利、王青川、张军，还有平时很少见到的汪洋、汪海兄弟。我们楼常见的和很少见的男孩儿全在啊！我急切地问他们："在玩儿啥呢？"刘新文头也不抬地说："地雷。"我蹲下来看，好像在往土里埋什么东西。看了会儿，没看明白，站起来走了两步，高敏说："别动！小心！"然后示意我从另一边走。我认为肯定是很好玩儿的东西，要不怎么会有那么多大孩子和小孩子都在玩儿呢？我走到刘景文这边蹲下看，看了一会儿，看到地上插着有两个小树桩，小树桩之间有细线连着，细线有一头埋进了土里。刘景文问："小四，你碰一下线？"我就伸手碰了一下细线，小树枝就倒了，树枝下面和线埋在土里的地方有东西在快速地扑哧扑哧地动着，泛起了泥土和灰尘，泥土还四处喷射，有些还溅到我的脸上了。刘景文高兴地说："成功了！成功了！"哦，我明白了！就是做些机关，让人碰，碰到了就让泥土四处喷射。跟我以前挖陷阱差不多，好玩儿！看了一下刘景文做的雷，是用铁丝和橡筋还有小木板做的。

晚上要睡觉了。妈妈说："小四长大了，不能跟我们一起睡了。"接着问哥哥们，"说，小四跟你们谁睡？"大哥说："我晚上打呼噜。"

三哥说："我晚上乱滚。"二哥说："那跟我睡吧！小四睡那头。"大哥和三哥在里屋睡上下床；二哥睡在外屋一张床上，床边是饭桌和一个大柜子。这样我就在外屋跟二哥睡一张床，一人睡一头。临睡前，二哥抬起头说："别尿床啊！"我说："不会的。"

第二天，我想剪断一截铁丝，可是单手握不住钳子，弄来弄去也弄不动！三哥看到我说："唉！笨手笨脚的！"拿过钳子和铁丝帮我做了个最简单的雷。

吃完晚饭下楼，他们还在那里玩儿，我过去和他们一起，也把我的雷埋了起来，等着有人踩。高敏抬头问："小四，找你的女朋友赵小燕要几根长头发？"我说："好！"我就去找到赵小燕问，"要几根你的长头发？"她伸手就扯了几根给我，我拿给了高敏。高敏抬起头笑了一下，接过头发后，又埋下头继续搞他的雷。

就这样玩儿到了第三天。晚上又玩儿了会儿，高敏问："比一下谁做得最好啊？"于是，每个人都把自己的雷挖了出来，放在手上拿在一起比。这么一比较，刘景文做的雷最漂亮，也最复杂。

天气有些冷了，刘景文说："咱们来玩儿斗鸡吧？"高敏说："好啊！"于是大家就开始玩儿了起来。分成了两拨人，手抱着一条腿，另一条腿跳着用膝盖去撞对方，把对方撞倒或双脚着地就算赢。输了的就退出，赢了的又去撞另外的人。我最小，身体又单薄，最先被人撞倒。分人的时候他们看样子都不太愿意要我。

第二天，开始又是玩斗鸡。玩儿了一会儿，刘景文又说："咱们玩儿骑马打仗吧？"高敏说："那分人吧！还是按斗鸡那样分吧！"我也不知道咋玩儿，都在选人，开始都不选我，可能是嫌我小，还好刘新文说："我要小四。"这下我心里才踏实了！这个游戏也是分成两拨人，由一个大点儿的孩子背一个小孩儿，先离开十步的样子，摆开阵势，喊着“冲啊”冲向对方，互相拉扯，看谁先把别人从背上拉下来。我没想到的是，一拉他们就下来了，而他们拉下我们却不容易了。我俩拉下了很多人，他们看样子是比我们强大得多啊！玩了会儿还是明白了，我块头儿小，好背。

跟他们一起玩儿的时候最高兴，他们总有一些没看到过的新玩儿法。白天他们上山，我也跟着跑。

在通信站背后有一层层种着菜的田，最上面靠近树林的地方有一条沟，看样子是有人挖成这样的。他们说是当年红军留下的战壕。他们先去找了些比较大的树干搭在上面，再搭些有叶子的树枝；又找了草垫铺下面，可以在里面坐着。汪洋说：“准备弹药。”看他们找了些石头、土疙瘩、短树枝，汪洋又说，“还要准备武器。”就是找一些长的有点儿直的树枝。我也跟着去找这些东西。在搭好的房子里，汪洋带着一个盒状的东西，头上耳朵上套着东西，手上还拿着个不大的东西，说：“01，01，02 呼叫，有情况，有情况。”说了几下，到外面看了一下，又说，“敌人上来了，准备，卧倒。”我看了一下没人啊！然后只听汪洋喊：“打啊！”看见他们把准备好的石块和短树枝丢了出去，我也把我准备的丢了出去；然后趴在沟边上，拿着长树枝，嘴里喊着“啪、啪”；有的还高兴地说：“啊，我又打中一个！”

在搭的房子里和周围玩儿了两天，令我没想到的是，大哥也去搭的房子里看了看。他们可能是在电影里看到的，我咋没看到过呢？看过的全是唱戏的，没有这些内容，也不知道他们在哪儿学的？

他们在后山的树林里快速地跑着，互相大声喊着，一会儿爬树，一会儿踢树。我却不行，只能看他们，只能慢慢地在小路上走。想去找他们，可走了会儿，还是下山了。我怕上山容易，下山难，因为我走上坡路还行，走下坡路总觉得要摔倒似的。

有一天，妈妈问我："小四，今晚有电影《红色娘子军》，你看不看？"我说："看。"妈妈说："那早点儿弄饭，吃了好去占位子。"每次有电影都要去看，演来演去也就这几个。

小火炉和蜂窝煤炉

天气越来越冷，我也穿起了厚棉袄。大孩子们又都看不见了，只看见刘新文、王文利、张军和王青川几个。刘新文他们一人用铁丝提一个罐头盒，里面有木炭还燃着火。哦，是个小火炉啊。我回家去找罐头盒，用铁钉砸出来一个，用铁丝穿着，提在手上去找木炭。我指着木炭问王文利："这从哪儿弄的啊？"他指着二号楼旁的一个席棚子说："在那里面有。"那里以前我曾进去过。还记得有一回王青川说："里面有一只老母猪，还有几只小猪呢！"我就钻进去看，看见有一只老母猪躺着，几只小猪仔正在吸它的奶。我跟着他们从一个洞钻了进去，里面还是黑乎乎的，从烂的有小洞的地方射进一点儿光线。有一些大竹筐里装着木炭。我们就往罐头盒里装，装满就出来了，找些报纸塞进罐头盒下面的洞里，点燃报纸，然后开始一圈一圈地甩。里面开始冒着烟，慢慢木炭就点燃了，烤手很舒服！

看到别人点了火堆，晚上我们也找了些树枝，搞了一堆，然后点燃，在旁边烤火。有人在旁边说："小孩儿不能玩火，玩火要尿床的。"我们一听害怕了，赶紧把火踩熄了，再撒泡尿，不让留有一点儿火星。

家里架起了蜂窝煤炉，一根烟囱伸到了窗户外，我负责生火。

我以前在罐头盒里生过几次木炭的火，先找些小柴从上面放进炉子里，然后用钳子夹了个蜂窝煤放进去，从下面塞进报纸，点燃后用扇子扇，火没燃起来，老冒烟，把我的眼泪都熏出来了。大哥在旁边看了看说：“行了，还是我来吧！”他把煤和柴都夹了出来，把蜂窝煤放在燃烧的钢炭盆里。放了很久，蜂窝煤燃了起来，才把燃着了的煤放进炉子的最底下，然后一块块地再把煤放了进去。这样炉子就燃起来，我在旁边可以烤火了。

有时我很想吃零食，就找家里的白糖、红糖和冰糖吃；找到了白果，吃起来很苦，放到蜂窝煤炉上烤，也是苦中带香的！在外面看到有人在蜂窝煤炉下面放有红薯闻起来很香，回家也找个红薯放在下面的洞里烤；有时也放进个土豆烤，吃起来也很香！

看相册

天气越来越冷了，吃完饭我想出去玩儿。走到门口，妈妈说：“别出去了，外面冷，就在家待着吧！”在家里闷，我还是出去了。出去转了一圈外面也没啥人，也没有看到一个小孩儿，一个人玩儿没意思，就回家了。

妈妈看我回来说：“外面冷，小孩儿都不出去玩儿了，来，给你看个好东西。”妈妈把相册拿出来给我看。这是我第一次看，里面有各种人的照片，有单张照片，有合影，几乎都是年轻人。我指着一个漂亮的姑娘问妈妈：“这个姑娘是谁？”妈妈说：“这是妈妈啊！”照片里的姑娘圆润的脸庞，弯弯的细眉毛，清澈的眼睛，灿烂的笑容，好漂亮哟！我很吃惊，看了看照片，又看了看妈妈，确实有些像，只是现在妈妈的脸上有了很多皱纹，脸色也黄了，脸上的皮肤也松弛了，已经不算漂亮了！我不解道：“为啥你以前漂亮，现在不漂亮了？”妈妈说：“照顾你们几个都快累死了！你们别淘气，少让我操点儿心。”我一想，觉得妈妈不漂亮可能跟我们有关系，爸爸的变化不大，只是那个时候瘦些。跟爸爸、妈妈合影的都是美丽的姑娘和漂亮的小伙子，都穿着军装。爸爸在一旁不停地说着：“这是在北京，这是在上海，这是在广州，这是在河南，这是在青海……这是姥姥，这是大哥，这是二哥，这是三哥……”他们的有些照片比我现在还小。很多很多，看得我头都晕了！我也知道了很多，知道了爸爸在那么多的地方工作和生活过，很吃惊！

有一天，我问爸爸：“你在那么多的地方待过，干吗跑到这个山沟来？”爸爸说：“工作需要，组织需要。”我又问：“啥组织？”他说：“党。”我又问：“啥是党？”他说：“行了，小孩儿别瞎问！”说完就走开了。后来我明白了！是共产党，电影里常要唱到“共产党为人民谋幸福”，开始老是不明白为啥爸爸和妈妈不在全国人民向往的地方伟大首都北京毛主席身边待着，为啥要跑到这个山沟里来，后来也慢慢想通了。

砸冰和过年

山顶上变成白色了，山上也有些白白点点的，山像是穿了件衣服，戴了顶帽子。看到有一条条半透明的小柱子挂在柴火堆的边上，就去一根根敲断；拿到手上玩儿，冰凉，尝一下，也没有啥味儿，等一会儿变成了水；以前地上有薄薄的一层，像是玻璃放在了那儿，半透明的，上去踩一脚，响一声就裂开了，有点儿意思！

有一天，刘新文看我在玩这个说："这是冰，河里有大冰。"我问："是吗？那咱们去看吧！"我们就来到了河边。桥的边沿有一排排挂着的冰柱，大石头下面也排着挂着。我们就去找石头砸，听到"哗"的一声，冰柱掉下去了很多；河水的边上有的地方有一层半透明的，一砸，"啪"的一声，有的裂开，有着四散的纹路，石头还不掉下去；有的一砸一个洞，"唰"的一声，石头掉了下去。回到家找个碗装上水，放在窗外，第二天看上面结成了冰，像个饼似的，可以拿在手上玩儿。

天气暖和了点儿，冰也没了。大哥和爸爸去赶场买回来了鸡、鸭、猪肉等东西。妈妈和哥哥们开始忙了起来，我感觉到有事情发生，就问妈妈："有啥事儿呀？"妈妈说："过年。"以前又没听说过，我也帮着他们拔鸡毛。

第二天，妈妈拿出来新衣服给我换了外面的一套，我还是第一次穿新衣服。桌子上有个盘子，里面有糖、瓜子、花生。我一看这些都是平时收起来不让我随便吃的，开心极了，就开始吃。妈妈说："少吃点儿，等到过年再吃，有你吃的。"

第二天，下午很意外爸爸也在家里待着，离吃饭还早着呢！他们就开始忙了。到了吃晚饭的时候，就摆好了一大桌菜。全家人坐在一起开始吃，我就埋着头吃。那天哥哥们和爸爸都倒了酒。他们还站起来一起碰杯子说："碰杯！碰杯！"二哥说："还有小四呢！"看了我一下，爸爸说："哦！他没有酒，算了！"我看了一眼他们，他们都看了看我，就喝了口酒坐下了。平时爸爸不让他们喝酒。

第二天，早上我们家来了很多人。他们都说："新年好！"爸爸、妈妈和哥哥们也说："新年好！新年好！"妈妈给来的人抓糖和瓜子，来的人接着吃，然后坐了几分钟就说：“回去了，再见！”等了会儿，哥哥们也都出去了。

快到中午了，没啥人来了。爸爸说：“小四，我带你出去串门。”他对妈妈说：“你在家守着，我们等会儿就回来。”我就跟爸爸去了几家。跟到我们家的一样说：“新年好！”到那里都是给我抓糖和瓜子、花生，我也说：“新年好！”我看到四处都有人串门，到下午就没啥人了。

下午就拿了些瓜子和花生下了楼，遇到刘新文。我也跟他说：“新年好！”他也说：“新年好！”我问他：“每次过年都这样吗？”他说：“都是这样子的。”我问：“那没啥玩儿的啊？”他说：“是没啥玩儿的。”我说：“我们家的花生好，我从来没吃过这么好的花生，你看！”拿给他看，个个饱满香脆。他吃了一个，说：“嗯！是不错！去给我拿些。”于是，我跑回家把衣兜装满了出来，把兜里的全都拿给了他。过年也挺没意思的，只有在家里看小人书和下楼逛一下，只是吃的东西多和有了新衣服，还有就是吃了几天剩菜。

燕子、看花、蚂蚁和捉鸟

过完年了，爸爸又出差了。

天气也不太冷了，天空越来越亮。山也有了新的光彩，空气中有了种不同的气息，似乎都在醒来。树尖尖发出了淡绿色嫩芽，很好看！

飞来了一种鸟，上面黑，下面白，忽高忽低地飞来飞去，飞得很快，来到了屋檐下筑巢。我就在下面看着它们忙。从远处衔来泥土，一点儿一点儿地接上；有的里面还有小鸟在接吃的。王文利看见我在看说："这是燕子，每年这时候都要来。"

有一天，吃完晚饭，我正在走廊上看燕子飞，看到王青川拿了根长竹竿。高敏也在走廊上看，跟我说："小四，王青川要捅燕子窝，你去，不要让他捅。"我跑去拦住了王青川，跟他说："不能捅燕子的窝，燕子的窝不能捅！"王青川就把长竹竿拿了回去。我也不知道高敏咋知道王青川要捅燕子窝的，不过我也有点儿想去捅。

树尖上的绿色嫩芽每天都在长大，小平房里的大树也长出了花骨朵。我每天都要去看一下花的变化。大树的花开了，白色带着粉红，好漂亮哟！刘新文也来看，我问："这是啥树啊？"他说："这是樱桃树。"

没几天的工夫儿，樱桃花很快就谢了，我正为樱桃花惋惜的时候，树上粉红色的花也开了，白色的花也开了。

有一天，我指着小平房里边粉红色的花问刘新文："这是啥花啊？"他说："桃花。"又指着小平房里面树上白绿色的花问："这是啥花？"他说："梨花。"

山上各种树的花开了，还有的开着一片片黄色的花，太阳出来照亮了，漂亮极了！我第一次看到这样的风景，真是很高兴！刘新文说："你光看到花开，还没吃到过果子呢！那棵大樱桃树上长出的樱桃是白色的，又大又好吃呢！"听得我口水都快流出来了！樱桃花谢了后长出了青色的小果子，我常常去看它们的变化，就等着熟了去摘。

有一天，在去看桃花的路上，我看到王青川趴在地上玩儿着啥，就过去问："你干啥呢？"他说："我在看蚂蚁搬家。"我也蹲下来看，蚂蚁排着队背着东西急急忙忙地走着，有只蚂蚁走出了队伍，王青川拿个啥东西在它周围画了一圈，那个蚂蚁就在里面转，半天也走不出去。然后，他又在蚂蚁排着的队伍中画一下，蚂蚁就改道了，绕到没画过的地方再接着刚才的方向行走。我不解道："啥东西啊？拿给我看一下！"他拿给我说："臭球。"接过来看，是个白色的小球，闻了一下，有股难闻的味道。我问他："哪儿弄的啊？"他说："衣柜里都有。"我就跑回家到衣柜里找，一找就找到了。回来继续跟蚂蚁玩儿。臭球对小的蚂蚁很有用，对于大点儿的蚂蚁就没有办法了。

有时早上家里后窗照进了一缕缕的阳光，小鸟儿也出来了。我有时趴在后窗前的桌子上看后山树林里的小鸟飞来飞去，听小鸟们唱歌。看到的主要有两种：一种叫得细小轻快，大体上是青绿色的毛，红红的小嘴；另一种大体是灰黄的颜色，眼睛上面有一道白色的眉毛，叫得洪亮婉转。

有一天，在楼道里看到刘新文拿着一个细铁丝做的笼子准备出去，我问："干啥去？"他说："抓鸟。"就跟着他去了后山。拉开笼子的一侧用里面的一个铁丝撑住，一头相连的铁丝上穿了一个花生，花生一动，撑住的笼子一侧就合上了。我们就躲在能看到笼子的远处观看。不一会儿，有鸟来了，进去一只，只听到"啪"的一声，笼子就合上了。我们跑过去看。刘新文说："红嘴玉。"哦！我常常看到这种青绿色的小鸟。我问："那眼睛上有一道白眉的呢？"他说："画眉。"哦！我们就提着笼子回来。他家里还有一个笼子，他把两个笼子的小出口对接，把鸟赶到了另一个笼子里。我们提着空笼子又来到后山。一会儿又抓到了一只红嘴玉。就回去把两只都赶到了一个笼子里，我们就在一旁观赏，又抓了些米去喂。

第二天，我又去看它们。它们不叫了，毛也乱了，眼神看起来紧张害怕，看样子是被吓到了！看了一会儿，我跟刘新文说："我觉得没有在外面看起来好！"他说："我也觉得！"他又问："那就放了吧？"我说："那放嘛！"我们就拿到后山把它们给放了。

摘樱桃

樱桃树上的果子天天都在变化。由青色的变为白色的，有些透亮了。用竹竿捅下来了几个，一吃，还是很酸，不好吃。

过了几天又去看。长大了，又用竹竿去捅了下来，这回好吃了，又香又甜的，水又多！刘新文说："今晚上来摘。"我说："好啊！"他又问王文利他们："你们来不来？"大家都说来。

天黑了很长时间后，我跟刘新文、王文利、张军、王青川一起来到小平房外。在靠水沟边上刘新文撑开铁丝网，我们开始往里钻。我身体刚进入一半，只听"呲"的一声，衣服被刮开一个口子。刘新文帮我把衣服和铁丝网分开后低下些腰继续往里钻，王文利钻进去后撑着铁丝网让刘新文也钻了进来。他们一进来就爬上了树，就我爬不上去。他们就把树枝踩弯，我抓住后一只手抓着树枝一只手摘樱桃。边摘边吃，还边往兜里装，衣兜很快就装满了。这时小平房里有人出来，大家全部停了下来，出来的人只是往外泼一盆水，又进去了。等了一会儿，又摘了些。他们都下了树，我们就回了家。

回到家，妈妈问："这么晚去哪儿啦？"我说："去摘樱桃。"从兜里拿出来给妈妈吃。妈妈说："哎哟！衣服也刮破了，快脱下来，我给缝一缝！"又说，"不要去了，过几天，他们会分给我们的。"我没太明白什么意思 ，反正就是吃得香，还想吃！

第二天吃完晚饭出来玩儿。看见了陈华、赵小燕，我便跟他们说：“那边的樱桃好吃，昨天我们去摘了。”她们问：“能带我们去吗？”她们都想去，我也想再去摘一些。看到她们爬上树，我也爬上了树。结果在树上只顾着摘樱桃，手没抓稳，直接从树上摔了下来，头碰到树干上撞出个包，特疼！

过了一天，陈亚文他爸的警卫员送来了一碗樱桃，说：“阿姨，这是首长送给你们的。”我这才明白了，原来真的不用自己去摘，会有人分给我们。不过晚上去摘很好玩儿，后来在别的地方再也没吃过这么好吃的樱桃了！

玩子弹壳

有一天，上午在家里听到外面有很响的“嘣嘣”声。我赶忙走到走廊上看，是小车队那边的山上传来的。高敏也出来看。我问他：“这是啥事啊？”他说：“民兵在搞演习。”

下午看到刘新文手上拿着个发亮的小铁环，问他：“这是啥啊？”他说：“手榴弹拉环。”我问：“哪儿弄的啊？”他问：“你想不想要啊？”我说：“想要啊！”他说：“走，我们去找。”我说：“好啊！”我俩就来到小车队后面的山上。这里是一块平地，有泥土的味道和一种没闻过的味道。有的泥土都变黑了，翻了上来。我们就在这里找，找了半天，我一个环也没找到，刘新文又找到了两个，给了我一个，我们就回来了。

第二天下午，下楼看到王文利和刘新文在那儿玩啥东西。我过去就问：“这是啥啊？”王文利说：“子弹壳。”给了我几个，然后教我玩儿。一人拿两个，拿出来一个，另一个拿在手上，拿出的这个立在几步外的地方，拿手上的这个打立着的那个，谁打倒了归谁。用石头、剪刀、布，赢了的先打。我们就开始玩儿，很好玩儿！我就问："在哪里弄的子弹壳？"王文利说："武装部有，还有民兵搞演习的时候也有。"我们就在那儿玩儿了一下午。玩儿完了就还给了他们。

过了一天，我下楼又看到他们在玩子弹壳。我还想玩儿，就跟他们说："我也一起玩儿。"刘新文说："想玩儿啊？还是去找吧！"王文利说："走，去找去吧！我也不多了。"我跟着他们来到了武装部。武装部在食堂旁边的一幢楼的三楼。门是半开着的，看到里面房屋两边是一层层的架子，里面还有一个人坐在靠窗的凳子上。开始我们还不好意思，刘新文说："小四，你敲。"壮了壮胆，我就开始敲门，敲了两次。一个叔叔出来问："啥事？"这个叔叔我认识，有一次我跟爸爸在一起，他跟爸爸打过招呼。我说："叔叔好！我们想要一点儿子弹壳。"他看了看我，说："进来抓吧，别拿子弹哦！"我说："谢谢叔叔！"我们进去就抓，把衣兜都装满了就出来了。回到楼前又继续玩儿。

那段时间天天在玩子弹壳，变着花样玩儿。有好多种玩儿法：一种是立着打；一种是丢出去几步，另一个人打，打着了就算赢；一种是撞墙后看谁的离墙最近算赢；一种是用大拇指弹出去打另一个，打着了就算赢。看我们几个玩儿得欢，张军和王青川也找了些子弹壳跟我们玩儿。可是没几天刘新文和王青川就退出不玩儿了，就剩下张军和王文利跟我玩儿。

有一天我跟王文利在玩子弹壳。看到有民兵背着枪上后山，我们就跟着他们来到后山上的一块平地。他们架起枪准备打靶，一会儿就“啪啪”的枪响了，很响！还冒着烟。看到有子弹壳弹了出来，我就问一个民兵：“叔叔，给我点儿子弹壳可以吗？”他说：“不行，我还要用子弹壳换子弹呢！”我又求他：“就给一点儿，还不行吗？”他说：“不行！”他就是不干，看我要反而把子弹壳揣进了兜里说：“一边玩儿去吧！别影响我打靶。”说完他就趴在壕沟上瞄准靶子，只听到“啪”的一枪，好响哟！我看见他一拉枪上的一个柄一下，又弹出来了一个大的铜制子弹壳。一出来我就伸手拿在手中，有点儿烫手，就开始跑，他追了两步就没追了，我又回去。他说：“别过来啊！再过来我用枪托打你。”并拿起枪做了个打人的动作和鬼脸吓我，我也冲他做了个鬼脸。看他这样子是有准备了，我只有到别的民兵那里去找，别的民兵只要打一枪就迅速地捡起子弹壳揣了起来。看来他们都有了防备，要不到子弹壳了，我就下了山。

下山遇到王文利问他：“咋老有民兵搞演习？”他说：“备荒备战。”我问：“啥意思啊？”他说：“要打仗。”我问：“啊！要打仗啊？”他说：“是啊！”我又问：“那跟谁啊？”他说：“苏联。”接着又说，“听说跟苏联在一个岛上已经打起来了。”我问：“是吗？那要打到咱们这儿啊？”他说：“不会的，离咱们这儿远着呢！”

有一天，有一个人在二号楼侧边贴纸。一块一块的大纸，一块一个字，方形的纸斜立着地贴，王文利也在旁边看。贴完后我看不懂问他：“写的啥啊？”他说：“打倒美帝国主义、苏联修正主义！”我不懂，问他：“啥意思？”他也不说，扭头就往家走。还没遇到他这样，他好像懂得很多，不知道这个问题是很严重还是很难说。

有一天还在吃中午饭，就听楼下有人喊：“小四。”出去看，是张军。我问他：“干啥啊？”他说：“下来玩子弹壳。”我说：“等一下，我把最后一口饭吃完就来。”吃完饭就下楼。

我问："玩儿啥啊？"他说："玩撞墙吧！"就开始跟他在楼边上玩儿。一来他就连输了两个。第三个一看又是他输了，我刚想伸手拿。他说："是我赢了。"我说："是我赢了。"他又说："是我赢了。"我问："明明是我赢了咋会是你赢了呢？"他又说："是我赢了。"我俩争执不下，我问："这样，我们找个人来看行了吧？"他问："那找谁？"我说："那就找王文利吧？"他说："行，就找他，你去找吧！"我就来到王文利家门外喊："王文利。"他出来问："啥事？"我说："我跟二扁玩子弹壳，明明是我赢了，他说是他赢了，你帮我们看一下。"他就跟着我过来看，埋着头看了会儿说："是小四赢了。"张军也不说啥了，我拿起了子弹壳问王文利："一起玩会儿？"他说："我家里还有事呢！"他就回去了。我接着跟张军玩儿，又玩儿了一盘，他又输了，他说："不玩儿了。"我们也就不玩儿了，回各自的家。我在家待了会儿，也没啥好玩儿的，我又下了楼看看，走到张军家门口，又看到了张军，他手里拿着子弹壳，我问："你还有呢，为啥不玩儿了啊？"张军反问："我全都输给了你，那我还玩儿啥？"我只有到别处逛悠去了。

连续玩儿了十来天，我赢了很多，装了小半个箱子。只有王文利和我玩儿到最后，互有输赢。有时我们玩儿得很兴奋，还大喊大叫！其他人很快被我俩赢到没有了。

知道了在武装部可以要到，民兵要用弹壳换子弹，所以不给我们；知道了大的有机枪子弹的弹壳，小的有手枪子弹的弹壳；还有自动步枪子弹的弹壳，三八大盖子弹的弹壳，有彩色的信号弹弹壳；还有子弹梭子，把弹壳可以压在上面一排。

有一天，王文利拿一个有弹头的给我看。他说："这是真子弹。"接着又指着子弹壳后面问，"看见没有？"接着说，"后面一个小圆圈没被撞过，撞就要爆炸，弄不好要把手指头炸没！”我问：“有这么厉害啊？”他问：“不相信？你要不要试一下？”我笑着说：“不敢！”听后觉得有些吓人！后来王文利也不玩儿了，我只有把赢的小半箱子子弹壳放在床底下，有时拿出两个在手上摆弄一下，看一看。

打弹子

没过两天，我下楼又看到刘新文和王文利趴在地上，不知道在玩儿什么，我赶忙过去看，看了会儿，原来是在弹玻璃球。我问：“这是啥啊？”王文利说：“打弹子。”这个东西我在家里看到过，拿在手上玩儿过两次就没玩儿了。就回家去找，找到了下楼来，他们就开始教我玩儿，还很好玩儿！在家里咋玩儿都不好玩儿。

规则是进三个洞后再打。三个洞之间离一小步远的样子，洞是比弹子大一点儿的，拿大些的弹子压出来的。先“石头、剪刀、布”，赢了的就先在离洞的半步远的一条线外弹出。如果进了洞，就要接着往下个洞弹，没进洞的话就该别人弹出了；第二个人如果进了洞，要么往下个洞弹，要么是把别人的打远，让他很难再进洞，如果没打到别人的，也不能继续打了，该别人了；谁先进完三个洞后，就开始打，就是让还没进完三个洞的就还要摆在五拃远的半圆线上让进完三个洞的打，打中了的算赢，输了的就要给弹子；打中了一个又打下一个，没打中也不能算赢，就重新开始。用哪个就得给哪个，不能给别的。第二轮是赢了的人先弹出。

我开始就很准，只是把别人的弹子打得不远，我的大拇指没力。要想先进洞，就得对别人的弹子轻打，这样也更容易地进下一个洞，不输就行了，所以输的要少一点儿。王文利和刘新文就不一样了，他们用很大的力把别人的弹子打得很远，以显示他们的指力和准头。

有一次，刘新文有个弹子在第一个洞的后侧方离得很近，王文利跟我说："打它，打它。"我没打那个，进下一个洞。王文利叫了声："哎呀！"一副很遗憾的样子！看到我们玩儿，很多人都开始跟着玩儿了，张军和王青川也一起加入，可没玩儿两盘就不玩儿了，可能是输光了。后期主要就是我跟王文利和刘新文，我们三个一起玩儿。

别的楼的小孩儿来看了也开始玩儿。有时候我到四号楼那儿有块平地，有小孩儿在那里打，我也过去跟他们打。在那里认识了周小京。周小京看样子跟我的岁数差不多大，他打的水平跟我差不多，想法也跟我差不多，一起玩儿的感觉很好！只是他爸爸管他管得很严。

有一天，我去找周小京玩儿。他趴在家里的窗户上说："我爸不让我玩儿。"他爸爸身材消瘦，腰背挺直，脸庞白白净净的，浓眉大眼，鼻梁笔直，嘴唇不厚，戴了一副黑边眼镜，穿得整整齐齐的，看起来岁数不大。他爸爸是我在厂里看到的最漂亮的大人了。他跟我爸爸是同事。

有一次找周小京的时候，他爸爸从家里走出来很严肃地对我说："我们家周小京不能玩儿，你找别人去玩儿吧。"说完就朝办公楼方向走去。后来就再也没跟他玩儿过了。

有一天，王文利拿着一个弹子。他问："小四，你看这个弹子好不好？"弹子是白色半透明的，里面没有啥杂质，看起来通亮着，不大不小，很圆整。我说："好啊！"拿过来看了看，拿在手上说，"手感不错啊！"他说："就是啊！手感好！是我遇到最好的弹子了！"说完我们就开始打，打了一圈下来，没想到他输了，他就得拿给我。他一副很舍不得的样子问："我另外给你一个行吧？"我说："不行，按规则就是这个。"他还是给了我。开始还想，这么好的弹子，可得要多玩儿几天。可等了会儿刘新文来了，我们又开始玩儿，他又把它赢了去，我只得给了他。

有时候王文利还跟我讲打弹子的技巧。他说："小四你看，这是分弹，这是跟弹，这是定弹，这是退弹。"边说还边打给我看。我可管不了这么多，不输就算不错了。王文利总是那么认真，有时还抬高手打远处的。为了手不发抖一只手按在地上，另一只手架在上面。

有一天吃完晚饭下楼，很奇怪！刘景文、高敏、郭青山他们几个在打弹子。我一直以为打弹子只有我们小孩儿才打，他们不感兴趣呢！就在旁边看他们打。很过瘾！又狠又准，打得又快，一会儿就是一圈。

第二天，他们又在那儿打，我又在旁边看。他们打了会儿，没想到刘景文说："小四，你也来。"很意外，我就跟他们打了起来，没一会儿，就输了三个。把我身上带的输完了，我就不打了，还是在旁边看。后来刘景文看到我就笑着问："小四，打弹子吗？"我也笑着说："不敢跟你们打，你们太厉害！"要是再跟他们打，肯定有多少输多少。

我们把白色透明和不透明的弹子都叫白弹，青色透明和不透明的弹子都叫青弹，中间有花的弹子叫作花弹。有段时间我的弹子也输完了，就把家里一副不全的弹子跳棋拿去打，又赢回来了几个。我从来没买过，去看过，五贸商店有卖的，三分钱一个，我还有几个就没花钱买。一直到最后这里的小孩儿都不打了，我还剩了几个。

打核桃和毛栗子

在楼房的右手边有一个山涧，山涧是从后山上流下的水冲出来的，平时没有多少流水，山涧中有大小石头，山涧两边有一些大小树木和野草。

有一天，走到了五号楼的山涧边上看见两个小孩儿往树上丢石头。我问："打啥呢？"小孩儿回答说："打核桃。"顺着小孩儿的手指的方向，看树上挂着一串串青色的果子。我也拿石头朝果子掷了过去，一个也没打下来。我想了一下就到附近找了根长竹竿子去捅，这下很容易就捅下了几个。捅下来后就想砸开来吃，可用小石头一砸，满手都是黄水，砸不开；找了个大石头使劲一砸就成粉碎的了，拣起碎渣子吃，又苦又涩，还是吃不成。砸开了才知道，在家里吃过这个，家里的是干的，没有绿皮的。有个小孩儿说："去河边洗吧？要把黄水洗掉就好吃了！"就又捅下了几个拿着开始走，我就跟着他们走。我们三个走过宿舍区穿过了学校，走了很久才来到河边。

这是河的下游，离以前妈妈带我到过的河堤和大桥上没多远，可以看到那个桥。还是第一次来到河水边，河水清清的，有的地方翻起了白色水花，到处"哗啦啦"地响着；可以看到一些小鱼游来游去的；河中有大鹅卵石，河边有小鹅卵石和沙滩。我们找了一个有小鹅卵石的地方开始洗手上的黄水，水也不凉了。我们就把带来的核桃在鹅卵石上磨，边磨边洗，用了很长时间才把一个核桃外面的青皮层磨去；再用小鹅卵石轻轻把硬壳砸开取出了核桃，一吃还是又苦又涩；再剥掉黄色的软皮，露出了乳白色的肉，吃进嘴里，可真香啊！从来都没有吃过这么好吃的核桃！不知过了多久才把带来的几个吃完，腰酸背疼地往家走。以前在家里看见过用麻袋装着的核桃，那么多核桃要磨多久啊？回到家时我又渴又饿，还特累！

吃完饭，累了就哪儿也没去。我问妈妈："那树上摘下来的核桃皮真难弄掉啊！那么多咋弄的啊？"妈妈说："老乡提早把核桃摘下来，等外面的青皮腐烂后就很容易去掉青皮了。"

有一天，到小平房那里去看桃子，看到王文利和王青川他们在一边往树上丢石头，我问："打啥呢？"王文利说："毛栗子。"就看到绿色的圆球状果子。我还是去找了根长竹竿来捅，一会儿就捅下来几个，是上面带有毛刺绿色的圆果子。我问："这是啥啊？咋吃啊？"王文利说："你砸开就知道了。"就找来砖头砸。砸开带毛刺的壳就知道了，这个东西我以前在家里吃过。拔开棕色的硬皮再拔开有点儿毛的软皮，吃了，是脆的，还很好吃！比以前我吃过的要好吃些，就拿了几个回家。

第二天又想去弄些，走到那里却看见几个人拿着斧头、锯子，看样子准备砍这棵树。我就急着喊："不能砍！不能砍啊！这是毛栗子树！"又说，"你们把菜都踩坏了！"我跑过去抱住了树，一个高个子说："小孩儿走开！"并使劲把我拉开。他的劲儿很大，把我摔在了地上。我急了说："你们再砍，我去告我妈！"一个砍树的人抬起头说："你去告你的！毛主席说了农业学大寨，告谁也没用！"我也没听明白，就跑回家问妈妈："他们要砍毛栗子树，你去管一管啊！"妈妈说："哎哟！我可管不了他们！"看妈妈也不理我，我又跑回去看。那棵树很大，一个大人都合抱不了，比三层楼还要高。他们先是拿大锯子锯了会儿，又用斧头砍了很长时间，还拿又粗又长的绳子捆住上面在下拉，把菜地都踩坏了。我说："把菜都踩坏了！"拉树的人说："菜都不要了，要种麦子。"我实在不明白这些人在搞些啥？只看到他们往一个方向拉着树，后来又用大锯子锯，在树要倒之前跑开了。拉树的人对我说："小孩儿走远点儿，树上的毛栗子是我们的。"我们要去摘，他把我们拦着，他又回头一看另一边也有别人在摘了，也就不管我们，转过身去摘了。我们去摘了几个，就生气地走了。

回来的路上问王文利："啥是农业学大寨？"王文利反问我："你看到办公楼前面那张老乡扛锄头的画没有？"我说："看见了。"他说："那就是农业学大寨。"又接着说，"全部要种麦子，听说连半山上那块平地都要种。"我问："那民兵去哪儿打靶？"他说："他们在麦子上面打；两头打，中间种麦子。"又接着说，"毛主席说了深挖洞广积粮。"我问："挖啥洞啊？"他说："这是防空洞，一般挖在山里和房子底下，敌人的飞机来炸就躲进去，让他们炸不着。"停了一下，接着又说，"要把很多粮食放进去，能吃很长时间呢！"我很惊奇地问："你咋懂得那么多呢？"他说："都是我爸跟我讲的。"

实在想不明白为啥要把长了那么多年的毛栗子树砍了，把种的菜地都不要来种麦子。不都是吃的吗？那张墙画我看过多次。上面画的是一个头戴着白毛巾的老乡扛着一把锄头在笑着，看样子很高兴！后面的背景右边的山上有一层层黄色的梯田，左边山上有一些洞，田里有写着红字的牌子和插着红旗。我不认识字，所以不知道上面写的是些啥。在办公楼的厅廊外面向里有两幅墙画，有一幅是风雪天，几个穿棉衣的工人围着一个小铁塔忙着干活儿，旁边也插着红旗，塔顶上也飘着红旗。

那片菜地里有萝卜，看见别人拔，我也去拔。拿回去洗干净吃，还挺好吃的！妈妈跟我说："人家种的萝卜不要拔，人家有意见要说的。"那块地在一号楼和小平房之间，很小，旁边的一条小路从山上下来。后来我还去看，看到他们把菜全扯成了一堆，然后用铁锹翻地。

王青川爬树和爬房顶

王文利家住在一楼靠楼梯右手的第二家，住在汪洋家隔壁。我去过一次。他家里的家具很简单，外屋有一个上下床，到处都是书啥的，看起来挺乱的。他爸常穿着公安制服，戴着大檐帽，脸上有很多很深的皱纹。有些驼着腰背，腋下夹着个不大的黑色包包，看上去总是一副心事重重的样子。有时候碰到了他，我喊："王叔叔。"他见到我露出一丝微笑，说声："小四。"王青川他妈戴着一副眼镜，脸上也有很深的皱纹，总是很严肃的样子，我从不喊她。他们家有时在屋外的走廊里吃饭。我有时去找王文利玩儿，看见他们家的饭很简单，就一些素菜和泡菜，也感到吃惊。我以为家家跟我们家吃的应该差不多吧！有时王文利喊王青川："王小三，在干吗？妈喊你回去呢！"我问："你们就兄弟俩，咋喊他老三呢？"王文利说："还有一个哥在河北老家奶奶那里。"哦！我还没见过他。后来来过一次，很大的个子。

王青川从玩烟盒开始到玩子弹壳和打弹子，他总是玩儿了不久就输光，输光了也就不再玩儿了，偶尔在旁边看一下。他有时胯下夹一个竹竿边跑边喊着“驾、驾”。我问：“干吗呢？”他说：“骑马呢！”我也找了棍子跟着他一起玩儿。他很能爬树，常常一会儿就爬到树的高处去掏鸟窝。他手上有时还拿着个鸟蛋，电线杆也一爬就能上去，我就爬不上去了。他的裤子膝盖处有很厚的补丁，他喜欢跪着玩儿，又喜欢爬树，磨的。刘新文也能爬树和电线杆。有一次他们爬电线杆王文利看见了说：“不能爬高了！看见上面的线没？那个要电死人的！”

前面五号楼的房顶上有时有大人上去，有时也有小孩儿上去。有一天，王青川也在前面五号楼的房顶上走来走去。顶是斜瓦，他就在中间的瓦上走，也不知他咋上去的。高敏看见了说：“王青川上屋顶了。”高敏他妈说：“多危险啊！”

没过两天，在家里听到有小孩儿在大声地哭叫。走到走廊上听，声音是从我们楼传出来的。高敏也出来了，听了会儿说：“这是王青川。”

我跑到了王青川的家门外，这时张军他爸也来到他家门口。他去敲门并喊着：“老王！老王！”这时王青川的爸爸走了出来。张军他爸问：“啥事呀？这样打孩子？”王青川他爸说：“孩子不打不成样！”张军他爸说：“也不能这样打孩子，别把孩子打坏了啊！”王青川他爸说了声：“行了，行了！不打了！”就转身进了屋。张军他爸回去了，我也回了家。后来再也没看见王青川在房顶上走了。

看花、蜜蜂和捉蝴蝶

有一天，我看到刘新文在柴火堆边看着啥，就跑过去看，问："干啥呢？"他说："看花。"只觉得楼前有点儿变了样，也没注意到是什么使楼前变了样，这么一看，哦，是花使楼前变了样。看起来也很漂亮！看到一种小喇叭花，我问："这是啥花？"他说："地雷花。"我说："咋没看见地雷？"他说："地雷还没长出来呢！"有种一串串条形的，一半是红色一半是白色的花，他扯了一个放在嘴里吸，我也扯了个吸了一下，里面有点儿水，水有些甜味和苦味，我又问："这是啥花？"他说："狗尾巴花。"有一种顺着竹子长，有点儿像地雷花，我又问："这是啥花？"他说："牵牛花。"我说："哦！"有一种下面有大片的绿叶，中间有一个杆子上面长着红色的大花，我又问："这是啥花？"他说："这是海蕉花。"这时王文利来了说："红山蕉，又名红蕉花。"刘新文又说："这是海蕉花。"王文利又说："这是红山蕉。"他又问："干吗呢？"我说："看花呢！"王文利说："资产阶级情调啊！"我问："那好不好啊？"他反问："打倒资本主义，你说好不好？"我说："不好！"接着又说，"那毛主席像章上还不是有花？"他说："毛主席的是红花，红花不算资本主义。"刘新文也不听我俩扯就走了。毛主席像章上是银色或黄色的浮雕花型，也看不出来是什么颜色，王文利怎么知道是红色的呢？我看到过一幅画，上面毛主席头像放着光芒，下面的花是红色的。

看到一种能飞但有点儿胖的虫子，在花中间忙着，刚伸手想抓一只。刘新文说："别动！是蜜蜂，它屁股后面有一个针，蜇一下很疼的！"他说："我们走。"我们就到了后山，他带我来到一个地方。在地上有一个木箱子上面有很多蜜蜂飞来飞去；有一个比较大片的黄色六边形的洞的东西，蜜蜂们出来进去地看上去很忙。刘新文指着说：“这就是蜂窝。”他指着一个中间有点儿大的、有点儿黑黄色的不飞的蜜蜂跟我说：“你看，这个是蜂王，千万别动它！你惹了它，所有的蜜蜂都要来蜇你，疼死你！”听了后很感激刘新文，我一点儿都不知道这些，要是被蜇了还不知道咋回事！

吃完晚饭在楼梯遇到张军，他说：“我被蜜蜂蜇了一下。”我问：“疼不？”他说：“疼！”我问：“让我看一下？”他说：“在这儿。”他指着腰，我掀起了他的衣服。看了一下，一个核桃大小的有点儿白的包上面有个小红包。

又飞出来了一种东西，像花似的；扁扁的翅膀张开，在花丛中飞来飞去；有各种颜色和样式的。我以前也没见过，觉得很好看！

有一天，看到远处在小平房那边的刘新文拿着个东西在忙着跑来跑去，就过去看。他拿着一个圆形网子绑在竹竿上的东西，网到了个啥以后，用手轻轻捏一下网子，就拿出来夹进了大书里。我一看就是这两天看到的飞来飞去的像花似的扁的东西。我问：“干吗呢？”他说：“抓蝴蝶。”我就跟着他看他抓，有时看他没看到，就跟他说：“那儿有一个。”

回到家后问妈妈：“刘新文有抓蝴蝶的网子，帮我做一个，我也要抓蝴蝶。”妈妈就对大哥说：“小四要抓蝴蝶，你挝一个圈，我来缝网子。”

第二天下午还是去看刘新文抓蝴蝶。

晚上，大哥拿给我一个绑好了铁丝圈的竹竿。我高兴地接了过来，冲他笑了一下。妈妈就拆开个口罩，缝了个网兜，很快就做好了。我就拿着在家里舞了舞。

第二天我就拿着到处去抓蝴蝶，把死了的蝴蝶夹进书里，没事的时候拿出来看。常见的一种不大的黄色蝴蝶，我常常抓着它；还有一种常见的是一种大黑蝴蝶，这种有的背上各种很漂亮的图案；还有一种不小的深黄色的蝴蝶，背上的花纹很复杂，但花纹都差不多；还有一种青色比较细长的青绿色蝴蝶，飞得很快；还有一种合起来像叶子，打开里面有花纹的蝴蝶。我跟刘新文说：“有一种跟树叶一样，开始没看到，我过去，它就飞了，看起来真像树叶啊！”刘新文说：“那是枯叶蝶，比较少见。”

有一次我看到一只枯叶蝶就跑回家拿网子，回来就不见了。后来我还是抓到一只枯叶蝶，开始时没死，我把它装在鞋盒子里。看了两天，有一个翅膀的角都碰坏了一点儿，最终，我没忍住，把它给弄死了。

玩假枪打仗、双管猎枪和真枪

有一天我刚想下楼，刘新文躲在楼梯拐角的地方拿个东西对着我，嘴里发出“啪、啪”的声音，我过去问：“啥啊？”他递给我，拿在手上一看是把木条钉成的冲锋枪。玩儿了两下还给了刘新文，他问：“小四，咋样？你也去找些木条，我帮你做个，咱们玩儿打仗？”我说：“好啊！”我就去找木条。很好找，就是木箱子拆散了的。

刘新文一会儿就帮我钉了一把。我们就在楼梯和走廊里玩儿起了打仗游戏，你瞄一枪我瞄一枪的。玩儿了一会儿，我觉得这地方有些挤了，弄不好要把别人家的东西碰坏。我问：“这里跑不开，咱们到后山去玩儿吧？”他说：“咱们走吧！”我们就到了山上，我们在那里喊："打啊……"是比以前用树枝好玩儿多了！从那时开始我喜欢上了枪。我当时想，要是有把真枪就好了，真枪可能就更好玩儿了！

玩儿了好一会儿，我们就休息了。我说："要有把真枪就好了！当时民兵打靶的时候只想要他们的子弹壳，真枪也没咋注意。"他说："当时就想着子弹壳，谁还想真枪啊？"他停了下又说，"我们家有把真枪。"我问："是真的？让我看看？"

我们就到了他家。他家的墙上挂有几张毛茸茸的东西。我问："这是啥？"他说："这是狐狸皮，我爸在山沟里打的狐狸。"我问："那肉呢？"他说："我们吃了。"我问："那好不好吃啊？"他说："一般。"他拿给我看了一把有两个管子的枪，他说："这是双管猎枪，是打野猪用的。"我问："野猪？哪儿有野猪啊？"他说："馒头山，野猪要拱人，就拿枪打它。"我问："野猪肉好不好吃？"他说："一般。"我问："那狐狸呢？也用枪打吗？"他说："狐狸是用夹子夹，头天下了，第二天去收，就有狐狸。"说完指给我看放在地上的夹子。我才注意到放在地上的一个很大的有些像人的嘴巴牙齿型的铁制的东西。我去动了一下，他说："小心点儿！别把手夹着了！"我指着枪问："拿给我看一下？"他递给了我。我拿在手上沉甸甸的，很重，我可玩儿不了，拿起瞄准比一下都要用很大的劲儿，又还给了他。他拿在手上用膝盖一顶一掰，那枪就弯折了。他说："你看。"又拿给我看。一看两个洞，从这洞里可以看到那边的亮光。刘新文说："这是装子弹的地方。"我问："那子弹呢？让我看看？"他找了几颗子弹，我一看比机枪子弹壳还粗，外面是红色的。他说："一次只能装两颗。"很想知道装进去放一枪是啥滋味？我问："放一枪看看？"刘新文说："我爸不让放，平时子弹还藏起来的，被我发现了。”过了会儿，他说，“我爸快回来了，你走吧！”开了眼界了！我就走了，出来就觉得懂了很多东西。

有一天，中午吃完饭，刚下楼就看见王青川拿着一支枪看着我。他头上戴着军帽，军帽的中间画着一个五角星，军帽里有一圈柳条撑起的帽檐。我问：“给我看看？”他就拿给了我。我拿到手上看，跟我们的还差不多。张军从家里出来看了我们一眼，返回屋里也拿了把枪出来递给我。我拿在手上看着，张军问：“咋样啊？小四，下次玩打仗把我俩喊上啊？”我说：“行啊！”我又问，“谁做的啊？”他说：“还不是我们自己，还能找谁？”我抬头一看，这时刘新文正在楼上往下看。我问：“二扁跟王青川他们也有枪了，咱们玩打仗去？”刘新文说：“好啊！你回去拿枪。”我就返回家拿出了枪，刘新文也拿了枪下楼来。

我们几个就先在后山的树林里玩儿，玩儿了一会儿，我问：“咱们到通信站后面去？”刘新文说：“走吧！”我们又到当年红军挖的战壕里玩儿。躲在树后面嘴里模仿着打枪的声音，你一枪我一枪的，还要装着被打着了的样子。是比我俩人好玩儿多了！我们玩儿得差不多就回家了。路过一号楼听到有人问：“假枪有啥玩儿头？”我们一下愣在那里，好像是在说我们？抬头一看是李叔叔。他是个大官。他脸庞白白净净，眉清目秀，梳着齐齐的平头，看起来很年轻；总是穿着笔挺干净的中山装，下面穿着亮亮的黑皮鞋。我们玩儿的时候他老是在看着我们。以前我还跟爸爸说：“一号楼一楼有个短头发叔叔老是看着我们。”爸爸说：“他姓李，你要喊他李叔叔。”我一次都没喊过他。刘新文反问他：“假枪又咋了？好像你有真枪似的，骗谁呀？”他转身进屋拿了把黑色枪管黄色木柄的枪出来。一看是真的哟！在民兵打靶时我见过这种枪。我问："你咋会有枪的？"他说："我当兵退伍后没还给他们。"我问："是真的，打得响不？"他说："打得响，现在不能打。"刘新文说："打不响的枪，没有子弹。"没想到他在枪上拉了一下，举起来对着天上就是"哒、哒、哒"三声响，一下就把我们给惊呆了！他转过身就往屋里走。我们耷拉着脑袋往回走。我头脑一片空白。他们三个并排挨着很近走在前面。快走到一半时我才发现，就说："等我一下？"他们这才停了下来，回头看着我，我走了几步跟他们并排着走。

回到家，坐在凳子上后，我长长地出了一口气！妈妈在厨房里听到后问："是小四吗？啥时候学会叹气了？"我到厨房门口说："李叔叔有把真枪！"说出来的话声音都变了，沙哑了！爸爸回来了，我跟他说："李叔叔有把真枪！"爸爸说："要犯错误的！"后来我们就再也没有拿木枪玩打仗了。

铅铸枪

有一天，刘新文拿着一把亮晃晃的手枪。我问："给我看一下？"他递给了我。拿在手上觉得很重，我问："这是啥枪啊？"他说："左轮手枪。"我问："用啥做的？"他说："铅。"我问："哪儿有铅啊？咋做的？"他说："通信站的沟里有，把它融化了铸出来的。"我问："咋融化铅啊？"他说："一烧就化了。"指着枪中间一个粗圆的地方说，"你看这个，是真枪它会转，往里面装子弹。"我问："能借我玩儿两天吗？"他说："不是我的，是我哥的。"

晚上吃完饭，我就到了刘新文家外面。刘新文的妈妈在厨房里看到我就笑了。她说：“小四，来了！”我问：“阿姨，刘景文在不在？”他妈冲房间里喊：“刘景文，小四来找你了。”刘景文从屋里出来笑着问我：“小四，啥事啊？”我问：“把你那把左轮手枪借我玩儿两天好不好？”他说：“行。”转身进屋就把枪拿了出来递到我手上说：“别弄丢就行了。”我说：“谢谢啊！”他笑了一下进屋了，我就高兴地拿着走了。

晚上我就拿在手上玩儿，还跑到张军家的杂物堆中间的一个空洞里玩儿，那是我和张军的秘密地点。拿给张军和王文利都看了看，看样子他们都想自己做一把。玩儿了两天还给了刘景文。我到通信站的沟边上去看沟里被丢弃的铅，决定自己也做一把。

从小平房的瀑布流下的山涧河道，这段时间没有下雨，没有水，两边用水泥和鹅卵石砌了起来，很好爬。里面的铅从黑色的塑料盒中散落出来，在沟里到处都是。我也不明白他们为啥要丢在这儿，就穿过铁丝网爬下去拣了几块回家。

回到家里，把以前烤手用的小炉子用柴生燃了火，然后找了个扁平的罐头盒放在上面，把铅用斧头砍小了点儿就放了进去。一会儿，铅就融化了，用钳子夹着罐头盒倒在地上，它就成了地上坑洼处的形状。可是没有模子啊，得找沙子或泥巴做模子。可是，到哪里去找呢？最近没看见哪儿有沙子，也没有下雨啊！对我来说还是有些难了！于是我放弃了做枪的打算。王文利做了一把，拿给我看了看，比刘景文的粗糙多了。

木刀和黑色木雕枪

有一天，爸爸出差回来了，又给我带回了小人书，还给我买了把木刀。木刀跟《红色娘子军》里的一模一样，我高兴极了！拿在手上看，问：“多少钱买的？”爸爸说：“五块钱。”哟！五块钱，不少啊！舞了两下，在家里舞不开就跑到楼下舞，空舞几下，没劲！想砍点儿啥东西，想到砍树或电线杆，不行！刀肯定要断；想到砍桃子，桃子不硬，刀断不了。都看了很多次桃子了，快到可以吃的时候了，砍下来还可以吃。就跑到小平房外面，跳起来对着桃子砍。刚砍了几下，一个还也没砍下来。这时有个警卫员从小平房里出来，一出手就把我的刀抢了过去。我以为他要抓我或用刀砍我，就往后跑了几步。谁知他也不跑，双手拿着刀用膝盖一顶给折断了。我还没反应过来刀就被丢在地上，可把我气坏了！我说：“告我妈去！”他也不理我，转身就进了小平房。

我拿着断刀跑回家跟妈妈说：“妈，有个人把我的刀撇断了。”妈妈问：“谁呀？在哪里？”我说：“在小平房，陈亚文他爸的警卫员。”妈妈说：“走，找他去！”接着又问，“咋把人家才买的新刀就给撇了呢？”妈妈就跟着我去了小平房，敲门。那个警卫员出来了，我说：“就是他。”他见到妈妈后喊：“阿姨！”妈妈问：“是你把他的刀撇断了？”他说：“是啊！他砍桃子。”妈妈说：“砍桃子也不能把人家刀撇断啊，刚买的新刀啊！”他停了一下，说：“对不起！阿姨，下次不了。”说完就进去了。妈妈跟我说：“走吧，回去吧！”我问：“就这么算了？赔我的刀！”妈妈说：“人家一个当兵的，拿啥给你赔？”我只好跟着妈妈很不高兴地回了家！

才舞了一会儿啊！唉，回到家中，看着木刀我发了好一会儿呆。

三哥说："嗯！我给你修修，能修好。"我的心情又好了点儿，等了一会儿，三哥拿给我一把修好了的刀，我拿过来赶紧试了试，结果刀又断了。我的心情又不好了，泪珠在眼眶里直打转！

过了几天，大哥生火从厨房出来，问："小四，差点儿柴，把你的刀烧了吧？"我想了下说："烧吧！"留着也没用，看到它，想起来就是气！

有一天我们在三号楼前面的三合院后面玩儿，看到刘景文匆匆忙忙地从我身边走过。他手里拿着一个黑东西，像是一把枪，后面还绑有一条红布。我想喊他，可他已经走远了。我问张军："他拿着啥啊？"张军说："好像是一把枪？"我说："我看也是，走，咱们找他去。"张军说："他一会儿可能还回来？咱们就在这里等他。"我说："好吧！"等了会儿，刘景文还真的就回来了，我问："把你手上的枪给我看一下？"刘景文把枪递给了我，我拿在手中一看，哎哟！太漂亮了！跟杨子荣的一模一样。匣子枪，只不过是木头雕刻出来的，漆着黑漆，后面绑着红布。我问："能借我玩儿两天不？"刘景文说："不行，不是我的，是张卫军的。"我问："那张卫军哪儿弄的啊？"刘景文说："听他说是他爸以前的警卫员给他做的。"我说："是嘛！"就还给了他，他就走了。我对张军说："我也想弄一个。"他问："找谁弄？你爸又没警卫员。"我问："那谁会做？帮做一个？"他说："看样子不是那么好做哟！要做成这样，不知道要做多久？还要刷漆。"

张卫军我认识。他就住在二号楼的二楼，个子挺高，还戴副眼镜，总是笑眯眯的，一笑有两个酒窝。他跟三哥是同学，他们有时在一起，有时跑到我们楼来找刘景文玩儿。

那几天我总想着那把枪，见着王文利跟他说："张卫军有把匣子枪，我想玩儿。”王文利说：“他爸是神经病。”我问：“啥是神经病？”他说：“就是脑子有病。”我问：“听说他爸好像是工程师？”他说：“就因为是工程师，做实验，人家不敢去他敢去，结果给整病了。”我说：“那应该是好人啊！”他说：“他爸还是臭老九呢！”我问：“啥是臭老九？”他反问我：“你在你们家老几？”我说：“老四啊！”他说：“他爸老九，比你还小。”我问：“老大是谁？”他说：“老大是工人。”我又问：“老二呢？”他说：“老二是农民。”我又问：“老三呢？”他说：“解放军。”我又问：“老四呢？”他说：“我也不知道，反正他最小，是老九。”我问：“他咋是老九呢？”他说：“知识分子都是臭老九。”我问：“啥是知识分子啊？”他说：“读书多的人，读一点儿书不算，书读多了就算了。”我还是不明白，觉得非常奇怪！我知道农民是老乡，老乡那个样儿还排老二呢！他爸我见过。头发没多少了，戴着副眼镜，总是耷拉个头像是在想事情，脸还挺白的，有些像办公楼中挂的画中的五个人头中的一个。

后来我碰到刘景文，问他：“把那把枪再给我看看？”他说：“我已经还给张卫军了。”下楼遇到张军，我问：“我想去借张卫军的那把枪玩儿几天，一起去？”他说：“要去你去，我不去。”我还是劝他：“走嘛！一起去吗？”他说：“不去。”说了几次，看来是劝不动他了。

我就一个人来到张卫军家外面敲门，开门的是他爸。我问：“叔叔，我找张卫军？”他就转身进屋里。一会儿张卫军出来了，问：“啥事？”我没敢说借枪，就说：“把你那把枪给我看一下好不好？”他说：“进来吧！”我就进了他们家。他爸在里屋，屋内很简单，一张桌子、一张单人床、一个柜子、几把凳子。跟我们家不同的是他们家墙上有两面各挂着一幅木框玻璃，里面夹着的画：一幅是毛主席头像，一幅是在山水间干活的老乡。他打开抽屉，从里面拿出来递给了我，他就在旁边看书。我拿在手上到处瞄准着，不停地把玩。好一会儿我才开口："借我玩儿两天好不好？"他说："不行！"我又玩了会儿，又问，"就借我玩儿两天好不好？两天后还给你！"他抬起头说："要玩儿就在这里玩儿。"接着问，"弄丢了我到哪儿找去啊？"于是，我又玩儿了会儿，就说要走。他说："你走吧！"路上我还在想刘景文都能借给我，他为啥不借给我呢？可能是跟我不熟吧！我就到外面转悠去了。

踢毽子、沙包和收麦子

女孩玩儿的我也想参加一个。赵小燕和陈华在楼梯边坐在那儿玩儿，我过去看，只见她们在玩几个骨头。我问："玩儿啥呢你们？"赵小燕说："抓骨节。"我问："教我玩儿嘛，我们一块玩儿呗？"她们也不理我。就看她们很认真地玩儿三个骨头，将一个抛起，翻一下下面的一个，然后再把其他的都一起抓起来。我搞不懂，看了一会儿，等她抛起一个后我把下面的给抓在了手上。赵小燕说："讨厌！别捣乱，放手。"我还给她们后，哈哈笑着，然后就找别人玩儿去了。她们晚上踢毽子我能参加，还行，我也能踢几下了。

回到家问妈妈："帮我做一个毽子行吗？"妈妈说："你能找到铜钱，我就帮你做一个。"我看到王青川曾拿过几个铜钱在手上玩儿，于是就找到他，问："你给我一个铜钱，我让我妈帮我做一个毽子，做好了我们一起踢！"王青川就给了我一个铜钱。妈妈帮我做好后，我就去找王青川踢毽子，王文利、张军看到了也跟我们一起踢。女孩儿玩儿的跳橡皮筋就搞不了了。矮的还能学着她们的样子跳两下，跳也是瞎跳，高一点儿的一抬脚就摔倒。王文利看到走了过来说："看我的。"一抬脚也摔倒了，看来也不行。女孩儿就行，比头还高都能用脚勾着。女孩儿跳橡皮筋的时候还会唱一首儿歌，挺好听的："小苹果，香蕉梨，二五六,二五七,三八三九,四十一,四五六,四五七,四八四九,五十一……"儿歌很长，也不知道她们在哪儿学的！女孩儿还有一种玩儿法，是在地上画一楼房，在楼房里踢一个小铁盒子。我跟着玩儿了一会儿就不想再玩儿了，没意思，还是去找王文利他们有意思。跳大绳男孩儿女孩儿倒是都可以一起玩儿，谁碰到绳子谁去摇绳子。

女孩儿还爱玩儿踢沙包，有不同的玩儿法。我们看见了也做了沙包踢。玩儿了好多天，晚上吃完饭就出来玩儿踢沙包。先是分两拨人，中间画一条线，用脚踢给对方，对方不能用手接，踢两下又踢回去。难度大的我们就玩儿不了了。王文利说："我站在中间，你们丢给我，我再任意丢给你们，看你们能不能接得住？"我们就这样又玩儿了一天。

第二天，王文利说："一个人在前面往后甩，看谁能接得住，接住后就放到脚上踢出去，然后再迈步子迈到沙包那里，记住你迈了多少步，其他的人再踢，踢出去后也是这样，把你的步数相加，多的算赢。"我问："我又不会数数，更不会加数，咋玩儿啊？"他说："我帮你数和记着你有多少步。"我说："好啊！"我们用这种玩儿法玩儿了几天，踢得很远，一般都要踢到小车队那边的大路口，再往回踢。

有一天，刚踢到一号楼，看到李叔叔又在看我们。我对他说："李叔叔，红卫兵他们准备批斗你。"他转过身说："他们敢！谁来我用枪打他！”说完他就进屋里去了。张军说：“有真枪就是不一样啊！”王文利说：“毛主席说了枪杆子里面出政权。”接着问，“小四，赶明儿咱也去弄把真枪？”我说：“还真枪呢？假枪我都没有！”王文利问：“你不是有把木头枪吗？”我说：“行了！别提那木头枪！”他们全都哈哈大笑起来！唉，我也不知为啥，提到那把木头枪我就感到恼火！

有一天，不知道为啥，晚上小孩儿们都不出来玩儿了，只有我出来了，还有就是王文利。我问：“为啥都不出来了呢？”他说：“我也不知道。”我问：“那你弟呢？”他说：“我妈不让他出来，让他在家认字，还要帮我妈干活儿。”我问：“那二扁呢？”他说：“可能他妈也让他在家认字。”

有一天，我想过去看小平房旁边的这块地的麦子长出来了没有。一看还就长出来了，在那儿正好遇到王文利。他说：“走，小四，到半山上去看他们种的麦子。”我说：“好啊！”我们就上了半山。一片都是黄色的了。扯了根拿到手上看，跟画上画的模样差不多。

有一天，看到一群学生扛着红旗上山了，我也跟上去看。还挺热闹的，红旗插在地的中间。有的人脖子上搭着个白毛巾，有的人戴着草帽，有的人弯腰在一把一把地割，还有的人用绳子捆割下来的，很像是看到在画上的老乡干活儿的场景。

过去看地上有把带木柄的刀，拿在手上很轻，也学着抓了几根麦子用刀在下面一割，麦子就断了还想再割，就听到有人对着我喊：“快放下！”接着问，“这是小孩儿玩儿的吗？”我就放下了，他又说：“我们这里忙着呢！别把你碰到了，小孩儿还是到别处玩儿去吧！”我就下了山。在小平房门口看到有的人背一大捆麦子从山上下来，麦子都碰到挑子了。

摘梨和桃子

有一天吃完午饭出来，正在走廊上往外看。刘景文从家里出来，笑着问我："小四，走，咱们摘桃子去！"我说："好啊！"刘景文以前只喊过我打弹子，忽然喊我干别的，我感到很高兴，就跟着他和郭青山到了小平房外面。刘景文个子高，一跳起来就摘下了一桃子。跳了几下就摘了几个，还拿给我一个。上面有很多毛，吃不成。刘景文说："食堂那里有水。"我们就到了食堂，食堂外面有个水管，刘景文帮我把桃子洗干净。桃子吃起来很香，很好吃！以前好像还没吃过桃子。刘景文说："小四，该你了？"我问："干啥啊？"他说："去摘梨啊！"我问："在哪儿啊？"他说："在小平房里面，我们不好去，你小，他们不会把你咋样的。"我问："我能够得到吗？"他说："不高，你可以的。"

我就从小平房的大门缝中间钻了进去，到梨树下摘梨。梨树很矮，我伸手就摘到了。正摘了两个，从小平房里出来两个人。我看到后刚想走，一个人说："别走！"接着说出了我爸爸的名字，我觉得非常奇怪，爸爸没有带我来过小平房啊，我也没见过这个人啊，他咋认识我呢？他跟旁边的一个人（可能是他的警卫员）说："你拿去洗一下，再拿盘子和刀来。"警卫员就把我摘的梨拿了一个进去，他也进屋拿出来两个凳子。他说："你坐下，我跟你爸爸是朋友。"接着问，"你爸爸现在还好吧？"我说："好啊！"梨拿了出来，他把皮给削掉，再削成小块的放在盘里盛着。他说："你吃吧！"我就坐在凳上开始吃，他没吃。一盘子梨很快被我吃完了。梨很好吃，水很多。吃完后，他跟警卫员说："你去摘些下来。"他摘了好几个，我拿衣服兜着。他说："你回去吧！看见你爸爸替我问声好啊！"我说：“叔叔再见！”他冲我笑了一下。

我就到食堂那里找到了刘景文。他问：“咋去了这么半天？”我说：“那个小平房里的叔叔说是我爸爸的朋友，还削好了给我吃，这些是他送给我的。”刘景文说：“行，你爸够意思！下次还是你去。”我拿了一个就回家了。

爸爸回来后，跟他说：“小平房的叔叔说是你的朋友，还让我转问你好，还请我吃梨。”爸爸说：“你该喊他张叔叔，不，应该是张伯伯。”我问：“够意思是啥意思？”爸爸说：“就是很好的意思。”三哥听到了问：“去摘梨了？梨在哪儿？”我说：“在厨房菜框里。”三哥说：“找来。”我就到菜框里把梨找出来给他，他拿去洗干净，分成了几块。我说：“我今天吃了，你们吃吧！”他们就一人分一块吃了。

有一天下午，我跟刘新文他们又去看桃子。看了会儿，刘新文说：“今晚行动。”我问：“干啥？”刘新文说：“摘桃子。小四带上你家的网兜。”我问：“啥是网兜？”他说：“回家去问你妈。”我问：“拿网兜干吗？”他说：“装桃子啊！”

回到家我就问妈妈：“妈，咱家网兜呢？”妈妈问：“要网兜干啥？”我说：“装桃子。”妈妈问：“哪儿来的桃子？”我说：“小平房的，今晚去摘。”妈妈说：“不要去，他们要分给咱家的。”上次樱桃他们是分给过我家，晚上就没跟他们去。

第二天，刘新文见到我问：“小四，昨晚咋没来摘桃子呢？”我说：“我妈不让，说要分给我们家的。”我去看，树上就没看到几个桃子了，被刘新文他们摘得差不多了，几乎看不到了。

又过了一天，也没给我们家分，让我很不高兴！跟妈妈说：“你不让我去摘，桃子也没吃成！你不说要分给我们家的吗？”妈妈说："哪天给你买。"她对大哥说，"小四要吃桃子，赶场带点儿桃子回来。"

隔了一天，大哥赶场带回来几个桃子，却没有小平房的好吃。

养蚕、癞蛤蟆、金龟子、捉蚂蚱、花大姐、萤火虫和蝉

有一天我去倒垃圾，看到二号楼的头上有一个个大的圆形扁簸箕，就过去看，里面有些绿叶子和一些白色的小虫子。这时过来一个小孩儿，一看认识是五铃。问他："这是啥啊？"他说："蚕。"他带我进了一间屋子，里面有很多簸箕一层层的，里面的蚕有大有小。我才看明白是在养这个东西。我问："养蚕干吗啊？"他说："穿在身上，做衣服用的。"他指着我的衣服，又说，"不过你这个不是，是高级的，是大人穿的。"我问："哦！这是你家？"他说："是啊！"看见他们家有手摇的放在地上转圆圈的东西，问他："这是啥？"他说："纺车。"上面还有一圈圈白色的丝。我问："这是啥？"他说："蚕丝，是蚕吐出来的。"他又指小坨坨白色的丝跟我说，"你拿些回家养，长成这种后拿来，我请你吃桑果。"我问："啥是桑果？"他说："到时候你就知道了。"又说，"这种叫蚕茧，是蚕吐出来的。你到我这儿摘桑叶。"我问："啥是桑叶？"他又带我来到一棵树旁，指着树上的叶子说："就是这个叶子，给蚕吃的。"我问："那拿啥装它们呢？"他说："鞋盒都可以。"我说："那你给我装点儿。"他说："鞋盒你回家找去，一般都有，我这儿没有，要是有，我就给你了。"我就回家找来了鞋盒。他给我先装了些桑叶，又

在上面放了些小点点似的蚕卵。

我就回家开始养蚕，每天看蚕的变化。它们每天都在变，从小点点变大了一点儿，又变成了小虫子，小虫子开始吃叶子，一天天地长大。

有一天，遇到王文利，我跟他说："五铃家养了很多蚕，他给了我一点儿，让我也帮他养。"他说："他们家人多，他妈没工作，生活困难，养蚕弄些丝跟老乡换吃的。"我又问："他为啥叫五铃呢？"他说："他四个姐，他排老五，所以叫五铃。"

有一天，我在去五铃家门前摘桑叶的路上遇见了王青川。他问："干啥去？"我说："摘桑叶。"他问："摘桑叶干啥啊？"我说："养蚕，五铃家有蚕。"他抻出手，张开了手掌，只见有个东西从他的手中飞了出来，飞到我的面前就不飞了。我感到很意外，仔细一看，飞的虫子的腿上拴了根线，线拉直了虫子就飞不动了。我问："这是啥？"他说："金龟子。"我问："哪儿有啊？"他说："山上多的是。"我就跟着他到了后山。他带我来到了一棵树边，他指着一棵树说："你看！"有一棵小树，上面是弯的歪了脖子的，没有啥树叶了，上面爬满了金龟子。他又指着下面一个洞说，"你看，里面有只大癞蛤蟆！"我看洞里面没啥，都是些土啊！我说："这里面也没啥呀？"他捡起土疙瘩就往洞里砸，里面的土堆就动了。我说："哦！看见了。"跟土的颜色差不多啊！他说："不能抓它，它身上有水泡，水泡要射出来水，射到身上有毒，皮要痛的，还要坏呢！"我说："是吗？"也捡起土疙瘩往洞里砸，砸了两下它也没出来。我也抓了个金龟子，采了些桑叶就回家了。找了根线捆在金龟子的腿上，等它飞起来了，再把它拽回来玩儿一会儿。

晚上妈妈回来了，我跟她说："后山上有只大癞蛤蟆，我拿土疙瘩砸它呢！”妈妈说：“它是益虫。”我问：“啥是益虫？”妈妈说：“就是好的虫子，它要吃害虫。”我问：“啥是害虫？”妈妈说：“就是不好的虫子。”

第二天，我跟王青川说：“大癞蛤蟆是好的，要吃不好的虫子。”他也就不去砸它了。看见我养蚕，他也去五铃那儿要了些蚕回家养。蚕长大了开始吐丝，吐出丝把自己裹了起来。有的变成了干的，像是死了；有的变成了蛾子飞了出来，但飞不远，开始拉小黑豆似的蚕卵。

有一天，我把蚕茧拿到五铃家，正好王青川也在。就看到他们家的锅里在煮蚕茧，看到五铃的手在锅里一点儿就拉出了丝。我问：“让我试试？”抻手到锅里，丝没拉出来，还把我的手烫了一下。五铃说：“蚕茧可以吃。”拿给我吃了一个，不好吃！看来我只能帮着摇地上的纺车，摇了会儿就不想摇了。五铃从树上摘了很多紫色的桑果给我们吃，水很多，很好吃！

蚕卵又变出了很多蚕，鞋盒都装不下了，就用家里的大圆簸箕装。妈妈问：“养了这次就不养了吧？”我也不想养了，就把新生出的小蚕都拿到五铃家去了。

有一天，下楼看到王青川在柴火堆边捉啥，问道：“干啥呢？”他说：“捉蚂蚱。”我又问：“捉蚂蚱干啥？”他说：“喂鸡。”想到我们家也养了只鸡，就跟着他抓，一抓还抓出了兴趣。他说：“通信站后面的山上多。”我说：“那就去嘛！”我们就到了通信站的后面抓。这里有各种蚂蚱，边捉还边把捉到的拿给王青川看，问他这是啥，那是啥的。他一一告诉我。我崇拜地问他：“你咋知道这么多的？”他说：“我们家有本书上都有，有图，有字，字是我妈念的。”等了一会儿他又说，“不要捉螳螂，它要割到手。”我问：“啥是螳螂？”

他指着在草上爬着的一个浅绿色跟蚂蚱看起来差不多，小头前面有两只大刀的给我看。这个我看到过，还没捉到过呢！我们就用狗尾巴草把捉到的蚂蚱串了起来。王青川说："今天我们不捉蝈蝈，改天带盒子来装，拿回去可以听它叫。"我们越捉速度越快，常常是扑过去抓。在抓一只的时候我跟他同时扑过去捉，结果两个人头撞到了一起，把我的头都撞疼了、晕了，王青川却躺在草地上哈哈大笑！

第二天我们找了盒子专门去捉蝈蝈，蝈蝈是不太好捉，只捉到三只，拿回来养了两天就死了，只有拿去喂鸡。

有一天，我正低着头走路，突然在我面前出现了一只手，手上拿着个黑黑的有两根长胡须的大虫子，吓了我一跳！王青川从我身后跳到了我面前哈哈大笑！我问："这是啥啊？"王青川说："这是牵牛。"这个虫子看样子有些吓人！我问："拿给我看看？"他递给了我，我看了看感到很特别，看了会儿，就还给了他。

吃完晚饭在楼下遇见王青川。他说："走，抓花大姐去。"我问："啥是花大姐？"他说："看到你就知道了。"就在楼前的草丛中找。一会儿就抓到了一只，是背上有硬壳子，硬壳子上有各种花纹的虫子。他说："要一张硬些的白纸。"我问："干啥？"他说："放到纸上看啊！"我问："离你家近，你回家去拿啊？"他说："我家没有，要是我家有我就回去拿了。"我回家找了硬纸板，是以前从大哥的新衬衣上面取下来的。问妈妈："还要不要？"妈妈说："不要了。"

下楼来，我们就捉到一只放在硬纸板上，一会儿捉了很多只，全都放上去看，还很好看！它们都在硬纸板上爬着。看它们背上硬壳子上的花纹，花纹各不一样，底基本上是红色和黄色的，还有绿色的，纹路却全是黑色的。

有一天，晚上吃完饭下楼玩儿了一会儿。在天快黑了的时候我就看到一种有点儿像是蜜蜂的虫子飞来飞去，屁股上像是有个小亮点，很好看！看到刘新文在抓，我问："这是啥啊？"他说："这是萤火虫。"我问："我咋没见过呢？"他说："现在没有看到了，很久以前有过。"看样子小孩儿们都喜欢，都在捉。我就回家找了个瓶子，捉到后装进瓶子。看它们在瓶子里跳来跳去像个灯泡，看了会儿，还是把它们都放了。

有一天，听到外面有很多"吱""吱"的声音，很响，高敏也在走廊上听。我问："这是啥在叫啊？"他说："这是蝉，也叫知了，每年这个时候就叫了。"看到王青川和刘新文他们在拿着竹竿忙着啥，就下楼问他们："在忙啥呢？"王青川说："抓知了。"我问："咋抓啊？"他说："用蜘蛛网。"我看了一下，他拿着的竹竿头上缠着些东西。举起竹竿往树上捅，顺着看过去，还就有个小黑点被粘住了。他又换手拿到了竹竿上部，看到了一只不小的黑色的有着透明大翅膀的蝉。他一捏，它就叫了，我问："给我看看？"他递给了我，我看了会儿，还给了他。我问："让我来？"他说："我还想抓呢，你自己弄个嘛！"我就去找了根长竹竿，又回家找了绳子和一点儿破布捆在上面，就去找蜘蛛网。

蜘蛛网在我们这儿到处都是。有时我就在蜘蛛网旁看到小蛾子啥的飞到上面就被黏着了，蜘蛛过来用丝把它缠起来；有时我还看蜘蛛忙着织网，一圈一圈的也很好看！

到楼中间的杂物房里，直接捅向那个最大的蜘蛛网，蜘蛛就跑了。对不起了蜘蛛，再织一个吧！转动着竹竿把丝裹弄到了竹竿头上，弄完就下楼找知了去了。我顺着声音找了会儿，就看到了，一粘还真粘到了一只。拿在手上玩儿了会儿，还是把它给放了。

乔哑巴、扯草和养兔子

有一天，一个没见过的小孩儿出现在我面前，他离我很近，看着我。他高我一头多，背有点儿弯，眼睛很亮，脸上有些小疤痕，看样子比我大几岁，也不说话。我问："你家住几号楼？你叫啥名字？"他还是不说话，我觉得有些奇怪，站了会儿他就走了。

第二天，我遇到王文利，问："有一个小孩儿，比我大，跟他说话，他也不回话。"他说："这是乔哑巴。"我问："啥意思？"他说："就是他姓乔，不会说话，也听不见。"我问："咋会这样啊？"他说："他妈生他时吃错药了，生下来就是个哑巴。"我问："那咋知道他想干啥？"他说："用手比画呗！"用手比了一下。还没见过这样的人，挺可怜的！我又问："那他住哪儿？"王文利说："就前面住二号楼。"离我们很近啊！咋以前没看见过他呢？

第二天他又出现在我面前。我先用手比了个吃饭的样子，他点了一下头。我又乱比了几下，他看着没反应。我也不知道该比啥？想了一下，我会比一、二、三，就先伸出了一根手指，又伸出第二根手指，然后再伸出了第三根手指，比完了看他也没什么反应。想起了"石头、剪刀、布"，就伸出了拳，他也伸出了拳，我们就来了两下。他转身走了，我们就各走各的了。后来就很少看到他了，有时看到他也是在远远的地方走。

有一天下午，下楼就遇到王文利他们。王文利问："到半山上玩儿去？"我说："好啊！"我们就来到半山上。半山上的麦子都没有了，只有一片野草。我们先是在空地的边上走了一圈，看了看山下和远处的风景，跟以往看到的又不同，很好看！树叶比以前要茂盛多了，风吹过来泛起了片片淡绿色的叶子。我们在草地上打着滚，从稍高地方往低处的草丛中跳着，又在草地上玩摔跤。玩得有点儿累了，我又坐在草地上看着风景。看了会儿，转头看王文利跟刘新文在草地上坐着在玩儿啥？我走过去看，两人对着一人拉一根草。他们用劲一拉，其中一个人手上的草只剩光杆子了，另一个人就在剩光杆子的人头上用食指弹一下。我问："玩儿啥啊？"王文利说："扯草。"我问："我也来？"王文利说："行啊！"去拔了一种上面分着细条条的叉，下面是秆子的野草。这种野草到处都是，很常见。他就教我，先打一个结，然后一个人穿另一个人的结洞，谁的断了，谁就算输，赢了的用食指在输了的脑壳上弹一下。王文利的手很重，弹在头上很疼！我们就在草丛中找长得粗的这种草。越玩儿越兴起！感到差不多饿了我们才下山了。

晚上吃完饭，妈妈问："你的头咋了？"我说："没啥啊！"她说："你去照一照镜子。"我一看，说："哦！扯草弹的。"她问："扯草弹的？咋会是这样啊？"我说："扯草谁输了，就在脑门弹一下。"我比了个动作，她说："以后不要玩儿这个了，你看看这弄得青一块紫一块的。"我忙不迭地说："没事。"

第二天下楼遇见王青川，他问："小四，来玩扯草？"我说："来就来。"我俩又玩儿了一下午。

刘新文弄来了好多只小兔子，大多是白色的，也有灰色和麻黄色的，还有很多个笼子，一层层地堆着。我问他："兔子从哪儿弄的？"他说："赶场时，在老乡那儿买的呗！"

有一天，刘新文挎个篮子要出去的样子。他看了看我，问："小四，扯兔草去？"我说："好啊！"我就跟着他先来到一号楼的头上那块地，没有种的麦子了，全是野草。我去了就开始扯草，他看到了说："兔子不是啥都吃的！"他又扯了一小把草给我看，说："要这种，别的不要。”我就在地上找这种叶子有些大的、中间有点儿白色液汁的野草。很快这里这样的草被我们扯得就很少见了，我们又到通信站后面的山坡上去扯。扯了很多，篮子都装满了，就回去喂兔子了。

钓鱼

天气渐渐热了，可以穿单衣了。有一天，吃完午饭，我下楼走了一圈没遇见一个能玩儿的人，想着回家看小人书得了，刚走到楼梯口就遇见了张军。看到他手上拿着东西，看样子他是要出门。我问：“干啥去啊？”他说：“钓鱼去。”我问：“去哪儿钓啊？”他说：“河边。”我问：“我也去行吗？”他说：“行啊！”我问：“要准备啥东西啊？”他说：“要鱼钩、鱼线、鱼饵。”我问：“拿啥做啊？”他说：“鱼钩用大头针，鱼线用白线，鱼饵用面打湿了搓成团就行。”他把做好的拿给我看了一下。我就回家找了这些东西，到了他家，他教我怎么做。把大头针掰弯了，然后绑在白线上，又把白面搓成团粘在了大头针上。

我们走了一段。我说：“我知道一条路可以到河边的。”他说：“那走嘛！”我们就来到了以前我曾磨过核桃的地方。在河边可以清楚地看到水里有成群的小鱼。我们直接把线拿在手上，钩放进了水里，一会儿就有鱼咬住了，拉起了线，一钓还真钓了起来。钓起来的鱼都很小，拿给张军看。他说：“这是泥蚯。”我们在河边沙滩上挖的一个小坑里，引了些河水到小坑里，然后把钓到的鱼放在里面。张军说：“钓起来后要甩圈圈，把鱼甩晕了好抓。”正钓着，张军高兴地说："我钓了只白漂子！"过去看，是一只大一点儿的肚子白色有点儿五彩细鳞纹的鱼。张军说："大一点儿的鱼在中间。"我说："是啊！我也看见了在中间。"他说："要钓到大一点儿的鱼要用杆子，把线绑在杆子上抻过去。"我说："是啊！"他说："要捆个东西在线上，漂在水面上，要不咋知道有鱼咬？"我问："那用木棍吧？"他说："也行吧！一看东西动就拉起杆子。"我把鱼用张军带来的塑料袋拿回了家。回来的路上，我问："还是用芦苇做浮起的东西吧？"他说："我也想用芦苇。"我问："要用上次做弓的金竹吗？"张军说："看来也只有用金竹，它结实，韧性好。"

我们回来就到山上去砍金竹。每个人砍了根不是很长的竹竿。回家找了以前做箭杆剩下的芦苇做漂。

第二天都准备好了，下午下楼找到了张军。我们刚要一起走，遇见了王青川。他问我们去哪儿，我说："钓鱼。"他说："我也去。"我们就到了河边。我刚钓一会儿，王青川就问我："让我钓一下？"我说："我才钓，我还要钓呢！"他又问："让我钓一会儿嘛！"接着又说，"我钓一会儿就给你。"我就把鱼竿拿给了他。他钓了会儿没钓到，就把鱼竿还给了我，去找地方踩水去了。我们在河里的大鹅卵石上跳来跳去找有鱼的地方，有的石头离得很远都敢跳；有时跳过去石头是湿的，很滑，站不稳，摔了跤，屁股坐在了石头上，脚踩进了水里。很疼，还好没有受伤。知道了湿的和有绿色青苔的石头不能跳。河水也不太凉了，鞋和裤子都打湿了，干脆就穿着鞋在水里踩。不远的上游水潭里已经有人在游泳了。有看样子是比我们大不了多少的小孩儿，他们从很高的半山上往下跳。我说："他们把鱼都吓跑了。"张军说："就是，我们走。"跟着收了竿子，他说："把王青川喊上。"我抬头找着了王青川，看到他在有点儿远的地方踩水。我就大声地喊他，他听不见，我丢了块石头到他身边，冲着他招手，示意要走了，他就过来跟我们一起沿着河往上游走。在过一段急流的浅河的时候，我觉得自己快要被水冲走了。一看他俩都过去了，我大声喊："我过不去！"张军走回来，牵着我的手，我这才过了河。又到了一个有水潭的地方，看到有人站在很高的半山上要往下跳的样子。我一看认识，是陈亚文，很久都没看到他了。我们就坐下看他从半山上往下跳。看到他一头栽进了水里，在水里待了会儿，又冒上来。他上岸后跟我们点了下头，打个招呼又去游泳了。我们继续往河的上游走。这次比上次钓的还少，也只钓了点儿小泥鳅。小鱼我们也没带回去，都放在大石头上晒干了。

回来的路上我感觉有些累了，就一个人慢慢地走，他俩在前面走得快些。我一路都在想怎样才能钓到大鱼。刚走到楼梯口就遇到了刘新文，他看了看我，问："去钓鱼了？"我说："是啊！"他问："跟谁去的？"我说："二扁和王青川。"他把我的钓鱼竿拿在手上看了一下，说："像你这样是钓不到大鱼的。"我问："为啥？"他说："要用有倒钩的。"我问："啥？啥是倒钩？"他说："你跟我来。"我们就到了他家。他给我看，是用铁打的黑色钩子，尖上有一个倒钩，连着透明尼龙线，线上还有铅块，连着一根大刺。我问："这是啥？"我指着大刺问。这种大刺我见过，但不知用来做什么的。他说："这是刺猬毛，漂不能用芦苇做，大鱼看到了不咬钩。"他问："你们给鱼吃啥？"我说："面团。"他说："大鱼不吃面团，大鱼吃蚯蚓。"我问："那竿子呢？"他从他家的另一间屋子里拿出来给我看。有很多根一样长的，粗细不一样的，每根都比我高一点的竹竿。他说："这是接起来用的。"他拿两根对着一转，两根就连在了一起。我下楼去找到了张军，说："去看一下刘小二家的，那才是钓大鱼的！”他跟我来到了刘新文家。张军指着鱼钩问：“哪儿弄的？”刘新文说：“拿粮票找老乡换的。”我说：“大鱼不吃面团，吃蚯蚓。”他问：“谁说的？”我说：“他。”示意是刘新文。看了会儿，张军说；“我们走啦！”刘新文说；“你们走吧！”我们出来在楼梯那里商量，张军问：“小四，明天咱们到老乡那儿换去？”我说：“行啊！”他说：“那得明儿一早去，下午咱们做好，后天去钓。”我说：“是啊！”他说：“那明儿你一早来喊我。”我说：“行啊！”他说：“那说好了，一定啊！”我说：“一定。”我们就分别回家了。

一回到家，妈妈问：“去哪儿了？”看了看又说，“哎呀！衣服都湿了！快脱下来。”我就边脱衣服边说：“去钓鱼了。”接着又问，“妈，给我些粮票？”妈妈问：“要粮票干啥？”我说：“明天一早我跟二扁去跟老乡换鱼钩。”妈妈说：“晚上吃完饭再说。”妈妈给我打了一盆水，说：“擦一擦，洗洗脚。”

吃完晚饭我问妈妈：“给我点粮票吧？”妈妈从抽屉里拿出来些粮票，也不知道是给了我多少。她说：“拿好了，别弄丢了。”我拿着粮票，就开始打哈欠想睡了。妈妈说：“洗洗早点儿睡吧。明天一早还要去老乡那里呢！”我就去刷了牙上床睡了。从来没有过这么早就上床睡觉。

吃完早饭下楼，张军也正好出来，他问：“粮票准备好了？”我说：“准备好了。”他说：“那咱们走吧！”我说：“走吧！”

我俩就沿着大路往老乡那里走了去。在以前磨核桃那里的河对面，要从大路上走，过了大桥就有老乡住的地方。刚刚过了大桥就闻到一股浓浓的以前没闻到过的气味，是一股很臭的味儿，像是屎臭，又不像。看到有老乡在田里面手里拿着东西忙着干活儿。

我们就近来到了一个老乡家外。门是开着的，我们就在门口敲门，见出来了一个老乡，张军问：“有没有鱼钩？”他摇头说：“没得。”张军说话的声音变了，怪怪的。老乡的说话声音也不一样，以前远处看到过老乡，还没有听过他们说话。又走到下一家敲门，一个老乡开了门，张军问：“有没有鱼钩？”也说：“没得。”我以为是找错了地方，是不是要走到远处的老乡那里才有？我们又到另一家敲门，又出来了一个老乡，张军又问：“有没有鱼钩？”他说：“有，进来吧！”我们就跟着他进到了院子里，院子里拴了条狗，看到我们很大声地叫着，有点儿吓人！老乡冲狗喊了一嗓子，狗就不叫了。我们跟着进到了屋里，屋里的地面都是土。有一张四方桌，周围是条凳；右墙角放着一张单人床，床上铺着麦秸，上面放着一床棉被；左边是一个用土砖围着烤火的，上面吊着一把黑色的壶，其他就啥都没有了。家里摆成这样的还没见过，让我很吃惊！我们就拿出粮票，他从里屋拿出鱼钩和鱼线，给我们一人两个钩。我问：“还能再多给一个吗？”他连着说：“要不得，要不得！”于是，我们拿着鱼钩和渔线就回家了。

回到家就开始做。绑了好多次就是绑不紧鱼钩。想到在刘新文那里看到的是紧紧的，他可能会绑，就去找刘新文，问：“帮我绑一下好不好？我绑不紧。”他说：“我也绑不紧，我爸才绑得紧，你就放在我这儿吧！等我爸回来帮你绑。”我说：“好啊！”晚上吃完饭去找刘新文，他把绑好了的拿给我。我笑了一下就拿着回家了。

我回家找到大哥，指着他那根刺猬毛问：“把这个给我好不好？”他问我：“你拿去干吗？”我说：“做钓鱼用的浮漂。”并把绑好的鱼线和鱼钩给他看。他说：“拿去吧！”接着又说，“等一下。”他拿着刺猬毛，然后在妈妈的针线盒里找了根针，用火烧针。我问：“干啥？”他说：“你看就行了。”他把针烧红往刺猬毛上扎，在刺猬毛上穿了个洞，然后对我说："把你那线拿来。"我拿来递给他。他把线从洞里穿了过去，穿到鱼钩的上方停下来，又在鱼线上打个结，它就不滑下来了。哦！不用绑。我又把线往竹竿上绑。他看到说："行了，我来吧！"他就帮我把鱼线绑在了竹竿上。大体就做好了，想了想还差些啥？还差个在鱼钩上的铅坠子，想了半天，去取铅来熔化做，好麻烦哟！用牙膏皮吧，也是铅做的，而且不用熔化它，剪成条状缠在鱼线上就行了。想想还差些啥？还差一个装鱼食的东西，用啥呢？用小瓶子吧！就问妈妈："有没有一个小空瓶子？"妈妈问："干啥用？"我说："装鱼食。"妈妈给我找了个空的小药瓶。

第二天上午我就去找张军，问他："做好了没？"他说："做好了。"又问，"你的呢？"我说："做好了。"他问："拿来我看看？"我就回家取来给他看，他看了看，说："行！"我问："看一下你的？"他进屋取出来给我看，我一看，他也是用牙膏皮做的坠子。我说："你也用牙膏皮啊！"他反问："那用啥？"接着说，"只有用牙膏皮做。"我问："那下午去不去？"他反问："咋不去呢？"接着说，"去，吃完饭你来喊我。"

吃完饭，走到二楼楼梯口看到刘新文坐在家门口，过去问他："走，钓鱼去？"他说："你们去吧！我就不去了。"我又问："去嘛！你不是还有大鱼竿呢吗？"他说："不去，不去，我爸不让我去，再说了，我还得看着兔子呢！"我就下楼去喊张军。他出来问："装鱼食的带了没有？"我拿小药瓶子给他看了下，他说："行，去问一下王青川去不去？"我就去喊王青川，问他："去不去钓鱼？"他说："去。"我们三个就往河边走。张军说："要捉蚯蚓。"我说："走走看看吧！"想着还要找鱼食蚯蚓，我曾捉到过蚯蚓。

以前它有时会自己跑出来，在地上慢慢地爬，我就在旁边看。

我问刘新文："这是啥？"他说："这是蚯蚓，能松土。"伸手一弄就给弄断了，捉去喂了鸡。有人翻地的时候也有，我也去捉。他说："不要捉，蚯蚓能松动泥土，对我种的东西有好处。"我才明白了蚯蚓的好处。

我们才不会捉我们楼前的蚯蚓呢！要捉也要捉别人地里的。知道它在湿润的地方比较多，我们就一路东看西看，看哪个地方蚯蚓可能多。快走到河边了，看到一小片菜地，旁边有一个洗衣台，地下有淤泥。我们就停下来，开始挖，很快捉到了几只。

我们还是到河的下游开始钓鱼。开始钓到了几条小的，有的放在了大石头上，有的装进了塑料口袋里。我们又顺着河往上游走。走到了一座小桥边停下，就开始钓。

没一会儿，我就钓到了一条大鱼，好高兴啊！想到大鱼可能更不好抓，就开始甩圈圈。刚甩了几圈鱼竿就断了，断的那节被水冲到了一圈石头中，卡在了那里。张军说："我去拿。"他顺着石头跳，有一处宽的地方跳不过去就回来了。我也跳着石头还是过不去，就回到了岸边。脱掉衣服准备在水中走过去，走了几步，水到了胸部就要到头部了，要喝水，就不敢走了。以前在洗澡的时候喝过水，被呛过，很难受的。没办法，看样子是取不到鱼竿了。还是钓不到大鱼，就是钓到了大鱼，也拿不到！就没有了钓鱼的兴致。

感到水也不冷，我们就都脱掉了衣服到浅水中玩儿。你往我身上用脚溅水花，我往你身上用手推打着水花，玩儿起了打水仗。小桥上面流下的水形成了水帘，我们就在水帘后面看，然后穿过水帘冲水。又找到了新的玩儿法，还可以玩儿打水仗。回去的路上想休息两天再来玩儿水。回到楼前把剩下的蚯蚓倒在了花丛中。

震鱼

第二天吃完中午饭，我还是下楼找玩儿的，看到张军和王青川在楼左边的空地边上玩儿啥。我过去看。不知是谁放着一个大铁锤和一个钢钎。大铁锤很重，我拿不起来，只能拖动着；钢钎我能拿起来往地上扎。王文利来了，他能把大铁锤举起来。玩儿了一下说："二扁，你扶着钢钎，我来砸。"二扁过去扶了一会儿，还没等王文利砸下去，他就放手不扶了。我说："我来。"就双手扶着钢钎说，"别砸到我手啊！"他说："不会的。"就一锤子砸了下来。我闭上眼睛，不敢看了，手觉得震得慌。他砸了两下，钢钎不倒了，我就不扶了。他还是一锤一锤地往下砸，把钢钎砸进了比较深的土里，他就停了下来。我去拔，拔不出来了。

第二天下午，吃完饭刚出门就在楼上看见张利民扛着大锤在楼下走，有个小孩儿跟着他走，他边走边喊着："震鱼去啰！"震鱼还没听说过。我下楼跟着他走，高敏也下楼跟着他走，张军也出来跟着走，王文利和王青川也出来跟着他走。我们一群小孩儿就跟着他到了河边。

我们还是来到河的下游。看到有水湾又有大石头的地方，张利民就站在大石头旁边用大铁锤对着大石头砸，等了会儿，鱼就慢慢地出来了，鱼的肚皮有些朝上。高敏他们就下水去抓，我明白了，把鱼震晕了就好抓了。在不深的地方我也下水抓了两条。我们就顺着河从下游往上游走，边走边看到有水湾和大石头的地方就停下来砸。跟我们以前走的路线一样，这次抓的鱼要多得多了，还有些大点儿的鱼。我们沿着河往上游走了很远，走到了我从来没来过的上游。在上游的一个宽阔一点儿的浅水湾，里面有一群小鱼。张利民说："把水抬高，不要让鱼游走。"我们就搬石头垒了一排，把水抬高了一点儿，鱼多数还是游走了。把水抬高筑坝倒是挺好玩儿的，在那里我们玩儿了很长时间。张利民说："肚子饿了，你们谁带吃的没？"大家都说没有，于是就都回了家。

去河里游泳

有一天下午，张利民来找三哥，他在我们家门口"啊"的怪叫了一声。三哥从屋里出来问："来啦，啥事？"他说："走，游泳去。"三哥问："去哪儿？"他说："车队那儿。"我说："我也去。"他说："去嘛！"走到楼梯口遇见刘新文，他也问："干啥去？"我说："去游泳。"他说："等我一下，我也去。"我们刚下楼，遇见王青川也问："干啥去？"我说："去游泳。"他也跟着走，张军看到了也一起走。

我们到了河的上游，是小桥还过去一点儿。王青川先跳了下去，在水里还不沉下去；跟着刘新文也跳了下去，游的姿势比王青川好看些；张军也下水了，他不会游，在一旁的浅水中待着；三哥和张利民他们游到了河的上游；看到他们都下水了，我也脱衣服下了水。

我趟过了浅水沟，走到了宽阔的浅滩中。在浅滩中看到刘新文站在水中，想去找他玩儿，他说："你走过来啊！"我以为水会慢慢变深，没想到，走了几步，突然脚下踩不到石头了，就开始向下沉，然后开始喝水。看见上面有水泡向上浮起了一片片光亮，喝得很难受！我想我不行了，就开始用脚蹬水，用手划水，头往上刚出了水面一下，又沉了下去，又开始喝水。我不停地乱蹬乱划，还是喝水，有些白泡泡漂了起来，把头都整晕了！正在这时有人把我捞了起来，把我拉到了岸边的沙滩上，掐鼻子下面，拍脑门，抓着腿把我身体倒立着。我感觉有水从鼻子和嘴往外流出来，头有些晕。原来是三哥和张利民他们。三哥说："你差点儿淹死！"张利民说："我还以为是水蛇呢！正想过来抓呢！"三哥说："行了，不游了，回去吧！"他们就把我背回了家。好悬！我差点儿被淹死！这下明白了水的深浅要看颜色。以前以为水都是由浅到深的，走到胸部感到快要喝水了就不敢走了。

回到家，在床上躺了会儿，没睡着，还是出去看一下。在他家门口看到了刘新文，走过去问他："你看到我快淹死了也不救我？"他反问："我游泳都不行，咋救你？"我问："那你也不喊？"他说："我以为你装着玩儿呢！"我问："哪有这样装着玩儿的？"他说："行了，下次我就喊，刘小四快淹死了！"我生气了，不跟他讲了！出去逛了逛，感觉好了些。

看水花

有一天，我正在三号楼边上玩儿，忽然天空飘来了乌云，刮起了狂风。没一会儿，大滴大滴的雨点如大把的针落地般，打在了地上，画出了一个个大黑点，弹起了地上的灰尘。我赶紧跑回家，在楼道里看。很快大量的水从天上落了下来，像是往地上倒水一样。房檐上挂着水帘，地上和房顶泛起了水雾。水打在地上泛起了水花，水夹杂着泥沙由高处向低处汇聚成了小河。水打在树叶上也如生长的小白花，树叶在快速地抖动着，树叶变得明亮，有阵阵小光射了过来。等了会儿，雨小了些，山上起了雾。一片片较浓的缠在了半山腰，较淡的罩着了整个山，使山变得模糊起来。

以前还没见过这种景象，正看得入神，刘新文过来跟我说："山上有大水花。"我问："咋去看呢？"他说："要一把伞，下楼去看。"我问："哪儿有伞啊？"他说："回去问你妈。"我进屋问妈妈："给我拿一把伞？"妈妈问："你要伞干啥？"我说："刘小二说山上有大水花，我们去看。"妈妈说："不许去！下着雨出去干吗？"我说："就在楼下看，一会儿就回来了。"妈妈拿给我一把竹子做的油布雨伞。这个东西我见过，放在门后，也拿出来玩儿过，没用过。以前不知道是干啥用的，也不知道叫啥。

我们就打着伞下了楼。刘新文指着接近山顶说："看。"顺着他的手指看过去，有白色的大水花从接近山顶的地方往下倾泻着，在山上的树林中时隐时现，形成了一种很好看的景象。这时张军也打着伞来到我们这里一起看。我正在看着，感到有水从旁边射来，溅到了我的身上。一看刘新文还用伞转着圈甩着水过来，我也学着那样还击他。刘新文还用脚板推打着水射过来，我也学着推打着水攻击他。他射过来的水很多，我就用伞挡着他射过来的水。张军跟我一起都朝他推打着水，张军一会儿攻击刘新文，一会儿又攻击我。我们就这样玩儿着、闹着，淋着雨，很舒服！直到全身都湿透了，感觉有点儿冷了，我们才各回各家。

回到家，妈妈看到后说："哎呀！快脱，全脱掉。"进厨房把我的毛巾拿出来说："快！快擦干。"又进厨房拿了条干毛巾，"用这个擦。"干毛巾有些硬，像刷子似的，把身上擦的有些疼了。妈妈进里屋抱了床厚的被子出来说："快到床上去。"我上了床，她用厚被子把我盖上后又去厨房忙了。等了会儿，我感觉身体有些暖和了。

漂木船、看大水、动力船和做蜡笔船

第二天雨停了。下楼刚走了两步，感觉脚上重重的，一看是泥巴粘在了鞋底上。有泥从身边跑过，抬头一看是张军抬脚朝我甩泥巴，我也抬脚朝他甩泥巴，感觉鞋快要跟着飞出去了，就不甩了。张军还是朝我甩，一甩脚，鞋也飞了过来，他单脚跳着过来找鞋。算了，还是回家吧！到处都是泥和积水，要弄到衣服上，妈妈又要说我了。上楼时抬脚在台阶上刮了好几下，鞋底上的泥也弄得差不多了才上楼。

隔了一天，看到地上的泥还很湿，就没下楼，在家看小人书。

又隔了一天，地有些干了，我就下了楼。下楼还是要踩到泥，但有些硬了，不咋粘鞋了。看到张军和王青川他们在楼的边上跑来跑去的，就过去看看。房檐下的槽沟平时是干的，这时从山上流下来很多水，水流得很急。他们在水的上游放一块木头，就跟着木头跑，看到木头快要漂到有盖板的地方时就快速地抓起了木头，又到上游重新来了一次。我也找了个木头学着他们这样玩儿，跟着跑了几圈。刘景文也拿来了一个船。我拿到手上看，上面是铁皮的，是花的船型的，下面是木头的，做成船底形状的。看样子是铁皮花船坏了，下面就用木头接了上去。他也在那里漂，玩儿法跟我们的也一样。就这样玩儿，我们玩儿了两天。

有一天，刘新文来了，手上拿着个木板，看样子要复杂些。我问："这是啥？"他也不说话，走到有积水的洼地，放在水里，那个东西就在水中跑了起来。我拿在手中看，是一块木条，上面用铁丝做了个方型支架，支架上有橡皮筋，橡皮筋上有一个木片，把木片转紧几圈后放手，木片转着推着木板就跑了起来。看样子很简单，我也想做一个。

有一天，晚上吃完饭，在走廊上看到刘景文和刘新文要出去。我问：“干啥去？”他说：“看水去。”我问：“去哪儿看啊？”刘景文说：“河边。”我问：“我也去？”他说：“走嘛！”三哥听到了说：“我也去。”我们几个就来到河边，又到了车队那边。

河面比以前宽了很多，水也变成了黄色，很急，水中有了些树叶和树干，看起来跟从前完全不一样了。我拿起石头打水漂，一打，石头就一直飞到快到河对岸了。以前打水漂，打不了几下。我们在河边看了一会儿，打了几个水漂就回去了。

第二天，我就去找木板和铁丝。先把木板锯成看起来大小合适的样子，再把铁丝拗成方形。妈妈做饭的时候把铁丝伸进去烧红，在木板两侧一边烫一个洞。把方形的铁丝卡在上面，加上橡皮筋，在橡皮筋上加上小木板，一个最简单的动力船就做成了。拿到楼下的水荡中跑了两下，水很少了，跑不远。张军说：“小平房那里水多。”我们就来到小平房的后面。从山上往下滴淌着不多的水，下面的小水潭看起来也不深。我就挽起裤子下了水，在水中放我做的动力船。玩儿了会儿，就回去了。

回到楼前，看到刘新文他们在水坑前站着，又在看水中的什么东西，我走近了看，原来不是动力船，是很小的船，小船在水中走动着，船后留下了反着七彩光的尾巴。我拿在手中看了看，是用啥东西雕刻出来的，模样像是在《海港》里看到的大船。我问：“哪儿弄的？”刘新文说：“用蜡笔做的。”我又问：“哪儿弄蜡笔啊？”他说：“五贸商店有卖的。”船不走了，他拿到手中，从圆珠笔芯中吹出了油，吹到船尾上，放到水里，船又开始走了。到五贸商店去看，蜡笔两毛钱一盒。

晚上问妈妈："妈，给我两毛钱？"妈妈问："要两毛钱干吗？"我说："要买蜡笔。"妈妈听后就给了我两毛钱。

第二天上午，我去五贸商店买来了一盒蜡笔。我知道家里有圆珠笔芯，就找了把小刀开始雕刻。刚开始雕第一根蜡笔就划断了；第二根雕变形了，也不行，还没雕刻出来，手就被刀划破，流血了。妈妈看到了，问："哎哟！咋弄得啊？"我说："做船弄的。"妈妈进屋拿了个小盒子出来，在盒子中取出一根棉签，在一个小瓶子里沾了点儿黄色的水。她说："擦点儿碘酒。"然后又取出一根棉签在另一个小瓶子里沾了点儿红色的水，又说，"擦点儿红药水。"然后进厨房取出一个白色的东西刮了些粉末撒在伤口上说，"撒些墨鱼骨头。"最后说，"行了，别打湿啊！别再弄了，别再把手弄破了！"

第三根雕得也很难看，只能算是将就了，总算有点儿船的样子了。我在想，怎样才能雕成刘新文那样的军舰啊？我找了根圆珠笔芯，把笔头拔了下来。一吹，笔中的油流了出来，弄到手上，用纸擦了半天也擦不干净。到厨房里找了个抹布擦了好一会儿也擦不干净，只能凑合了。

拿着下楼，遇见了刘新文。他问："拿给我看看？"就递给了他，他拿着一看，笑了一下，还给了我。

来到水坑边我就往船尾吹上圆珠笔油，圆珠笔油出来得太多了，把船尾都给蒙住了，放在水中船头翘了起来，还是在慢慢地走。跟刘新文的大不一样，差远了！我就把圆珠笔芯也放在了水中，看着它怎样走动。刘新文来了，拿出来一个新的给我看，看起来很复杂，做得更漂亮了。我问："这个是谁做的？"他说："我哥做的。"

第二天，水荡里的水更少了，王青川就往水坑里丢石头，溅起带有泥色的水花。我也往里面丢石头，干脆找了些石头把水坑给填了，反正也不漂船了。刚填完水坑正看看刚才忙的结果，就听到妈妈在楼上喊我。还没到吃饭的时候，我就回了家。

第三章　开着花儿的日子

回老家看姥姥

刚到家就听妈妈说："今晚早点吃饭，吃完饭收拾收拾，明天要回老家看姥姥，你也看一下有没有啥要带的。"我问："都是谁要回老家啊？"妈妈说："就你、我和爸爸，咱们三个。"我问："哥哥们不去吗？"她说："他们不去。"我问："为啥？"她说："他们还要上课呢！"我问："那我们咋去啊？"她说："坐火车去。"回老家！听说老家很远，要走很长时间。好像也没啥要带的，只有洗脸的毛巾和牙刷要用。晚上就看到妈妈在屋里走来走去忙着。

第二天，很早就把我叫了起来。吃了早饭跟爸爸、妈妈上了一辆停在楼下的绿色小汽车，大包小包的，哥哥们把我们送上了车。爸爸坐在前面，我跟妈妈坐在后面。我还没睡醒，在车上还想睡，迷迷糊糊地出了宿舍区，在盘旋的山路中上下颠动着。坐在汽车上有点儿不舒服，也没有看到外面的风光，有时看一看车窗外，都是山，然后接着睡觉。

下了汽车穿过了一个大房子，就看见了巨大长长的绿色火车。我们沿着车边的一条小路走，在一个车门旁边停了下来，车门很高，爸爸把我抱了上去。一进车厢就闻到了一股浓浓的以前没闻过的气味。车上人不多，我们找了个空着的长椅，在靠车窗的地方坐了下来。坐了一会儿，就听到火车“呜”的叫了一声，动了一下，跟着就慢慢地移动，开始走了，就有了一种非常舒服的感觉！窗外的景色在移动，瞌睡醒了，精神来了！感觉外面像是在放电影，火车在轨道上压出来的声音像是在奏乐。我不停地看着外面的景色，生怕漏掉了一帧。看见了宽阔的山沟和河流，很漂亮啊！有的山上有田，有老乡在田里忙着干活儿，还有一片片老乡们聚居的村庄；有时进了山洞，外面变成了黑色，只能看昏暗的车厢，车厢里的人多数在睡觉。没过多久有人推着车送饭来了，爸爸给我们一人买了一盒。肚子饿了，饭有一种不同的味道，吃起来却很香！吃完了饭继续看风景。

到了下午，没有什么开阔的山沟了，只有大山，出了一个洞，又进一个洞。有的山洞很长，火车要开上一会儿，在洞里火车的声音要大得多。这样一直到了晚上。

吃完晚饭，我也睡不着，还在看着窗外。外面时而有灯光闪过，有时有一小片灯光。夜有些深了，火车停了下来，很安静。看见窗外有灯光，车外有人，手里拿着灯。外面的人晃动着灯，头上戴着大檐帽，使我想起了李玉和。等了一段时间，另一侧有火车开过，火车上亮着灯。火车开过后，一会儿，响了一下，晃动了一下又动了起来，我们继续上路。过了一会儿，我就睡着了，醒来天就亮了。

火车已经出了大山，出现跟之前不一样的风光。很亮，很开阔，大片的农田，田里有人在干活儿。有一些小山包，小山包上有树林，远处才能看到高山。

过了一段时间，又有山，山是黄色的，没有什么树了，山上有一层一层的梯田。火车好像是在山上跑，下面有山沟。山上有一排排的洞，洞里面看样子是有人住的。洞门口有人，有大人，也有小孩儿。山上有一块块红色的大牌子，大牌子上有大字，有的地方还插着红旗，使我想起了农业学大寨的海报。这样过了段时间就是宽阔的地带了，没有什么山，有大片大片的田，很远的地方才能看到一些不高的山。

过段时间我们下了车。进入一个车站的大房子里，里面几乎坐满了人，人很多。我们找了一会儿，找到了两个位子。坐了会儿，有人推着车子卖饭，我们又买了饭吃。跟火车上的饭味道不一样，不好吃！吃完了饭我们就坐在那里等着。

这时有一个没有腿的人用双手支撑着身体从远处移了过来，他的两只手上都有小木凳样的东西。移近了我们就一只手举起一个搪瓷杯。妈妈向他的杯子里放了几分钱，又给了我两分钱，要我放进他的杯子里。我放进去后，他点了点头，双手撑着就走了。我看着他移到了别处，他不是向每个人要东西。我感到很奇怪，看他走远了，问妈妈："他为啥没有腿？"妈妈说："我也不知道。"

坐了会儿我们又开始走。妈妈身上露出了根带子，妈妈把带子的一头递给我说："走到哪里都要牵着带子，走丢了不好找。"出了大屋子，天空下小雨，我们离开了站台。到处都乱得很，到处都是人，也不敢到处看，只有偶尔瞟一眼周围。紧紧抓着妈妈的带子，看着脚下。路不好走，地上有小水凼和乱放的小鹅卵石，弄不好要摔惨的。旁边是一个很长的铁褐色的火车，有人扛着麻袋从一个台子上走到一条不宽的厚木板上，木板通往的铁褐色车开着门。走到一条木板前，妈妈问："你走过去行不行？"我说："行。"我先走过了木板，回头看见妈妈走了一半，站在了木板中间，木板在上下晃动着。我又走回去拉着妈妈提着的行李，牵着妈妈走过木板进到车厢里。车上没有大窗子，只有很小的窗口，也没有座位，我们坐在带的行李上。车厢里有些闷，跟以前坐的车厢的气味不一样了。妈妈说："这是闷罐车，不过没关系，咱们坐不了多长时间。"坐在车上看不到风景了，没一会儿，我就睡着了。

妈妈把我叫醒时，天已经黑了。我们下了火车，出了车站。车站外的广场上有睡着的，有坐着的，乌泱乌泱有很多人，有的还用布支起棚子。爸爸说："你们去吧，明天我来接你们。"说完就走了。

我跟着妈妈，离开广场走到一条小街上。刚走了不远，就听到有狗叫。看到有很多狗叫着向我们这边跑过来，把我吓坏了，妈妈也怕！我们就跑，跑了一会儿，妈妈牵着我躲进了旁边一条黑黑的小窄巷子里，看着一群狗从离我们不远的街上跑了过去。等了会儿，狗跑过去了，我们从小巷子里出来，妈妈叫了辆三轮车。我们坐上三轮车，一路上都是灯光昏暗的街道。我也看不见啥，只能看到昏暗灯光照着的电线杆，以灯光的远近判断街道的宽窄。先是在宽点儿的街道上拐来拐去，又进到窄窄的小巷子里拐来拐去。来到一个亲戚家里。进到屋里也是昏暗的灯光，只看到有一张床、一张方桌子和柜子。我们坐了下来，在一张方桌上随便吃了点儿东西。妈妈和亲戚说着话，看我快要睁不开眼睛了，就打了盆水给我擦洗一下，把我放到床上睡觉了。

第二天天刚蒙蒙亮，爸爸就来了。我们吃了早饭出门，我才看见是一个小巷的尽头都是平房，房檐很低，离大人的头不远了。爸爸叫来一辆三轮车，我们坐上三轮车又到了车站，又上了火车。

我还没有睡醒，迷迷糊糊的。在火车上我又在靠窗的地方坐了下来。火车开了，风景也没啥好看的，没有山，都是田。看着看着又睡着了。睡了醒，醒了又睡，疲乏了。不知过了多少时间我看见了小山，看见的房子也多了起来。在火车的边上有人放小床和躺椅，小床和躺椅越来越多。列车员过来要我们关上车窗。关上车窗后，很快看到了很宽的江，宽阔壮观的江面！我的精神又来了，桥头上有解放军拿着枪站岗；粗大的桥栏杆在车窗外闪动着，窗外的声音很响，在江面上有船，看起来很小，有的船还冒着烟，到了江的另一边又有很多小床和躺椅。

过了大桥又走了一段时间，我们在一个城市下了火车。爸爸问："吃了饭再走吧？"妈妈说："到了再吃吧！没多远了。"我们又上了一个有很多人坐的大汽车。坐了一段时间，我们在一个小城镇下车。感觉已经过了吃饭的时间，肚子都饿了，便找地方吃饭。我们坐在三轮车上在城里走了一下，只看到一条主要的街道，其他都是小巷子。在这条街上没走多久就看到了田，我们就又往回走。街道边看到都是两层楼高的木制旧房。我们在一个尖顶黄瓦的高楼边上停了下来，在高楼的边上有一家大饭店。这里的人最多，卖东西的商店也最多。高楼被红色高大的围墙围着，有人排着队手里拿着票进一个大门里面去。里面好像有好看的。我问妈妈："咱们去看看吗？"妈妈说："这次来不及了，下次吧！"爸爸说："有的是机会！"我们在大饭店吃了饭。

我先吃完饭出来，看到有几个人在路边立杆子。我在旁边看，看他们吃力的样子，正想着不会立不起来吧，突然杆子就倒了，立杆子的人一阵乱跑，还好杆子倒下没有砸到人。一会儿，妈妈先出来了，我跟妈妈坐上一辆三轮车。三轮车刚起步就撞上了路边倒着放的电线杆。我还没有坐稳，就从三轮车上掉了下去。鼻子蹭到了地上，开始流血。旁边正好有水龙头，妈妈把我拉过去洗，又洗脑门，又洗脖子，还是不停流血。妈妈拿手纸塞进鼻孔里，还是流血。妈妈很着急！坐在三轮车上拉着我到处走，去找能止住血的地方，我感觉有些虚弱和头晕了！我们到了一间旧房子里，有一个穿白大褂的阿姨打开一个白色的铁盒子，拿出亮亮的铁镊子夹起棉花球往我的鼻子里使劲塞，把鼻子弄得很疼，等了会儿，还好，总算不流血了。我们回去找到了爸爸，走了不远，我们又上了比较小的有其他人坐的汽车。坐了一段时间汽车，我从虚弱中恢复过来。坐了一会儿，我们就下了汽车。

开始步行，走小路。走了一段时间，我们休息了一下又开始走，又走了很长时间。我都有些累了，走不动了！看见路边的地上有小西瓜，捡了一个。妈妈说："放下，人家种的。"有人走过来说："没事，没事，小孩子拿去吃嘛！"妈妈说："还要赶路呢！"示意手上拿着行李。那个叔叔把西瓜拿在手上，用手一拍，西瓜裂开了，掰开了递给我一块。吃起来很香甜，水也多，刚才还以为没长大不能吃呢！没想到会这么好吃！以前吃过一次西瓜，是大的，要用刀切开吃。他也递给了妈妈和爸爸吃。我们吃完了，他要去拿些西瓜给我们。妈妈说："不要，不要，我们还要赶路，谢谢。"妈妈掏出钱来给他。他也推脱说着不要，妈妈跟我说："说，谢谢叔叔！"我说："谢谢叔叔！"妈妈又跟他说了些啥，我也听不懂。口音跟我们那儿的不一样，等了会儿我们就继续走。

走了不久，旁边有女孩儿过来帮我们拿行李，跟妈妈说着话，还有女孩儿快速地向前跑着。走了不远，就看见了很多人，看到我们好像很高兴！中间有个老奶奶穿着一身黑衣服，头上戴着黑色的帽子，脸上满是皱纹，佝偻着背，小脚，腿是弯的。她跟爸爸、妈妈说着话。妈妈对我说："小四，喊姥姥！"我喊："姥姥！"她看着我笑着说："好！好！"有一个男的，穿着洗得发白的蓝色中山装，挽着袖子，是方脸，脸上有些胡子桩，身体看样子结实硬朗。他也跟爸爸说着话，妈妈对我说："喊舅舅！"我喊："舅舅！"他看着我笑着说："小四！"他们接过行李带着我们进了一个大房子。一进房子黑黑的，只看到房顶上有亮的瓦，以及从房顶的亮瓦射下来的光柱。待了会儿，看见有条凳子，坐了上去，有人影在屋里晃动。坐了会儿，在光柱照见的地上有人放了几个小西瓜。我想这下可好了，又有西瓜吃。等了一会儿，妈妈端了盆水来说："洗洗，准备吃饭。"我说："不想吃饭，想吃西瓜。"妈妈问："下午都吃了，还吃？"又等了会儿，房间里点了个马灯，这种灯我们家有，有时停电要用，是烧煤油的。开始吃饭，还是看不清楚，也听不懂他们说什么，我就夹近处的东西吃，也吃不出什么味道。有人往我的碗里夹菜，我就只埋着头吃东西。

吃完饭，走出了大房子。到了外面，闻到一股以前我们那儿过了大桥闻到的那种味道。天已经黑了，外面却很亮，又圆又亮的月亮照着田野和房子，月亮周围是满天的星星。以前也很少见过这么亮的夜晚。亲戚从屋子里搬出来平躺长椅，还拿出来一卷粗的包着草的纸，挂在躺椅上伸出来的一个棍子上。点燃后吹灭，冒着烟，一股没闻过的烟味。躺在躺椅上看天上的星星，很美，很舒服！到处都是萤火虫，比以前看到过的多得多。景色也更美了，真是很好看啊！进屋里跟爸爸、妈妈说："外面很好看，快出来看啊！"他们也出来一起看了看。他们让我睡在了躺椅上。看着看着不知什么时候就睡着了，醒来天已经亮了。

从床上下来找到鞋，想到别的房间去看一下，看见有亮光走了过去。出了房间看到有一大块方形亮光的地方，四周是宽的屋檐。顺着屋子的走廊到了另一间房，门是虚掩着的，就推开门进去。房间一侧有一个窗户，里面有些亮光。看见姥姥在床上正用一条很长的布往脚上缠着，看见我她显得有些意外！我转眼看见了她的手杖，拿在手上玩儿，一边玩儿一边看房间里的摆设。窗外有树和竹子。窗前有一张深棕色书桌，桌前有把椅子，书桌左手边有两个重叠的箱子，箱子边有一个不高的柜子。柜子和桌子颜色相同，上面还有一样的花纹。还有一张大床，屋里就没什么了。我正看着玩儿着，有人拍我的肩。回头看是姥姥，示意我跟着她，来到了另一张床头，她掀开垫的褥子，拿出一个手帕，打开，里面是白色的花生占，她拿给我，示意让我吃。姥姥走了出去，我也跟着她走了出来。

看见房子很大，长长的走廊，里面住着很多人家，我们住的房子只是在大房子的一头。到了另一间屋子里，也是从房顶的透亮的瓦射到下面的几条光柱。从光柱处可以看到有一个从房梁上吊下来的壶，下面有一堆烧过的黑色草灰。姥姥拿着一个簸箕，里面放着几块条状的白色的饼，拿给我看。我拿起来咬了一下，没把它咬下来，是生的不能吃。姥姥从我的手上拿了过去。我们坐在长条矮凳上，她把饼一块块地丢进了草灰里。我想怎么能这样呢？过了一会儿，她拿了把火钳在灰里找了一块，在手上拍着，拍了几下递给我，并示意让我吃。虽然我觉得有点儿脏，还是放进了嘴里吃，居然很好吃！后来知道了这是啥东西，以前妈妈给我们做过，叫作年糕，妈妈是放些油在锅里油炸出来的，然后在碗里再放些白糖，也很好吃！姥姥又丢了几块进去，我吃了两块。有别的小孩儿进来，姥姥也给他们吃，他们拿着就出去了，我吃完了也就跟着出去了。

出去后遇到两个比三哥要小点儿的小孩儿。有一个问：“去玩儿去？”我说：“好啊！”就跟着他们来到一个有小土包的地方。周围有些大树，是一片不大的树林，树林中间有块空地，有几块大石头。遇见了一个伯伯坐在大石头上，他们说着话，伯伯看着我很客气地笑着。他走开了会儿，回来时拿了个黄色的小瓜，也是用手一掰，掰开后给了我一大块。他说：“你是远方来的客人，多吃点儿。”他们一人只吃了一小块，很香很好吃！我问伯伯：“这是啥瓜啊？”他说：“这是香瓜。”

这时远处有个人推了个叫得很响的车过来，我问：“这是啥车啊？”伯伯说：“鸡公车。”推车的人跟他们都认识，走近了打招呼，说着我听不懂的话。我也想推，就问：“让我推？”推车的人就让给我了，他们帮我扶着边上。我拿起柄去推，还很重，只推动了一点儿。推车的人就把我抱上车，我就坐在了上面。他推了一段路。一起一伏的，还挺舒服的！一会儿，我们就跟推车的人和伯伯分手回去了。

回来了就在大房子周围转悠，听到一个房间里有动静。进去看，是一个很大的木制机械，两个女的坐在上面踩着脚踏板，是机械带动着绳子在弹动着下面槽里的棉花。有一个人说：“出去玩儿，这里脏。”也是，灰很大，她们都戴着口罩。

刚出来，看见了舅舅，他说：“正找你呢，吃饭了。”回到屋里，妈妈问：“去哪儿啦？”我说：“有两个人带我去玩儿了。”妈妈说：“那两个是表哥，以后要叫表哥。”我们开始吃饭，从屋顶透亮的瓦直射到桌子上，有很多菜，吃起来觉得一般，没吃出什么味道。

吃完饭，在大房子里转来转去，大房子里很复杂，房间里是黑的，只有中间一大块是亮的。就出来了，看到表哥们在田里，像是在抓啥，我过去看。舅舅把有些像蚯蚓的东西抓在手中，我问舅舅这是啥，他说："黄鳝。"我问："抓来干吗？"他说："吃啊！"我也脱了鞋挽起裤腿下田里去抓。可是抓不起来，就是抓在手上，它也能滑跑。抓了会儿没抓着，还是上来看他们抓。他们抓起来的装进上面小下面大的竹篓子里，抓了很长时间，抓了很多。一个表哥把黄鳝倒在木盆里，然后提着木桶来到一个台子前，牵着一根绳子，上面有一个铁钩子挂在木桶上，放进了洞里。往洞里看里面有水，然后摇动一个绳子缠在木桩上的手柄，桶就上来了。提着桶把水倒进装有黄鳝的木盆里，然后洗黄鳝，换了几次水。另一个大人拿了个不长的板子和小凳子出来。板子一头搭在木盆边上，他抓起黄鳝在木盆边沿上一磕，再放到板子上，用一个木棍一敲，黄鳝就在板上不下来了。仔细一看，才看清板子上有一根一头被剪断了的钉子。他的手从上往下移了一下，黄鳝的肚子开了，流出血。让我很意外，再仔细看他的手上有一个很小的尖刀。就在他旁边看，一条一条地弄，很慢很慢。

妈妈出来看我光着脚，问："你的鞋呢？"我才想起，回到田边去找了回来。妈妈指着那个台子说："去井边。"我们走到井边，妈妈从井里打出了水，冲着水。我把脚上的泥一点点弄掉，等了会儿，脚上的水晾干了。妈妈跟我进屋里，桌子上已经有菜了，我还想出去。妈妈问："快吃饭了，还去哪儿？"等了会儿，又开始吃饭。我吃到了刚才抓的黄鳝，很细嫩，非常好吃！其他菜都觉得不怎么香了。

晚上出来，外面依然很亮，但没有多少萤火虫了。感觉景色也没有昨天美，我还是躺在躺椅上看星星。

第二天，早上吃了一碗煮鸡蛋。出去走了不远就看到有人站在水田里赶着牛。他站在一个大木耙子上，牛拴着大木耙子。那人一手牵着一根绳子，一手拿着根长鞭子，人就像是站在水上一样漂着。很新鲜，也想去试试。我问："让我来干一下吗？"那个人说："你不行。"我还是脱了鞋挽起裤腿下去。水也不深，他一只手扶着我，一只手牵着绳子，我也牵着绳子站在大木耙子上。他放了绳子，我一个人牵着，他用长鞭子打了牛背一下，牛一走动，我差点儿摔下来！幸亏他扶着我，收了收绳子就好多了。他扶着我还是走出了几米远，还想走呢！那人说："下来吧，我还要干活儿呢！"我就下来了。有人扶着一个东西，也是牛牵着，土就翻开了。我也去扶，可是只能扶着下面，抓不到手柄，也没走几步，就不干了。看到有人往水田里丢一捆捆的草，有人拿着草一根根往有水的田里一排排地插。看起来很简单，我也去拿着草，问："我来？"那个人停下，去插别处的。我顺着他们插过的地儿往下插，刚插了一排不到，那个人就喊："停下！到别处去玩儿吧！"他过来把我插的全部拔掉，又重新插。看来也帮不上忙，只有在旁边看，不过时间过得快，又要到吃饭的时间了，这回把鞋提着回去了。有人在那个井边洗脚，我也去。有人帮我倒水，把脚上的泥洗掉才进屋。

吃完饭出来。太阳很大，像是在头上烤一样，就回到屋子里，屋里就很暗了，在屋里什么也看不到。出去玩儿太阳大，很热，上午干活儿的人又都不在了，感到一种从未有过的感觉——熬时间！想到了以前家里没有什么人玩儿的时候，还可以在家里看小儿书和搭积木，就问妈妈："咱们回去吧？"妈妈说："等会儿，等太阳小些了，咱们就到别的地方去了。"果然太阳不太大的时候，姥姥和舅舅，还有众亲戚把我们送出了村子，路上我问："去哪儿？"妈妈说："刘家里，是爸爸的老家。"

我们走了没多久，在太阳快要落山的时候到了另一个村子。有很多人，这里有电，虽然是昏暗的灯光，但是好多了。房子也不一样，不大，有一个院子，院子里是水泥地。有些人热情地跟爸爸、妈妈说着话，有些人在忙着干活儿，没什么人理我，我就自己走了出去。

院子外面的空地，在昏暗的路灯下，有几个大人围着用力地在干着什么。过去看，原来几个人围着打理一头不大的猪。他们手上都有绳子，各自在捆猪的脚和头，捆好后，各自用力拉着绳子，把猪吊在一个大木桩上。拿出刀来先在猪脖子上划了一刀，下面有个盆子接着流出来的血。有人从屋里拿出了木盆，这时从上往下划开了猪的肚皮。看得兴致高，正想看一看猪的肚子里是什么样，他们中间有个人回过头看，发现我在那里看，感觉他的表情很意外！跟我说："别看！别看！"意思是不想让我看，看我不走，就过来拉着我说："走，我们去准备一下。"我们就来到一间屋里。

看着他洗锅，往锅里倒很多水，又抱来了很多柴，放了些在灶的洞里，放了些在灶的边上。点燃了，火很大。烧的柴要比我们家的粗些，锅也大很多，我从来没看到过这样的。等了会儿，有人抬着大盆子进来，水也开了，把大块的猪肉放进锅里煮。好大的大火啊！我们家做饭可从来都没有这么大的火。猪肉在锅里翻滚着，等了会儿，闻到了香味儿。我就在旁边往洞里添柴，这种事我常干。妈妈来找我，说："洗洗准备吃饭了。"打了盆水，洗了个脸，来到一间房子。看到桌上已经摆了很多菜，等了会儿，我们坐下开始吃饭。有人还走来走去的。我拿起筷子刚想吃，有人就往我的碗里夹进一大块肉，占了半个碗，半肥半瘦的。吃了一口，真香啊！我从没有吃过这么好吃的肉，入口即化，比以前吃的最好吃的肉罐头还好吃。吃完饭，我跟妈妈说："他们吃得比我们那儿好啊！"妈妈说："咱们是远方来的客人，招待咱们才有这么多吃的，平时他们可没有这些，过年才杀猪。"我点头，表示知晓了。

晚上来了放电影的，就在院子外面放，我却一点儿也看不懂。村子里很热闹，小孩儿们很高兴，我却有点儿累了，想睡觉，就回去了。找到妈妈说："要睡觉。"妈妈说："这就对了，早点儿睡吧！"于是，我就洗洗上床睡觉了。

第二天，到外面看，又看到他们在水田里插苗，有人在田边往中间丢一捆捆的扎好的苗。我心想我就是插了，他们也要重新插，索性就没去帮忙，就在旁边看。他们熟练地干活儿，也是一种景观。就这么看着，时间过得很快。

下午，在院子里看到有一堆颗粒状的麦子。有个人拿着一把木制的前面是板子型的铲子翻动着麦子。一看那个人是亲戚，他跟爸爸说过话，吃饭的时候也在一桌。我过去示意要去翻麦子，他拿给了我，木锹不重，这活我还能干。他从屋檐下搬出来一个木制的机械，拿着一个簸箕搓起麦子往机械上面的洞里倒，倒进去后，摇动着一个手柄，机械里就在转动，发出"呼噜""呼噜"的响声。下面有个袋子在接从机械中流出来的麦子，另一边有风吹出来了麦子的皮，皮不多，流出来的麦子还是有黄色的皮。去摇手柄，手柄转到高处我就够不着了。他把机械移到台阶旁，这下我站在台阶上就可以干了。干了一会儿，就干完了。

到外面去看看，一个亲戚骑着牛回来了，看起来挺有意思的，我也想骑牛。过去问他："让我骑一下可以吗？"他下来把我抱上了牛背，他牵着牛。感觉牛走得很慢，一起一伏的，很舒服，也很刺激！骑了会儿，他把我抱了下来，指着牛的腿说："别站在牛后面，牛甩腿会踢人。”走到一个不大的池塘边，他把牛拴在树干上，脱掉衣服只剩裤衩，一头栽进水塘。一会儿，从水塘的另一头冒出头来，在水塘里来回游了好几圈。上来后把牛赶下水塘，他就在水塘的岸上看着。牛在水塘里游泳看样子很舒服。这时有很多鱼从水中跳了出来。牛在游泳露出了半个身子，还有鱼在牛的旁边飞来跳去的，很好看啊！

远处刚才翻麦子的亲戚拿着钓鱼竿和篓子赶了过来，这边放牛的亲戚也从水里把牛赶了出来。我正想看钓鱼，妈妈也来了，说：“洗洗准备吃饭。”我说：“牛在水中游泳，有鱼在飞。”妈妈说：“这是鱼被牛吓倒了。”就跟着妈妈来到房子里洗手。等了会儿，就上桌开始吃饭，没想到桌上就有鱼，我问：“这是刚才钓的鱼吗？”亲戚说：“是啊！”一吃，又鲜又嫩，很好吃！不是太香，以前没有吃过这个样子的鱼。想着他咋这么快啊？以前我很长时间也钓不到一条鱼，我在想是不是牛把鱼给弄傻了啊？

吃完饭，到外面看到有小孩儿在玩捉迷藏。这里到处是有水田和水塘，地形不熟，掉进水里还不知道是咋回事呢！不敢跟他们玩儿，在有路灯的地方走了两圈就回到屋里。妈妈说：“就是，今天早点儿睡，明天好赶路。”看着妈妈收拾了一会儿东西，又打了盆水，就洗脸洗脚上床睡觉了。

第二天又上路了。亲戚们都出来送我们。走的全是田间小路或是小山包边上的小路。路还很长，走了很长一段时间，我都快走不动了，还好我们到了小村子的一个亲戚家。爸爸、妈妈在院子里跟亲戚们说着话，说了会儿，我们又开始走。走了不长一段时间我们又来到一个小镇上的亲戚家。在这个亲戚家吃了饭。休息了一会儿，我们又走，走了不远，我们坐上了汽车，到了以前来过的一个小城。

在小城离我们以前吃过饭不远的地方进了一个亲戚家。在亲戚家吃了晚饭，我们住在了楼上，晚上感觉有些累了，便很早就睡了。

第二天起来，妈妈拿来一个馒头和一碗稀饭就走了。吃完东西看见了一扇窗户，窗户上糊着白纸，外面很亮，好像有什么，我推开看，被外面的漂亮风景给惊呆了！像是在做梦！我看到了一个巨大的湖，看不着边界，湖里有很多船。船上扬着白帆，像是开着的小白花在水上移动。湖中间有一个很大的岛，岛上有小山有田，水上还有些雾气，一片岛在雾气中若隐若现。在阳光下，水波反着一阵阵的光，湖上的行走白帆和若隐若现的岛形成了一个漂亮的风景。像是一个大发现，赶紧下楼找妈妈来看，跟她说："快来看啊！好看啊！"拉着妈妈来看，妈妈看了一下转身下楼就走了，显出并不觉得咋样的样子。我就继续在那里看，觉得是难得一见的风景！看了段时间，在房子里转了转，没过多久，妈妈上楼来说："准备吃饭，吃完要赶路。"

吃完饭，我们上了汽车，坐了一段时间汽车，又到了以前来过的城市的火车站。明白了，我们要回家了。坐上火车，我又开始看外面的风光。没多久，爸爸买了火车上的饭，吃了饭，就天黑了。跟以前看到的差不多，没啥好看的，就睡着了。

第二天，我还想看那个大江，看了半天也没看到，问妈妈："那个大江呢？"妈妈说："早就过了，昨天晚上就过了。"在深夜转了一次火车，路上的风景来时也大多数看过了，就吃了睡，睡了吃。

在厂里的大桥外就下了汽车，还走了很长的一段路。走到离家里的楼房不远的地方，天都快黑了。有人跟妈妈说："回来啦？快回去看看吧！你们家出事了。"也不知道是啥事，爸爸、妈妈加快了脚步，回到了家。爸爸、妈妈和哥哥们说着话，听到妈妈问："受伤没有？”二哥说：“没有。”妈妈说：“没有就好！”还到厨房里看了看，当时我觉得累了，也不明白他们说的是啥事。

很久以后才知道。有一天大哥和二哥煮稀饭时，稀饭总是往外面冒，大哥就拿斧头压在高压锅的阀门上面。二哥就在旁边看着，去了一趟茅房。回来高压锅就炸了，厨房的墙上和碗柜上到处都是稀饭。斧头和高压锅的阀到处找也找不到，后来家里的斧头和高压锅的阀变成了新的。后来在灶的那个地方每次下雨的时候都要从上面漏水下来。

修自来水管

第二天下午下楼遇到王文利。他问：“这几天去哪儿啦，咋没看见你呢？”我说：“回老家去了。”他问：“老家啥样啊？”我说：“跟河对岸老乡那儿差不多。”我接着说，“老家那儿的肉这么大一块，可香呢！可好吃呢！”用手比着小半块砖那么大。他说：“你知道吗，咱们要用自来水了。”我问：“啥是自来水？”他说：“就是水管里流过来的，一开管子就有水出来，可方便呢！”我问：“从哪儿来的水？”他说：“从江边来，是江里的水，那里修好了水厂，把江里的水整好，整得能用了，就通过管子流到我们这儿来，以后就不用井水了。”我说：“哦，那好啊！”他指着三号楼那里说：“那儿正修着呢！”我们就走到三号楼那里看。有人挖出一条沟，像是战壕。我们跳下去走了会儿。

晚上吃完饭，妈妈跟爸爸说：“给刘景文家一块，以前他们家有狐狸肉还给咱家呢！”爸爸说：“好！给他家一块。”妈妈说：“给老乡家一块，她给咱家送樱桃。”爸爸说：“行啊！”妈妈说：“都让老三去送。”三哥问：“为啥都让我去送？”妈妈反问：“你不是跟刘景文和陈亚民他们关系好吗？”我也不知道是啥，只知道是老家带来的好东西。

第二天下午，我去看挖沟的人干活儿。他在沟下面干活儿，我就蹲在上面看。看着他拿锄头先把土挖下来，再用铁锹把土铲上去。看着他块块小而结实的肌肉，黑黄色，在阳光下闪闪发光。一板一眼的动作，很有节奏感；听到锄头接触土的声音感觉他用了很大的力气。

有一天他干着干着不知去了哪儿，我就下去拿起锄头挖土。一挖才知道锄头很重，土很硬，用了最大的力量才挖下来很小的一块土。王文利看见了说：“我来挖，你去铲土。”他就拿起锄头开始挖。他挖下来的土比我挖得多多了，可比那个人挖的又少多了。我就拿起铁锹铲土，把他挖下来的土铲到了沟外。干了一会儿就出汗了，我们还是干了好一会儿。那个人回来了，先是蹲在旁边看了会儿，抽完了烟说：“还是我来吧！”我们就停下来蹲在旁边看。再看他干，觉得他干起来很轻松。我还是第一次干这样的体力活，觉得还挺好玩儿的，有些刺激。回家后才觉得手掌有些痛，一看是手上磨破了点儿皮。第二天手臂也有些痛，头倒是感觉清爽、舒服了些。

那几天喜欢顺着沟里走，有一种不一样的感觉！脚下的土踩起来感觉不一样，有点儿松，沟里面有一股味道很特别，有点儿臭；看外面也有种不一样的风景；还有跳下来的时候有一种很舒服的感觉。他挖到哪儿，就要走到哪儿。上面的土堆也喜欢踩。脚一踩，土是松的，脚就往下陷一点儿。不是我一个人喜欢这样，看到王青川和王文利、张军他们都喜欢这样走，每天都要去走一走。

他们还拉来了钢管，堆在路边，也喜欢上去踩，脚下有一种不同的感觉。以前路边有倒着的电线杆，也要上去踩，来回走，找平衡。这个是铁，还是空的，还可以滚动，在上面走来走去，感觉就大不一样了。

有一天，我正在上面走着，突然身子一晃，差一点儿摔倒，王文利在后面哈哈大笑！他也踩在了上面说："我在上面，你随便踹，我就掉不下来。"我就在下面踢踹着钢管，他左右摆动着身体，还真掉不下来，我就用双手推钢管。张军看见了，也来帮我推，就把他给弄了下来。他红着脸说："这不算！"

有一天他们拉来几个不长的蓝色的也有些像钢管的东西。两头是密封的，一头是平的一头是尖的，一头还有一个像闹钟样子的东西，上面还有两个橡胶圈。我也上去踩，王文利看见了说："这个可不能踩了！是氧气瓶，我妈说会爆炸的，要炸死人的！"我就赶快下来，再也不去碰了。想幸好还没给弄爆，好悬啊！

有一天，来了几个人。他们拉来了一个大铁桶，桶上还有轮子和推拉的把手；还有一个两轮推车，车上有一些软管；有一些不长的细棍子，外面是灰色的像土似的，里面有芯像是铁似的东西；还有一个布背包，有一个巨大的红色扳手，有一个棕色大罩子上面有蓝色的玻璃和网眼。想去拿扳手，还一下没拿动，双手用了很大力气才拿了起来。他们几个很忙，有人在抬着钢管，有人在不停地从车上的包里取东西。一个人牵出软管接在一个枪形的东西上，另一头连接着氧气瓶，还有一根软管另一头连接着大铁桶。有一个人从车上取来大罩子，罩在头上。我刚才看这个东西还不知道是干什么用的，直到看到他戴在头上才明白。罩子上的两个蓝色玻璃是眼睛孔，下面的网眼是嘴巴和鼻子透气用的。他左手拿着枪型的东西，右手用打火机点燃了手上枪型具，然后用右手扭动着枪型具上的机关。开始是一小股火，接着喷出了较长的火焰，看着突然出现一个亮光，从未见过这么亮的光，比闪电还亮，简直让我震惊！周围其他的地方都暗了，看不太清了。只见那个人右手拿着钳子，钳子上夹着那个细棍子。只看到那根细棍子很快就变成了红色，等了一下，就像水一样，滴在钢管上。等他把光移开，红色的水很快就变成了深蓝色。抬着钢管的人松开了手，两根钢管就连接在一起了。这时有一个人抬起了头，看了一会儿，说："小孩儿别处玩儿去，这个不能看！"我才看到他戴了副深蓝色的墨镜。

我就往家走了，在楼前遇见了王文利，跟他说："那个光好亮哟！"他说："是亮啊！我妈说了是电焊，不，应该是气焊，不能看，眼睛要看坏的，弄不好眼睛要瞎，看也要戴墨镜。"我问："啥是瞎啊？"他说："就是啥也看不见了！"都是有些吓人的事！氧气瓶要把人炸死，光要把眼睛弄瞎！怪不得他们都站在远处看，就我一个在跟前看。忙着的几个人都戴着墨镜和头罩。后来就不敢凑近看他们忙了，路过时就在远处瞧上两眼。

玩嘎石和炸鱼

有一天，王文利拿着一个外面有一层白色细灰的石头给我看，我好奇地问："这是啥啊？"他说："嘎石，是别人跟我说的，弄点儿水可以点燃。"石头可以点燃我还是第一次听说，还说要水，半信半疑的。他问："有没有火柴？"我说："没带，我回去拿。"就跑回家拿来火柴。我们去鸡窝那里找了点儿水过来浇在石头上。看着石头在冒气，我划了根火柴丢在石头上，果然石头着火了。我觉得有点儿意思，这个有玩儿头，赶紧问：“哪儿弄的啊？”他指着那个大铁桶说：“在那里面。”哦！有点儿明白了。我看到过有一桶水在大铁桶旁，以为是他们洗手用的。看到焊管子的时候有人提着水往大铁桶里倒，当时也没太在意，主要是在看拿枪型具人的动作。现在明白了。大铁桶里装着这种石头，加了水就产生了能点燃的气，通过软管气传到了枪型具，再加上氧气瓶里传过来的气，从枪型具上点燃了火，就发出能把眼睛弄瞎的光，光能把钢管弄断和连接上。想要是有个水凼放在泥巴里埋起来再露点儿洞点燃，是不是火光要好看些？最近也没下雨啊！想了想，在二号楼的墙根可能还有水凼。我跟王文利说：“咱们去那儿！”他问：“去哪儿啊？”我指着二号楼。我们就到了二号楼的墙根，这里果然还有点儿快干的水凼。我们把石头埋在泥里留了一个小洞，然后点燃了冒出的气，果然出现了一个蓝色的火苗，很好看啊！那个地方又比较暗，周围点亮了一些，很有意思！就是没过多久石头变成了一点儿白灰。正在玩儿时却意外地看到了乔哑巴在五号楼的墙根走。怪不得那次看到他之后很少再看到他，原来他总是顺着墙根走，也不知道他在躲着谁？天色也有些暗了，我们就都回家吃饭去了。

第二天下楼，看到二号楼的墙根那里有人头在晃动，走过去一看，是张军和王青川他们。他们也像我们昨天那样玩儿，学得挺快啊！我又去大铁桶里找了一块大的石头，埋在泥里点燃了，在一旁欣赏火光。刘新文也过来看了看，乔哑巴路过也来看了会儿。感到有人总往我这边看，是张军，我也望着他看了几下，都在想一件事——对了，是鱼！我们想到一块去了，我们走到一起。他问：“你想咋样？”我说：“多找点儿，放进瓶子里，再放进水，拿泥堵住瓶口就行。”他说：“跟我想得差不多，咱们走。”他又问，“你那儿有瓶子没？”我说：“有！”当我们想再找些石头时，却发现大铁桶不见了。他说：“在维修房，你去找些瓶子，我在这儿等你。”我就回家找了两个酒瓶，跟张军一起到了维修房。

大铁桶果然在这儿。就来到跟前，却发现拿不到石头了，桶口太高了，比我们人还高一些。以前他们总把桶推到有高点儿的地方的旁边，可这周围没有高点儿的地方可以垫脚。维修房里有人，这可咋办啊？我想了下，说：“把它推倒，咱们快点儿捡了就跑。”看了看，两个人用力推。“咣”的一声，很响，大铁桶就倒了，石头滚落出来，我们快速地捡了几块就跑了。跑到了远处还往回瞄了下，有个人从维修房出来对我们骂着啥。

我们来到河边。天有些凉了，也没有人游泳，还是来到第一次钓鱼的地方，不过是在过了河的大水潭这边。我们把石头砸碎往瓶子里装，装了小半瓶。我问：“咋样？你来还是我来？”他说：“你来，你来。”我们就找到岸边有泥的地方，准备好泥了，往里面装水，堵住了瓶口就往水里丢。等了会儿，隐隐地听到“嘭”的一声，水面鼓起一个小小的包，是炸了，但没有看到鱼，可能是沉得太深了，丢得太快了吧！又弄第二个，装进水后，堵上了泥，等一小会儿丢了出去。果然，响声大了很多，水面跃起一个小水柱。等了会儿鱼就慢慢地翻白肚皮漂了上来，有两条大点儿的，有几条小的，想去拣，可离岸边还有点儿远，够不着。看了会儿，我们就往回走了。回来的路上有点儿担心碎玻璃会不会把游泳的人脚划伤，又想了一下，可能不会，那个地方水深。不过跟预想的差不多，还是炸到了鱼，算是不错了！那个小水柱很好看，声音也好听！

玩沙子和打破头

那几天东游西逛的也没什么好玩儿的。偶尔看一下安装管子的人忙着干活儿，有时看他们用工具把细管子用钢锯锯断，又有时用工具把细管子的一头用工具车成了螺丝口，把管子给接长了。

有一天下楼，楼上有一小堆沙。很久没玩沙子了，就蹲在沙子上玩儿。想挖个陷阱，一挖，沙太少了，没挖多少就到硬地了，玩儿了会儿就没兴趣了。站起来看到有几个女孩儿蹲在沙子上玩儿。看她们拣了些石头碎砖摆在沙上有一排的，也有一圈的。走了几步，不知怎么的，路过时有意无意地用脚碰了两块摆着的石头，给碰乱了一点儿。一个女孩儿就对我破口大骂，看我没反应，接着又骂："刘大麻子！"我也不知从哪儿来的火！十步左右，拣起一块碎砖头朝她丢了过去，一下打中她的头顶，血一下子从头发上流到脑门上，她伸手摸了一下脑门，看了一下手上的血，接着双手捂着脸，哭得很大声，跑回了家。在她家门口遇见她妈，她妈大声地问："谁呀？谁把俺家闺女头打破了？"她伸出手指着我，她妈领着她上楼来到了我们家外面，喊："老孙！"妈妈从屋里走出来，她妈生气地说："你们家小四把俺家闺女头打破了呀！"妈妈招手让我回去，我就回去了，问："为啥要把人家头打破啊？"我说："她骂我爸刘大麻子！"她妈转过身领着她就走，边走边说："骂一下，也不能把人家头打破呀！"等她们走了后，妈妈说："以后不能打人家头啊，你看把人家头打流血了！"

这个女孩儿我认识，是张军他姐，比张军大两岁。以前刘新文问张军："你小名叫二扁，还有一个小弟叫三扁，那个姐是不是叫大扁？"张军也不开口。从来没跟她一起玩儿过，她看上去有点儿凶，总是瞪着眼睛，说话声音也大。

有一次，刘新文问："小四，你爸叫啥？"我说："不知道！"他问："是不是叫刘大麻子？"我问："啥是麻子？"他说："回去问你妈。"回家后问妈妈："啥是麻子？"妈妈说："你爸小时候脸上得过一种病叫天花，好了后脸上有点儿伤疤，也没啥。"哦！有点儿明白了，刘新文是没说啥好听的话，不过我还是喜欢跟他玩儿。

第二天碰到张军，问他："你姐头咋样？"他说："没事，划破一点儿小皮。"看样子张军有点儿高兴似的，看样子他也不喜欢他姐，也看到过她骂张军。从那以后再也没看到她凶巴巴的样子，也再没有人提过"刘大麻子"了。

修洗衣台、抬预制板和水龙头

有一天，楼前又堆着一堆沙。小女孩儿们拿来一些东西在沙上玩儿。我过去看了看，是些很干净的新的塑料小桶、小锅、小铲子、小锹、小碗。我问："这是在干啥啊？"她们说："过家家，一起玩儿吧！"捡两块石头上面放个小锅，再找些小草放在锅里，下面放些小树枝，用小铲子来回扒着小草，然后把小草装进小碗里。有个女孩儿喊："吃饭了！"跟她们玩儿了一会儿，觉得没了兴趣，就到别处去玩儿了。

过了两天，他们又拉来了一车红砖头和几个大纸袋。

以前没看到过这样散放的红砖头。家里房子就是这样的红砖修的，有时能看到小的、碎的红砖。我想搬大纸袋，却搬不动，使出全身力气也就只能拖动一点儿。接着我就去搬了搬红砖头，想可以像积木一样搭着玩儿。我先是把砖隔开一点儿距离，使它们立成一排，踢倒一个，挨着的就都倒了；然后搭了个方形的小房子，还可以往上面搭，就一层一层往上搭，直到够不着了为止。就在我欣赏“战果”的时候，王文利过来，一脚就把我刚才搭的给踹倒了，于是，我又重新搭，待搭好了，自己也踹倒。

这时有人对我们说：“不要弄断，弄断了不好用。”这人说完就拿着锄头开始干活儿，一会儿就挖成了长方形的沟，沟不深也不宽；然后，他支起一个铁网，拿起铁锹将沙子扬撒在铁网上，石头渣子顺着铁网滚落下来，而细沙穿过了网眼；干了一会儿活儿，他又去把大纸包撕开，从里面扬出来了灰；他再用铁锹把铁网下面的沙子弄到一旁，围成了一个圆圈，再把纸包中的灰弄到沙子的圆圈中；然后提来一桶水浇在灰和沙子上，开始拿着铁锹不断搅拌着；搅拌了一会儿开始搬砖，把砖搬到他刚才挖的小沟旁；把搅拌好的泥装进桶里，再提到小沟旁；拿出一个小铲子似的东西，弄了些泥放到了沟里的砖上；沟的两头还有个小木桩，相互间用线连着。他就顺着线一块砖一块砖地砌着。看着他很忙，我也不好打扰他，就在他不用铁锹的时候，拿着铁锹学着他的样子干活儿。我跟王文利决定给他帮忙：搬砖，搅拌几下灰和沙子。在搅拌沙子时，王文利说：“嗯，还差点儿水泥，小四你去弄点儿。”看着我一脸茫然的样子，王文利指着大纸袋说：“那个里面就是水泥。”那个人拿个东西往砖上一敲，“啪”一声响，砖就断了。出于好奇，我过去看他刚放在地上的东西，哦，是铁做的，有点儿像钝的刀，两边的厚度差不多一样。于是，我也拿在手上用力往砖上砍去。声音是响了，但砖没断，只是边角上有一点儿豁口印子，手却被震得又痛又麻。连砍了几下都是这样。再看那个人站了起来，拿着刀砍砖头，跟我妈削萝卜、菜头一样轻松，真是太神奇了！砌砖搞了几次也不行，总是不直，还浪费了些水泥。他在旁边看，说："还是我来吧！这个不是一两天就能学会的。"只见他一两下就搞得直直的。这回我弄得满身是汗，但特别开心，晚上睡觉很香！

第二天那个人没来，大多数的水泥都快干了，很硬。

又过了两天，来了一辆大车，从车上下来几个人。有两个人把车的后门放下来，是一排排黑圆的洞，中间有黑缝，夹着钢管，东西是水泥做的。他们从大车上抽出来两块很长的厚木板，一头搭在车尾，一头放在了地上。从车上拿下来一些很粗的绳子和不算粗也不算长的木棒，木棒看起来很结实。有一人在地上慢慢地整理着绳子。我问车下站着的人说："这是啥呀？"他说："预制板，小孩儿离远点儿，别碰着了！"他们拿着绳子又上了车，把绳子套在了预制板上。木棒扛在他们肩上，前面两个人，后面两个人。围观的人群突然安静下来，只听到前面的一个人喊了一声"起！"前面的另一个人高喊了声"嗨哟！"预制板慢慢地动了起来，接着他们几个同声发出了低声的"嘿哟唉嗨吼！"另一个人又高喊了声"嗨哟！"其他几个人同声发出了低声"嘿哟唉嗨吼！"他们踩着长条木板往下走，预制板慢慢地往下移动，这时我才发现预制板很长。他们不停地喊着号子像唱歌一样，身上黑黄壮实的肌肉上冒着汗。其中一个人突然又唱了一句，但唱的是什么，我完全听不懂，只看到其他人也跟着那个人的调和音唱起来，听着像是在唱戏，我听不懂，就是觉得很好听！他们一共抬下来四块放到砌好的砖体上：两块放在我们这边，另外两块抬到我们楼的另一边，然后抽起长木板，关上车门就走了。他们开车走后，人群就散了，我望着他们的背影呆呆地站着，还在回想着刚才的场景。王文利也望着他们走的方向说：

“他们可真牛啊！”高敏有点儿激动地说：“我敢打赌，他们要是不唱就抬不走！”他们的声音真是很奇怪，也很好听！我们来到他们放东西的地方，像是一张大桌子，旁边还有一个小水池。我去推了下，根本推不动，就像一堵墙。高敏说：“我喊一、二、三，喊到三，我们一起往那边推。”接着他喊：“一、二、三！推啊！！”我们使出全身力气推，可还是一点儿反应都没有。后来，我们就都爬了上去，站在上面看，能看到我们楼跟往日看到的不同。

过了两天，砌砖的那个人又来了，先是重复着前几天干的活儿，然后把拌好的水泥往台子上抹，抹得平平整整的。看他弄完，还剩了些水泥。我忽然想到家里的地也不平整，就用罐头盒装了些带回家，把地补了补。可是没过几天，补的都掉下来了，都给扫走了。

有一天，王文利他们几个围在台子边看着什么，我出于好奇，也过去看。一个弯形的管子，上面有个不大的柄，柄是可以旋转的，柄旋转后上下移动了些。王文利问：“小四，你知道这个叫啥吗？”我说：“不知道！”他说：“这个叫水龙头，水就是从这儿流出来的。”我问：“为啥没有水？”他说：“江边的水厂还没修好，修好了才有水。”我又问：“啥是龙啊？”他说：“我也没见过，听说有点儿像蛇。”我又问：“蛇长啥样？”他有些嫌弃地说：“你啥都没见过！跟这个水管差不多。”他指着新接好的水管，又说：“走，咱们去江边看一下水厂修的咋样了！”我们就一起到了江边，看到水厂有些房子还没有顶。我们好奇，想进去看一下。可是刚想进去，有个老大爷就在门口拦住我们，说：“干啥去？”我说：“我们想进去看看！”他说：“不行，不能进！”没办法，我们也只有回去了。等了好多天都没有来水，这个事情也就不了了之。

玩油毛毡片

有一天下楼在楼梯口遇到王文利和刘新文，他们手里好像握着什么东西。我说："拿给我看看！"王文利把东西递给了我。我把东西放在手心掂了掂，感觉这东西好像在哪儿见过似的，但又忘了是在哪里见过。我就问："这是啥啊？"王文利说："油毛毡。"我又问："你们从哪儿弄的啊？"王文利说："鸡窝柴火堆那边。"于是，我跑到鸡窝那边一看，果然在鸡窝柴火堆的上面都盖着这东西。回来又问："那它咋弄成圆的呢？"王文利说："用瓶盖压的。"我还是不太明白。等了会儿，王文利来到柴火堆旁，先扯下一块，然后掏出瓶盖，印在上面，顺着盖沿压，一会儿就做成了张圆片。哦，我终于明白了！我赶紧跑回家找了个瓶盖，回来也到柴火堆上扯了点儿，压成了圆片，这样做了几个后，就开始跟他们玩儿。

这个的规则跟烟盒的一种玩儿法是一样的，都是先转过身或背着手准备，两人同时出，谁出的多，谁先来；放在手里，再抛起来用手背接着；再抛起来用手抓，抓了一些；剩下的再由另一个人抓，直到没有了；又重新从兜里摸出来比多少。翻抓起来比烟盒好玩儿，有时多到从手指尖快垒到小手臂的尽头。通常是比厚度。有时王文利说："你这个每张要厚得多！别看我的薄，也不少呢。"刘新文说："那数数。"我只会数到十，多了就是他们数。

后来，张军、王青川也加入了。很快我们楼前的鸡窝柴火堆上的油毛毡就少了很多，我们只有扯扯边上的。再这样下去，鸡和柴火暴露出来，就要被雨淋湿了。我想到在三合院的中间有一些房子上面盖着的就是这东西，就跟王文利说："三合院中间房子的顶上不是有嘛！"他说："嗯！是有，走，咱们去找。"看到张军站着没动，我就说："走啊！咱们去吧？"他说："不去！不去！你们去吧！"我又说："去嘛！多弄点儿，咱们好玩儿啊！"他依然不动脚，说："不去！不去！要去你们去。"不去拉倒，我和王文利来到三合院，爬上了中间房子的顶一看，有很多油毛毡，全是大张、细软的，感觉是最好的那种。我们几个正弄得欢，就听到有人在远处的房檐下大喊："别弄！别弄了！再弄我的房子就要漏水了！"我一看是张军他爸。啊，原来是张军他爸单位的房子啊！怪不得他不来。我们一个人扯了张大点儿的就回去了。玩儿这个兴致很高，天黑了还不想回家。有一天在楼梯那里玩儿，妈妈找来问："吃饭了还不回家？"就都回家吃饭去了。吃完饭又下楼看看，刘新文跟王文利还在玩儿，于是我又接着玩儿了，直到输光了才回家睡觉。

我认为我们的都让刘新文给赢了，因为每次遇到他，我肯定输；他总是穿件袖口很大的衣服，他抛起来后不是抓，是往后一挡，就把东西挡进袖口里了。他一般拿出来的比别人都多，基本上是他先来，所以我们全是输。这事我跟王文利说了，他也这么认为。后来，我们就不跟他玩儿了，多少有点儿躲着他的意思；后来我们觉得也没多大兴趣了，就都不玩儿了。

有一天，刘新文喊我过去，意思是让我帮他抬东西。我一看，是一小菜筐油毛毡片。我俩就抬着去了后山，他一只手拿着把铁锹，抬到他家后窗对着的地方。我问他这是要干啥，他说："挖个坑埋了。"我们就轮着挖，挖完就把小菜筐放进去，又往回铲土埋，拱起了一个小土包。

从那以后，我们再也没有玩过油毛毡片了。

批斗卖酱油的

有一天，我看见远处有很多人，赶忙跑过去看。他们有人或扛着或举着红旗；有人手里拿着各色纸做的小旗，三角形的、方形的都有；在队伍前面还有两个人举着一个长横条形的旗子。他们喊着口号，但我听不太懂他们喊的是什么，就听着是要打倒什么，在骂人。在队伍前面的中间有个人很特别，他是被捆着的，头上戴着又长又尖的纸帽子，胸前还挂着一个木牌子，上面贴着的纸上写着些啥，还有小孩儿往他身上丢小石头打他。我想他应该不是啥好人，就跟风找了两块小石头，也想打他，可最终下不了手，因为这个人我认识！他是五贸商店卖酱油盐的，我经常去他那里买东西，他对我的态度还不错，每次把东西都放到我能拿得到的地方。我看了看他，头上、脸上已经一块青一块紫的了。我心里不好受，也不想看了，拣了个小纸旗就回去了。

刚上楼就看到高敏，问他："他们为啥要批斗卖酱油的？"他说："他往酱油里掺洗脚水。"我不解道："为啥要掺洗脚水？"他说："多卖的钱他得呗！"我实在弄不明白，难道我们喝的酱油里有洗脚水？可是看起来他也不坏啊！

玩帕积和癞子

王文利和刘新文总是能找到我没见过的玩儿法，不知是他们想出来的还是在哪儿学的，还都能一起玩儿。有一天，又看到他俩在楼梯口下的地上拍打着什么，我一看是纸折成船的形状。我问："这是玩儿啥啊？”他们说：“帕积。”开始想这个有什么好玩儿的？没想到这个还玩儿的时间最长，参加的人还最多，有一段时间我们那一片的小孩儿都在玩儿，很热！

玩法跟烟盒差不多，但纸的选择就多了，只要能折的纸都行，大小也不限。那些天到处去找纸，结实的画报纸最好，但画报在那时是很珍贵的东西；完整的书也不行，要找烂的已经散了的画报或书，也不好找；毛主席语录的纸不错，就是太小了；报纸就多，但它又太薄太差了。我对纸也重新认识了，喜欢又厚又密实的纸。

有一天，我遇见了一个小孩儿，跟我差不多大，看样子要比我大一点儿。他看到我就对我笑嘻嘻的。我问他：“你家住哪儿？”他指着我们楼二楼的另一边，说：“有空儿到我家玩儿去。”他是第一个第一次见面就喊我到家里玩儿的人。他走了后我问王文利：“他是谁？咋没见过呢？”王文利说：“他是何二癞子，刚搬来没几天。”我又问：“为啥叫癞子啊？啥是癞子？”王文利说：“跟你说也说不清，以后你就知道了。”

没过两天我又遇到他，跟着他去他家玩儿。他家里还挺干净的，东西好像有很多。我看了看，问：“咱俩玩儿点儿啥啊？”这时他把帕积拿了出来，说：“我只有这个。”我问：“咋个玩儿法啊？”他说：“拍。”他接着又说，“拍不行，还是翻抓吧。”才玩儿了几把，我把他的都赢了过来，他却非要把我赢的要回去。我以为他只是要看一下就去拿，谁知他竟拿在手上不放手了。哦，我终于明白为啥王文利说他叫何二癞子了！他还有一个姐和一个妹。

第二天，我遇到王文利，跟他说了这事，王文利说：“他们楼下的要上去找他们家打架。”

他们楼下住的是钱阿姨。钱阿姨长得有点儿像我妈，她不怎么爱理睬别人，但不知为啥对我还不错，有时把我叫到她家给我糖吃，还给我吃巧克力呢，很好吃！她有两个儿子，有一个比我大哥大，已经工作了；还有一个比我大哥小，也从没看到过他们和我大哥他们在一起玩儿。

自来水来了

有一天，我从水泥台边过，忘了在想着啥，忽然有一股水洒在身上，水都有些凉了。哦！自来水终于来了。原来是王文利他们干的，只见王文利把手压在下面水龙头上，水喷射了过来。我赶忙走过去看，水很大，王文利拧动着水龙头，一会儿开大，一会儿开小，感到很新鲜！我说：“让我也试试吧？”接着，我也压着下面对着他们滋出水来，王文利忙说：“小四，别啊！”

那几天，我们天天都要到水管那里看一下。打开到最大，关上；用手压在下面四处滋水；有人经过就用水滋他。王青川最爱玩儿这个，恨不得天天守在那儿。天有些冷了，水也很凉了，我们就不再去玩儿了，而王青川却还爱玩。他手上都是冻包，有些冻裂口了，有的手指头根部的位置都裂开了。

有了自来水，生活方便多了，但还是要往家里挑一些水，供做饭、洗脸洗脚、洗衣服、洗菜啥的，大人就拿着盆到水泥台上面直接洗了。

在没有任何压力的年代，我们小孩子的主要任务，就是玩儿。无论是小孩子还是大人，经常串门，每个人的脸上都洋溢着笑容。每家的孩子通常都会有两三个，大家聚在一起时，像是一家人一样，我们有满满的安全感，玩儿起来很投入且尽兴。那种亲，带给我们的快乐和愉悦真的让我们很享受。现在回想起来，似乎也只有在那样封闭的环境下才有那样的亲密无间，才有那样的相亲相爱。

第二部分
金色的时光

第一章　我的生活像小狗一样

上托儿所

有一天，王文利对我说：“小四你要上托儿所了。”我不解，好奇地问：“托儿所是啥啊？”王文利说：“托儿所就是管小孩儿的地方。”我说：“以前没有吧？我没听说过。”王文利说：“以前是没有，现在厂里要办了。”我问：“那大家都要去吗？”王文利说：“嗯，都要去。”我问：“托儿所在哪儿啊？”王文利说：“就在三合院那里。”我问：“我咋没看到呢！”王文利说：“法院和检察院他们腾出几间房子，过几天就开。”说着，我们就去三合院看了看，好像跟平时没啥区别，就是有些房间已经空了，也许是给托儿所腾退的地方。

过了几天，妈妈带我到了托儿所。里面已经有很多小孩儿了。妈妈送过我这一次，后来再也没来过。每天中午我回家吃饭，吃完饭又要过来，晚上自己回家。王青川跟我一个班，班里我只认识他。上托儿所还穿着开裆裤的，我们班就只有他一个。不过他穿了一天，第二天就不穿了。幼儿园给我们发了些饼干和炒花生：饼干一个人一次两块；花生也就几颗，根本不够吃。

张军在另外一个班。王文利和刘新文在一个班，比我高一级。我们在外面的时候他们就在房子里，正好错开上课。我跟班里的同学不熟，也没有啥话说，还是觉得有些闷，只是跟王青川说的多些。

有一天，王青川跟我说："我爸当所长了。"我问："啥所啊？"他说："派出所。"派出所在这个三合院对面，跟张军他爸的单位挨着。

有一天，王青川又跟我说："我妈得了肺结核。"我听成"飞机合"了，就问："啥飞机合啊？"他说："是肺结核，听说很麻烦的！"我还是不懂，我只知道有飞机。

印象中我对班里的一个小胖印象比较深，关系还不错。他叫王卫星，听说是他的妈妈在放卫星时生的他，所以取名卫星。他耳朵旁有个小肉棒，别人一摸，他就打人。有一次我问他："你家在哪儿？"他说："十七号楼。"我看着他那个小肉棒问："让我摸一下可以吗？"他点头同意了。我就轻轻摸了一下，感觉软软的。

托儿所里有个孙阿姨，看样子有些凶，上了年纪，脸上有一道道很深的皱纹。她曾跟我说："我认识你妈，你可别调皮啊！"有一次我们围坐在一起，她说："我给你们讲故事，别说话。"说着，她就开始讲，但我不知道她在讲些啥，就跟旁边的小孩儿小声地说着话。她说："谁再说话，我就拿胶布把他的嘴粘起来！"我听了一会儿，还是听不懂她在讲啥，忍不住又跟旁边的小孩儿说了两句话。她停了下来，还就真的拿出白胶布把我的嘴粘了起来。这是我第一次受惩罚。

过了几天，托儿所换了个阿姨，是一个年轻些的。新阿姨教给我们一些游戏，还挺有意思的！我们常玩儿的游戏有丢手绢、击鼓传花、老鹰捉小鸡等。回家吃完饭，我们几个会下楼再玩儿会儿这些游戏。

另外，手工课也学了点儿东西，如折纸鹤、折纸船、折纸飞机、折青蛙，还有剪纸、捏橡皮泥等。折纸船时，我曾想找个有水的地方漂，可近来也没下雨，没有水坑；我想到河边去，可天天都要去托儿所，又没有空；折纸飞机很好玩儿，玩儿了好几天。

我们几个回家后都找到纸折飞机玩儿，先是在楼下比试谁的飞机在空中停留的时间长，接着又在二楼同时丢出去比试。有一次是我的时间是最长的，我开心了很久。我找妈妈要了一角钱去五贸商店买了点儿橡皮泥，晚上回家就捏着玩儿，捏了好几天。剪纸也学会了剪纸花和剪喜字。有一天下了雨，有了水凼，就折了纸船放在水凼里，用嘴吹着航行。

天黑了从半山上下来

有一天，吃完晚饭刚出家门，我就看到了高敏。没想到他见面就问："小四，出去玩儿会儿啊？"这是高敏第一次喊我玩儿。我很高兴地问："去哪儿啊？"高敏说："半山上。"我说："好啊！"我俩就下了楼。走到王文利家门口时正好遇到王文利，王文利问："你们去哪儿啊？"高敏说："去半山上。"王文利说："我也去。"于是，我们三个就到了半山上。这是我们第一次在天色比较暗的时候上来。

在山上我们看到，下面有些地方已经亮起了灯，点点灯光看起来像是河水似的，和我平时看到的景色完全不同。那边有些黑色的大鸟儿一会儿飞一下，有几只还停在一边。这些天我还看到在天上飞着大鸟儿。我问高敏："那是啥鸟儿啊？"高敏说："那是乌鸦。"王文利说："不是乌鸦，是老鹰。"高敏说："就是乌鸦。"王文利说："肯定是老鹰。"我搞不懂为啥是同样的东西，而每个人的叫法却不同呢。这已经不是第一次了，王文利以前跟刘新文因为花的叫法也争论过。

我们想走近些去看一下不知道叫什么名字的大鸟儿，可它们飞走了。

山下的灯是越来越多了。我们看了会儿山下如河水般的灯光和远处朦胧的山影，就动身下山了。过了水冲过的山涧，刚走上小路天就完全黑了下来。刚开始我还能看到一点儿他俩的身影，很快他俩的脚步声越来越远。这下完全是黑的了，脚下的路一点儿也看不到了，还好白天走过这条路，只能靠着记忆往下慢慢走。深一脚浅一脚的，有好几次差点儿摔倒！路不宽，两边都是树林，一边是向下很陡的坡。我有些害怕，想着千万不能摔倒，摔倒就往下滚，碰到石头和树会很惨！远处的灯光照出了一些树影，一高一低地在面前闪来闪去，有些吓人！我的心狂跳，想要大喊，走了很长时间才走到了山下平路上。

刚上楼就遇见了高敏，他笑呵呵地看着我说："哟！小四回来了？再不回来，我们要上山去找你啊！"我却笑不出来，撇了下嘴，想不明白他们为啥不等我。

过年放鞭炮

天气越来越冷，托儿所的房子里烧起了蜂窝煤炉。有一天，很多小孩儿都晕倒了，来了很多家长，看样子都很着急。为此，托儿所也就关门了，我们又回了家。

又变得跟从前一样了。

那几天我们喜欢到山上走一走，走一会儿身上就热了起来。我们一起玩的孩子中来了一些新面孔，大家都在一起玩儿。有一个看样子比我大两岁。我指着远处的他问王文利："那个是谁啊？"王文利说："他叫陈刚，他家要吃老鼠。"我还不信。有一次我特意问陈刚："你家要吃老鼠？"他说："是啊！老鼠肉很细啊！"听着有点儿恶心！

有一天，从办公楼方向传来了"啪啪"的响声，以前也没听到过，我赶忙跑去看。看到跟我们差不多大的小孩儿在用火柴点一个东西，东西点燃后会冒烟，跟着就炸响了，响声很大！还挺有意思的！我就问一个小孩儿："给我看看这是啥东西啊？"他们告诉我这是鞭炮，还拿了个给我看。我一看，是纸做的小棒，上面有一个薄纸做的细绳子。我好奇，刚想问哪儿弄的，他们就跑了。

于是我就往回走，到楼前遇见王文利，我问他："看到没有？这是鞭炮！"王文利说："看到了，听说五贸商店那边有卖的。"我说："那咱们去看看吧。"王文利说："走，我也正想去看看。"我们就往五贸商店走去。看到在商店外面有人围着在看什么东西，走近了才看见，在一个小床上摆着各式各样的鞭炮，有纸包着的一板一板的，有散放着的。我随便指着一板问："这个咋卖的？"老板说："小的一毛二一板。"

回到家，我找妈妈要钱，妈妈给我拿了两毛钱。我拿着钱去五贸商店，指着各式各样的鞭炮询价。品种很多，有拉炮、摔炮、小火箭、二踢脚，有些名字我没怎么听懂，看到有一种两头有细绳子的，就问了下，听到说这个可以一拉就响，还有一摔就响的。我就买了一板一毛二的，四个摔炮和四个拉炮。往回走的路上就摔了两个，拉响了一个。把摔炮拆开看看，里面是碎石子和一点儿黄色的粉末。

赶紧回家把炮从细绳子上都扯了下来。把炮拆散，找到火柴就下楼来放。开始时我用火柴点了就跑，但是有点儿费火柴，我就把报纸卷成细棍状，点燃后用来点炮，把炮点燃后，看着燃了一会儿，快要燃进纸里的时候丢在空中，看着炸响后散下来的纸屑。有时我还炸水、炸土疙瘩、炸罐头盒，感觉都不一样。王文利说炮上的细绳子叫炮捻子。有的掉了“炮捻子”的，我们就把炮给拆开。有的里面是黑色粉末，两头有点儿土；有的里面是银色的粉末，银色的要响些，包装外面写着电光炮。用火柴点燃里面的粉末会发出亮光，还冒烟。把报纸卷着点燃后吸。有时我们看乔哑巴在旁边看，就趁他不注意，转身往里面放进去个炮，跟他比画着让他吸，他还真吸，吸了没一会儿炮响了。看他受惊吓的样子，我们觉得挺好玩儿的。

我琢磨着把拉炮捆在谁家门上，吓一吓人，也不知道当时咋想的，就去了郭青山家。我低着头去，刚捆好，里面就有人开门，炮响了，人便追着我。

有一天，遇到王文利，我告诉他：“我把炮捆在了郭青山家门上，他一开门就炸了！”王文利说：“光是炸这些也不好玩儿啊，炸谁家才好玩儿呢！”王青川问：“炸乔哑巴？”我说：“乔哑巴家在二楼，不好跑，炸陈刚家吧，他家吃老鼠。”王文利说：“好！就炸陈刚家。”于是，我们在他家门缝下点燃了炮就跑。开始放一个，屋里没动静，放了两个后，门开了，陈刚跑出来，也只追了几步就回去了。看样子他是想骂又没骂出来！

渐渐地，放炮的人多了起来，家里的人又开始忙起来，又是杀鸡又是烧肉的，又要过年了。家里做了很多菜，正在吃的时候，外面响起了一片炮声，我一下子就没心思吃了，赶忙跑了出去。

放炮的人很多，而我却没有炮，因为之前我已经找妈妈要了几次钱买炮了，实在不好意思再要了，就看别人放吧。别人放的是一串一串地连着响，很过瘾！一挂二十响的一毛二，可以听二十次呢，还可以炸这儿、炸那儿，也不错。看着看着还是忍不住想买鞭炮。于是，我回家跟妈妈说："妈，我想买炮！大家都在放炮，我也想放。"妈妈说："聪明人听响，傻人放。"我没听懂妈妈的意思，但知道妈妈不会再给我钱买炮了。那我只能下楼去看别人放。

正看着，有一个五号楼的阿姨喊我："我那里有些炮，来，跟我来。"我就跟着去了她家，她拿了一大包炮给我说："我们家没人放，你拿去吧！"这下可把我高兴坏了！我简直不敢相信！这个阿姨以前我见过，她跟我说过认识我妈。我知道这些炮挺贵的，之前买炮的时候大概知道一些。

我找到王文利给他看我的炮。王文利问："你哪儿弄的啊？"我指着前面的楼说："前面楼的阿姨给的。"王文利笑着说："这也太爽了吧！"我们就开始放炮，没一会儿就把这包炮放完了。看样子再多的钱买来的放起来也快啊！

王青川跟我们玩了会儿后，一个人闷声拣哑炮去了。我不明白他为啥要这么做。渐渐地，没有人放炮了，我就问王青川："你这是干吗呢？"他说："做炮啊。"王青川把哑炮拆散了，往空的降落伞筒子里倒，还把拣哑炮和空的降落伞筒子拿给我看。王文利说过黑的是火药，黄的是炸药，摔炮里的就是炸药。他拿着一个不知做了多久的，上面用纸塞紧，还做了个捻子。点燃捻子，"咣"的一声，把我吓了一跳，我从来没听过这么响的炮声！我觉得很有意思，便也去找哑炮和空的降落伞筒子，跟王青川一起做。做好后就开始炸罐头盒，看着罐头盒快飞到二层楼高了，哇，真是太有趣了！就这样，我们把楼前的哑炮都拣没了，然后我们又到前面的楼前找。一直玩儿到了天亮，就在我们还在做的时候，爸爸来找我了，我就回家睡觉去了，一睡就睡了一上午。

也奇怪，从最热闹那天后都不再放炮了，几乎很少听到，偶尔从远处传来几声炮响。那几天总想睡觉，昏昏沉沉的，也没啥好玩儿的。一般就在家里待着，有时出去转转也没遇到谁，就回家睡觉去了。

铁皮飞机

有一天，下楼遇到王文利，他跟我说："五贸商店进了很多玩具，大家都在买。"我说："那我们也去看看吧？"他说："你去看吧！我都看过了。"我就自己一个人过去看。五贸商店里有很多人，都围在平时打酱油、卖盐的地方争抢着买东西。我赶忙跑回家跟妈妈说："妈！五贸商店进了很多玩具，大家都在买，我也要买！"妈妈拿了十块钱递给三哥，跟我说："跟你三哥一起去，看好了买啊，别乱花钱！"

到了五贸商店，我们费了很大的劲儿挤进去。看了会儿后，我指着一把大枪说："三哥，我要买枪。"还好，十块钱刚刚够。我们拿着枪往家走时，遇到了陈亚民，看见他买了个飞机模样的东西举在头上跑着。

回到家拿着枪，扣动着扳机，听到"哗""哗"的响声；枪管里塑料的地方闪着光。我们就到门背后阴暗的地方看，闪光明显了一些。我还以为能打子弹呢，结果枪口是封死的，就只有些响声和闪光，太不好玩儿了！我忽然想到陈亚民举着飞机的样子。我就跟三哥说：“不行，这枪不要了，咱们去换！”三哥问：“那换啥？”我说：“换陈亚民的那个飞机。”

我们又到了五贸商店，人明显少了很多。我跟售货员说：“要换飞机。”还不错，给换，也不加钱。

我们又拿着换的飞机回了家。打开纸盒包装，三哥扭动着一个钥匙上了发条，然后放到地上。飞机上面有几根塑料细长条旋转着，下面轮子转动着，在地上走了两圈就不动了。我拿起来把钥匙扭到扭不动为止，放到地上又是走了两圈不动了。没意思，还是不好玩儿，这跟我以前有个青蛙一样，举在头顶也不飞，还不如我做的纸飞机呢！三哥说：“嗯！有问题！我看看。”他拿螺丝刀把它给拆开了。里面有一个薄钢条卷起来的，带动着齿轮、轮子和上面的转圈的几根条条。我们看了看再装回去，结果它在地上动也不动了，真没意思啊！太不划算了，十块钱可以买多少东西啊，结果买了这破玩意儿，还不如买炮放呢！

下楼遇见了王文利，他问我：“你去买玩具了吗？”我说：“买了，我妈给了十块钱，先买了个枪，打不出子弹，又去换了个飞机，结果飞机也飞不起来，只能在地上走。我哥说有问题，给拆开了，结果装回去后在地上也不走了。”他说：“你妈可真大方啊！一给就是十块钱，我妈才不给呢！那些东西不是咱们玩儿的。”我问：“那是谁玩儿的呢？”他说：“这是一两岁的小孩儿玩儿的，咱们长大了，玩儿起来就觉得没意思了。”我说：“是啊！我也没想到我妈会给十块钱，买炮的时候才给几毛，还不如买炮放呢！”他说：“那不一样哟！你妈可能想你这么大了也没玩儿过啥玩具才给这么多呢！

让你买一个，看你以后还买不买。”我说：“我以后可不买了。”他说：“我说是吧！你妈愿意拿十块钱试一下，我妈试都不愿意试，还是你家有钱，十块钱对于我们家太多了！”我问：“你家不是你爸妈都上班吗？咋会没钱呢？”他说：“我们三兄弟都要吃饭，还有我爸妈还要给他们父母寄钱，所以钱就少了，这就叫负担重，你们家好像没啥负担？”我说：“我也不知道，没听说啊！”他说：“看样子除了四兄弟要吃饭就没啥负担了，要不你爸还抽中华呢！能抽中华的都是有钱人，你爸的工资可能高？”我说：“我倒是没听说过啥负担，有时我们家也要往老家寄钱，老家还有个姥姥。”他说：“只有一个姥姥不算负担，我们家两边都有，爷爷、奶奶、姥爷、姥姥，有时穷亲戚过不下去了，也要寄钱，事多着呢！”我问：“哦！这么多啊？”他说：“可不是嘛，所以我们家穷啊！没办法啊，只有抠门啦！”我问：“啥是抠门啊？”他说：“就是不给钱花呗！”我问：“哦！没别的办法啊？”他反问：“能有啥办法？这就是命！”我问：“啥是命啊？”他不高兴地说：“跟你说不清楚，玩儿去吧！”然后他就回家了。我到别处走了一下，也没啥玩儿的，还是回去看刚买的飞机。

托儿所表演节目

天气转暖了，托儿所又开门了，我们又回去上学了。和以前一样，还是学手工，玩儿那几个游戏。

过了些天，老师说：“我们班要排演一个节目‘七支蜡笔’，选七个小孩儿，演给托儿所小朋友们看，还要演给老乡们看，说不定还要演给全厂的职工看。”不知什么原因把我给选上了，我是乐意参加的！我跑回家兴奋地告诉妈妈：“我们要表演节目，把我选上了，要准备白衬衣、蓝裤子、白胶鞋。”

那几天其他小朋友回家后，我们几个小孩儿和老师就留下来排练。先是演给全托儿所的小朋友们看，然后给解放军们看，但没有演给全厂职工看。

有一天下午，我们在托儿所里待了会儿，就被厂里的大轿车拉着去了镇里。在一个大房子里给老乡们演，老乡们很热情地拍手笑着！老乡还请我们吃了饭，菜很多，饭很香，那天很高兴！

抗震棚和地震

在托儿所待得正有些腻的时候，听老师说是要地震了。到处都在搭抗震棚，托儿所中间的空地也搭起了抗震棚。老师教我们把瓶子倒立着说：“如果瓶子倒了，就跑进抗震棚或钻进桌子下面或床下面。”又过了几天，老师跟我们说托儿所的房子不结实，就让我们都回家了。

我们楼旁边的空地上搭的抗震棚里搬了些床。听说所有的人都要住进去，床上有蚊帐。我可是很高兴！我喜欢人多，以为都可以住在一起玩儿，热闹！陈华家的床就在我们家的床旁边，她还给我饼干吃。哥哥们没来，说是到那里不好睡，就我跟妈妈一起，爸爸也没来。到了晚上棚子里到处有呼噜声，我好长时间也没睡着。就待了两个晚上，还是回了家，抗震棚里的人大多也回了家。

有一天，在楼下遇到刘新文，他说：“小四，你爸在哪儿知道不？”我说：“不知道啊！”他说：“在办公楼前面的车子里，很牛的样子！有民兵拿着枪守着。”我赶紧过去看，还真是这样的，看到了爸爸站在一辆绿色的车的边上，我喊爸爸，爸爸说：“你咋来了？赶紧回家去！”我说：“让我看看吧。”于是，我上了车，看见车上有一张床。哦，原来他不回家，就睡在这里，车上有各样的方形的有点儿像钟表的机器。爸爸说：“不要乱动啊！”有一个民兵背着枪守在车门口。我指着枪问：“可以让我摸一下枪吗？”他点头同意了，我摸了下枪中间，有些凉。我还想拿来玩儿，被他拒绝后，我便回家了。

在楼前遇到了王文利，我指着前面说：“我爸在那儿，有民兵，还有真枪。”他说：“我知道，你爸是抗震总指挥，都要听他的，地震来了要放枪，还要拉警报，听到枪响和警报都要往抗震棚里跑，是我爸说的。”我问：“地震啥时候来啊？”他说：“不知道啥时候来，可能你爸先知道？”

有一天，吃了中午饭，我们几个正在楼前玩儿，就听见到处各种各样的声响。只看到大家都慌慌张地往外跑，往地震棚那边跑；还有人大喊着：“地震啦！地震啦！”有些人还穿着内衣或光着脚；有些小女孩儿还大哭着。我想回家看看那倒立着的酒瓶倒没有。刚要上楼，遇见了妈妈，她一下拦着我问：“干吗去？”我说：“回家看看瓶子倒了没有。”妈妈说：“你没看见人家都往外跑吗？快走！”我们到了抗震棚边，一看全楼的人都在那里。我问王文利：“这是咋回事？我咋没感觉地震呢？”王文利说：“我们在外面玩儿，不觉得咋样！他们在楼里的人说地在晃动。”我问王文利：“你听到警报和枪响了吗？我咋没听见？”王文利说：“我也没听见，好多响声，分不出来是什么。”过了一会儿，人群平静下来了，有些人回家去取东西和穿衣服，我也回家看了看，瓶子也不见了。晚上还是回家吃饭。吃完饭去看了看，抗震棚里睡满了人，我还是回家去睡觉。家里只有我跟妈妈。

蜜蜂蜇人

有一天，吃完晚饭，我刚下楼就遇到了刘新文。我对他说："咋好久没看到你了，忙啥呢？"刘新文还没回答，我突然看到一片阴影向我们这边扑下来，是从天上降下来的，一片黑麻麻的。刘新文大喊："这是蜜蜂，快跑啊！"说着，就赶快往抗震棚那边跑，一起从抗震棚下面的大缝钻了进去，只听到棚子上嘭嘭作响，等了一会儿，感觉没什么动静了。我想刚才王文利一家还在外面吃饭，说不定要被蜇着？我们就出来了。蜂群就在我们前面飞，我们跟着蜂群跑。蜂群一下就围住了王文利一家。王文利和王青川跑得快，跑出了蜂群，站在家门口看着；他妈和他爸就被蜂群围着出不来了。就看他妈头上、脸上围着蜜蜂，他妈挥着手想赶走蜜蜂，又想往家里跑，很恼火的表情！王文利拿了床单从家里出来，在旁边挥舞着想赶走它们；王青川也拿来薄被帮他爸赶着，把他爸的头捂了起来；我也想帮忙，到他们家里看了一下，没看到有啥东西可以拿，就又出来看。我没有东西也不敢上。看他们经过了一会儿打斗，就把蜜蜂赶跑了。

蜂群离开了王文利家门口，我们又跟着它们跑，想看一下谁还要被围着，追到了垃圾堆旁五铃家那边。在五铃家门口看到有一个人被围着了。他双手在面前挥舞着，很快跑进了抗震棚，蜂群也从门口追了进去。那个抗震棚是绿色厚帆布做的，上面尖形的。抗震棚这面拱起来一下，那里拱起来一下，里面的人在跑来跑去的，是又害怕又好笑！幸亏我不在里面。一会儿，里面的人在脸前挥动着手臂跑了出来。不好！要把蜂群带出来了，我们赶紧跑开了，跑到那个楼房的后面。等了会儿，回去看了看，蜂群和人都不见了。

第二天，下楼遇到刘新文，我告诉他："昨天王文利一家被蜇惨了啊！"刘新文说："能不惨吗？要不是咱们跑得快，被蜇的可就是咱们啊！还不是我喊得快！"我说："我以前也没见过那么多的蜜蜂一起飞，看到它们过来，我还以为是啥呢！"刘新文说："虽然以前我也没见过这么多的蜜蜂一起飞，但听声音我就知道是蜜蜂！"这时王文利从他们家出来，满脸不高兴地问我们："是不是你们把蜜蜂引来的？"刘新文说："向毛主席保证，绝不是我们引来的，小四也在啊！"我说："看着它们飞过来，我们跑进了抗震棚，差一点儿也被蜇着。"我接着问："你妈咋样啊？"他说："被蜇了好几下，我爸也被蜇了几下。"王文利又问："那是谁动了蜂王啊？"我们说："不知道啊！"王文利气急败坏地骂着："谁吃饱没事敢去动蜂王啊？闲的！"我问王文利："你被蜇了没啊？"王文利说："没有。你们呢？"我说："我们也没有。"刘新文说："还不是我喊得快！我们跑得快！跑进抗震棚里去了，就差一点儿被蜇啊！"我说："蜜蜂撞到抗震棚上，可响了！"王文利问："是吗？"接着说，"我们就倒霉了啊！"我说："昨天还有一个人也被蜇惨了！在五铃家门口，他被蜜蜂蜇了，跑进抗震棚里，蜜蜂也跟着进去了，在里面给蜇惨了啊！"王文利问："是吗？还有惨的啊？走，去看看？"我们就到了五铃家的抗震棚那里。我指着抗震棚说："那个人在里面，一会儿跑这边，一会儿跑那边，棚子是一会儿拱这儿，一会拱那儿啊！"王文利说：“在里面被蜇那是难受死了啊！”又接着问，“那后来呢？”我说：“他跑了出来，蜜蜂也跟着出来了，我们怕被蜇就跑了，后来回来看，蜜蜂和人都不在了。”我们进去看了看，里面空间也不大，就只有一个门。

气门芯

出太阳了，有点儿暖和了。我刚下楼，就遇见王文利，刚想打招呼，突然感觉下雨了，往天上看了看，可天是晴的，没下雨啊！我发现王文利的手有些不对，像是拿着啥东西，就问他：“你拿的啥啊？给我看看。”又有水从他的手上滋出来，我就追了过去，他一跑，袖子里掉出来一些半透明的黄色软管。我好奇，追着问：“这是啥啊？”他说：“这个是气门芯。”软管里的水已经没有了，有些像鸡肠子。他又到水管那里，拿布条缠着一头，对着水龙头，开开水龙头，就鼓涨了起来。一会儿，他拿开给我看，捏着一头，松一下手水就射了出来。这个有些意思！就问他从哪儿弄的，他说：“五贸商店修自行车那儿！”我就到那里去看，过了会儿就看到了，指着问：“多少钱一根？”有个老师傅说：“细的七分，粗的一毛二。”晚上吃完饭，我找妈妈要了两毛钱。

第二天就去买了根细的。回去后想往里灌水，却没有布条，刚想回家去剪布条，就看到王文利在不远处。我走过去问他：“那布条哪儿弄的啊？”他说：“拖把上扯的。”我转身去楼前找，张军家门口正好有拖把，就在上面扯了根条布，布条齐齐直直的，我可剪不了这么好啊！到水龙头那里，学着王文利那样，在气门芯一头打了个结，一头用布条缠着塞进水龙头，水还真进去了。就捏着一头，把它藏在袖子里，想找个人，给他个意外。刚走了几步，正遇见张军他爸，我就悄悄放了一点儿水，他爸表情一变，抬头往天上看了看，又看我，我笑了笑！他问我："小四，你搞啥啊？"我把东西拿了出来。他说："哎呀！以后别搞了！"然后就走开了。

那几天，我们几个人一人弄了一个。天天互相追着打水仗，有时衣服全都弄湿了，有时灌水把气门芯涨爆了，又找妈妈要钱去买，还买过一个粗的，他们说是三轮车上用的。有一次去买的时候，看到师傅把它剪断成了一小节，然后接在一根小棒棒上，再插在轮胎的一小圆柱上，拧上螺帽，拧紧后，再拿出气枪夹住螺帽打气，才明白为啥叫气门芯了。

去河里游泳、下大雨后漂流和补轮胎

有一天下午，我遇到刘新文和王文利，看他们拿着东西像是要出去。我问他们去哪儿，刘新文说："去游泳。"我说："等一下我，一起去。"开始刘新文推着一个大轮胎走，还背着一个小轮胎，我们轮着帮他推、背轮胎。我指着问："这是哪儿用的啊？"王文利说："大的是大卡车上的，小的是吉普车上的。"我们就一起到了大弯。找了个浅处的沙滩边脱了衣服，只穿着短裤就下了河。河水看起来很清，还不凉，也有其他小孩儿在河里玩儿了。大的汽车轮胎，还可以爬上去，趴在上面漂，或抱着边上漂；小轮胎可以在河里面，并把轮胎套在身上，边晒太阳边漂。

从那天起，我们每天都想去河里，就是不会游泳，学了两下也没学会，或在浅滩里玩儿，或在沙滩上晒太阳。刘新文家有两个轮胎，他如果不去，就把小的借我。

有时候一天去三次。上午去玩儿一会儿就回家，吃完中午饭又去，晚上吃完饭还去。爸爸出差回来给我带了一个能吹气的塑料游泳圈，就不用借刘新文家的了。一般是我们几个人搭伴一起去，我一个人是不会去的。

有一天在回来的路上，王青川对我说："刮一下我的皮，看有没有翻白的？"我问："为啥啊？"他说："翻白了就是游过泳，我爸不让我游泳，要刮皮检查。"我刮了一下，果然刮痕是白色的。他说："糟了！说不定我爸要打我！"张军说："我爸也不让，少晒太阳看起来就没这么白了。"后来王青川上了岸就躲在树底下。

张利民有时也去。有一次他挖了个长条形不深的沙坑躺在里面，说："来呀！往我身上堆，不要弄到头上。"我就开始往他身上埋沙子，高敏、王青川他们几个都过来往他身上盖沙子，很快就堆起了厚厚的沙子，只露了个头，我们几个还坐了上去。意想不到的是，高敏用手轻拍他的脸问："老实交代财宝藏在哪儿？"他说："没有啊！不知道啊！让我出去！"一副很委屈的样子。高敏说："好啊！不说！往他头上浇泡尿。"说着，手往裤裆那里做了个像是要尿尿的动作。他连忙说："别呀！好！好！我交代！我交代！"他又喊了句，"快点儿！让我出去！"等了会儿，刨开沙让他出来。他出来后喘着气说："好啊！你们几个，太坏了！"

有一天，下过了大雨，河水肯定很大，我就没想去。在走廊上看到刘景文扛着大轮胎要去游泳。我说："才下过大雨，不安全。"他说："下大雨才好玩儿呢！"我就拿起我的塑料游泳圈跟着他到了大弯，我们到了河的上游。他有时躺在大轮胎上，有时趴在大轮胎上，往下游漂；我坐进塑料游泳圈里往下游漂，感觉确实不错，一起一伏的，很好玩。快要到小桥时就划水，划到了岸边，又返回到上游再来一次。水面离小桥很近了，可能要碰到头，过了小桥有一个瀑布，他们说过掉进瀑布里很难出来，下游有一段有很多巨大的石头，想要划到岸边都不容易。刘景文跟我一样，快到小桥时也到岸边不再往下漂了。连漂了几次，特别好玩，我们开开心心地回了家。

第二天我们又去漂，水小了些。就跟以前差不多了，水就是多了一点儿，有一点儿浑。

有一天刚出来就看到刘景文在他家门口弄着大轮胎，我走过去问他："你这是干啥呢？"他说："补胎啊。"看到在屋里的小桌上放着一个长圆形的小铁盒，里面装着厚纸，一个铁片上面有一长圆形的胶片。看着他把厚纸拿出来用火柴点燃了，把它放进小铁盒子里，再把铁片和胶片放在上面。厚纸慢慢地冒着烟和有红线在走动，发出吱吱的声音，没有火苗的燃烧。铁片上的胶片被加热了，上面的一层胶融化了。他就拿着钳子夹着胶片边上把它贴在了轮胎上，再用手去按了一会儿。他又从屋里拿出来个东西，我问："这是啥啊？"他说："这是气枪。"他扯着软管的一头，对着气嘴按了下，对我说："你按着。"我就去按着，他上下拉动着气枪。给轮胎打了些气，又抱着轮胎挨着头听，边听边摸，又说："这儿还有一个。"我去看，是有一个小洞，有一点儿声音，用手摸，有风，吹到手上有感觉。我问："让我来试试？"他就放下了说："要把气放了，补完了再找找，看还有没有洞。"他拿了个小棍子，捅了气嘴一会儿，有气出来了，轮胎瘪了。这个没有气门芯，是一个小细棍，一压气就出来了。我就学着刚才他那样补好了一个洞。我拿着气枪上下拉着，他按着气嘴，充了气，也学着他那样抱着听并摸了会儿，没有发现洞。我说："没洞了。"他又抱着听了会儿说："这下是真没了，走，咱们玩儿去吧！"

捉螃蟹、摸鱼

有一天，刚下楼我就遇见王青川往茅房那边走，我问他："哪儿去？"他说："去找我哥和二扁他们。"我也正想找他们，就跟着他从茅房那边上了山，走了不远就看见一个山涧小水潭，张军在那里找着什么。我问："在干啥啊？"他说："抓螃蟹。"又问："啥是螃蟹？"他说："等会儿抓着你就知道了。"我在旁边看，他们在翻石头，张军伸手抓了个东西给我看。他说："你看，这就是螃蟹。要抓只能抓这儿，因为它有两个夹子，会夹人的，要小心。"看张军捏着螃蟹的背，我也伸手把螃蟹拿在手上看了看，就下水翻着石头找。没一会儿的工夫儿，我抓了好几只小螃蟹，放在兜里用手捂着，我们一起下山。我问张军："螃蟹能不能吃啊？"张军说："我爸说不能吃。"我们到了楼下，在楼前找了个蜂窝煤炉，把螃蟹放上去烤，闻着挺香的，打开了硬壳里面也没看见有多少肉。

有一天下午，高敏问我："小四，摸鱼你去不去？"我说："好啊！"我们就下了楼。遇到了王文利，他问："哪儿去？"我说："摸鱼。"他说："我也去。"王青川和张军也出来跟着走。到了五号楼口，高敏说："等一下我同学。"等了会儿，孙家兄弟拿着个什么东西也走了过来。

我们一帮人就到了大弯，还往上游走了一段，来到变电站。进去后不远处有一个不大的水潭，水是黑的，看不到底。他们脱了鞋，挽起裤腿，动作一气呵成，随后就下水了。我不敢，就在岸上看。看他们在那儿摸一会儿，在这儿摸一会儿，不一会儿，就抓到了鱼，直接放到他们带来的竹篓子里。看样子他们老来。我看了一会儿，看水也没有到他们大腿，也不觉得害怕了，也挽起裤腿下了水。可我摸了半天，一条鱼也没有抓到，一碰到鱼它就跑了，孙家兄弟抓了很多。我问王文利："你抓到没有？"他说："没有。"我觉得奇怪，为啥他们能抓到呢！后来，高敏也抓到了，他说："看！我抓到了！抓到了！"很高兴的样子！回来分手时，孙家哥哥要跟我们分鱼。高敏说："不要！不要！你们都拿去吧！"我们几个也摇头说不要。后来高敏说："他们拿回家做了吃，还挺好吃的，他们家只有一个人上班，生活有点儿困难。"

隔壁孙伯伯家中午常常是只吃面条，就没有别的菜了。一次看到王青川一家在门口吃饭，也只有素菜和咸菜。

爬后山

有一天下午天气很好，我看王文利站在楼前往后山上看，我好奇，也下楼跟着看，看到后山顶上有人在跑动。我问王文利："他们是谁啊？"他说："还不是刘景文他们几个。"后来听他们说后山背后的山沟里也有像我们这样的房子而且还很多。真想到山顶上去看一下两边的山沟里有什么不同！

有一天下午，我跟张军说："咱们也到山顶上去看看吧？"张军说："我也想去。"王青川说："我也想去。"于是，我们几个就开始爬山。爬着爬着，心跳得厉害，气也喘不上来，汗也出来了，就停了下来，问他们：“咋样啊？”张军说：“不行了，休息会儿再走！”往上一看，路还有很远，一小半都没走到。我就说：“像这样下去，天黑才能到山顶啊！”想到上次天黑下山的可怕，我问：“咱们回去吧？看样子天黑了下不了山啊！”张军说：“是啊！”就坐着看了会儿山下，我们就下了山。本想以后再去，没想到再也没有上到山顶。后来很多次梦到了爬后山，在山上看到周围有山，山上还住着跟我们不一样的人；后来也常常梦到爬山，有时是几个人一起，有时是我一个人；后来还常常梦到从山上的高处掉了下来，直接吓醒了。

吃玉米秆和扣鸟

有一天，我跟着王文利和刘新文他们从茅房边的小路上了山。没走多远就看到山坡上一大片很高的有秆子的大草，看样子是别人种的地。我问：“这是啥啊？”刘新文说：“这是玉米。”我就走近了看。秆子结着的果子上有玉米须，这样的玉米我见过，但没见过这么小的，掰开一个看里面的玉米粒也很小。刘新文撇断了一根递给我，说：“这个是甜的，你尝尝。”他就拿在嘴边咬，我也咬了下。有水，还挺甜的。我们想带点儿回去，就开始掰。刚掰了几根，就听见远处有人冲我们喊，边喊边往这边跑。可能就是守着这块地的人吧。我们就带着几根回了家，我也分了一根拿回家。哥哥们回来就剁成几节分着吃了。

有一天，在前面楼看到一个筐子被木棍支着，我觉得有点儿奇怪，想走近看看清楚。看到有小孩儿手里拿着根绳子，又看到绳子连着支撑筐子的木棍。筐子旁边有些鸟儿，鸟儿在吃地上的米，就走远了点儿看。看到有鸟儿进到筐子里吃米的时候，那个小孩儿就拉绳子，鸟就被扣在了筐子里了。那个小孩儿就跑到筐子边抓里面的鸟。我就问："你抓鸟儿干啥？"他说："吃啊！鸟肉好吃啊！"我一听，觉得挺好玩儿的，就回家也找了个筐子和绳子，撒一把米，等着鸟儿来。鸟儿进了筐子里就拉绳子，把鸟儿罩进筐子里后再去抓，抓到后玩儿了会儿，就把鸟儿又给放了。

采蘑菇和爸爸买条烟

有一天，看到刘新文拿着个提筐要出去。我问他："你干啥去？"他说："去后山采蘑菇。"我说："等等，我也去。"我就回家找到妈妈平时买菜用的提筐，跟着他上了山。山路有些湿滑，树的叶子把阳光大部分都给遮住了，一条条光柱照在了地上。很快我们就不走山路了，踩在枯叶上走。刘新文看着地上，一会儿就弯腰捡起一个东西。我不知道他在干什么，过去一看，哦，原来他在采蘑菇，像一把伞的形状。看着他不停地捡，有红色的，有白色的，有黄色的。我也跟着捡，还捡了不少呢。当我刚要捡一个深黄色的时候，刘新文说："这个不能要。"我不解："为啥啊？"他说："这个有毒，不能吃。"我又问："啥是有毒？"他说："吃了会拉肚子，弄不好会死人的！"我接着问："你咋知道的？"他说："我爸说的。"我还捡了不少，回家都给了妈妈。

晚上妈妈做好了拿出来吃，真香啊！这是我吃到的除了肉之外最香的一种食物！我说："明天我还去捡。"三哥也说："对，明天再去捡点儿。”

第二天，我看见刘新文提着筐子又要出门，就跟着他一起上了山后。好像昨晚又下了雨，地上的树叶很湿，而蘑菇却看不见了。刘新文眼睛很厉害，能看到树叶底下的蘑菇，我却看不见，只看到他还在不停地捡，我却分不清树叶底下有没有。我就跟着他学，但也没用，我没捡到几个，还摔了一跤，悻悻地回了家。

有一天吃完晚饭，爸爸说：“小四，听说五贸商店进了很多货，都在搞处理，咱们去看看。”我就跟着爸爸来到五贸商店。商店里人很多，都在挤着买东西。我挤进去看了看，没有啥我想要的东西，就挤了出去。爸爸挤了进去，买了条无过滤嘴的牡丹烟出来，让我拿着，然后又挤了进去。过了会儿，我俩就拿着烟回家了。没想到回到家妈妈却闹了起来，大声地问：“你不是戒了吗？咋又买啊？”爸爸说：“不是便宜嘛！五块二一条，就抽这一条，以后再也不抽了。”妈妈问：“说话算数啊？说了几次都不算数？”爸爸说：“最后一条，这次算数！”后来爸爸还真是不抽烟了。有时候晚上看到爸爸想抽又在忍着不抽，不停地喝着茶，很难受的样子。

死老鼠和捉老鼠

有一天，大哥问：“家里咋有股怪味？臭烘烘的。”鼻子还一抽一抽地闻着。二哥说：“嗯，我也觉得有味。”大哥问：“是不是小四尿床了？”我说：“没有啊！”我也闻到了臭味。他们翻开我的被子看了看。大哥又说：“是不是死老鼠？”这话提醒了我，我忙说：

“我看到一只老鼠。”大哥问：“咋不早说！在哪儿？”我指着床和大柜子之间一个空隙，它在那里一闪就跑了。他们就开始在家里翻东西。先把床下的杂物弄出来，又开始一起抬开了大柜子，拿来手电筒往里面照着看，又到里面屋挨着搬动箱子，又到大床底下把杂物弄了出来。把家里搞得很乱，二哥喊着：“找到了！”在妈妈房间的大柜子后面，他们拿扫把勾了出来。果然是只死老鼠，都烂了，是很臭啊！就是这个味。他们又把这家里床底下和柜子底下扫了扫，连同垃圾一起倒掉了。家里的空气好多了，没有臭味了。

有一天，下楼看到刘新文在他家鸡窝那里忙着什么，我就走过去问：“干啥呢？”他说：“捉老鼠。”我问：“为啥要捉老鼠啊？”他说：“你没听说全国闹鼠害，毛主席说要消灭老鼠啊。”接着又说，“你守在那边，找根棍子，看到了打死它。”他手上拿着棍子，推动着鸡窝，看样子老鼠是在鸡窝后面，他想赶它出来。我就找了一根棍子守在另一边，果然一会儿一个小东西就跑了出来。我们追着去打，还就打到了。我们就开始不断地找老鼠，打老鼠。

有一次，我把刚打到的一只老鼠拿在手里玩儿，软绵绵的。刘新文看见了说：“不能玩死老鼠！快丢了！”我赶紧把死老鼠丢在地上，问：“为啥不能玩儿？”他说：“老鼠有传染病，叫鼠疫，要传染的！”我问：“谁说的？”他说：“我爸说的，听说染上要死人的。”我说：“那陈刚家还吃呢！”他说：“有的可能是打昏了，临死前咬你一口就麻烦了！陈刚家是煮熟了吃，把病毒都给煮死了。”从那以后我再也没玩儿过死老鼠了。

那些天我们天天打老鼠，打死了不少。先是挖个坑埋了，有时还找些树枝点火烧。后来打死的老鼠越来越多，我们也就懒得弄了，就丢在五号楼的一个棚子的顶上。妈妈说这样可不行 ，要得传染病的，还是要埋了。没过几天有人把房顶上的死老鼠都清干净了，我们也就不去捉老鼠了。

弹弓、气枪

有一天，我看见刘新文拿个东西举过头顶，有个拉的动作，转眼就看到附近掉下来一只鸟。他又抬手，又掉了一只鸟。我觉得很奇怪，问他："这是啥啊？给我看看？"他递给我，是木头做的，有剪窄了的轮胎条，上面连着一小块长方形的东西在哪儿见过，想了会儿才想起来，是皮带，在家里看到过。他说："这是弹弓。"我问："哪儿弄的啊？"他说："回家找你哥帮你做呗！我的也是我哥帮我做的。"我又问："为啥要打鸟儿啊？"他说："这是打麻雀，毛主席说要消灭老鼠和麻雀，我们已经消灭了老鼠，现在要消灭麻雀。"我说："那让我试试？"他说："你自己找石头。"他从兜里拿了个小石头给我看。我拿在手上拉了拉、试了试，装上了石头，学他的样子对着鸟儿，一放手，把石头打了出去，但鸟儿没掉下来。我连打了两下，鸟儿还是没掉下来。刘新文说："行啦！自己弄一个慢慢练吧！我也练了好多次呢。"

回到家找到大哥，问他："大哥，你能帮我做一个弹弓吗？"大哥说："你把要用的东西准备好了，我就给你做。"于是，我就上山找树杈，要找两边一样的，找了很久，终于找到了一个两边一样的，赶紧回家。刘新文家门口挂着废轮胎，我就找刘景文要了一条。家里抽屉里有一根皮带，以前玩儿过。我问二哥："二哥，把皮带给我一截行不？"二哥说："不是我的，是老三的。"三哥回来后，我就问三哥："三哥，把你的皮带给我一截行不？"三哥说："不行，我的皮带本来就短。"晚饭后我趁他不在，拿起剪刀就剪了一截下来。三哥回来看了看皮带，大喊："你们谁剪了我的皮带？我的皮带本来就短！"我在旁边说："我就剪了一点儿。"然后拿起剪的给他看。三哥说："以后再也不要剪我的皮带，我的皮带本来就短。"后来才知道他们会比皮带的长短。

晚上把找的东西都给了大哥。过了一天，我问大哥："做好没？"他反问："急啥？等着吧！"过了两天，大哥把做好的弹弓拿给了我。

我拿着弹弓可高兴了！就开始找小石头，走到电线下看到有麻雀就打。先是打了两下没打到，打到第三下时终于打下来一只。打多了，后来的就比较准了。妈妈嘱咐我："不要对着人打啊！"我说："不会的。"

五号楼有一个路灯，灯泡早就没了，只剩下个灯罩，我们走到那里都要对着打两下。王青川、张军、王文利他们都有弹弓了，很快我们这一带的麻雀就很少了。我们玩了几天就都不玩了。

有一天，我在家里看到一把枪，就拿在手上玩，在走廊架栏杆上东瞄西瞄着。刘新文走了过来，说："给我看看行不？"他拿在手上说："这是气枪。这是谁的？"我说："不知道啊！我就看到放在家里。"他问："子弹呢？这可以打子弹的。"他掰了一下，枪变了形，直接弯了，然后指着一个小洞，说："这就是放子弹的地方。"我就回家里到处翻找，看到一个没见过的白纸包，打开一看，是十几个小豆子大小的铅做的东西，拿出来给刘新文看。他说："就是这个，这就是子弹。"他拿着一粒塞进了洞里，把枪掰直说："走，我们去找鸟儿。"我们就到了后山。看到麻雀就开枪，听见"嘭"的一声，声音不大，但没打到。十几粒子弹很快就打完了，但没有打着鸟儿就回了家。三哥回来了，吃饭前就在问："谁拿了我的子弹？怎么找不着了？"我说："我给用了。"他说："枪是我借的，我还没打呢！"我说："我去找给你。"晚上就找到刘新文，"枪是我三哥借的，他还没打呢！你知道哪儿有子弹卖啊？"他说："五贸商店有卖的，不贵。"

第二天上午我就去五贸商店询价，一盒子弹要三块钱，一把枪三十多块钱。我回家问妈妈要三块钱，她问："干吗用？"我说："我用了三哥的子弹，要买了还给他。"妈妈给我拿了三块钱。我下午拿着来到五贸商店买了一盒子弹，回来给三哥留了几十粒，就拿着多半去找刘新文。我俩刚下楼，张军、王文利、王青川都跟着走，我们一起到后山去找鸟儿打。他们看到了麻雀争着想打，问："让我打一枪吗？"我们就轮着打。打了几只鸟，他们也不要，我就拿了回去。妈妈说："这个不能吃，上面有铅，铅有毒。"

第二天，我们又拿着气枪到处找麻雀打，很快子弹就用光了。没了子弹，我们就把绿豆放进去打，就打罐头盒练枪法。

有一天，张民利来我们家，他跟三哥在家里的后窗打鸟儿。我跟王青川在楼后看，看到飞来的都是红嘴玉和画眉之类的。我们是不打这类的，只打麻雀，就丢石头吓走飞来的鸟。他们大声叫着："别丢！别丢！"我们不听，看到他们缩进了枪管像是要追我们，我们就跑。张利民果然端着枪就追了过来，我跑进小平房。小平房里还有一个小抗震棚，就围着它转。转了几圈他追不着，他就拿起枪朝我开了一枪。我们一下都愣住了！我冒出了一身冷汗。他走了过来，在我身上到处找，问："哪儿痛不？"我一低头看到肚子边的兜上有个洞。翻开看，里面的棉袄外面还有个洞，又翻开棉袄看，里面就没洞了，在棉花里找到了一粒有点儿变了形的子弹。张利民出了口气说：“喊你别丢，别丢，就是不听话！这下好了，挨了一枪！”妈妈不知道怎么也来了，看了看洞，她生气地说：“咋能朝人打呢？要打到头咋办啊？回家去，以后不能玩儿这个！”说着，就拉着我走了。后来再也没有看到过那把枪了。

猩红热

回到家，不知怎么就不舒服了，头有些晕，想睡觉。妈妈摸了下我的头，问：“有点儿热，小四你哪儿不舒服？”我说：“头晕，嗓子也不舒服。”妈妈说：“早点儿睡，明天去医院看看。”

第二天妈妈带我到了医院，在刚进门的地方说：“在这儿等着，别乱跑，我去挂号。”这是我第一次到医院。等了一会儿，妈妈来了，带我到离大门不远的一间房子里。有个穿着白大褂的人，应该是大夫，他说：“坐下。”然后拿根长条形的木片说，“啊——张开嘴。”又拿个小玻璃棍说，“夹着。”伸手进入到我的衣服里放进胳膊下，有些凉。等了会儿取走，看了看，说：“没事！是猩红热，过两天就好了。”他写了个单子给妈妈，说：“去取药吧！每天记着吃，不好再来。”我就跟妈妈回了家。回家后妈妈说：“这两天别到处乱跑啦！多在家里休息。”

下午在家待了会儿，无聊还是到外面转转，遇到了王文利。他问：“你咋啦？”我说：“病了，大夫说是猩红热。”他又问：“有啥感觉？”我说：“就是头有点儿晕，身上没劲。”他问：“去医院啦？”我说：“嗯。”

第二天又遇到王文利，他离我很远地站着，说："昨天回家问了我妈，她说你这个病要传染，多休息一下，过几天就好了。"我问："啥是传染？"他说："就是离你近了，我们也要得这个病。"说完我们就各自回家了。

那几天他们就有点儿躲我的意思。我也不找他们，就一个人玩儿，在周围转悠。

吃冰棍

有一天，在办公楼边上看到一个解放军的卡车上拉了些什么东西，车上还有几个解放军。很多人拿钱去买，买了后都放进嘴里吃，很快就吃没了。买的人往地上丢了些木棍和纸，东西很快就卖完了，车也开走了。

隔了两天，解放军的卡车又来了。这次好像有很多，很多人都挤着买，很多人手上还拿着保温杯。我就去办公室找到妈妈问："有很多人在买着什么，给我拿个保温杯！"妈妈拿了一个杯子给我说："别把保温杯摔坏了，摔坏了找你算账！"然后，我跟妈妈拿着保温杯来到办公楼边。因为人太多，我们挤不上去。妈妈就找了个熟人，让他帮买了给我，原来是冰棍。我抱着保温杯，妈妈回去上班。

开始就想要小心点儿，不能把保温杯给摔坏了，可拿着木棍一吃却非常激动！从来没吃过这么好吃的东西！很凉，很甜，放进嘴里就化了，是冰，里面有糖和奶粉的味道。以前吃过冰，但冰没有味道，没想到冰里加了糖和奶粉能这么好吃！但是上面有纸，纸却不好吃。我想去扯纸，可手一松，保温杯结结实实地掉在了地上，摔烂了，还好里面的东西没有掉出来。我顾不上想别的，先吃了再说，一会儿就吃完了。这才想起保温杯的事，这可怎么办，妈妈说不能摔烂了，摔烂了要找我算账。我硬着头皮去了妈妈办公室，把保温杯还给妈妈。妈妈拿在手上，保温杯就响了。妈妈生气地问："不是让你别摔烂的吗？"我转过身就开始跑，妈妈在后面追。一直跑到了我们楼前的柴火堆那儿，以前是我们的秘密基地，很难找到的地方。妈妈喊："你出来吧，不跟你算账了。"出来我就回了家。妈妈还是去上班了。

斗鸡、攻城和拉线偶

过了两天，我的病好了，大家又跟我一起玩儿了。天气有些冷了，我们就爱玩儿些能使身上发热的游戏。

有一天，王文利提出来玩儿斗鸡，我们分成两拨就开始斗。在斗的时候发现一个比我还小的小孩儿。我就去找他撞，一撞他，他就倒了，连撞了两次都是这样。以前我是最小的，他们一撞我就摔倒，现在终于有比我还小的又能一起玩儿的能被我撞倒的了。我说："发现个小的，一撞就倒。"张军说："他是我弟，刚会走路。"王文利笑着说："哟！原来是三扁啊？又多了一个能玩儿的，以后带他一起玩儿啊！"

王文利不知在哪儿学了个游戏，说是攻城。就是在地上用粉笔画两个大方块，中间有个过道，分两拨人；各方有人守着自己这方块，也都有人单脚跳地去对方的方块；在方块里是双脚踩地，在方块外是单脚跳；在方块里的人要抓对方方块外的人和经过过道的人，抓到了让他两脚着地，他就出局；踩到了对方方块的一个进口，就可以双脚踩地往里面闯，里面的人把来的人往外推；直到来的人踩到另一方一个角上的目标后算是赢；来的人被推出了方块，也算输。这个游戏我们连着玩儿了好几天。玩儿的时候全身都热了，有时汗都出来了。

有一天，看见刘新文和王文利在路边对坐着，就过去看他们是在玩儿啥。他们坐在一个木箱子旁，手在木箱的板子下。板子上面有两个东西在打架，他们是在板子下面拉着上面的东西。东西有点儿像是人形的，在手上都有像刀似的东西，你砍来我砍去的，看起来很激烈。一个砍到了另一个不是拿刀的部位，就在另一个人的头上弹一下。看他们玩儿了一会儿，我说："拿给我看看呗。"他们拿给了我。我拿在手上看，身体部位是细竹子做的，头和脚用的是纽扣，用合股的粗白线串联起来，手上的像刀似的东西是用粗铁丝做的。看起来很好玩儿，我也在板子下面拉着细绳子玩儿了几下。王文利问："小四，咋样？你也做个咱们一起玩儿？"我说："好啊！你们等着我去做。"我就去找要用的东西。东西都找好了，刀也做好了，就是绳子不会穿。

斗蛐蛐和斗鸡

我想去找他们帮我弄，可他们却不玩儿了，围着一圈在看着什么。我也挤进去看，原来他们在看罐头盒里的两只黑色虫子。这种虫子以前抓蚂蚱时见过，后来才知道叫蛐蛐。刘景文手上拿着根杆草拨动着蛐蛐头上的须须，嘴里还不停地说："上啊！上啊！"两只蛐蛐就在互相追着、撕咬着，像是在打架，直到另一只蛐蛐的腿掉了跑开，他们才停下来，散开了。

王文利从家里出来，问我："刚才他们在玩儿啥呢？"我说："蛐蛐。"他说："哦，斗蛐蛐啊！这可是个老项目！"我问："好玩儿吗？咱们也玩儿？"他说："当然好玩儿啦！好啊！咱们去找，找了咱们也来斗斗。"说着，我就去找了罐头盒，也学着在里面放些土，找了个能盖住的厚纸片。我们就从茅房那边上了后山。一上山看到石头就翻，看见了就要去抓，王文利说："不行，我们要抓猴头，是头圆两根尾巴的。"这样的并不好找，一直找到了玉米地。玉米地上玉米都没有了，只有黄土疙瘩。找了好一会儿，好不容易找了一只，拿给王文利看，他说："对，就是这个，等下，我看见一个，等我抓住了咱们就走。"等了会儿，他说："抓着了，走，回去。"

回到楼前，我们也都找了杆草，把杆草头上弄成软毛形的。他就把蛐蛐倒在我的罐头盒里，就开始了。开始它们还不斗，各跑各的，就拿杆草挑动它们头上的须须，一会儿，它们才开始互相咬了起来。咬了会儿，就看见一个跑开了，看到像是我的赢了。我说："是我的赢了！"王文利看了看说："嗯！是小四的赢了。"就把他的那只抓了出来，掐死，拿去喂鸡。刘新文先是在旁边看，过了会儿回了趟家，出来问："小四，咱们来一盘？"我们放到了一起又开始斗。它们斗了会儿，我的那只就输了。掉了只腿，跑到了一边，我也把它掐死拿去喂鸡。

我们这边刚结束，旁边又热闹了起来，是鸡在跳来跳去，有些人在围观，大哥也在看。看到两只公鸡的眼睛圆睁着，就连鸡脖子上的毛都张开了，尾巴也立起来了，都凶狠地看着对方，像是要打架了。一会儿，鸡嘴在叼咬着对方的鸡冠和头部；有时跳跃起来用爪子抓对方。鸡冠都流血了，鸡毛上也是血，直到另一只鸡跑开了。这时过来一只红色的大公鸡很凶，连赢了几只，别的鸡都不敢跟它斗了，别的鸡赶都不过去，一赶就跑开了。大哥说："小四，去把咱家我买的那只白鸡拿来。"我就去鸡窝抱了过来，放了过去，它们俩都很凶，打了好长时间。不知怎么的，两只同时跑开了，各自往相反的方向走了，不打了。看的人也就散去了。我跟大哥追了好一会儿，才把大白公鸡抓住，关进了鸡窝。

无缝钢管

有一天，张利民来了，他手上拿着一根黑色的铁管。我们传来传去的，都拿在手上看一看，玩儿了两下，这根铁管看起来真不错啊！我觉得挺轻的，一头是封死的，在封死的这头有一个小洞。王文利说："这是无缝钢管，造枪用的。"我问："你咋知道的？"他说："你看是黑色铁管，一般不容易生锈，我看过真枪，就是这种东西造的。"

我们到了楼房的后面。张利民还背着一个包，从包里拿出两个纸包和一小段细绳子；打开了一包包着的纸，里面是黑色的粉末，是火药，倒进管子里一部分；然后立着管子颠震了会儿，又打开一包包着的纸，是钢珠，又倒了一部分在管子里，颠了两下，然后把细绳子插在管子的小洞里。把钢管架在台阶的一个砖头上，对着后山边的一棵小树，看到有鸟飞到树上。他说："都退后。"他掏出火柴点燃了细绳子，细绳子像炮捻子一样燃烧进了小洞，只听见"嘣"的一声巨响！钢管弹了起来，里面有东西猛地射了出来。看样子力量很大，还冒了一会儿烟。我们来到小树下，也没有看到有鸟儿，看了看树干也没看到啥。他又把包打开，把纸包里剩下的火药和钢珠往管子里倒，又像刚才那样，只是在架好钢管后找了两块砖石压在上面。鸟也不来了，等了会儿，他还是点燃了绳子，又是一声很响的！打出来的东西看样子力量很大，要是打到人，估计能把人打伤或打死！

吃麻糖

有一天，在楼下我遇见了刘新文，他给了我一块白色的东西说："尝尝，很好吃的！"一吃，果然很好吃，又香又甜！我问："这是啥？哪儿弄的？"他说："这是麻糖，在五贸商店那边，敲铁板的人卖的，用钱和粮票都行。"我就回家问妈妈要粮票，说想吃麻糖。妈妈就给了我几两粮票。我来到五贸商店，却没有看见有人敲铁板，只看到有个穿军装戴红袖标和毛主席像章的人站在五贸商店门口边上。

第二天下午又去，看到穿军装戴红袖标的人坐在一个凳子上。他可能是站累了，找了个凳子坐着，看样子是守在那儿啊！没有看见老乡卖东西，可能是专门守在那里不让老乡卖东西？后来我又去看，没看到穿军装戴红袖标的人。看到有一个人在卖着什么，有两个人围着。我赶忙过去看，背篓里放的就是麻糖。我刚把粮票给他，他却端起背篓就跑。我还没拿到麻糖呢！我着急，跟着追，追的时候发现后面有穿军装戴红袖标的人也在追我们。我们跑了很远，一直跑到医院的前面。我都快跑不动了，心跳得很厉害。以前还从来没有一口气跑过这么远啊！在医院门口，没有路了，看样子卖麻糖的也跑不动了，我们都停了下来。穿军装戴红袖标的人喘着气站在离我们几步远的地方问："看你往哪儿跑？"接着又说，"跟我走，回去看我咋收拾你！"我说："他拿了我的粮票还没给我麻糖呢！"那个人放下背篓还给了我粮票。我就回了家。我也不明白这么好吃的东西，为啥不让他卖？

修水泥路

有一天，我看到在远处办公楼那边拉来了很多沙子。有些小孩儿在玩儿。我也去看了一下，玩儿了会儿就回来了。在楼前遇见了刘新文，他说："全部路面都要铺上水泥。"我问："我们这儿也铺吗？"他说："当然。"

过了两天，看到来了些人开始干活。先是用网子过滤一些沙子，再把很多沙子和水泥搅拌在一起，然后用推车推过来倒在两边用长条木板挡着的路面上的槽中，再在路面上用一个电动的粗棒子杵着水泥砂浆，里面还倒了些鹅卵石，随后用一个有路面那么宽的、长条直线的东西，一头有一个机器，上下震动在路面上慢慢移动着。路面上未干的水泥就平了，留有一点儿小小的波纹。

我们先是在旁边看。有一天，趁他们不在时，我去弄一下那个电动的粗棒子，很重，几乎快拿不住了，再一按那个开关，棒子一动，吓了我一跳！劲儿很大啊！差一点儿把我给震倒了！之前在旁边看时觉得他们用起来很轻松。我用尽全部力量把它稳住了，没一会儿，手就被抖动得快受不了了，赶忙关了开关，再也不敢碰它。

晚上吃完饭，我们就来玩儿他们的推车。轮着坐了上去，轮着推来推去，上坡下坡的。看他们弄起来也很快。我们楼前也铺了，横着是一条一辆卡车能走的路，竖着到一楼的每一家都有一条不宽的小路。路上放了很多草垫把刚干些的路面给遮住了。

有一天，王文利说："小四，到处都在铺水泥，听说大路上都铺完了，咱们到大路上看看去？"我说："好啊！我也想去看看。"张军和王青川跟着我们一起来到五贸商店这边，路上有很多草垫，感觉很潮湿。看到了有很多像我们一样的人在路上逛。

过年游园和电杀猪

新路铺好没多久，家里又忙着杀鸡，像是要过年了。

有一天，吃饭的时候听二哥说："在医院那边有游园活动。"吃完饭下楼遇到张军，问他："有游园活动，想不想去？"他说："嗯，去。"我们就往医院那边走，还没到医院就看到有很多人，从房子里拉出一些亮着的灯泡。刚到就被这场景吸引住了，很热闹啊！我俩也就走散了。

里面有好多好玩儿的。有用杆子钓鱼的，是钓假鱼的，用纸做的，鱼嘴上有个小铁圈，有往酒瓶子上丢塑料圈的，还有在铁丝上挂纸条的。看有小孩儿排队，我也跟着排队，玩儿钓鱼和丢圈，我还都得到了奖票。看很多人拿着奖票全部都挤往一个窗口，想着可能是领奖的地方。一大帮人挤成了一堆，也有人拿到了东西往外挤的。我就在他们的腿部弯着腰往里挤，还没用太大的力气就到了窗口。领到奖品，又挤了出来，我很高兴地往家走！

回到家，妈妈问：“这么晚跑到哪儿去了？”我说：“去游园，还得了奖品。”我拿着奖品给她看。妈妈说：“不错啊！还赢了奖品！”我说：“人可多呢！都往领奖品那里挤，我从下面挤进去的。”妈妈说：“好了，睡觉吧！”

过年跟平时也差不多，但不知咋的过年后也没啥玩儿的。小孩儿们也不出来了，我也很少出去了。有时在家待着看看小儿书，有时就在附近逛逛，也有时就在走廊上晒太阳。

我就一个人东逛西逛的。有一次走到了食堂后面，看到有个人是要干啥。有两个小孩儿在看，我也不走了在旁边看。一个人把电线的一头缠在一个细铁棍做的筐子上，丢进猪圈里，然后在一边看着，看里面的猪不走，他就去拿个长棍子赶了几下。等猪走到地上放的铁筐子上，他伸手去摸一个黑色的电闸往上推，猪叫了一声就倒下了，是在杀猪啊！我以前在老家看到过，几个人要费很大的力气，用电杀死猪倒是方便了很多。

十七号楼着火了

有一天，我正趴在小平房的桃树上，就看见远处冒着很大的黑烟，觉得有事情发生，就下来问，一问才知道着火了。我想去看，刚跑到楼下，妈妈在楼上就喊住我问：“干啥去？”我说：“那边着火了，看看去。”妈妈说：“别去啊！”我说：“去看看嘛！”她说：“回来，我有个东西给你。”但妈妈也没拿给我啥，就是不让我去，说危险。

第二天遇见王文利，问他：“昨天着火了，去看没有？”他说：

“我也没去，听说是十七号楼，全楼都烧着了。”十七号楼不是我们托儿所里的王卫星家那里吗？我说：“我想去看一看？”他说：“我也想去看，那咱们去看看吧！”

我俩就来到十七号楼前。十七号楼在医院对面，是我们这片楼房最尾部的一栋。前后都没有楼房，楼共有四层。还没到，我俩就闻到一股焦煳味，楼前散放着很多东西，有柜子、被子、衣服，都是各种家用的。从上到下，很多房屋的门口和楼的过道都被熏黑了，屋顶只有很粗的黑木头了。昨天没跑过来看，感觉像是错过了什么。

砍树、滑轮车和种树

有一天，刘新文拿着斧头要出去。我就问：“干啥去？”他说：“去砍树。”我说：“等等我，一起去。”我跟着他走，从食堂猪圈这边上了山，没走多远，我们就找了一棵一两层楼高、碗口一样粗的树，就开始砍。我还没砍过这么粗的树，真不好砍，用尽最大的力气。我俩轮着砍了好一会儿，浑身都出了汗，手也震麻了。看着一棵这么大的树“轰”的一声倒下了，让我有点儿吃惊！正当我们砍第二棵树时，远处有个人冲我们大声喊：“不能砍啊！不能砍啊！”边喊边朝我们这边跑，我们也就拿起斧头跑回了家。不明白刘新文为啥要砍树，回来的路上还想着那棵树倒下的情景。

有一天，刘新文从家里拿着个有些大的东西出来，我过去看，是木条钉在了一起，下面有三个滑轮，还有木条做的可转动的柄。滑轮以前家里有，我玩儿过，就问：“这是啥？”他说：“滑轮车。”

我们就一起下了楼。他把滑轮车放在地上，趴在上面，用脚蹬地，就在地上滑着跑了。前面一个轮子，后面两个轮子，前面轮子是活动的，上面有个木柄，拉动可以改变方向。来到坡上就不用脚蹬了，而是坐在上面用脚蹬在木柄上掌握着方向，向坡下滑去，一直可以滑到办公楼下面。我先是跟着看，看了一会儿问："让我玩玩吧？"我在上面坐着往下滑还真好玩儿，路面稍有点儿不平，有点儿震，感觉很舒服！刘新文说："小四，让你哥帮你做个吧，做好了咱们可以玩撞车。"回到家，我就找到大哥说："大哥！帮我做个滑轮车好不好？"大哥说："你去找些木条，要好点儿的。"以前看到楼前有木箱，也不知是谁的，就把木箱拿回了家。大哥说："我这儿现在只有一个滑轮，还要找两个。"滑轮我就不知去哪里找了。

过了两天，大哥还真又找了两个滑轮，帮我做了一个滑轮车。我就拿着下楼，也从坡上一遍一遍地向下滑。王文利他们看到了，都抢着玩儿。我们就轮着玩儿，有时车上还坐两个，前面的掌握着方向。刘新文看见了，也把他的拿了下来，我们就一起玩儿。有时比一下，看谁先滑下去；有时我们一个车上坐两个，前面一个互相拉扯着，后面一个帮忙稳着，看把谁先扯下车。那几天我们玩儿滑轮车玩儿得很高兴！

有一天，我们正在玩儿时，看到路边有人在挖坑。过去看了看，我就问："干啥呢？"那人说："种树。"我又问："为啥要种树？"他说："这是毛主席让种的，说是植树造林，绿化祖国。"哦，是毛主席让种树啊！天天都说要听毛主席的话。我们就停下玩儿滑轮车，帮着他挖坑。没一会儿，他推来个平板车，车上有各种小树，我问："这是啥树啊？"他指着一种说："这是香樟。"然后又指着另外的说，"这是柳树和桃树，你们想在哪儿种，就拿去种。"我们埋好了土，他说：“要浇点儿水。”车上有个铁桶，就拿去提了些水过来。回家拿来了铁锹，在家的对面种了棵桃树，想长大了好吃桃子，在刘新文家那边种了香樟和柳树。那几天都要去看一下我们种的树，浇一下水。我们种的还都活了，后来都长成了大树。想起前些天还砍了棵大树，看样子是不该砍啊！

拦鱼

有一天半夜不知是几点钟了有人敲门。二哥起来开了门，妈妈也出来了，哦！是大哥回来了。大哥手里拿着个袋子，说：“快！拿个盆来！”我就进厨房拿来了洗脚盆，他往盆里倒出一些东西，是鱼，很大的鱼，有三条。妈妈问：“咋这么晚了才回来啊？”他说：“贵祥安他们去江边捕鱼，非得把我叫上。”我看了会儿鱼，没看到过这么大的，都是活的。妈妈说：“行啦！都几点了？快睡吧！”

第二天，中午妈妈把鱼做好了吃，真香啊！从没吃过这么好吃的东西！肉又细又嫩，比在老家吃的鱼还好！我问：“还去不？再弄点儿？”大哥说：“这个不是想弄就弄得到的！”

晚上吃完饭就没下楼，问大哥：“他为啥要叫你去？”他说：“我去丢石头。”我问：“为啥要丢石头？”他说：“他们要把网线捆在石头上，让我把石头丢到江对面去。”我问：“为啥要把网线捆在石头上？”他说：“把网牵在江中拦鱼啊！”拦鱼还没见过。以前在贵叔叔家看到过渔网，可能是渔网吧。我说：“下次去把我叫上啊？”他反问：“你去？你去能干啥？”我想，我帮着捡网里的鱼应该可以的。

隔了几天，他又去了一次，却没带回来鱼。我问他："咋没有鱼呢？"他说："这次没打到几条，都让他们拿走了。"

养狗

有一天，刘新文家养了一条狗。以前只是远远地见过狗，现在可以在近处看，还可以摸它的毛，很喜欢！它是条不小的狗，毛的主体是黑色，还夹杂着其他颜色，有灰色、黄色、白色。我问刘新文："它叫啥名字呢？"他说："刚带回来，还没起名字呢！"我又问他："那他吃啥呢？"他说："家里剩饭，骨头都行。"我家里没什么剩饭，有时倒是有骨头，家里有骨头时我就拿来给它吃。

过了几天，刘新文说："它就叫黑子。"我问："这是谁起的？"他说："我哥。"

每天都想去刘新文家看看它，我们出去玩儿就带着它。王文利、王青川、张军都很喜欢这条狗。我们几个还在张军家后面用树枝和草垫给它搭了个棚子，搭好后它就在里面待着，坐在草垫上。晚上他们有的从家里拿来手电筒照着亮。我们经常带着黑子出去玩儿。

我们带它来到河边。它一下就跳进了河里，在河里游泳，腿在下面刨着。以前他们说王青川游泳是狗刨式，现在明白了。

我们带着它去后山。后山的半山上有一个大的水凼，里面还有一些厚木板，我们站在上面，用木棍划着走。黑子也站在上面，还用一只脚划水。在后山，我们还看到一只灰色的像老鼠的小东西跑过，刘新文说："这是松鼠，快抓住它。"我们跟黑子就去追它，没一会儿，黑子在一个地方停了下来，我们就过去看，是一个洞。刘新文说："你们守在这儿，我回去拿东西。"等了会儿，他拿了个铁丝笼和火柴，把笼子口对着洞口，又找了些树叶放在洞口边，点燃树叶后又把它打灭，冒出了烟，用手把烟扇进洞里，一会儿松鼠就出来了，直接钻进了笼子，我们就拿着松鼠回了家。

那几天，我们每天都要看一下黑子和松鼠。

有时找刘新文，想带黑子出去玩儿，就说："咱们带上黑子一起出去玩儿吧？"他说："现在不行，外面有人打狗。"我不明白为啥要打狗。他说："我听我爸说的，就是不行。"把黑子关在家里，有时也关在楼中间的一个放杂物的屋子里。我下楼，遇到王文利，问："为啥不让黑子出来？"他说："现在有疯狗病，被狗咬了要去打针，不让养。"我问他："啥是疯狗病？"他说："我也不清楚，我爸说的，就是人被疯狗咬了就不正常了，发疯，还会咬人。"我被吓了一跳，说："啊？要咬人！我也被狗咬了一口，那我咬你一下？"他笑着问："你发疯了啊？过来，看我不打你！"说完他就回家了，我就到附近玩儿去了。

第二章　被悠远时光拉长的岁月

插队、大哥背玉米回来、老乡卖鸡和养小狗

有一天，我们听见办公楼那边传来很响的声音，赶忙跑过去看。

三合院边上到处插着各色彩旗，有一长条形红旗，上面写着字。有很多人站着，喇叭里也放着音乐，有人用木棒敲打着放在架子上的红色木头做的东西，上面蒙着皮，很大，咚咚作响，声音低沉，很好听！我就过去问："这是啥啊？"敲的人说："这是鼓。"我问："能让我敲一敲吗？"他拒绝了我，我连着问了好几次，都没用。另外，还有人敲用铁做的发亮的东西，咣咣作响，很刺耳，没有鼓的声音好听，看他们敲得很起劲，我就问："这又是啥啊？"敲的人说："这是锣。"我不死心地问："能让我敲一敲吗？"他依然拒绝了我。

看到有人站在那里，胸前戴着大红花。再一看，里面有我大哥，还有几个大哥的朋友，他们胸前都戴着大红花。我跑过去问大哥："大哥，你在干啥呢？"他说："去插队。"我不懂，问他："啥是插

队啊？”大哥扭过头不理我，跟旁边的人说话去了。看样子像是要出远门，手上还提着行李袋，背上背着被子和包裹。

过了一会儿，锣鼓声停了下来，他们放下敲鼓的棒子。我想这是敲鼓的机会。就从他们身后弯着腰走近了鼓，起身拿起棒子就开始用劲敲了几下，很过瘾！一下子就没有了别的声音。一抬头，看到所有人都看着我，再一看在一排桌子中间是爸爸正对着话筒。原来刚才在喇叭里讲话的是爸爸。只想着敲几下，一直都很闹，别的没在意，这下明白了，有人要讲话了就不敲了。我脸都发热了，放下棒子赶紧跑开了。我站在旁边看，爸爸又讲了几句话。等他讲完，戴大红花的大哥和他那一帮人都上了大卡车的后面，爸爸坐进大卡车的驾驶室，都走了。他们把鼓和锣抬走收了起来，人们就都散了。

往回走遇到了王文利问："啥是插队啊？"他说："我也不知道，等我回去问一下我妈。"

晚上吃完饭跟妈妈说："插队！"妈妈问："咋啦？"我说："我想去看？"妈妈反问："当老乡有啥看的啊？"是啊！当老乡有啥看的啊？老乡那里我去过，老乡也常看见，是没啥好看的啊！不明白为啥大哥他们要去老乡那里，咋搞得跟过年放炮时似的热闹。

第二天，我遇到了王文利。我跟他说："我妈说插队是去当老乡。"他说："不对，是知识青年接受劳动人民再教育。"我问："啥是知识青年？"他说："就是有文化的年轻人。"我问："那我大哥是知识青年啊？"他说："是的。"我又问："那我爸呢？"他说："你爸是他们的头。"爸爸咋成了大哥他们那帮的头呢？哪儿跟哪儿啊，他们从来都不走在一起。我问："那去老乡那里干啥啊？"他说："去跟老乡学呗！"我又问："去跟老乡学啥啊？"他说："还不是老乡那些活，刨地那些呗！"我问："那些个有啥学的啊？一看就会了啊。”他说：“我妈说是毛主席让去的，看样子我们长大了也要去。”我问：“为啥呢？”他说：“我妈说毛主席怕他们学坏，比在家里打架好！”哦！是怕他们打架啊！他们也不是天天打架啊！还是不太明白在家好好的为啥要去老乡那儿。老乡黄脸黑瘦着的，有的弯着腰，衣服也破破烂烂的，而我大哥一身都是精壮的肌肉，每天像是有用不完的劲儿。他们那一帮人都是这样的，又高又壮，听别人说他们个个都是打架能手，好多人都怕。听说有一次，他们几个在一起走，对面来了一帮人，像是公司那边的，因为看他们的眼神不对，就开始打，几下就把那帮人打跑了。陈亚民远远看到跑过来也想打，可那帮人都跑远了！

有一天，下午快吃饭的时候，大哥回来了。背了个背篓，跟老乡似的。放下背篓我一看全都是玉米棒子。我说：“都是玉米啊！”他问：“这是玉米，咋啦？”接着说，“老乡过年才吃窝窝头，我好不容易弄到的！”妈妈站在厨房门口说：“老大回来了啊！哟！还弄回来玉米了啊！”大哥说：“就这么点儿玉米，还几个人分呢！”一会儿，爸爸也回来了，问他：“咋样啊？”大哥反问：“还能咋样？”接着说，“凑合呗！”爸爸问：“啥时候回去啊？”他说：“住两天就回去。”爸爸看了看背篓说：“哦！有玉米啊！给张 ×× 家和李 ×× 家拿去，一家分点儿。”大哥问：“给他们干啥？我好不容易弄到的！”爸爸说：“他们两家都是只有一个人上班，又没啥粮票，咱家有粮票，要这个干吗！”大哥问：“他们没粮票跟咱家有啥关系？我好不容易才弄到的！大老远背来了！想弄回来给你们尝尝，还没放热乎呢！就要给人家？”看样子大哥急了！爸爸就说：“吃饭！吃饭！吃完饭再说。”大哥就开始板着个脸吃饭，吃完饭爸爸就出去了，大哥坐在凳子上看着玉米发呆。我问：“咋啦？不高兴啊？”他反问：“能高兴吗？人家大老远背玉米回来，刚进屋就说要送给别人！”说完站起来，进里屋躺在床上。妈妈看见了说：“哎哟，老大哟！先洗洗脸，洗洗脚，换条干净的裤子再上床睡，裤子上都是泥呀！”大哥抬了一下身说：“看！看！还没当上老乡呢！就开始嫌脏了！”过了一会儿，他还是起来洗脸去了。

我也出去玩了，遇到了王文利，跟他说：“我大哥回来了。”他说：“我看到他了。”接着问，“他背了个背篓里面是啥啊？”我说：“这是玉米，我哥说是他好不容易才弄到的。”他说：“是难弄！我听说老乡玉米都没舍得吃。”我问：“那他们平时吃些啥？”他说：“他们吃杂粮糊糊加野菜。”我问：“杂粮是啥啊？”他说：“我听说就是些玉米渣渣，猪吃的糠，还有些豆子磨碎了啥的混在一起。”我问：“那些东西能吃吗？”他说：“没吃的还不是要吃！”我问：“他们不是在种地的吗？那地里的东西呢？”他说：“地里的东西要交到公社，也交不了多少，再由公社分给他们杂粮，他们人多，种的东西少，分也分不了多少，所以就不够他们吃的，饿肚子是常事。”我说：“怪不得我哥说老乡过年才吃窝窝头！”接着问，“那吃肉呢？”他说：“那就更少了，养的猪也要交到公社，过年才杀猪，才有肉吃呢！一个村杀一头，一家分一块，吃几天就没了。”我问：“咋会这样呢？”他说：“现在就这样，哪儿像你家啊，天天有肉吃！”我说：“哦！怪不得老乡的腰是弯的，吃得那么差啊！”他说：“就是，肚子饿着能挺起腰吗？”说完就各自回家了。

第二天，大哥问我：“老乡那里有小狗，想不想要？你能养吗？”我说：“想要！能养！”大哥待了两天就又走了。

大哥走了没两天，我在走廊看，来了个人。脸是又白又黄，瘦瘦的，头发也有些天没剪了，看样子有些像老乡，笑着跟我说：“刘处长让我来拿玉米。”我扭头看到家里的玉米已经分成了两网兜，就说：“去拿嘛！说是有两家，一家分一些。”他进屋拿着一网兜，还跟我说：“谢谢啊！”就走了。

后来的一天，去食堂打菜，看到在食堂门口不远的地方有一群人，就过去看。是一个老乡背着个背篓抱了只鸡在蹲着，有几个人围着他。有人问：“老乡，要多少钱？”老乡说：“不要钱，要饭票。”另有人问：“多少粮票换？”老乡还说：“不要粮票，要饭票。”有个人就说：“要饭啊？我的饭票还不够自己吃的呢！”他又对另一个人问，“你不是经常煮面自己弄饭的吗？你应该有多余饭票，拿来换吗？”那个说：“要是等到我的老婆孩子来了还不够呢！”想我们家倒是有多余的饭票，有时还要借给别人，家里还等着我打的菜呢！我要回家拿来饭票换鸡，再来打菜，菜可能都没有了，还是算了吧！还是先去打菜了。我以前打菜的时候偶尔看到老乡在那里排队，就是这样弄到的饭票啊！回到家说：“食堂门口有个老乡有只鸡，说是要换，只要饭票，别的不要。”三哥问：“在哪儿？咱家饭票多，还在不？”我说：“是刚才，现在不知道。”三哥拿起饭票说：“走，去看看。”我们就快跑到了食堂门口，没看到老乡，回来的路上三哥说：“下次遇到了先回来说，再去打菜。”我说：“知道了。”

过了几天，大哥又回家了，还真给我带回来一只小黑狗，我问：“它叫啥？”他说：“你愿意叫啥都行。”我想就叫它小黑子。它很小，毛全部是黑的，多数还是立着的，我很喜欢它！抱去给刘新文他们看，他们也都很喜欢！

玩儿了两天正在兴头上。有一天，想带着它出去转转。刚走到三号楼那里，就遇到一帮人，有一个人还背着把真枪，见到就抓住了它，我要上去抢，他们一把把我推开，用绳子把它吊在了晒衣被的架子上。我问："干吗呀？"有一个人说："要打死！"领头的认识我，是武装部部长。以前他见到我说："我认识你爸。"我急了就喊："那狗是我哥给我的，我要告诉我哥！"就赶紧跑回家找我大哥，"有人要打死你给我的那条小狗！"他问："是谁啊？"接着说，"你先去让他们慢点儿，就说是我的，我去找几个人。"我就跑回来一看狗还没死，跟他们说："那狗是我大哥的，等会儿他就来。"他们就在那里等着，等了会儿，大哥他们那几个就都来了，跑着过来，像是要打架，可过来后，就放慢了脚步，看样子他们都认识，大哥跟武装部部长到旁边小声说了几句。大哥就对我说："让他们打死吧！咱们走！"我说："我不走！我要看！"看着他们拿棍子猛打了几下，小黑子叫了两下就不叫了。他们把它取下来带走了，人群也就散了。我明白了为啥刘新文把黑子总关在家里不让出来。唉！就不该带它出来玩儿！

没过几天，二哥也去插队了。爸爸也很少在家，家里的人就少了。二哥去的时候就没有大哥他们去的时候那么热闹了，排起队就上车走了。我就睡进了里屋，单睡一张床。

蛇和牛头

有一天，刘新文他爸和张军他爸在楼下晾衣架下弄着什么，我就过去看。一个长条形绿色有花纹的东西，软软的，用绳子吊在了铁丝上。王文利也在看，我问："这是啥啊？"他说："蛇。"哦！以前听说过，终于看到了！刘新文他爸用刀把它从离头不远处割破，把皮往下撸，蛇还在动，又用刀在它的肉上划，肉开了，蛇动了会儿就不动了。他拿起一个小碗要接着什么，又用刀在肉里取个东西用小碗接着了，是黑色的一小坨，泡在了水里，闻到有一股酒味，是酒。刘新文他爸拿起小碗就往嘴里倒，碗拿下来看里面是空的了。我问王文利："这是啥？"他说："蛇胆，生吞蛇胆，听说能治病。"刘新文他爸问我："小四，回去问问你妈，想不想分点儿？"我跑回家问妈妈："妈，刘新文他爸有蛇，问我咱家要不要点儿？"妈妈说："不要。"我跑回去跟刘新文他爸说："我妈说不要。"王文利说："不知道是不是眼镜蛇？眼镜蛇嘴上还有毒呢！"又跟我说，"看见眼镜蛇千万不要跑，拿棍子打它的头。"

有一天，我们在半山上的一条小路上看见一条小蛇，就拿起石头把它打死了。

二哥插队第一次回来了。他背着一个背篓，看样子也像老乡了。他进屋就说："我搞了一条蛇。"放下背篓我们围过去看，是一条不小的花绿色的蛇，盘在背篓里，还是活的，上面有一个网兜。妈妈向背篓里看了一下脸色一变，快步走进了里屋，再也不出来了，看样子把她吓坏了！大哥也在，冲着屋里问妈妈："怕啥！是烧着吃，还是炖着吃？"妈妈在屋里说："我就怕蛇，随便你们，反正我不吃。"二哥问："烧着吃吧？香！"大哥说："听说蛇不容易烂，拿高压锅清炖，也香！"在外屋大哥和二哥一个人抓着它的脖子，一个人抓着它的肚子，大哥拿着刀。大哥说："小四，去拿两个碗。"我问："要大的小的？"大哥说："不要太小，接血和蛇胆。"我也抓住它的尾巴，凉凉的，有点滑，还在动。也是从脖子那里开始，把皮撸了下来，把胆用碗装着。大哥说："要用酒泡着，小四倒点儿酒。"前两天，我还看见刘新文他爸咋整的，我倒了些酒。二哥问："你吃不吃蛇胆？"大哥说："我不吃。"又问，"你吃不吃？"二哥说："我也不吃，吃说隔夜就不好了。”我说：“我看见刘新文他爸吃过。”大哥说：“刘新文他爸不错，小四你拿去给他爸，他爸不要，你就拿回来。”我端着碗来到刘新文家。敲门，刘新文出来，我问：“你爸在不？我家有蛇胆，刚杀了，我大哥问你爸吃不吃？”刘新文朝着屋里喊：“爸！小四家送来了蛇胆，问你吃不吃？”等了会儿他爸出来接过我手中的碗就倒进嘴里，还抹了下嘴边，说：“谢谢啊！”转身就进了屋。回到家蛇已经在高压锅里了。等了一会儿，大哥把锅打开，给我们一人盛了一碗，喝了一口汤，咬了一口肉，果然很香很好吃！我就喊妈妈：“妈！快来吃啊，特别香。”妈妈说：“我不吃，你们吃吧！”我又喊：“妈！很香，很好吃哦！”大哥也喊：“妈！好吃，就喝一点儿汤嘛！”妈妈就出来了，说：“我喝一点儿汤就行啦！”大哥给妈妈盛了一碗汤，妈妈就喝了，也不再喝了。想到妈妈怕蛇，可能女孩儿都怕，我问：“把蛇皮给我？”大哥说：“你拿去嘛！”接着又问，“拿去干啥？”我说：“玩儿。”

吃完饭就找了根线，又找了个包，把蛇皮装进包里就下了楼。感觉头脑清亮了些，身体也有些舒服！正好遇好王文利，我说：“我二哥也弄了条蛇，吃起来很香，好吃！你看这是蛇皮，我想往里面装些沙子，走去吓女孩儿！”他说：“这回肯定要吓倒几个！”正好楼前有堆沙子。我们就装了些沙子，用线把一头扎死，就装进包里，往大路上走去。大路上果然有很多散步的女孩儿，天也快黑了，她们一般是两三个手挽手地走。我们就靠了过去，从包里把装有沙子的蛇皮拿出来，女孩儿一看见就脸色一变，“哇”地大叫着跑开了，很好笑！我们就哈哈大笑，女孩儿就骂“讨厌！”连找了两群女孩儿，反应都是一样，都是先大叫，然后是骂“讨厌！”第二群其中有个女孩儿说：“你们等着，我去找我哥！”我们想不好了，弄不好要打架，赶紧装起蛇皮往家跑。

又过了些天，刚睡下没多久，还没睡着，就听到有人敲门。我去开门一看，是二哥背着个大背篓，他看起来更像老乡了。他放下背篓，里面有个很大的血糊糊的东西。我问：“这是啥啊？”他说：“牛头。”妈妈出来也问：“哟！老二回来了？还拿回来啥啊？”二哥说：“牛头，我花一块钱买的，背篓是借老乡的。”妈妈看了看背篓里又看了看二哥问：“咋脸色不好啊？是不是生病了？”他说：“不是，今天杀了头牛，弄了一下午，晚饭都没吃就往家走。”妈妈说：“哎哟，这么晚了还没吃饭啊！快！老三，给你二哥下碗面条。”看着二哥吃面，他肯定是很饿了，大口大口地往嘴里送。

第二天，就把牛头做来吃了，也很好吃！那个牛头让我们几个吃了好几天，觉得那几天吃的东西是要好多了！

有一天晚上，二哥跟我说：“那天晚上走了好几里路，天都黑了。走在山路上看着远处的灯光，想着别人在家都吃完饭要睡觉了，我还要走好几里路才回到家，心里真的很不是滋味啊！”我问：“那晚上走山路看得见吗？”他说：“那天月光还可以，再说那条路以前走过。”

跳沙、挖陷阱、丢砖和跳预制板

有一天，楼前来了大卡车，停在楼梯口那里开始倒沙子，车后面自动升起来，沙子倒了下来。走了一辆又来一辆，后面还有几辆排着队。沙子很多，沙堆得很高，比一个大人还高。我们就在旁边看，我问王文利：“要干啥啊？”他说：“听说要修冷库。”我问：“啥是冷库？”他说：“就是把肉和鱼放进去，用冰冻着，到夏天也有冰，不容易坏。”哦！看样子要修很大的房子，要用多少沙子啊！

第二天，去那里玩儿，在上面走来走去的。又去挖沙坑做陷阱。刘景文和高敏他们却不玩儿这些，他们从楼上往下跳，跳在沙子上，跳了一次，又跑上楼往下跳，看样子很舒服！我也上楼想往下跳，可上楼往下一看，沙子的高处离二楼还有点儿远，我要是跳下去可能会掉在沙子的斜坡上，弄不好头可能要碰到一楼的台阶上受伤，就没敢往下跳。

有一天，中午吃完饭往外看的时候，看到乔哑巴从沙子的最高处走过。第二天也是这样。第三天刚吃完饭就想做个陷阱，看乔哑巴会不会来，想跟他开个玩笑。就在沙堆高处往下走的那条路上挖，刚挖了会儿，刘景文拿着铁锹下来，在这个地方挖了个又大又深的坑，跟我说：“小四，看你的了。”我就找了些树枝和纸，做好了陷阱。等了会儿，乔哑巴果然又来了，还是走的那条路。我们就在楼上看着，他果然掉进了我们做的陷阱里，他被吓得“哇哇”地叫着，我们在楼上“哈哈”地笑着，在楼上的高敏和很多人都在看着笑着！真是很好玩儿啊！看着他埋着头看路，以为他会看出来呢！我在沙上走也是埋着头看路，看到有不太对劲的地方就绕着走，再找个石头丢过去看一看是不是陷阱。

拉来很多砖，王文利他们把砖摆在十几步远的地方，在另一边丢过去打。一个人摆砖，一个人打，打中了，就接着打，打不中，就去摆砖，另一个人打。我也跟他们一起玩儿，玩儿这个还玩儿了很长的时间，有时候还玩儿出了汗！

不知什么时候拉来很多预制板放在楼前，我们就在上面跳，双脚同时离地往上跳。开始是跳两块高的，然后是跳三块高的，跳了三块又想跳四块高的。

有一天，双脚离地往上跳，是起跳慢了点儿，没用上劲，结果双腿的小腿中间撞到了预制板边上，疼坏了！当时就流了很多血，忍着疼回了家。妈妈看见问：“哎哟！干啥弄的？”我指着说：“跳预制板跳的。”把裤子挽到上面，两个小腿中间一边有一个血洞，皮破了，都看到了白色骨头。妈妈说：“哎哟！看，看！疼不疼啊？以后不能跳啊！”又说，“快抹些红药水，止下血。”接着又问，“要不要去医院啊？”不流血了，后来也没去医院。骨头都碰坏了，直到现在还能摸到那里不平整。

修冷库

不久来了很多人就开始干活了。我们没事就在旁边看他们干活儿。他们先是挖了一些坑道，我们就在坑道里转了两天。有很多人推车，推着筛过的沙子倒进一个很大的机器里；上面是圆的，不停地转动着，说是搅拌机，往搅拌机里面加了沙子再加水和水泥，然后有人拉下来一个滑口，就倒进推车里；有人把车推到砌砖的人边上。场面有点儿大，很多人都在忙着。

晚上吃完饭到修好的地方转转。这里可以玩捉迷藏，地上碎砖头太多了，弄不好要摔跤受伤的。

没多久冷库修起来了，也不高，跟我们楼差不多高。我们楼的中间也修了水台和茅房，一楼和二楼都有。王文利说：“不能叫茅房了，应该叫厕所。”从此，用水和解手都方便了很多。

在后面靠着山有一个用水泥做的大池子，池子比一层楼还深很多。边上还有一个铁梯子可以爬上塔，王文利说：“这是水塔。”我们就爬到塔上看，从池子边上的梯子下到池底玩儿。

过了几天，池子里放了水，我们就在池子旁边玩儿。

有一天，好几个都在池子边上，池边很窄。我正在池边走着，不知谁推了我一下，我就掉了下去。喝了几口水，我自己乱划着扑了几下爬了上来，很不高兴！也不知道是谁想整我，他们在旁边看，也不来帮我！水也不凉了，就回家拿着我的塑料游泳圈来玩儿，把衣服脱了放在旁边晒，他们看到也脱了衣服下水来玩儿。

那几天，我天天来，顺着梯子往下爬，练憋气。

有一天，刘景文和高敏他们穿着游泳裤爬到塔上，然后从塔上跳到池子里。我也上去看了看，往下看还是高。塔上也有水了，有一个大桶似的东西，里面有水在流动着。

冷库刚修好时，我们就到里面看了看。里面也没啥，就是几间大房子，有厚厚的大铁门，在旁边的一间房子里有些机器。

有一天，冷库前面拉来一堆白白的、松松的，像是棉花似的东西堆在那儿。就拿在手上看，轻飘飘的，王青川和乔哑巴都在那里玩儿。乔哑巴特别喜欢，扯了些还放到嘴下面做胡子。王文利过来说："这个不能玩儿！是玻璃纤维，要扎进皮里面的，很疼的！石棉瓦里面的就是这个。"王青川就丢下了，也示意让乔哑巴丢了，乔哑巴就丢了，丢了后摸着嘴下面"哇哇"地叫了两下，我的手也有点痒痒的。

有一天要吃饭了，传来一股从来也没闻过的味儿，很浓，很臭！出来看，冷库前面堆了好几个大罐子，看样子很大。刚想过去看，妈妈说："别去，要吃饭了，是氨气罐漏了。"接着又说，"没啥毒，对人身体也不好！"吃完饭还是下去看了看，巨大的罐子，比我高多了，也很长。还是从台阶上爬了上去，踩在上面感觉真是不一样。等了会儿，王文利他们都来了，都爬上来踩了踩。没过多久妈妈就来了，说：“不要在上面玩儿，到别处去玩儿吧！”天也快黑了，我们就回家了。

有一天，来了几个人，他们按着按钮，互相叫喊着，把机器打开，发出很大的声音。声音响了一会儿，有一个人看了看我们说：“看啥看！一边玩儿去！”就把我们赶了出来，还把外面的大铁门给关上了。我们就到另一边的大房子里面去看，里面冒出来一阵阵的冷气，很凉快！

有一天，看见有人拿着饭盒往冷库里面走，就过去看，饭盒里面是水。跟着过去看，他们把饭盒放到冷库的房子边上就走了。已经有几个饭盒了，有的里面已经结了些冰。哦！想起来了，以前吃过水里面有糖和牛奶冻成的冰就很好吃。回家我也找出饭盒和杯子，放了些白糖进去，拿到冷库，放在别的饭盒和杯子边上。下午放进去，快吃饭时去取就成了冰块，吃起来也有点儿意思！

没过几天，他们就用后面是大箱子样式的卡车拉来些东西，从后面拿出来些猪肉。有些腥味，我们就不放饭盒了。有了冻猪肉以后，每天都有肉买了。以前不是，以前买时要用肉票，还常常要排很长的队。

香蕉、冰棍和猪脚

自从有了冷库之后，吃的东西就多了起来。有一天，妈妈拿回来一网兜东西，是绿色的一根根长条形样式的连成一串的。我问她：“这是啥？”她说：“香蕉。”这个东西常听说，有一句女孩儿唱的“小苹果、香蕉、梨”。我问：“是不是常说的那个香蕉？”她说：“是啊！现在还不能吃，要捂着，等黄了再吃。”说着，妈妈就找了个塑料袋装起来放在了床褥下面。

等了两天，还是绿色的。我忍不住拿出来一个，咬了一下，难吃，又苦又涩。像是有层皮，把皮扒了下来。里面是黄色的，咬了一下，有点儿硬，也不好吃，就不再每天看了。又过了几天，想了起来，翻开床褥看，变成黄色的了。扒开皮一尝，果然很香，很好吃！

有一天，有人从冷库那边走过来，边走边拿着东西吃。一看是以前吃过的，是冰做的。就在冷库门口那边，很多人都在围着抢着买。卖的人边卖还边喊：“冰棍、冰棍。”我问：“咋卖的？”她说：“果味三分，奶味五分。”就回家找妈妈说：“妈，要钱，买冰棍。果味三分，奶味五分。”妈妈给了我五分钱，就跑去买了根奶味的。还是很好吃，比第一次吃的时候差一点儿，也不错！

从那天起每天都想吃冰棍。常常找妈妈要钱，妈妈一般都给，有时给几分，有时给一毛。开始时有个阿姨就在冷库门口卖，后来她到五贸商店那边去卖了。在冷库的边上有一间房子外边搭着的棚子里常常放着冰棍。这间房子以前就有，是一排房子的一头，这排房子里面放着些东西，以前听说里面有旧轮胎。

看到有两个人在里面干活儿，我就问他们：“卖不卖？”有个人说：“卖！”就到了房子里面。两个人都戴着帽子、套袖、手套，围着黑色胶布大围裙，穿着黑色大雨靴，看样子岁数都不大。从里面看房子还有一点儿大，没有灯，有一点儿黑，只有从高处的不大的窗户和门外透进的一些光。看到里面有一个水槽，水在流动；有一些箱子在水里漂动着，箱子里的小槽里插着棍子，一块块的，是冰棍；看到从水槽的一边放下去的箱子，箱子里面的小槽里还是水，漂了一圈就成冰棍了。还看到他们拿着黑色胶皮水管往大铝锅里灌水。有好几个铝制大锅，里面都装满了水。有三个蜂窝煤炉上面有大锅正烧着水，其他的大锅放在地上是在等着烧的，还有的可能是烧好了的。房边还有一大堆蜂窝煤。

有一天，一个干活儿的人问："你是不是姓刘？"我说："是啊！"他说："我认识你哥。"我问："是吗？"

他们后来对我就好些了。我要买一根，他们有时给我两根，送一根棍子插歪了的。有时我进去看他们干活儿。他们把各种东西或倒或舀进一个大桶里面，把大铝锅里的水倒进去，拿大木棒子搅拌一会儿，再打开大桶上的一个水龙头把搅好的水放进一个个箱子里面。箱子漂一圈后，他们搬起箱子在一个大铁盆边上一磕，冰棍就倒进了大铁盆里。他们就坐在大铁盆边给冰棍裹上纸，裹多了些就装进一个卖时用的厚皮箱子里垒好。有时我也帮他们干些活，走时他们还给我几根冰棍。我能干的活也就是拿着胶皮管往大铝锅里灌水，拿着大木棒在大桶里搅拌几下，还有就是给冰棍裹上纸再拿到箱子里。一样干了会儿，干了几下就不想干了。

那些天我们常在冷库边上玩儿。在冷库边上的一个大房间里有机器的地方，放了几张桌子。有两个人常常在那里，有个白白胖胖的人，有一个个子不高，瘦瘦的。他们有时坐在那里看报纸，有时在看着机器走来走去的。有时我们也去翻一下那里的报纸，看一下报纸。

有一天，那个白胖胖的人说："我认识你哥。"我冲着他点了下头。

有一天，那个白胖胖的人问："你一次能吃多少根冰棍？"我说："不知道啊！"他说："你等着，我请你吃冰棍。"我很高兴！等了会儿，他拿来一盒子冰棍，全是红色果味的。他说："今天你随便吃，有个条件，就在这儿吃，把棍子留在这儿，放在一起。"我就开始吃，真痛快啊！吃了一根又一根，把这一盒子全都吃完了。他过来弯着腰数棍子，数了会儿说："吃了三十七根，还不拉肚子？"那天吃得真是很高兴！高高兴兴地回了家，跟妈妈说："妈！今天有人请我吃冰棍！随便我吃！"妈妈问："他为啥要请你吃？"我说："不知道！吃了三十七根！"妈妈问："哎哟！吃了那么多啊！拉肚子没有啊？"我说："没有，他说认识我哥。"她说："以后不能吃这么多啊！"

有一天，他们从后面有大箱子的大车上搬些猪肉到冷库里，是在靠近我们楼的这边的台子上。我们就在旁边看干活儿。趁他们忙的时候刘新文用后脚跟一磕，把一跟长猪腿碰下了台子，黑子过来叼着就跑了。

我们还在外面玩儿了会儿，快吃饭的时候回了家。妈妈在做饭，用高压锅炖着什么，闻起来有点儿香。我问："妈！今天吃啥？"妈妈说："今天吃猪脚。"我问："哪儿弄的啊？"她指着地上说："这里有一根。"我问："是不是黑子叼来的？"她说："不知道啊！回来就看到厨房的地上有一根，我以为是你爸还是你哥买的。"我说："刘新文踢下来一根，黑子叼走了，可能是吧？"妈妈说："以后不能这么干啊！"吃起来还是很香！黑子对我不错啊！以前它也没到过我们家啊！吃完我把骨头全拿去给了黑子。

分带鱼、吃西瓜和去看新托儿所

有一天，妈妈拿回来几条长长的、银白色的、扁的、头像鱼似的东西。我问她："是啥啊？"她说："带鱼，晚上吃。"

晚上看到妈妈给切成了一段段的，往锅里倒了些油，再把带鱼放进锅里，锅里噼啪啪作响，拿出来成焦黄色的，吃起来很香！

那几天每天吃，开始觉得很好吃，后来也觉得不好吃了，有一股臭味。发现有一点儿黑的，在带鱼的肚子那块，吃起来就是苦臭的，吃的时候先把那个弄掉就好些了。吃多了也腻了！

有一天，在冷库前面有一大块全部用水泥抹平的坝子上，很多人在那里忙着，把一些东西分成了一堆堆的放在那里，他们在等着什么？我过去看，是西瓜，个头还不小。那次回老家吃过后，就再也没吃过了。我问："这是在干啥？"有一个人说："分西瓜。"我问："有我们家的吗？"那个人说："有。"另外一个人又问他："这是谁家的啊？"那人回答说，是 ×× 家的。另外一个人还冲我点了点头。果然我正在走廊里看他们分瓜时，妈妈在楼下喊："小四！你哥在不在？快！喊他下来帮着拿瓜，要大网兜。"在家里找到大网兜，和三哥一起来到冷库前。我们家的有好几个，有的是深绿色的看不出啥花纹，有的是绿色的上面有深色花纹，比老家的大多了。我跟三哥装进了网兜就往家里抬，一抬很重抬不动。三哥说："真笨！"妈妈就过来，我们三个一起抬回了家。

回家三哥就拿刀切开一个，里面是红色的。妈妈说："先别吃！吃了就吃不下饭了，吃完饭再吃。"我问："他们从哪儿弄的，以前咋没有？"妈妈说："听说他们去新疆弄的。"我说："听说新疆不是很远的吗？"妈妈说："是很远。"我又问："咋叫分呢？不是卖？"

妈妈说："不是每家都有份儿，7分一斤，三十多斤呢！行啦！别问啦！我还要做饭呢！"三哥已经切成几块了，我问："就先吃一小块吧？"就先吃了一块，真香啊！甜，水又多！还想吃，刚伸出手，三哥挡住了我的手，说："先忍忍吧！"急着吃完晚饭，就开始吃，吃了一块又一块，很过瘾啊！三哥和妈妈没吃多少，我一个人差不多吃了大半个。每天切开一个，他们似乎都不爱吃，吃两块就不吃了，我却很能吃，能吃半个多。

有一天想留着明天吃，可第二天吃起来却变味了，不能吃了，还是只能当天吃完。切开了他们吃两块剩下的就全被我吃掉，反正留到第二天也不能吃了。

有一天，一个比较大的瓜，打开里面是黄色的，吃起来很香、很甜！他们还是不怎么吃。我一块接一块地吃，一直吃到吃不下去了。肚子胀了起来，一摸胀圆的肚子上偏下还有一个小包，去跟妈妈说："肚子胀大，这里有个小包。"指给妈妈看，妈妈低下头摸了摸问："啊！这又是咋回事啊？疼不疼？"我说："不疼。"妈妈说："不行！明天去看大夫。"

第二天跟妈妈去了医院。大夫摸一摸问："疼不疼？"我说："不疼！"他问妈妈："咋整的？吃了啥？"妈妈说："就是吃了西瓜，吃完就有了。"大夫说："要开刀，开刀把它拿下来。"妈妈问："哎哟！必须要开刀吗？"大夫说："观察一下，如果病变了就要开刀。"我听着有点害怕！肚子上要用刀割，那多疼啊！就悻悻地跟着妈妈回了家。妈妈说："看看！吃这么多！吃出病了吧？"我说："我不要开刀，不疼，应该没事吧？"

等了几天，爸爸回来了。他看了看说："我看不用开刀，听说城里有膏药卖，能贴好。"停了一下又说，"过两天，我还要出差，我去买点儿回来。”

过了两天，爸爸买回一些膏药，是白布上面有些黑黄色的泥似的东西。他说：“我问了卖膏药的，说能贴好。”就贴在了我的肚子上，开始觉得有点儿凉，有股难闻的味儿，觉得也比开刀好！就每天贴着吧！妈妈说：“不要乱跑啊！老实在家待着吧！”

我一个人在家里没事便看一下小人书，搭一下积木。有时下楼看一下，也没遇到往常一起玩儿的那几个人，就一个人逛悠一会儿才回家。有时候去看一下黑子，黑子懒懒地趴在地上，肚子有点大了，跟以前不一样。问刘新文：“黑子咋啦？”他说：“黑子怀孕了。”问：“啥是怀孕啊？”他说：“就是要生狗崽子了。”我问：“那啥时候生啊？”他说：“我爸说还有些天。”

贴了几天膏药，包还真就没有了，我很高兴，不用开刀就好了！

有一天，下楼转转遇见张军。他问：“咋好久没见你了？”我说：“在家待着，肚子上长了个包，我爸拿来些膏药给贴好了。”他问：“咋得的？”我说：“就是吃西瓜，吃完就有了。”接着又说，“有一个芯是黄色的，很好吃！他们又不吃，我一个人吃了很多，肚子很胀，就有了。”他问：“吃不完，也不拿给我吃点儿？”我说：“下次吧！”王文利也过来问：“咋好久没见，去哪儿了？”我说：“就在家，肚子上长了个包，现在好了。”他问：“咋好的？”我说：“我爸从城里弄来些膏药，给贴好了。”他问：“让我看看？”我就撩起衣服让他们看了看。王文利说：“还真没了，不错！”接着又问，“是不是狗皮膏药？”我说：“不知道啊！上面有布。”他说：“听说狗皮膏药能治。”张军说：“听说又要上托儿所了，正在修。”王文利说：“过两天，我就要上学了，不去托儿所了。”张军问：“走！去要修好的托儿所看看？”我说：“好啊！去看看。”王文利说：“你们去吧！我就不去了，过两天我就上学了。”我问：“走吧！反正没事，去逛逛？”他说：“那走吧！瞧瞧去，看看以后你们待的地方。”

我们就到了离我们楼有几栋楼远的地方，一个正在修的工地。不高，只有两层，我们就进入里面。是一个大院子，三面是房子，一面是墙，房子上下都有走廊。我们就上了二楼，顺着走廊走了一圈，有股刺鼻的味道，有几个工人在干着活。看样子比我们以前那个托儿所要好得多了。

刘新文养小鸡

有一天，刘新文在楼道里摆弄着啥，我就走过去看。看到在一个盒子里有几只毛茸茸的像小鸟似的东西在走着，是黄色的。以前没见过，问他：“这是啥啊？”他说：“小鸡。”这么小的鸡是没见过，挺可爱的，看他抓在手上看，我也抓了只在手上看，毛细细的，都是立起的，像个小毛球，看它有些害怕，很好看啊！问他：“哪儿弄的啊？”他说：“沟里。过几天，我还要去弄，多弄几只回来养。”

过了两天，刘新文又弄回来二十来只小鸡，一大群。不知道什么时候他在他们家鸡窝外搞了一个竹子做的围栏，不算大，也不小。小鸡全部放在里面，它们就在里面跑来跑去。他还搭了块板子到鸡窝门口，它们还可以顺着板子进到鸡窝里。我问：“这么多啊？是公鸡母鸡？”他说：“母鸡。”我问：“你咋知道的？要母鸡干啥？”他说：“我一只一只挑的，要母鸡下蛋啊！”

回家上楼遇见高敏，我问：“你看见刘新文弄回来那些小鸡没？”他说：“看见了。”我问：“我看每个都一样，咋能分出公鸡母鸡？”他说：“这个是技术活，很难分的！刘新文小子够牛啊！等小鸡长大了看看！”后来小鸡长大了，果然多数是母鸡，只有几只是公鸡。我很服气刘新文，搞这些事，他真的很在行！

没过几天，刘新文和王文利都去上学了。有时还能看见刘新文照看他的鸡，上楼也只能看到他的身影，觉得他很忙；王文利就更少见了，只有在远处看到。有一次在楼梯口遇到刘新文，我问：“急着回家干吗？聊会儿？”他说：“我可没工夫儿跟你聊，我要照看鸡，还要写作业呢！”说完就回家了。

上新托儿所

过了些天，我跟张军一起就去了新盖好的托儿所，班里的人一个都不认识。张军在对面楼上的一个班。我去找他，看见他坐在里面，还有其他的小孩儿，他看见我就走了出来。我问：“王青川没来？”他说：“王青川他妈让他在家自己学认字。”我问：“好不好玩儿啊？”他反问：“有啥好玩儿的？瞎混呗！”说完就走了进去。

每天去了也没人管。上午到时间去，中午回家吃饭，吃完饭休息会儿下午又去。下午老师喊一声：“可以走了。”就自己回家了。

下午出门的时候门口总有一帮人接小孩儿，有一个人每天都来接一个同班的小孩儿。他脸白白的，长得好看，还爱穿白衬衣。有点像大哥，看样子也很年轻，在人群中给我的印象很深。

在托儿所里有一些玩具可以随便玩儿。木马、跷跷板、滑梯、秋千，一样玩儿了几天，就没兴趣了。在院子里逛来逛去，东看看西看看，看别的小孩儿却玩儿得很起劲，我咋就没啥兴趣了呢？

下午待不了多长时间就回了家，还是在我们楼比较好玩儿。有时去看一下黑子。黑子生小狗崽了，生了四个黑的，一个花的，花纹是全身白毛上有一朵朵黑毛。小狗崽们很可爱！有时去摸一下，毛软软的。它们都趴在黑子肚子那里吸奶。刘新文问："小四，咋样？弄回去一个，养着？"我说："我现在要上托儿所，没空啊！"

没几天，四个黑的就不见了，只剩一个花的了。我问："其他的咋不见了呢？"刘新文说："送人了，问你要不要，你也不要。"接着又说，"这个名字叫大花，以后只养它了。"我问："那黑子呢？"他说："以后也要送人。"过了些天黑子也不见了，大花也长大了些。黑子我还有些想它呢，一起待了这么长的时间！

在托儿所里有些小孩儿玩儿弄着烂玻璃，把它埋在土里，挖个稍深一点儿的小坑，放在上面，有点儿像陷阱。我问："这有啥好玩儿的？"他们说："埋在土里可以看天气，要是下雨上面就会有水珠。"我也找了烂玻璃，学着他们的样子做了，是看到了水珠，但是跟天气好像也没啥关系。

听二胡和学唱歌

有一天，在回家的路上，看到一个小女孩拿着个什么东西，黑色的，上面有个杆子，下面有个圆的像是小鼓，有些细绳子，拿着像弓似的东西在拉来拉去，边拉边响着，很好听！我就在旁边听了会儿。旁边有一个大人，我问："这是啥啊？"他说："这是二胡。"我问他："哪儿弄的？"他说："五贸商店有卖的。"我又问他："我能玩儿一下吗？”他对小女孩儿说：“拿给弟弟，给他看一下。”我拿在手上，学着她的样子拉了几下，也响了，但不好听，就递还给她了。我问：“我能不能学啊？”他说：“可以，我认识你爸，你要你爸买一个，我就教你。”又听了会儿就回家了。

吃饭的时候正好爸爸也在，就问：“爸！我想买一个二胡？”没想到爸爸反问：“你懂音乐吗？你有音乐细胞吗？”我说：“有一个人说认识你，我买一个就教我。”他又问：“你是这块料吗？你懂音乐吗？”把我气得要死，为啥要这样说我啊！人家懂，我咋就不懂呢？爸爸在我印象中一下子就变得不好了！后来我就不想听他的话了！我去五贸商店去看了一下，一把二胡要十五元，是有点儿贵！不给买就算了，干吗要说那些话！后来回去的路上遇见小女孩儿在拉二胡，远远地看一眼就走了。

在托儿所里有时有个阿姨用一种拿在手上一开一合的东西发出声音，边拉边唱给我们听，我问：“这是啥啊？”她说：“手风琴。”歌也听不懂，不过看起来很好，阿姨那表情看起来很高兴！边拉表情还不停地变化！还有一种，放在地上的，很大，木头做的，下面有踏板，阿姨脚上在踩，手上在弹，也是边弹边唱着。我问：“这又是啥琴啊？”她说：“也叫风琴。”

有一天，阿姨说：“今天教你们唱国歌。”她唱一句，让我们唱一句。歌里讲的意思不明白，不过第一次有人教我唱歌，唱歌的感觉很好，心情也好多了！我一下就喜欢唱歌了，很快就学会了，这对后来的我听歌和唱歌帮助很大，这也是在新托儿所里最大的收获！

停电

有一天，刚吃完饭电灯突然不亮了，一片黑。我以为是我们家的灯坏了，出来看其他家的灯也灭了，前面楼能看到的地方都没有了光。高敏也出来了，问他："咋回事？"他说："停电了。"我问："以前咋没停过电？"他说："好久没停电了，以前也停过，你还没来呢！"只看到远处山上住着的老乡家里有点儿亮光。过了会儿，前面的楼里不断有人家里也有了亮光，比灯光要暗得多了。家里也点起了亮光，进屋看是蜡烛，以前在家里常看见白蜡，不知是干什么用的。以前想用来做船用，跟蜡笔很像，拿来做船又不行，太粗了，现在明白了是停电的时候用的。用手去摸流出来的水有点儿烫。妈妈说："这是蜡烛，小心点儿，别弄倒，把家里给烧了。"流出来的水一会儿就成了硬的，把硬的扯下来放进火边上，又变成了水。看它是要不停地燃烧，把流出的又重新弄回再燃烧，以为可以省着点儿，就不停地把流出来的又弄回去。这样玩儿了会儿，看蜡烛还是要往下变小，就不玩儿了。

出来看，觉得外面很亮。月亮圆圆的像大灯似的在上面照着，前面楼的房顶柴火堆上面和地面都像是蒙上一层淡蓝色的布，远处的山看起来黑黑的，有一点儿轮廓，山上人家的亮光更加明显了。想下楼去，走到楼梯口，楼梯是黑的一点儿也看不见，就摸着墙下来了。楼下路上很亮，抬头看，月亮圆圆的非常亮，天上的星星看着也比往常亮些，一条长长的星光带更加明显了。以前我跟王文利一起看过星星，他跟我讲过。那条星光带叫银河，是由很多星星组成的；还指给我看了北斗七星，像一个大勺子似的；我们还看到过流星划过，很好看的！后来晚上天上没啥云的时候，我自己也看星星。

工业学大庆

有一天，听说要放电影，很久没有放电影了，早早吃完饭就拿着小凳子去了。开始放的电影很奇怪，先是放一些像是在老乡那里的事情。看样子还不错，绿绿的柳树，青青的田，老乡们很高兴的样子。后来又转成了黑白色的影片。一片泥土做的房屋，房子之间挨得很近。房子的泥土墙很多是烂的，有些有大洞。从大洞到了墙里面，意外的是里面还有人，有两个人坐在火堆旁，地上搭着矮灶台在烧火，冒着烟像是在做饭。上面的屋顶没有瓦，只有一些粗的木棒。老乡的房子是那样子的，但我看到基本是好的，没有那么大的洞，也是有房顶的，咋会有这样的老乡的房子？比我看到的老乡的地方还要差得多啊！不明白为啥要放这些，像是做的噩梦里的事！放了不久就完了。

开始打出了一排红字，跟着看到的是一个没有山的地方。不是样板戏，下着雪，一些人在布做的帐篷里忙着。有人看图纸，有人跑来跑去，有人扛着钢管。有铁塔，铁塔里的钢管在竖着转动着，还有的像是从管子里往外喷水。看不懂，也不明白他们在说啥，看样子像是办公楼前那个有铁塔的画面，以前王文利说过是工业学大庆，可能说的是那些事情。在高潮的时候看到他们穿着衣服跳进了泥水里，不像是游泳，双手在左右划着。他们刚才还穿着棉衣，下着雪，应该很冷，这么冷他们为啥要跳进泥水里划着？不明白，不正常！不过看样子很着急！难道他们不怕冷吗？后来听到几个字“铁人王进喜”，我也不明白，人是铁做的吗，还是不怕冷？以前放的电影全部是样板戏，这次的就不一样了，以前以为电影就只有唱戏的那几部。

第二天下午遇到王文利，问他："昨天的电影看了没有？"他说："看了。"我问："铁人王进喜啥意思啊？"他说："就是工业学大庆嘛！他们干起活来不要命，不怕死！"我问："还有干活儿不要命不怕死的人啊！"他说："是啊！干活儿就是干革命，毛主席说就是要这样，拼命地干活儿，死了也不怕！"我又问："那喷了好多水啊！"他说："那个可不是水，是油。"我又问："那个油是干啥用的？"他说："是跑汽车用的，没它汽车跑不起来。"我又问："那他们咋穿着衣服跳到泥里划呢？"他说："他们不跳进去油井要爆炸，全都要炸死！"我问："那他们不会跑啊？"他说："他们跑了损失就大了，都是国家财产，听说一个油井架值很多钱。"还是不太明白，为啥要不要命地干活儿，干活儿就干活儿嘛！想干就干一会儿，不想干就不干，为了国家财产可以不要命吗？命都没了还顾得了这些？我要是遇到危险那得快点儿跑，保命要紧！

打玉米芯仗

在托儿所时间待长了，就有些厌烦了，基本上也没人管，阿姨也不唱歌了。上午去待着，下午还没等阿姨喊就自己回家了。

有一天，回到楼前看到处是玉米，一直到办公楼。有很多大人在忙着，有些人坐在小凳上把玉米叶子扒开，把玉米从棒子上退下来。这活我能干，就坐在玉米上帮着把叶子扒开，用手一排排把玉米抠了下来。正在埋头干着，觉得有东西打在我头上。一看滚落的是没有玉米的芯棒，抬头看是张军，王文利也在看着，又往这边丢。看样子是要打我，就拣起芯棒向他们还击。这个打在身上也不疼，我们就开始了一场芯棒大战，都捡地上的芯棒打着对方。开始我们还互相乱打，不知为啥张军就跟我一起打王文利。打了一会儿，他就开始跑，我跟张军一直沿着一号楼追到食常那边。一路上还都有玉米和玉米芯棒，我们边走边打，一直到王文利笑着说："行啦，行啦！不打了，不打了！"

肚子疼拉虫子

有一天晚上，我肚子疼了起来，也不算很疼，就指着肚子跟妈妈说："疼！"妈妈问："肚子咋又疼起来了？吃啥东西没？"我说："没吃啥啊！"妈妈说："还是要到医院看大夫，别弄个啥大病出来？明天就不要去托儿所了，去看大夫。"停了下又说，"明天你到我办公的地方来找我，我们一起去。"

第二天，我便到妈妈办公的地方。妈妈在办公楼的一楼大门口进去的左手边的第一间。妈妈说是收发室，里面有时有很多报纸和画报，我有时去看一下画报。到办公室在门口喊了声"妈！"妈妈看到我，就跟同事说了声，出来跟我到了医院。大夫说："把衣服撩起来吧！让我看看。"又问，"哪儿疼啊？"我指着疼的地方，他用手按了按，问，"是不是这儿？"我点头说："是。"他说："没啥，是有虫子，开点儿药，吃了可能有点儿疼，忍着点儿，要拉肚子，拉几回就好了。"啊！我肚子里有虫子，虫子啥时候跑进去的？走到半路，妈妈说："我还要上班，你先回家去。"我们就分了手。中午妈妈回到家，就开始给我吃药，也没啥反应，下午还是去了托儿所。

第二天吃了药去托儿所，肚子就开始疼起来了，比以前疼多了！疼得我脑门直冒汗。要拉，就跑到厕所里拉，拉的时候肚子好疼啊！看到拉出来的像蚯蚓似的长条形的，可能就是大夫说的虫子了。看厕所里很多这样的，也有是白色的很短小的，有的在动，看得我想吐！回去待了会儿，又像是要拉，就又跑到厕所里拉，肚子疼得我脑门上冒汗！

中午回家，跟妈妈说："拉出虫子了，好疼啊！"妈妈问："吃啥不干净的了？"接着说，"跟你说吃果子要洗，不听话吧！"又说，"跟你说过不能在树上摘了果子就吃，要洗干净，上面有虫子。"接着又说，"还有，跟你说吃饭前要洗手，你也不听！这下肚子疼了吧！"想想有时候是摘了果子就吃，哪儿还等找到水洗啊？看到他们是在衣服上蹭两下，也就在衣服上蹭两下，一直都是这样子的。

下午又去托儿所待了会儿，头有些晕，不舒服，想睡觉，就想还是回家算了。刚走到托儿所门口，没想到出来个老大爷拦着说："阿姨还没喊可以走呢！"我说："我肚子疼，想回家睡觉。"他看了看也没说话就进了屋。以前早点儿回家他咋没管过呢？

回到家在床上待了会儿，头好了些不晕了，睡不着又出来逛。逛了会儿遇到王文利，他问："脸色不好，咋啦？"我说："肚子疼，拉虫子。"他说："蛔虫，我也拉过。"又问，"是不是吃药后拉了？"我说："是啊！去医院大夫给开了药，吃了更疼了！"他说："是打虫药，把那些虫子打出来，不然的话虫子把肠子都要捅破，那就麻烦了！"我问："那么厉害啊？我妈说是吃的果子没洗，是吃进去的。"他说："可能，还有指甲里也有。"说着把手伸出来给我看，我也伸出了手。一比，他的指甲全都没有了，手干干净净的，而我有指甲，指甲缝里面是黑黑的。他说："你看，你那黑的里面就有虫子。"他又说，"吃饭前要把手洗干净，这样就不会有虫子。"我问：

“是吗？真疼啊！”他说：“疼两天就好了。”他说完回家了。看样子以后要注意卫生了，疼起来真是很难受啊！回家就找剪刀把指甲剪掉，把手打上肥皂好好洗了洗。妈妈回来了，给她看了看手，她说：“对了嘛，早就跟你说吃饭前要洗手！”

腮腺炎

刚肚子不疼了，脸又疼了起来。有一天，我指着脸跟妈妈说：“脸疼！”妈妈问：“哎哟！咋这么多病哟？都肿了！”又问，“这又是啥病啊？明天还得去看大夫！”

第二天吃完饭跟着妈妈走到办公楼边上，妈妈说：“你在这儿等着，我去跟他们请个假。”在办公楼边上等了会儿，妈妈来了又跟她到医院。大夫拿个长条形木片说：“张嘴，啊！”我张开嘴：“啊！”他拿木片放进我嘴里拨了拨，看了看，说：“这是腮腺炎，开些药，吃了，过几天就好了。”接着又问，“是不是要上托儿所？”妈妈说：“是啊！”他说：“不要去了，这个传染。”回到家妈妈说：“老实在家待着，别到处乱跑了，也不要去托儿所了。”

晚上妈妈回到家拿着包东西说：“听说仙人掌能治这个，等吃完饭我给你弄点儿敷上。”吃完饭妈妈就把仙人掌捣烂给我敷在脸上。感到凉飕飕的，又弄些白纱布缠在我的脸上，只露出嘴巴。她说：“用绷带固定一下，敷两天就好了。”

那些天先是在家待着翻小人书，然后搭积木。有时去刘新文家看一下大花，大花长大了。大花不像黑子，胖乎乎的，圆头短腿的，耳朵也是耷拉下来的。

有时出去逛一下，一般外面也没有人。白天他们上托儿所的上托儿所，上小学的上小学。

有一天，遇见王文利，他看了看我问：“又咋啦？”我说：“得了腮腺炎，大夫给开了药，说过几天就好了。”他问：“有啥反应没？”我说：“就是脸有点儿疼，头有点儿晕。”我又说：“大夫说这个要传染，我托儿所也没去。”他说：“哦！要传染，我还要回家做作业，再见！”说着就往家里跑了。

他们都知道我得了腮腺炎要传染，也有点儿躲着我的意思。我也不找他们，就我一个人玩儿。我到河边去逛了逛。河边也没有人，去看看流水，听着流水声，沿着河往上游走一段，看了看沿岸的风景就回家。有时一个人上山，在半山上转一圈，看一下山下的风景。心情不太好！想到以前我们几个小孩儿一起来看的时候心情多好啊！

第三章　复杂又简单的生活

批斗养鸡的

有一天下午，我正在家里看小人书，听到远处有闹哄哄的声音，好啊，有热闹看！我就跑了过去。在大路上，看到了跟以前批斗卖酱油的差不多的情况。有人在举着小旗喊口号，有人扛着大旗，有小孩儿在找小石头准备打人，也有的小孩儿在丢石头打那个人。远处看到前面那个人也是被反捆着的，头上戴着纸做的尖顶帽，胸前挂着牌子。想上次卖酱油的认识没打成，这次要好好打两下。这段时间总生病，心情不好很想找个人打两下，出口气！就找到了小石头，走近了些，看着脸刚要打。一看，又是认识的，下不了手，是我们托儿所同班的一个小孩儿他爸，就是经常看到托儿所门口接小孩儿的那个看起来很年轻，白白的脸的那个。有时想要有这样的爸爸多好啊！每天来接小孩儿，对小孩儿多好啊！从来都没有人来接我！也不想看了，就往家走了。上楼就遇到了高敏，问他："看到批斗没有？"他说："看了，是沟里养鸡场的，听说他在沟里养鸡，把公家的鸡给弄没了。”我说：“是我们那里的一个小孩儿他爸，每天都来接小孩儿。”他说：“他是有个小孩儿，沟里远，他不来接，小孩儿回不去。”我问：“鸡弄没了，就这样批斗啊？”他说：“公家的鸡弄没了，就是贪污，罪大了！弄不好要判刑的！”回到家我在想鸡才值多少钱啊！给人整得够惨啊！以前我去派出所玩儿，看见过有人被捆起来的，还玩儿过手铐，戴在手上一会儿就很难受！

铁丝枪

有一天正想下楼，走到楼梯口，突然一个东西打在脸上，有些疼。抬头一看是刘新文，看到他手里拿个什么东西就过去问：“啥啊？给我看看！”拿在手上看，是铁丝做的，有点儿像枪，缠着各色细线，细线包裹着铜丝，有些橡皮筋挂在上面。我问：“这是啥？让我玩玩儿？”他说：“铁丝枪。”说着从兜里拿出个东西，挂在橡皮筋上一拉，就挂在了枪的后面，递给了我，是纸做的子弹。我拿着刚抬起手对着他，他说：“哎！哎！让你玩儿又没让你打我呀！”我问：“那打啥？”抬头看，有灯泡，灯泡也不能打。他说：“就打那个柱子嘛！目标大，好打。”我就打了不远处的一楼房柱，一打还就打着了，有点儿意思！问他：“哪儿弄的？帮我弄一把？”他说：“是我哥做的，让你哥帮你做一把嘛！做好了咱们好打仗！”我问：“那让我玩儿两天吗？玩儿两天还给你？”他说：“行嘛！”就递给我，还给我几粒子弹，我也学着他的样子挂上子弹，下楼找目标打。

现在大哥、二哥都在插队，只有三哥在家。晚上把刘新文的铁丝枪给他看，问：“刘景文做的，你会不会做？”他反问：“这有啥难的？”我问：“帮我做一把行不行？”他也不回答。我拿着玩儿，还不错，可以打罐头盒。下楼遇到王文利给他看，他问：“哪儿弄的？”我说：“刘景文做的。”他拿在手上玩儿了两下，看样子也喜欢！就找到刘景文问：“帮我做一把吧？”他说：“我忙，现在没空。”

我想自己照着做，一只手握不住钳子。玩儿了两天，还是还给刘新文。我问他：“让你哥帮我做一把好吗？”他说：“你自己找他。”又去他家找到了刘景文，问：“帮我做一把，行不行？做一把，我好跟刘新文玩儿打仗！”他说：“你帮我弄些细铜丝，就帮你做。”我问：“啥细铜丝啊？”他进屋拿出枪，指着枪上缠着的各色塑料裹着的铜丝说：“就是这个。”我问：“哪儿弄去啊？”他问：“你看到通信站门口的那些大圆轱辘没有？”我说：“看见了。”他说：“就是那个。”我说：“没看见细铜丝啊？”他说：“黑胶皮里面裹着的就是，最好弄长点儿。”我就到通信站外面去看了看那些大圆轱辘，看样子很大，比一个大人高多了。黑胶管子很粗，我一个人可弄不了。想找张军一起弄些，他还有一把电工刀很好用。我就去找到张军，把他从家里喊了出来，问：“想弄一些细铜丝，咱们一起弄？”他问：“去哪儿弄？”我说：“就通信站门口那些。”他问：“弄来干吗？”我说：“我想让刘景文帮我做把铁丝枪，他说帮他弄些就帮我做。”他说：“我也想做一把。走，看看去。”我们就来到通信站外面，看了会儿，他说：“要弄还是要等到天黑来弄，大白天里面的人看见要管的。”我说：“我想也是。”我又问：“那今晚来？”他说：“行！天黑你来找我。”

吃完饭在家等了会儿，等天黑了下楼来找到张军，两人一起来到通信站外面。我问：“刀带了没有？”他说：“带了。里面有人啊！”看了看，二楼上有很多门是开着的，房间里基本上都亮着灯，里面有人在忙着。就等了会儿，看没有人出来，想可以从水沟进去，水沟是干的。我们就穿过铁丝网下到沟里又上去，靠近了那些大圆轱辘。开始是拽黑胶管，拽了一会儿拽不动，没多长。圆轱辘滚动了一下，可以滚动，就推，胶管就露了出来，滚了几圈，拉了很长的一段。这时屋子里出来一个人，往外看了会儿，我们就躲在黑暗中不动。等他进到屋里，我们就拿起刀割，也算好割，没用多久就割断了。我们就拖着它走，还有点儿重，推了一下大门，门是开的。早知道可以从大门进来，就拖着从大门出来回去了。走到楼前我们把胶皮割开，里面有很多根塑料裹着的铜丝，我们就把它分成了两份。我问："我还要给刘景文，就多分一点儿吧？"他说："行啊！"就多分给了我一点，分完就都回了家。回到家，妈妈问："这么晚了跑哪儿去了？"我拿着手上的铜丝给她看说："去弄点儿这个。"她一看就问："哎呀！哪儿去弄的啊？人家还有用的吧？以后不能去啊！"

第二天就自己留了点儿，把多数拿给刘景文。他说："对了！就是这个。行！过两天拿给你。"

有一天，三哥在楼下楼梯口拿着钳子和铁丝坐在杂物堆上做着铁丝枪，也不知道是不是给我做的，高敏也在旁边。我过去问："是不是给我做的？"他也不说话。就在他做铁丝枪的时候，高敏从旁边杂物堆跳了下去，红公鸡受了惊吓突然从围筐里飞了出来。这只鸡是我们家的，前几天是爸爸买回来的，是我跟三哥拿到这里放进围筐里的。他和高敏就开始追，我也在后面追。鸡跑得很快，我们追也追不上，鸡都快跑到小平房了。我们离鸡有几十步远，三哥把手上还没做好的铁丝枪丢了出去，鸡还就倒下了，不跑了。我们过去一看，没做好的铁丝枪正好插在鸡头上，一直穿过了鸡头，在鸡头的下面露出一段铁丝。鸡躺在地上抽动着，流着血，看样子快要死了。高敏说：“真准啊，邪了门啊！”三哥说：“我又不是故意的！”我们就把鸡拿了回去。我跟三哥就烧了水，烫鸡毛，把毛拔了，再把肚子给剖开，弄了起来。妈妈回来了问：“你们在干吗？你爸买回来说是过年吃的，你们现在就嘴馋了？”我说：“鸡跑了，我们追不上，三哥就丢铁丝枪，正好插在鸡头上，鸡就死了。”妈妈问：“哪儿有这么准的！给我看看铁丝枪？”三哥拿出还没做好的铁丝枪，说：“我也不是故意的，本来想丢过去打它一下。”我又抬起鸡头给妈妈看，鸡头后脑上有个洞，翻了翻，下面也有个洞。妈妈说：“吃吧！吃吧！总要吃的，反正现在离过年还远呢！”爸爸回来了，看了看说：“啊！有鸡！正想吃鸡。”吃饭的时候又问，“你们咋知道我想吃鸡？”接着说，“过两天还是要再去买两只。”我抬起头想说，看到三哥瞪着眼看我，意思是让我不要说，我也就没说话，低下头继续吃。想真是很碰巧啊！

第二天在楼下遇见王文利，跟他说：“你说准不准！离这么远，我哥丢出铁丝枪，正好插在鸡头上。”我给他指了三哥和鸡大概的位置，他说：“瞎吹牛！这么远？就是跟前也很难插进去。”我说：“我猜你就不信，高敏也在，他也看见了。”看见高敏正在楼上往下看，招手示意他下来。他下来了，我问：“昨天是不是我哥在这儿，鸡在那儿，他丢铁丝枪正好插在鸡头上？”他说：“是啊！我也看见了，帮着追呢！真邪门了，正中鸡头！穿过去这么长。”还用手比画着。王文利说：“真是很邪门啊！可惜我没在啊！”我说：“还有邪门的！”王文利问：“还有啥？”我说：“我爸回来了问‘你们咋知道我想吃鸡的？’”王文利和高敏都笑了！王文利笑着说：“你们这家人啊！”高敏摇了摇头说：“真邪门了，都遇到了！这只鸡就该死！”王文利说：“能不死吗？这只鸡的运气也太差了啊！”

有一天，在楼下遇到刘景文，跟我说：“小四，你那把枪做好了，来吧！拿给你。”就跟着到了他家，他取出来拿给我说：“铜丝你自己缠吧！还有橡皮筋自己弄吧！”我说：“谢谢啊！”他笑了一下就回去了。拿在手上很高兴！跑到五贸商店去看，橡皮筋要一毛钱一捆，可能要两捆。等着妈妈回来了，就问她：“妈！要两毛钱？”她问：“干吗？”我说：“要买橡皮筋，要买两捆。”妈妈给了我两毛钱。晚上就在家把铜丝缠在了枪上，是要好看多了！

第二天就跑到五贸商店买了两捆橡皮筋，回来穿在了枪上；再就是做子弹，在家里找些废纸，就开始做，做了好多个。在家就开始练枪法，摆个酒瓶在桌上走几步对准了打。看到刘新文，过去问他：“我也有了，我们开始玩打仗吧？”拿给他看，他拿在手上看了看说：“现在不行，我要先写作业，等晚上吧！吃完饭你来找我。”

吃完晚饭，就找到刘新文，一起下了楼，遇到王文利和张军。他们手上还都拿着铁丝枪，正想人少了呢！把他们做的拿在手上看看，是没有刘景文做得漂亮。我问：“我们准备玩打仗，你们玩不玩儿？”王文利说：“玩啊！”他接着又问，“去哪儿玩啊？”我想了一下问：“去冷库吧？那个台子上可能行？”我买橡皮筋时经过冷库时看到靠近我们楼的那个台子上堆了很多方形木制架子，就想这个可是玩捉迷藏、打仗的好地方。他说：“走吧！”我们就来到那里，还真不错！台子中间堆了一堆，也不算高，可以爬上爬下，四周都有路可以跑。天黑了下来，刘新文问：“我们分两拨吧？要不我跟二扁一拨？”我说：“行啊！”我们就开始拉开距离躲在架子后面藏着，拿着铁丝枪互相打了起来。要打的时候用一胳膊挡在脸上，害怕打到眼睛，打到脸上、脑门上，还是有点儿疼。我主要跟刘新文打，张军和王文利在另一边打。他打到我的多点儿，也看到打到了他头上的。正跟刘新文打，身上被打了一下，一看是张军趴在木架上面，就给他一枪，一枪打在他的头上，他摸着头一会儿，就往回爬。我脸上就挨了一枪，很疼！一看是刘新文，趁他不注意，我抬手给了他一枪，一枪正好打在了脑门上，很高兴！他也伸出手摸了会儿脑门。很久没有这么好玩儿的了！打得来劲了！我躲在柱子后上好子弹正准备打，刘新文就喊："停！停！"我刚上好子弹，还是打了出去。没有照着他的脑门打，刘新文看样子不高兴了！他说："喊停了嘛！还打？不玩儿了！"他走了出来，张军和王文利也出来了。王文利问："咋啦？"刘新文说："不玩儿啦！没子弹了。"这么快就没子弹了？我还有很多，不过我下午做了很长时间，他可能要做作业，没时间做。我问："我给你些子弹，再玩儿一会儿好吗？"他说："不玩儿了，差不多了，改天再玩儿，要回家，回家晚了我爸要说我的。"我们就各自回了家。

回到家妈妈看到我问："脸上咋啦？"我说："没啥啊！"她说："你去照照镜子。"镜子里看到脸上有一块块的小青紫，想起来了，这些地方都是挨过子弹打疼过的地方，说："哦！是铁丝枪打的。"妈妈问："给我看看？"抬起手给她看了看，她说，"这要是打到眼睛可不得了啊！不能玩儿了。"我说："不会打到眼睛，打的时候我就这样。"抬起胳膊挡在脸上给她看。她说："还是挺危险的，小心点儿，不要随便对着人打啊！"我说："知道了。"

有一天，遇到了刘新文，问他："玩打仗？"他说："最近忙，过段时间吧！"

有一天，刘新文拿过一个大铁丝枪给我看，像是冲锋枪，用了很多橡皮筋，能打很远，想这个打到头上可能就更疼了！问他："玩儿打仗？"他说："最近忙，过段时间吧！"遇到张军问他："玩儿打仗？"他说："没时间！以后吧！"遇到王文利问他："玩儿打仗？"他说："最近忙，没时间玩儿！"三哥做了把枪也拿给了我。这下我有两把枪，想找人玩儿打仗，就看到他们好像都很忙，没时间。

有一天，前面楼一个跟我差不多大的小孩儿，也拿一把铁丝枪。这个小孩儿以前见过一次，跟陈刚在一起，陈刚说："这是我表弟，以后照顾一下，一起玩儿。"我问："以前咋没见过他？"他说："他以前在农村，到我们家来玩儿的，要住一段时间。"这回陈刚也不在，他问："我们来玩儿打仗吧？"我正好找不到人玩儿，就说："好啊！"我又说，"我的子弹不多，还要做些，等我一会儿。"就回家找了一本破书，就开始做。想是越多越好，我的双枪，还没地方用呢！就在那里做了好一会儿，做得差不多了就找到他。我问："在哪儿玩儿啊？"他指着二号楼中间的楼梯问："在那里玩儿好不好？"我说："行啊！"我们来到楼下，他问："我在楼上，你在楼下行不？"我说："行啊！"我们就开始打了起来。开始我在楼下打，打不着，就顺着楼梯往上打。看样子我的双枪还是比较厉害的。我交替地挡着脸往上走，看到有些子弹打在了他的头上和脸上。没想到他不拿枪打了，拿起烧过的蜂窝煤渣丢向我，搞得我的头上和脸上都是灰渣。我还是继续往上走，他又拿起没烧过的小块蜂窝煤丢向我。我还是边走边打，往上走，走近了还对着他的脑门打。没想到走近了对着他的头正打着，他却拿着个铁东西给了我的头一下，很疼！一看是蜂窝煤炉铲。我把一把枪放在另一只手里，就去蜂窝煤炉那里找东西，只找到了火钳。拿着火钳去打他头，他却早就把蜂窝煤炉铲挡在了头顶，把我的火钳挡住了。我又拿火钳去捅他胸前，他又后退，没捅到。感觉脸上有水在流，用手摸了一下，一看手上都是血，就把枪放在地上，捂着头很生气！想抓着他，用火钳打他的脑袋，刚跑过去抓到他，举起了手要打他的头。陈刚跑来，把我的手拉住了说："快去医院吧！"没听他的，还想打，他又说，"流血多了要死人的！"他转过头狠狠地对着他侄儿说："你在这儿等着，等我回来看咋收拾你！"我的头也有点儿晕了，手也没劲了，就跟着他往医院走。

一路上他又扶又拉，走了快一半的路了，觉得头有点儿晕，走得很慢，他就背着我走。到了医院，大夫就拿着棉签往我的头上抹，说："有点儿疼，忍着点儿。"是有些疼，比刚才挨的那下还疼！他问："这是啥打的啊？"我说："这是蜂窝煤炉铲。"他问："哎哟！咋能用这个打头啊？"接着又说，"够狠啊！"我说："是玩打仗游戏有人耍赖！"他说："不要动，要缝针。"看到我的头发掉了些下来，他在我的头上弄着。还想着那个小孩儿不用铁丝枪用蜂窝煤炉铲，回去我还要找他算账。他停了下来说："完了。"接着又问："你是谁家的小孩儿啊？"我回答说，是刘 ×× 家的。他说："哦！他家的！好了，回去吧，过几天回来拆线啊！"

在楼前跟陈刚分了手，回到家，妈妈一看到就问："哎呀！头咋啦？"我说："玩打仗游戏那个小孩儿耍赖用蜂窝煤炉铲打的。"她又问："咋能用蜂窝煤炉铲打啊？"又说，"跟你说不要对着人打，不听话！那也不能用蜂窝煤炉铲打啊！去找他家大人去。"又问，"有啥感觉没？"我说："有点儿头晕。"又说，"大夫说缝了线，过几天去拆。"她说："别出现破伤风啊？"又说，"行啦！在家休息吧！我去找他家大人。"接着问，"他家在哪儿？"我说："就是二号楼一楼的第二家。”妈妈出去了。我到走廊上看，她去了陈刚家，过了一会儿回来了，说：“哎呀！是他们家啊！都认识啊，是他们家的侄儿，说是住两天，过几天就走了，农村来的淘得很！”又说，“行，老实在家休息吧！不要乱跑，小心伤口坏了得破伤风。”吃晚饭也没啥胃口，就喝了点儿稀饭。

晚上坐在床上翻着小儿书，来了个阿姨和陈刚。她进来就笑眯眯的，提着筐鸡蛋，把我的铁丝枪也拿来了。她一直说：“对不起啊！对不起啊！”又问，“有啥感觉没？”看到我的铁丝枪心情好了些，正想去找回来。我就说：“没啥，就是有点儿头晕。”她又说：“对不起啊！本来想让他多住几天，管不了啊！过几天就送他走。”待了会儿也就走了，走时还回过头说，“以后到我们家玩儿啊！”

第二天，下午还是出去逛了一下，遇到王文利。他看见我就笑，笑着说：“脑袋开花了！”我问：“开啥花？”他反问：“头上不打开花了吗？疼不疼啊？”我说：“也不疼，是昨天玩儿打仗游戏弄的。”他说：“我听说了，那小子是农村来的，野得很，一般都不跟他玩儿。”我说：“找你们玩儿，你们又不玩儿，我也找不到别人玩儿。”他说：“那天玩儿了一次，就感到有危险，可能要出事，这不就出事了！”我问：“出啥事？”他反问：“脑袋开花还不算出事？难道脑袋掉下来才算出事！”哦！明白了为啥喊他们玩儿他们不玩儿了。我问：“也没别的啥好玩儿的，那玩儿啥？”他说：“是没啥好玩儿的，那也不能冒险啊！”我说：“走，到冷库那边玩玩儿。”我们就到了冷库边的台子上，再看那堆木架，天黑也没看清楚。我说：“这可真是个打仗的好地方啊！”王文利问：“脑袋都开花了还想着打仗啊？”我们就在架子四周转了转，爬到上面看了看。爬的时候有扯动头伤的感觉，就不敢怎么爬了。玩儿了会儿就回去了。

那几天，没事就到那台子来玩儿，爬上爬下的，也有点儿意思。

过了几天我就自己到医院找大夫把头上的线拆了。他还是给我用纱布包上，说："换了药，还要巩固一下，过两天再来一下。"后来我也没去，包的纱布自己就掉了。

雷管和导火索

有一天，王文利手上拿着个啥东西给我看。我问："给我看看？"拿在手上，是铁的，很细小，有点儿像子弹壳，亮光光的。他说："小心点儿，这个可是雷管，会爆炸的！"又说，"轻则炸掉手指，重则炸死人！"我问："咋用的？要不咱们弄响试试？"他又拿出一截绳子似的东西说："这叫导火索，听说是跟雷管一起用的，是咋用我也不知道，听说可以点燃。"我问："哪儿弄的啊？"他说："我们同学去老乡那儿弄的，听说老乡开山炸石头用的。"哦！这几天我总听到远处有轰隆隆的炮声，正想去看看呢！高敏说："老乡在修路。"我问："要不我们点燃试试？"他回家拿来火柴把导火索点燃。像是炮捻子，烧得很快，看样子火药很多。他拿着雷管说："听说这玩意儿摔、撞、砸、烧都可能爆炸。"我问："那咱们试试看看有多响啊？"他说："我还想多玩儿几天呢，再说吧！"

有一天张利民来了，他从包里拿出来雷管和导火索。看着他把一根雷管插在导火索一头，放在后山一棵小树的分叉上。在放的时候我们在旁边看，王文利问："小四，你的脖子有没有这棵树结实？"我说："没有啊！"张利民放好了，跟我们说："离远点儿。"

我们就走到了楼房的跟前，看着他点燃导火索跑了过来。等了会儿，一声“嘣”的响，跟大点鞭炮的响声差不多。走过去看到那棵小树分叉的两边都断了，树就剩下一根光柱子了，那棵树也有一层楼高啊！看样子是比鞭炮的威力大多了！那要是炸人，岂不是要被炸死？王文利也说：“厉害！厉害！不是要炸断手指，是要炸掉手掌啊！”张利民爆完就走了。想张利民有的东西，三哥可能就有。就回家翻三哥的床，一翻还就翻到了。雷管和导火索都有，没敢拿雷管。想王文利说得这么容易爆，又看见了它的厉害，万一掉在地上要把腿给炸断，算了吧！就拿了截导火索下楼去了，临走还拿了盒火柴。

遇到王文利给他看，他问：“哪儿弄的？没有雷管吗？”我说：“我三哥的，雷管没拿。”他问：“那咋玩儿啊？”正在想怎么玩儿，乔哑巴正在不远处往这边看。

我看了下王文利，又看了下乔哑巴，看样子王文利明白了，笑了笑。我们就往乔哑巴那边走了两步，我转过身点燃导火索，拿在手上冒着烟往乔哑巴那边跑。乔哑巴脸色一变“啊！”“啊！”叫着就跑，看样子还真把他吓着了！我就在后面追跑了好一会儿。我停下不追，他也不叫，我又追他，他又开始叫，直到导火索燃烧完，乔哑巴才没叫了。王文利在一边看，一直“咯咯”地笑着！

爆米花

有一天，我们正在楼下，王文利给高敏讲前两天我们玩儿雷管和导火索的事。他正比画着讲我咋拿导火索吓乔哑巴的时候，从远处走来一个人。他慢慢地走着，腿好像不太好，看样子很奇怪！他背着一个大包。他那样子不像老乡，老乡一般瘦精精的，他胖墩墩的；也不像厂里的人，身上脏兮兮的，厂里的人一般穿得比较干净；他还戴着帽子，穿着围裙。看那个样子感到很眼熟似的，想起来了，小人书上画着的地主就是这个样子，一般是要被批斗的！高敏问："小四，你看到那个人没有？"我说："看到了。"他说："我看不像好人。"我说："我看也是，地主就那样。"他说："走，跟上去，看他要搞啥，防着点儿。"他走到以前我们那个托儿所门口，放下包，从包里往外拿东西。拿出个像妈妈熬中药的锅样子的东西，但比那个要大得多。看他踩在脚下，只听到"咚"的一声响，很响，跟那雷管声差不多了，很意外！我在想猜对了，可能就是搞破坏来炸我们的！高敏说："小四，你看住他，我去多找些人来。"一会儿，我们那一帮人就都过来了，把他围住，拉住他想打，想把他拉到派出所去。他呢，看样子也不怕，手上拿些东西给我，示意让我们吃，还说："好吃！好吃！"他自己往嘴里放些，我们就都抓了些吃，还真不错！没吃过这样的，很香！很甜！很对我的口味。他们也都说："好吃！""好吃！"高敏问："这是啥做的？"他说："这是糯米加白糖，爆！一爆一毛钱，玉米、黄豆都可以。"又说，"家里有就拿来，还要些糖，我只管爆。"我们就散开了，都回家去了。

跑回家找妈妈问："要一毛钱，还要糯米、玉米、黄豆都可以，还要些糖。"妈妈问："干吗？"我说："爆！"妈妈就找了些糯米，拿纸包了点儿糖，给了我一毛钱，我就跑了过去。动作还有比我快的！有两个人都已经排上了，不是我们那帮的，是大人，我排第三个。等了会儿，王文利、高敏、刘新文、张军他们都来了，队排了起来。听到前面响了两下，就轮到了我，我的爆完拿出来给他们一人抓了一把。

回家跟妈妈说："妈！这个好吃，吃点儿！"妈妈抓了一把吃了，就不再吃了，我吃了会儿就没了。还想吃，想想找点儿别的再去爆，找了找，有玉米，我就和妈妈说："还想去爆。"妈妈说："要吃饭了，看样子明天他不走，明天再去爆吧！"

在家待了会儿，想刚才他们都抓了我的吃，我也要去尝一下他们的，就跑了下去。他们却都不在了，都是些不认识的小孩儿和大人在排队。排了很长的队，看样子很热闹，就看了一下那个人，看样子他很忙，一只手在摇动着那个黑色的锅在一个小架子上转动，另一只手有时还要拉一个柄，柄是连在一个木箱上，木箱里吹出了风让火更大。他这个办法不错，我们一般是用扇子扇火。等了一会儿他就拿起那个黑锅放在地上用脚踩着，拉一个开关，就响了。锅上的一个盖子张开了，东西跑进一个长圆形的筐子里，没跑完的他再立起锅把锅里的全都倒了出来，然后就抱起长圆形的筐子，把里面的东西倒进别人的口袋里。他收了钱，又是下一个把东西倒进黑锅里。

我也没事，就帮着他拉那个箱子吹火。他抬起头看着我，冲着我笑，还挤了一下一只眼。看着他圆胖胖的脸上都是汗和黑灰，像他这样的人我还真没见过。火旺了起来，要等一会儿再加柴。他用的是钢炭，我们要到冬天最冷的时候才用。看他锅爆了之后要给别人倒东西的时候，有些小孩儿半天打不开袋子，他要放下手上的筐子去帮小孩儿拉袋子，这样就慢多了。我就伸手帮小孩儿把袋子拉开，他很快就把东西倒了进去，又是下一个。我伸了下手，就快多了。听他的锅一声接一声地响，我也很高兴！他从一个刚爆出东西的小女孩儿的袋子里抓了一把给我吃，那个小女孩儿"嗯！"的叫了一声，很不情愿的样子！他说：“他帮了下忙就快多了！”小女孩儿说：“我情愿等！”他又说：“他帮忙，火大些，要香些！”那个小女孩儿就不说话了。哦，火大些要香些！我就到我们楼前找了个烂木箱，拿来放进了火里，火就更大了。他的锅转几下就拿下来爆，我又伸手帮他拉一下口袋，就更快了。他跟我说：“你明天拿样东西来，我免费给你爆一次不收钱。”正在忙的时候，妈妈来了问：“要吃饭了还不回去？快！饭要凉了。”

回到家，一会儿三哥回来了问：“有爆米花的，咱家爆没？”我说：“爆了，吃完了，明天再去爆。”三哥问：“爆了，也不给我留点！明天爆了给我留点儿！”我说：“明天要去爆，他说明天免费给我爆一次不收钱！”三哥问：“为啥？”我说：“今天看他忙不过来，我帮了他的忙。”

吃完饭，听见外面还有爆的声音，就又去看他。他还是那么忙，还有好几个人在排队，就还帮他拉下袋子，拉下箱子。一会儿天就黑了下来，看着火堆更明显了。过了会儿，一个胖阿姨来了，她大声嚷嚷着问：“天黑了还爆？”接着说，“爆！爆！爆！白天爆就算了，小孩儿晚上要写作业，再爆！再爆就去告你！”他说：“好好好，不爆了！最后一锅。”他转身跟后面排队的人说，“不爆了！不爆了！明天再来爆吧！”后面的人也散了，我也回了家。

晚上想明天拿些啥去爆啊！就在家里找，找到了一袋玉米。这个正好，今天王文利爆的就是玉米，给了我几个，吃起来很不错。他也回来看了看，帮了下忙。我问妈妈：“明天我拿些玉米去爆好不好？”妈妈说：“拿吧！不要都拿去，还要带一个大口袋去装。”就找了个大口袋，准备好了才睡觉。

第二天，早上就又听见了响声。吃了早饭就拿着小半袋子玉米和大口袋去了，还是有很多人排队。他看见我来了，冲我打着招呼看样子很高兴！爆完了一锅，就让我倒进去先爆。后面的人看样子有些不高兴了，几个人说："哎，哎，排队啊！"他对排队的人说："昨天他帮我不少忙，让他先爆吧！"给我爆完了，吃了几口，就拿回家去了，又返回来帮他干活儿。先是拉箱子吹火，拉口袋，后来我还去帮着转锅。他腾出了手去干别的，还站起来走来走去。看他踩着锅拉那个柄放响我问："让我来？"他把手套给我，让我戴着说："小心点儿！别烫着！"我也学着踩着锅，拉柄放响，脚一震，有点儿意思！放了两下还想放。他就说："还是我来吧！"往小孩儿的袋子里倒的活我也能干，他来拉袋子，有个人拉一下袋子，是要好倒多了！帮他这些活，不累，伸伸手的事，有点儿好玩儿！看到他就快多了，轻松多了！他还有个三角形的两边是木头，中间是厚油纸做的东西，可以张开闭合，吹出不大的风来。以前生火的时候我们往往是用嘴吹或拿扇子扇，这个就是生火时用的，后来才知道叫"风箱"。

我看有人去食堂打饭就回家去吃饭了。妈妈说："要找个密封的口袋装，疲了就不好吃了。"知道饼干也是这样子的，我就找饼干盒装，只装了一点儿，还有很多啊！在家里找塑料口袋，也找不到那么大的，就装了两小袋。可能几天就吃完了，将就着吧！

下午不知为啥响了几下就没听到响了，我还想看看他干活儿，过去看，却没有人了，东西都不在了，只看到了王文利站在那里。问他："爆米花的哪儿去了？"他说："让红卫兵给抓走了，说是'经过谁的批准你就在这儿摆摊卖东西啦？'"我问："是吗？弄哪儿去啦？"想起上次买麻糖的经历，他这个可能就更严重了！他又说："不知道，办公室呗！现在可不是随便卖东西的时候啊！说不定要拘留罚款啊！白忙活了！”我问：“那刘新文、二扁他们呢？”他说：“我也正想找他们呢！刚才好像说是到后山大坡那边，走，找他们去。”

打土疙瘩仗

我们就从冷库那边上了山。走了不远，远远地看到了他们，就把他们喊住了。走近了，看到山上的高处很远的地方还有人。我问刘新文：“那些人是谁？”他说：“还不是我哥和高敏他们。”他又说，“听说山上有个洞，他们去看。”我问：“我也想去看看？”他说：“那走嘛！”我们就往山上走，想去找他们。看起来不远，可走了一会儿就全身发热，心跳也快了，往上看，能看到那个洞，看起来到山洞那儿的路还有很远。山洞在这片地的最高处，离山顶不远了。这片地很大，以前来过，有时有玉米，有时是空的，就是怎么没走过。走着走着就不想走了，就想往下跳，双脚跳一下，踩着土疙瘩往下滑一段，以前在半山上也这样跳过。他们一看，也都不想走了，都像我一样往下跳，又跳回到山下了。

我拿起土疙瘩丢了两下，土疙瘩掉在地上就烂了，扬起了灰。刘新文问：“我们玩土疙瘩打仗吧？”我说：“好啊！”他又说：“我们分两拨，我还是跟二扁一拨。”我说：“行啊！”他又问：“我们在上面，你们在下面？”我停了一会儿，看了下周围，边上正好有个大石头，想在大石头下面可以躲。我说：“我们在大石头下面，你们在上面，行啊！”他俩没说话，我们就开始玩儿。一打才知道上了刘新文的当，他在上面离大石头很远，我丢过去的土疙瘩根本就打不到他，而他在上面丢下来的土疙瘩就打在了大石头上，离我的头很近。王文利躲在大石头下，也不怎么丢土疙瘩打他们。我正丢出去土疙瘩打刘新文的时候，丢出去了，但没打着他，一块大的土疙瘩就打在我的头顶上，眼前都是黄色的泥灰，也不疼。王文利看见说："啊！流血了！停！停！"我一摸脸上，看了看手上都是血。我们就停了下来，刘新文和张军也走了过来。张军问："咋啦？"王文利说："小四流血了。"可能是土疙瘩里有化石渣把头皮划破了，化石渣有的是很锋利的。王文利拨开我的头发看了看，说："伤口不小啊！流了不少血，看样子要去医院。"张军说："这样吧！我陪小四去医院。"王文利说："赶紧去吧！"

我俩就又去了医院。来到医院，又到了上次来过的那间房，又是那个大夫。他看了看问："这是啥打的？"我说："这是土疙瘩。"大夫又说："要缝针。"干活儿的时候问，"咦！这个头咋有点儿眼熟呢？"又说，"哦！想起来了，前段时间是不是来过？"我没说话，他拨了下头发说："哟！这里还有一个，刚长好，也是我缝的。"又说，"你这小孩儿有点淘气哟！快把医院当家了！"我说："是玩打土疙瘩游戏打的，我也很少受伤的。"他说："人适当流点儿血倒也没啥，就是要快点儿来医院。"他看了看张军问："咋又是一个小孩儿，你们家长呢？家长也不管？"我说："都在上班，忙！"他又问："行啦！上次问了你是谁家的孩子，忘了，再说一次？"他说："哦！是他家的，他是很忙！"接着又问，"你爸是不是经常出差不在家？"我说："是啊！"接着问，"你咋知道的啊？"他说："我认识你爸，行啦，回去吧！别忘了过几天回来拆线。"他看着笑着说："这小子真不让人省心啊！"看见了大夫的脸。他浓眉大眼的，长得很好看，看起来也年轻，比大哥大不了多少。

我跟张军就回了家。妈妈回来看到了问：“头又咋啦？”我说：“玩土疙瘩打仗打的。”她说：“哎哟！咋三天两头这儿流血那儿受伤的，让人真是受不了了！”说着就蹲了一下，看样子很生气！我说：“没啥！又不疼，过两天就好了，大夫说人适当流点儿血倒也没啥，就是要快点儿来医院。”妈妈问：“要是打傻了咋办啊？”我说：“不会的，是土疙瘩，一打就散了，划破点儿皮。”妈妈说：“算了，算了！不跟你说了，打死活该！我还要做饭呢！”说着就进了厨房。

第二天下午吃完饭刚一出家门，就看见刘新文从他家那里笑眯眯地走了过来。他说：“对不起啊！”接着又问，“感觉咋样啊？”我说：“没啥！”接着反问，“打仗嘛！哪有不受伤的？”他拿了一包纸包的前天他爆的黄豆递给我说：“那就好！好好休息吧！”他说完就回了家。

一会儿我就吃完了黄豆，没啥事就下了楼，正遇见王文利。看见我他又笑了，笑着说：“这下是花开二度啊！”接着问，“咋样？疼不疼？”我说：“没啥，不疼，当时就不感到疼。”他又问：“缝了几针？”我说：“不知道。”他问：“让我看看缝了几针？”张军在边上问：“人家头都打破了包起来了咋看？”他又问：“让我看看缝了几针嘛，看一下嘛！”我说：“行嘛！”他过来伸出手在我的头上动着纱布包，张军不高兴了，说：“要是把人家伤口碰破了就麻烦了！”他说：“不会的！”他还是看了看说，“缝了四针啊！”又说，“昨天我看，想也要缝四五针，差不多。”他动了一下纱布，胶布有一根就粘不上了，他就回家找了根胶布又粘在了我的头上。张军说：“大夫说这小孩儿快把医院当成家了。”王文利说：“可不是嘛！不到一个月，头就开了两次花。”我说：“也没啥！都是意外嘛！大夫说：

人适当流点血倒也没啥，就是要快点儿去医院。”王文利说：“医院可是要少去，那可不是个好玩儿的地方。”

大哥和二哥回家

正说着话大哥回来了。大哥很久没回来了，就跟着大哥到了家。回到家大哥问：“头咋啦？”我说：“玩打仗，土疙瘩打的，划破了点儿皮。”他又问：“咱爸呢？”我说：“不知道，好久没见到了。”又问，“咱妈呢？”我说：“上班啊！等会儿就回来了。”看着他的样子像是变了个人。黄、黑、瘦，眼白也全是血丝，耷拉着头，真是越来越像老乡了！以前又白又壮，总是抬头挺胸的。我想可能是肚子饿了的原因。我问：“我有爆米花吃不吃？”他一下就抬起头问：“在哪儿？咋不早说呢！”我就把饼干桶拿了过来，他大把大把地抓起来往嘴里送。要是这样吃，要不了两天就没了啊！他吃了几口又说：“好多年没吃爆米花了！”接着问，“爆米花的人在哪儿？拿些东西再去爆点儿？”我说：“爆米花的让红卫兵弄走了，说是‘经过谁的批准让你在这儿摆摊卖东西啦！’”他生气地说：“又是这帮鸟人！整天抓这个整那个，搞得老乡养个鸡像是做贼似的，整得老子一天到晚肚子里没食！”说完了，继续吃。一会儿饼干筒里的快没了。正吃着，妈妈回来了。她问：“哟！老大回来了！好久没回来了，要吃饭了还吃爆米花？”大哥停下吃爆米花说：“这不是饿了垫一下底嘛！不吃了。”妈妈问：“咋样？这段时间咋样？”大哥说：“还不是凑合呗！就是没啥吃的。”妈妈说：“这两天你爸出差了，等他回来了，杀只鸡，补补。”妈妈又问，“这次回来待几天啊？”他说："这次回来可要多待几天了，我都不想去了！"妈妈问："不去能行吗？别犯啥错误啊！"大哥说："这段时间是农闲，没啥事，反正也快过年了，都不想待了，走得都差不多了。"妈妈说："行！行！不说了，我快点儿做饭，看你的样子跟老乡差不多了！"我也想这样说，他看起来比刚才好多了，可能是吃了些爆米花，垫了下底的原因，吃饭的时候他的动作非常快，比以前快多了，像是在抢饭，我还没吃多少，菜就没了，我就把菜汤倒进碗里慢慢吃，我也不算饿，也没有吃饱，还有些爆米花，晚上要是饿了还可以吃。都吃完饭了，三哥去洗碗。妈妈问："咋样？吃饱没？"看大哥眼睛直勾勾地看着空盘子发呆，接着妈妈又说，"看样子没吃饱，饿久了不能吃撑，吃撑了晚上难受，看样子明天还要多做些。"大哥缓了口气说："天天都吃玉米糊加烂菜叶，想吃点儿干的都难，很久都没吃肉了！"妈妈很吃惊地说："啊！咋能这样呢？正是长身体的时候！也不向领导反映反映！"大哥说："向谁反映？向领导反映！领导懂个鸟！老乡养个鸡都像做贼似的，说啥'宁要社会主义草，不要资本主义草'。这是啥话啊？"妈妈说："不要说脏话！"往我看了一眼，使了个眼色，意思是不让我听脏话，怕我学。我听了很多脏话，还没说呢，也不想说。妈妈又说："当老乡也要让人吃饱啊！"接着又问，"你不是有钱吗？找老乡买点儿吗？"大哥说："我都去找过，生产队、老乡家都没啥吃的，都说连他们自己都不够吃，哪儿有多余的可以卖？买只鸡我又吃不了，别人看到了还不来抢？划不来！"妈妈说："不去就不去吧！吃也吃不了多少，都是长身体的时候，别饿出啥毛病来，看病花的钱就更多了！"正听着，三哥出来问我："吃完没有？吃完了我好洗碗。"我把剩下一点儿几下刨进嘴里，就把碗递给三哥。幸亏我没去当老乡，有时妈妈做的菜不好吃，我吃饭都不好好吃，如果没肉也吃不下去饭。大哥他们天天吃玉米糊糊，是咋过的啊？我问：“要么再吃点儿爆米花？”大哥说：“对了，还有爆米花！”他问：“在哪儿？”我说：“就在你身后啊！”饼干筒就在他身后的箱子上，吃饭前他刚放的，可能是饿晕了。他转过身又把饼干筒拿过来，抓着吃，比刚才慢了很多。很快饼干筒里的全没了，另外地方还有，我就没说话，怕拿出来他还要吃，都给吃光了，我还想吃呢！算了！也怕像妈妈说的吃撑了晚上不舒服。

第二天二哥也回来了。家里很久没有这么热闹了，他们说着话，我也没听明白。他们回来后，胃口都大了很多，吃得太快了，像是在抢饭，不知饿了多久，我常常是吃到一半，菜就没了，就把剩下的汤泡饭。

那几天每次要去食堂打两个菜，一荤一素，中午打，下午打，妈妈再炒两个菜，还要去锅炉房打开水。三哥问我：“你是选打菜，还是选打开水？反正要选一样。”我说：“还是打菜吧！”开始我也是排队，看见有人在里面不排队就打菜，也想在里面打。有一天在窗口看到刘新文他爸在里面站着，不炒菜，也不在窗口卖菜。我就从偏门进去找到了他，问：“刘叔叔，帮我打两个菜行吗？”他示意去找在窗口卖菜的人，我就去找到最近的一个。卖菜的先是不理我，意思是不给我，我指着刘新文他爸，说：“是他让我打的。”卖菜的回头看了一下他，他点了一下头说：“给他打。”我就先打了，打完就从后门走了。

回到家我说：“刘新文他爸在里面，我找他，他让打菜的给我先打的，没排队。”三哥说：“刘新文他爸是食堂管理员，食堂的事都要听他的。”后来我就很少排队了，人多了就跑到后面直接打就走，人少了就排队。

大哥、二哥他俩回来后都像是变了个人，天天待在家里，多半是躺在床上睡觉、看书或看报纸，也不出去玩儿，也不干活儿。大哥吃饭时总是把每个菜拨一部分到自己的一个大碗里，就到处走，有时在隔壁孙伯伯家，有时在楼下找个地方坐着吃。我对他不满了！那么多人，他一个人就把一份菜的一小半都拨走了！二哥、三哥他们吃饭也像是在抢，桌上的菜很快就没了，我常常是吃菜汤泡饭。

有一天高敏看到我，问："小四，又挂彩啦？"我问："啥？啥是挂彩？"他指着我的头说："头上不是又挂彩了吗？"我说："哦！是玩儿土疙瘩打仗打的。"他问："你是几个旋？"我问："啥是几个旋？"他说："过来看看，看看头顶，哦！"又说，"一旋横，二旋愣，三旋打架不要命。"我走近他跟前，他看了看，说："家伙果然两个旋，愣！愣头愣脑！怪不得老受伤！"又说，"走吧！去玩儿去吧！以后多注意点儿，不要太愣了！"高敏跟王文利的说法又不一样，他说的话我知道个大概意思。

杀鸡过年了

那几天总有人杀鸡，我就在旁边看，一般是在刘新文家鸡窝前面。看都是抓着鸡脖子，用刀割鸡脖子下面。把从鸡脖子里流出来的血用碗接着，直到血流完了把鸡丢在地上，鸡一般是睁着眼睛躺在地上抖动一会儿就死了。有的鸡却在扇动着翅膀扑腾着，挣扎着，动静很大。看过几次，我也想杀鸡。有人要杀鸡，我就问他："我来杀？"他反问："你行吗？别惹出啥事了！"接着说，"还是我自己来吧！”

有一天，看着大哥手里拿了把刀，抓了只鸡，像是要杀。我问：“我来杀？”大哥说：“你回家拿个碗来装血就给你杀。”我跑回家拿来了碗，大哥就递给我鸡和刀。我把鸡拿在手上，也学着他们在鸡脖子上割。想割深一点儿，别杀不死！割了一会儿，就对着碗里放了一会儿血，直到血不流了。想鸡肯定死了吧？就丢在了地上。没想到鸡又站了起来冲着我跑过来，我也跑，它还跟着我跑。吓了我一跳！可能鸡在临死前要报复我，要来啄我的眼睛吧！跑了一段，鸡就倒下不动了。

我头上包的纱布早就掉了，也不想去医院拆线，就让妈妈帮我拆了。妈妈拿酒精棉擦了擦剪刀，就把线剪了下来。我看了看线，也就是一般的棉线。

有一天，爸爸回来了，看见大哥好像不高兴。大哥喊了声：“爸！”他点了一下头问：“啥时候回来的？”他说：“前几天。”爸爸问：“啥时候回去？”他说：“不想回去了。”爸爸问：“不想回去了？都像你这样那知青点不就散伙了？”他说：“散伙就散伙呗！”爸爸说：“无组织无纪律！我可跟你们书记说了，你们会干好的，会为国家做出贡献的！”他问：“我又算哪个组织？都要快饿死了！人都死了！还咋给国家做贡献？”爸爸问：“老乡能待，你们咋不能待？”他反问：“老乡有救济粮，我们呢？”接着说，“我那点儿工分还不够塞牙缝的！”爸爸就不说话了，进了里屋。他看样子有些累了，也不高兴。

又过了一个没有人放炮的年。吃饭的时候也没啥话说，也没有啥串门拜年的，下午倒是来了两个年龄有点儿大的女孩儿。有一个说：“是来给刘老师拜年的。”我问：“找哪个刘老师？”一个女孩儿说："大个子那个。"可能是找大哥的，大哥正好不在，不知去了哪儿，我说："不在家。"女孩儿问："你是刘老师的弟弟吧？"我点了点头，她们看了看屋里就走了，走时还回过头笑着说，"再见！"我也说："再见！"

做家具

刚过完年，张军就跟他爸干起了活。他们架起一个很粗的木头，一个在上，一个在下，用一把大锯子拉了起来。我问："要干啥？"张军说："我爸想做一个柜子，把木料先解了。"他爸有时不在，我就帮着拉。拉起来才知道很费劲，也很费时，拉了一会儿手臂就酸了。把大木桩先锯成厚板子，再把厚板子锯成木条，再把木条放在一个长条凳子上用一个木头上有钢板刀的叫刨子的东西推平。看着他爸用一个小盒子，小盒子里面有黑墨拉出一根线。用尺子量好后，用笔做个记号，再拉出线用线在木头上弹一下，有一根黑线就留在木头上，再用刨子推或用锯子锯，都要齐着线来。我也用刨子推，推起来就卡一卡的，推一会儿只推出了一点儿薄薄的刨花。他爸来了，一推厚厚的刨花出来，一长条一长条的。想刨花用来生火还不错，比纸好，就抱了些回家。还有就是拿个铁钎似的东西，前面很锋利，在木条上敲出长方形的坑。他爸先画好形状，再挖。我能干这个事，拿锤子在后面敲，一点一点地挖着坑。还有就是木条长了，要锯断，踩在脚下，锯一会儿，就把木条锯断了。那几天，天天在旁边看或是帮着干点儿小活，学了不少干活儿的小技巧。

张军他爸没干几天，刘新文他爸也开始干了，看样子也是想做个柜子。一直看到他们把一件件木头做成他们想要的形状，然后再插接在一起，又把一种像泥的东西用铁片往上刮，刮有洞和不平的地方，叫打泥子，等了一两天晾干了又是拿砂纸磨，磨平后又是拿上面有一层清水一样的很大气味的东西，用刷子往上刷。他爸说："这是刷漆。"过了一天漆干了，很好看。

有一天，张军说："又要去托儿所了。"我说："我是不想去了。"他问："不去能行吗？"我说："在家里玩儿呗！在那儿多没意思啊！"我是不想去了，就在家待着还好玩儿些，在那里太没意思了！

蛇果和野樱桃

有一天，王青川拿个红色的小果给我说："好吃，吃吧！"一吃，还可以，有些酸甜，还有点儿苦，松软的，上面有些小点点。我问："这是啥啊？"他说："这是蛇果，听说是蛇吃的。"接着问，"咋样？"我说："还行！"又问，"哪儿弄的？"他说："在通信站的后面。"我问："咱们再去弄点儿？"他说："好啊！走。"我们就来到通信站后面的山坡上，找到了些，边采边吃，找了会儿就没有了。王青川问："听说食堂后面的山上多，我们去那里找？"我说："好啊！"

我们从猪圈那里上了山。在山上有个变压器，周围有铁丝网，有个门可以进到里面。门外面有一些，可以看到里面有很多。在山上还有其他小孩儿，我们也不认识，也没在意。我们在外面采了一些，就进到铁丝网里面采，边采边装进兜里，打算带回去些。没想到，过了会儿妈妈来了。她在铁丝网外面就喊：“小四！快出来！”很紧张的样子！不知道谁回去告诉妈妈说：“你们家小四在变压器里面。”变压器我早就知道不能摸，要电死人的，我们只在它的边上，没去动它。就跟着妈妈回了家。回家的路上妈妈问：“咋跑到变压器里去了？那个要电死人的！”我说：“摘蛇果，我知道变压器是不能摸的。”

回了家把兜里的蛇果拿出来用碗装着。哥哥们回来了，拿给他们尝了尝。三哥问：“在哪儿弄的？”我说：“在食堂后面的山上。”

有一天，刘新文拿着一把像樱桃的东西给我。他说：“好吃，尝尝！”我吃了吃，还行，跟樱桃很像，酸甜的，但有一点儿苦。问他：“这是啥？哪儿弄的啊？”他说：“野樱桃，我哥去沟里摘的。”接着又问，“咋样啊？”我说：“还行，就是有点儿苦。”他说：“听说不能多吃，吃多了会中毒。”

有一天，三哥问：“去沟里摘野樱桃，去不去？”我说：“好啊！去啊！”他说：“那找个包背着，走吧！”我俩走到小平房那里，他说：“你在门口等着，我去喊陈亚民，他也要去。”他进了小平房，我在外面等了会儿他们就出来了。他们俩在前面边走边说话，我也听不到，在后面跟着，走了很远，我从来都没走过这么远的路。先是沿着河往上游走，到了河的上游我从未走到的地方，过了河又上山，上山又走了很远，走小路爬到了山的高处，我都快跟不上了！他们也不管我，不停地走，还好就在我快走不动的时候他们停了下来。三哥说：“找到了，就是这儿。”他们爬上树，在树上摘，撇下来些树枝丢给我，我在下面摘，摘了好一会儿他们下来了。三哥问：“在树上真累，不如把树砍倒吧？”陈亚民说：“是累啊！那砍吧！”他们俩就用砍刀把一棵树砍倒了，树倒了摘起来倒是很方便，就是明年就吃不到这棵树的樱桃了！摘了半书包，我们就回了家。吃了几天，也没有中毒。

鞋掉进盒子里了

有一天出来发现了一帮小孩儿，是张军的弟弟张敏，小名叫三扁，比我小一岁多；还有他们的邻居，小名叫海娃，比我小两岁；还有赵小燕和陈华。以前没在意，现在也都能到处走，跟着玩儿了，他们几个都没上托儿所，还都在一起玩儿。我们这一帮人上学的上学，张军又去了托儿所，王青川他妈不让他出来，只剩下我一个人了。

我就跟他们一起玩儿。我们几个到后山玩儿，去以前没去过的地方。我和张敏在山上顺着山往沟里的方向走，走了很远。看到半山上有几间房子，我们走了过去。屋里面有些箱子，有些人在忙，过去看，是豆腐，原来是做豆腐地方。

看了会儿我们就往回走。路上有些沟看样子是人挖的，是很久以前挖的，沟里面还有挖的洞，很像通信站后面的以前大孩子们说过是过去打仗时留下来的沟。我还进到洞里面看，在洞里面发现一块石头，上面刻着字和图，就拿着往回走。想可能是过去打仗留下的。回来时遇到了赵小燕、陈华和海娃。我们走在我们楼后面的山上时，不小心手一松，石头掉了，石头顺着山坡往下滑，我去拣却也顺着山坡往下滑，他们想拉我，却都顺着山坡往下滑，我们几个滑了好一会儿，全都从山坡上掉了下来，掉了一层楼高，摔到了一起，是一个干了的山涧接住了我们。山涧很窄，只有一个大一点儿的小孩儿那么宽，下面还有一层楼高就是山底，好悬哦！直接掉到山底就都要被摔惨的！我问："受伤没有？"他们都说："没有啊！"还好都没有受伤，就是海娃的一只鞋不见了。我们就走到山底下找鞋，怎么找都找不着，很奇怪！就在我们家窗户正对着的地方，旁边有个不深的洞放了一些我们家的杂物，以前我进过这个洞。我说："你们离远点儿，我去丢个石头，你们看一下石头掉在哪儿。"就返到上面丢了个石头下来，听到石头打到了下面的一个罐头盒响了一下。我下来说："听到一个罐头盒响。"我们就在草丛里找了一会儿，还真有一个生锈的罐头盒在草里。把罐头盒往外倒，里面倒出了水和海娃的鞋，真是很邪门啊！我们几个很意外，都说："很巧啊！"没掉在别处，掉进了罐头盒里，我到上面随便丢了块石头还就打到了罐头盒！真的是可以跟上次我哥丢铁丝枪插到鸡头相比啊！

第二天我遇到王文利跟他说了这件事。他直摇头说："不太相信。"我说："三扁也在。"就把张敏喊了出来，问他，"昨天是不是海娃的鞋掉进罐头盒里，我又在上面丢石头打到罐头盒才找到鞋？"他说："是这样子的。"说完就回了家。王文利说："邪门的事都让你遇到了！"我问："到那个地方看一看吗？"我们又去了昨天掉鞋的地方看了看。我给王文利指了指上面，那个罐头盒还在。王文利说："概率很小啊！"他又问，"罐头盒还在，你再上去丢个石头，看能不能打着？"我上去丢了个石头，没听到罐头盒响，就下来了。王文利说："没打着，要是再打着了，那就太神奇了！"看了会儿，我们就回到了楼前。

王文利回了家，我就上了楼。上楼就看到了刘新文，问他："我捡了个石头，上面刻有字和图，在小山洞里捡的，是不是以前打仗留下来的？"刘景文说："那是我做的，丢在猫耳洞里。"我回家拿来给他看，他说，“就是我做的。”就拿了回家，问三哥：“刘景文说是他做的？”三哥看了也说：“是刘景文做的，做的时候我也在。”

工分和去看插队的地方

有一天晚上，二哥拿出一个铝做的小圆筒，里面装了些五分的硬币，数了下，是八毛钱。他说：“这些是工分。”我问：“是钱，咋又是工分呢？”他说：“是叫工分，干一天活一个。”我问：“干一天活才五分？”他说：“是的。”我问：“干些啥啊？”他说：“还不是刨地那些呗！你好好收着。”我问：“全给我？”他：“嗯！”这些钱我一直都没花留到了现在，五分也买不了啥啊！就买一根奶味的冰棍。咋会干一天才五分？找妈妈要钱，一要都要给几毛，那十块钱要干多久啊？

有一天，二哥问：“小四，想不想去我插队的地方看看？”我说：“想去看啊！”他骑自行车带我坐在后面，沿着江边走了好一会儿，从一个小吊桥上过了江。离江边不远的山坡上，零散的一片全都是跟我们河对面差不多的老乡的房子，看样子比我们河对面的还要差些。路面上全是很深的烂泥巴，为了不踩到稀泥巴和水凼，下脚的地方都难找。上山二哥扛着自行车，鞋的边上、背上都是泥。

我们在一间屋子的门口停了下来。门是开着的，二哥说：“以前我就住在这儿。”二哥冲里面开始喊，“有人吗？”喊了两声，里面有一个人从床上起来慢慢地站了起来，走到门口。二哥跟里面的人打着招呼，二哥问：“还有多少人在啊？”他说：“走得差不多了，没几个了。”二哥说：“这是我弟。”这人看了我一眼，冲我点了下头，我也冲着他点了下头，之后他再也没看我了，就低着头了。他看起来脸白白的，胡子拉碴的。头发上面是一绺一绺的东西前后乱倒着，下面很长。看样子很久没用梳子梳，也很久没有剪了。他穿着一件有补丁的蓝色中长棉大衣，脏兮兮的。快到夏天有点儿热了，不明白为啥还要穿着棉衣。里面倒是穿着件夏天穿的白色的背心。屋里面也黑乎乎的，但房顶有个别的地方缺一点儿瓦，墙上也有些小洞，射进来些光，主要的亮光是从开着的门儿这边进来的。里面有很多床都是上下床，全是木头做的。有的床上有蚊帐，蚊帐上也有黑边的洞，看样子是火烧的。床上的被子也是烂的，有的有补丁，有的棉花都爆出来了，有的床上铺的是些麦秆。屋子中间有个泥砖拼起来的灶，上面有口锅。里面的床上还有人在躺着睡觉。我看着很吃惊，真是比老乡还差啊！真搞不明白当年大哥他们来时那个热闹情景，胸前还戴着大红花呢！

我在看着，他跟二哥说了会儿话。等了一会儿就从床底下摸出了一个脏兮兮的有补丁的口袋，往锅里倒些黄色的渣子。又找了些柴，生起了火，拿个铲子抄了几下就加了点儿水用铲子拍打着。等了会儿拿起一个像饼的东西给我说："吃吧！中午饭。"我问："你们中午就吃这个啊？"他说："你是客人，给你的是干的，我们一般都吃稀的。"二哥说："有这个吃不错了！当年我还挨过饿呢！"我问："吃稀的能吃饱吗？"他反问："有啥法呢？"接着说，"哪儿像你们天天吃米饭，还有菜！"我问："你们在厂里待着好好的，为啥来当老乡？"他反问："谁愿意啊？"接着说，"在家多好啊！"看他倒是想说话，又要费很大的力气才说出来。二哥说："吃吧，吃吧！都凉了！别问了！问那么多干吗？"我一吃，是玉米做的，以前有时要喝玉米糊糊和吃蒸的窝窝头，这样吃还是第一次。烤得有点儿焦，还有点儿香，就是没有菜和汤。他问：“咋样啊？”我说：“还行！有点儿干。”他找出个搪瓷杯，搪瓷杯是白色有些红色，有几处被摔黑了，外面看起来也脏脏的。他拿起开水瓶倒了点儿水，递给我说：“凑合着吧！”二哥说：“大哥去那地方我去过，比这儿还差劲。”吃完饭二哥说，“我们走了！”他说：“那慢走。”我们就往家的方向走了。路上想着这就是知识青年接受劳动人民再教育啊！

打白蝴蝶和乔哑巴吃包子

有一天，外面飞来了一些小白蝴蝶。开始还没在意，后来来的越来越多，我就找了根树枝打着玩，打散它有一些快感！就撇了根大扫把上的竹枝不停地打，打死了很多。妈妈说：“那是蛾子，是害虫，可以打。”他们看到我在打，也都找了竹枝打。那几天每天都打，一直打到很少看见了。

有一天，晚上吃完饭，下楼遇见了刘新文，他背个包，手上拿个东西吃。我走近一看，是包子。他还有一个正要拿给我，看到不远处乔哑巴正往这边走来，他手缩了回去，向我使了个眼色，转过了身，从包里拿了纸包出来，打开纸包，我一看是辣椒面，他把包子掰开，把辣椒面倒进包子里些，然后转过身，等乔哑巴走近了把包子递给他。这时王文利也在不远处看到走了过来。乔哑巴拿着包子放到鼻子下闻了闻，边闻还眼睛转来转去地看着我们，闻了会儿就开始吃，吃了会儿，就“啊啊”地叫了起来，哈着气！我们几个“哈哈”地笑着！王文利说：“有句话叫啥来着？哑巴吃黄连有苦说不出，我们这儿是哑巴吃辣椒有辣说不出！”乔哑巴拿着包子就往他家的方向走了，我们也回了家。

有一天，我跟张军和王青川在一起，我想跟他们说乔哑巴吃包子的事。我刚说：“那天你们不在，刘新文给乔哑巴吃了个有辣椒的包子。”没注意乔哑巴的弟弟乔老三在我的身后，他听到了跑到我前面脸红着说：“谁再整我哥，我跟他拼命！”才发现乔老三也长大了。他比我小一岁多，很少跟我们在一起玩儿，以前知道他是乔哑巴的弟弟，还小，也就是刚会说话不久，能跟着跑了。我们也就是跟乔哑巴闹着玩儿一下，想找一点儿让人高兴的事！不知为啥，他就那么容易上当！他脑袋也不笨，就是不能说话，听不见，还总是带着不信任的眼光看我们。以前王文利问：“你知道为啥爱整乔哑巴？”我说：“他容易被整到。”他说：“也是一方面，因为整别人，别人要骂你，整他，他骂不出来。”我们后来就再没有整乔哑巴跟他开玩笑了。

捉蜻蜓

有一天，我发现很多蜻蜓。以前也有，但很少，现在却出现了很多，一群一群地飞来飞去。我也去捉，拿着竹枝打，还打上瘾了，每天都想捉，死了的就拿去喂鸡。有一种头是圆亮亮的，有些青绿色的，有点儿大，飞得很快，不好打，打到它，很愉快！我们叫它虎头。王青川、张军也爱捉。天快黑的时候特别多，吃完饭就下来捉。妈妈说：“蜻蜓是益虫，吃蚊子，不要捉。”我还是想捉，因为没啥好玩儿的。

有一天，也没有蜻蜓，吃完饭在楼下我看到有一个大扫把，就拿着抡了两下，感觉还不错，又看到王文利蹲在那里，想别把他打着了，离他远点儿抡。抡起来转圈，不知咋的，扫把打在了王文利的头上。看他很恼火的样子抱着头，脸红了，看样子生气了！我却说不出话来，想说我不是故意的。他一下把扫把抓住，抢了过去，丢在一边，把我抓住按在地上就打，打我的背和头的后面，很疼！狠狠打了几下，就回家去了。把我也气到了！我又不是故意的，打得那么狠！回到家，妈妈看我不高兴的样子，就问："咋啦？"我说："王文利打我！"妈妈问："他为啥打你？"我说："我抡扫把打到了他的头。"妈妈问："谁叫你打他的头了？"我说："我也不是故意的。"

第二天，我看到他，没理他就走开了。第三天，又看到他，他冲我笑了笑，我也笑了，我们又和好了！

又到了河水不凉的时候了，带着我的塑料游泳圈又去河里玩儿，张敏和海娃看到说："也想去。"我说："走嘛！"就跟我一起到了河边。河里就我们三个，没别人。要下水时我说："不要在水深的地方玩儿，小心别淹死，以前淹死过一个小孩儿。"海娃一听，刚脱了一半的衣服又穿了回去，不敢下水了，就在岸上看，张敏还行，下水了，抱着我的游泳圈踩水。

第二天还想去，刚拿着塑料游泳圈准备出门。妈妈回来了，很不高兴的样子，看样子哭过！我问："咋啦？"她说："不要出去了，要回老家，姥姥死了！"

姥姥死了 回老家

第二天，就跟爸爸一起带着行李上路了，又是先坐汽车到了一个火车站。到了火车站的时候没有火车，就在火车旁边的一个招待所待着。在那里还待了一会儿，他们在说话，我一个人也没事，就对妈妈说："我下楼转转。"妈妈说："不要走远啊！"到楼下就看到有几个人要把预制板抬上车。都是精壮的老乡，看着他们又是喊着口号往上抬，就在抬走到了一半的时候发出了可怕的声音"咚"的一声！一下子全乱了，预制板连同人全都掉了下来。其他人一会儿都站了起来，有一个人还躺在地上，身下有一摊血，他闭着眼睛抖动着。其中有一人说："不要动他，赶快去喊医生！"都在说话，我都不敢看了，赶紧回到妈妈那里说："有个人抬预制板掉了下来，流了很多血！"妈妈说："别去看！等会儿车就来了。"

我们坐上了火车，又跟上次回老家差不多，没有上次那么新鲜了，比上次顺利。第二天晚上天黑时到了一个车站，就是上次有狗的地方。当天晚上就换了车，天亮就到了离老家不远的地方，以前来过的那个小城市。

下了车，走在田间小路上，就快要到了。在一个有坡的小路上遇到了一个舅舅正扛着自行车，跟妈妈说了几句话。妈妈就开始哭了，走得更快了些。舅舅帮我们拿着行李，到了姥姥家。有一间房里到处是白布，白纸花扎在竹子上，成了一个大花，上面还有字条。中间有一个大黑木箱子，中间墙上挂着姥姥的相片，相片上有黑布耷着。妈妈就趴在大黑木箱子上号啕大哭，爸爸坐在旁边的一把凳子上恼火地耷着头，看样子都很难过！我在里面转了两圈，以前也没看见过这样的！跟爸爸说："我想看一下箱子里面。"爸爸说："你看啥！是棺材，小孩儿不能看！”我就出去了。走到外面看到舅舅们正在弄着刚杀完了的猪。吃饭时他们又说着我听不懂的话，又吃着大块大块的猪肉。吃完饭，妈妈给我的胳膊上戴了一块黑布，用别针别着。

第二天一早就来了很多人，把棺材抬了出来。刚要抬出门口，妈妈就大哭起来，想去抱棺材，爸爸和舅舅拉着她，还有一个女的也大哭了起来，别人也拉着她。看她们哭得好像腿都软了，要往地上坐。有人开始敲鼓和锣，还有吹着响的，热闹了起来。棺材刚抬出门，有人放起了鞭炮，一串地响。我想过去捡哑炮，有人拉住我说：“你是主人家，别去捡！”一行人就开始走。

有人扶着妈妈，走的都是烂泥路。有人举着像旗子的宽白布条，有人拿着竹子上扎着白花的东西，一路上敲、打、吹着，不停地响。我跟着走，走在烂泥路上，脚也是一滑一滑的。走着走着，在田边还滑进了水田里，表哥把我拉了起来，裤子都湿了。走到一个地方停了下来，把棺材放进一个像是刚挖好的坑里，埋上了土。开始烧黄色的纸，又放了一串炮，把竹子上扎着白花的放在一起，点燃，全烧了，烧完就回去了。

回去又开始吃饭，有几桌。吃完饭在屋子外面摆着桌子、椅子，桌子上有瓜子、花生、糖和烟，都坐在椅子上说着啥，我就在那里吃着。吃了会儿，就抓了些吃的，出去转悠了。

晚上又是吃饭。吃完饭看见两个表哥爬梯子，我也跟着爬。在房子的上面，空间比较小，斜的屋顶就离头不远。表哥拿出了烟，放在鼻子下闻，躺在麦秆上，看样子很想抽，还是点了根抽起来。不一会儿，下面有舅妈在喊，他答应一声，就把烟灭了，下去了，我也跟着下去。

第二天吃了早饭，我们就走了。走到了爸爸的老家。以前我也来过。到了他们说着话，我也就在附近转转。

中午吃完饭，看见一个小孩儿好像有点儿眼熟，躺在院子里的椅子上睡觉。我想找他玩儿，动了他一下，他就醒了，不高兴了，很凶的样子看着我，像是要打架。我就跑，他在后面追，追到了妈妈那里，他也停下了。妈妈问："你们干啥？勇娃子。"又跟我说，"这是你侄子啊！一起好好玩儿啊！"看着有点儿面熟，是堂哥的儿子，跟他也没啥好玩儿的。

过了会儿，我们又开始走了。走的都是小路，走了很远。我都快走不动了，还好到了一个小镇上。又是找亲戚，到亲戚家坐了会儿，喝了点儿水，感觉好多了。待了会儿，我们又出来了，还好走了不远就有车坐。我们坐上车来到以前来过的小城市，在小城市亲戚家待了一晚。

第二天就坐上火车往家赶。坐到了转车火车站，在车站站台上，爸爸说："你们俩先回去，我去一趟北京。"妈妈问："去干啥？还忙啊？就你一天到晚忙？"爸爸说："我也想在家待着，这不没法嘛！"妈妈说："行！行！去吧！你去吧！"我们就分了手。

回到家，天快黑了。在家里只看到有大哥和三哥在家。妈妈问："老二呢？"大哥说："住医院了。"妈妈叫着问："哎哟！咋我一不在家就出事啊？是啥病啊？"大哥说："急性阑尾炎，动手术了。"妈妈问："咋好好的得了这病啊？"大哥说："那天也好好的，突然就肚子疼起来了，疼得冒汗，我赶紧给他弄到医院，医生说是急性阑尾炎，要动手术。我有啥法？"妈妈叹了口气问："哎！这又是咋整的啊？我在的时候好好的啊！"又说，"行啦！行啦！累了一天了，还没吃饭呢！先吃饭休息，明天去看他吧！"

大哥和三哥进厨房忙着，妈妈把行李打开收拾着。等了会儿就开始吃饭，吃饭的时候大哥问：“我爸呢？”妈妈说：“去北京了。”大哥说：“我去！这都死人了还忙！全厂就他最忙！”妈妈说：“他说他也没法，他还想在家待着呢！”大哥说：“他一年到头在家才待几天？就他一天到晚傻忙，厂里就他最忙！别人才不管那些闲事呢！累死活了该！”妈妈说：“他还不是为了厂里人能好好地干活儿，为了这个家，要不是他早就乱套了！”吃完饭都累了，洗洗就睡觉了。

阑尾炎

第二天，跟妈妈到了医院一间有几张白色的床的大房子里。二哥躺在床上，看起来又瘦又黄的。我跟妈妈进来，他坐了起来。妈妈问：“老二，咋样啊？”二哥说：“挨了一刀，把阑尾给割掉了。”妈妈问：“咋给割掉了呢？不割不行吗？”他把衣服扒起来给我们看，一个刀疤，还缝着线。他说：“医生说割掉影响不大，不割弄不好要死人的！”妈妈问：“咋好好的得这个病啊？”他说：“我咋知道啊！那天肚子疼得要死！”妈妈说：“真是的，我在时好好的，我不在就出事！”他问：“姥姥那里咋样？”妈妈叹口气反问：“唉！还能咋样？”接着说，“埋了呗！办得还算顺利。”接着又说，“行啦，你好好休息吧！我们回去了，几天没上班，都不知咋样了？”临走时回头说，“明天中午就别打饭了，让他们给你送来，看你瘦的样子！”

第二天中午，吃完饭妈妈问：“小四，去给你哥送饭，行吗？”我说：“行。”就拿着饭来到医院给二哥吃，二哥吃了两口问：“咱爸呢？”我说：“半路我们就分手了，说是要去北京。”二哥说：“真忙啊！”等他吃完了我把饭盒拿回家。

汽水和存钱

回到楼前遇到张军，看他手上拿着个不大的瓶子往嘴里倒。我问：“这是啥啊？”他说：“这是汽水。”我问：“好喝吗？让我尝尝？”他说：“好喝！”他递给了我。我喝了一口，感觉很好，甜甜的，喝下去还有气往上跑，很不错！问：“不错！哪儿弄的啊？”他说：“五贸商店买的，一毛钱一瓶。”我又问：“你咋不去托儿所啦？”他说：“托儿所放假了，过些天要上学了。”我说：“你等着，我把饭盒放回家，找我妈要钱也去买点儿。”他说：“快去！”

我把饭盒放回家，妈妈却不在家，上班去了，就到妈妈单位找她。我问：“妈，要一毛钱？”她说：“干吗？”我说：“我要买汽水喝。”妈妈给了一毛钱。拿着钱就找到张军问：“走，去买汽水？”他说：“今天的我都喝了，你自己去吧！”我就到了五贸商店卖水果罐头的地方，果然有，我买了一瓶。边走边想咋打开瓶子，拧了会儿还是打不开，就回去找卖的售货员阿姨问：“打不开，咋开开啊？”她说：“那里有开瓶器，自己开。”指着在柜台上有个绳子挂着的不大的铁东西。我去拿着比画了一会儿，还是没开开，没开过。那个售货员阿姨就过来拿起开瓶器套在瓶盖上一抬，瓶子就开了，汽水喷了出来。我赶紧对着嘴喝，喝进肚子里涨了气，返了上来打着嗝，气在肚子里和嗓子里都有些刺激，真好喝啊！她说：“拿着少晃晃。”在那里就喝了一半，走出门没多远就没了，还想喝！拿着空瓶子回了家。三哥看到问："这是啥？"我说："汽水。"他问："哪儿弄的？"我说："五贸商店买的。"他说："明天再去买，给我留一瓶。"我说："好！"

第二天，吃完中午饭，问妈妈："妈！我还要买汽水？"妈妈给我一毛钱，我说："再给一毛，三哥也想喝。"妈妈又给了一毛，我就拿着钱去买了两瓶。在那里看到有一箱空瓶子就问售货员阿姨："你们要空瓶子吗？"她说："把空瓶拿回来，给你三分一个。"在那里自己用开瓶器打开一瓶，边走边喝，回到家就快没了。三哥跟大哥都在家，三哥拿着弄了会儿，没打开，说："要用开瓶器开。"大哥说："要啥开瓶器啊？"拿在手上用牙一咬就开开了，拿了个杯子，倒出来半瓶，另半瓶拿给三哥喝了。

第二天，还想喝，就拿着三个空瓶子，找到了几分钱拿到那里。她说："放那儿吧！"就放进了有空瓶子的箱子里，又给了她一分钱，她给了我一瓶。在那里打开，往回走，边走就边喝了。那几天喝得真是很过瘾，后来就不那么想喝了，很长时间偶尔才想喝，也没有去买。

天气热了又想吃冰棍了。找到妈妈问："妈，给点儿钱，我想买冰棍。"妈妈说："又是喝汽水，又是吃冰棍，你倒是挺会享受啊！"停了下接着又说，"老是一毛一毛地要钱，多麻烦啊！干脆每个月给你五块零花钱，想买啥买啥。"我说："好啊！"还就真的给了我五块。我拿了五块啥都不想买了，想要到银行存起来。以前在五贸商店边上逛，看到他们去银行存钱，也跟妈妈来过银行取钱。就到了银行，银行的柜台比我高多了。我刚到柜台那儿，还没开口，里面有个阿姨就站起来问："小四，咋？你想存钱？"我还不认识她，她认识我。我说："是啊！"她递给我一张纸，说："填吧！"我不会写字，她看我在发呆就说：“写上你的名字就行。”我的名字也不会写，她又说，“把钱拿给我吧！我帮你弄。”我把钱和纸都递给了她，一会儿就完了，她给我一张纸说，“好好留着，别弄丢了，行啦！”回到家，单子给妈妈看说：“把钱存银行了。”妈妈问：“你自己弄的？”我说：“不是，银行的阿姨认识我，帮我弄的。”妈妈说：“你自己找个地方放好。”后来每个月拿着单子去存，存了一段时间，后来也想不起来去存了。

放暑假

有一天下楼，遇见王文利和刘新文，很久没一起遇见他俩了，张军、王青川也在，很高兴！我问：“今天咋那么巧，都在啊？”王文利说：“学校放暑假了嘛！”我问：“啥是暑假啊？”他反问：“暑假都不知道？”接着说，“就是到夏天最热的时候要放两个月假，哪儿能老上学啊！还不得休息休息！”哦！有两个月啊！两个月都能一起玩儿，多好啊！觉得每天都差不多，就是要过年的时候很多人都有空，也看到过刘景文和高敏他们在天气很热的时候要出来玩儿。王文利看着一号楼问：“这里住了那么多个当官的，谁的官最大啊？”刘新文说：“我们这里是厂，当然是厂长最大，住小平房的张厂长最大。”张军说：“现在是军官，陈亚民他爸是军代表，住小平房，应该是最大。”王文利说：“党指挥枪，徐老五他爸是党委书记，应该是最大。”我说：“张利民他爸革委会主任，红卫兵司令，现在是闹革命，想批斗谁批斗谁。”王文利说：“对！那也是个厉害角色。”他接着又说，“看来我们是弄不懂这些大人的事啊！不过看徐老五他爸那派头就把他们震住了啊！”我们都点头承认。我说：“我也看徐老五他爸最有派头。”徐老五他爸我见过几次，总是板着个脸，腰有点弯，显得很凶，心事很重样子。

那几天，我们在一起玩儿得很高兴！有时到车队，在卡车上爬上爬下，爬到车下面，从车头爬到上面，又从车厢上往下跳。在食堂前面看到个三轮摩托车，我们轮流骑上去，把着方向，其他人在后面推着走。

晚上吃完饭，又玩捉迷藏。可不像以前玩儿的那样了，是分成两拨，追着跑。在楼前楼后，有时从二号楼后面我们楼面跳到二号楼墙根，比我高多了的地方都敢往下跳。

开水瓶打了

有一天，上午快吃饭了，看见二号楼的边上有一群人围着看啥？就过去看，钻进里面看了会儿，却没看懂是在干啥，就出来了。走了几步，却看到三哥提着两个开水瓶走了过来，他也没看我，看着人群，把开水瓶放下就挤进去看。我一看，开水瓶放在有人蹲着的后面，觉得不对，不能这样放啊，有危险！想去拿开，也有点儿想看一下两个开水瓶被那人碰烂是啥样儿。也许那个人看到有开水瓶会停下来。还没等一会儿，蹲着的人站了起来，一起来就转身走了一步把两个开水瓶都给碰倒了。一看碰倒了，开水瓶胆碎了，那个人也就跑了。三哥听见响声就站起来去看，人都跑了，他提着碎了胆的开水瓶回了家。

在走廊上家门口，妈妈在厨房里一看问：“哎呀！咋都给弄碎了啊？”三哥说：“刚才一个人给碰的。”妈妈问：“那你也不让他赔？”他说：“碰烂就跑了呗！”妈妈问我：“小四，你看见了，是咋回事？”我说：“那些人在看啥，三哥放在那个人后面，那个人起来就碰烂了，那个人碰烂了就跑了。”妈妈问：“打开水打完了就回来嘛！在外面还看啥，这下可好都碰烂了！”三哥红着脸问：“碰烂就碰烂呗！还能咋的啊？”大哥瞪着眼问：“吖！你小子碰烂了还有理了？还敢顶嘴？”冲过去抓住他，按在地下就打。打了几拳，看起来打得不轻啊！妈妈喊着：“哎！别打啊！别打啊！老大别打啊！烂了算了！烂了算了！”妈妈就一只手拉着大哥衣服，一只手拍大哥的背。大哥打了一会儿就停了下来，三哥爬了起来，哭着就跑了，中午饭也没回来吃。大哥问：“你看见放在别人后面有危险，你也不去拿开？”我说：“我正想着，那人就起来了。”

晚上要吃饭的时候，三哥站在门口走廊上往家里看。妈妈看到了说：“哟！老三回来了？快！快进来！”三哥进来了，妈妈又问：“中午跑哪儿去了，也不在家吃饭。”三哥也不说话，拿起碗大口大口地吃起来，看样子是饿了！

去江边和去老乡那里

有一天，吃完晚饭刚下楼就遇到了王文利，他问：“小四，去江边转转？”我说：“好啊！江边我好久没去过了。”张军也出来了，说：“我也想去。”我们就一起到了江边。从医院那边一个长满杂草的小路走到了江边，这里还没来过，是一片沙滩。以前都是在桥上或水厂边的堤坝上在远处看江，这次是真的到了江边。江水灰灰的，偏乌黑色的，翻起了白色的浪花，看起来很急，有些可怕！要是掉进去一会儿就会被冲走很远。江边上很陡，还是下去摸了摸江水，很凉，凉得有些刺骨。我跟王文利说："水很凉啊！"他说："能不凉嘛！都是些雪水。"看了会儿，天快黑了，我们才回去。

有一天，晚上回家前张军跟我说："小四，明天早上来找我，到我们同学家去玩儿。"我说："好啊！"

第二天，吃过早饭，在家待了会儿，我就去他家门口喊他，跟着他向十七号楼那边走去。我们看了看十七号楼。以前烧过的地方都修好了，就是楼道里有些被熏黑的地方还是黑的。

我俩来到十七号楼后面的一个老乡家。房子很大，只有一层楼修得也高，看起来比我以前看到过的老乡家都要好得多。屋里地下铺着整齐的红砖，院子里地下铺着水泥，家具也摆得整整齐齐，擦得干干净净，一排玻璃窗，都擦得亮亮的；从屋顶上垂挂下来一串串玉米，还挂着一串串红辣椒。小孩儿他妈穿着的衣服和说的话都跟我们差不多，看起来也白白胖胖的。家里的狗，有大有小。我围着房子转了两圈。周围都是菜地，远一点儿的是玉米地，就是一直到我们那边的一大片玉米地。他们哪儿像老乡啊！这样的老乡家看样子比我们家还要好得多啊！

我们逛了好一会儿，他们家的矮桌子上就摆了饭菜。小孩儿他妈招呼着我们吃饭。他们家的饭跟我们家的味不一样，很香！有菜有肉。以前我吃过类似味道的饭菜是在老乡那儿表演节目时吃的。我问小孩儿他妈："以前十七号楼着火，你们怕不怕？"她说："怕！差点儿就把我们也给烧着了！"又说，"我们也帮着泼水救火。"她还说，"以后要是没菜了，到我们这儿来拿。"我也不明白她说的啥意思？家里一般都有妈妈买的菜，菜少到食堂打一些，我不知道为何要走这么远到她这儿来拿菜，难道会出现大哥说的那样到处找不到吃的？坐了几个人，都不说话埋着头吃东西，就我跟小孩儿他妈说话，要是再说话菜都快没了，我也不说了赶紧夹菜吃。

我们吃完饭，待了会儿张军问："我们回去吧？"我说："好吧！"张军跟小孩儿他妈说："阿姨，我们回去了。"小孩儿他妈问："再玩儿会儿吗？"张军说："不玩儿了，差不多了，以后再玩儿吧！"我们走了出来，小孩儿他妈说："你们等一等啊！"就回屋拿了包东西出来要给我们，张军挥着手说："不要，不要，请我们吃饭都很不错了，还能拿东西啊？"小孩儿他妈说："拿着嘛！拿着嘛！"阿姨很热情，非要给！张军说："那就不好意思了！"也不知道张军在哪儿学的？我以前没看到过谁这样说话。他妈又说："以后再来玩儿啊！"我们说："好！好！"张军还说："阿姨，再见！"就招招手转身走了，走了好远了回头看，小孩儿他妈还在招手！真热情啊，我们就拿着东西往家走。

回到我们的楼下，张军要跟我分，我说："算了吧，你都留着吧！我抓一把尝尝就行了！"就抓了一把，也没吃出个啥味道。

晚上妈妈问："中午跑哪儿去了，也不回来吃饭？"我说："到二扁同学家，还请我们吃饭了呢！"妈妈说："以后不在家吃饭，跟哥哥们说一声。"我说："我哪儿知道不回来啊！"

有一天，中午吃完饭刚到走廊上就看到刘新文，他问："小四，走，玩儿去？"我说："好啊！"我跟着他往河边走。还是从小学这边到了河边，过了河，就走一条小路上了山，路旁边有老乡种的田。走了不远，就走到半山上的一条小路，顺着河往上游走。这条小路看起来有很多人在走，很齐，很宽，路也很平，看样子有人好好地修过。以前陈亚文从半山上往下跳就是站在这个路的边上，沿路还可以看厂里宿舍区的风光。我们顺着路往前走了很远一段，就开始走小路往山上走。沿路有很多又粗又高的大树，在大树下刘新文看着我，笑问：“小四，没来过吧？”我说：“没有啊！”爬了很长的一段山路到了一户人家，房子外面有一块用水泥糊着的小平台。这户人家可以说是我天天看见的，就住在我们家对面高山上的几户，种着小块的地，到吃饭时要冒烟。刘新文喊了一下，里面出来一个跟他差不多大的小老乡，黄瘦黄瘦的。他们打着招呼，看样子认识。刘新文跟我说：“这是我同学。”他们家外面有一个不大的水池，发绿的水，看不见里面有些啥。那个小孩儿拿起个长把舀屎的舀子，从茅房边上的池子里往池子里舀了些屎，里面就出现了很多鱼。有红鱼，有青色的鱼，有些不算小了，鱼抢着吃那些屎。他们进屋里说着话，我就在外面看了看风景。宿舍区全都在下面，可以看到我们家，显得都很小。想他们咋住在这么高的地方呢？上来下去买东西上学多不方便啊！看了会儿，我也拿起长把舀子舀了些屎给鱼，看一下鱼抢着吃。他们就没有张军同学家的人热情啊！张军的同学家请我们吃饭，走时还要给东西，这个也不让我进他们家看看。过了一会儿，刘新文跟那小孩儿从他家里出来，跟我说：“我们走吧！”我们就下山回家了。

有一天，下午遇到王文利，他问：“小四，想不想去老乡的镇子上看看？”我说：“想去看啊！”他说：“那咱们走吧！你看一下二扁在不在，问他想不想去？我再去把我弟喊上。”我去把张军喊了出来，问：“王文利想去老乡的镇子上看一看，问你想不想去？”他说：“想去，一起去吧！”这时王文利跟王青川也走了过来，我们就一起往老乡的镇子那边走去。

那里我去过，在托儿所表演节目时去的，那天天黑了也没看到啥。有点儿远，走过十七号楼，过了江，沿着江在公路上走着，走了很长一段路才到。这里人还不少，都是些老乡，男女老幼都有。老乡看到我们有种奇怪的眼光，看样子对我们的到来感到很意外！公路就是镇子的主路，走了一会儿，走到头就是田了，路两边有小巷子通往江边和山上。我们又返回到有商店的地方停了好一会儿。看了一看商店，进到里面，有些黑，屋顶上有些亮瓦射下来光柱，让我想起老家的房子。地上也是泥土面，卖的东西有些跟我们五贸商店差不多，是一些罐头、酒、烟之类的，还有一些吃的东西，还有一些我们那儿没有的，可能是老乡干活儿用的工具。这里房子有的看起来盖了有些年，有的是青瓦土坯墙，上面一截是木头的，有些是全木头的，也有比较新的红砖青瓦的。跟我们那儿的房子比显得不一样，我们那儿基本上都是红瓦红砖的楼房和厚纸板房。路边的房子上有很厚的灰，有的墙根有很厚的细泥巴，看样子是大卡车开过留下的，路上有些车压出来的坑。在商店旁边就是上次我来过的表演节目时的房子，是最大最漂亮的一个。房顶下面的横梁上还画有图案花纹，粗粗的红色柱子，房顶上的瓦齐齐的，是青砖青瓦，房顶上还有花样造型，墙上也有一块一块圈起来的中间画的图案。看起来是修了很长时间，显得很老旧。我们待也待了，逛也逛了，就往回走。

路上有个大坡，正好有个老乡拉了个车很吃力地往上慢慢走着。我们就一起帮他推上坡，他还笑着说："谢谢啊！谢谢！"王文利说："不客气。"

回到家楼下，王文利问："小四，咋样啊？"我说："有点儿意思，看到不少啊！"他说："是有意思，我很早就想去看看，一直没去。"我说："我也早想去看一下。"说完就各自回家了。

跟高敏去江边和楼前放电影

有一天，吃完晚饭刚出家门，高敏问："小四，去逛逛？"我说："好啊！"我们下楼遇到王文利问："哪儿去啊？"高敏说："去老乡那边逛逛。"他说："一起去吧！"我们就穿过宿舍区，过了河桥来到老乡这边。经过老乡的村庄我们顺着路继续走，到了一片树林下。这片树林在我们家那里可以看到，今天终于走到了跟前。看到树林里有一些不大的土包，还有长方形的石头立在那里。我想去看一下，就跑上去了几步。高敏说："小四别去，是老乡埋死人的地方。"有些地方可能是下雨把泥给冲了下来，露出了木头棺材。有些地方还有些骨头，还有圆的骨头。我想去踢，刚要过去，高敏说："小四别去！看了晚上睡觉要做噩梦的！"又走了一段，来到离江边不远的一个开阔的地方，这个地方很怪！修了一段路，就不修了，有些机器设备看样子很久没用都生锈了，还有房子，看样子也没有人住了，还有些沙堆、碎石头堆。高敏指着地下的沙堆说："这些可都是用钱铺出来的啊！"王文利说："咋修了一半就不修了呢？以前可能是想从这儿修个桥过江吧？"高敏说："看样子是啊！花了不少钱啊！又不要了，可惜啊！"我们待了会儿，就回去了，回到家天也黑了。

有一天，王文利说："小四，去公司那边转转，听说修了一个新食堂。"我说："走嘛！"我也想到宿舍区以前没去过的地方去看看。我们就到了公司那边，走到了修的新食堂。看起来很大很漂亮，我们进去看了一下。公司那里的房子跟我们那里的差不多，就是外面没有啥杂物，走廊也没有啥杂物，但一楼的柱子上有很厚的黄色的泥。有的房间开着门，里面有人在抽着烟，看里面是上下床，有点儿挤。

回来的时候在快到五贸商店的地方遇到了几个人。有一个人有些怪！一只腿正常，一只腿短，一只手架在大拐杖上，走起路来一拐一拐的。奇怪的是他还一直看着我。我也看了看他，他跟别人的神情也不一样。清亮发黄的眼睛一直盯着我，没想到他跟我说话，问我："你是不是姓刘？"我没见过他，不知咋又认识我？我点头说："是啊！"他说："我认识你大哥。"我说："哦！你好！"点了点头我们就走了。我问王文利："他咋那样啊？"他说："小儿麻痹症，得了很惨！"我又问："咋得的呢？"他反问："我咋知道呢！可能生下来就是畸形？"

晚上我跟大哥说："有个人一只腿大，一只腿小，拿个拐杖，他说认识你。"他说："老红军的儿子，从小就是小儿麻痹症，不过他人挺好。"

有一天，我在冷库那边玩儿，看到我们楼中间那里有群人在看啥，没走近就看见三哥往楼上丢砖头，整片的砖就往上丢。一看楼上是刘景文，他又把砖头往下丢，都是往对方身上丢。他们丢了一会儿还都没打中对方，看样子他们是闹毛了，要打对方，很吓人，要是打中了头可不得了！旁边有个大女孩儿说："小四，你劝一下你哥嘛！"刘景文我也喜欢，三哥哪会听我的啊！还好都没打中就停了下来，三哥转身走了。后来很久都没看到他们一起玩儿，过了几个月又和好了。不过不影响我跟刘新文和刘景文的关系，我们还是很好。

有一天，下午就看到有人在忙，把电影布牵在三号楼和四号楼之间，看样子是要放电影，以前从来没有在这里放过。在我们楼上中间厕所那里看是最好的位置，就回家拿来小凳子放在那里等到晚上看。问刘新文："要放啥电影？"他说："听说是《海峡》，抓特务的，我也没看过。"

晚上吃完饭就坐在小凳子上等着放电影，没等多久就开始放了。是女孩儿在海边划着小船，背着枪，吹着海螺，挺好看的。具体也没看太懂，大概看到就是民兵最后抓到了特务。楼下坐了很多人，我们的位置最好，像过年放炮那时的样子，人多，很热闹！我就喜欢热闹。

集邮票

有一天，我在妈妈工作的地方玩儿，看到了一些纸包的上面贴的各种图案的小画片。有的很好扯，一扯就扯下来了，拿给妈妈看。她说："这是邮票。"发现多数的纸包上都有，就去扯，扯了一些带回家。仔细地看，跟画报上的画差不多。回家找了本书夹在里面，有时拿出来翻着看一下。

有一天，看到刘新文在走廊上，我过去把邮票拿给他看。他说："我也有。"进到屋里拿了个本子出来给我看。有很多，跟我的不太一样，有些是没用过的，图案也不太一样，看样子要比我的这些早印很多年。我的是用过的，上面有黑圆圈的印子，就问他："哪儿弄的？"他说："我爸以前当兵时攒的。"他问："你的在哪儿弄的？"我说："我妈上班的地方。"后来我有空就去妈妈办公的地方找，找到了好扯的就扯下来拿回去。

有一天，刘新文拿给我一个本子看。他把邮票贴到一个小本子上，一排排的，好看了许多，但我总觉得不是很好。住在走廊刘新文家那边顶头的叔叔路过，看到我们在玩邮票，说：“到我那儿来。”我们还没反应过来，待着没动。他又说，“来，小四，过来。”我们就跟着到了他家，他从柜子里拿出来一个大本子给我们看。一排一排的邮票在大本子上，有很多也很漂亮，仔细一看本子上有层透明的薄塑料纸，把邮票固定在了上面。他指着一排看起来差不多的问：“看到没有？”接着说，“这是一套，这叫集邮。”接着又说，“要保存好，不能弄脏弄破，不能粘在本子上，弄破了就不值钱了。”刘新文问：“那我都粘在本子上了咋办啊？”他说：“用水泡下来。”我问：“是在哪儿弄的啊？”他说：“邮电局有卖的。”我们看了会儿，就出来了。他家的邮票真是很漂亮啊！看样子刘新文不高兴了！我说：“我看到你粘到本子上就觉得不好。”他问：“你咋不早说呢？”我说：“我哪儿懂啊？再说你已经粘上去了。”

晚上在家跟大哥说：“那边顶头的叔叔家有好多邮票哟！”他说：“王功成，上海人，工程师。他早就在集邮，他的邮票我看过。”

王叔叔我见过几次，他在我们那里是很显眼的。在叔叔里他是显得最年轻的，看样子比大哥大不了多少，个子也高，微胖，肚子有点儿大，浓眉大眼的，长方形的脸，戴着一个黑边眼镜，头发立起一点又往后梳，脸边上是青的，有时有点儿胡子，一般是刮得青青的。这段时间一般穿着长袖白衬衣，是平的没啥皱，看起来料子很好；下面一般是深蓝色的裤子，也没啥皱；脚下黑皮鞋，没有灰和泥；走路总是抬着头，手有点儿甩，身体有点儿摆动。像他那样的，我们那里还找不出第二个。

后来我到妈妈那里找邮票就小心地扯，扯不下来就用剪刀把那一块都给剪下来。后来妈妈说：“不要扯了，人家有意见，有些人也要邮票的。”爸爸看我在翻邮票，出差的时候给我带回来一本集邮册。我把邮票插在集邮册里拿给刘新文看。他问：“哪儿弄的？”我说：“我爸出差给我带回来的。”他说：“赶明儿我爸出差也让他帮我弄一本。”后来我没事就在妈妈那儿守着，有时帮妈妈干些活。人家来取东西的时候问一下“还要不要邮票？”多数人都说：“不要。”就再问：“不要就给我行吗？”他说：“行！”我就给剪下来。

每个人的童年记忆都是美好的，我的童年因为“三线”而变得与众不同。那是一段令我难以忘怀的岁月，那是一段抹不去的三线情怀。都说三线子女没有故乡，但无论我走多远，我的记忆始终都没有离开那个曾经叫“故乡”的地方。

第三部分

那些刻骨铭心

第一章　童年趣事

上学了

有一天，遇到王文利，问他："咋好久没看见啦？"他说："要开学了，要做暑假作业，哪能老玩儿啊？"他又问："对了，开学我弟要上学，你去不去啊？"我说："不知道，没人跟我说啊！"我问："上学有啥好处啊？"他反问："能有啥好处？"接着说，"都要上学，学习，认识字呗！"我倒是想认识字，也没人教我。该玩儿的也玩儿得差不多了，也找不到人玩儿了，跟张敏、海娃他们玩儿起来也没多大的意思。

回家就问妈妈："要开学了，我去不去啊？"她说："哦！对了，要上学了！不说都忘了，去！"

没过了两天，妈妈说："今天早点儿睡，明天去学校，名我给你报了，你自己去就行了。"

第二天我到了学校。有很多是大人带着小孩儿来的。看到有跟我差不多大的小孩儿在排队，我也排队，等我到了桌子前，她问："叫啥名？”我说：“刘某某。”她说：“一班，在二楼，进去坐着。”我上二楼找到了一年级一班的牌子就进去，前排是空的，就在前排找了个地方坐下来。等了一段时间，房间里差不多都坐满了。一个阿姨给每个小孩儿发了一张白纸说：“你们把会写的字都写在这张纸上。”我拿着纸不动，阿姨看着别的小孩儿在写，看我不动，问：“你咋不写呢？”又说，“哦！这位同学没带笔，哪位同学借给他？”旁边有个小孩儿借给了我，我就拿着，还是不动。阿姨问：“你咋不写呢？”我说：“我不会。”她问：“你一个字都不会写？你的名字呢？”我说：“都不会，没学过。”她很吃惊的样子问：“啊！没人教过你吗？”我说：“没有。”她抬起头问：“同学们都写完了吧？”有的小孩儿说：“写完了。”有的说：“没写完。”她说：“可以啦！在上面写上自己的名字，交到老师这里来。”我坐在前面，看到除了我其他的小孩儿都交了。有的写了一两行，有的纸都快写满了。她说：“同学们可以回去了。”转头跟我说，“明天要带上笔哟！”我把笔还给了那个小孩儿。看到小孩儿都背着包，就我一个人啥都没有带。

下午在楼下转转，遇到了王青川和张军，问他们：“我上学去报了名，咋没看到你们？”王青川反问：“我还没看到你呢？我在二班。”张军说：“我在三班，不知道他们咋分的班，听说一班最好。”我说：“我在一班。”张军说：“那不错啊！以后要上学了读书了，不能像以前那样玩儿了，走，出去逛逛，好久没到河边了，我们去河边吧？”我说：“那走吧！反正也没事，以后可能要忙了。”我们几个又到了河边。河里也没有人游泳，河总是看不够。看着河水眼睛要舒服些，河里的大小石头也好看，流水声也好听！

晚上吃完饭妈妈问：“去上学咋样？”我说：“人家小孩儿都会写字，就我一个人一个字都不会，你也不教我！”她说：“哎哟，我以为托儿所里要教的！你也看见了，我多忙啊！白天上班，晚上还要去分报纸，报纸晚上才来，叔叔第二天早上没看到报纸就要闹啊！”我说：“我啥也没有，人家小孩儿都有笔和包。”她进哥哥们的房间拿了些笔、纸和一个书包出来，还有一个长条形的铁皮盒。她说：“先拿你哥的用，等你爸出差回来让他再去给你买新的。”她把纸笔给我说，“今天晚点儿去，教你写字。”又说，“拿好笔，是这样拿的。”然后又把笔拿过去，写了几个字。她说：“这是你的名字，照着写。”我吃力地拿着笔照着写。二哥洗完碗出来看了一眼，妈妈说：“老二过来教你弟认字，他要上学了还不会写字。我还要去单位分报纸，明天早上他们看不到报纸要闹事的。”说完就走了。二哥就在我旁边，说：“你看，是这样拿笔的，你照这样拿。”说着把笔递给我。我拿着总有些不对，他反复地拿给我看，我拿着笔他还掰动我的手指，一直到他说：“对了，就这样，不要变啊！”又说，“照着你的名字写吧！多写几遍，连名字都不会写，同学会笑你的。”我就照着我的名字写了会儿，觉得有些累了，想睡觉了，就洗洗睡了。写字可比玩儿累多了啊！

第二天背着书包到学校，又坐在了前排。等了会儿，老师开始上课，在黑板上开始写字，写了两个字我认识。她说：“大家跟我一起念。中国。”所有的同学就念：“中国。”跟着念了几次，又写，又念：“共产党”“万岁。”老师又连起来念，“中国共产党万岁。”所有的同学就念：“中国共产党万岁。”然后老师又写：“毛主席。”老师又连起来念：“毛主席万岁。”所有的同学就念：“毛主席万岁。”反反复复的，就这几个，这几个听着都很熟，字我也认得，就是不会写。她又说：“照着写，多写几遍。”都写了一会儿，她就说：“今天先发书，同学们把书拿回去预习一下，明天就正式上课了。”就开始发书和本子，拿到后就装进包里回了家。

回到家把书拿出来看了看，也不认识。看了会儿，也没趣，就下楼去转悠了。下楼没多久妈妈回来了，问：“今天去咋样啊？”我说：“发了书和本子，教认了几个字。”妈妈说：“好好学，听老师话啊！回去吧，要吃饭了。”就回家到把发的书和本子拿出来给妈妈看，妈妈看了一下就进厨房做饭去了。

吃完晚饭在家待了会儿，就下了楼。遇见了王文利，他问：“上学咋样啊？”我说：“没啥感觉，就教了‘中国共产党万岁’！‘毛主席万岁！’这些都听过好多回了！”他说：“这是开头第一课，谁都跑不了，你会慢慢尝到学习的甜头的！”

第二天，上语文课开始教拼音，数学教数数。我听得还行，觉得有些意思，就开始认字和写字了。拼音学完了，就学了几十个字，我的兴趣越来越大！老师上课讲得太慢了，一节课就教几个字，我就自己看后面的，几天就把后面的看了个差不多，还学会了查字典。先把有大标语的认识了，教室的黑板上面就是大字“团结紧张，严肃活泼。”教室楼过道上有“好好学习，天天向上”的大字标语。回家再把我有的小画书找出来看，不认识的字查字典，看着字再看图果然感觉就不同了。以前是看着图猜，现在意思看明白了，跟以前猜得还真差不多。

每天回家还要写作业。有一次张军他们在楼下喊我玩儿，我出来说：“我还要写作业呢！”考试我也考一百分。有时看到高年级的同学排着队在搞啥事，老师跟我说：“好好表现，争取早点儿加入红小兵。”

有一天，妈妈说：“我去报名还不给报，说是不满六岁不能上学，我说小孩儿天天在家也没人管都玩儿野了，才给报的名。”

有一天，上学跟陈华走一路，快到学校了正好有个下坡，不好走，就牵着陈华的手走。几个高年级的坐在一堆水泥管上就笑着说："要女朋友喽，要女朋友喽！"我赶紧放手。从那以后一直到高中毕业，就再也没有牵过女孩儿的手。陈华也不跟我一个班，在二班。我们班上有一个以前一起打过弹子的叫周小京，跟他也没啥说的，也不在一起玩儿，有时放学同路一起走一段儿，还有一个小名叫地雷的，以前在托儿所就是同学，也没有啥说的，他家住七号楼，有时放学同路也一起走，跟其他的同学更没有啥说的。放了学就回家，课间休息时在教室周围转一转。

听歌和打纸牌

广播里放歌了，以前没放过的，很好听，没听过这样的！有两首我最喜欢，有一首像是写给我的："小呀嘛小二郎呀！背起那书包上学堂，不怕太阳晒，不怕那风雨吹，只怕那先生骂我懒啦！没有学问无颜见爹娘。"还有一首："卖汤圆，卖汤圆，小李家的汤圆圆又圆，正月十五围桌边……"很喜欢听，就喜欢上了听歌。到处去听，隔壁孙伯伯家有个能转的放唱片的，也去听，不过听起来没啥感觉，大部分是音乐和唱戏的，没有广播里放的好听。在刘新文家隔壁李老师家看到一个能放的响的，是一个有点儿大的机器。像放电影的机器似的，长长的细白纸条的带子，转着带子就响了，但也没啥好听的。

在我们楼前面，晚上大人就围在一起打纸牌，还把家里面的灯牵了出来照着。两副牌，他们说是双扣，输了就进贡，把最大的给赢了的人。我有时在旁边看，看了几天也学会了。我看大哥的抽屉里有两副牌，就找人一起玩儿。我把张敏和海娃教会，张军也看会了，我们就在冷库边上的一个台子上玩儿。海娃有时玩儿的时候他爸要来喂饭。

老乡们来卖东西了，也没有红卫兵抓了，卖东西的人就多了，卖菜、卖鸡的啥都有。到了星期天，五贸商店旁边的一条路上全是卖东西和买东西的人，人多的走路都不好走。

有一天，听见远处有“嘣”“嘣”的响声。开始还以为是有人放炮，听了会儿像是爆米花的响声，就往有响声的地方走，在五贸商店那边。果然是爆米花，但不是以前的那个人了。想回去找些东西来爆，一看排队的人看不到头，就算了。我讨厌排队，很无聊的！就回去了。

看昙花

有一天，晚上天都黑了，却在走廊上看到在一号楼那边有很多人，就过去看。放着很多的凳子，有些人坐在那里，还有从家里面牵出来的灯照着。看见王文利也在，就问他：“在干啥呢？”他说：“等着看昙花。”我问：“啥花啊？”他指着一个花盆，上面有花骨朵的说：“昙花。”我问：“以前咋没有人看啊？”他反问：“以前哪儿敢看呀，看了还不说你资产阶级情调？”又说，“我也没看过，听说很少开，一开就完，有个词叫昙花一现，就说的是这个事。”看到有人脖子上还挂着照相机等着照相。看他们的样子想开了可能会是很好看的，就在旁边等着看。

在等着的时候有点儿想睡觉了，就听到有人喊：“快开了！”人群都动了起来，我就打起精神竖起脖子看，花骨朵在动了唉！慢慢地动，花就慢慢开了。灯光照在花上显得是淡绿色，花蕊里面的小枝枝都在动，果然很好看啊！有人忙个不停地照相，时间不长，花一下就合了起来。人们也把头缩了回去，看样子就完了，就开始搬凳子了。往家走的路上王文利问："小四，咋样啊？"我说："有点儿意思，花好漂亮哟！"他问："小四，现在明白啥叫昙花一现了吧？"我说："明白了，就是很短时间开了又不开了。"

大人跳舞

有一天晚上吃完饭，上完厕所，就看见很多人往办公楼那边走。想肯定有啥事，就过去看。不是去办公楼，是去食堂。饭都吃完了，还去食堂干吗？我也进了食堂。看见有很多人在里面站着，多数人走来走去；有些人坐在离门口不远的地方，弄着些东西响。有人在打鼓，跟以前看到的鼓不一样，是好几个连着的；有一个人认识，以前见过他，教小女孩儿拉二胡的还在拉二胡，还有吹喇叭的，跟我以前看到的不同，有个很长的轧，中间有个柄，可以拉动，还有放在肩上拉的手风琴。我想可能是要表演些节目给大家看，都在那里走来走去，是这样听音乐吗？我觉得有些怪，听到的跟在广播里听到的也不一样，他们各搞各的，发出的声音也不好听，是乱响的吗？就在听的时候爸爸跟一个阿姨说了句话，两个人就开始抱着跳了起来。其他叔叔、阿姨一看，有些也就开始抱着跳了。不跳的都往边上走，中间一下子就空了出来。几个人演出音乐就往一个调子上响了，也就好听多了。有叔叔就喊我们小孩儿说："小孩儿都出去玩儿！小孩儿都出去玩儿！”是不让我们待了，就出去了。我们出去，有人把大门给关上了。没见过，还想看，就爬上食堂外面的窗子那里看。里面出来个叔叔说：“小孩儿别看，到别处玩儿吧！有啥看的？”看也不让看，算了，作业还没写，我就回家去了。

第二天，放学回家，我们那片楼的叔叔阿姨感觉都不一样，都像是高兴了很多！他们用一种奇怪的眼光看我。有一个叔叔看着我笑，我看他，他头又转到别处了，还在笑；旁边有一个阿姨看到我像是激动得要哭的眼神。搞不明白，难道昨天晚上的事对他们很重要吗？

遇到了刘景文，他笑着说：“呀，小四回来了！你爸真够可以的！都不敢动，还是你爸先来。你跟你爸学学，学会了教教咱。”我问：“昨天他们为啥不动呢？要等到我爸跳了，他们才跳呢？”他说：“所以说你爸很牛啊！他们不敢先跳，怕别人说呗。”哦！都胆小，就我爸胆大。

回到家跟爸爸说：“刘景文说你行，昨天最先跳。”爸爸说：“这个算啥？在20世纪50年代，我在北京常去跳舞，好多年没跳了。”妈妈从厨房出来，说：“某某某今天见到我也说，你们家老刘真行啊！他们都不敢，就你家老刘不怕，好多年没有的事了！”爸爸说：“看来还是要多搞一些这样的活动，要丰富群众的业余文化生活，这些年真是太闷了！”

晚上我又想去看，里面叔叔阿姨还是在跳。他们把食堂窗户下面的一段用纸全糊了起来，外面有几个小孩儿也想看，都看不到。看样子就是不让我们看啊！我就走了。

看书和听书

有一天，在刘新文家门口不远，刘新文在跟一个人说着话，我就过去，走近看是郭青山。郭青山跟高敏一个年级，他跟刘景文、高敏也常在一起玩儿，以前他们跳水、跳沙和爬山都在一起，但就是没咋跟我一起玩儿。听了会儿他讲的，开始没听明白，好像讲的是他看的一些书。我就在那里听，刘新文进了屋，他又对我讲。他说："看书还是要看大书，大书才有意思。"我说："我只看小画书。"他说："《三国演义》《水浒传》《杨家将》都好看。"我说："我都没看过。"他说："最好看的还是《红楼梦》。"我说："都没听说过，我看的都是斗地主之类的。"他说："这些以前都是禁书，现在都解禁了，随便看，你以后可以找些看看。"我问："我认识的字不多能看懂吗？"他说："慢慢多认些字，能看懂的。"他还说，"以后看不懂的可以来问我。"我说："好！我也想看，学校教认字慢得很，一天才几个字，我自己学了好多个了，能看懂些简单的。"他说："这里还发现个苗子，培养培养，以后可以的。"接着又说，"今天就到这儿，回家吧！再见！"我也说："再见！"

后来连着好多天，他都给我讲他看的书。我听起来也觉得好听，就是很多都不明白，基本上都忘了。

回家找了本《红楼梦》看，一看根本就看不下去。里面太多的字不认识，词就更不懂了。要学的东西太多了，要花很多时间学，我可没这个耐心学。

有一天，在放学路上郭青山跟我说："晚上六点，刘兰芳在讲《杨家将》，可以听听。"

我就每天下午六点左右打开收音机听，一听我还就听懂了。刘兰芳讲的《杨家将》《岳飞传》，袁阔成讲的《三国演义》我都喜欢听，每天下午六点开始讲，讲到六点半。先是在大收音机里听，哥哥有个小收音机。我让爸爸也给我一个，隔了两天爸爸就给了我一个。

有一段时间天天都要听。我喜欢听《杨家将》里讲的杨六郎，他漂亮功夫又好，就是死得早了！《岳飞传》里喜欢的人就多了，岳飞、岳云、岳雷、陆文龙都不错！听到他们几个大闹考场，真的很过瘾！《三国演义》听起来有些复杂，很多都听不懂，听到三英战吕布、温酒斩华雄、大战长坂坡都觉得很好听！没听多久就不讲了，觉得很长，看样子后面还有很多故事。

打篮球和滑旱冰

在办公楼前有块地，以前是水泥地，也有篮球架，但水泥用了很长时间，掉了一些不太平了。有一天用水泥抹得平平的，架起了新的篮球架，上面还拉起了灯。王文利说："这就叫灯光球场。"大哥最喜欢打篮球，他们几个朋友常在一起打球。我就不是很喜欢，篮球很重，我投球总是不准，投不进去，还有就是别人一来就把我的球抢去了，我抢不过他们。

有一天，大哥不知从哪儿找来一双鞋，一只下面是四个滑轮，站在上面可以滑走。我问："这是啥啊？"他说："这是旱冰鞋，我借的。"我们就来到灯光球场。他把鞋用绳子绑在脚上，很吃力地走着，摔了几次，没学会就不玩儿了。看他不玩儿，我就拿着鞋到灯光球场，绑在脚上，自己在那里学着滑，滑了两天，摔了两次就学会了。先是我一个人天天吃完晚饭在那里滑，有些人过来看，王文利、张军他们都过来学，都学会了。高敏、刘新文、刘景文、王青川也来了，都用我的鞋滑。我有时不想去，他们还借我的鞋去滑。有些人在旁边看着我们滑。刘景文自己买了一双天天来滑，厂里很多人看我们在那里滑，都到五贸商店买了到灯光球场来滑，一下子灯光球场热闹了起来。一大圈人都顺着滑像是在排队，每天晚上人多到差不多有几十个上百个，大人小孩儿都有，男的多些，女的少些，成了一个旱冰场。我有时跟人群反向着滑，都要撞着了，很刺激！有时我还练倒滑，跟刘景文一起，我倒着他推我滑。那段时间就是很忙。下午回家要先写作业，写完作业要听广播里的讲评书，有时吃晚饭的时候还边吃边听，听完广播吃完饭就去滑旱冰。滑了半个多月，都不滑了，后来只有零星的人在那里学着滑。

下棋

有一天看到王文利跟刘新文在篮球场上，蹲在地上弄着啥，就在旁边看。看了会儿，我问："这是啥啊？"王文利说："下棋，是六子冲。"我慢慢就看懂了，问："让我来？"他们还就让我下。这是最先学会的棋，学会容易，下起来可就不简单了，变化很多的。

有一天晚上在招待所那里有很多人，还挂着灯，我过去看。有桌子和长条凳，前面有一个大牌子，上面挂着一个个圆的不小的木头，上面写着字，有马、卒、将、象、炮、车，问他们："这是啥啊？"有人说："这是象棋。"有两个人在旁边的桌子上下棋，桌子旁边还有一个闹钟。有一人看到他们下了一步就写在纸上跑到这边来，给站在大牌子下面的人，那个人就用手或棍子挑动一下棋子，还说："红方拱卒。"觉得很有意思！像是双方在打仗，就是看不懂规则，要是有人教我一下就好了。

有一天下午，我看到郭青山家门口有人坐在那里就过去看，是高敏和郭青山在下棋，小方形的棋子，立着的，也是分成两边，你来我往，都要吃对方的棋子。看上面写的工兵、排长、连长、团长、师长、军长、司令、地雷、炸弹，就问他们："这叫啥棋？"郭青山说："这是军棋。"我就在旁边看他们下，觉得也很有意思！

第二天，他们又在那里下。下了会儿，楼下有两个人喊高敏，高敏说："哟！我同学来找我，你们玩儿吧！"就走了。郭青山问："小四，你想不想学啊？"我说："想啊！"他说："好！那我教你，以后又多一个可以下棋的，你不是看了两天了，你先摆摆看。"我看过他们开始下的时候的摆法就摆了起来。摆好了他过来看了看，说："差不多，可以随便摆，把对方赢了就行。"他又说，"你记住了，工兵最小，司令最大，司令吃军长，军长吃师长，师长吃旅长，旅长吃团长，团长吃营长，营长吃连长，连长吃排长，排长吃工兵，工兵挖地雷，炸弹都可以炸，炸弹可以到处走，地雷不能到处走，司令被吃了要露军旗，军旗只能在大本营，谁抢到军旗算赢。"然后我们就开始下，一边下郭青山还一边讲规则。下棋跟看棋就两回事了，很有意思！开始我总是输。后来我常常跟他们下棋，偶尔也有赢的时候。在学校跟地雷说："我学会了下军棋。"他说："我也会下。"他说，"可以到我们家去下。"我就到他家，在他家走廊上下了两次。

中秋节

有一天，吃晚饭时家里做了很多好吃的。吃完饭，妈妈拿出些不大的饼装了一盘子，很厚、很甜、很好吃！我问："有啥事啊？"妈妈说："过中秋节。"又问："啥是中秋节？那以前咋没有？"她说："'四人帮'的时候不兴这个，以前每年到了这个时候要吃月饼，看圆月亮，你到外面去看一下月亮圆不圆。"我到外面看，月亮果然比以往要大、要亮，圆圆的，很好看！楼下还有人家在外面摆着桌子椅子，上面摆着些吃的东西，几个人围坐在那里抬头看月亮。还有这样的事！"四人帮"的时候这些都没有，现在跟"四人帮"的时候差别真是太大了！

少先队员

我们又搬到另一间离河最近的教室，一个单独的三合院里，桌子椅子都是新的。三面是教室一面是高墙，高墙就是河堤，河堤比我们的教室还高。这里好像没有别的班，只有我们一个班。河堤靠着山，下面有一个比大人高些的长方形的洞可以到河边上，最初我们到河边就是走的这条路。河堤靠着的山是一个独立的不高的小山包，我还去山顶上玩儿过。这个小山包从侧面看就像一只大鸡坐在地上。前面是山崖后面是大坡，从大坡有几条路可以上到山顶，看样子常有人到山顶上来逛悠，山顶上有一片被踩的都没有草了。山顶上有间小房子，里面只容得下一个人，啥都没有，两面有玻璃窗，一面有个有玻璃的门。我正在看的时候，一个同学说："是防火用的。”进到里面，除了后面宿舍区，其他地方都可以看到。山崖这边有条路，可以从半山走到另一面，也有路，有些像是人工修的，但只修了一半。最窄的地方要踩在崖的最边上，抓住崖壁上的岩石，慢慢地挪过去，我就不敢去了。以前看到过小孩儿从这里跳下去，跳到下面的大水潭中，比三层楼还高。教室离河近，下课的时候都可以到河边看看，有时放学要到河边玩儿会儿才回家。

说是要加入少先队，不是加入红小兵了，以后就没有红小兵了。这是少先队的第一批，没有我的份。我们班有十几个少先队员，还有些小队长、中队长、大队长，给他们发了中间有红颜色横杠的白色牌子，用别针别在胳膊上。看样子他们都很神气！走路都抬头挺胸的！啥都没有我的份儿，我想没有就算了！

开始还没想明白为啥他们行我却不行。后来想到可能是我有时候打人，那也是他们先来惹我！有个女孩儿老是跟着我，看样子想跟我说话，又找不到话说，我就躲着她。不明白她为啥还拉我，我也不理她，她就用手掐我，把我掐疼了，随手给了她一巴掌，她捂着脸就大哭，看同学眼光的意思是我的不对。

有个女孩儿也是这样，坐在我边上，想跟我说啥，我没心思跟她说，不理她，她也来抓我，把我的皮都抓破了，我也抓她，把她的皮也抓破，她就哭了。我跟她们有啥说的吗，有啥玩儿的吗？要是一起玩儿，高年级的同学又要说是耍女朋友了！

学校要唱歌，唱少先队之歌。有个女孩儿在前面打拍子，手抬起来比画着。一看是刘卫娟，我们班长，手臂上的牌子是三道杠——大队长。看她神气的样子，全小学唱队歌都是她打拍子，也不知道她在哪里学来的。她个子比我高一头，看样子年纪要比我大。她就住在我们前面三号楼，以前她家那里我去过。很久以前有一次爸爸要带我去串门，走到那里，爸爸带我走到门口我就不想进去了，到别处玩去了。听爸爸说她爷爷跟爸爸是一个单位的，是处长。别人都喊刘卫娟“班长！”我也不理她，各走各的路，别来惹我就是了。

去沟里划船走了回来

有一天，住在沟里的同学放学时跟我说：“我们那里有一个大水塘，可以在里面划船。”我问：“真的可以划船吗？”他说：“真的可以划船。”我很想划船，在电影里看过，就是没划过，在我们这儿的河里没有船。我问：“那咋去啊？”他说：“坐厂里的班车呗！”在放电影的地方，每天都有人在那里等班车。我又问：“那咋回来呢？”他说：“回来厂里有班车。”还是去看看吧！反正来回都有车。等了会儿有车来了，我们就上了车。

车开了好一会儿，到了沟里比较远的地方，我跟着他下了车。这里有些房子，也有些人在等车。下了车我们走了一小段山路，在一个草树墙的后面果然看到一个水塘，不算大，里面长着绿色的水草，漂着一个厚木头做的四方形的东西，不能叫船，应该叫木筏。我们上去就拿着木棒开始划，还真有意思！想划到哪儿就到哪儿，在上面有点晃悠，从来没有的感觉！我们从上去的地方划到另一边，又从那边划到这边。正划得起劲，他说：“要坐车回去了。”我看了下，有人在等车，还没划够呢！我说：“再划几下。”又划了好一会儿，差不多了，才从筏上下来跟同学说，“回去了。”他说：“回去吧！没有班车了。”说完他向上山的方向走了。正玩儿得高兴也没在意他话里的意思。就到了刚才有人等车的地方，等车的人没了。等了会儿，天快黑了车也没有来，我就往回走。一走才知道路很远，走了好一会儿，才走了一小段，还远着呢！看到路边还有条路，想去看看，就去走，走了会儿，到了没有路的地方，路没修完！天也黑了，还有点亮光，我着急了！又往回走，还是走来时走的那条路。天完全黑了，还好能看到一点路，就提着胆走，想要喊！走了很长一段，到了以前跟三哥他们摘野樱桃时走过的一段路，心里好过了些。又走，路旁有了人家，我心情更好了些，以前听说沟里有狼和熊，晚上要出来吃人，就怕它们出来把我给吃了。这里有人家，就是狼和熊出来了，我可以跑到他们那里去。又走了一段，终于走到了宿舍区，要到家了，我终于安心了！

我刚走到办公楼就遇见了妈妈。她生气地问："这么晚了还不回家吃饭？"我说："到沟里去了，刚走回来。"她问："啊！到沟里去了？你一个人去的？"我说："跟我们同学去的，划船去了。"她问："那你不坐车回来？"我说："车没了，就走回来了。"她说："我说咋往天吃饭就回来了，今天是咋啦，跑哪儿去啦，也不知道饿！现在都几点了？都九点多快十点了！"回到家，肚子也饿了，我就开始吃饭，吃完饭，累了、困了，没写作业就睡着了。

班长收作业

第二天要交作业，昨天累了没写。刘卫娟在那里收作业，没人交了就在讲台边上数，数了一遍又一遍。她问："少一本，哪位同学还没交作业快点拿来？"有同学用手指着我。她问："刘某某同学，你的作业呢？"我说："没写。"她对我不满地说："你一天不跟同学搞好团结，还不好好学习！”我还有气呢！昨天晚上受惊吓，晚上吃饭吃得晚，还没缓过劲来呢！大声对她说：“关你屁事！”她的脸一下变成了粉红色，骂我说：“你臭不要脸！”吖！她想管我，还骂我！她一天到晚神气活现地在我眼前晃来晃去，我还不搭理她呢！就过去抓着她的辫子使劲拽，拽到座位上让她坐着。拿起个凳子扣在她头上，又在凳子的坐面上拍，拍了会儿就把凳子拿了下来。她就趴在桌子上大哭，很响地哭！不知谁告到老师那里，还是老师听到了哭声来了。看她还在哭，就问：“出了什么事啊？”她也不说话，还在那里哭，其他同学指着我说：“这是刘某某同学干的！”老师看着我问：“你为啥要这样做？”我说：“我又没惹她，她骂我！”老师问：“她骂你啥？”我说：“她骂我臭不要脸！”有同学笑出了声。老师问：“她说你这个你就打她啊？”我说：“我也没打她，就是把凳子扣在她头上拍了拍。”老师说：“你呀你！”摇了摇头，又转过头对她说，“刘卫娟同学，到我办公室说去吧！”她就跟老师走了，我也没去。后来她就没那么神气了，脸色变好了些，作业也不收了，换成其他同学收了。她不理我，我也不理她。

打羽毛球和踢足球

有一天，我放学回家，在家里看到两个木头的有手柄的拍子。上面有网子，还有个塑料的小球，头是红色的。先在家里挥了两下，要打到家里的东西，就拿着出来了。看到刘新文在走廊上，他看到走了过来说：“这是羽毛球。”接着问，“哪儿弄的？”我说：“在家里看到的。”他说：“走，我们去打。”我们就来到冷库这边，开始打，刚打的时候我根本就接不到球，球的速度太快了！那个拍子也重，我拿着很难打到球，不过打了会儿，我们轻点打就好些了，能打个来回了。

从那天起，我放学常常跟刘新文打，王文利、张军、王青川几个也来打。不过打了段时间，拍子上的绳子松了，球总卡在拍子上，我就不想打了。

有一天，看到刘新文拿了个大些的球在冷库那边对着墙来回地踢，我过去问："干啥呢？"他说："这是足球。"我就跟他一起踢足球。踢了会儿，我刚想抱一下，他说："不能用手抱，用手抱就犯规了。"王文利和张军看到了也过来踢，我们就一起踢着玩儿了。

那些天踢足球上瘾了，每天放学几个人就分成两拨儿，把书包放在两头当球门，边踢他们还边说一下名称和规则。传球、带球过人、射门，觉得都很有意思！高敏、郭青山也加入了，我们还轮着当守门员。吃完饭，还下来踢一会儿，直到天黑看不见我才回家写作业。有时王文利把我撞倒摔得很疼，手上的皮都磨破了。他笑着说："这是合理冲撞，不算犯规。"有时抢球腿碰腿也很疼！

晚上洗脚把裤腿拉上来，小腿上一块一块都是青的、肿的。妈妈看见了问："唉哟！咋搞得嘛？疼不疼哟？也不小心点！"我说："踢足球碰的呗！也不觉得疼。"

放学经过放电影的地方，看到架起了一个长方形的铁框，高年级的同学就在那里踢足球，有时放学路过看一会儿。他们一脚要踢很远。回到楼前看有没有人踢，有人踢就跟着踢。

放老电影和《未来世界》

那段时间还常放电影，不像以前放的基本上是样板戏，放一些黑白战争片，我都喜欢看。《英雄儿女》里面的歌很好听：“雄赳赳气昂昂跨过鸭绿江，保和平，卫祖国，就是保家乡……”里面的王成还有他妹妹王芳我都喜欢。里面还有一首歌：“烽烟滚滚唱英雄，四面青山侧耳听……”还有《上甘岭》也好看！里面的歌也好听：“一条大河波浪宽……我家就在……”我就喜欢看战争片，这些片子看起来像拍了很多年了，以前我也没看过。以前玩儿打仗游戏，做的那些动作就是学自这里面。后来厂里的广播也常放这些歌，放了一段时间，一听有点让人激动来劲的感觉！

有一天，放学就看到有人在摆小凳子，看样子又要放电影。回到楼前遇到王文利，问他：“今晚要放电影看不看？”他说：“看！听说是美国片，名叫《未来世界》，听这名就知道肯定好看！”停了一下，又说，“赶紧回家写作业，晚上去占位子。”就转身回去了。我也赶紧回家写作业，晚上好去看。

晚上吃完饭就拿着凳子去了。看到人很多，比以前看电影时的人都要多。等了好一会儿电影就开始了，片头就跟以前看到的不一样。晃来晃去的大字，是彩色的。出来的是外国人，跟以前在《英雄儿女》那些电影里看到的外国人不一样，看样子很神气，高高的鼻子抬着头。他们说的什么我还是看不懂。有时在各样的房间里，有时像是在一个有很多管道的工厂里。在一个漂亮房间里有两个老头下棋把我给看呆了！老头不动手，说话，棋盘上的棋子就动了起来，棋子像小人一样，有的走路，有的骑马。一个小人走到另外一个小人那里，另一个小人就变没了。这样的棋真够有意思！未来会有吗？还有他们打架，看起来打得很凶！把一个人手都打掉了，被打断的手里有很多电线、零件，有点像我的玩具；还有一个人把脸皮撕掉一半，里面也都是电线和零件。我看呆了！没看到过这样的人，很奇怪！难道他们不是人，像我的玩具，是机器做的？可外表和说话跟人一模一样，就是力气很大，能把钢管掰弯！未来世界会是这样的吗？人看起来一样，说不定就是机器做的。

回来的路上还在想这样的事。在楼前遇到王文利，他问："小四，没看过吧？"我说："哪儿看过啊，以前看的都是样板戏。"他说："都是机器人，我在书上看到过，老美拍的确实不一样啊，真牛啊！"我说："我要是有一副那样的棋就好了！"他说："你回去慢慢做梦去吧！"说完我们就各自回家了。

气步枪

有一个星期天下午，外面有些人，看样子是有事情。我看到他们拿着没吹的大气球；有的把大气球吹起来拿在手上。有的还在吹，不是用嘴吹，是用氧气瓶。先用细绳子捆，再用很粗的绳子捆，一放手气球就飞起来了。有人手里拿着枪，有手枪，有步枪。我去看他们上子弹，跟我以前看到的都不一样，比民兵打靶我们玩儿过的子弹壳要小得多。看到王文利也在，就问他："用氧气瓶就能把气球吹飞起来吗？"他说："里面装的不是氧气，是氢气。"我说："那个枪的子弹比我们以前玩儿的要小得多哟！"他说："那个不是打仗用的枪，应该叫气步枪。"又说，"看样子，那个枪打到要害部位也要打伤人啊！”他们的绳子很长，把气球放得很高，然后用枪去打。有的打中了，气球爆了，绳子掉了下来。有的气球小一些，是人吹的，再用细一点儿的绳子捆。有一个气球还没等用粗一些的长绳子捆就飞走了。他们用枪追着打，没打着，一直飞到看不见了。我问王文利：“不知道用真枪打是啥感觉？李叔叔有把真枪，让他拿出来打打看？”他说：“对，他有把真枪，让他拿出来打两枪。”我们就到李叔叔家门外，喊他，他走了出来，看样子他不知道有人在打气球。我就问：“李叔叔，他们在打气球，把你的真枪拿出来打几枪好吗？”他返回家，把枪拿了出来，对着远处的气球打了几枪，没打中，就回去了，走时还说：“不能让他们知道我有真枪，知道了要来找麻烦的！”哦！以前听爸爸说有真枪要犯错误的。还是回去看他们打气球，回去看，气球没了，人也都走了。

饭盒录音机

大哥跟二哥有段时间爱听收音机里的歌儿，里面唱的跟以往听到的都不同，软绵绵的。我也爱听“小城故事多充满喜和乐，若是你到小城来……”爸爸听到了说：“靡靡之音，这有啥听头？小心中了资产阶级流毒！关了！”大哥就关了。看他走了，大哥说：“我去，听歌都要中毒！这又不是台湾频道！”又打开听。我就不懂了，多好听啊！咋又是靡靡之音了？

有一天大哥拿回来一个饭盒大小的能来回放音乐的，里面有东西转动的机器。我问：“这是啥呀？”他说：“这是录音机，小心点别搞坏了！我借别人的，这个可贵着呢！”又说，“里面放的是磁带，一盘很贵的！”他指着一个大按键里的小红键说，“不能这两个键一起按，这两个按就要把磁带里的内容抹掉，歌就没有了，就录下别的了。”我问：“录下啥啊？”他说：“有啥声音就录下啥。”有时他不在，有的磁带里面有段没有声音，我就按下那两个键，“哇”“哇”叫几声，再回放，果然就有叫的声音。里面放的歌也是软绵绵的那种。有时放到磁带转不动了，也不响了，看到他按一个键，有个盖子打开，他把磁带拿出来翻一面，又继续放。有一盘是男的唱的，我特别喜欢“三月里的小雨淅淅沥沥沥沥沥，淅沥沥沥下个不停。山谷里的小溪哗啦啦啦啦啦，哗啦啦啦流不停，小雨为谁飘？小溪为谁流？……”还一首也特别喜欢，“我从山中来带着兰花草，种在小园里希望花开早，一日看三回……”有时听得简直发呆了，还有这么好听的歌啊！好像知道我就想听这些歌！我问妈妈：“咱家也买个录音机吧？”她说：“等你爸出差去看看再说。”

厂里广播放的一首歌，我有一段时间也最爱听，“我的热情好像一把火，燃烧了整个沙漠，太阳见了我，也会躲着我，它也会怕我这把爱情的火……”也是女的唱的，但这个就有劲了！觉得我就是有火也放不出来！这个歌唱得多爽啊、多有劲啊！到刘新文家，刘景文也爱听歌，他买了个大录音机。我俩还常在一起听，我听到他家有响声，就去听。听到也有这首歌。

晚上去大路上逛，看见有跟大哥年纪差不多的男孩儿手里拿着个饭盒录音机，旁边还有几个人跟着走。

大哥打篮球

有一天，大哥兴冲冲地回来了，笑着说："我上班啦！三车间要我当钳工！"停了下又说，"厂里要组织篮球比赛，他们缺会打篮球的，所以把我选上了！嗯！他们还是有眼光啊！"从来没看到过大哥有这么高兴的时候！他一直都是那样子，不是对这儿就是对那儿不满！好像谁都欠他的一样。

从那以后，大哥打球更是来劲了！有一次，头撞在篮球板架子上，半边脸都肿了，有的地方是青的。在家待了一天，第二天他就又去打球了。

有一天，晚上回来，大哥到妈妈那里看了一下。妈妈问："干啥？"他问："妈，你的针放在哪儿？我要用一下？"妈妈问："干啥用？"他说："我的脚上长泡了，挑一下。"妈妈打了一盆水，拿一根针，还有酒精棉花。他坐在床上把鞋脱了，又把袜子脱了。我去看，脚底有好多白色的像小半边弹子的泡啊！妈妈问："哎哟！老大哟！疼不疼啊？费这么大的劲打球啊？"他说："也不算疼！"接着又反问，"不费点劲能打好吗？"看着他先洗脚，把针用酒精棉花擦了擦，就去扎那些泡，泡破了，里面流出来一些水。我以前走远路累得都快走不动了，还有踢球踢得全身是汗，都没有长出泡，他不知道要跑多少路啊！

没过两天，厂里就开始进行篮球赛，吃完饭不久就开始打了，很多人去看。大哥他们穿着一样的短衣短裤，分两种颜色，一边五个人，打得很凶！有人在旁边翻数字牌，进球了就翻一页或二页；有人坐在旁边的桌子后面，桌子上有个闹钟。场上还有一个人穿的衣服跟他们不一样，脖子上挂一个哨子，含在嘴里，一会儿吹一下。

只要他一吹其他人就停了下来，重新抢球或去篮球架下投篮。打了会儿，天黑了，上面的灯打开了，一下子像白天一样亮，这下更明白灯光球场的意义了。他们确实厉害，离很远把球甩过去都能接住，有很远都要投篮，有时还就投中了。大哥在场上很厉害，抢球很猛，抢篮板球很行啊！投篮不是很准，投中的不多，但跑得快、跑得多，看样子在他们车间他是很显眼的。

打完了，回家遇到王文利。他说："小四，你哥真行啊，看样子是他们车间的主力啊！"我说："就看他很卖劲儿啊！"他说："卖劲儿才有看头啊！要都像他那样就好看了！"怪不得要选中他，明白了为啥他脚上磨出了那么多泡！那段时间天天有篮球比赛，我们还天天去看，也挺有意思的！

最后，大哥他们车间没得第一名，得了第二名，输给了一车间。发奖的时候我出去看，看到是爸爸给他们发的，发了一支钢笔和一个厚笔记本。他拿着奖品就回了家，我拿着看了看。妈妈问："得了第几啊？"我说："第二名，输给了一车间。"大哥说："能得第二算不错了！我们车间那帮人打球不来劲！"

没过两天厂里成立了厂队，大哥也入选了。发队服的时候我去看，那些人还都认识，基本上是大哥那几个朋友，下乡也在一起。除了我哥，还有隔壁的孙凯峰、徐老五、许大个、郭全。厂队也让他们包了啊！

有一天，他们几个跟比赛第一名的一车间进行了一场友谊赛。看的人特别多，比那天决赛看的人还多，结果他们大胜一车间。

第二天我遇到王文利，问他："昨天的比赛看了没有？"他说："看了，真好看啊！比那天决赛还好看。"我说："是啊！是我看的最好看的一次。"他说："他们几个各有特色，每个人都有绝活，常在一起打球，配合又好，不赢才怪呢！”接着又说，“徐老五的跳投，又准，动作又潇洒；你哥的抢断和抢篮板，凶狠！跑得快回防快；孙凯峰的带球上篮也绝；许大个当中锋，会分球；郭全的传球，特别是传远球，真准！他们几个常在一起打球，很默契，看起来真舒服！”我说：“我看也是这样的，我最喜欢的还是徐老五的跳投。”

后来大哥他们有时出去打球，听说县里球队都打不过他们，他们还赢了其他厂的厂队。

小锅单炒

我去食堂打菜，看到后面有人先打走了菜，就过去看。里面摆着个几层的架子，架子上有些洗好的菜。有个胖子叔叔在里面炒菜，有人在旁边等着。胖子叔叔炒好一个菜就把菜倒进了一个人的饭盒里，收了饭票。他又问另一个人：“你要啥？”那个人就指着架子上的菜单说：“这个。”他就洗锅，倒油开始炒。我在一边闻着他炒时飘过来的很香的气味。我问：“咋卖的？”他说：“小锅单炒，青椒肉丝六角，酱肉丝八角。”以往我在那边打菜是荤菜四角素菜三角，他这儿要贵些。今天我没带多余的饭票，只拿了四角，还是到以前那边去打了。回家跟妈妈说：“食堂那里有小锅单炒，有六毛的，有八毛的。”妈妈说：“听别人说刘祖贵在那里做小锅单炒，下次去打一份尝尝。”

第二天，去食堂打菜就多拿了饭票，去看了看，他问：“你炒哪样？”我问：“韭黄炒肉多少？”他说：“六角。”我说：“那打一份吧！”确实好吃，很香！几个哥哥也爱吃，几筷子下去就快没了，妈妈还在厨房。我就喊：“妈！快点来吃啊！快没了！”他们也不抢了，给妈妈留了点。后来打菜就去打小锅单炒了。贵是贵了点，可是好吃，分量足，也划算。

三接头钉掌

有一天，放学走在路上，我听见后面有“嘎吱、嘎吱”的响声，回头一看，是一个小伙子穿着一双皮鞋发出的声音，鞋底钉着铁东西。皮鞋黑色的，前面是有点长方形的头。从那以后，就不只看到一个人穿了，基本上是年轻小伙子穿，都是我不认识的人。

有一天，遇到王文利，跟他说：“这两天，我总看到有人穿着尖头皮鞋，鞋底钉着铁片。”他说：“我也注意到了，是现在最时髦的，叫三接头，而且要接方头，下面的不叫铁片，叫钉掌，钉一次有的可贵呢！听说有的钉全掌要十块钱！”我说：“就是听起来太响了，老远就听到了。”他说：“要的就是让别人听见，显摆嘛！不过说是保护新鞋，一双皮鞋很贵的，不钉很快要磨坏的。”

有一天放学我绕道到五贸商店那边去看了一下。鞋摊的生意很好，有人拿着鞋在等着钉掌。看了看在地上的一块布上放着有大的半圆形的掌、不大的半圆形、小方块形的等各样式的东西。可能小方块形的就是密密地布满在鞋底上，走起路来就是“嘎吱”的声音；大掌则是“啪啪”的声音。

有一天，吃晚饭时我问大哥：“现在流行穿三接头，你不弄一双？”大哥说：“我正想弄呢！”爸爸问：“弄啥弄？”接着说，“幼稚地赶时髦，别弄！”

过了不久，大哥还是弄了一双。在他屋里的床上坐着，把鞋拿在手里看着。我过去拿着看，真是很漂亮啊！不是方头的，是圆头的。问他：“在哪儿弄的？”他说：“托人从北京带回来的。”我问：“多少钱一双啊？”他说：“三十五块。”让我很吃惊，是贵啊！我听说他们刚上班的人月工资才二十四块，一双鞋比一个月工资还多了！他问：“你觉得钉大掌好些，还是钉小掌好些？”我开始觉得不钉掌要好些，现在还是接受了，那么贵，不钉磨坏了真可惜！我说：“钉大掌听起来要好点，钉小掌那个声音太刺激了！”爸爸听到了，走到屋门口说：“你敢钉啊？钉了我给你丢出去！”就走了。大哥说：“听见没有？不让钉！”我说：“我觉得钉也不好！就是磨坏了可惜！”

后来大哥也没钉。有一天看到他穿着新鞋，上面穿着小白方格蓝色的衬衣，下面穿着蓝色裤子。像变了个人似的，看起来精神多了！穿了没两天，就没看到他穿了。问他：“咋不穿了呢？”他说：“夹脚，不舒服！我一天跑来跑去的，太难受了！”后来就再也没看到他穿了，一双三十五块啊！才穿了几天啊！后来听说他让给了别人。

大哥有时拿块铁在那里用锉子磨，有时拿个图在那里看，有时还拿个白色的橡皮泥似的东西在那里捏。我问：“这是啥？”他说：“这是泥子，先做个造型看看。”可能钳工就是干这个的，以前也没看到他玩儿这些。

打乒乓球

有一天，老师说：“同学们再过十来天就要期末考试了，大家把这学期学的好好复习一下，争取考个好成绩。”我问：“老师，啥是复习啊？”她说：“以后要问老师问题先举手，复习就是把过去学过的再好好看一看。”是田老师，我们班的语文老师，又是班主任。我喜欢田老师，长得好看，有些年纪了；白白的脸，整齐洁白的牙，一笑脸上还有两个酒窝，身材苗条；讲课也好听，对我态度也还不错。还没考过期末考试，考过期中考试，我考得不错，都是100分。

回家写完作业，翻了翻书。说是要复习，都看熟了，也没啥看头，还是走了出去。在走廊上看到刘新文拿着个啥东西就过去看。他手上拿着个有柄的圆板子，上面没胶皮。我问：“你这是在干啥啊？”他说：“打乒乓球。”我说：“上面没有胶皮咋打啊？”他说：“这是光板，先练一下，找一下感觉，打好了再去买有胶皮的。”我说：“我家有胶皮的。”他说：“那拿来，咱俩打。”我说：“好啊！”早就看到家里有，以前问过，他们说是乒乓球拍。在家有时一个人把球放在拍子上走路不让球掉下来；还有就是往上打接着抬球，往墙上打来回。我就回家拿了，刘新文拿在手上看了看说：“不错，我就是想买这样的，有点贵，就先买了个光板。”我们就在楼道里用粉笔在地下画了根线，站在两边就开始打。打了几下，球总掉到楼下去，去捡了两次，挺麻烦的。我问：“咱们到冷库那儿去吧？就不用下楼捡了。”他说：“那走吧！”我们就到冷库打了会儿，天就黑了，看不清楚了，但还是看到一点白色的球，又打了几下就回去了。走在路上刘新文说：“嗯！是比一个人玩儿好些！明天再来。”第二天，我们就到冷库那里，用粉笔在地上画了个长方块，又开始打。

第二天放学的时候，在学校我发现有人在水泥台上打乒乓球。以前看到过这些水泥台，不知道干啥用的，也没看到有人在那里打球。

吃完饭出来，看刘新文拿着拍子又想打，就过去说：“学校有水泥台，我看到有人在上面打。”刘新文说：“我也看见了，不是刚学嘛！拍子又不好，还不敢跟他们打，等咱们练好了，我去买个好拍子再去跟他们打。”我问：“要不，咱们俩去那儿打？反正咱们俩都打得不好，无所谓，练吗？”他说：“这也是个办法，明天放学你到那里等我，谁先去谁把台子占了。”我说：“好！”我们还是在冷库的地上打了会儿才回家。

第二天下午我就把拍子和球都装进书包里。一放学就跑到了那个地方，爬上台子去坐在上面，在那里等着。等了会儿，刘新文来了，我们打了起来。感觉一下就好多了，台子中间用砖挡着，你来我往的，有来回了，还真有点儿像那么回事了。我们还换着拍子打，一直打到感觉到快吃饭了才回去。在路上我问：“咋样啊？”他说：“感觉不错！明天继续。”

回家吃完饭才写作业。那些天天天跟刘新文在学校的台子上打。同学看见了，也过来看。一直打到期末考试。考完试老师说要放一个月假，还布置了寒假作业。

第一次放假，这段时间有些累啊！早上起来得早，上课听课学习，回家还要做作业，还要打球。考完试回家，在家待了会儿，也待不住，还是出来逛。遇见了刘新文，他问：“打球去？”我说：“好啊！”两个人拿着拍子又到了学校。一看，根本就没有台子了。人很多，每一张台子都有人打，还有人拿着拍子在旁边看，看样子是轮着打的。我说：“看样子打不成了啊！”他说：“那回去呗！”我说：“我以前到食堂那边逛，听见有一个地方里面有打球的声音。”他问：“在哪儿？”接着说，“反正没事，咱们去找找吧！”

我们就来到办公楼边上的一个房子外面。我说：“就是这儿。”是一个看样子比较老旧的办公楼。看了看那间房子，我们就从大门走了进去，走到过道的顶头。可能是这里，想进房子，就推门，门是锁上的。我们从门缝里看，果然里面有乒乓球台。刘新文说：“看样子只有走窗户了。”我们又来到房子外面刚才看的地方，窗子很高。刘新文说：“小四，你爬进去把门打开。”我说：“这么高，我咋爬得上去啊？”他说：“我挡你啊！”我说：“那好吧！”他就先把我抱起来，我的手抓住了窗台。他说：“双手抓住别放啊！”我双手抓住窗台，他却放手了一下，我吊在了空中。他又用双手托住我的双脚往上推，我往上爬，一只脚上去了，另一只脚想有个踩的就好了！正好下面有踩的，刚刚踩到，可能是刘新文的头，用劲踩了一下。他说：“哎！小四，别踩头啊！”借着这个劲我就上来了，从窗户进去了，还好里面不算高就跳了下去，把门打开。等了会儿，他也从门口进来了。

我们就开始打，一打发现还不如水泥台呢！桌面太弹了，我们都接不住球。我们就慢点儿打，都站远了点儿。打了会儿，适应了些，还行，有来回了。刚打了几个来回，进来一个叔叔问：“小孩儿，你们咋进来的？不能在这里打球！”刘新文说：“门开着，我们就进来了！”他又问：“明明我锁好门了的啊？不会没锁吧？”接着又说，“你们不能在这里打球！知道是谁在这儿打球的吗？是厂领导！怎么也轮不到你们打！”我们没有说话。他又问：“你们是哪儿的小孩儿？谁告诉你们这儿有乒乓球台的？”我看着刘新文，他冲我眨了一下眼睛，意思是看我的了。看样子叔叔要撵我们走，刚找到点感觉，还没打够呢！我说：“是我爸，跟我说这儿有乒乓球桌子的。”他问：“你爸是谁？”我说：“是刘某某。”他说：“哦！是他的小孩儿。”又仔细看了我一会儿，就说，“你们打吧，打吧。别把东西碰坏了，走的时候关好门就行啦！”说完就走了，还把门给带上了。在这里打球感觉又不同，他们真会玩儿啊！我们又在那里打了会儿，走的时候把门关好了。走在路上，刘新文说：“我哥常说你爸牛，看样子真是啊！一听你爸的名字，他的态度一下就变了！”又说，“既然你爸这么牛！回去跟你爸说说，咱们想打乒乓球，帮咱搞个球桌看行不行？水泥的也行。”我说：“等回去见着我爸说说看吧！”

回到家正好遇到爸爸在家，我说：“爸！我们想打乒乓球，连个桌子都找不到！”爸爸问：“你会打乒乓球？”我说：“会啊！现在我都会扣球啦！”他说：“哦！乒乓球！也是不错的运动，回头跟工会说说，让他们拿点经费出来。”

没过几天，我刚到走廊上，就看到楼前冷库边上摆了个乒乓球台。转头一看，刘新文也在那里看，他又转过头对着我笑。他说：“走，小四，打球去？”我回去拿了拍子。下楼的时候刘新文说：“我彻底服了！真牛啊，想干啥干啥！”下来看，上面是水泥板，下面是刷有绿色油漆的铁架子的乒乓球台。我跟刘新文就去中间摆起砖开始打。

王文利他们一看我们在那里打，都过来要打。王文利说：“我们就打三光四K。”我问：“啥是三光四K？”他说：“就是打赢了四个的算赢，输了的就下，连输三个的就是光头，下课！”我们一直按这个规则打。他们后来说要打国际规则，二十一回一局。后来到前面楼看，每个楼都有一个乒乓球台，都有人打。大哥、二哥、三哥、高敏、刘景文、郭青山都要打，我们打了很长时间。大哥还用钢棍做了两个架子，买了个乒乓球网，中间就不用砖头了。

有一天，大哥跟隔壁的孙凯于打球。我过去看，跟我们就不一样了！球速很快，每一下都像是扇球，一般都是擦着网子过，要么就是打到台子的边上，还跑来跑去的，看起来很凶！打完了回到家，在门口我跟他说：“你篮球打得好，没想到乒乓球也打得好啊！”他说：“我以前还是我们学校的乒乓球冠军呢！”我问：“啥是冠军啊？”他说：“就是第一名。”哦！全校第一啊！怪不得那么好啊！

球打了几天要打坏，就屁响屁响了，不弹了，打起来不好玩儿了。到五贸商店去看，球还不便宜。最贵的双鱼牌七毛二，红双喜也贵，五毛五一个，最便宜的两毛七，就买便宜的吧！反正我们的台子也不高级，有时不小心还把球给踩扁了。

过年看结婚

打了很久的乒乓球，又说要过年了。有一天晚上，吃完饭天都黑了，还是下楼去看看。遇到了张军问我：“小四，听说今年结婚的特别多，咱们看看去？”我说：“好啊！我还没看过结婚呢！”我们就往五贸商店那边走去。看到五贸商店办公的楼上有一个地方亮着灯，里面有很多人，看样子很热闹。我们就找楼梯上去，到了门口。想进去，却有个人守在门口拦住了我们，不让进去。有别的大人就让进去，还打着招呼，就是不让我们进去。张军问：“小四，咋办啊？回去？”我说：“等等看吧！”听里面很热闹，很想进去。刚等了不一会儿，里面的响声大了起来，有人在拍手。就听到里面有个人大声说：“某某某同志和某某同志的婚礼现在开始！”守门口的人往里看，一转身也进去了，我们也就跟着进去了。

我们走到最前面，找了个地方坐下来。屋里上面有各种颜色的纸花，多数是红色，用绳子牵了起来。长管灯都用有颜色的纸给蒙住了，使得屋里有了各种颜色的光。站在前面的一男一女，都穿得很漂亮。没有看到过这样穿的，男的脖子上像系了红领巾；女的穿了一身红衣服，胸前还戴着红花。有一个男的站在他们边上，在那里讲了几句话。一会儿又拿了个苹果，用绳子钓着让他们吃，他们要去吃，那个男的又拉走了苹果，让他们吃不到，头碰到了一起，原来是跟他们开玩笑啊！钓了会儿苹果，又开始讲话，听他说话，也没听懂在说啥。我看到桌子上有几盘吃的东西，有糖、瓜子、花生，上面还有烟。想去拿，刚一动，说话的叔叔就停下，看着我就“嗯！”的一声，意思是不让我去拿，我就停下了。只到听到最后他说：“婚礼仪式到此结束，请大家自由活动。”我就扑向了有糖的盘子那边，后边一堆人跟着我一起就扑过去了。那个桌子很轻，我抓到一把，后面的人推着我，一起冲了过来。桌子就倒了，盘子全都掉在地下。我把抓到的一把装进兜里，又继续在地上捡。一群人都在地上捡，很快地上没有东西捡了，才找到张军一起出来。

边走边吃我们刚才抢的糖和别的东西。下楼走了一会儿，已经走在大路上了，遇到两个大孩。有一个问：“小孩儿，把你抢的烟跟我换好吧？我拿糖跟你换？”他咋知道我抢了烟？我抓了一把就装进了兜里，也没注意是啥。我一摸，还真有烟，三根，就都给了他，他拿了几块糖给我。他说：“谢谢啊！”可能烟在最上面，我是第一个去抓的，就抓到了烟。我不抽烟，张军也不抽烟。

第二章　电视记忆

修电视塔

过完年没多久的一天，正在跟张军打乒乓球，看到有很多人往十七号楼的方向走，好像是有事。我问："这是有啥事啊？"张军说："听说全厂的人都要出力干活儿，往山上搬水泥、沙和砖，还有机器部件。"我问："要干啥？"他说："我也不清楚，等会儿我爸回来了，我去问他。"

我回到家，看到妈妈问："妈，厂里要干啥啊？"妈妈说："修电视塔。"我问："在哪儿修啊？"妈妈指着斜对面的山顶说："在那儿，你爸、你哥都去了。"我问："我也想去看看？"她反问："你去能干啥？"接着说，"别去，去的都是大人和高年级的学生。"我看那路比到我们后山的山顶可远多了。路上都是人，像小蚂蚁一样慢慢地往上走，也有从上面下来的。

晚上吃完饭下楼遇到了王文利，问他："听说要修电视塔，你去没？"他说："我没去，要初中以上的才去，这么高，这么远，还要背东西，我哪儿行啊？”我问：“电视塔是干啥用的？”他说：“听说是看电视的，里面啥都有，电影里有的都有。”哦！是看电影用的，我就喜欢看电影。他说：“才往上搬，还要修一段时间，等通了不知是啥时候了？”爸爸哥哥们去了两天，就没去了。听他们说只是往上搬材料，有专门的工人修，工人们不愿意搬，就动员全厂能干活儿的男的去。

第一次看电视

没过多久，我路过办公楼看到有几个人在篮球场边上弄着啥，就过去看。像一个箱子，也不大，比我的书包大不了多少，有一面有玻璃，玻璃里面亮着光，一闪一闪的，仔细看里面有画在动。我问：“叔叔，是啥啊？”有一个人说：“电视。”难道这就是他们说的电视？有两个，都接着电，上面有两根发亮的细铁棍。他们在不停地摆动那两根发亮的细铁棍。画面看不清楚，有很多白色麻麻点点的光在闪着；还有一个是一段一段地上下跳动着。这哪儿有电影好啊？有一个叔叔弄了会儿说：“看样子不行，还是要把外接天线拿来。”接着对另外一个人问，“你不是买了外接天线的吗？”另一个说：“我哪儿知道啊？看上面有天线，我以为能行呢！行！等着吧！我回去拿。”他走了一会儿，手里拿着个大一些的铁架子，看样子不重，一只手都能拿。上面是直的长圆形的铁棍，拿近我看了一下，摸了一下，是空心铝棍做成的，很轻。把那个电视上的长棍拔了下来，再把拿来的上面的一根线插在了电视后面，电视上立刻就有了图像，也有说话的声音了。几个叔叔高兴起来！一个说：“我说嘛！

咋会不好看呢？还是要外接天线，也不能老举着，还是要找个地方固定一下。”我问：“今晚上放电视吗？”他说：“放，怎么不放？来看嘛！”我就回家了。跟妈妈说：“妈！今晚有电视看。”她问：“在哪儿看啊？”我说：“办公楼前面，有两个。”

吃完饭我就去了，一看已经有很多人了。电视是在放，根本就看不到。前面挤满了人，我根本就挤不过去。等了会儿，绕了一圈过去了，就在最跟前。刚伸头到前面看，就有一帮人说：“小孩儿，把头拿开，挡着了。”看来还是看不成，又出来了。两个小电视有好几十个人在那里，有人还爬到了篮球架上。后面的人根本就看不到，在那里挤热闹，听前面的人说着啥。倒是挺热闹的，很久没这么热闹了。

第二天又去看，人还是多，比前一天少些了，但还是看不到啥。遇到了王文利，他问：“小四，看到啥没有？”我说：“看到了电视，但没看到里面的内容。”他问：“能看到吗？一个七寸，一个十二寸，那么多人看，能看到啥？”他又说，“听说不只是这里有，厂里其他地方也有，咱们去找找？”我说：“好啊！”我们来到招待所前面的楼上，有一间大房子，里面也有。我们进去了，里面也有很多人在看，我们绕到最前面，只能坐在地上。电视放在一个专门的架子上，很高，架子上有个箱子，是放在箱子里，箱子的门支起向上。看了会儿脖子就受不了了，我跟王文利说：“我的脖子受不了了！”他说：“我也不行了，咱们走吧！”我们就出来了。我说：“像这样的东西小平房肯定有。”他说：“对！这种事哪儿能少得了他们啊！咱们去。”我们就到了小平房。果然有，也不大，人也不多。我们就坐在里面看，但看了半天，看不懂里面的内容。看着看着就要睡着了，我就回了家。

第二天，就有人家买电视了。王文利说：“一号楼二楼的一家买了一台。”他指着那家，我说：“那家我爸带我去过，他还给过我烟盒呢！”他问：“那我们到他家去看？”我说：“好啊！”我们就去敲他家门，那个伯伯出来开门。我问：“伯伯，我到你们家看电视行吗？”他说：“来吧！进来吧！”伯伯就让我们进去了。我们看了会儿，内容看不懂，也没啥意思，我就问王文利：“不好看！我想回去了。”他说：“我也觉得不好看，那我们走吧！”我说：“伯伯，我们不看了，谢谢啊！”伯伯问：“哦！不看了？以后要看再来啊？”王文利说：“谢谢伯伯！”我们就出来了。出来后，我说：“电视没电影好看啊！”他说：“只有碰，碰到好看的才行。”接着又说，“电视天天有，电影可不是天天能有啊！”在外面逛了逛，还到办公楼那里看了看。那里还有人在看，人少多了。

九寸彩色电视

第二天，遇到王文利，他的神情有些怪，没看到过他这样的。他有点激动地对我说：“袁东方家买了一台九寸彩色的电视！”接着问，“你猜多少钱？”我说：“我哪儿知道啊！可能要几百块吧？”他说：“一千九百八！”听到这个数字让我很吃惊！没听说过这么多钱买一个东西啊！大哥一个月才二十四元工资，二哥下乡一天才五分钱！那是他们要干多久才能买一台啊！袁东方家我知道，就在海娃家隔壁。他家有几个女儿，都很大了，大的已经上班了，小的也上高年级了。他又说：“真牛啊！”我愣了会儿说：“那也太贵了点吧！”他说：“不贵能说牛嘛！”我问：“现在是白天，白天有没有电视？”他说：“有。”我问：“他家现在有没有人？不知道看没看电视？走，咱们去看看。”他说：“可能在看，你去敲门，咱们进去看看。”跟他不熟，从来没跟他打过招呼，管他的，就要看电视！我就去敲门。他不在，他女儿来开的门。我问：“我们想到你家看电视行吗？”她说：“进来吧！”

进去看，彩色的果然好看。她还拿了两张小凳子给我们，让我们坐在前面看。已经有几个小孩儿在看了。内容也不好看，我们还是坐在那里看了很久。我想难得看一次彩色的，不看可惜了！

从那以后连着好几天，都在他家看。一有空就去看。还有几个小孩儿也在看，可能是海娃、张敏他们。

《生死恋》

电视的内容不能选择，让你看啥就看啥，不是爱看的也得看，没办法！有一天下午在袁东方家看的，开始现出了字。王文利说：“日本故事片《生死恋》！”让我看得很有感觉，很喜欢！前面有些漂亮的姑娘和小伙子打一种球。没见过这样的球，拿着的拍子有点像羽毛球拍，但球是圆的，在地上弹。他们说话的内容听不懂，还开着漂亮的汽车到处跑。后面又开着小快船互相追着，又是爆炸。让我觉得太刺激，太好看了！看了出来王文利说：“日本拍得也不错啊。”我说：“看了这么多天电视，终于看到一个好看的啊！”他说：“是啊，好不容易才看到一个！”

过了几天，隔壁孙伯伯家也买了一个比他们的都大的黑白电视。我问于阿姨：“是多大啊？”她说：“十六寸。”于是我们又常到他家看。

没两天陈华家也买了一个十二寸的黑白电视，有时到他们家去看。我问妈妈：“他们都买了电视，咱家也买个吗？”她说：“等你爸出差看看再说，现在太贵了，等便宜点再买。”是啊，是太贵了啊！

《铁臂阿童木》和《西游记》

有一天，在孙伯伯家看了个电视节目又把我看呆了！名叫《铁臂阿童木》，是日本拍的，那段时间还每天都有。片子开头有一小段说“日立牌是个机”，开始我还不明白是啥意思，看样子是画的，还没见过这样的，而且一看就懂。他力气很大，一拳能把墙打个洞，能一手托起个汽车，脚底喷火能飞起来。这是专门给我们这么大的小孩儿看的啊！里面的歌也好听，不过不是中国话。

有一天，下楼遇到王文利，问他：“这两天放的《铁臂阿童木》你看没有？”他说：“看了。”我说：“真好看啊！”他说：“对我来说过了，要是前几年放就好了！我还是更喜欢《生死恋》！”我说：“要是前几年放，咱们就不玩烟盒了！”他说：“烟盒也好玩儿！”又说，“前面那个广告还有点意思！”我问：“啥？啥是广告啊？”他说：“就是‘日立牌是个机’。”我问：“是啥意思啊？”他说：“就是让你买他的电视，是日立牌呗！”我说：“哦！明白了，我说他咋老是放来放去的在干吗呢？”

有一天，还放了一个好看的！有个像是动物又像是人似的，在天上飞来飞去的，拿着根棍子跟人打架。其中一个坐着的人，手特别大，他怎么也飞不出那个人的手，被他抓在手里，还被他拿些石头压在下面。有个骑马的人经过，把他救了出来。给他头上戴了个铁环，他就跟着骑马的人走了。后来又加入了两个人，一路上一些人找他们麻烦，他们就打架。看起来不是画的，是真人演的，但真的人咋会飞来飞去的呢？看起来不像是我们国家拍的，像是有点日本的风格？有点想找王文利说说，第二天没遇见他，以前跟他说，一说我就弄明白了很多问题。

《望乡》和看唱戏

有一天，又放了个日本电影《望乡》。看起来也很奇怪，先是演一个城市全都是烂的，像是被火烧过；一群人和女孩儿就走在烂路上。女孩儿在一个厂里上班，以前我在五铃家看的煮蚕挑丝，她们干的就是这个。大冬天下着雪，女孩儿们却穿得很少。短袖衣服，裤子也很短，光脚穿着拖鞋，洗脸水里像是有冰。女孩儿长大了些，就喝酒，跟一些外国人一起喝酒。后来女孩儿走在一个有树林的路上，到一个地方要蹲一下，刚蹲下，后面出来一个人笑着说："看见了！"女孩儿骂那个人。她到了一个地方就开始哭。后来一个躺着的老奶奶让女孩儿从柜子里拿出来一个包，包里有很多一坨坨发亮的东西，很值钱的样子。

遇到了刘景文，他说："看见了！"我问："你也看了啊？他看见了啥啊？"他反问："那你说是啥啊？"我说："那还不是女孩的屁股。"他说："就是！"我问："女孩儿屁股有啥好看的？"他说："嗯！脱了裤子还是有看头！"我问："那后来拿出来那些东西是啥啊？"他说："是戒指，好多哦！"我问："她哪儿弄那么多啊？"他说："跟男人睡觉得的呗！"我问："跟男人睡觉就能得这么多啊？"他说："睡一个得一个，她不知跟多少男人睡过觉。"我还是不太明白，他就走了。

有时放一些唱戏的，跟以前看的样板戏不一样。听不懂，但还能看，他们唱得好听，还摆一些动作。我喜欢开场他们拿着旗子一排人一路走出来的时候；还有他们翻跟头、踢枪，对着舞枪打，都好看！还有一个人坐在城墙上弹琴，城门开着，下面几个人扫地，有一帮人在城墙下想进去又不敢进去，在那里唱。还有黑脸的上面有一个月亮的人，在那里唱，旁边放一个在老家看到过闸草的刀，旁边绑了一个人，看样子是要闸掉那个人的头，最后还是摆了个切头的架势。

陈华的奶奶也喜欢看，特别喜欢看那些唱戏的。她是缠脚的，有时洗脚我看过，她的脚很小，有很长的布条缠着。让我想起姥姥，也是小脚。她牙也掉了些。我们有时一起看，她还给我们讲一点。

有一次放的两个年轻人在一起，走来走去的，后来又有了蝴蝶飞。她说的大概意思是，有一个是女扮男装，另一个不知道，后来知道了，他们想要朋友，家里不同意，男的死了，女扮男装的也不活了，他们都变成了蝴蝶。听她说，明白了点，但还是不明白，不要就不要呗！干吗要死啊！陈华家还买了《中国电视报》，上面有要放的电视节目的具体时间。她们还在故事片那里画了线，容易看到。她们也喜欢故事片啊！我翻了翻，里面有很多字我还不认识呢！再说我也记不住哪天几点演些啥。

《流浪者》

有一天，高敏说："小四，今晚有印度故事片《流浪者》，听说好看，你来看不？"我说："看！现在每天都要看，有好看的那更要看了！"他问："你一般在哪儿看？"我指着孙伯伯家说："晚上一般在他家看，白天有时在陈华家。"他说："对！今晚在孙凯峰家看。"

晚上吃完饭，出去走了一圈就到孙伯伯家看电视。已经有很多人了，高敏他们都在，他们让我坐在前面。开始打出了片名《流浪者》，不一会儿，就有个人摸别人的钱包，别人追他，他就跳上一辆车，就开始唱歌"啊吧啦咕！嗯！啊吧啦咕！……"不知道啥意思，觉得挺好听的。他回到家，家里有个妈妈，说话我又是听不懂的。我上学只学了些字，词还没学。然后又出现有看样子不是好人的人，又出现有看样子很有钱住着大房子的人。后来摸别人钱包的人也住进了大房子，可后来不知为啥他又不愿意住大房子，看见他妈总是在哭！看样子很有钱的人说啥："强盗、法官？穷人、有钱人？"没看懂。但觉得挺好看的，歌也好听！

第二天，王文利见着我就说："强盗的儿子是强盗，法官的儿子是法官。"我问："啥意思？"接着说，"我也听到了这句话。"他反问："这还不明白吗？"接着说，"你爸当官你就是当官的。"我说："那不一定哦！"他说："他们这种人就是这样看的，没办法，刚生下来就给人家终生定了！"我说："那个歌挺好听的。"他说："我也觉得好听。"我们一起唱："啊吧啦咕！嗯！啊吧啦咕！"就会开头两句。看来太多的事情我还是不懂啊。不知道怎样快点把这些东西都弄懂，在我看来只有多看点电视，多问问他们！

《哈姆雷特》

有一天，在走廊上遇到了高敏，他看到我高兴地说："小四，今晚有好看的！"我问："啥好看的？"他说："莎士比亚的《哈姆雷特》，我看过书，早就想看！"我问："这是啥啊？"他说："你小孩儿不懂，就跟着看吧！"

晚上有好看的！吃完饭看到孙伯伯家还在吃饭，就出去逛了一圈。遇到王文利我跟他说："高敏说今晚有好看的电视，是啥莎啥个亚的啥特？"他说："是莎士比亚的《哈姆雷特》，我听说过，英国的，我都搞不懂，别说你！跟着看热闹吧！”又说，“哟！快开始了，找地方看去。”

我就到了孙伯伯家，已经有很多人了，他们总让我坐在最前面的小凳子上。看了会儿，高敏说的《哈姆雷特》就开始了，又是看不懂，基本上是对话，但他们说的啥我根本就听不懂，像是在念词语，就是那个场景很特别，特别简单，只有大石头和大石柱。他们穿的也特别简单，像是麻布口袋套在身上。做些简单的动作，不过有时会拿着剑打斗，但就是这样也给我深刻的印象。也许是特别简单的场景，感觉特别安静，还有他们表现出来的说话的表情和动作。

第二天，遇到王文利还是说了说。他问：“昨晚的咋样？没看懂吧？”我说：“没有，不过我觉得有点意思！”他说：“都是对白，这个可是名剧，名气大！我也觉得有些意思，哪天把书找来看看，再看就全明白了。”

《追捕》

有一天，吃完饭在楼下逛，遇到王文利，看样子他有些高兴。他说：“小四，今天晚上有好看的！”我问：“有啥好看的？”他说：“日本故事片《追捕》，听名字就知道好看啊！”我问：“是吗？”他说：“哟！时间差不多了，快去占位子。”我们就分手了。我来到孙伯伯家，果然比平时人多。

没等一会儿就开始了，开始就觉得好看。一个人坐火车把衣服像纸一样扯碎丢到了火车外面，一个警察又去火车轨道那里找碎片。一个女孩儿在山上，遇到了一只熊，熊追那个女孩儿，坐火车的人救了那个女孩儿，他们还一起骑着一匹马跑。那个男的问了一句："你叫什么名字？"那个女孩儿说："我叫真由美。"她反问，"你呢？"男的说："我叫杜丘。"他们又分手了。有一个戴着个眼镜的老头，在一个有铁栏杆的房子里。他跟一个人说了一句话，那个人正在拿个螺丝刀修收音机，让人吃惊的情况出现了！那个人拿着螺丝刀插在自己的手背上，看样子都插穿了，那一定很疼啊！那个人头上没多少头发，在那里发愣！老头叫那个人"横路近二"。还有一个人，老头告诉他往前走，在一个大房子的屋顶，那个人就一直往前走，一直走到屋顶的边上，从上面掉下来摔死了。他们追杜丘要抓他，最后还是把杜丘抓住了。捆着送到有铁栏杆的房子里，跟横路近二住在了一起。老头总是跟杜丘说着啥，后来也让杜丘在大屋顶上走。跟他说："周昌跳下去了，唐塔也跳下去了，你一直往前走，往前走你就自由了。"看得我很紧张！想说杜丘不要走啊！他走啊走，走到了屋顶的最边上，还好，他停了下来。远处飞来一架小飞机，开飞机的是真由美。杜丘就往回跑，跑上了飞机，还把那老头给撞倒了。我看得很高兴，真好看啊！最后杜丘还是跟真由美分手了，各走各的路。看完了感觉还没完，还想看！电视演完了我还坐在那里回想，他家的灯亮了。高敏笑着问："小四，咋还不走呢？看傻了吧？"

第二天，王文利说："周昌跳下去了，唐塔也跳下去了，你一直往前走，往前走你就自由了。"又笑着说，"真好看！日本片子也可以哟。"我说："里面有个人有点意思！"他问："谁啊？"我说："横路近二。"他笑了说："是有点意思，往自己手上扎螺丝刀！"他又说，"那个女孩儿真由美也有意思！个儿不高，一笑还有两个酒窝，好可爱啊！"我说："我也喜欢，一笑好甜啊！"接着问，"那老头让跳，他们就跳啊？”他说：“这不是给迷住了嘛！要不是杜丘自己控制力强不也跳了嘛！”他又说，“咱们国家啥时候能拍出这种片子？咋都让日本人拍了呢？”我说：“我们国家的战争片还可以，故事片就很难看了。”他说：“我看也是。”他又说，“听说要演南斯拉夫故事片《瓦尔特保卫萨拉热窝》，也好看！战争片，打德国鬼子的。”我问：“啥时候啊？”他说：“就这两天。”

《瓦尔特保卫萨拉热窝》

接着就放了《瓦尔特保卫萨拉热窝》，我也只能看懂个大概，是在城市的游击队跟占领城市的德国军队战斗的故事。瓦尔特看起来很漂亮，但德国军官看起来更漂亮。他们的军官服好漂亮啊，我没看过这么漂亮的军官服。看样子料子很不错，笔挺的，很合身，扎着腰带，上面别着漂亮的十字花和鹰式的徽章，还有那漂亮的长大衣！德国军官漂亮，穿得漂亮，表情也是神气十足，用的枪也好！德国兵那钢盔看起来也漂亮，钢盔下面的面孔也好看，开着漂亮的三轮摩托车或是黑色轿车。瓦尔特他们那帮人穿的就显得脏兮兮的、皱巴巴的了。他们总还弯着腰走，常常是钻下水道，躲在阴暗的烂房子里，拿着长短不一的枪。

第二天，遇到王文利，他说：“德国人真牛啊！”我说：“我还没看到过这么漂亮的军官服！”他说：“我也没看到过！”我说：“那些德国兵长得也好看啊！”他说：“都是选的好看演员，不过他们的装备真不错，比起来，瓦尔特他们就像一帮叫花子。”我问：“后来谁赢了呢？”他说：“当然是德国人输了！历史就这样，别看他们这么牛！可后来还是输了，主要是因为苏联人和美国人的参战。”我问：“那次战争是不是很大哟？”他说：“当然大了！第二次世界大战！死了很多人，全世界都在打仗。”我问：“那我们这儿也在打吗？”他说：“在打啊，跟日本打。”我问：“我咋没看到跟日本人打仗的电影，只看到了跟美国人打仗的电影，叫抗美援朝呢？”他说：“还没放到那儿呢！以后肯定会很多，我看到好多书上都有。”

《平原游击队》

跟着我就看了《平原游击队》。开始有一个叫李向阳的队长拿着两把枪，他们说要打日本人和汉奸，是敌后武工队。他们化装到城里，遇到了汉奸，汉奸对他们的态度好得很。鬼子说要扫荡，就带着队到了老乡那里，让老乡告诉他们武工队在哪里，李向阳在哪里，粮食在哪里，老乡们不说，他们就杀死了老奶奶，还烧了老乡的房子，抢走了鸡，看样子很坏！李向阳骑着马打到城里，鬼子听说城里有李向阳就走了。后来他们说要抢鬼子的粮食，抢不走就烧了，把汉奸也打死了。鬼子又来扫荡，李向阳和老乡打鬼子，看样子是打赢了。也好看，以前我还没看过这样的！

第二天遇到王文利，他说：“我说吧！肯定要演打鬼子的。”我问：“是那个《生死恋》《追捕》里的日本吗？”他说：“咋不是呢？日本坏得很，杀了很多中国人呢！”我问：“他们为啥要这样呢？”他说：“他们嫌住的那个小破岛小，想到我们这儿抢地盘。”我说：“为了抢地盘啊，是太坏了！”我又说，“那个汉奸的态度变化得太快了吧！”他说：“能不快吗？两头挨夹的主儿！”

《桥》

又有好看的了，南斯拉夫故事片《桥》。刚开始就听他们说为了阻止德军大部队的前进要去炸掉一座桥，还找了当年设计桥的那个人，他知道在哪儿炸最容易炸烂桥。开始他们走山路，走路时唱的歌很好听，“啊朋友再见，啊朋友再见，啊朋友再见吧！再见吧！再见吧！假如我在战斗中牺牲，请把我埋在那山岗上……”在山中遇见德国人，就开始打。一个瘦的小伙子为了引开德国人往一边跑，边在水中跑，边乱打着枪。最后在德国人中间拉响了手榴弹，一起全都死了。后来在桥那里，他们从桥墩往上爬，被德国人发现了，在桥面下的被打死了，从绳子上掉了下来。在桥面上的人用高射机枪平射，打死很多德国人，没子弹了，他一跑也被打死了。最后德国人来了很多，那个设计桥的人拉动了开关，把桥给炸烂了，桥上的人可能都死了。也很好看！不过看起来有种想哭的感觉，死的都很惨啊！德国人的军官还是穿得那么漂亮、那么精神！

第二天遇到王文利，他说：“高射机枪平射，一枪要打穿一个，后面的可能也要被打死。”我说：“他们死的都很惨啊！”他说：“这就是战争！有啥办法呢？战争就是要死人，所以最好不要有战争！”停了下又说，“那么好的一座桥，可惜了！”我说：“那个歌很好听！”他就唱：“啊朋友再见，啊朋友再见，啊朋友再见吧！再见吧！再见吧！假如我在战斗中牺牲，请把我埋在那山岗上……”我们一起唱，这个歌很好听，而且一听就会唱，学起来很简单。

电视里连续播放的故事片都好看，从来没看到过这么多的内容。以前也就是几个月放一次、一年放几次的电影，就是放了，内容也基本上都是样板戏，斗地主、反恶霸、干革命之类的，外国的故事片是没有的，粉碎“四人帮”后就放了一部美国的《未来世界》。一下子就来了这么多，我感到都接受不下来，要是早认字和学词语就好了，我就可以听懂他们的对话，即使听懂了他们的对话，很多意思也很难明白。这让我觉得这个世界真大，真复杂！太多的问题要问，有的都不知道从哪里问。历史就是过去吧！有多少事情呢？以前根本想都想不到，以前太简单了点儿！粉碎“四人帮”以后变化真是太大了，难道是“四人帮”不让有的？但以前都说是听毛主席的话啊！没听说要听“四人帮”的话啊！

《抓壮丁》

接着又放了《抓壮丁》。抓壮丁三个字显出来时，我问：“抓壮丁啥意思啊？”旁边有人说：“就是弄些人去当兵。”里面的内容也只知道个大概。他们的对话也听不懂，说的话跟我们这儿的发音不一样，但看他们的样子有点可笑。听了几个名字，李老栓、王保长、卢队长，这几个人都跟我们这儿的人不一样，像过去看的要批斗的地主和反动派。

第二天，遇到王文利，他用电视里的发音喊：“李老栓！”我也学着变了音地喊：“王保长！”我又喊，“他也姓王，是不是你家亲戚啊？”他说：“姓王的多着呢！”我问：“我咋听不懂呢？”他说：“都是四川方言，听起来还挺有意思的！”我说：“他们吵架的样子挺可笑！”他说：“不是吵架，是在讨价还价。”他又说，“李老栓就是个黄世仁！”我问：“那卢队长不就是刁德一吗？”他说：“刁德一可比卢队长官大多了！”他又说,“这帮人都不是啥好鸟！”我说：

“都是过去要批斗的地主老财啊！”他说：“可不是这帮人嘛！把别人家的小伙子拉去打仗，当炮灰！”

《小兵张嘎》

有一天，放了《小兵张嘎》，看起来很有意思！里面的小孩儿跟我们差不多大。开始他跟奶奶在一起，奶奶被日本鬼子杀了。他去找罗金保叔叔，跟他去卖西瓜，拿着个木枪，抢胖翻译的真枪。又跟别人打赌，摔跤输了，咬了那个胖子一口，还堵他家的烟囱，把胖子家的人熏惨了！真枪也被没收了。后来打仗还是得了一把真枪，但屁股上挨了一枪，把枪藏在树上，他又去养伤。后来又画个图去找部队了，在胖子家又被汉奸抓了起来。后来部队打来了，张嘎在里面放火，把鬼子烧惨了。打赢了仗，最后还是奖给他一把真枪！看起来也很过瘾啊！

第二天，遇到王文利，他说：“小四，你有点像那个张嘎子啊！”我问：“我像吗？”王文利接着说：“挺好看的啊！”他说，“像，拍得也不错啊！”我说：“我要是有把真枪就好了！”他又问：“你要真枪干吗？”接着说，“又不能打鸟，更不能打人！”我说：“玩儿嘛！”他说：“那个可不好玩儿，现在玩儿就是烫手的东西！”他又说，“别看你今天闹得欢，就不怕将来拉清单吗？”我说：“我也听到了这句话，说给那个胖翻译的。”接着问，“啥意思啊？”他说：“就是那些个汉奸在有日本人的时候牛，日本人走了他们就麻烦了，要找他们算账的。”我问：“哦！日本人是打输了吧，那后来这些人呢？”他说：“有些还不是好好的，好多当了国民党兵，听说在

‘四人帮’的时候找他们算账了！”还好以前批斗的人里面就有他们。他们是该批斗，帮着日本人打中国人！

《铁道游击队》

接着又放了一部好看的《铁道游击队》。他们能爬上火车，从车厢里往外丢东西，最好看的是骑着马爬火车！还有鬼子的装甲列车也好看！还能跑下铁轨，从洞口里往外射击。他们蹚过了浅湖，过了湖唱的歌也好听：“西边的太阳快要落山了，微山湖上静悄悄，弹起我心爱的土琵琶，唱起那动人的歌谣……”

第二天遇到王文利，他就唱：“西边的太阳快要落山了，微山湖上静悄悄，弹起我心爱的土琵琶，唱起那动人的歌谣……”我跟着他一起唱，唱了会儿，他说：“小四，可以啊！咱们国家也能拍出好看的电影啊！”我说：“我也觉得好啊，很过瘾！”他说：“这帮人也很牛啊，骑着马爬火车！”我说：“那鬼子的装甲火车厉害啊！”他说：“是不错，看起来就很凶！能在轨道上还能下来跑，一般枪是拿它们没办法的。”

《洪湖赤卫队》

有一天晚上，刚想到孙伯伯家看电视，还没出门妈妈说：“要开学了，不要看电视了。”我问：“我作业都写完了，不看电视干啥？”晚上放的是《洪湖赤卫队》，女队长韩英在湖里划船，跟澎湖霸做斗争。以前总是看《红色娘子军》里的南霸天，现在又看了个澎湖霸，看样子澎湖霸和南霸天差不多。后来韩英被叛徒小队长王金标出卖，被澎湖霸抓了起来。打她，她也不投降。后来还是被假扮他们的人放了回来，最后还是打死了澎湖霸和叛徒王金标。也好看！里面的歌也好听："洪湖水呀浪呀嘛浪打浪啊……"以前看汉奸坏，叛徒原来也坏啊！

第二天遇到王文利，他说："小队长王金标。"我说："他是叛徒啊！以前觉得汉奸坏，叛徒看样子更坏！"他说："是的，叛徒知道内情，这边的人一旦叛变，那可就麻烦了！"我问："你觉得南霸天坏，还是澎湖霸坏？"他说："都坏，都是靠剥削劳动人民赚钱的吸血鬼！"他又说，"赤卫队就不该要王金标这种人！"我问："那为啥还要他？"他说："王金标是穷人，属于无产阶级，是可以加入的，有一个词叫作流氓无产者，说的就是这种人。"我说："他当了叛徒把韩英给抓起来了，把她整惨了啊！"他说："是啊！女的被抓起来是很惨的！挨打不说，弄不好把衣服给扒光就更惨了！"我问："为啥要扒光她的衣服啊？"他说："看呗！女孩儿最怕扒光了让男人看！"我说："就是他们说的流氓啊！"他笑着说："呀，小四不简单啊！还懂流氓啊？"我说："以前我在办公楼球场那里玩儿，那个竹席茅房里，有个女的喊：'流氓！抓流氓啊！'跟着就跑出来一个人，那个女的也跑出来了，还在提着裤子喊，'抓流氓啊！'从食堂那边跑过来一个人，球场这边一个人，他们抓着那个人就打。打了几下，那个人趴在地上一会儿，起来就跑了，那个女的还说，看我在那里蹲着，他说：'走错了！'还不出去，我才喊的，这种人就是成心的！不是流氓是啥？'"他说："就是这个意思，所以看女人脱裤子是要惹麻烦的！"说完我就回家了。

《柳堡的故事》

批判了一段时间“四人帮”，又开始放故事片了，片名是《柳堡的故事》。开始就是漂亮的解放军小伙，看起来很不错。一首歌就把前段时间的闷气扫走了大部分：“九九那个艳阳天来哟，十八岁的哥哥呀坐在河边……”开始以为是打仗的，原来是当兵的小伙来找姑娘，后来又是小伙回来解救了姑娘。

不像前段时间天天放好看的故事片，隔天才有，要上学；有时放了学在学校玩儿一会儿，回家还要写作业。看电视的时间就少了，就是吃完晚饭出去转一圈，看看新闻联播。

高敏说他家有一天开着窗户飞进来一只鸟，他找了个鸟笼把鸟装了进去。我去看，是画眉。他吃完饭有时爱喂鸟，有时还吹口哨给鸟听。

陈华她妈生了个小男孩儿。前段时间没看到她妈，原来回老家去生了，回来小孩儿都一岁多了。高敏很喜欢这个小孩儿，常常抱着，同时用双手举起来。有一次举起来的时候小孩儿尿尿了，尿了他一脸，听起来都很好笑！

《佐罗》和王功成

有一天，放了一部好看的法国片《佐罗》。佐罗骑着马，拿着剑，戴着面具，真潇洒！几个人都打不过他，剑一舞就在人家的衣服上划了个Z字。他专门打欺侮别人的坏人，不是当官的，就是有钱人，总帮着穷人。

第二天，看到在冷库那边的墙上就有人用粉笔画了个Z型字，有小孩儿比我还着迷啊！

有一天，看到王功成家的门开着，里面有光亮，就走了过去。没想到大哥在里面看电视，哦！怪不得晚上没看到大哥，也不在孙伯伯家，原来在这儿啊！奇怪的是进去没听见电视的声音，第一反应是他们看电视不听啊！等了会儿，听见了电视的声音，很小，几乎听不见，他们的听力好啊！看到有一个饭盒式录音机放在电视机前面的凳子上，一根线从电视那边牵过来，看样子他们要录电视里的声音，这个办法好！电视里有时就有一些好听的歌，我还想录下来听呢！他们家的条件好，人少，坐在长沙发上半躺着看，多舒服啊！不像我们总是坐在小板凳上看，有时屁股都坐疼了，我还是喜欢电视声音开大些，看起来过瘾！本来就很多都看不懂，看起来就费劲，还要提起神儿听声音，那不是更累了嘛！看了会儿，也看不懂，我就回家去了。

有一天，王功成穿了件新衬衣，不大的蓝白格子。从楼下走过，很多人都在看，我也没看过，觉得很好看！上楼遇到高敏，他说："王功成的衬衣真漂亮啊！"我说："我也觉得漂亮！"接着问，"你也不弄一件？"他反问："我哪儿去弄啊？是他老婆从上海给他带来的。"我问："没看到他老婆啊？"他说："他老婆在上海，那是大城市，就是不一样啊！"我问："你说是北京大，还是上海大？"他说："都差不多，都是好地方，哪儿像咱这儿，山沟里，啥都不知道！"我说："现在有电视了，比以前好多了！以前才叫啥都不知道！"他说："也是，现在幸亏有了电视！"

没过几天，我看到了王功成的老婆。看起来就是不一样！人长得漂亮，个头也高。长圆的脸，大大的眼睛，长长的眉毛。头发是卷的，大波浪形的，穿着浅棕色的衬衣，深棕色的长裙子，深棕色的高跟鞋。在她之前，我还没看到我们这儿有人穿裙子，在电视上看到过外国人穿；还穿着我没见过的长筒肉色丝袜，肉色丝袜细细的、透明的，看起来真是很漂亮啊！我都看呆了！她还带着女儿，很小，刚会走路，不会说话，还穿着开裆裤。她女儿拿着个小铁碗和小勺子到处走着吃东西，吃完里面的东西，又拿小铁碗接尿，上厕所有时也到男厕所里。

《加里森敢死队》

跟着放了一部外国的故事片叫《加里森敢死队》，他们说是电视连续剧，每天都有，真是很好看啊！有几个以前都是关在监狱里的犯罪的人，为了跟德国人打仗，把他们放出来，成立了一个敢死队。他们每个人都有绝活。一个人会偷东西，从别人身边过，就把别人的钱包悄无声息地拿走了；一个人会甩飞刀，一甩手，刀就飞出去插在敌人的胸口上；一个人会开锁，啥锁都行，开保险柜用医生用的那个东西听；一个人会骗，长得漂亮，会说德国话，会装德国军官。他们由一个叫头的人带着，常常到敌后干事。用各自的绝活到敌后去偷东西或搞破坏，或是救被敌人抓起来的人。每天演一集，连演了好几天，都很好看。

有一天爸爸喊我看电影，我说：“不去，晚上要看电视。”爸爸问：“去看电影吗？”我说：“不去。”他连问了好几次，他还没喊我看过电影，不知为啥今天非喊我去，结果还是跟着他去了。想如果不好看，就回来看电视。看电影的人很少，几十个人，是我看到的看电影的人最少的一次。结果等了好一会儿才开始演电影，开始了一看是《红色娘子军》，气死我了，眼泪都快掉了！我要走，爸爸还说："看看嘛。"我说："看了多少遍了！要回去！"赶紧往回跑。到孙伯伯家，《加里森敢死队》都不知演了多久了，前面的也不知道是啥，也看不明白，气死我了！一会儿就完了，只好回家了。没过几天，不演了，不是说二十六集的嘛，没演完吗？

有一天，遇到王文利，我问："那么好看，咋不演了呢？不是说二十几集的连续剧吗？"他反问："还能演吗？"我问："咋又不能演了啊？"他说："小孩儿都学他们！我听说好多小孩儿都学他们那儿招被抓了起来。"我问："看就看呗！还能学他们去偷、去抢啊？"他说："你不学，有人学，他们多牛啊！"我说："不过，我也想学，那个甩飞刀的真不错，我要是有把刀就好了。"他说："看看，说不学还是想学啊！"我说："我就是想弄把刀甩着玩儿。"他说："我也想弄把刀呢！"我问："咱们哪儿弄去啊？"他说："我还不知道呢！像电视里的那个人玩儿的叫直弹刀，玩儿那个是违法的。"正说着，看见刘新文拿着个啥东西走了过来，一看是把刀，是钢锯片磨成型的。我问："我们正说着呢！你哪儿弄的啊？"他说："在维修房外面有废锯片，到办公楼前面的房子里用砂轮打的。"我问："你这刀能行吗？"他说："咋不行呢！你们看着。"就找了棵树，他往上甩，甩了一下没插上，甩了两下，才勉强歪着插上去了，拔下刀就回家了。我问王文利："想不想去弄啊？"他说："我就不去了，你去吧！"

我就来到维修房，在外面果然就有他们丢的废钢锯片，就捡了两根，来到办公楼前面的房子里。以前这里是茅房，啥时改成了干活儿的房子我也没注意，里面有几个人在干活儿，看到有大砂轮，就问一个干活儿的小伙子："能用一下你的砂轮吗？"他问："干啥？"我拿起锯片问："想磨一把刀？"他说："你自己磨吧！"还真不错！他把砂轮的电打开，我拿着锯片一碰那个砂轮就打起了火花，磨了一会儿，我的手就酸了，换只手拿着，一会儿也酸了，看看要磨成刀还要好一会儿呢！那个干活儿的小伙子看了看我说："你给我吧！"我递给他，他拿在手上帮我磨，他戴着手套，劲也大，一会儿就把前面磨尖了，成了刀型。我拿着说："谢谢啊！"他点了下头，我就回去了。在楼前找了棵树，往上甩，插不上去，可能要多练一练才行，就在那里反复地练，好几下才歪着插了上去。回到家还想插，往大门的背后插，也插不上去，插了好几下也不行。

有一天，王文利拿着个大钉子。他说："小四，咱们来玩儿个游戏。"我问："啥游戏？"他说："分田地，要找一块有泥的地方。"还好刚下雨不久，我们就找了个有泥的地方蹲了下来。他就在泥上用钉子画了个方块，拿着钉子甩下去插在泥上，然后把钉子拔了下来。画一根线，线经过有钉子眼的地方，画的方块分成了两块。他说："小四，该你了，你插靠我那一边。"我也甩下去钉子插了一下，他拔出钉子画了一根线。他说："该我了，看谁先把对方的那一块占完，只能插靠近对方的，插到外面的不算，先占完的算赢，谁赢了在对方的脑门上弹一下。"我们就开始玩儿，大钉子比钢锯片要好插多了，我们还玩儿了几天。

我把大钉子带到学校，放学看到沟里的同学在等车，就在等车的地方教他一起玩儿。连玩儿了几天，其他同学来看，也想玩儿，我们就一起玩儿。

《堂吉诃德》

有一天，电视放了部外国故事片《堂吉诃德》，超好看！开始是一个精瘦的老头骑了匹瘦马，拿着把长剑，到处走，像是要找人打架，别人也不跟他打。后来有个矮胖子叫桑丘的跟着他走，就是刮风下雨他们也在走。不明白他们为啥要走，他们到了一个地方，住进了大房子里，有几个胖女人跟桑丘玩儿。当地的大官还给老头封了个官，想让老头留在那里，可老头坚持要走，说是要为理想而战。他们走到一个地方看见了大风车，他说是魔鬼，骑着马冲了过去，把长剑也丢了，他抓着风车跟着风车转，边转还边说你这魔鬼，我要跟你决斗！看起来都挺好玩儿的，就是不太明白，他有好房子住为啥还要走，去跟风车打。

有一天，遇到了王文利，我问："那天演的《堂吉诃德》看了没？"他说："看了。"我问："没看明白，他有好地方住为啥还要走呢？"他说："他是为理想而战。"我问："啥是理想？"他说："就是梦想，就是以后想干啥，就要干啥。"他又问，"小四，你的理想是啥？"我说："理想是啥我也才弄懂，我哪儿有啊！就是以前想要有把枪，现在想要有一把刀！"我又问，"那他的理想就是打风车啊？"他说："这不是看错了嘛！"我问："这个也能看错啊？"他说："堂吉诃德就是个疯子，神经病！"哦！我有点明白了，是个不正常的人啊！他要到处去找魔鬼，把风车看成了魔鬼啊！

《列宁在一九一八》

接着又放了一部苏联故事片《列宁在一九一八》，也好看！里面的场面很大。列宁我知道，在办公楼里面有他的画像，就是看不太懂。看他在那里到处走，在大房子里有很多人，他在台上大声讲话给他们听。有人想暗杀他，把他打伤了。让我意外的是列宁在暗杀他的人面前也不怕，要是我还不怕得要死！要么跑，要么快点跟他打，把他手里的枪打掉！

第二天，看到王文利在他家门前的楼下站着。我正想问他，就过去找他，刚走到那里，高敏在我后面也过来了。王文利说："小四，苏联拍的也好看啊！"我说："是好看啊！"他说："面包会有的，牛奶会有的，一切都会有的。"我问："我也听到了这句话，啥意思？"他说："面包我们这儿还没有，以后会有的，牛奶也没有，只有奶粉。"我说："哦！是吃的啊！我们这儿是没有面包，只有奶粉。"他说："外国这些东西相当于我们的米饭馒头，就是一般的吃的。"他又问高敏，"布尔什维克是不是共产党啊？"高敏说："就是的，共产党以前就是叫布尔什维克。"王文利说："瓦希里同志，列宁同志已经不咳嗽了，他已经不发烧了！"高敏说："哟！这可是句名言，我在书上看到过，还有刚才说的'面包会有的，牛奶会有的，一切都会有的'。"接着又说，"这部片子的名气太大了！好多地方都演了，就是我们这儿没演！"我说："现在演还是好看啊！"他说："就是，我早就想看，里面那几句话，小说里都提过，影响了很多人。"他又说，"你们以前说的话我听到了些，有点意思。就是要多说，要锻炼语言的表达能力。"停了下又说，"别看小四小，长进快！我们这儿本来就闭塞，再不说话，要变傻的，我们班都没有几个人能跟我对话的。"

我说："我们班没有一个能跟我对话的。"王文利说："我们班也没有，不知道他们在干啥？"原来都是这样啊！以前还以为就我是这样啊！我问："列宁遇到要杀他的人也不怕啊？"王文利反问："怕，还是列宁吗？"高敏说："这就是伟人跟一般人的不同之处，要是遇到刺杀还不求他！还有连尿都吓出来了的人啊！"王文利问："小四，要是有人杀你，你咋办啊？"我说："那还不得快点跑啊！"他问："你能跑得过子弹吗？"我说："我不是想练飞刀嘛！有人要杀我，我先甩飞刀插他。"他说："那也没子弹快啊！"高敏说："都不是办法，还是不要得罪人，你得罪了别人，别人哪天就要报复你。"我问："啥是得罪人啊？"高敏说："就是打人、骂人，说别人坏话。"我问："我在学校都得罪了好几个人，那咋办啊？"他说："以后要小心点。"王文利问："干革命哪儿有不得罪人的？"接着说，"要么就在家待着啥也不干！"高敏说："也是，干革命就是要得罪人，大人不是说不怕流血牺牲嘛，说的就是这个。"高敏他妈喊他，他就走了。王文利说："小四，听到没有？要不怕流血牺牲，别老想着跑。"说完就走了。跟他们聊天真是很高兴！虽然当时有很多还不太明白，但觉得收获了很多东西！

《人证》

有一天，又放了一部故事片《人证》，里面有很多又没有看懂，发现个死人，是黑人，两个警察去调查。在一个看样子没人住的烂房子里有一个快死的黑人老头，不明白为啥要住在那里。有一个黑人小伙儿高兴地说："我要到东京找妈妈去！"他费了很大的劲在东京找到一个女的。那个女的看样子也漂亮，有钱，是他妈妈，但这个女的不认他是儿子。后来女的要给黑人小伙儿钱，黑人小伙儿不要，把钱丢了。我也不明白为啥女的不认他，里面又演了女孩儿在喝酒，里面又有当兵的黑人小伙儿和姑娘带着小黑人，也不明白。后来黑人小伙跟女的要抱的时候，女的又把刀刺入黑人小伙儿胸口。黑人小伙儿不打女的，还把刀往里按，我也不明白为什么。要是刺我，我还不拔出来啊？后来有些姑娘在台子上走来走去，像是表演着啥，我也不懂。后来那个女人出来了，别人还拍手，警察也找到那个女的，那个女的哭了，警察把那个女的给抓走了。这个片子里的很多东西是以前没有看到过的，所以太多不懂的了，他们的对话也听不懂。

第二天，遇到王文利，他问："小四，《人证》看懂没有？"我说："没有啊！太多不明白了！"他说："生了儿子不认，又给杀了，这种事只有日本人干得出来！"我问："那个人为啥要住在烂房子里？"他说："有个词叫穷困潦倒，就是说的这个。"我说："还是不明白。"他说："还不是没钱，被逼的呗！谁愿意啊？"我问："那个女的以前跟那个黑人不是两口子吗？"他说："啥两口子啊！那个女的以前就是个妓女！"我问："啥是妓女啊？"他说："就是专门跟男人睡觉换钱的女的，跟以前演的《望乡》里的那个女的，她们都是一路货！"我问："我们这儿没有这种人吗？"他说："我们这儿是没有，这种女的是要挨骂的！"我问："那后来咋有人给她拍手？"他说："她后来不是换工作了嘛！就是换了工作又搞好了，就不想让别人知道她以前的那些破事，所以不认那个黑人小伙儿是她儿子。"我又问："那个女的用刀捅那个黑人，他为啥不打那个女的，还往里捅呢？"他说："那个黑人小伙儿不气死了嘛！自己好不容易找到的妈妈竟要杀自己！活着还有啥劲啊？”我有些明白了！那个黑人小伙儿真可怜啊！我说：“那后面的歌真好听啊。”他说：“我也觉得好听！”他就唱，“妈妈！……”后面的就是哼，我也跟着哼，都是外语，调子是好听！还是不明白，没钱可以干活儿啊！咋会住在那儿，不认就不认嘛！干吗把人家杀了啊，自己也要进监狱。

《巴黎圣母院》

跟着又演了个好看的法国故事片《巴黎圣母院》。一个很丑的人，有点像《西游记》里的孙悟空，在大房子里，东跳西跳，跳着拉绳子，跳在大钟上敲钟。有一个漂亮的女孩儿，牵着一头羊在外面的广场上。有一个人总是坐在那里，有人过就说：“行行好吧！请给我点吃的吧？”有一个人住在大房子里，穿着大袍子，脖子上挂着十字架，看起来就不像是啥好人。有一个骑马的人，很年轻，长得也很好。很丑的人犯了错，他们把他捆在广场上，他想喝水，都不给他水，女孩儿给他水喝。女孩儿把他救了，他又回到大房子里。不知女孩儿犯了啥错，他们要吊死女孩儿，那个丑人把女孩儿又救到大房子里。有很多人想进入大房子，在外面拿大木头撞，那个丑人就在上面烧水，烧热了往下倒，不知烫了多少人，又丢大石条，砸死了些人。看起来真刺激啊！后来那些人还是闯了进来，抓住了女孩儿，把女孩儿吊死了。丑人把穿大袍子的人从很高的地方丢了下去，摔死了。丑人把女孩儿抱进大房子的地下室，又跟女孩儿睡在一起。不久他也死了，都变成了土灰。

后来遇到了王文利，他说：“卡西莫多！”我说：“他好丑啊！”

他说："他虽然丑，但很善良，不像那些人看起来漂亮，但坏得很！"我问："那个水开了倒下去是不是要烫到很多人啊？"他说："是拍电影，哪儿能真用开水啊！那些石条也是假的。"我说："那个大房子很漂亮啊！"他说："那个就是巴黎圣母院的大教堂，当然漂亮啦！"他又说，"那个主教神父真虚伪，满口的高尚词调，却总想着咋搞爱斯美拉达！"我又没听懂，问："啥是虚伪？"他说："就是假得很！满口的仁义道德，却总想着肮脏龌龊的事！"这些词我都不懂，也懂了点，那个叫神父的人，一看就不是啥好人！他又说，"这可是世界名著，维克多·雨果，鼎鼎大名的文学巨匠！所以好看呢！"我说："我也觉得好看，就是有些地方看不懂！"他说："还是要多看，慢慢就弄懂了，咱们没条件，要是能多看几遍就好了！"我说："是啊！我还想看啊！"他说："再演不知啥时候了。"

《悲惨世界》

接着又演了故事片《悲惨世界》，我也看不懂。一个人开始被关了起来，他拿一个小锯子，把窗栏杆锯断，从监狱里跑了出来。到了一个地方，肚子饿了，找人家要吃的。他吃了东西，还拿了人家插放蜡烛的东西，被警察抓到了，警察翻出了放蜡烛的东西，那个给他吃东西的人却不认自己的东西，放了那个人。有个男的打女孩儿，那个人把女孩儿抱走了，把她养大了。后来他看样子有很多钱，女孩儿喜欢一个男孩儿，男孩儿参加战争受了伤。那个人去把男孩儿救了回来，走下水道。有一个警察一直在追那个人，后来警察却自己跳水自杀了。

第二天，遇到王文利，他说："让·阿让！"我说："那个人的劲好大哟！"他说："嗯！劲确实大！"接着又问，"小四，看懂没有？"我说："也没有！"接着问，"这就是悲惨世界啊？"他说："对！这就是悲惨世界！就是这个意思！"我问："后来那个警察为啥要自杀啊？"他说："那个老头儿追了那么多年，最后发现这个人是个好人，白追了，就自杀了！我的理解是这样的！"我问："这些人咋这么容易自杀啊？我就不会自杀。"他说："你还小，还没明白生活的真谛，也没啥理想，所以很现实，不会自杀。"我说："觉得有点闷，但还是好看！"他说："当然好看啦！这可是世界名著，名气相当大！意义相当深，很多是我们现在还难以理解的！"

《简·爱》

接着又演了故事片《简·爱》。一个女孩儿到一个学校，冬天穿得很少。一排女孩儿在洗脸，有一个老师用刷子狠狠地帮女孩儿刷脖子，把女孩儿都给弄哭了！后来女孩儿来到一个大房子里当管家，跟男主人好上了，但大房子里的楼上总有人在哭闹和唱歌，是一个女疯子。女孩儿想去看，男的不让，女孩儿就出走了，啥也没带。女孩儿饿了，在垃圾箱里找吃的，在房子外面檐下躲雨。有两兄妹收留了她，让她住了一段时间，她教了些东西给那个妹妹。后来女孩儿又回到大房子，大房子烧没了，男的眼睛也看不见了，他们还是在一起了。

第二天，遇到王文利，他问："小四，昨晚演的《简·爱》看懂没有？"我说："没有啊！"接着问，"那个女的为啥要走啊？"他说："她知道了那个疯女人是那个男的老婆，气的呗！"我说："原来那个疯女人是那个男人的老婆啊！"他说："女人最讨厌这种事了，他有老婆又不告诉她，让她知道了，气坏了，就出走了。"我说："那个女的脾气好大哟！啥都不带就走了，饿了找垃圾箱里的吃的！"他反问："要不咋叫简·爱呢？"接着说，"就是脾气大！要是换了别的女人，看这个男的这么有钱，算了，将就过吧！"我说："电视里演的这些人脾气都大，要么自杀，要么啥都不带就出走！"他说："要不他们咋会成为世界名著里的人物呢？这就是有个性、有脾气！汉奸、叛徒就不这样了，保命要紧，其他就不管了！"我问："我咋就是想保命要紧呢？"他说："你还小，还没形成个性和脾气，长大以后再看吧！"

《烈火中永生》

有一天，演了个国产故事片《烈火中永生》。一看，故事情节很熟悉啊。想起来了，我有一本小人书，名叫《红岩》就是讲的这个。里面就是江姐、许云峰、小萝卜头、甫志高，还有跑步的老头。

第二天，遇到王文利。我说："我有本小儿书《红岩》，是这个故事啊！"他说："我也看过这本书，是大书，也叫《红岩》。"他又说，"这里面的几个人物名气是相当大的，可以说是几类人的代表。"我问："哪几类啊？"他说："名气最大的是江姐，地下党员女烈士的代表人物；许云峰是地下党男烈士的代表人物；甫志高大叛徒，是叛徒的代表人物；还有审他们的那个国民党的特务头子，心狠手黑，是国民党的代表人物；还有跑步装疯的那个老头，以前有人跑步就有人说像那个老头，名气也相当大。”我问：“那个竹签和老虎凳厉害吗？比皮鞭抽、火棍烫还厉害啊？”他说：“当然厉害啦！竹签是用细竹子扎进手指尖，一直扎进骨头里！老虎凳是把腿绑在凳子上，往下面塞砖头，看样子是一直要把腿弄断啊！”我说：“啊！那不是很疼啊！难道他们不怕疼吗？”他说：“当然疼啦，没看他们都疼晕了！”我说：“那他们还不说，真不简单啊！”他说：“所以他们是烈士，说了就成叛徒了。”我问：“他们咋就能忍住呢？哪儿来这么大的劲头啊！”他说：“这就是信仰的力量，没有信仰是忍不住的！”我问：“信仰是啥啊？有这么厉害吗？”他说：“信仰就是信念，你信这个事，就要为这个付出代价，哪怕是生命！”我问：“那他们的信仰是啥啊？”他说：“他们都是共产党员，信仰共产主义嘛！”我说：“就是我们上学第一节课说的那个啊，常听说啊，很普通的嘛！我爸就是共产党员啊！”他说：“就是他们这帮人，现在看起来很普通，在那个时候，又被抓了起来，就不简单了啊！”我问：“那甫志高不也是共产党吗，他咋就说了呢？”他说：“他没有坚强的意志！”我问：“那啥是意志啊？”他说：“就是要干一件事的决心，看能不能坚持得住。”他又说，“甫志高只是个投机分子，是混进共产党队伍的投机分子，还没咋打他呢就叛变了。”我问：“我听说过投机倒把，投机分子又是啥？”他说：“意思有些相近，但形容的事情不一样，投机倒把主要指做买卖赚钱，投机分子主要指混进革命队伍里的人。”这些事情听起来很复杂，只能大概懂一些啊！看来只有以后慢慢弄懂了，要是把我抓进去了，这样打我，我会不会招啊？想起江姐他们有种想哭的感觉。都很惨啊！挨了这么多打，还要被枪毙！

接着又放了《野火春风斗古城》，没咋看得懂，只知道个大概，是地下党跟日本鬼子和汉奸斗争的故事。里面有个女的打扮总变来变去，最后八路军还是进城了。

第二天，遇到王文利。我问："那个女的咋变来变去的啊？"他说："是一个人演的两姐妹。"我说："没咋看懂，就是地下党嘛！"他说："是复杂的地下斗争，很难懂，这个片子是在'四人帮'之前拍的，一直没放，到现在才在电视上放。"

《大西洋底来的人》

跟着就要期末考试了，也没有啥好看的。考完试，就演了一个好看的《大西洋底来的人》的外国连续剧。连演了很多天，看起来真过瘾！漂亮的小伙子，能在大海深处随便游，要换作我早就淹死了，他的耳朵下面有像鱼鳃似的东西，手指和脚趾中间会变出像鸭脚板似的东西，所以能在水深处随便游。他力气也很大，总是能把坏人打败，或是破坏坏人要做的坏事。

有一天，遇到王文利，他说："麦克·哈里斯。"我问："这人也太厉害了！真有这样的人吗？"他说："这都是科幻，瞎编出来的！"我说："哦！外国人就是会瞎编，跟上次那个《未来世界》差不多！"他说："就是，瞎编也好看啊！"我说："我就是想能在水里随便游，还有就是力气大，别人都不敢惹我！"他说："他们就是迎合你这种小男孩儿的心理编出来的，所以好看。"我说："咱们国家就没有这样瞎编的东西。"他说："咱们国家哪儿会编这些啊？以前的大人都在干革命、促生产，还没想到这块呢！以后可能会有的！"

《万水千山》、老红军和卖刀的

有一天，电视里演了名叫《万水千山》的故事片。里面演的是一群叫红军的人，走啊，走！在雪山上，穿的衣服很少。有的就从山上滚了下来，看样子没得活了！后来走在了平的地方，像是在吵架，一帮人走了另一条路，分手了。在有水的草地上走，有的人掉进水里，就没出来了，救都没法救了！他们很饿，吃野草，还吃皮带！后来总算走了出去。

第二天，吃完晚饭我就问大哥："电视里演的红军是厂里的那个红军吗？"他反问："咋不是呢？"接着说，"就是他们这帮人。"我问："那他也很不简单啊？"他说："可不是嘛！他也走过草地，差点死在那儿，受了刺激，装傻！不当官，我看他比谁都精！"

下楼又遇见了王文利，问他："野草和皮带能吃吗？"他说："饿了没吃的还不是要吃！"我说："我听老师说以前饿死过很多人。"他说："三年自然灾害，我在书上看到过。"我说："听起来很惨啊！吃树皮和树叶，还要吃土！"我说："我哥说厂里的那个老红军跟昨天电视里演的是一帮人呢！"他说："我知道他，三个儿子，我们见过的那一个瘸子是老大，有一个小的跟你一个年级，还有一个跟你三哥差不多大。"我说："我大哥说他装傻不当官。"他说："我要当官，比谁的官都大！当官有好的一面，也有不好的一面！"接着又说，"还是有钱好！想买啥买啥！"我说："我看现在有钱也没啥用！我想要弄把好刀，还没地方买呢！"他说："是啊！咱们这儿是有钱也不好使，看电视里外国的东西就要多些！"他又说，"小四，像你爸这个官倒不错，办运动会，大家都高兴，又不得罪人。"我说："有些人还是不高兴。"他问："谁？谁不高兴？"我说："你们班输的那个。”他笑了，说：“那有啥办法啊？比赛就要有输赢，总是有人要输的，赢的人是少数。”又说，“大家对办的这些比赛都挺满意的，就是输了，认识到了差距，回家再接着练呗！”

没隔两天，放学看到五贸商店卖蛋糕的外面有一帮人围着看啥，我就过去看，一个人在地上摆着各样的刀。有菜刀、小尖刀，看上去有些粗糙，我对有把小尖刀有点兴趣！拿在手上看了看，是钝的。我说：“你的刀不快啊！”他说：“还要磨，没开刃的。”我问：“这把多少？”他说：“六元。”我就指着各种刀问价格，大的要十块、八块的。看了会儿，还没一个人买。这时来了个警察说：“把摊收了，跟我走。”他就收起地摊走了。

《钢铁是怎样炼成的》

那两天没啥好看的电视。没过两天，吃饭的时候爸爸说：“今晚要放苏联故事片《钢铁是怎样炼成的》，这个故事片可是有名的，20世纪50年代我就看过，王守义他们家要来咱家看。”妈妈问：“他家还没买电视啊？”爸爸说：“没有，他这回托我买，等我回去看看还有没有？”我问：“是啥内容啊？”爸爸说：“保尔·柯察金的故事。”我又问：“是啥金的故事啊？”他说：“你就等着看吧！是苏联解放前后时的故事，以前号召都要向他学习。”妈妈说：“里面有一段话我们单位还组织背过呢！”爸爸说：“我们也背过，谁都要背。”我问：“是啥话啊？”爸爸说：“当你回首往事时，不因虚度年华而悔恨……行了，吃饭吧！等会儿他们就要来啦！”

吃完饭把电视打开了，还是来了一帮小孩儿。爸爸对他们说：

“今天你们到别人家去看吧！我们家今天要来客人，改天再过来看。”他们拿起小凳子就走了。过了会儿，客人就来了，四个人，两个大人，一男一女，两个女孩儿。王守义以前我见过，他见到我，跟我说：“我认识你爸。”他看起来很年轻，就三十几岁。他的一个小女儿我一看，也见过，认识的。王守义叔叔对我说：“我们家老二还跟你们小四是托儿所同学呢！”我说：“见过，有印象。”她看着我点了下头，我也点下头。

以前上托儿所表演节目的时候我见过她，当时是去老乡那里表演。她穿的白布有小花的长裙子，扎立起来的两条辫子，打扮得就很显眼。有一个节目是她单独演的，一个人在那里又唱又跳的。吃饭的时候她还不吃老乡的饭菜，坐着不动。阿姨问：“咋不吃呢？”她说：“吃不下去！”阿姨又问：“咋吃不下去呢？”她说：“闻到这个味儿想吐！”一个岁数大的老乡问：“给你煮一碗面条行不行？”她就点了点头。老乡还就专门给她下了碗面条她才吃了。只有她一个人这样，所以印象比较深。坐车回来的时候遇到一个急转弯，她还大喊大叫！是有点儿险，车不是还没翻，大家都没喊出来，就她先喊，弄得其他女孩儿也喊了起来，怕啥呀！

没过一会儿，就开始演了，是黑白片。开始就是一个小孩儿在一家有钱人那里干活儿，那家人要打那个小孩儿屁股。开始打了几下，后来又让他弯着腰狠狠地打。刚开始打的时候王守义的二女儿就在那里“呜”“呜”地哭，跟着又“哇”“哇”大哭起来！演电视嘛，比他惨的多了去了，至于嘛！王叔叔说：“我们家二女儿就这样！看到别人挨打就要哭！电视里的都要哭，没办法啊！”他又对着她说，“好啦，好啦！别哭了，打完了！咱家二闺女就是太敏感了！”有个女孩儿要来找那个小孩儿，给小孩儿一点吃的还是啥东西。小孩儿长大了些，像小伙子了。小孩儿就跑了，跑去当了兵，还骑马打过仗，打仗的时候受了些伤，进了医院。伤好了小伙子就去修铁路，在一个大森林里修，有很厚的雪，没有人家。很多人住在一个大房子里，到处都是人，有火堆，有光着身子的，找衣服里的跳蚤。有人想破坏他们修的路，小伙子们粉碎了他们的阴谋，抓住了坏人。后来他们到了一个有水的地方，像个湖，他们都很高兴地往那边跑。有的人脱衣服，有的人不脱，就往里面跳。地上还有很厚的雪，水也应该很冷吧！他们还是要下去洗澡。快结束的时候小伙子躺在床上，在外面有光射进来的黑房子里写东西。出现的爸爸背的那段话了，很长，也不明白啥意思。完了我看了那个女孩儿一眼，满脸都是泪，没遇到她那样的。以前看电视时房子里有小女孩儿，也没有像她这样哭的。女孩儿还愣在那里，他爸说：“完了，完了，走了闺女，还发呆呢！”还对爸爸说，“这又看进去了！谢谢啊！”爸爸说：“走了！以后要看再来啊！”女孩儿站起来，她爸说：“跟伯伯、哥哥们说再见！”她和她姐说：“再见啊！”我也说：“再见！”他们就走了。

第二天，吃饭的时候我跟妈妈说：“那个女孩儿看见电视里有人挨打都要哭啊！”妈妈说：“人家女孩儿感情丰富，不像你没感情，毛主席死了都不哭！”我说：“她也太容易哭了吧！上次去老乡那里演节目还不吃老乡的饭呢！”妈妈说：“女孩儿就是敏感，他们家就这么两个宝贝，从小娇惯着养。”我问：“她叫啥名字呢？”妈妈说：“好像是叫王芳吧？”我说：“那不是王成的妹妹吗？”妈妈说：“叫王芳的女孩儿多着呢！”

吃完饭爸爸就要看电视，他最喜欢看的就是《新闻联播》，别的似乎兴趣都不大。我还是想出去转转，看能不能碰到王文利他们，几天不见就想找他聊一聊。

下楼还就遇到了王文利，他问：“咋几天没见啦，忙啥呢？”我说：“我们家买了个电视，在家看电视呗！”他说：“我听说了。”接着问，“多大？啥牌子的？”我说：“十二寸，福日。”他又问：“多少钱啊？”我说：“一千二百八，我爸说还不好买呢！”他说：“是要比袁东方家的那个便宜多了！福建日立合资生产的，价格降多了啊！袁东方家那是日本原装日立，当然贵了，九寸都要卖一千九百八！真是在抢钱啊！”我问：“日本原装日立跟合资有啥区别啊？”他说：“看还不是一样看！日本原装是在日本本土生产的，就是运费都够贵的呢！福日就是在福建组装的日立，价格就降了呗！”我问：“昨晚放的《钢铁是怎样炼成的》你看没有？”他说：“看了，这个名气可大呢！我以前看过小说，是大书，影响了很多人！”我说：“我妈和我爸说他们以前都要背里面的一段话。”他说：“就是，他们这代人都要背，我爸他们也是，‘当你回首往事时，不因虚度年华而悔恨，不因碌碌无为而羞愧’。很长呢！现在我们还没要求背。”停了下他又说，“保尔·柯察金，名气大啊！”我问：“他后来咋在黑屋子里写东西？”他说：“他眼睛瞎了呗！就是因为他瞎了都能写出这么好的东西，很不简单啊！”我说：“哦！原来是瞎了啊！那他咋瞎的啊？”他说：“他不打仗受伤了嘛！后来又是修路，累的吧！身体也累坏了，就瞎了！”我说：“昨天到我们家看电视的一个女孩儿，看到他挨打就在那里哭啊！”他说：“女孩儿就是爱哭。”我问：“我咋觉得里面也没啥啊？咋就影响这么大呢？”他说：“比起前面咱们看的是没啥，可能是因为他写的那段话太好了，很多人最喜欢听这段话，所以影响就大了！”哦！这段话真的是很重要啊！但我还不明白这段话的意思，我说：“以后可以到我们家看电视啊！”他说：“好啊！走，现在就看看去。”我们就上了楼，他看了看说，“果然看起来舒服，又大，还有色彩，真不错！”那天晚上就在我们家看，但那天放的没啥好看的，后来他也没到我们家看电视，也不知道他在哪里看。

《虎口脱险》

接着放了一个外国故事片《虎口脱险》，又是二战时期德国鬼子的故事，但这个就大不同了，打仗的很少，就是要抓被打下来的飞行员。里面的情节却是从没看到过的喜剧，很好笑、很好看啊！没想到这部片子后来看了很多次，是看过次数最多的，而每次都还从头看到尾，也不觉得难看。

第二天，遇到王文利，一见面他就笑着说：“太搞笑了！对对眼打飞机，打到自己的飞机了！”我说：“那两个刷漆的和弹琴的也搞笑啊！”他说：“都搞笑，那个德国胖子当官的也搞笑！”他停了下，说，“这就是喜剧片，我们这儿以前连喜剧片都没放过！”我问：“这是哪个国家拍的啊？”他说：“故事发生在法国，几个国家合拍的。”

《闪闪的红星》

有一天，电视里放了《闪闪的红星》，挺好看的，很久没放啥好看的了！里面潘东子坐在那个竹子扎的筏上在小河里走真是很吸引人！我就想找个能像这样玩儿的地方，我们这儿的河不行，能漂的只有一小段。看他那儿的水也不深，怎么能漂那么远啊！里面的歌也好听。里面的胡汉三跟澎湖霸也些像，看起来恶霸地主们还都有些像，肚子有点大，都有些狠，弄不好就把人捆起来吊起来打！听到了一个词——“还乡团”。

第二天下午，我看到高敏和郭青山在王文利家前面的柴火堆那里说着啥，就过去想听一下。还没走到能听到说话的地方，就听到后面有人说：“我胡汉三又回来了！”声音还比较大，是王文利。高敏抬起头愣了一下，喊：“胡汉三来了，打胡汉三啊！”郭青山就从另一边去追王文利，跑到了他的身后，高敏从我身边经过，去追王文利，王文利跑了几步就被他们追上了。他俩一人一边抓住了他的胳膊，另一只手轻轻拍他的头。高敏说：“正说胡汉三坏呢！这就来了一个胡汉三！打啊！”王文利说：“别，别，别啊！弄错了，弄错了啊！我不是胡汉三啊！”高敏问：“刚才不是你说‘我胡汉三又回来了’的吗？”他说：“说错了，说错了啊！”高敏问：“以后还说不说是胡汉三了？”他说：“不说了，不说了嘛！”高敏说：“这还差不多，刚才我还跟郭青山在说胡汉三真坏，想打他呢！你就跑来说，这不是找打嘛！”他说：“这不是说错了嘛！”高敏说：“念你是初犯，这次就算了吧。放了他吧！”王文利一直是笑着说，而高敏则看起来一脸严肃，他们就把手松开了。几个人又说开了话，高敏说：“你看好久也没放个好看点的电影了，好不容易才放了这个！”王文利说：“是啊！这个还行啊！这段时间也不知道咋搞的？电影也不放，电视也没啥好看的！还不如前段时间啊，是不是有啥运动啊？”高敏问：“能有啥运动？‘四人帮’都完蛋了，还有谁啊？”王文利说：“我看报纸觉得可能就是有运动，当然不是前几年那些运动，是我们这社会还要发生大的变化，说啥要改革了！”高敏说：“可能就是，说是要搞平反，有的已经平反了。”我问：“啥是平反啊？”高敏说：“就是要把前几年关起来的一些人放出来，还有些挨批斗的说是批斗错了。”我问：“前几年批斗的卖酱油的和养鸡的，那是弄错了？”高敏说：“他们不会平反的，他们是贪污，不是这类人，报纸上说主要是右派。”我问：“啥是右派啊？”他说：“前几年的红卫兵、张利民他爸就是左派，跟他们做对的就是右派。”我问：“哦！我咋没听说呢？”王文利说：“这算好的！张利民他爸他们虽然闹，也没听说谁给打死。”高敏说：“就是，很多人被弄得家破人亡呢！”我说：“前几年他们两边要打架，就有人来找我爸，我也去看了，一边是张利民他爸一帮人，一边是马叔叔一帮人，是我爸把他们给劝开了，不然他们就要打起来了。”高敏说：“你爸真行啊！要是打起来了就有伤亡！那个马叔叔我知道，他就是我们这儿的右派头子。”我说：“我妈说为了他们这些事我爸老往北京跑，就是怕他们打架。”高敏说：“你爸很关键啊，职位又好！”我说：“我爸跟他们的关系都好，张利民他爸到我们家吃过饭，喝过酒，我爸带我去过马叔叔家。”王文利说：“厂里可能没有别人他们两边都买账的啊！”高敏说：“怪不得没听说我们这儿谁被打伤打死，你爸的功劳真大啊！”我说：“我爸就爱管别人打架，以前管大人打架，后来又管小孩儿打架，还不是打死了一个，白忙乎呗！”高敏说：“那不一样噢！小孩儿打架就像在河里游泳，淹死了活该！而那个时候全国各地的大人都在打架，都有伤亡的，而我们这儿没有伤亡，那就是很不简单的事啊！”王文利说：“是啊！你爸真不简单啊！要是打起来了多不好啊！大家都住在一个山沟里，抬头不见低头见，书上这些故事很多呢！夫妻反目，父子成仇，妻离子散，跳河上吊的多着呢！而我们这儿都没有，我就觉得奇怪呢！敢情是你爸在那儿啊！”这时高敏他妈在楼上喊他，他就走了。郭青山笑着说：“小四这么小就知道这么多，也不简单啊！”王文利说：“别看小四小，故事多着呢！讲几天也讲不完呢！”说完我们就各自回家了。路上我想：听他们说的意思是我爸爸也不是白忙活啊，而是做了很重要的事啊！

《神笔马良》

有一天，电视里放了个好看的片子叫《神笔马良》。里面一个小孩儿拿个笔画画，画个啥就成真的了。很神！画个马就能骑，画个房子就能住。当官的抓住了他，让他画大房子，又画财宝。他画了，但又画了大水和船。他坐上船跑了，大水把当官的和房子都给淹了。一看就知道是假的，但还是有点意思！

第二天，放学了在楼下玩，远处看到张军拿了根小竹棍走了过来，我问他：“这就是你的神笔啊？”他说：“哪里啊，顺手捡了玩玩儿呗！不过昨晚的《神笔马良》挺好看的！”我说：“是啊，好看啊，好久都没放好看的了！”他说：“是啊，好久都没啥好看的！”我又问：“你要是有神笔，你想画个啥啊？”他说：“我倒是想弄个汽车开开。”接着又问，“你呢？”我说：“我还是想弄把真枪玩玩儿。”这时王文利从学校那边回来了，我问：“昨晚看《神笔马良》了没？”他说：“看了，都是瞎编糊弄小孩儿的，没啥意思！我还要回家写作业呢，今天作业特别多，改天再聊吧！”说完他就回家了，我们也各自回家做作业去了。

《画皮》

有一天，放了故事片《画皮》，又没有看懂。看到了一个女的，有时漂亮，有时脸就变成很吓人的样子！有一个男的一下就跳上了很高的墙，又跳了下来，很神！里面穿的衣服像是唱古代戏里的人穿的，还有用不是以前看到过的大刀样式的刀在打架，是直长头尖的，还可以双面砍。

第二天，遇到王文利，他问："小四，昨晚的《画皮》看懂没有？"我说："没有。"他说："这你就不懂了吧！这就是鬼故事。"我问："啥是鬼故事啊？"他说："有人说人死了会变成鬼。"我问："这是真的吗？"他说："假的，都是骗人的。有的可能有虚幻的感觉，有的可能是磷着火了，就有人认为是鬼。"中间有很多没听懂，我问："那没有的事咋弄得像个真的似的啊？"他说："这就是传说，都是《聊斋志异》里的故事。"又没听懂，问："啥里面啊？"他说："一本书里的，这本书我看过，是古代人写的，里面讲的都是鬼故事。"我说："哦！那个人一跳就跳到墙上了，是真的有吗？"他说："假的，这就是传说中的轻功，拍电影嘛，从墙上跳下来，反过来放就成了跳上去了，谁能这样跳？要能跳这么高了，那还不早成跳高世界冠军了！"我说："他那把刀挺厉害啊，又能刺又能砍！"他说："那不叫刀，那叫剑，是古人常用的兵器，书里常有，小四呀！你不懂的太多了啊！"我问："咋能懂这么多啊？"他说："看书啊！书上都有。"我说："我也没书啊！"接着问，"哪儿去弄书啊？"他说："你妈不是在收发室吗？那儿书多啊！还有杂志、报纸，让你妈订嘛！"我问："我们家也有报纸、画报、书啊！咋没有你说的这些啊？"他问："都是些啥啊？"我说："有《参考消息》《人民日报》《解放军画报》《毛泽东选集》啥的。”他说：“都是这些啊？怪不得你爸当大官呢！这些都是政治类读物，是当官的人看的，哪会有我说的这些啊！”我问：“那你看哪些啊？”他说：“《故事会》《古今传奇》《中国少年报》，多着呢！”我问：“哦！以前我咋不知道呢？”他说：“以前‘四人帮’时期都没有，有也是大书，这两年才开始有的。”我说：“我得去找些看看。”接着问，“你要是看过不看的借给我看看，行不？”他说：“行啊！回去我找找。”接着又说，“你在这儿等等我，我回去找一找。”就回家了，等了会儿，他又出来了，拿了两本书，说：“你拿回去看吧！不弄烂就行。”我一看是一本《故事会》，一本《古今传奇》，一本书小，一本书大，就说：“好！我拿回去看了还给你，保证不会弄烂。”就拿着书回了家。回到家看到妈妈说：“妈，我要看报，我要订《中国少年报》。”妈妈看到我拿的书，问：“哪儿弄的啊？”我说：“王文利借给我看的。”她说：“别给人家弄烂了。”我说：“不会的。”

我们家也有报纸和画报，书也有，我都要看。报纸是《参考消息》，里面内容却看不懂，都是苏联、美国、英国、帝国主义啥的，不知道说的是啥。上面有些漫画看起来倒是有点趣味！赫鲁晓夫、勃涅日列夫，都胖乎乎的，画得像熊似的！还有的就是《人民日报》《解放军日报》，一看就把我弄晕了！看到的就是“现在我们吹响战斗的号角，高举伟大的革命旗帜，迎接伟大的新时代！”在哪里吹号我咋没听见呢，举旗的时候还是能偶尔看到的。还有就是“我们要用大无畏的革命精神投身于血与火的斗争当中，彻底粉碎阴险卑鄙的帝国主义野心！”“在这热血沸腾的年代，我们以充实饱满的革命精神，投入到人民群众的海洋中间！”这些话听起来跟我像是没啥关系，我也没有这么大的劲啊！画报也是《人民画报》《解放军画报》这些。有些城市工厂、广场，农村的拖拉机和农民干活儿，解放军排队、打枪的图片，或者是大官在视察。没看的，看看也行。杂志也有，是《红旗》杂志，里面都是些啥路线、方针、政策。书也有，我都拿着看了看，有《毛泽东选集》《马克思选集》《列宁选集》，最多的是《毛主席语录》，就是认识里面的字，看了看很多都听说过，如“枪杆子里出政权”啥的，也觉得没啥意思！没有王文利说的那些。哥哥们也不看啥书，除了上学要念的书就看一看报纸、翻一翻画报。有一次，大哥拿了本书躺在床上看。他放在床上的时候我拿着看了看，书名叫《第二次握手》，书名和内容还都是手写上去的。我看了看，也看不懂是啥意思。

《古今传奇》

先看《故事会》，都是些很短的故事，不觉得咋样！《古今传奇》里的几个故事很吸引我，每个都比较长，感觉很好看！一个是伍子胥报仇的故事，是古代的。讲伍子胥一家被杀了，只有他跑掉了。他跑到别的国家，又带领别国的兵打了回来，把他以前在那儿的国家给灭了。杀他全家的那个国王已经死了，他还是把人家的尸体挖出来，用鞭子打三百鞭打碎了，丢进湖里喂鱼才解恨！觉得伍子胥真是有气概啊！也很能打！里面还有一点图，图也很好看！

还有一个讲的是一个女的，她以前是红卫兵的头目，在一个县城里。后来红卫兵散伙了，她就堕落了，喜欢拍裸照。这个词还没学，我还查了字典，大概明白是指没穿衣服的照片。可是有人在街道上捡到了她的照片，像是发生了非常大的事！有个女的说：“比当妓女还不要脸！”有一个警察去办这个案子，他发现了拍照片的地方。他走过这条街道不知多少次了，路上哪里有个坑，哪里有个啥都非常清楚。我想象着那条街，可能跟我在别的城市看到的小街道差不多吧！我们这儿楼前，我也不知道走过多少次了，可哪儿有个啥，我也不是全知道啊。后来还是破案了，是那个照相的人干的。照相的人拿着照片要挟那个女的，想要跟她谈对象，那个女的不干，照相的就说："不干就把她的照片到处散发！"那女的还是不干，他就将照片丢到了街上。后来那个照相的被判了刑，那个女的也被送去劳教。我也不明白了，拍裸照有那么大的风险啊！那个女的还是喜欢拍，干点别的不好吗？以前红卫兵的头目多牛啊！

还有一个讲的是在一个叫桃园县的地方，自古那个地方就出美女，很有名！那个地方的美女皮肤白里透红，如白面桃花，男人都特别喜欢！那个地方水好，水总是清亮的。女人们总爱在河边洗衣服，有时候也在河里洗澡。男的呢，总是想看，躲在附近的树林里转悠。书里说在中国只有另一个叫米脂的地方能跟这个地方的女的比。那条河上还有船，船上有时男人会唱山歌给那些女孩儿听。那个场景我总是在想，一定是很好的吧？

有一天，遇到王文利，他问："小四，书看啦？"我说："看了，还有点没看完，等看完了还给你。"他说："不急，慢慢看嘛！"接着问，"咋样啊？"我说："是挺好看的啊！比电视还好啊！"他说："电视看到了啥样就是啥样，看书就不一样了，还可以想象是啥样的。"我说："是啊！"接着问，"那个女的为啥要拍裸照啊？"他说："那个女的以前不是红卫兵司令嘛！红卫兵没了，她没事干了就拍裸照了呗！"我说："没事干就拍裸照啊！还有别的事可以干嘛！"他说："她以前干红卫兵司令不是刺激嘛，拍裸照刺激呗！所以不能太刺激了，刺激惯了老想着刺激。"我说："为了刺激啊，是挺刺激的，都到监狱里去了。”他说：“她也不是想进监狱，她哪知道拍照片的那个家伙那么坏啊！抓到把柄就想跟人家谈对象，谈不成就整人家。”我说：“是啊！这种人是该判刑。”他又问：“其他的呢？”我说：“都挺好看的！那个伍子胥的也好看，人家死了，还把人家挖出来打，打碎了喂鱼。”他说：“是啊！这就是报仇，所以不能得罪人，死了都不安啊！”我又说：“那个叫桃园的地方真不错啊！看起来风景好！水好，女人漂亮！是真的吗？”他说：“可能是真的。米脂，我就看到别的书上讲过，名气很大的！”我说：“我想也可能是真的，倒是想去看看啊！”他说：“我还想去呢！哪天我到地图上查查，以后有机会咱也去那儿逛逛，看看那儿的美女！”我说：“咱们这儿的女的就不漂亮啊！”他说：“出美女的地方要水好，咱们这儿的水不好。”我说：“咱们这儿的水不好啊！我咋觉得还行呢！”他说：“比起人家那儿就不行了！还有咱们这儿的女的都胖，女的还是要瘦些才好看。”我说：“我也喜欢瘦些的，那些胖的脸都变形了啊！电视里的美女都瘦啊！”他说：“是的，是这样的。”

第三章　备忘录

乔哑巴卖蛋糕

有一天，张军拿着包啥东西在吃。我问："啥啊？"他说："蛋糕。"我问："让我尝尝？"他递给我一块，我一吃，很香，很好吃。我问："哪儿弄的啊？"他说："五贸商店，是挨着单身宿舍那块，以前门是关着的。"我说："好吃啊！我也要去弄点儿。"就跑回家，问妈妈，"妈！我要去买蛋糕？"妈妈给了我两块钱两斤粮票，我拿着网兜就到了张军说的地方，一看果然开门了。

进去很意外，看到了乔哑巴。他那个样子也很意外，看到我像是很高兴！举起手来舞了两下，"哇""哇"地叫了两下。我也把手抬起来舞了两下。招呼打了，乔哑巴就进了里面的屋子，看起来他在笑。还有其他的人，我问："咋卖的？"他说："一斤六毛，一斤粮票，没粮票一块一斤。"我把钱和粮票都给了他，说："全都换成蛋糕。"他就给我称蛋糕，用纸包着。称完了，乔哑巴出来拿了个大木铲子，把里面一些碎的蛋糕倒进我的纸包里。冲我点了点头，我也冲他点了点头。

回来的路上想乔哑巴多好啊！以前我还整过他几次，他还是对我这么好！他做的蛋糕真香！没吃过这么好吃的面做的东西！边走边吃，回到家碎的都吃完了，还吃了几个整的。妈妈回家吃了一个，哥哥们回来了，一会儿蛋糕就没了。

第二天，我找妈妈要了点儿钱又去买。乔哑巴还是很高兴，又给了我一些碎的蛋糕。

我很久没看到乔哑巴了，上次看到，他手上还绑着纱布里面有木板吊在脖子上。问他："咋弄的？"王文利在边上说："楼下一个女孩儿，他看，女孩儿往里走，他还看，从栏杆上掉下来把手摔断了。"我问："啊！是从二楼吗？没摔死就不错了！"王文利说："还是命大，以后有女孩儿还是少看点吧！"乔哑巴听不到，在旁边还是看着，王文利可能又在跟他开玩笑。乔哑巴他弟正走过来，我问："你哥是咋回事啊？"他弟说："晚上睡觉从床上掉下来摔的。"我跟王文利说："我说嘛！楼上掉下来，那还不摔得更惨啊！"王文利说："有的人从二楼摔下来还好好的呢！"我问："是吗？"他又说："从床上摔下来也有摔死的！"我问："是吗？谁这么惨啊？"他说："倒霉鬼！"我问："谁是倒霉鬼啊？"他没说，就走了。

有一次，我跟张军逛到了那个地方的后面。去看乔哑巴干活儿，看他在里面忙着做蛋糕。张军说："有关系就是不一样！"我问："咋啦？"他说："走后门呗！乔哑巴他爸是五贸商店副经理，他初中都没上，又不会说话，都能找到工作，好多高中毕业的人都没工作呢！"

孙凯于回来了

《大西洋底来的人》正在放的时候，隔壁的孙凯于回来了。第一眼我还以为他们家来客人了呢！很久没看到他了。问他："哪儿去啦？咋好久没看到啊？"他说："我去省城上体校了，这不放暑假了嘛！"我问："你这个打扮咋看起来这么眼熟呢？"他说："这你就不懂了，是省城最流行的！"我说："看起来很漂亮啊！"接着问，"把你那个眼镜给我看一看好不好？"他取下来递给我，我拿着戴了一下。外面就是棕黄色的了，颜色上面深下面浅，又拿在手上看了看。我问："上面咋贴着纸啊？"用手指去抠了一下，贴得很牢，没抠下来。他说："哎哟！小四，这个可不能抠啊！要的就是这个！拿来吧！"我递给他，他又把眼镜戴上就进了屋。像他这样的打扮我们这儿还没有，他跟大哥一起出去，很扎眼！晚上我反应了过来，他是在跟麦克·哈里斯学啊！大波浪长头发，那个眼镜很像他戴的，花衬衣也像，绷着屁股的喇叭形裤子，加尖脚三接头灰色皮鞋。

他带回来几样东西也挺有意思的，我有时拿着玩儿。一个大棒子，一个大手套，一个球。球有点重，外面是皮子的，里面像是有沙子。我问："这是啥球啊？"他说："这是棒球。"我问："咋玩儿的啊？"他说："以后我跟你大哥玩儿，你看着点呗！你学会了，咱们玩儿。"

他跟大哥先是在走廊上，把球丢给对方，用戴着大手套的手把球接住。他们又到楼下冷库那里玩儿，没有拿大棒子。我在旁边看了两天。有一天我又去冷库那边看，大哥玩儿了会儿就上班去了。孙凯于说："小四，你拿着球，向我这边丢，随便用多大的劲。"我拿着球使出最大的力气丢，他还都能接住。我也戴上大手套，他丢给我时就轻轻的，我也能接住。玩儿了会儿，我问："咋不用那个大棒子呢？"他说："这里窗户多，怕把人家的玻璃打烂了。"我说："找一个没窗户的地方嘛！"他问："去哪儿啊？"我问："半山上？"他说："那里要是把球打飞了，很难找，这个球可贵呢！"我问："要么去放电影那里？"他说："那里人多，怕把人打伤了，要赔人家医药费。"我问："那你们以前在哪儿玩儿啊？"他说："有专门的场地，周围有网子，球不会丢，也不会打烂人家的玻璃。"这样的地方我们这儿没有啊。是不好找地方，学校操场边上的窗户也多。王文利看到我们在那里玩儿也过来了，我就让他跟孙凯于玩儿。他的劲就比我大多了，球快得多了！孙凯于还是能接到，王文利有时丢得太偏了，也有没接住的时候。

放完了《大西洋底来的人》，又放了个外国连续剧《大卫·科波菲尔》。看了一集，只看到大卫·科波菲尔是长得挺漂亮的、白白的年轻人。看不懂，对话听不懂，要表达的意思也不明白，节奏非常慢，看着想睡觉，后面的就不咋看了。

飞盘和抓娃娃鱼

有一天，看到张军跟王文利在玩儿一个东西，扁圆形的，蓝色的，互相丢来丢去。我去看，问："这是啥啊？"张军说："这是飞盘。"我问："也丢给我吗？"我们就站成了三角，互相丢，一学就会，还很好玩儿。我回到家，问爸爸："我想玩飞盘，给我也买一个好吗？"

过了两天，他给我买了个小点儿的、红色的飞盘。那段时间我们就从冷库那边到我们楼前面，一大帮小孩儿就在那儿玩飞盘，一直玩儿到天黑才回家。我们人多的时候，分成两拨，这边的丢过去，看那边谁抢到了，再丢过来。一直玩儿到天黑就回家，回家前去看一下孙伯伯家的电视，还是《大卫·科波菲尔》。有时看一会儿才回家，高敏他们却看得有滋有味的！

有一天晚上下了很久的大雨。第二天下午出来遇到了张军。他说："听说下大雨后要发大水，要把江里的娃娃鱼冲到岸上来。"接着问，"小四，想不想去抓啊？"我说："想啊！"他问："那咱们去看看？"我说："好啊，去看看能不能抓到啊！"我俩就到了河边靠近江边的地方，江里、河里的水都大，黄色的。有些人在江边翻石头，想会不会在石头下面啊！我们也翻石头，翻了几块就出汗了，一会儿就手酸没劲了。要翻多久才能找到娃娃鱼啊！看张军也不翻了，问他："你还翻吗？"他说："没劲了！不知道要翻多少块才能找到娃娃鱼啊？"我们看了会儿别人翻，都是厂里的大人和老乡的大人，也没看到有谁抓到娃娃鱼。我问："不翻了吧？那咱们回去吧？"他说："那走吧！回去吧！看样子没几个人能抓到娃娃鱼。"

玩儿的时间多了，我们又开始打乒乓球。要打球的人也多，高敏、郭青山、刘景文、刘新文都要打。我们就打双打，中间画一根线，第一次发球不能过线。按国际规则二十一个球一局，三局打下，挺好玩儿的！我们连着打了很多天。

打李子、打枣和二哥上大学

我走到小平房那边就看到张军和刘新文站在一棵树下往上丢石头。我过去看，问："在干啥呢？"张军说："打李子。"把手上的拿给我看，认识，以前家里买过，吃过。他给了我一个，我在衣服上蹭了蹭就吃，味道还不错啊！比买的还好吃，又酸、又甜、又脆，稍有点苦。我问："味道不错啊！还有吗？"他说："自己捡石头打吧！"就捡起石头也往树上丢，丢上去等一下没打到，丢了几下才打下来一个。刘新文往树上爬，爬了上去，他说："你们别丢石头了，我在上面摘了丢给你们。"他就往下丢，那就多了，我还捡了不少回家。后来吃过不少次李子，想起来还是那次的味道最好！

有一天，我在外面逛，走到四号楼那边，看到有小孩儿往一棵树上丢石头，就过去看，问："在打啥啊？"一个小孩说："打枣子。"看到他们打下来的，是小的浅绿色的果子，枣子我吃过啊！都是红色的嘛！咋是绿色的呢？也捡起石头打，还打下来了，一吃，味道不错！脆的、甜甜的，还有不多的水，里面有核，一看是枣子核。以前吃过的是红皮的干的，还没吃过这样绿皮的、湿的。就在那里捡石头打，但打了好一会儿，没打下来几个，自己几下就吃了，也没带回家。

没过两天，有小孩儿往那边走，一看，那边有很多人，我也走了过去。有个人拿着长竹竿在打枣子，一看认识，是大哥的朋友许大个。下面有一大帮小孩儿在捡打下来的枣子，我也加入其中，还捡了不少，拿了些回家。也很怪！后来也吃了不少新鲜的枣子，想起来还是那次的味道好！

拿着枣子回家，妈妈说："你哥考上大学了，等会儿去食堂打个菜，晚上吃好点！”吃完饭，在我们屋的桌子上，妈妈拿着张纸看来看去的。她说：“哟，我们家出了个大学生啊！”三哥说：“农业专科学校有啥上头，学出来了当农民老乡！”我拿来看了看，上面写着是农业专科学校。妈妈说：“不是当农民老乡吧？农业技术人员、乡镇干部也不错啊！”二哥说：“就是干这些。”三哥说：“还不如明年再去考，考个好点的学校。”妈妈说：“明年还不一定考得上，好不容易考上了，还是去上吧！”二哥就去上了，后来留校当了老师。

分班

没过几天开学了。上学后，周小京不在我们班了，听说是跳级上三年级了。听说我们年级要分班，要成立四班，把每个班里学习不好的和调皮的学生弄到一个班。我想不会有我吧？我学习还行，也不算调皮吧？结果没多久，还就把我给弄到了四班。当听到老师说：“刘某某同学，你明天到四班去上课。”让我非常吃惊！吓到我了！同学们都看着我！回到家，真是很想哭啊！我学习不算差啊？也不调皮的啊。可能就是以前打了他们几次，那也是他们先惹我的。妈妈回来，跟她说：“他们分班，把调皮的和学习不好的弄到一个班，把我也弄去了！”妈妈问：“咋能这样？你是不是调皮啦？”我说：“我没调皮啊！”妈妈说：“明天我去找你们校长说说。”后来妈妈跟我说：“校长说‘要是都不去，谁去啊？’”

第二天，我去了四班。四班在一个临时搭的泥砖墙的房子里，跟其他班是分开的。我们班还就我一个人，其他的都是二班和三班分过来的。让我坐最后一排，上课前面的人说话，我也没心思听了，就开始睡觉。在四班我开始有了两个不好的事，一个是上课有时睡觉，另一个是不咋想写作业了。没人收作业，作业都自己放到讲台上，不交也没人管，老师也不管。有一次，数学老师拿作业本，一数只有十几本，问：“还有没有同学交作业？”下面也没有人答应，她说，“这么多同学，才交了十几本啊！”对学习也没啥兴趣了，一般的看一看就会，看不会的也不喜欢背，更不喜欢背诵课文，觉得很没意思，要反复来回地大声读，没劲！老师讲课我也不知道他在讲啥，还不如自己看书呢？心情也没以前好了！以前我还喜欢班主任语文老师田老师，遇到了我要喊：“田老师！”后来在学校操场上遇见了，我斜着眼瞄她！她一看到我，头就转了过去，绕着道走。看她这么漂亮，真狠啊！我也没得罪她，她这样整我！

又要表演节目和调皮的同学

没过多久，一个女老师说：“学校要排演节目，以前在托儿所或学校参加演过节目的同学请举手。”我也举了手，她又说，“放学后举手的同学留下来。”放学了她问：“你以前在哪里表演过节目？”我说：“在托儿所。”她问：“演过啥？”我说：“七只蜡笔。”然后她一个个去问其他留下来的同学。

第二天，她说：“昨天放学留下的同学，今天放学也留下来。”放学留下来站成了一排，她说：“你们看着我做动作，跟着我做。”开始我还跟着她做了几下，老来回地这么几下，我就没兴趣了，故意做慢了点。她就喊我：“你出来。”我在旁边看了一会儿，就自己回家了。后来她再也不叫我了，我也没兴趣参加了。

以前总听说调皮，也不是很明白，现在可算知道了。数学女老师上课，她在上面讲，下面也有人说话。她一转过身在黑板上写字，后面就有人丢纸团互相打着。班上有一个同学，拿个小镜子照她，照在了黑板上。她转过身问："谁照的？"有同学指向那个同学，他就拿镜子照指他的同学，老师说："把镜子拿给我。"他不给，老师说："你出去，不要上课了！"他到外面还拿镜子往教室里照，搞的老师课都上不下去了，气坏了！他这样子应该算是调皮了吧！他有时还不来上课，不知去哪儿了！在班里算是最调皮的了！没想到他还主动跟我打招呼，跟我说："哪天到我家去玩儿啊？"

有一天，我还就跟着去他家了。他的家应该不算家吧！在食堂那边的单身宿舍，就一间房。里面就一个单人上下床，有一张桌子和一个柜子，也没有厨房。我问："你家咋只有一个上下床啊？你妈呢？"他说："在老家，我睡上面，我爸睡下面。"在那里看了一下，也没啥玩儿的，我就回了家。没过多久那个同学也不来上学了，不知去了哪儿。那几天我在大哥的抽屉里找了个小镜子没事也东照西照的，主要是照前面楼的家里，上课可不敢拿出来照。

外国电视剧

那段时间电视也没啥好看的故事片，演的是电视剧《福尔摩斯》，是破案的。福尔摩斯很神气！他总穿着件大衣，手里拿着根棍子，戴一顶有点高的帽子。他总在喊："华生！"那人是他的朋友，他们总在一起。但我听不懂他说的话，他像是很神！总是在分析和推理，还爱拿个放大镜看，但他讲的很多知识我就不懂了，最后总是把案子破了，但破案的方法和过程我就不懂了。

接着又演了《约翰·克里斯朵夫》，又是跟《大卫·科波菲尔》类似的外国连续剧。又是缓慢的节奏，又是很多我听不懂的对话，又是很漂亮的年轻男人。开始演时的主角看样子比大卫·科波菲尔开始演的岁数要大些。都是我不爱看的，我爱看的还是故事片，一次就把故事演完，我只能听些简单的对话。

有一天，是课间，我在操场上玩儿，有一个高年级的女孩儿看着我。她说："咦！刘老师的弟弟！"又问，"你是不是姓刘？"我点了下头，她喊："快来看啊！刘老师的弟弟在这儿啊！"过来一大帮的女孩儿看了我半天，有的问："刘老师现在还好吧？"我说："还行吧！"有的问："现在在干吗呀？"我说："上班呗！"一会儿，上课铃响了，她们就走了。走的时候有的还说："再见啊！"常常有我不认识的人说认识我哥、我妈、我爸，我也不觉得奇怪了。

没过多久，我们从泥墙教室搬到了学校最大的教学楼里。在四楼，比以前好多了。我们以前的教室有些暗，太阳大的时候还有点热。跟别的班分开很远，又是一帮学习不好的、调皮的人，是被惩罚的坏学生！所以在烂教室里上课。

学校边的房子着火了

有一天，我们正在上课，听到外面有人喊："着火了！"就跑出去看，一看，没看到有火呀。有人往学校外面的一头跑，那边有烟。哦！那边着火了！就跑到走廊的另一头往外看，看到下面一大片房子都烧起来了！有人从房子里往外拿东西，有人拿着盆接了水往上浇。我们也下了楼。刚下楼，走了几步就有水洒到脸上，一看是布水管上有洞，从洞里射出来的水。这个在学校走廊上都有，上面写着消防栓，平时是卷在一起的。我曾看到厂里的民兵在冷库那里练习甩这个东西。哦！原来是救火用的，还没看到用过呢！有解放军拿着布水管的一头在往火里射水，水柱看样子很大，但火都烧成一大片了，这些水根本没用啊！看到解放军射水也没用，就想跟他开个玩笑，想去把水龙头给关上了。关的时候，水龙头很紧，一拉还没拉动，我们班有个同学也来帮忙，两个人才把水龙头关上了。看他正射着水没水了，收了手，看一看管子的头。我们又把水龙头打开，水射到了他的脸上，把帽子给冲歪了，很好笑啊！他才回头看我们这边。我们刚把水龙头打开，手还在那里，就有个女的大声问："你们在干吗？大家都这么忙！你们在这里不帮忙，还捣乱？"我一看，是校长。校长我认识，住四号楼一楼。以前她还跟我说过："我认识你妈，你要好好学习啊！"她又说："你们几个过来，帮忙抬一下消防水管，让解放军叔叔轻松点。"我们就站在解放军的身后抬着，水管上有小洞，喷的小水柱到了我脸上。有一个解放军想进着火的房子里，他喊着："向我身上喷水。"他就向那个人喷水，把他打趴在墙上了。他进去很快又出来了，拿了些东西出来。有个解放军身上披了个被子，他也向他喷水，被子打湿了，其他的解放军用铁锹往他身上的被子上撒土。旁边有人跟他说着啥，还指着着火的房子；还有人在旁边跺着脚喊："我的东西哟！"他披着被子又跑进了着火的房子里拿了些东西出来。我们就一直在那里抬着水管。前面喷水的解放军来回变化着方向，我们跟着他反着动，较着劲跟他开玩笑。他就转头跟我们说："你们看到我这边方向在变，你们也要跟着动啊！"房子烧得差不多了，也没有人要进去了。看到中午肚子都饿了，我就回家吃饭去了。

回家跟妈妈说："我们学校边上的房子着火了。"她说："我知道了。"接着又问，"火大不大？"我说："大！一大片全都烧着了，解放军救也没用，就进去拿了些东西。"

中午吃完饭绕道去看了看，火没了，在冒着烟，解放军也不喷水了，有人进去找东西。这片房子跟我们以前的教室差不多，是土坯墙，顶上是石棉瓦上面盖着油毛毡。一看就知道是临时房屋，住起来可能也不舒服。

放学又去看了看他们抢出来的东西，有些脸盆，一些书，还有大的收音机，也有桌子、凳子、被子和家里一般用的东西。我开始以为解放军他们不要命地往里面冲要抢一些啥重要的东西呢！还到烧过的房子里面看了看，在里面还是有些东西，就是房顶都没了，真惨啊！

第二天遇见王文利，问他："昨天学校旁边着火，咋没看见你呢？"他说："下课在走廊上看了会儿，我们班老师不让看，还继续上课。"我说："我看那个解放军在忙着射水，就把消防龙头给关了，他看没水了，看水枪头，我又给开开，水滋了他一脸。"他问："咋能这样玩儿呢？有危险！"我问："啥危险？"他说："那个水枪力量大得很，弄不好要把他打晕！打晕可就麻烦了！"我说："不是打得很正，旁边冲了一下，就是把帽子给冲歪了。"他问："没人说你啊？"我说："刚开完，校长看见了过来说'你们在干吗？大家都这么忙！你们在这里不帮忙还捣乱？'"他说："看看，连校长都惊动了啊！玩儿得真大啊！"我说："这段时间净生气，就想找点高兴的事啊！本来想小玩儿一下，谁知道呢？"他问："生气？你生啥气啊？"我说："他们弄了个四班，把调皮的和学习不好的弄在一起，把我也弄进去了啊！"他问："那你调皮了，学习啥样？"我说："我也不调皮啊，学习也不差啊！"他说："那你是得罪人啦！"我说："就是啊！"他问："你得罪谁了？"我说："以前我们班的女孩儿老想跟我说话，我走到哪儿，她跟到哪儿，我不理她，她就掐我，把我掐疼了，我就给了她一巴掌。"他问："还有呢？"我说："还有一天我把我们班的门堵上想跟他们闹着玩儿一下。有同学踢门，门碰到我头上，给碰疼了。我拉着他一甩，他碰到桌角上，头就破了。他们又来拉我，我让他们放手，他们不放手，我就拍他们的头。有个同学头上本来就有疤，又流血了，老师把我妈都喊去了啊！"他说："没看出来啊，小四，你够牛啊！我都不敢跟同学开玩笑，他们是开不起玩笑的，更不敢打他们，破坏同学团结可是个大罪名啊！"我说："我哪儿知道他们开不起玩笑，又这么不经打啊！"他说："看来以后还是要多注意点，一不小心就要被蛇咬啊！"我问："我这算是被咬着了吧？"他说："可不是吗！换换班也好，老是在一个班待久了也烦！我在我们班待着也不安逸，有啥办法呢？"我问："你在你们班待着也不舒服啊？"他反问："有啥舒服的？"接着说，"跟他们聊不起来，说话的人都没有，也不知道他们一天在想啥？"我问："那他们惹我，我咋办啊？"他板着脸说："反正不能打，打了就是你的错。"说完他就回家去了。

学校运动会

上二年级有体育课了，最多的就是跑步，班上短跑每次都是我跑第一。可能是我以前常玩儿跑来跑去的游戏和常去爬山吧。

有一天，体育老师说："学校要开运动会了，你代表你们班参加六十米的比赛吧！"我问："我能行吗？"他说："我看能行。"他问："你姓啥，叫啥名字？"接着说，"回头我让你们班主任给你报个名。"我说："叫刘某某。"他拿出纸笔记了下来。

没过几天，老师说："学校要开运动会，是第一届，全班同学都要准备白衬衣、蓝裤子、白运动鞋。"又对我说，"刘某某同学，你代表我们班参加小学组六十米比赛，回去好好练练，争取拿个好成绩，给班上争光！"我们班就我一个参加比赛。很久了，总算有了这件让人高兴的事！

回到家，跟妈妈说："妈！学校要开运动会，要准备白衬衣、蓝裤子、白运动鞋，我还要参加比赛呢！我们班就我一个参加比赛！"妈妈就去柜子里找衣服，说："白衬衣、蓝裤子你哥有，他们不穿了，你将就着穿吧！"又去床下找鞋，找到的球鞋都是烂的，不能穿了。她说："等会儿吃完饭去五贸商店买一双吧！"吃完饭我就跟妈妈去五贸商店花了六块钱买了双穿起来有些大的白球鞋。妈妈说："要买大点，小了穿几天就不行了。"回来就穿着新白球鞋跑来跑去，跑起来是要舒服些。

没过两天，运动会要开始了，很热闹！有一个红色横幅上面有白纸写着黑字："热烈庆祝五一学校首届田径运动会胜利召开！"到处插着彩旗，有些标语"友谊第一，比赛第二""提高人民素质，增强人民体质"，地上画着白色的粗线，一条条一道道的。

那天早上全校学生和老师带着小板凳在操场上排着队先是走，然后坐在了操场上。前面有主席台，有人坐在那儿讲话，大喇叭在播，我爸坐在中间。怕别人认出来，我看了一眼后就一直低着头。

讲完了话，就开始比赛。老师对我说："刘某某同学，你要先比赛，准备好，到老教室那边等着。"我以为一来就要比赛呢！又折腾了半天，又是排队走，又是听讲话，我都不想跑了！头有点晕，肚子也有点不舒服了！还是硬着头皮到了那里。一看都是比我大很多的人，都高出我很多啊！有的高出一头还多啊！打扮也不一样，他们都是短裤短袖，而我还是白衬衣、蓝裤子，又是哥哥们的，大很多的，袖口和脚边都是卷起来的。这能比吗？管他的，瞎跑呗！有一个女老师问："你叫啥？哪一班的？"我说："刘某某，二年级四班的。"她看了一下手上的纸板夹子，指着那几个人说："你跟他们站在一起，一会儿跟他们一样站在起跑线上，听到枪声后就开始跑。"我一看，就是刚才看到的比我大得多的那帮人啊！我又不想跑了！没办法，还是排着队，看着前面的同学一组一组的跑。等了会儿，就轮到我们几个，站成了一排。有个老师喊："预备！"看别人做个要跑的动作，我也做了个，听见"啪"的一声枪响，我就开始跑，拼着最大力气跑啊！有一个人就是比我跑得快，一开始就在前面，跑出去很远，我就在后面追啊！很快就到了终点。那个人一直就在前面，有两个人跟我几乎同时跑到终点，感觉就在我的身后。回头一看，后面还有人在跑道上啊！

在终点往旁边一看，有个梯形的大铁架子，上面坐了很多人。仔细一看，有些人认识，是孙凯峰、徐老五、郭全。我过去问："你们咋在这儿呢？"孙凯峰反问："我们咋就不能在这儿呢？"接着说，"我们是裁判啊！小四，跑得不错啊！"我问："那我哥呢？"

他说："他在丢标枪铅球那边。"他又说，"你别处玩儿去吧！我们这儿还忙着呢！"看了看周围，还是以前丢铅球的地方，就走了过去。看了看裁判，一下还没看到，仔细又看脸，才看到了，他戴了个帽子。这时他也抬头看到了我，对我大声问："你来干吗？别处玩儿去！"看了下，他手上拿了根棍子，那些人是丢得远些。铅球我玩儿过，费很大劲拿起来，丢不了一米远，要是被砸到那可是要命的东西！我还是回到我们班那里，找到我的小凳子坐下。有同学问："跑的咋样啊？"我说："一般吧！不是最后一名。"

晚上下楼遇到王文利，问他："你咋没参加运动会啊？"他说："我在我们班没被选上。"我问："你们班还有比你跑得快的啊？"他说："是啊！"接着问，"你被选上啦？"我说："是啊！今天跑啦！六十米。"他问："不错啊！跑了第几名啊？"我说："不知道，反正不是最后一名。"他说："咱们比试一下，从这儿开始跑，跑到冷库那里。"我说："好啊！"他喊："预备，跑！"我俩就开始跑，差不多同时跑到那里，也就是一个身体的距离。他说："小四，没看出来呀！差点把我给超了！我可是用全力跑的啊！怪不得把你给选上了！"我说："我也不觉得咋样，今天有比我跑得快的。"他说："那些人可是天天在练的啊，你又没练啊！"我说："哦！怪不得呢！"他又问："你又咋跑这么快啊？"我说："这不是怕别人打我嘛！就想快点跑嘛！"他问："谁要打你啊？"我说："现在还没人，不是怕的嘛！"他说："哟，还居安思危啊，不错啊！"我问："啥是居安思危啊？"他说："就是好的时候想到不好的时候咋办。"我说："就是想也被人整到差班啊！"他说："你太显眼啦！啥都比别人强，又不去讨好别人，他们肯定气不过，想整你呗！"我问："我还显眼啊？"他说："是啊，你在你们同学中就显眼啊！"我说："哦，我也觉得跟他们不一样，他们又不会说啥，打又不经打啊！”他说：“就是这样，现在又发现跑也跑不过你，当然心里不舒服啦！”我问：“那咋办啊？”他说：“没办法啊，你不去欺侮别人就不错啦！”我说：“我倒是不想欺侮别人，别人不来惹我就不错了！”他说：“有些人就是气不过，想试一下你，就来惹你，你也不要打他，打他，你就是犯错误了。”我问：“哦，那咋办啊？”他说：“你就忍着吧！”说完我们就回了家。

第二天又是比赛，我们就在旁边看。有比赛长跑的，还有跳高、跳远的，丢标枪的和竞走的。高年级参加比赛的那些人，看样子很神气，感觉也不错，可总感到跟我大哥他们比起来就差远了！

看到孙凯峰在操场的一边中间站着，手里有把枪，就走过去问：“把枪给我玩儿一下行吗？”他递给了我，一看是铝做的，上面有些砸炮。哦，原来砸炮是用在这里的！我问：“我打一枪行吗？”他说：“打吧！”我拿着也举在头上一扣“啪”的一声，有点儿意思！有些人转过头往我这边看，举起来还想打。他说：“别打了！打多了，你们校长看见了不好！把枪给我。”我把枪递给了他，能弄一把这样的枪也不错啊！

第三天上午全校又集合，带着小凳子到操场上，说是要宣布获奖名单，发奖状和奖品。会上有人说：“请念到的同学上台来领奖。”就在念啥项目、第几名、几年级几班的某某同学，我在听着。中学组得奖的基本上是十年级、九年级的，八级的有一个；小学组的基本上是五年级和四年级的，三年级的就没听到啥了。我还以为得奖是高年级的事呢，当念到二年级四班我的名字时我们班全部拍手鼓掌，有的同学还大声叫了起来！同学们看起来都很高兴啊！整个学校就我们班的人因为我得了奖鼓了掌。我们这一片也没其他人去上台领奖！我走上台去拿了奖状和奖品。奖品是一盒铅笔，奖状上面写着“六十米短跑小学组第三名”。还好爸爸没来，我可不想跟他在那里碰面。拿了回来同学都想看奖状，就传着都看了看。下午放假半天，休息一下。

下午吃完饭在家睡了一觉，觉得累啊！起来下楼就遇到了王文利。他笑着说：“小四，不错啊！小学组六十米第三名啊！”我说：“我想还可以跑快一点啊！那天感觉不算好，比我跑得快的也没快多少啊！”他说：“你这个第三名可不简单啊！我们班那个那么牛的人还没拿到奖状呢！”我问：“是吗？”他说：“是啊，你才二年级，那些人都比你岁数大啊！又在天天练，还有人教呢！”我问：“是吗？跑步有啥教的啊？”他说：“这里面的学问可大着呢！要不教练是干啥的呢？”我说：“我去跑的时候还不想跑呢！一看他们个头那么高，看样子都很能跑，以为一定跑不过他们，谁知道一跑起来，还有人在我后面呢！”他说：“就是，他们看起来很吓人，一副专业的样子，所以说初生牛犊不怕虎，就是指的这个。”我问：“啥又是初生牛犊不怕虎，哪有牛不怕老虎的啊？”他说：“就是刚生下来的牛不怕老虎，因为不知道虎要吃牛，所以不怕。”我说：“哦！这个意思啊！当时我想反正来了，跑不过，也跟他们拼了，管他的呢！”他说：“对头，就是不要怕他们，跑自己的！”接着又问，“我没参加，我要是参加了，你咋跑啊？”我说：“该咋跑咋跑呗！”他说：“对！就要这样，谁都不要让！”我问：“这个第三名真的有影响吗？”他说：“影响大了！真的，你上学了就知道了！”这时王文利他家那边有人叫他，我们就都回家了。

上楼遇到高敏，他说：“小四，不错啊！小学组六十米第三名啊！”我笑了笑说：“还行吧！”他又说：“真不错！好好练练争取下次拿个第一名！”我说：“我可没空练，还要看电视啊！”他说：“电视可以少看点嘛！身体重要啊！行，有前途！玩儿去吧。”回到家门口，又遇到孙凯峰。他问：“小四，你跑了第几名啊？”我说：“小学组第三名。”他说：“不错啊，我当时看表就觉得不错，这个成绩可能要拿名次，果然啊！你们家出体育人才啊！要是再练练可以跑得更好点！”我说：“我也没想到啊，看他们的样子，以为都比我跑得快呢！”他说：“体育是讲天赋的，没天赋，再练也白搭。”我问：“啥是天赋啊？”他说：“就是天生的条件要好。你就算是天生条件不错的，行，有前途，再让你哥教教你。”我说：“他哪儿有空教我啊！”他转身进了家，我也回了家。

我还不知道我的天赋呢！看来这个第三名还很有用啊！把奖状拿出来看，又看了看奖品。把奖状贴到墙上，就更好看了。妈妈回来一看说：“哟！小四还得奖了，不错啊！今天多做点菜奖励奖励。”

吃饭的时候，妈妈说：“今天小四跑步得奖庆祝一下。”我说：“高敏和孙凯峰他们都说要是有人教，再练练就更好了。”大哥问：“找谁教？我可没空，能跑第三名就不错了！还想跑第几名？”

第二天上课前，班主任老师说：“刘某某同学获得小学组六十米第三名，为班里争得了荣誉！”全班还鼓掌欢迎了一会儿。老师又说，“请刘某某同学到前面来，给大家说一说，传授一下跑出好成绩的经验。”我说：“算了吧！不用说了吧！没啥经验啊！”他又说：“来吧，来吧，说说吧！”同学们都说：“去说说吧，去说说吧！”又是鼓掌，又是发出叫喊，还有吹着口哨，还有拍桌子的。我硬着头皮走到讲台边上。这样的情况，哪儿见过啊！我觉得脸都涨红了，头也像空白似的，想了一会儿，说：“瞎跑呗！”就跑回到座位上了。同学们全都哈哈大笑了起来！班主任老师也在那里笑，还第一次看见他笑呢！同学们笑了一会儿，老师说："刘某某同学说得对！就是不要在乎别人的看法，也不要怕别人说，自己埋着头好好地跑，学习也是这样，自己埋头好好地学自己的，就能学出好成绩来！"

下课在走廊上遇到了王文利，他问："小四，你们班闹哄哄的，在说啥啊？"我说："还不是说我跑步得奖的事呗！"他说："我说嘛！你这件事影响很大啊！我们班那个都没脾气了，输给一个二年级的，一肚子都是气啊！"我说："我们班的人也都一肚子气啊！都是被别的班给开除的，这下不是让我给出了名嘛！"他说："就是。"说完我们就去上课了。

当时我也不觉得咋样，还想得第一呢！那天感觉也不好，要是好点的话，还能跑快点！从那天起同学们看我的眼光都不一样了，眼里带着笑意，看样子是想跟我交朋友。我心情也好了很多，想到你们当时把我分出来，一张奖状都没有，神气啥啊！班里的同学心情好像跟我一样，看样子都好了很多！可能都有差不多的想法吧！都是二、三班调皮和学习差的，被他们排挤的差学生。现在呢，你们一、二、三班牛，也没一个在运动会上拿奖状的人啊，我们班里也不都是差的嘛！

跟同学开玩笑

班里的气氛好多了，上课也没那么吵了。下课在一起开始玩游戏了，有时在走廊里玩斗鸡，有时玩骑马打仗。我也喜欢上了我们班，我们班自由啊！想写作业就写，不想写也没人管，上课想睡觉就睡觉，而且我们班没有少先队员，也没有小队长、中队长那些样子神气的人啊！

心情好了，有时就想开点玩笑，想开的时候告诉自己不要开玩笑，弄不好又要得罪人！有一天课间，有一个同学对着我说："老师，我想拉屎？"班主任老师就在我身边后面，也没注意到，以为他在跟我开玩笑，就开玩笑地说："拉在裤裆里！"突然觉得一个人很生气地看着我。我一看是班主任老师，他把手抬了起来看样子要打我，挥了过来，我往下蹲，他很慢，没打着；他又要动腿，想踢我，腿过来，我又跑开，没踢着。他很生气地说："你站住！站在门口，别去上课了。"他又对打报告的那个同学说，"你也站着。"他就走了，又没跟他开玩笑，他生那么大的气干啥！那个同学要拉屎就去拉呗，报告个啥！我在门口站了会儿，也听不见里面说啥，就回家了，后来也没啥事。

新皮鞋

天气有点冷了，班主任说："我们分了木炭和火盆，你们几个去教务处给拿回来。"我们几个就去了。是一大竹筐木炭，从一楼抬到四楼，抬进教室，放在了后面。又下楼去拿火盆，也重，还有个木底座，也重，都要两个人拿。中午走的时候就从家里拿了盒火柴。我们找了些纸就想生火，一个老师看到说："现在还不太冷，再过几天吧！到了最冷的时候再用，现在用完了最冷的时候就没了。"

我们班在四楼，风有点大，班上有些同学穿棉鞋了，我的脚也有点冷。我问一个同学："你那棉鞋哪儿弄的？"他说："五贸商店有卖的。"放学就去五贸商店看了看。有卖棉鞋的，好的十块钱，差一点儿的八块。好的是黑色的灯芯绒的北京牌，差的是黑色棉布的。

回家跟妈妈说："妈！我的脚有点冷，我们班很多人都穿棉鞋了。"她说："你爸这两天要出差，等他回来给你带一双。"

没过几天，爸爸从省城回来，带了双新翻毛皮鞋。问他："多少钱啊？"他说："十八。"哟！十八块啊！以前看到过有大人穿这样表面是黄色有点像细毛绒的。问过王文利，他说是翻毛皮鞋，是劳保鞋。我这双就不像是劳保鞋了，他们那种看起来很厚很笨的样子。妈妈说："新鞋爱惜点穿！别老乱跑，容易坏的！"真不错！穿在脚上真漂亮！

担心后跟磨坏得快，我手里还有些钱，就去五贸商店的鞋摊上花两块钱钉了两个不大不小的后掌。走起路来"啪""啪"作响，同学们都在看我的脚。是啊！同学里还没有一个，就是在学校也没看到谁穿这样的鞋。

李小明

放学看到王文利在锅炉房那里，我走了过去。那里有煤堆，上去踩一踩，穿着新鞋，很小心的。那里有个大孩子，看到了我说："我认识你哥。"又一个说认识我哥的。我看了看他，打扮算是时髦的。长头发，上面蓝色工作服，下面紧身浅蓝色的喇叭裤子，加三接方头黑皮鞋。我问："你叫啥名字啊？"他说："李小明。"看样子跟我三哥差不多大，我问："我三哥还在念书，你咋就上班了呢？”他说：“我不想念了呗！念起来没劲，好多念了高中的还不是在家玩儿嘛！”我问：“那你一个月挣多少啊？”他说：“还不是二十四，说是还有奖金，没拿到呢！”我说：“我大哥刚上班时也是二十四，也说是干好了有奖金。”他拿出烟来要给我，我说：“不会抽啊！一抽头晕，你抽的还不错嘛！大前门。”他说：“我们也只能抽这个，哪儿像你爸啊，抽中华啊！”我说：“我爸现在不抽了。”接着问，“你咋认识我爸啊？”他说：“厂里谁不认识你爸啊！你爸多牛啊！宣传处处长，这些比赛都是你爸搞的呀！”我说：“哦！怪不得每次都看到他坐在主席台上，原来都是他搞的呀！”他说：“你爸好，干了些好事！不像那些当官的占着茅坑不拉屎！”我问：“这又是啥意思呢？在茅房里不拉屎？在干啥？”他说：“就是有在茅房里不拉屎的人，有些当官的在位子上就不给咱老百姓干实事呢！”我说：“我也喜欢这些比赛，好看啊！”他说：“是啊！打架的少了，都想参加比赛啊！”他那个地方锅炉房里暖和，有时我们就到他那里玩儿，帮他干些活。用铲子把煤铲到推车里，推进房里锅炉旁，再铲进一个可以开关的小门里，小门里面烧着很大的火。

老红军的儿子和老红军

在学校遇到个人，他看着我，我看了看他。他跟我说：“我认识你哥和你爸。”我问：“你又咋认识的呢？”他说：“我哥是那个腿不好的。”我说：“老红军的儿子啊！你排第几？”他说：“第三，除了那个腿不好的，还有一个哥。”我说：“听说我爸跟你爸关系也不错。”他说：“就是，你爸和你哥都来过我们家。”我问：“你上几年级几班？”他说：“跟你一个年级，三班的，他们说我有点儿傻，不跟我玩儿！”我说：“哦，看不出来啊，我还不跟他们玩儿呢！”他还说：“哪天到我家来玩儿啊！”我说：“好的！”后来我们碰见就点下头打个招呼。

有一天，我没事干逛到了上次遇到他哥的那里，正好又遇到了他。他说：“来！到我们家来玩儿。”他又指着一间房说：“这间也是我们家的，我爸和我妈住，我跟我哥住在这间。”是一楼顶楼的两套房。他们家的家具跟别人家的也不一样，用料又粗又厚；颜色很特别，是深绿色的，我以前看到的一般都是深棕色的。外面是饭桌，三个床在里屋，吃饭和睡觉是分开的。

后来有一天，他哥拄着拐杖跟一个人从楼下过，看到我问：“你哥呢？”我说：“不在家。”他们就往小平房那边走了。陈亚文后来跟我说他们家老二跟他关系不错，要来找他玩儿。

后来有一天，我跟爸爸一起走，我很少跟爸爸一起走。遇见一个人，看样子岁数很大，笑眯眯地跟爸爸打招呼。爸爸对我说：“喊伯伯！”我喊：“伯伯！”他问：“哪儿去啊？”爸爸说：“随便走走。”说完他就走了。爸爸跟我说：“他是厂里唯一的老红军，职位不高，级别很高，为人很好！”我说：“我听说过他，我还认识他儿子呢！”爸爸问：“你咋认识他儿子的？”我说：“遇见了他们，他们说认识你和我哥。”爸爸说：“他们一家都不错，都是可以交往的。”后来我遇见他，他还冲着我笑，跟我打招呼，我喊他：“伯伯。”

赵力杰

有一天，放学经过三合院。在三合院头上的外面台阶上蹲着一个人。穿着干干净净的白大褂，里面的衣服也干干净净的；浅色的裤子前面压出直直的线条；三接头皮鞋也黑黑的，没有灰；头发不长，上面抹着东西，平平整整的，发着光，长得也很好，白白净净的，浓眉大眼，有些像在医院给我缝头的那个大夫。他有些瘦，不像大哥他们那样壮实。他对我说："我认识你哥。"我问："是吗？这儿以前不是派出所的吗？"他说："派出所早搬家了。"我问："那现在是干啥的？"他说："资料室。"我问："我能进去看看吗？"他说："看吧！"我进去转了一圈，看了看，都是新的大柜子，铁皮做的，面上是浅黄色的，很漂亮，里面是大牛皮纸袋，一排排立着放的。地下也干干净净的。有一个东西，方形的，铁壳，下面有轮子，一推就走了，有一根线插着电。我问："这个是啥啊？"他说："除湿机。"我问："干啥用的？"他说："我这儿要干燥，不能潮湿，潮湿了资料要发霉，发霉就麻烦了！"我问："那这个很贵吧？"他说："贵着呢！"我问："比电视贵吧？"他说："能买几台电视呢！"我问："你这儿那么多书，有没啥好看的？"他反问："能有啥好看的？"接着有些用力地说，"都是些难看得要死的！"我说："我走啦！"他说："慢走！有空来玩儿啊？"打完招呼我就回家了。

快吃饭的时候跟大哥说："三合院那里有个人说认识你。"他说："赵力杰，他爸是老八路，刚干上资料管理员。"后来走到三合院那里，常常看到他，就跟他打个招呼，他对我也很热情地打招呼。

洗澡

有一天，吃完晚饭，下楼遇到张军要出去的样子，问：“哪儿去啊？”他说：“去车队洗澡。”我说：“我也好久没洗了，一起去吧！”接着问，“要带啥？”他说：“带上肥皂和毛巾。”我问：“要带钱不。”他说：“不用，你家有洗澡票扯一张。”我回家找到毛巾和肥皂，看到窗台上有洗澡票就扯了一张。下楼来，我们一起来到车队这边。还没来这儿洗过澡，这儿虽然修得不咋样，但没啥人。脱衣服时我说：“我的新鞋，会不会有人偷啊？”他说：“没人偷，就是偷了也跑不出厂子，有王文利他爸呢！”要是被偷了就麻烦了！池子里的水也干净，淋浴水也大，洗得真舒服啊！洗的时候，张军说：“小四，你帮我搓背，等会儿我给你搓。”我们就互相搓，还真舒服！以前爸爸给我搓过。洗完了还有一个大汽油桶里有木炭火，把身上烤得干干的。我们洗了很久才回家，就是没带洗头膏，用肥皂洗的头。以前都是跟爸爸在检察院三合院后面的洗澡堂洗，那里人多，池子里的水也不干净，从来没有这么舒服过。回来的路上，张军问：“小四，洗舒服了吧？”我说：“没洗过这么舒服的澡啊！”他说：“我也没有，今天人少，水也好！”

新洗澡堂

没过几天，下午遇到张军，他问：“小四，洗澡去？”我说：“才洗的澡又去洗啊！”他说：“冬天冷，洗热水澡舒服啊！”我说：“这也洗得太勤了吧！以前冬天一个月也难洗一次啊！”他说：“没事洗着玩儿呗！听说河边新修了个洗澡堂，知道的人不多，人可能少，咱们先看看去。”听说有新的，我还是回家拿了洗澡票、拖鞋、毛巾、肥皂和洗头膏，上次没用洗头膏，头洗的不舒服。两个人到了河边的宿舍区，这边还没来过，一时还没找到，问了个人，那人指了说：“在那边。”走了一会儿就找到了。

一看新的果然不一样，外面看起来又高又大。进到里面，看有一间间的，去看了看，里面有长条形的大盆子，问收票的：“哪边是咋收票的？”她说：“要三张票一次。”哇！够贵的！能洗三次了啊！放衣服的是小柜子，上面还有钥匙，换了拖鞋拿着钥匙，这次就比较好，不担心被偷了。里面就是不一样，都是新的。墙面、地面看起来漂漂亮亮干干净净的。空间好宽大，上面是玻璃顶的，不开灯里面也亮亮的。没见过这么好的地方！墙上的砖上还有画，有的还有花纹。洗澡的时候张军指着池子边上一个个绿色的小方块问：“小四，这个是啥知道不？”我说：“不知道。”他说：“这叫马赛克。”我说：“哟！还是洋名啊！”接着问，“你咋知道的？”他说：“我爸不是在维修队嘛！我有时去工地玩儿，学的呗！”我指着墙上问：“那有画的砖呢？”他说：“画像砖，这种砖可贵着呢！只有省城才有卖的。”这里果然人少，除了我们两个还就只有几个人。水也好，池里的水也很干净，泡起来很舒服。他问：“小四，咋样？”我说：“不错啊！也是一张票，值啊！”他说：“果然不出我所料吧！以后知道的人多了，就没这么好了！”这次带了洗头膏，把头好好洗了洗，两个人又舒舒服服地回了家！后来洗澡就去新洗澡堂，每次去洗人就多了。

滚铁环

有一天，放学看到一个小孩儿用细铁棍推着个钢圈走。回到楼前，遇到张军，也拿着个钢圈，问："我看到有小孩儿玩儿，叫啥呢？"他说："滚铁环。"我说："拿给我，让我试试。"他递给我，我拿到把铁环先丢着让它自己滚，我跟着去推，很好学，一学就会，还有点意思！回家问大哥："你帮我也弄一个铁环好不？"

没隔两天，大哥拿给我一个铁环，我也下楼去推着玩儿。那几天，滚铁环的小孩儿还真多，我们有时对着滚，快要遇到的时候就放手，看铁环能不能撞到一起。滚了几天，就只能在楼前滚来滚去，到别处是下坡，又追不上，上坡又推不上来。我们就到大路上滚，一帮人，一直滚到医院那边，再滚回来。玩儿了好几天，都不玩儿了。

语文课和语文老师

上学学习也是个事。数学还好点，跟着算就行了；语文学些词语，有些常用的一看就会了，有些没用过的，就要背下来，我又不喜欢背，背东西比较枯燥乏味，没啥乐趣。不过有些我还是喜欢的，比如李白的诗。学的第一首是"朝辞白帝彩云间，千里江陵一日还，两岸猿声啼不住，轻舟已过万重山"。第二首是"日照香炉生紫烟，遥看瀑布挂前川。飞流直下三千尺，疑是银河落九天"。都是李白的，喜欢就记住了。他们说有些人早上很早起来，就在那里大声地朗读背诵课文。我也看到有人是这样子的，我就做不到了，早上起床我觉得还没睡够觉呢！

有一天，我们班换了个语文老师，新来的叫李老师，是个中年女老师。讲课是比以前那个好得多，就是脾气不太好。有一次讲着作业就把一个同学的作业本丢到窗外去了。

过了两天，她又把全班的作业本都丢到窗外去了。她说："做的啥作业啊？根本不像学生作业，没遇到过这样的学生！"我跟另一个同学下课去把作业本捡了回来。怪也怪以前那个班主任兼语文老师，他讲课就不咋地，上课都不知道他在说啥。

劳动模范

有一天，看到几个人围在那里，就过去看，看他们把下水道的大盖子打开了，拿长竹片去捅。有一个人，站在下水道里面，里面有黑色的淤泥，还有屎。看他身上穿着像雨鞋料子似的长衣服，水在腰部，戴着又大又长的手套，在抓里面的东西。我在旁边闻起来就很臭，他在里面可能更臭。

回到家跟大哥说："有个人站在屎里。"他说："他是劳模，他不下去谁下去？"我问："啥是劳模啊？"他说："劳动模范，最能干活儿的人！"我明白了，"劳动""模范"这两个词都学过，就是没见过劳模。后来又看到他们在弄下水道，还是有人下去站在里面，又是他。

有一次我正好跟他遇到，碰了个面对面。我看着他，他看着我，看了会儿。他看起来很老，头发花白，脸上也都是深深的皱纹，眼睛里有血丝，看起来很累。个子很高，看样子比大哥只高不矮，背有些驼。后来没过多少年就听说他死了，才五十多岁！

半山上修学校

有一天，听到通信站那边有很大的声音，山上的树也在动，我就去看。看到有很多人在砍树，不是不让砍树的嘛！我问："你们在干啥啊？"有个人说："修路。"我问："修啥路啊？"他就不理我了。看到很快地一棵棵树倒下了。他们的手上有几把电锯，电锯连着山下的一台大机器。大机器是方形的，"嗡嗡"的很响，是要有汽车才能拉得动的。看他们把砍倒的再锯下来树枝，主杆也锯短了，再往山下抬，放在了路边。有个人对我说："小孩儿别在这儿玩儿，我们忙着呢！小心别把你碰着了！"看了会儿，我就走了。

回来遇到王文利，问他："他们在砍树，说是修路，修啥路啊？"他说："听说要把中学搬到半山上去，要修一条上山的好路呗！"我问："要把中学搬到半山上去呀？那半山上开始修没？"他说："不知道，可能开始了吧？走，咱们看看去。"我们就到了半山上。

很久都没来了，看到已经开始干了。又像以前修冷库那样，开始挖坑了，不过这个坑可就深多了。从那以后隔几天，没事我们就上山来看看。从挖坑到修起房子，看一看他们修的情况。

有一天，我们从他们砍过树的地方上了山。是近了很多，路也好走多了。我问："这不会是他们要修的路吧？"王文利说："肯定不是，以后要在上面铺东西的，不知是水泥，还是啥？"

没过两天就开始修了，去看他们修。先是挖成楼梯的样子，上面用东西砸结实，往上一级一级地铺水泥，再往边上倒水泥，又安上做好了的栏杆。

修了几天，楼梯就铺好了，走在上面上半山是方便多了，我们每天都要去走一走。上到半山上看看修的楼房，再到还没修好的房子里转转，再往下看看风景。

拔萝卜

有一天晚上吃完饭，下楼遇见张军拿着个东西吃。我问："吃啥呢？"他说："萝卜。"我问："萝卜有啥吃头啊？"他说："这个萝卜可有些吃头呢！"我问："是吗？让我尝尝？"他掰了块递给我，我一吃，确实不一样。生的、熟的萝卜我都吃过，没吃过这么香、这么甜、这么多水的，真不错啊！我问："哪儿弄的啊？"他说："通信站那边的山上。"我问："那咱们再去弄点吗？"他说："今天才去弄过了，明天吧！明天吃完饭你下来找我，咱们去弄。"

第二天，吃完晚饭下楼，到他家门口等着。等了会儿，他出来了，说："等会儿再去吧！现在天还亮着，等天黑了再去，让人家看到不好。"就等了会儿，天黑了，跟着他到了新修的上半山的大梯子那里。往梯子上走了会儿，他指着右手边的一处地方说："就在那里，上面是萝卜叶，下面就是。"我跟着他跳了下去，快速的一人拔了一个白色的。再往梯子上爬也不好爬了，山路上一级一级的小块的田也不高，就跳着下了山，回了家。

回到家给妈妈看，妈妈问："哪儿弄的啊？"我说："通信站那边的山上。"她说："人家种的，会有意见的，以后别再去了。"拿到水管那里洗了几遍，回来用刀切了一截吃。这里的萝卜果然都要比以往吃过的好吃啊！跟妈妈说："妈，你也尝尝，好吃！比以前吃的萝卜都好吃。"妈妈也切了块吃，说："山上种的萝卜是跟老乡种的不一样。”

第二天，我还想去，晚上下楼遇到了张军。我问：“还想不想去拔萝卜啊？”他说：“还想啊！”这时王文利也出来了，看到我们要走的样子问：“你们干啥去啊？”我说：“通信站那边山上的萝卜可好吃呢！”他说：“是吗？那一起去嘛！”张敏出来也跟着一起到了那里。我们又去一人拔了一个，拔完了正要往下走。看到远处一帮有点儿大的小孩儿从山下走了过来。王文利说：“咱们躲一下，让他们过去，咱们再走。”我们就躲在梯子边上，他们走到了我们待的地方的上面不走了。待了会儿，有一个人问我们：“小孩儿，有没有钱啊？”没遇到过这样的，看他们人多，有很多个。我一摸身上，还有七八分钱，就给了说话的那个。我说：“只有这么多了。”他拿了钱，还说了声：“谢谢啊！”他们就都往山上去了，我们也往回走了。回来的路上王文利问：“小四，你给他多少钱？”我说：“八分钱。”他说：“这是抢劫！别看少，也算抢劫！以后遇到不给他，看他能咋样？”回到家我不高兴了！还有抢钱的！后来我就再没去过了。

新的彩色电视机

到了第二天，爸爸回来了，买回来了一台彩色电视机。我问：“多大啊？啥牌的啊？”爸爸说：“十二寸，福日。”我问：“咋叫福日呢？”爸爸说：“福建产的，跟日立合资的。”哦！有广告说的“日立牌是个机”可能就是吧？比袁东方家的大一点。我问爸爸：“多少钱啊？”他说：“一千二百八，还不好买呢！要买的人多，是我找熟人才买到的。看来还是要去多弄点回来才能满足大家的需求。”也够贵的啊，还是比袁东方家的便宜多了！电视放在里屋，大哥拿着外接天线吊在走廊上问：“咋样啊？”我看到是花的，就说：“不行啊！”看到清楚些了就说，“可以了！”他回来看了看说：“还是不太行！可能是天线的原因，我看这天线就不太行，哪天去弄个好点的来。”过了两天，他弄了个大的天线回来，换上果然就好多了。彩色的是要好看多了，大一点也要好看些。

当天晚上就有几个小孩儿到我家来看了，坐了两排。有张敏和海娃他们，刘景文也过来看了看问：“小四，你们家买了带彩的啊？”我说：“有空来看啊！”他说：“好啊！是比黑白的好看啊！”他后来也没来看。我们家连着好多天都有一帮人来看，主要是小孩儿，高敏也偶尔过来看。

三项球类运动会

在学校一间教室里有几张木制的乒乓球台，有些人穿着短袖衣裤在里面打。有时去看一下，他们打法跟我们不一样，跑来跑去的，吊来打去的，是比我们打得好多了。有一个人给我很深的印象，他打的时候很认真卖劲，看起来比其他人好些，常打赢。大哥他们下午又常常在一起打篮球。我有时也去看一下，他们人不多，是打半场球。

一个星期天，中午吃完饭不久，就听到厂里的大喇叭响了起来，放出了音乐。走到楼道中间，看到大路上有很多人在走，很热闹，就跑过去看。全厂职工又是大游行，除了厂里的人，还有一些像其他地方来的人。举着红旗和各色旗子，有一红色横条上面写着“热烈庆祝省内系统三项球类运动会胜利召开”。人多场面大，又是排着队从车队这边走到医院那边，最后走进了看电影的地方。走了很长时间，整个场地都快站满了。有个人坐在一个人字梯上，在高处扛了个东西在拍啥，可能是在拍电影。我正看他移动着东西对着队伍拍，这时有人喊我，一看是张军，他说：“小四，快来看，又是你爸！”我过去走到人群的边上，往主席台那边看，果然是我爸，又是坐在主席台中间。张军说：“小四，你爸办的运动会越来越大！”我问：“咋叫三项球类运动会呢？哪三项啊？”他说：“乒乓球、篮球、羽毛球。听说乒乓球、篮球在我们厂有部分比赛，没有羽毛球，羽毛球在别的厂比赛。”接着问，“你爸没跟你说吗？”我说：“没有啊，我都没咋看到他人，不知道他在忙啥？”他说：“忙着准备比赛呗！你爸真牛，又坐中间啊！”有人在大喇叭里开始讲话，一看又是爸爸。爸爸讲完话，其他人也讲了会儿，就散会了。

第二天，放学回来，到家刚放下书包。坐着想是写作业呢还是出去玩儿，咋没看到张军、王文利他们，到哪儿去找他们玩儿呢？刚想写作业，就听到楼下有人喊我。出来一看是张军，问：“小四，想不想看乒乓球比赛？”我说：“想啊！在哪儿看啊？”他说：“下来啊，我们去看。”我说：“好啊，等等我。”就关上门下楼来问：“在哪儿啊？”他说：“就在做冰棍的旁边。”我说：“那里不是仓库嘛！”我们边走边说，他说：“东西都拿走了，现在在打乒乓球呢！”我问：“咋想起来喊我呢？”他说：“他们不让我们进去看，看来还是找你才行啊！”我问：“我能行吗？”他说：“都说你能行。”说着话我们就到了。就在做冰棍的旁边的一个门外，有七八个小孩儿。一看还都在，王文利、刘新文、张敏和其他小孩儿，都在往门缝里看。张军说："小四来了。"他们站到两边，让出中间一条道。我过去推门，里面有个人双手把门扶着不让门开，问："干啥？干啥？"这个人我见过，是工会的。工会就在三合院资料室对面，有时我要进去逛一逛，里面有时有人在画画。我问："我们想进去看比赛。"他说："不行，说了，不让小孩儿进来看。"我说："我是刘某某的儿子。"他看了看我说："进来看吧！"他把门打开，指着一排凳子说，"坐在那里看，一不能乱跑，二不能大声说话，违反了别怪我撵你们。"

我们就进去坐了下来。里面东西都没了，摆了好几张木制的乒乓球台。看他们打球还真好看！你来我往的，都拼着命想把对方打赢！球速很快，看样子打得很用劲。有时看样子都没法接的球，还是接了过去；有时要打好多个回合；打到精彩的时候我们和其他看球的人还拍手；有人还喊"好！"有一个人我认识，在学校看过他打球。在这里更好看了，他们有的流了很多汗。看球的人不多，我们还看上瘾了，每天下课就来看，连看了几天。

厂里来了一些人，他们穿着运动服。有宽背心，短裤的，胸口上面有字，有东方、红光、宏远。他们像大哥这么大，长得也漂亮、精神。尤其是东方的一帮，个子很高，白白净净的。有几个很像徐老五、大哥，脸比他们还白净些。看打扮是打篮球的。

有一天，大哥耷拉个头回来了，脸色也不好看。我问："咋啦？"他说："输了呗！"我问："你们也会输啊？输给谁了啊？"他反问："我们咋就不会输呢！"接着说，"输给东方了呗！"我问："咋输的啊？"他说："实力不如人家呗！他们有两个以前在省队打过球，打得确实好些！"我问："还打不？"他反问："输了还打啥？"可惜我没看成！打乒乓球的和打篮球的都在下午，我去看过一会儿，是别的队打，就去看打乒乓球了。要是大哥他们打的话，我就不看打乒乓球了，要是能错开就好了！没几天，比赛也完了，参加比赛的人都走了，爸爸也走了。

有一天，遇到王文利，他问：“小四，这次比赛咋样？”我说：“挺好看的！我去看了打乒乓球，篮球没看成。”他说：“我也觉得好看，看了几场篮球，真不错！比我们厂比赛的时候还好看！”我说：“我哥他们输了！”他说：“那场我看了，这就是天外有天！东方打得是要好些！那些人经过正规训练，接球投球都很稳，不乱！”我说：“我哥说他们有两个人在省队打过。”他说：“怪不得，吃过专业饭啊！你哥他们就自己在那儿打，又没个教练，当然不是他们的对手了！能打成这样不错了！”我说：“唉，可惜我没看成！他们又不先通知一下，像电视晚上说一下要演啥！我去看过，不是我哥他们打，就去看乒乓球了，谁知道他们啥时候打啊？”他说：“是没有预告，回去跟你爸说一下，下次搞个预告，这样就更好了！我也想去看乒乓球，可惜是同时打，要是能错开就好了！”我也说：“就是，要是能错开就好了！”

放风筝

有一天，班主任老师拿了个东西来说：“这是风筝，你们回去自己做一个，拿来比一下，看谁做得好、飞得高。”是一个纸糊的，用绳子牵着，他牵着绳子来回拽，它就飞了起来。我们都围了过去仔细看了下。很简单，报纸糊的，中间用薄竹片扎成个王字形撑起来，上面大，下面小，用绳子牵着上半部分，后面还有纸做的尾巴。

回家我就上山砍竹子，回来把竹子削成细片，找来报纸和糨糊，又找到妈妈缝衣服的线。没多长时间就做好了。

晚上吃完饭就去放。放风筝的还不只我一个，张军也拿着东西要放。我一看，也太简单了，就一张画报纸，折成长方形兜着风，用绳子牵着。我问："能行吗？"他说："能飞起来就行，先做个简单的玩玩儿，明天我再做个好点的。"他拉着跑，还真飞了起来。我也拉着跑，也飞了起来，开始还打转往下栽，调整了下拉的绳子，就不打转了，但是不跑，它就不飞。一会儿天就黑了，我们还在外面牵着绳子跑来跑去。王文利也出来了，他拿着我做的也跑了两下。我问："这东西是这样玩儿的吗？要老是跑啊？"他说："不是，应该是先跑一下，飞起来后就站着不动了。"我问："你咋知道啊？"他说："书上说的，这个可是个传统大项目，你这个太简单了，书上说有各种花样的，很复杂的，一般是在春天玩儿。"我问："为啥是在春天玩儿呢？"他说："春天有风，比冬天风小，比夏天风大，风太小飞不起来，太大了又要把绳子吹断，给吹跑了。"

第二天，我放学回家又拿下楼放，张军也拿了一个出来了。问他："啥时候做的啊？"他说："昨天做得差不多了，天黑了就没拿出来，晚上回去又做了会儿。"他的跟我的差不多，不同的是他做了个工字形的简单木头工具，把线缠在了上面，放线就翻动着。我说："王文利说玩儿这个东西要风大，风大它自己飞，人站着不动，咱们找个风大点的地方去放。"他问："去哪儿放啊？"我说："半山上，那儿肯定风大。"他说："好啊！走，咱们去。"我们就到了半山上，果然风大，还没跑放手它自己就飞了起来。不停地放线，越飞越远，一卷线都快放完了，都快看不见了。放了会儿想收回来，就开始缠卷线，刚卷了一点，线就断了，风筝就往远方飘了去，追了几步想去抓线，根本就追不上，只有眼睁睁地看着它飘到了看不见的地方。没办法，回来看，张军慢慢地把线收了回来，一看他的线要粗很多。问他：“你这线是哪儿弄的啊？”他说：“不懂了吧！这个是我爸他们维修队吊锥子的线，不容易断的！”想起来了，他们砌砖都要用线吊个下面是尖的圆锥子，我又上哪儿去弄这样的线啊？可能五贸商店有卖的，我们就下了山。

我到五贸商店去看了看。有卖粗线的，很贵，一大捆要十几块，小一点的也要八块钱。还是回家拿妈妈的线算了。我又开始削竹子做风筝，还要参加学校的比赛，再说也还没玩儿够呢！刚找到点感觉。我也做了个最简单地用画报纸折的方槽形的风筝，晚上就先拿着它拉着跑着玩儿。在家里的针线盒里找到了最粗的缝被子的白线，只有这个了。想做个工字型木柄，嫌麻烦，也就没做。

第二天，上午要放学时班主任老师问：“同学们，风筝做好了没有？”接着说，“做好了的下午拿来，放学后开始比赛。”

下午把我做的拿来，一比，看样子就很平常了。有的同学是花的，像个鸟，很漂亮，线也粗，还有个轱辘可以转，轴拿在手上，转动着轱辘，就可以放线、收线。是个女同学拿来的，有同学问她：“你做的啊？”她说：“是我爸做的。”很多同学都没做，只有十来个人做了，有的比我的还小、还丑。

放了学在放电影的地方，很多人都拿着风筝放，我看到也不想放了。有的很漂亮、很大，在上面画成一只老鹰；有的不大，上面画的是燕子，线也粗，没法比！一起放差太远了，要是跟他们搅在一起，可惜了我的一卷新线了！放出去容易，收回来就难了！还是自己哪天到半山上放着玩儿吧！在那里看了会儿别人放，我就回家了。后来也没放，没了兴趣，把线放回了妈妈的针线盒。

第一次去省城

有一天，吃完晚饭下楼逛到办公楼的边上，遇见了妈妈，她说：“小四，回家准备一下出门要带的东西，他们有车走，等会儿来接咱们。”我问：“干啥去？”她说：“去省城看你爸。”我说：“我明天还要上学呢！”她说：“找他们明天去替你请几天假。”我就先回了家。出门一般要带洗脸毛巾和牙刷，其他也没啥。

等了会儿，来了一辆绿色的吉普车，我们就上了车。车上除了我跟妈妈之外还有一个开车的叔叔和另一个叔叔。还没坐过吉普车，但见过，一号楼常有各样的小车来接人，王文利他们看到了汽车就要说。吉普车、上海牌轿车，看到的常常也就这两样。

车行在不宽的山间马路上，不久天就黑了。车前面开着大灯，还是能看到一些外面不明显的山影景色和住家的灯光，两边偶尔看到老乡的房子，再就是山，山边就是江，没有啥直路，都是弯来拐去。有时在山下面，有时是在山上面，弄不好要掉到江里或是掉到山下去。感觉车开得很快，有时还很颠簸，颠的人都离开了座位。偶尔对面有汽车来，按着喇叭。开过来的是大卡车，我们的车几乎停了下来，慢慢地错车。这条路我以前走过几次，但每次都坐大轿子车，都是白天走，感觉车也开得不快，也没有这次这样的感觉。我跟妈妈坐在后面，我问：“我想坐在前面？”想在前面好看外面的景色。妈妈问前面的叔叔：“小四想坐前面？”他说：“现在在山上，不好停车，等会儿下了山，到路宽点的地方吧！”坐了很长时间，路慢慢平缓了，经过了一些跟我们那儿差不多的地方，像是走出了大山，路是平直的了，也宽多了。有时路旁有成片的老乡那样的房子，有的上面是屋顶样式，下面只有柱子的建筑。到了一个地方，前面的叔叔问：“停下车吧？要不要上厕所啊？那里有个。”车就停了下来，都下了车，看样子去厕所的路不好走，妈妈他们去了，我就在路边办了事。回来那个叔叔说：“小四要坐前面，就来坐前面吧！”我就坐在了前面。车又开始走了，现在看到大灯照着前面路两边有些树，路两边又看了会儿，有些房子，像老乡那样的，要比老乡的好得多，有些路灯。看到路边隔一段就一些矮短的水泥柱，上面有数字，是连着的，看样子是从1开始的，但我就看到的是从几到几百。突然从路边跑过一个动物，像是狗，离车很近，车开过后，停了下来。叔叔下车看了看，没看见，就继续开了。开了很长时间，不知啥时候我睡着了。一直到车停下，有人喊我：“哎！醒醒哟，醒醒，到了，到了。”我就下了车，黑暗中看到了爸爸，他跟叔叔说着话。爸爸问：“一路顺利吧？”那个叔叔说：“顺利！差点碾条狗，要是碾到了带回来给你还能吃两天。”爸爸说：“狗就算了吧，顺利就好！谢谢啊，辛苦了！快回去休息吧！”那个叔叔问：“客气，客气！”他们把车开走了。我跟妈妈进了屋，是一个楼房的一楼顶头的两间房。灯光也不亮，妈妈问：“还是洗一洗再睡吧？”爸爸说：“今天就凑合着吧！明天再洗，天都快亮了。”我脱了鞋上床就睡着了。

第二天醒来都快中午了，起来看到爸爸这里的东西很简单。里面一间房有一张床、一个柜子、一张桌子、一张椅子就没啥了；外面一间房只有几张高点的凳子，就啥也没有了。我洗完脸刷完牙刚想出去看看。妈妈说：“别走啊！快吃中午饭了，你爸去食堂打饭了，吃完饭再出去玩儿。”我说：“我就在门口看看。”

站在门口看了看，前面是一幢三层楼的红砖红瓦房子，只有窗户，看样子修得很好，至少比我们那里的好。跟我们这边的房子之间有一个水泥方柱的走廊，上面爬满了有藤有叶的植物，我们那儿没有这种植物，走廊两边种着小块的菜地。走了几步往回看，这是幢三层红砖红瓦的房子，楼上的走廊很短，楼梯的一边有三个门，跟我们那里的一号楼差不多，而一号楼是一边两个门。没过多久爸爸端着饭盒和碗回来了，我去接着进了屋，我们就在外面几个凳子上吃了中午饭。

吃完饭我就在周边转悠，看到房子后边有一个工地，就过去看。是刚挖好的地基，地基很深，挖出了很多土，垒得很高，像个小山，比我们那里半山上的学校挖得还深。我正走在土堆上，这时有一群小孩儿走了过来，都跟我差不多大。没想到从中间走过来一个小孩儿问我："你是不是刘某某家的？"我说："是啊！"他说："我认识你爸。"哦！没想到在这儿还是有人这样说，他又回去跟那帮小孩儿说了两句，他们都看着我，点了点头，我也点了点头，在我们那儿这就算认识了以后可以一起玩儿了。没想到坐了这么远的车，一来就认识了这么多跟我差不多大的小孩儿。他们跟我一起跳下了大坑。走了会儿，他们中间有个人说："要上课，走了！"那个先跟我说话的小孩儿跟我说："我们还要上课，改天玩儿啊！"我说："好啊！"他们中间有一个人还回头跟我说："再见！"我也说："再见！"他们就走了。

我一个人在坑里走了走，又往其他地方走去。看到有一条宽路，宽路远处通向一个大门，门口有人站岗，像是解放军；宽路这边的另一边不远处有个像我们那里的食堂的大房子。大房子的门是开着的，进去看了下，果然是食堂。我又往食堂那边走了一段，看到一个五层楼的房子，像是办公楼，它的对面是一个四层楼房，不宽，像是住家，边上有一些矮的仓库。看到没有路了，是高大的红砖墙，上面有铁丝网，还有电线杆上的白瓷阀和电线，难道上面还通电？看样子有一圈墙，都是这样的，没有了路，我就往回走，又走到了那条大路上。往大门口大路的两边就两排房子，房子前面有很宽的地方，一边是野草地，一边是一块块的菜地。走到了大门口，看到果然是解放军背着枪站着。出了大门，外面是一条大马路，偶尔看到有车从大马路上开过。大马路两边是高大的树木，树外面这边有一条小水沟流着水，水下面是黑淤泥。往大马路两头的远处看了看，看到有一头房子多些，就走了过去。路的两边有些菜地，也有些老乡的房子和像我们那儿的办公楼、住家的房子。

走到了房子多的地方，是个两条大路交会的十字路口。另外一条大路的两边有些商店和吃饭的地方，都是平房。十字路口的中间有个圆台子，上面站了个警察，手里拿着根不长的棒子，一边白色，一边红色。靠着我们这边的路对面有一个圆形的像大桶似的东西，里面还坐着个警察。大桶似的东西上面是玻璃的，下面是红、白、黄色的，有几级台阶对着个关上的门。在它的旁边，还有一间大点的房子，也是一层楼高的平房。门外面左边停着很多自行车，自行车把上挂着有绳子的小竹牌。透过玻璃窗看到里面好像很热闹，有很多大人坐着，也看到了一个小孩儿。有很多个竹椅围着小方桌子，上面放着不大的白色的有盖的喝水的小茶碗。大房子外面右边有一个席棚子的墙上挂着很多小人书封面。棚子里面有长条板凳，坐着一些小孩儿在看小人书。棚子门外面竹椅上坐着一个老头，我问他：“你的书是咋看的？”他说：“书有两分的，三分的，还有五分的，看你看哪个？”他说的话跟我们那儿的发音不同，但还是听得懂。看了看就往回走了。

回到家，妈妈问：“去哪儿啦？咋去了这么长时间？还想跟你一起出去走走呢！”我说：“去逛了逛呗！就在这里面和外面，外面有个路口有很多商店挺热闹的。”她说：“在这儿还是不要走得太远，别走丢了！”我说：“不会，走得再远，我也走得回来。”我又问，“我要上厕所？”她打开个门说：“去上吧！”哦！家里就有啊！就是要上厕所才回来了，看了半天，没找到厕所。

在家没啥玩儿的，我还是出去了。又到后面的工地上看，在土堆上看着周围。这里离墙不远，也有些仓库和车库，墙角上还有个大金属罐子。在我们那儿见过，有的大卡车没有车厢就拉这个，他们说是拉油的不能用火柴点燃了，难道是放在这儿要准备些油用？另一边的中间有一个篮球场。篮球场比我们那里的就差多了，上面没有灯，下面地上的水泥多数都没了，坑坑洼洼的不平了；篮球架也多数脱了漆生了锈，网子烂的也剩下了一点，只挂了些绳子。

又看到了那帮小孩儿，他们在大门那条路的中间，在食堂前面。他们看了看我，我看了看他们。跟我说过话的那个走了过来问：“你一下午就在这儿待着啊？”我说：“没有，周围逛了逛，逛到了那个大路口，那里有小人书看，要上厕所才回来的，没啥事又出来了。”他问：“你叫啥名字呢？”我说：“刘某某。”他又问：“是啥？再说说？”我说：“是某某的某，某某的某，你呢？”他说：“我叫王勇。”接着问，“咋叫这个名字呢？”我说：“我爸说出生在那里纪念一下嘛！”他问：“听说你们四兄弟，你是不是最小的一个？”我说：“是啊！”他问：“你们兄弟几个在不在一起玩儿？”我说：“都不在一起玩儿，各玩儿各的，我一般都是跟邻居玩儿，我们邻居有几个跟我差不多大的小孩儿，没事就在一起玩儿。”他说：“我也是。”我问：“你家是兄弟几个啊？”他说：“也是四个，两个哥，一个姐。”我问：“这儿有啥好玩儿的啊？”他反问：“有啥好玩儿的？

逛公园、逛街、看电影，也就这些，你们哪儿呢？”我说：“我们有时候爬爬山，到河里玩玩儿，看看电视，有时候也有电影，有时看看比赛，前段时间不是搞了个三项球类运动会嘛！”他说：“我听说过这个三项球类运动会，是你爸搞的，可惜我们这儿没场地，你们那边我又去不了！”我说：“我爸就是爱搞运动会，以前在厂里搞了，现在又在外面搞。”他问：“都搞了些啥？”我说：“‘四人帮’完了后才搞的，先是搞厂里篮球赛，后来又搞学校田径运动会，白忙乎！”他问：“咋是白忙乎呢？”我说：“他搞运动会就是不想让我们那儿的人打架，他们还是打，还打死了一个呢！”他很吃惊地问：“咋小孩儿打架还打死了啊？”我说：“是啊，用刀捅死的！双方跟我还都是熟人，打死人的那个我认识，还一起玩儿过，死的那个是我们老师的儿子，弄得我难受死了！”他问：“还有这种事啊，真是的！小孩儿打架还打死了啊？”我说：“所以说我爸白忙乎嘛！”他说：“是啊！肯定气坏了！”正在这时，妈妈在楼的拐角处喊我：“吃饭了，还不回来！”我说：“我回去吃饭了。”他说：“我也该回去了，再见！”我说：“再见！”就都回家吃饭去了。

这次妈妈做了些饭菜。吃饭的时候妈妈问：“单位就让你住这儿啊？”爸爸说：“这儿是暂时的，后面正在修嘛！等修好了要分给我两套，到时候我把你们都给弄过来。”

吃完饭，刚想出去。爸爸说：“就别出去玩儿了，等会儿我带你到一个人家去串门。”我说：“那我就在门口，在这儿也没啥事。”就在门口转悠，这里一楼出去进来倒是很方便。不远处有个垃圾堆，倒垃圾也很方便，很像五铃他家那里。中间的走廊不错，两边还可以坐着。等了会儿爸爸出来了，说：“走吧！”也就是我们这幢二楼顶头的一家。爸爸敲门，里面一个叔叔开了门说：“哦！老刘！

来！进来！”爸爸跟我说：“喊王叔叔！”我喊：“王叔叔。”他问：“哦！这就是小四吧？好，好！进来！进来！”很热情地招呼着，又回头看了一下，看到一个小孩儿开着台灯在写作业，就是白天跟我聊天的王勇。叔叔说：“老刘我们到那个屋聊。”他们到了另一个门里。有个阿姨说：“等一下吧！你先玩儿着，等小勇子写完作业陪你玩儿。”王勇走了过来，指着柜子前面墙角说：“你先玩儿着，等会儿我就完了。”说完他又返回去写作业。我一看是一堆玩具，有好几个铁皮汽车，有的还是红色两层的；还有手枪，是能打出亮光的那种；还有船，是塑料的，快艇的形状。这些东西跟我以前玩儿的比起来真是相差太远了！以前我只有个上发条的青蛙，后来有了个跑了一次的飞机，不过现在我对这些东西也不太感兴趣了！我一样样的都拿在手上看了看，想这样的可能很贵吧！我那个不大的飞机都要十块钱。我在那儿自己推着车，他家的地板是木头的，上面刷着深棕色的漆。这间房子很大，里面有沙发和一高一矮两个柜子，还有桌子，矮柜子上有个电视，但没开，灯也不亮。等了会儿，他就过来了，我们就开始玩儿，他说：“你在那边，我推给你。”我们拉开了点距离，蹲在地上，就拿着那几个汽车，你推给我，我推给你。玩儿起来时间过得也快，没多久，爸爸就出来了，说：“走吧，回去吧！”我也站起来，说：“阿姨再见！”她说：“有空再来玩儿啊！”王勇也说：“有空再来吧！我的好多东西还没玩儿到呢！”我说：“好啊！”出了门跟他爸说，“叔叔再见！”他也说：“再见，有空来玩儿啊！”我们就回了家。

逛公园

第二天早上起来，吃完了早饭，就听到爸爸说："今天我带你们去公园看看，车我都说好了，等一会儿车来了咱们就走。"我问："要带啥不？"他说："啥都不用带。"等了会儿，开来了一辆小轿车，是浅蓝色上海牌的。我问："我要坐前面？"爸爸说："那去坐嘛！"我就坐在了前面，这要比吉普车舒服多了！车窗上还拉着花的半透明的窗帘，一会儿车就开了。我把窗帘推开，看着外面，感到还是差点啥，哦！要是车窗开开就看得更清楚了。就问："能不能把窗户开开？"司机叔叔说："能！"指着门上一个柄说，"摇那个。"我就去摇，刚开始还没摇动，摇了两下摇动了，慢慢车窗就开了。风吹了进来，空气好多了，看着外面是好多了！路边都是高大的树，树外多半是菜地，还有开着一片黄色花的地；也有房子，有老乡那样的，也有像我们那样的有墙，也有是楼房的地方，楼房都不高；路边还有骑自行车的。车拐进了一条小点的路没走多远，刚找到点感觉，就停了。爸爸说："到了，下车吧！"还想坐呢！我还是下了车，爸爸对司机叔叔说；"下午我们自己找车回去，你就不用再来了。"车开动的时候爸爸还招手说："谢谢啊！"车就走了。爸爸说："你们在这儿等着，我去买票，不要乱走，走散了不好找。"

我看到人很多，有一个小广场，上面铺着整整齐齐的青砖，一点缝都没有。有几棵大树，很高，树周围用方形铁栏杆围着。广场中间有个大门，大门是尖顶，沿角也是尖的，有很粗的柱子，刷着很亮的深棕色的漆。有人走进大门，大门两边都是高大的红色的墙。另一边停了很多车，有一些大轿子车，也有些小汽车，停车的后边是一片树林。爸爸买票的地方是个小房子，外面排着队。我过去看了下，上面有个牌子写着：门票一角五。等了会儿爸爸拿着票就过来了，说："我们走吧！进去后也不要乱跑，跑散了很麻烦！"门口看起来就很气派！

爸爸把票给了门口一个人，我们就进入大门里面。看到一条宽宽的路，中间是铺得平平的青砖，两边有些鹅卵石，有些大树，也有些草地。这里草地上的草都是一样的草，不像我以前看到的杂乱的草地，远处靠着墙有些巨大的石牌，两边也有小路，我们就没去了。中间一个大房子，形式跟大门差不多，但前后都没有墙，是通的，前后都是大柱子，柱子上挂着长匾，上面写着字。房间的中间有个人像，看样子很神气。房间里两边有些东西，有些东西前面有木条拦着，墙上有些挂的牌子和镜框，也有些桌子上面有玻璃，里面有些书和有字的纸，我都看不懂，但能感到这些东西都很重要。中间一条路连着两间都是这样的，都是各式的像，有各种东西和挂牌，有一间只有柱子，中间就只有一个人像，其他啥都没有。看样子都是一个人，这个人太厉害了！按王文利的话说真牛啊！到处是干干净净的，修房子的材料看样子都很好，房顶上的瓦也整整齐齐的，没有烂的，真是很气派啊！除了中间的大路外，旁边还有走廊，走廊边上有坐的地方，墙上还有些可以看的字，跟在我们镇上看到过的一个最漂亮房子有点像，但比起这儿来就差得太远了！没见过这么好的地方，里面有大树，但都隔着比较远，有矮的树丛，给剪成了平的或圆形的。走出这几间房子，就没有这么宽这么直的路了，还有些别的房子，里面有柜台在卖一些东西，去看了下，有些像章，有些是有红线挂在脖子上的东西，还有扇子等小玩意类的东西。有条小河，上面有小桥，河水就不怎么样了！河水在动，但流得很慢，浅的地方下面是黑色的淤泥，而我们那儿的河水浅的地方下面是沙滩或鹅卵石。走廊边有个不大的水潭，水多数是绿色的，有些水草，有些大圆形的叶子。里面有些鱼，有红色的和青色的，还有白底上有红花的。走出走廊就看到一片很大的地方，是树林和草丛，树林里有石头桌子、凳子。我们就在里面逛，感觉很多地方还都没有走到，就听到爸爸说："差不多了，都饿了，找个地方吃点东西吧！"我们就找到一个吃饭的地方，里面人很多，差不多都坐满了，找了个位子坐下，爸爸说："我去看看。"等了会儿，爸爸回来了说，"菜点了，等会儿有人送来。"又等了会儿饭菜送来了，三菜一汤，分量还不少。吃完了饭爸爸说："差不多了，该回去了。"我说："还早呢！刚到下午，好多地方还没去呢！"他说："我来过两次了，还不是好多地方没去，以后再来嘛！"我说："再逛逛嘛！"他说："回去吧！下午我还有事。"也只有回去了，不过除了刚进门那几个大房子之外，其他的地方就没那么漂亮了。

我们出了公园。爸爸说："坐公交车回去吧！转一道车，走不了多远。"来的是大轿子车，上车还抢到了座位，等没有人上车了，车门口一个女的就开始喊："走了！上车的请买票。"车开了一段她又开始喊，"×××到了，要下车的到门口来。"等了会儿车门开了，有人上，有人下，走一段就要这样一次，她还要对下面的人喊："三十五路、三十五路。"走的不是来时的路，路两边基本是房子，有尖顶的平房也有平顶的楼房，看起来都差不多。

回到家爸爸就走了。妈妈问："你睡不睡会儿？"我说："不睡。"她要睡觉。我不想睡，就走了出来，还是到了后面的土堆上，踩在土堆上感觉像是回到了我们那儿。

看了会儿，我又遇到王勇。他问："今天去哪儿了？"我说：

“去了公园。”他问：“去了哪一个公园？”我说：“就是中间有人像的，连着几间都有的那个。”他说：“我知道了，像这样的公园在这儿还有几个，没去过都可以去看看，我都去过。”我说：“公园里那个人像和房子都很气派啊！”他说：“那当然了！你看那是谁啊？他的名气可大呢！”我问：“我咋不知道呢？”他说：“咱们还没学到那儿呢！以前我妈非得要我背他写的诗，一首诗可长呢！”我说：“哦！写诗的啊！”接着问，“那他跟李白比呢？”他说：“他俩差不多。”我问：“那逛街呢？”他说：“就是去看卖东西的地方。”我说：“我们那儿也有卖东西的地方啊！有啥看头？要买才去看啊！”他说：“你们那儿我没去过，这儿可有看头呢！东西多着呢！也就是去看热闹，要买哪样再去看哪样，够你看的！”我问：“我们那儿以前玩儿过烟盒、帕积、滚铁环，你们这儿有没有玩儿过？”他说：“都玩儿过，还有打弹子。”我说：“我们那儿也打弹子，现在有电视看了，都不玩儿那些了。”他说：“我们还不是有电视看，也要玩儿那些，电视看多了不好，再说也不是天天有好看的。”我说：“是啊！不是天天有好看的，我们有时候要打乒乓球和羽毛球，还要踢足球、打篮球。”他说：“你们那里玩儿的还挺多嘛！乒乓球台是你爸弄的吧？”我说：“是啊！前段时间还放风筝。”他说：“不错啊！我也想哪天到你们那里去玩玩儿，爬爬山，到河里游泳。”我说：“是啊，哪天来玩儿嘛！我们天气冷了就去爬山，爬一会儿就热了，到了夏天发大水，坐着游泳圈从上游往下飘，都很好玩儿！”他说：“听起来真不错！我们这儿也有山，不过离这儿远，不是想去就能去，要坐车，还要准备钱。”我问：“有多远啊？”他说：“挺远的，好几十公里呢！要准备好几块钱才敢去呢！”正在这时远处有人向我们这边喊，他说：“有人在喊我，走，过去看一下他们在干啥？”我们就到了大路中间。有几个小孩儿站在那里，有一个跟王勇说着话，我也没听到在说啥。待了会儿，看有人拿着碗进食堂了，我就回了家。

晚上吃完饭我又出来逛。外面没有啥小孩儿，到了前面房子的空地去看了看。野草地上有一部分是比较高的杂草，大部分是矮小的草，看样子上面也常有人踩。另一边是跟这边差不多大的菜地，分成一小块一小块的，有人在干活儿，是在给菜地浇水。

一会儿天就黑了，顺着大路往回走。看到食堂的这头有个门开着，里面有一点蓝色的光线射到了门上，就过去看。里面有个电视机放在高点的木架子上，有些人在看电视，有小孩儿，也有大人。就进去找了个地方坐下来看。是一排排的木条长凳。看了会儿电视，放的是啥也没看懂，瞌睡却来了，我就回家睡觉去了。

逛街

第二天，吃完早饭，爸爸说："今天带你们去逛一逛街，等会儿就走，坐公交车去。"我们就到了我去过的那个路口。过了路口，看到两边都是又直又宽的大路，看不到头儿。等了会儿，车来了，车上的人很多，我们也只有站着，车门关上就走了。上下车的人都很多，感到有些挤了，人挨人似的。还是能看到窗外，路边上也有大树，窗外有一些高大的房子，跟以前看到的都不一样。

没多久，爸爸说："下车了。"我们就下了车。下车的人很多，下车就看到一个很大的广场，广场的一边有一个白色的巨大的毛主席像，毛主席在招手。毛主席的下面是长长的台阶，他的后面是一间巨大的房子，又高又大，真是很气派啊！广场的另一边是我们过来的那条宽大的路，路的两边是大树，台阶下面也是一条宽大的路，有个警察站在台子上。广场中间是一些花台，有高大的路灯。

爸爸带着我们往回走了一段，往右走进了一条路。路两边的房子不高，也就是二层，一层高，二层很矮，只有小窗户。房子都是木墙灰瓦的，有些像老乡的房子，但要好得多了，比公园的就又差多了。先是进了一家商店，里面卖的是毛线、被面、床单、毛巾和一卷一卷的布。这些东西我们那儿都有，这里每样的花色很多，看起来鲜亮得多。出来又进了一家，里面卖的是暖瓶、镜子、洗脸盆、水桶、手电筒、喝水杯、梳子之类的东西，还有马灯。品种不算多，但每样东西都很多，一堆堆的。又进了一家商店，主要是卖衣服的。衣服很多，多是蓝色、灰色、绿色的，在一个矮点的架子上挂满了，墙上也挂满了。看了会儿出来了，就不进去了。看着每间房子的门都是开着的，里面都是在卖些杂七杂八的东西，卖衣服的最多。要是挨着每间都看，根本看不过来。街上的人很多，都是姑娘、小伙儿、大人，没有啥小孩儿，只看到了一个。这就是王勇说的逛街啊！是啊，看的东西太多了，一会儿眼都看花了！

路也很长，两边都有大树。商店外面有一条很宽的台阶，石头的，只有一级。大树在台阶上面，周围有个不大的方坑，方坑里是泥。大路的面上不像是水泥，也不是土。商店没有门，在商店和商店之间放着些长条木板，商店门口都有一条长的有槽的大木条。我们走了一条街，到了商店少的地方，又从这条街的另一边往回走。他们有时还停下来进商店里看东西、买东西，我就在外面等着，买了东西出来我也帮他们提。走完了来的这一条路，又过了宽大的路，进到另一条差不多的路。这边也热闹，走了一段又进入一家大商店。这家商店很大，里面有一排一排的卖东西的，人很多，卖的东西也更杂更多了。这里面有卖饭盒式录音机的，有二百二一个的，也有二百四一个的；还有磁带，空白的有二块八、三块六一盒的。里面还有各种乐器，手风琴、大的落地的风琴都有。还有卖合种乒乓球拍、羽毛球拍，篮球、足球，以及各种棋具。感觉这儿啥都有卖的。转了会儿还有很多地方我们没有去，就走出了大商店。

爸爸说："差不多了，咱们回去，改天再来吧！"妈妈问："回去吃饭啊？"爸爸看了下表说："回去食堂也没菜了，找个地方吃吧！"我也看累了！我们就往回走。又到了来时的路上，过了来时的大路往左拐走了一段。到了一个房子门口，上面挂着个牌子——"芙蓉餐厅"。在外面就看到里面坐着很多人在吃饭，看起来修得不错，门口还有两个上漆的木柱子。爸爸说："就在这儿吃吧！"妈妈问："今天咋舍得了？"爸爸说："又不是天天在外面吃，偶尔吃一顿嘛！"我们就进去找了个地方坐下来，桌子是很厚实的大圆木桌。爸爸到门口台子后坐着，一个女的离开了会儿，拿着纸片又到另一边的玻璃窗那里去了一下。就过来说："等会儿他们会送来。"等了会儿，饭菜就送来了，看起来不错，吃起来还很香！吃完饭没走几步，就在车站等车，坐公交车到了来时的路口，一会儿就回家了。

从省城回家

跟爸爸分手了。我们进了车站，在车站候车室坐了会儿，没等多久就排队进入里面的站台，上了火车。在火车上坐了会儿，车就开了，车外面基本是平的田地。有菜地，有麦地，也有一片片开着黄花的地，看起来很漂亮。车开一段时间到了一个站，要停一会儿，坐了差不多一上午。妈妈说："到了，下车了。"又到了回老家时上下火车的站，下车出了站。妈妈问："饿了没？先找个地方吃饭吧？"我说："也不算饿。"我们还是找了个饭馆，妈妈问："吃面吧？方便点，还要赶路呢！"我说："随便。"吃完面我们又到了以前来过的一个地方，上面写着"招待所"，我们厂里也有招待所。妈妈进了一个房间，去了会儿出来，跟我说："厂里的车还没来，说是要走还早呢！咱们坐老乡的车回去吧！"我们出来到了一个地方，停了很多大轿子车，我们就上了一辆车。一上去，就有股难闻的气味，以前我也没闻到过。等了会儿，车就开了。车里的地上有些脏，有些泥，座椅有些烂的地方也不干净。车上坐了很多老乡，还没跟老乡离得这么近过。那股怪味越来越浓，哦！从老乡那边传了过来，是从老乡身上发出来的，像是汗味。有的老乡还拿着长杆烟斗，上面有黄色的叶子烟，味道也很大，都能闻到从长杆烟斗那里过来的气味。还好我们来得早，坐在窗边，我要打开车窗，一下还没打开，妈妈来开也没开开，旁边的老乡伸手来帮忙打开了。外面的空气进来，感觉就好多了！车里有的老乡把烟斗给点燃了，一股股烟在车里散开，像是起雾了，味道非常浓！以前也没遇到过，坐厂里班车就没有抽烟的人。有的人还被呛得咳嗽，点燃烟斗的老乡还越来越多，也有人抽白纸烟的。没办法，还好我这儿还有外面的空气进来，妈妈看起来也很难受，脸对着窗口这边。外面的景色也看过几次了，还可以再看，看着时间过得快些。车一路上有时停下来，有人下，也有人上。到了我们那边老乡的镇子时，妈妈喊了声："桥头有人下。"到了桥头车就停了，我们下了车，感觉好多了，我们就慢慢到了家。

哥哥们都不在家，在家待了会儿，就下楼了，正好遇到了王文利。几天没看到，见了面他就笑，我也笑。他问：“咋几天没见呢？”我说：“去了趟省城，看我爸。”他问：“咋样？有啥玩儿的？”我说：“就是逛公园、逛街。”他又问：“看到了些啥？”我说：“公园的房子漂亮，街上人多，卖的东西多。”他说：“是吗？这些在书上和电视上都有，想应该也差不多，就是咱还没去，哪天咱也去看看。”我说：“高高的墙，上面有铁丝网，铁丝网上还有电。”他说：“监狱。”我问：“啥是监狱？”他说：“关犯人的地方。”我说：“不是，是我爸他们单位。”他说：“哟，你爸单位咋还整这么严实啊！”我说：“前些年不是闹嘛！外面的红卫兵要往里面冲，还要翻墙，他们就整了这些。”他笑着说：“哟，他们那儿比我们这儿闹得还厉害啊！”我说：“外面的人冲不进去就往里面丢石头，他们的领导就找老部下调来一个连的解放军，架起机枪，谁丢就打谁。”他说：“牛，真牛啊！”我说：“是啊！还拿大喇叭喊话，就把那些人吓跑了。”他说：“牛！是啥单位啊，这么牛啊？”我说：“我也不知道啥单位，看样子是不错！还有解放军守门。”他说：“真不错啊，看你爸上次办的运动会就知道你爸升官了，真是好单位啊！”他又问，“你咋又知道这么多啊？”我说：“我在那里遇到个小孩儿，说是认识我爸，他爸跟我爸的关系好，我爸还带我去了他们家，是他跟我说的。”他说：“哦！你爸真不错，到处都有朋友！”他又问：“那你爸就在那儿，你们就在这儿啊？”我说：“那里在修新房子，我爸说修好了要分给他两套，等有了房子再把我们都弄过去。”他说：“哦，你爸真牛！别人想去省城很难的，你爸一去就分两套啊！等你去了后别忘了咱们啊！”我说：“哪儿会忘了啊？就是去了也要回来找你们玩儿的。”这时张军走过来问：“这两天去哪儿啦？”我问：“你咋知道我出去了呢？”他说：“我找你玩儿，你不在家啊！

你哥说你出去了。”我说：“我去省城看我爸了。”他问：“好不好玩儿啊？”我说：“还可以，看到不少啊！”王文利说：“他都要搬走了，以后玩儿不成了！”张军问：“咋就要搬走了呢？”我说：“还早着呢！房子还在挖地基，等盖好能住，不得一两年啊！”张军问：“在这儿多好啊！咱们玩儿得又这么好，咋就搬走呢？”我说：“是啊，这儿是好啊！”接着又问，“你咋这么晚才回来啊？”张军说：“下了课跟我们班那几个玩儿了会儿。”我正想问他玩儿些啥，这时我妈在楼上喊我回去，就说：“我妈喊我，改天玩儿吧！”他们说：“改天玩儿啊！”我们就散了，各自回了家。

回到家，妈妈说：“要吃饭了，还不回来！晚上就别出去玩儿了，也不要看电视，把这两天的书好好看看，别落下了。”帮妈妈端菜的时候，哥哥们回来了。大哥问：“回来了，咋样啊？”妈妈说：“还行吧！”他又问：“难得去一次，咋不多待两天？”妈妈说：“去看一下不就行了，再说小四还要上课呢！”他又问：“那我爸就在那儿待着，我们就在这儿待着啊？”妈妈说：“他说单位正在盖房子，等盖好了分给他两套，他把我们都弄过去。”大哥问：“我们都去吗？我去能干啥？”妈妈说：“谁知道啊？你愿去就去，不愿去就在这儿待着。”三哥说：“我才不愿意去呢！那儿有啥待头？”妈妈说：“你们不愿意去就都在这儿待着，我寄钱给你们。”大哥说：“不是不愿意去，是去了能干啥？别过去了掏大粪就行！”妈妈说：“还早着呢，到时候再说吧！快吃饭吧，菜都凉了，小四盛饭。”

吃完饭，我刚想出去，妈妈说：“今天就别出去玩儿了，把这两天的书拿出来看看。”说完妈妈就走了。把书拿出来，翻了翻，看也看不进去，脑子里都是这两天听到的和看到的事，还是出去转了转。外面也没有人，转了会儿还是回来看电视。就是电视的内容看不懂，也记不住，看着就有点想睡觉了，还是勉强地看。妈妈回来了说：“又看电视，不是说看书的嘛！”我说：“那点书有啥看头，等上课了，往回看一看就行了，我困了，想睡觉了。”就洗洗上床睡去了。

自学

第二天去上学，上课的内容是讲到后面了。以前挨着的都要往后看一看，这些还没看过。下了课同学都出去玩儿了，我一个人坐在教室翻前面的。老师问：“刘某某同学，这两天你去哪儿啦？”我说：“去省城看我爸去了。”她问：“你咋没请假呢？”我说：“那天晚上走得急，搭了个顺风车，我妈说要托人来帮我请个假，不知道来了没有？”她说：“以后一定要来请个假，不知道去哪儿，怕是出了啥事！”我说：“知道了。”是新来的语文老师，我还不知道她姓啥？她咋知道我的名字呢？这种事应该是班主任老师问的。他也不上课，就不知道谁来没来，也不知道他一天在干啥。

下午回家就开始写作业。语文还将就，不会写的就看看前面几课的生词；数学就麻烦了，前面的作业没做过，后面的也不会做。数学作业做不出来只有学前面的课，一看还不少，才几天就有这么多啊！只有耐着性子自己学前面的，也没个人讲讲，头一会儿就疼了！这么多的题都要做，那要做到啥时候啊！真是很难受！弄了会儿，妈妈回来了说：“在家学习啊！这就对了，把这几天缺的课都补上，别落下了，落下就麻烦了！”她就去做饭了。吃完饭想出去找王文利他们聊天，还是不敢，但还有好多没聊呢！在家歇了会儿，我又开始学。学了会儿，哥哥们在里屋看电视，我也不敢看。这些天电视也没看好，也想看！学不了多长时间就累了，只有上床睡了。这几天真累啊！

第二天上学数学作业又没交，还好这里没人管，也没人说我。放学回家又开始学，连着几天都这样。本来回来就累了想休息，还不得不学，真是的！唉，要是放假的时候去就好了！还算好，累了几天，还是跟上了班上的学习，感觉也就好多了。

春游

有一天，感觉数学题也会做了，终于松了口气！吃完饭就下楼晃悠了。遇到了王文利，他问：“咋又是几天没见呢？”我说：“这不出去了几天嘛！几天没上课，这几天不是在家学嘛！”他问：“哟！还会自学？不简单啊！”我反问：“有啥办法呢？你也不来帮我说说？”他反问：“我哪儿有空啊？要写作业，还要看电视。”我问：“这几天电视也没看，有啥好看的啊？”他说：“也巧啊！这几天还真没啥好看的！”我说：“前几天我看了点，也没看到啥。”他说：“听说学校要组织春游啊！”我问：“啥是春游啊？”他说：“就是春天要出去玩一玩儿。”我问：“出去玩儿就说玩儿嘛！干吗要说春游啊？”他说：“这可不一样，这可是个传统项目，在古代就有了。”我问：“以前我咋没听说呢？”他说：“前些年说的不是天天干革命，就是时刻准备战斗，谁敢说出去玩儿啊？”我说：“是啊！怪不得我没听说过啊！”他说：“毛主席也说过劳逸结合，可‘四人帮’时期就没有了。”我问：“啥是劳逸结合啊？”他说：“就是要干活儿、学习，也要休息，玩一玩儿才好。”我说：“是啊！前几天我天天学习，难受得很啊！那我前几天出去玩儿，也就是春游啊？”他说：“算春游。”我问：“那学校组织去哪儿玩儿啊？”他说：“还不是沟里。”我说：“沟里啊！咱们不是去过嘛！”他说：“沟里深着呢！不知道他们要走多远，近了就没意思了！”我问：“古代就有啊！古代那些人去哪儿玩啊？”他说：“不是有句诗‘烟花三月下扬州’嘛！指的就是这个。”我问：“烟花不就是放炮吗？”他说：“这个就不是放炮了，是有烟有花的地方，在三月不冷不热的时候，树又在发芽开花，是出去玩儿最好的时候。”我说：“是啊！这时候出去玩儿是好啊！我也喜欢诗，不是教了‘日照香炉生紫烟’。”他跟我一起背：“遥看瀑布挂前川。飞流直下三千尺，疑是银河落九天。”他说：“我看了很多诗呢！”我说：“我只学了教的这两首。”他说：“没事可以多看看，很有意思。”我说：“我没啥有诗的书，又不知道在哪儿看？对了，我这次在省城公园里看到一个诗人的房子，好气派哟！”他说：“我知道他，那可是个大诗人，他那个房子名气也非常大，我也想去那儿看看。”我说：“是啊，真是很漂亮！省城那个小孩儿也说他妈非得要他背他写的诗。”他说：“他的诗长，难度比较大，我也只看个半懂，别说你了。”天都黑了，我们就各自回家了。

第二天下午老师上课前说：“明天要去春游，早上上课的时候到学校集合，全班同学都要去，中午不回来，同学们自带中午饭。”同学们相互说着话。等了会儿，老师说：“不要说话了，开始上课。”

下课回家写完作业，还要学前面的语文课。妈妈回来了，跟她说：“妈，明天要去春游，下午才回来，要带中午饭，我带啥？”妈妈说：“才去玩儿了，又要去玩儿啊！”我说：“这次是学校组织的，每个同学都要去。”她问：“你想吃啥？”我说：“随便，吃啥都行。”

她问："那炒个菜，带些饭？" 接着又说，"不行，要流汤的，那炒个蛋炒饭？" 接着又说，"也不行，饭要今天煮，明天说不定就馊了，明天谁还天不亮就起来煮饭？" 她问："要不明天早上去食堂打早饭时多买两个馒头，再煎两个蛋，馒头夹蛋行不行？" 我说："行啊！" 晚上吃完饭也没出去，还是在家学习。

第二天早上三哥去食堂买回了馒头，妈妈煎了两个蛋。吃完早饭，用饭盒装着放进书包里，我就到了学校。在操场上，同学们已经来了很多了。等了会儿，就排着队走了，出了学校走大路，沿着河往上游走去。

这条路我都不知道走了多少回了，这样走还是第一次。往上走还没走到以前跟三哥他们摘野樱桃那么远的地方，就从一个小桥过了河。走在一条小路上，没走多远就看到将要进入另一个山沟了。山沟里往外流着水，水就要少多了。山沟外还有住家，有小片菜地。走了一段就是小路了，我们只能分成两个人一排。刚开始路还比较开阔，是小鹅卵石的路，跟着树把路基本上给遮住了，就在树底下走了，一条条的阳光射了进来，黑乎乎的，但还能看到脚下的路上有泥，路上也有露出一半的大小石头，石头也被磨得光滑了。走到一个地方没有路了，要跳过石头过河，石头挨着不远很好跳。两边都是密密的树林，山沟很窄，看到天空很小的一块。有时像是没路了，拐一个弯，又是一个山谷，一片天空。走了挺长的时间，来到一个比较宽点的山谷，前面的同学停了下来。听到有老师说："就这儿吧！就在这儿活动，不走了。" 队伍就散开了，有老师大声地说："同学们，就在这一带活动，不要走远啊！不要上山，也不要往上游走。" 这个地方有些巨大的石头。有一个石头上有个长方形的槽子，像是有人做出来的。大石头下面有水潭，水潭里有些鱼，有稍大一点的。我就在这一带逛悠，一会儿跳上大石头，一会儿到山上的小路走一走，也就这样了。玩儿了好一会儿，就坐在了大石头上。坐累了，找个平些的大石头躺在上面看天。今天天气不错，出了太阳，不过照在这里的就少了。有的同学拿出了水壶喝水。我就没想到，以前上山都没带过水壶，家里也有，想这时能喝点水是不错的！有的同学拿出了吃的。有的是装在大搪瓷盒里的米饭，上面有菜；有的是装在饭盒里的薄饼。我也把我的饭盒拿了出来吃，还挺香的，就是干了点，差不多，也饿了。吃完东西，在大石头上坐了会儿，又躺了会儿。看到有同学往来的路上走远了，像是回去了。有个老师就说："想回去的同学可以自己回去了，最好搭个伴一起走，路上小心点！"我也觉得这附近该逛的都逛了，又不让往前走，也没啥意思，还是回去算了。就也往回走，有几个同学跟我一起走了。

我们出了这个小山沟就不走来时的路了，顺着河边往回走。一路上还都有点小块的菜地。没走多远就走进一个住了很多人的地方，还有点大。一排一排的，房子离得很近，有的房子之间只有一条小道。这里的房子不是老乡的泥土墙，也不是厂职工的水泥红砖楼房，是厚纸板墙石棉瓦加油毛毡顶的临时房。快走到远远一个像是大门的地方就是河岸了，看到一个像放电影的台子，比厂里的小点儿，还有一个小广场，里面有两个篮球架。出来后才看到，这个地方的外面以前常来，就是来游泳过了大弯的里面，只是没进来过。以前在大路上也往这边看过，看到有些房子，也没进来看，没想到还挺大的，住了不少人。后来还到这里看过一两次电影。

回到楼下也没有看到人，还是到家把语文书拿出来看。也不是要全背下来，生词还是要记住的。跟别人说话要容易听得懂些，老是问人家也不太好意思。课文还是要看熟点，前几天好儿课都没听到，就当是看小人书。

吃完饭，下楼遇到了王文利，跟他说："今天我们班去春游了。"他问："去哪儿啦？"我说："就是以前我们去震鱼那里看到的一个桥，过了桥进了小山沟里。"他说："我知道了，洞子沟，我听别人说过，好不好玩儿啊？"我说："一般吧！走了一段，在一个沟宽点的地方，不能上山，也不能进沟的深处，就在那儿逛悠。"他说："学校是分两个班两个班去，你们是先去的，轮到我们还不知啥时候了，我们不知道是不是也去那儿。"我说："哦！上午去的，还让带中午饭，吃完饭，没啥玩儿的，我就想回来算了，就回来了。"他说："像那个地方咱们自己都可以去。"我说："是啊！不算远，还没那一次跟我哥去摘野樱桃的地方远呢！"他问："你还跟你哥去摘过野樱桃，啥时候？"我说："前两年了，大概也是这个时候。"他说："去哪儿摘的？"我说："路过那个沟口，河的上游还好远呢！还有陈亚民，就我们三个。"他问："是嘛！摘了多少？我咋不知道？要是知道把我也喊上。"我说："摘了好多，开始他俩趴在树上摘，摘了会儿下来，说是摘累了，把树砍倒了摘起来就方便多了，带着刀，就把树砍倒了两棵摘。"他说："是痛快，是方便！可后面的人就摘不着了！"我说："以前我还有一次坐厂里的班车进到沟里，跟我们沟里的同学在那儿划船，后来班车走了，我自己走了回来，天都黑了走了很长时间呢！"他说："呀！小四，不简单啊！那又是啥时候的事呢？"我说："也就是去年这个时候晚点。"他说："真不简单！怕不怕啊！咋没听你说过啊！"我说："咋不怕啊！开始走到一条路，我又看到另外一条路也想走，就去走，走了一段，没路了，把我吓到了，又往回走，走到来的那条路，一会儿就天黑了，还不是只有硬着头皮走，路上也没人，只有我一个，走啊走，终于走回来了！走到办公楼遇到了我妈，说几点了，还不回去，都快十点了。”他说：“没想到，小四小小年纪经过的事还真不少！”我说：“那几天好多事呢！第二天上课没交作业，我们班班长刘卫娟说‘你不好好学习，也不跟同学搞好团结’。我说‘关你屁事！’她说我‘臭不要脸！’我就抓住她的辫子让她坐下，拿凳子扣在她头上拍。她就趴着大哭起来，后来作业她也不收了，就把她得罪了呗！后来想这件事也是把我弄到差班的原因之一吧！”他说：“没想到啊，没想到！小四你真牛啊！那个刘卫娟我知道，全校唯一一个大队长，就在前面住，你这样整她，那个罪可就大了啊！”我说：“是啊，所以把我整到差班去了啊！”他说：“她是大队长，别人巴结她还来不及呢！你这样整她，真够意思啊！”我问：“啥是巴结啊？”他说：“巴结就是讨好的意思，想对她好些嘛！”我说：“以前我也不理她，谁让她惹我的！我以前想谁要是惹我，我就打他，就是出了李小明那个事以后，我的想法就变了，谁要是惹我，我还是先忍着吧！”他说：“该忍还是要忍的，大队长你也敢整？你也太牛了！”接着他又说，“你这样的人不去差班谁去啊？不是把同学的头整流血，就是整大队长，胆子真够大的啊！”我说：“所以现在我在班上不说话，也不敢惹别人啊！”他说：“说话还是要说，不要惹别人就行啦！小四啊，小小年纪就经过这么事，没想到啊，真没想到！改天再聊吧！”我也说：“改天聊。”天都黑了，我们就各自回了家。

卖废品

有一天下午，在楼上家门口看到张军和他弟张敏拿着些啥东西，还不少，一捆一袋的，像是要出去。我就喊："干啥去啊？"他说："卖废品。"我就跑下楼问："啥是卖废品啊？"他说："就是卖破烂，家里不要的东西拿去卖呗！"我问："有人要吗？"他说："有人要。"我问："去哪儿卖啊？"他说："就是大弯上面有个席棚子里，咱们去过。"我说："等一下我，我也去看看。"他说："走嘛！"就跟着他一起到了大弯上面的席棚子那儿。

门是开着的，里面有个人，还有秤。里面堆着各样东西，有报纸、酒瓶子、纸箱、牙膏皮、铁块、短的钢筋。以前我还从一个破洞钻进过这个席棚子里，里面是一些别的东西，有新的汽车轮胎，就没拿走。张军把东西拿给了他，他拿秤称了称，就把钱给张军了，几毛钱。张军问："多少钱一斤？"他说："报纸一毛八。"张军又问："铁呢？"他说："一毛五。"张军说："哪天找些铁来卖。"卖完我们就往回走。回来的路上我问："你咋知道这儿有人收破烂的？"他说："我爸跟我说的。"我问："咋啥事你都先知道啊？"他说："都是我爸说的呗！我爸在维修队，他还不是啥都先知道！"

春游的时候从这儿过，看到这个门是开着的，也不知道里面是在干啥。我也回家找报纸，找了堆报纸，还有一些牙膏皮，自己就拿去卖给了他，卖了三毛多钱。回来就买了两根冰棍吃，感觉还不错。哦！知道了铁块那些东西也可以卖钱，就在楼的周围转悠，想找铁块那些东西。还就找到一些，又拿去卖，卖了两毛多钱，这还不错，还能捡到钱啊！

晚上吃完饭下楼，遇到王文利，跟他说："卖废品。"他问：

“啥，卖废品？”我说：“就是找些破烂不要的东西拿去卖。”他说：“我知道这个，刚一听到没反应过来，有的书上提到过。”接着问，“咋，咱们这儿也有收破烂的啦？在哪儿？”我说：“有啊！就在大弯上面那个席棚子里。”他问：“你是咋知道的？”我说：“二扁跟我说的，他爸不是在维修队嘛！啥事都先知道。”他说：“是啊！他爸就是消息灵通，啥都知道得早。”我说：“铁块他也收，我想半山上学校不是才修好嘛！可能有很多不要的铁块，咱们去捡点拿去卖？”他说：“好啊！咱们去，我正缺钱呢！”我俩就来到半山上，果然很好捡。铁块、短钢筋，一会儿我们就捡了很多，手上都拿不住了，要是有个筐子或拿绳子捆一下就还能多拿些。天快黑了，我们就下了山。在路上天就完全黑了，有水泥路大楼梯路也好走，就各自拿回了家。

第二天下午放学，回到家就拿到那儿去卖。席棚子的门外面挂了个大纸牌，上面写着“收废品”，又卖了五毛多钱。拿着钱就到了五贸商店卖汽水的地方，想买汽水，很久没喝汽水了。看到有小孩儿在看柜台里的东西，指着向柜台里的阿姨问：“要买果丹皮？”一种深棕色像糖似的东西，那个阿姨说：“小的三分，大的五分。”小孩儿说：“买两个小的，一个大的。”就递钱给阿姨，阿姨拿了三个给小孩儿，看到小孩儿拿到拨开塑料纸就吃。在旁边看了会儿，我也问阿姨：“买四个大的？”把钱给阿姨，她拿给了我，剥开塑料纸吃，果然很好吃！有点酸也很甜。后来没事出去逛就看看有没有这些东西，遇上了就捡起来拿去卖钱，卖了就去买冰棍或果丹皮吃。

弹棉花

第二天是星期天，天气还不错，早上就有太阳，我下了楼。刚走到冷库那里就遇到一个瘦高个老乡扛着长东西，没想到老乡热情地跟我打着招呼。笑嘻嘻的，把东西放下，从兜里摸了几块糖递给我。开始我还不要，妈妈说过不要要不认识的人给的吃的。推挡了一下，摆手说："不要，不要。"他非得要给说："尝尝嘛！好吃！"我就拿着剥了一块吃了，味道还不错，还没吃过这样的糖。他笑着问："帮帮忙，找几个高一点的凳子，好吧？"看样子他也不坏，又给糖吃。我就往回走，想回家拿，经过张军家门口，正好看到有几个高凳子。我就喊："二扁，借一下你家的凳子？"他在屋里说："拿去吧！"就先拿了两个，老乡笑着："谢谢啊！"接着问，"还有没有啊？"就返回去又拿了两个过来，老乡说："够了，谢谢啊！"老乡忙着整扛来的东西，才看到是两个长条凳和两张席子，四根宽木条，一个大弓似的东西，一个大圆饼似的东西，一个像酒瓶似的木头。他把长条凳放在两边，中间放着我拿来的高凳，然后把四根宽木条连接起来形成一个长方形。宽木条上还有小木条，像梳子似的，在中间铺上了席子。地上铺了一张席子，大圆饼放在地上的大席子上。大弓和酒瓶似的木头放在凳子上面的席子上。看样子干完了，就走到楼前喊："弹棉花！弹棉花！弹棉花哟！"一会儿，就从房子里走出来了一个阿姨，抱着没有被面的被子问："弹一张床多少钱？"他说："小的两块，大的三块。"她就把被子给了他，他把被子放到地上的席子上，用剪刀把被子上的细线剪断，就开始扯棉花。扯了会儿，他就把棉花抱在高处的席子上，然后把那把大弓背在身上，用那个酒瓶形木头开始敲大弓上的弦。就听到"嘣""嘣"的声音，弦在动，弹着棉花，棉花就散开了，声音还挺好听的，像是在弹琴，也有节奏，只是很简单地重复着。他身体有些扭动，幅度不大，但看得出很有力，像是在跳舞，也是简单地重复着。看着他的表情倒是很轻松，很专心地看着棉花，像是在表演给谁看似的。弹了好一会儿，他停了下来，把大弓放下，拿起一根竹竿。刚才还没注意这个，他从一个包里摸出一卷线，用竹竿的一头跟线卷在一起弄了会儿，然后拿着竹竿的另一头伸开了。我才看到竹竿的一头上有个铁钩，钩着线拉开了，就看到竹竿伸到像梳子的木条的一头，过去线就挂在了木条上。他又把竹竿拉到另一头，一个对角，反复来回拉动着竹竿，线就很密地挂在木条上了。他真是很熟练啊！在这头看那头的木条都看不清，他却竹竿一过去就把线能挂上！而看了很长时间，挨着挂没看到有挂错的！这时有别人抱着被子过来了。看他这么专心，就不说话，也看着他干活儿。挂线挂了好一会儿，交叉挂在上面；挂满了他又停下来，拿出一个小铁件，穿上了线，在四周穿着走，走了一圈；他又停了下来，把棉被从上面取了下来，拿到地上的席子上，用大圆饼压。在他压的时候看到地上的大弓，我也想弹一弹，一拿，还很重，拿起来都很费劲，根本不能像他那样背在身上弹它。王文利过来了，他拿起也想弹，他说："小四，你来帮我。"我俩把大弓立了起来，他还能勉强地背了起来，学着他的样子，拿起木槌敲着弦。他喊了起来："弹棉花，弹棉花喽！"那个人回头看了一下，笑了笑！又在那里压，我说："让我来试一下。"他停下了，就让给我，我拿着大圆饼也在上面压，看样子我能干这个活，还有就是把棉线剪断后扯开一下棉花。我把周围一圈压了压，他又过来把中间压了压，就叠好放在了纸上。他又跟别人说："小的两块，大的三块。"来的阿姨说："弹吧！"就把棉被放在上面的席子上，把线剪断，扯开棉花，又开始弹。这时妈妈也抱着被子来了，看到我说："在这儿玩儿呢？饭快好了，等会儿就回来吃饭啊！"把被子拿给那个人就走了。他都收了几个被子了，拿出有些大的纸，铺开，把收到没弹的被子放在了纸上。

又等了会儿，妈妈在楼上喊我，就回家吃饭去了，吃完饭又下来看。他却坐在地上的纸上，一手拿着饼，一手拿着水壶，在边吃边喝呢！看到我，他把水壶放下，腾出手从包里取出一个饼要给我，我摇着头说："不要，不要，吃饱了！"就到别处去逛了。逛了一圈回来，又看到他在那里干活儿。又看了会儿，我就回家写作业去了，还没写作业呢！星期天的作业一般比平时多点。写了很长时间，就听见楼下有人喊，出去看，是弹棉花的老乡问："要走了！凳子还给谁？"就下楼来把凳子拿到张军家门口，说："二扁，你家的凳子还回来了。"他在里面说："放在那儿就行了。"老乡就扛着东西走了，我也回了家。

补锅磨刀

没过两天，下午在家写作业，就听到楼下"哗啦啦"的铁片响，一下一下的，还有人喊："补锅，磨刀！"还没听说过锅能补的？就下楼来看。

他扛着不少东西，也有长条凳，但要小得多。他拐过弯在三号楼的边上停了下来，把东西放下来，就拿出小凳子坐了下来。长条凳上有一块磨刀石，我们家也有磨刀石，菜刀不快了，大哥就在那里磨，我也磨过。有人就拿来菜刀和锅问："磨刀多少钱？补锅多少钱？”他说：“磨刀三毛，补锅一块钱起，看你多大的锅。”他指着一叠圆形的铁片，铁片还不小。来的人就把锅和刀交给他说：“弄吧，弄吧，弄好哟！还漏要找你的哟！”他说：“你放心吧，还漏不收钱！”我正在看，他的东西很杂，不像弹棉花的那么简单。突然觉得一个旁边有很猛的力下去，让我吃了一惊！听到“哗”的一声！看到他握着一把刀，刀已经刺向了锅底，把锅底扎穿了，我看着他，他看着我。没想到他低头蔫气的样子还有这一招！眼睛里也有凶光露出啊！他有些像以前爆米花那个人，长得矮胖胖的，打扮也差不多。蓝色衣服，蓝色套袖，前面有个蓝色大围裙。他慢慢拔出了刀，就拿起一把大剪刀从扎的那个洞那里开始剪。一会儿就剪出了一个大洞，大洞几乎是沿着锅壁。他又拿着大圆铁片在大洞那里比画着，一会儿就开始拿着锤子在上面敲。下面垫着个东西，看样子他要敲紧还要敲一会儿。看了会儿，我就拿起他的那个铁片，是一串铁片，用绳子连着的，一甩就响了，就是最先听到的声音“哗啦啦”的，也拿起甩了两下。还想喊几声，那天弹棉花的时候就想喊，没喊出来，就开始边甩边喊“补锅！”“磨刀！”喊了几嗓子，有点意思！就走了几步到楼前边甩边喊“补锅！”“磨刀！”“磨菜刀！”出来两个人，手里拿着锅和刀。一个叔叔看到我就笑，问：“哟！小四，啥时候干上的？”我说：“才干上的！”喊了几下，到我们楼前走了一圈。又回去看，他又拿起一个锅，看样子是要拿刀刺锅底。我问：“让我来？”他把刀递给我，我把刀拿在手上，他双手拿着锅底对着我。他说：“小心手，握紧点儿！”我捏紧刀用劲刺了下去，手一震，“唰”的一声响，也把锅底给刺穿了！不深。想拔出刀再刺一刀，一拔还拔不出来了。他说：“我来吧！”他就把刀拔了出来。我说：“再来一下嘛！”他说：“可以了。”他那把刀还真不错！两边差不多一样的形状，一边很快，一边有点厚上面有个槽，刀把上用布紧紧缠着，不大也不小。要有一把这样的刀也不错啊！就问他："你这刀是哪儿弄的？"他说："铁匠给我打的。"我问："你这刀多少钱？卖给我吧？"他说："不行！我干活儿要用的。"我们这儿没铁匠，到哪儿去找铁匠呢？用刀刺锅底很爽哟！家里的锅谁会去刺啊？看到有人拿着洗脸盆来，他也能补。想到家里有个洗脸盆漏了，就回家找到了那个洗脸盆。问妈妈："那个补锅的，也能补洗脸盆，我拿去补吧？"妈妈给了我两块钱，说："贵了，就不补了。"就拿着脸盆回来了。他根本就忙不过来，有很多东西都摆在那里。看他补脸盆就是拿了一个像牙膏似的东西往有洞的地方挤了点，又从包里拿出两个很薄的小铁片，在小铁片上又挤了些，然后一里一外地换了把橡胶头的锤子砸，砸了会儿，放在了一边。看样子是补好了，他说："一块钱。"拿着了钱就又忙着别的。有些刀放在那里，我就拿着一把刀在那个磨刀石上磨。他看了看，说："还要点水。"拿着一个方形的塑料桶给石头上倒了点水，我又开始磨。磨了一把刀我就不想干了，就回家吃饭去了。

吃完饭他还在那里干。又去那里看他干活儿，看他把我的洗脸盆也补好了，就给他钱，他还推了一下，意思是不要，我说："还是拿着吧！"还是给了他一块钱，就把洗脸盆拿回了家，又出来看了看。天黑了，他移到了办公楼前面有灯的地方，还在那里干，我就没过去，回家写作业去了，作业还没写完呢！

第二天，晚上吃完饭下楼遇到王文利，问他："昨天补锅磨刀的来咋没看到你呢？"他说："我听见你喊了，是想来看的，我妈不让我看。"我问："为啥不让看呢？"他说："他们怕小孩儿学会了长大干这个没面子呗！"我说："哦！学会了就要干啊！"接着问，"那干啥有面子啊？”他说：“像你爸那样就是有面子。”我问：“像我爸那样的有几个啊？我看多数人还不是干别的事啊！”他说：“就是没几个，所以才有面子啊！”我问：“那人家还是二哥呢？”他说：“就是毛主席喜欢他们，当他们是二哥，谁还当啊？”我说：“他们的东西倒是挺有意思的！那个喊，还有那个用刀刺锅底都不错啊！”他说：“就是因为他们的东西有意思，所以大人怕像你这样的人干上瘾啊！”我说：“玩一玩儿还行！天天干可能够呛！我看他饭都没吃就在那儿干，我肚子饿了可不想干啊！”他说：“他们那叫吃苦。”接着问，“你懂吃苦吗？”我问：“啥叫吃苦啊？”他说：“吃苦就是不想干也要干，挺在那儿干！”我说：“我就不会挺，肚子饿了就不干，不想干就不干呗！”他说：“就是嘛！他们大人也是瞎操心，谁还会干上瘾？长大了还干？玩玩儿呗！这叫社会实践。”我问：“啥是社会实践？”他说：“就是他们干的活都去试一试，就叫社会实践。”我说：“哦！我就是想他们干的活都去试一试，刚干几下是挺有意思的！你让我天天干，我可干不了啊！”他说：“就是嘛！还是好好读书吧！好好读书，以后就不会干这些活了，干读书人的活。”我问：“哪些是读书人的活啊？”他说：“你爸那些人，还有王功成他们。”我问：“那我爸也没读多少书啊？”他说：“你爸那时候的人读书都少，再说我听说你爸参加革命早机会好啊！”我说：“哦！我也听说他运气好！”他说：“就是！也要看运气！光读书读得多也不见得咋样！我妈书读得就多，还不是个小小的技术员，你爸多牛啊！谁不买账啊？”说完我们就各自回家了。

流鼻血和门上放簸箕

天气热了起来，而我却感到不舒服了，开始流鼻血了，就是以前回老家被碰破过流血的那个鼻孔。妈妈说："咋又流鼻血了呢？快躺着。"躺着血还是流，没流到外面流到了喉咙里，也难受！妈妈拿了我的毛巾，用水打湿了放在我的脑门上说："躺着别动，是不是上次被碰成沙鼻了啊？"从那以后几乎每年这个时候这边的鼻孔都要流血，流了很多年，而另一边的鼻孔就很少流。流了血以后感觉就没劲，身体有点虚，头也有点晕。后来用了很多种办法都不是很有效。

有一天，刚要进教室，门是半开的，一推门进去。有个东西从头上掉了下来，打在了肩上。低头一看，是装垃圾的簸箕。看了下，里面的同学看着我。明白了，是想整我啊！我就捡起来，也学着他们的样子，把它放在半开的门上，看一会儿会打到谁。没想到是语文老师进来了，一推门掉在了她的头上。有同学笑出了声，她看了看，看样子是生气了，扭头就走了，等了会儿，她跟班主任老师一起来了。班主任老师问："这是谁干的？"还好班里的同学没有出卖我，都没有说话。他们也就走了，等了会儿，语文老师还是回来上课了。我悬着的心也就终于放下了！我咋这么倒霉啊，别人整我就没啥事，我要开个玩笑，不是得罪同学，就是得罪老师。

新来的徐老师

我们班换了个数学老师，岁数有点大，但白白净净瘦瘦的，戴一副浅黄色边的眼镜，也爱穿浅黄色的衣服。开始上课时她就说：“我姓徐，你们管我叫徐老师。”她上课讲的是要好些了，听着要明白些。她要收作业本，以前我们班没人收作业本。她收到数了数后，少了的，没交的，要问人家，让同学补上来。以前有时我不想做作业，上一个学期还剩了不少作业本。有时候要把我们几个同学留下来在教室里做作业，做完作业才让回家。

有一天，我被留在教室做作业。她说：“你们家四兄弟这下我就教全了。”我问：“你咋认识我呢？”她说：“你们家几兄弟都长得像你妈，我认识你妈，很早就认识了。”我说：“哦！”我又仔细看了看她，看起来有些漂亮，脸上有些细细的皱纹，长长的脸，白里透红。她看着我，眼珠有些浅黄色，透亮地闪着光。

回到家我跟大哥说：“我们班换了个数学老师，姓徐，她说认识你，还说我们家几个她都教过。”他说：“徐玉娥，我上小学的时候也是她教的，她讲课还行。”后来我的数学就好了些，学起来有点兴趣了。我对学习也没有多大兴趣了，又不能不学，想做作业就做，别的事忙起来就不想做了。

马蜂蜇死人了

有一天下午，遇到王文利，他有点着急地说：“出事了！出事了！”我问：“啥事啊？”他说：“死人啦！有两个老乡在后山上摘毛栗子捅到了树上的马蜂窝，有一个被马蜂蜇死了！”我问：“是吗？这么厉害啊？”他说：“是啊！”我问：“死了一个啊，另一个呢？”他说：“另一个在树上，碰到了马蜂窝，马蜂就飞过来蜇树下的，树上的那个鬼，跳下树就用衣服裹住头往山下滚，只被蜇了几下，树下的那个用手打，结果越打越多，都围着他蜇，就把他蜇了，当时就死了！”听着很吓人啊，真惨啊！我问：“你咋知道的啊？”他说：“那个滚下山了的，就去找医院，又去找派出所，我爸他们都去了，医生也去了，去了还是死了！”我问：“马蜂这么厉害啊？”他说：“是啊！马蜂可比蜜蜂厉害多了！上次蜇我们的幸亏不是马蜂，要命啊！”我问：“那毛栗子树上有马蜂窝他们还敢去啊？”他说：“毛栗子树不是密嘛！马蜂窝在里面，没看见嘛！结果上去摘毛栗子就惊动了马蜂。”我问：“那棵在后山哪儿啊？”他说：“听我爸说还是从冷库那条路上去，离那片玉米地不远的山上，在山的高处，离山顶不远了。”我们还到能看到那儿的地方看了看，他指了指大概位置。

马蜂经常看到，比蜜蜂大多了，想可能蜇人更疼！在我们后山不远处有棵树上就有一个大马蜂窝。以前的一天，我们从山上下来到了一棵树下。他们停了下来，王文利指着一棵树上的一个地方问：“小四，看到没有？”接着说，“大马蜂窝，那可厉害啊！捅了就麻烦了！”顺着他手指的地方看过去，我看到在树的高处挂着一坨棕黄色的东西。刘新文说：“不能动那棵树，踢都不能踢！”谁都不敢去动那棵树。

有一天，我跟刘新文从山上下来，从那棵树下过。刘新文走得快点，离我有十步左右。我在那棵树下停下，一只脚踩在树干上。我说：“我踢树，我一踢，你就快点跑啊！”他站着回过头问：

“吖！小四，你敢踢树？”接着说，“我就不会跑，就在这里看。”我说：“那算了，还是回去吧！”他说：“借你小四个胆你也不敢啊！”我们就下山回家了。

大哥要复习

有一天，大哥下班回家就不高兴地说：“那个李某某一来就是技术员，我干了这么久还是个工人！”妈妈听到了说：“人家是工农兵大学生。”接着问，“你呢？”他说：“不行，看样子我也要弄个啥文凭，老干工人也不是个事！”

从那天起，他就开始把在学校念的书找了出来看，还到门上床上处贴着些小纸条。我去看上面都写着英语单词。英语我也学过，在一年级的下半期，学校就开了英语课。开始学 ABC，开始学起来还可以，边学还要边唱字母歌。字母是学会了，后来有了单词要背就不行了，学不下去了。不是我一个不行，是全都不行了，这门课也就取消了。大哥天天下班回来就不出去玩儿了，在那里念叨着背单词看书。有时他那帮朋友来楼下喊他，他说：“我就不去了，我还要复习呢！”楼下的人说：“瞎忙乎啥呀？要考还早着呢！该玩儿还是要玩儿！郭全把车开出来了。”他说：“那你们等等我。”就还是出去了。

有一天，大哥说：“不行！”妈妈问：“咋啦？”他说：“我那帮朋友老来找我玩儿，一玩儿，谁还想复习啊？”妈妈说：“那你去找你爸吧，你爸那儿就没有你这帮朋友。”他问：“那行吗？我哪儿有空啊？我还要上班呢！”妈妈说：“跟你们领导说说，请两个月假，好好复习复习，你们车间少了你还不是照样转。”他说：“这也是个办法，赶明儿我去跟我们车间主任说说。”没过两天，大哥就走了。要走的时候他说：“我得好好去复习复习，一复习才知道这几年没学的东西太多了！”对我说，“以后再有人找我就跟他们说我复习去了。”

山东大葱

有一天，在走廊上看到刘新文他爸带着行李，还扛着一捆大葱回来了。我过去问刘新文：“你爸去哪儿啦？”他说：“回老家去了。”他也跟着进了屋。我回到家，跟妈妈说：“刘新文他爸从老家回来了，带一捆葱啊！”觉得我们这儿也有卖葱的，从那么远带一捆葱多麻烦啊！妈妈说：“山东人就是爱吃葱。”还没等一会儿，刘新文来了，说：“这是我爸让送来，让你们也尝尝。”放下一把葱和一小瓶啥东西就走了。妈妈说：“谢谢啊！”对我说，“上次回老家给了他家一点儿老家的腊肉，这回也收到他家的了。”

中午吃饭时，我们就把葱洗了洗，最外层的皮扒掉，把瓶子里的酱倒了些在碗里。妈妈说：“山东人就这么吃的，我吃过。”一人一根生的，蘸了蘸酱就开始吃，真香啊！没吃过这么香的葱！这个酱也特别香！妈妈说：“这个酱叫黄酱，他老家的还真不错！难怪让他当食堂管理员啊！”我说：“真好吃啊！我们这儿的葱就没这么好啊！”妈妈说：“要是再有他们老家摊的煎饼就更好了！”三哥也说：“真不错啊！要是再多弄点就好了！”妈妈说：“人家能给你就不错了！就他们老家的葱有这么好！现在明白为啥他爸大老远带回一捆葱了吧。”我说：“明白了！”

上海牌小汽车

有一天，想很久没去小平房那边了，放学就到了一号楼那边看看。这时开来一辆上海牌小汽车，从车前面下来一个人，一看认识，是郭全。我问：“呀！咋是你呢？”他反问：“咋就不能是我呢？”我问：“让我坐坐你的车行不？”他说：“不行！首长马上就要出来了。”我说：“我坐过你这样的车，是在省城，我爸他们单位的。”他问：“是吗？”这时从小平房里急匆匆地出来两个人。一看也认识，是以前给过我梨的张伯伯和他的警卫员，他对我说：“小四，今天我们有事忙着呢！改天再让你坐车。”我说：“好啊！”听得我很高兴！他就转过身上车走了。

晚上看到大哥，跟他说：“今天我看到郭全开了辆上海牌小汽车。”他说：“我知道，郭全早就去小车队当司机了，他的车我坐过，我还开过呢！哪天我也弄个驾驶执照。”我问：“你也会开车啊？”他反问：“开车有啥难的？”接着说，“一天就学会了。”开车这么容易学啊，我也想学啊！

大哥谈对象

有一天大哥回来了，进屋就高兴地说：“我有女朋友啦！”我说：“有女朋友又咋啦？女的还不到处都有。”他说：“你小孩儿懂个啥？女的是多，找一个看得上眼的就不好找了！”妈妈从厨房出来问：“哎哟，老大哟！不是要复习考试的吗？咋又找女朋友啦？”他说：“考试每年都可以考，看得上眼的女的不是每年都有的！”我问："那啥样的女的啊？我们厂里这么多女的都没有啊？"他说："是没有，要有我还不早找到了！"妈妈说："还是要复习考试呀！都这么大了，考完再找嘛！"他说："没遇到就算了，这不遇到了嘛！"妈妈说："算了，算了！你要当工人就当吧！"说完就进厨房忙去了，大哥也进里屋去了，我又接着写作业。

大哥像变了个人似的，眼光也变柔和些了，心情像是好了很多！以前他们那帮人里多了个女的，是一个瘦高高的，脸有些黄，在厂里看起来算是最漂亮的女的了。我问："你们那帮里多了个女的啊？"他说："李蓉，徐老五的女朋友。"隔壁有时也来了个不认识的年轻女的，不是孙凯峰他姐。我问："隔壁咋来了个不认识的女的？"他说："王小峰，孙凯峰的女朋友。"

他们那帮人看样都到了要耍女朋友的年纪了。大哥还没有，有人给他介绍，他说不要，他自己找。有的女的说："要找男朋友就要找小林这样的了。"像大哥这样的男的在厂里就少了！在我看来就只有徐老五长得比大哥好，皮肤比大哥白；身材他们差不多，徐老五稍稍矮一点儿、瘦一点儿。隔壁孙凯峰要稍胖一点儿，背有点儿弯，五官没有他俩好。郭全五官长得也不错，就是矮多了、瘦多了，腰和背也总打不直。许大个个子太高了，黑黄的脸，太瘦了，腰和背也不直，可能很少吃饱过。只有大哥和徐老五都不胖不瘦的，很壮实，腰和背都很直，气色也好，脸都比较白，五官长得好，一天到晚总是抬着头，眼光看起来凶巴巴的，看样子就很神气！在厂里那么多男的，在其地方还没有看到这样的。徐老五他爸是党委书记，老革命，听说新中国成立前就是当官的。他妈是解放军文工团里的一朵花，所以他们家的人都漂亮。听说他还有四个姐，四个姐五官长得也好，就是身材差了一点儿，都有点儿胖。大哥能这样算是不错了！他俩的身形和长相倒像是以前样板戏里的好人，但他们没有那些好人一副为了党和人民要献身的架势。他们不欺侮别人，不打架，没有人来告状就算好的。他俩身形长相有些像左罗和杜丘，也不像，但没有他们看起来老练小心的样子，左罗和杜丘看样子很能干，能干很多事情。而大哥他们看样子精力是很旺，却找不到啥事干。他们喜欢开玩笑，听大哥说过常慧新的儿子小常就是他们喜欢开玩笑的对象，反应慢，蔫了吧唧的。我看到前面楼打扮时髦的小伙儿，见到他们就很热情地打招呼，掏出烟来散，再拿出火柴给他们点。

后来听妈妈说大哥打了一个女的。可能是她老是跟着大哥，大哥不理她，她就骂大哥，大哥就把她按在地上打。那个女的回家了还是哭，她爸就来找妈妈说："你们家小林打俺家闺女啊！"妈妈问："是吗？打伤没有啊？"他说："伤倒没伤，回家一直哭呢！"妈妈说："哦，那对不起了！"他说："女孩儿不能这样打啊！这样打女孩儿，以后女孩儿嫁不出去啊！"妈妈说："哦，我可管不了他啊！回头我跟他说说。"他还说："不能这样啊！我都没打过啊！"

有一天晚上大哥在家，他们说的我都听到了。妈妈问："你干吗打人家的女孩儿？"他反问："谁让她嘴臭的？"妈妈说："那也不能打人家啊！人家自己都不舍得打啊！"他说："哦！不舍得打？正好，我帮他收拾收拾。"妈妈说："人家说不能这样打啊！这样打以后女孩儿嫁不出去啊！"他说："不收拾收拾她，哪个男的要她啊！"妈妈问："你这个人咋这样啊？把人家打了还有理了？"他反问："咋了，打错了？"接着说，"这种人就该打！下次再敢嘴臭，我还是打她！"妈妈说："算了，算了！咋有你这样的人啊？不跟你说了！"就去弄饭了。

有一天，大哥收到了一封信。妈妈问：“咋样了啊？”他说：“别提她，吹了！”一副生气的样子！妈妈问：“不是好的吗？咋又吹了呢？”大哥说：“这女孩儿事也太多！一会这儿，一会又那儿！烦得很！我还要复习考试呢！”大哥又开始在那里看书了。

大哥有时躺在床上拿着东西看，我去看，是个手绢。我问：“让我看看？”他递给了我，我拿着反复看了看，也就是一般的手绢啊！我问：“手绢有啥看头啊？”他说：“拿来，你小孩儿懂啥啊？”我出来看到妈妈也在，跟她说：“大哥在看手绢。”她说：“这是人家女孩儿送给他的。”有时他在桌子前写东西，我要去看，他连忙用手遮住。问：“看啥，看啥？到别处玩儿去！”我看是信纸，是在写信啊！

有一天，大哥收到一封信，妈妈问：“咋样啊？”他看了说：“让她来，她不来，还非得要让我过去带她来！妈的，太啰嗦了！”妈妈问：“都谈对象了，还妈的妈的啊？”他说：“这不是急了嘛！”妈妈说：“还是要去一趟，人家大姑娘家的一封信就跑来了，要让人家笑话的！你钱够不够？不够我给你。”大哥说：“不要你的，我还有钱。嗯，看样子还是要去一下。”第二天大哥就走了。

过了两天，他就带了个女的回来。还没到家呢，就有人在下面喊：“小四，你哥带女朋友回来了！”我就跑下楼去看，走过来一群人，是大哥，有一个女的，一看这个女的还真漂亮！我们这里是没有啊！妈妈也在门口，出来看了。妈妈说：“来啦！”进屋了那个女的让我很意外，开口就喊：“妈！”是女朋友就喊妈啊！妈妈问：“你爸爸、妈妈都好吗？”她说：“都好！”就进屋了，大哥指着我说：“这是小四，我四弟。”她冲着我一笑说：“你好啊！”我也说：“你好！”他们进到里屋说着话，我也出去玩儿了。

确实漂亮！比李蓉脸要白些，脸盘要大些，显得五官要伸展些，大眼睛，细长的眉毛；比王功成老婆瘦，年轻，皮肤好，没有胖肚子，个子也高。跟电视上看到的美女差不多，但又说不上来哪儿不同。要说有点啥不咋的，就是声音差了些！有些女的长得不咋的，说话声音好听，跟唱歌似的；电视里放出来的漂亮女的说话声音也好听。

后来有一次我跟陈亚文聊天。我说："咱们那儿就没啥漂亮的女孩儿！"他说："有啊！"我问："谁？"他说："徐老六，徐老五的妹妹。"我问："我咋没看到啊？"他说："她不出来的，天天在家里待着，别说你，我也没看到过几次。"我说："那她也总要出来啊！"他说："她就是出来也穿着大军装，围巾、口罩、墨镜啥的，捂着严实的呢！"我说："怪不得我没看到呢！"他说："她有一次在五贸商店门口站着，厂里的小伙子看到就傻了！就要围着看，她赶紧跑回来了。"

我是有一点印象。有一次在一号楼，看到过一个女的穿着肥大的军装，头上围巾、口罩、墨镜都有。她就在我前面，看了我一会儿，我看着她，还以为她有病怕传染呢！她就上楼进了徐老五的家。

我在楼下遇到了王文利，他问："你哥在哪儿找的女朋友啊？"我说："我也不知道啊！"他说："以前觉得你爸牛！现在发现你哥也牛啊！"我问："是吗？"他说："是啊！厂里那么多女的还没看到一个有这么漂亮的啊！"我说："我也没看到啊！咱们厂里咋就没有呢？我哥说咱们厂里要是有他就找到了。"他说："咋好事都让你家占到了呢？真牛啊！咱们厂里这么多女的，我几乎全部都见过了，就没看到过这么漂亮的啊！"我问："是不是前面咱们说的咱们这儿水不好，出不了啥漂亮的女的啊？"他说："那也应该有啊！咱们厂里的人基本上都是从各个地方来的，又不是土生土长的。”我问：“啥是土生土长啊？”他说：“就是在这儿生在这儿长大的呗！”我问：“哪些人算是啊？”他说：“老乡才能算，咱们都是外来的，就是在这儿生的，也不能算是土生土长的。”我说：“哦！是啊！咱们厂里的人都是别的地方来的。”他说：“要不是有咱们厂里的人在这儿，这儿就是穷山恶水，老乡太穷了！吃都吃不饱，哪儿来的美女啊？”我说：“是啊！脸都是黄的。”他说：“这就叫菜色。”我问：“啥菜的颜色啊？”他说：“书上说的，营养不良，吃不饱饭，脸是黄白色的，就叫菜色。”我说：“哦，还没听说过呢！”这时妈妈在楼上喊我，我就回去了。

进屋妈妈说：“还不回来，都忙着呢！你也不帮忙！”一看杀了只鸡已经放在大盆里了，那个女的从里屋出来问：“要不要我干点儿啥？”妈妈说：“不用，不用，你进屋歇着去吧！坐了一天的车。”她又进了里屋。一般大哥杀鸡后拔鸡毛，去鸡毛桩，清理和洗鸡内脏是我的事。就开始倒开水烫鸡毛，干了起来。妈妈看我干得差不多了，又说：“行了，你去食堂打个小锅单炒。”我打了菜回来，有的菜都做好了，三哥也回来了，帮着端菜盛饭，把桌子抬到屋子中间。

上厕所遇到了刘景文，他说：“你大哥的女朋友真漂亮啊！”我说：“是吗？我也觉得漂亮啊！”他问：“这是在哪儿找的啊？”我说：“我也不知道啊！”他说：“你家个个都牛啊！”说完他就回去了。

妈妈把她叫了出来，就坐下来要吃饭了。大哥指着三哥说：“那是老三，我三弟。”她说：“你好啊！”三哥说：“你好。”大哥又说：“还有老二，在上大学呢！”妈妈说：“吃饭吧，吃吧！”我们就开始吃。妈妈问她："味道咋样啊？合不合你的口味啊？"她说："可以啊，挺好吃的！"妈妈说："我们做菜也都是乱做的，也没去哪儿学学。"她说："可以啊！真的可以。"妈妈问："我们这儿条件不好啊！你来了可能要受委屈啊？"她说："条件可以啊！挺不错的啊！"妈妈说："这儿实在不行，你们俩就去省城找他爸，他爸那儿在修房子，说修好了要分给他两套，你们就去住一套。"她说："是嘛，这儿真不错，比我们那儿好！山清水秀的。"她还给我夹了块鸡肉，我们家一般没有给别人夹菜的习惯。她晚上就跟妈妈一张床睡了。

第二天，吃晚饭的时候她一直跟大哥在说些啥，吃饭的时候他们面对着说，声音很小，又快，我也听不到。吃完饭在屋里说，我想去听，他们看我在外面听，又把门给关上了，我趴在门上也听不见，意思是不让我听啊！妈妈问："人家谈对象呢！你跑去凑啥热闹？"我就打开了电视看，也没啥好看的。第二天她就走了。

过了两天，我和大哥正在走廊上，过来一个人。不高，白胖胖的，戴了副金属框眼镜。他一来就笑眯眯地问："老大在呢？小四也在啊？"大哥说："周老师来了！进屋坐啊！"他说："不用了，我那儿做柜子，少了两根木头，想在你们这儿借两根，过段时间等我有了再还你们？"大哥说："尽管来拿就是了！"他说："好！今天就不拿了，改天来拿。"大哥说："要就来拿嘛！"他说："好啊，谢谢啊！走啦！"大哥说："慢走！有空来玩儿啊！"他说："好的！再见！"转身就走了。妈妈在厨房里问："给他干吗？过些天你结婚哪儿去弄木头啊？"大哥说："这不答应了嘛！有啥办法啊？到时要用再想办法嘛！"妈妈说："你说得轻巧！现在管得严呢！你以为是'四人帮'时期没人管啊！"大哥问："周老师教过我和老二，跟我们的关系都不错，咋好意思说不给吗？”妈妈说：“那也不能给啊！”接着又问，“你结婚哪儿去弄木头？”他说：“行了，行了，都答应了，又不是你弄的木头！”妈妈就不说话了。

没过两天，来了个个子不高，瘦瘦的人。他说：“这是周老师说好了的，过来取木头。”大哥说：“取吧！”就用钳子夹断了放在走廊上的一捆木头的铁丝。那是宽木头，是一棵不算粗的树剖成三厘米厚的板形的。他拿了两块，还想拿。大哥说：“行啦！说好了给两块嘛！算不错了！我还不够呢！他还不够的话，让他到别处想点办法。”那个人就扛着两块走了。大哥又用铁丝把木头捆了起来。他说：“给他两块不错了！还想拿，我还不够呢！”

没过多少天，上次来的那个女的来了，还带来了一个年纪大的有点儿胖的女的。她在走廊上对我说：“我们又见面了！”我说：“你好！”就喊，“妈！来人了！”妈妈出来一看问：“哟！这是亲家母吧？咋不提前说一下呢？”接着又说，“一点儿准备都没有啊！快，快进屋！”又听到那个女的喊：“妈！”她们就进屋说着话，说着啥我也听不到。到快吃饭的时候，妈妈让我去食堂打了两个菜，亲家母也帮着妈妈做饭。她们三个人住在妈妈的房间，住了两天就走了。

大哥结婚的准备

没过多少天，大哥一回来就高兴地说：“我要结婚了！”我说：“这么快啊！”他说：“还是快点好！老拖着，人都要搞死啦！”妈妈问：“你有啥打算啊？”他说：“我打算做沙发和大立柜。”妈妈说：“大立柜不用做，老乡那儿有卖的，一百二一个。”他问：“老乡的土了吧唧的谁要啊？”妈妈问：“你能行吗？你又没干过？”他反问：“这有啥难的？人家能做，我不能做？”妈妈问：“你又没做过，能做好吗？”他反问：“咋不能做好呢？是谁生下来都会做？学嘛！”我看到过老乡用扁担挑着的大立柜，没上漆，是不太好看，也有点小。

第二天中午吃完饭，大哥说：“现在人家结婚要三大件，三十二条腿，哪儿像‘四人帮’时期？成分好就行！”我问：“啥意思？哪几件？”他说：“手表、缝纫机、自行车。”我问：“三十二条腿呢？啥腿啊？”他说：“一个柜子四条腿，一张床四条腿……你学过算术，加嘛！”我问：“要这么多啊？没地方放啊？”他说：“有两间房差不多就能放得下。”我说：“你不够啊！”他说：“就是不够嘛！人家没跟我算，就算不错了！要是遇到个硬来的，还结啥婚啊？”

吃完晚饭大哥说：“小四，走，去看一下他们的柜子。”我说：“好啊！”他还第一次喊我一起出去。我们到了学校大楼下面的一幢楼的一楼。他敲门，里面的人说：“哎哟！哪阵风把你吹来了啊？进来，进来！你可是稀客啊！”大哥说：“这不好久没见着了嘛！过来看看呗！”我们进到了屋里。坐下后那个人把烟递上给点燃了。看到茶几上放着的又是大前门。他问：“抽烟，抽烟，咋还想着咱这人啊？”大哥说：“瞧这话说的！”他又看了看我说，“哟！还带着个跟班啊！”大哥说：“这是我弟，老四。”又对我说，“喊李哥！”我喊：“李哥。”他说：“不敢，不敢，喊老李就行了。”我们坐在了他家的折叠躺椅上，他就坐在了我们对面的木凳子上。他家的灯不亮，屋里左手边是一排深棕色的柜子，靠着窗户有一张桌子，右边有一张小床。他问：“今天肯定有事？没事不会上我这儿来啊！啥事？说吧！”大哥说：“这不要结婚了嘛！想做大立柜和沙发，听说你做大立柜很有一套，就过来看看你做的大立柜。”他问：“哟！要结婚了啊？对象找着了？哪儿的啊？”大哥说：“这是南宏厂的。”他问：“咋没听说过这个单位呢？”大哥说：“是个小厂。”他又问：“咋样啊？咋找到的？动作够快的啊？”大哥说：“这不是遇到了嘛！还不是凑合呗！去复习认识的，能不快点嘛！这种事怕拖时间长了，别给弄飞了！”他问：“也是，长得咋样啊？啥时间让咱看看？”大哥说：“那是的，以后一定的。”他说：“结婚的时候来说一下，我还要送礼呢！”大哥说：“咋还这么客气啊？过来玩儿就是了！”他又说：“你可算找对人了！不是我吹牛！这一带做的柜子，我都去看了，还真没咱做得好的！”大哥问：“你这柜子还是弯腿啊？”他反问：“直腿能行吗？多没劲啊！老乡挑着的柜子就是直腿，这也不叫弯腿啊！”大哥问：“那叫啥腿啊？”他说：“那叫老虎腿，柜子好不好关键就看腿。”大哥说：“看样子够粗啊！还要找粗料啊！挺费事的吧？”他说：“不费事能好看吗？这是四乘四的，还有五乘五的呢！”大哥问：“你的柜子多高啊？”他说：“二米二，也有做二米的，不到二米就没意思了！”大哥问：“那宽呢？”他说：“一米四，也有做一米六的，那是气派！那搬家就得苦啰！也有做一米二的，挂不了几件衣服，当第二柜子还差不多！”大哥问：“还有做两个大立柜的啊？”他问：“做两个不行啊？”接着说，“还有做三个的呢！家里人多，房子多，衣服多呗！”大哥问：“刮几道泥子啊？”他说：“一道也行，要效果好两道也行，看你的呗！”大哥问：“那漆呢？”他说：“一道红漆，一道清漆，你要效果好！刮两道红漆，两道清漆都行。”大哥问：“还有大镜子啊？”他反问：“没大镜子能叫大立柜吗？”大哥问：“那大镜子哪儿弄的啊？”他说：“老乡县城有卖的，没有，你就跟他订，过两天再去取。”大哥站起来仔细看着，把门打开了，看到里面的有格子啥的。大哥抬起手用手背敲了敲柜子背板问：“这是啥板子？”他说：“五合板，要便宜三合板也行啊！”大哥问：“哪儿弄的？咋卖的呢？”他说：“老乡的县城有卖的，挺贵的呢！一张少的要十几块、二十几、三十几块都有，你以为还要自己用木头剖啊！那多费劲啊！也有用木头剖的，那是没钱，木头多得又不要钱，沟里的人就这么干的。”大哥又问：“那漆啊、合页啥的在哪儿弄的？”他说：“老乡的县城都有卖的，你要不嫌远，到省城去买也行，刮了腻子，还要用砂纸打光滑。”大哥说：“行，到时候做的时候不懂再来问。”他说：“那没问题！你先做，做不下去了我还能帮你做呢！反正也没啥事。”大哥说：“那我们走啦！”他说：“慢走，有空来玩儿啊！”大哥说：“好啊！谢谢啊！”他说：“啥时候学会客气啦？谈了对象的人就不一样啊！”我们就出来了。回来的路上，大哥问：“你看到他的柜子的牌子没有？”我说：“看到了，是上海牌的。”大哥说：“对了，就要上海牌，北京的和牡丹的都不好，你那上海牌的烟盒还有没有？”我说：“还有吧！我回去看看。”回到家翻开床垫找到了下面压着的烟盒。一看，还好，还有上海牌的烟盒。

第二天，大哥就开始在那里画柜子图。晚上吃完饭还在算着呢！又去数走廊上放着的木头。我要想看看，刚想说话，他说：“别打岔，出去玩儿吧！”

我就下了楼，遇到了王文利。跟他说：“我大哥要结婚啦！”他说：“够快啊！这就对了！这种漂亮的女的肯定有很多的男的追，先下手为强，弄到手再说，一辈子能找到这么漂亮的女孩儿也就该满意了啊！”我说：“我哥想做大立柜和沙发，正在算呢！”他说：“要找这样漂亮的女孩儿当老婆肯定要费点劲，买老乡的柜子能行嘛！我看过老乡的柜子，太土了！我要是娶老婆我也自己做。”我说：“我哥也是这样说的，昨天我们还到一个人家专门去看他家做的柜子呢，是漂亮啊！跟老乡的两回事。”他说：“是嘛！怪不得昨天没看到你，咋样啊？”我说：“那个人说柜子好不好关键看腿，那是弯的老虎腿才有劲啊！老乡挑的就是直腿。”他说：“是啊！我们家的柜子就是直腿，我也看过老虎腿的柜子，是漂亮啊！”我说：“道道多着呢！说了一晚上，上面还要上海牌烟盒做的牌子呢！听起来很麻烦啊！”他说：“要做好柜子肯定麻烦！备料，解料，推平，还要打磨，上漆，要做好多天呢！我可做不了。”我说：“看样子找个老婆真麻烦啊！”他说：“是麻烦啊！以后还要生小孩儿，养小孩儿才麻烦呢！还要上班挣钱，真是没完没了的，要么就不找老婆，那也不行，总要找女的啊！”我问：“那么麻烦为啥还要找女的啊？”他说：“男的到了一定年纪都要找女的，现在你还小，不懂，也不想找，到时候你就知道了！”说完就各自回家了。

第二天，大哥又说：“去周老师家看看。”我说：“好啊！”我们又到了学校大楼下面的一幢楼的二楼上，离上次去的那家不远。开门的一个小孩儿问：“找谁啊？”大哥问：“周老师在家吗？”然后小孩儿跑了进去说：“爸，有人找。”以前看到过的那个周老师出来了，说：“哟！老大来了，快进来，哟！小四也来了。”进来他说，“哟！我这儿还没烟呢！”他跟小孩儿说，“跟你妈去拿钱去买包烟。”大哥说：“周老师不用这么客气吧！我抽的也少，还不是跟他们混，抽着玩儿呗！”他说：“那就喝茶。”又跟小孩儿说，“去让你妈弄杯茶出来。”里面屋有个女的坐在门口对着桌子的，桌子上有台灯，她说：“周某某，你自己弄吧！我忙着呢！”又说，“小林来了，你玩儿吧！我忙呢！就不陪你了！”大哥问：“周老师忙呢？”

她说："还不是学生作业呗！"等了一会儿，他就从另一个地方出来了，把茶放下，又看了看我说："还有小四呢！"又问，"小四，喝啥啊？"我也不知道该说啥？他说："那吃糖。"就去找来一个铁盒子，打开了递给我。我拿起一块，他说："多拿点嘛！"我就抓，也就抓了几块，他又帮我抓了几块装进我的兜里。他们家看起来很挤。屋子中间放着一张大床，旁边就是白色的和浅黄色的柜子，就只有过道了，坐的沙发都快挨着大床了。他家里的灯很亮，有几个灯泡。他问："今天咋有空到我这儿来了？难得啊！不会是来要那两块木头来的吧？"大哥说："说起木头，那还正是啊！我准备结婚了，想做个沙发和大立柜，算来算去还就是差些呢！要不，也不会来要的。"他问："哟！要结婚了？对象找好了？哪儿的啊？前段时间咋没听说啊？"大哥说："就是前段时间复习认识的，是南宏厂的，这不遇到了嘛！想快点办了就算完，弄得我头都大了！"他说："行！结婚时候来说一下，我还要送礼呢！"大哥说："还那么客气啊！来玩儿就是了。"他说："这礼我是一定要送的，上次我做柜子，要不是你那两块料，我的柜子还就做不下去了呢！我这么多的学生，别的还真没在料上帮上忙，也就是来帮我解解料，推推刨子。"大哥说："哪里啊！别人找我要指定不会给，谁让你是周老师呢！上学的时候咱们的关系这么好！"他说："现在我还真没有，等过两天，我找我沟里的学生帮我想想办法，不只欠你一个人，还欠别的人呢！"大哥这时看着我坐的沙发问："你这里面都是些啥？做的时候该来看看。"他说："这个简单，说说就行了，就是在下面做个木条框，把弹簧捆在上面，再做个粗点的铁丝框，把弹簧框起来，上面再用烂布包一下，上面再放上棕，再用麻袋布把棕包一下，再放上棉花，上面再用布包一下，再用好布做个套子就完了。"大哥问："那背上的呢？"

他说：“一样的，就是弹簧要小点的，不用那么结实的，下面的要结实的。我们这儿的人胖，弄不好把弹簧坐断了要扎到屁股，那就麻烦了啊！”大哥问：“还有扎到屁股的啊？”他说：“有啊！我听说过呢！”大哥问：“那弹簧在哪儿弄的啊？”他说：“南坪县城有卖的，要买好的，还是要去省城，做起来倒是没啥麻烦的，就是备料麻烦，我们这儿没卖的。”大哥问：“为啥咱们这儿啥都没有，咋老乡那儿倒是有啊？”他说：“前些年不是搞运动嘛！谁敢啊？干这个算投机倒把，这两年倒是可以整，又没人愿意，搞起来啰唆，要吃苦的，咱们这儿的人又不愿意吃这个苦。”大哥说：“是挺苦的！又不值啥钱，跑起路来就够麻烦了，大老远地跑省城，要坐一天的车呢！真难受啊！”他说：“是啊！老乡那里每天都有车跑省城，下面坐人，上面就带货，他们跟那边卖这个的都有电话联系，要的话就打电话，那边的人就发货过来，听说是一个月结一次账，所以做熟了，就不用老往省城跑了。”大哥说：“那咱们这儿也可以做啊？”他说：“在咱们这儿就做不起来了，咱们这儿量小，老乡那里十里八乡的都去县城买东西，量就大了，咱们这儿才几个人啊！”大哥说：“哦！明白了，还是周老师懂得多啊！我就闹不明白为啥咱们这儿就没有，老乡那儿才有？是这么回事啊！”接着又说，“行啦！回去了，有空到我们那儿去玩儿啊！”他说：“走啦！慢走，有空来玩儿啊！”我说：“周老师再见！”他说：“小四再见！”我们就回了家。

第二天下午正在写作业，就听到大哥在楼下喊我。出来看他一手推着自行车，一手扶着大板子，大板子放在了自行车的脚踏板上。他喊：“快下来帮忙！”就下楼帮他扶着后面。到了楼梯口时问：“你就这样从老乡的县城弄回来的啊？”他反问：“不这样弄咋弄？你帮我弄啊？老乡的板车要好几块钱呢！”我说：“听说很远的啊！”他说：“是远啊！十好几里路呢！手都快不是自己的了！”又看了看我说，“该把你带上，在后面帮我扶着点，也轻松点，要命的啊！”我说：“两张厚，一张薄啊！”他说：“两张五合板，一张三合板，两张做正面，一张做背面，做后面要那么厚干吗？一张快赶上我一个月工资了！”我俩就抬回了家。他说：“还有呢！”我俩又下楼抬。一大包东西在自行车的后架上，我问：“啥呀？”他说：“棕叶呗！做沙发用的。”这个以前见过，看到有人拿这个做成了遮雨的披风。他把我们睡的床拖出来了一点，我们两个又抬了进去，靠在了墙边上。他说：“整这几张板子就费老了劲！还有这么多事呢！”

晚上，吃完饭又在那里算。他说：“算来算去，还是不够啊！”我问：“我看到那洞里有些木头，那洞里的东西不是咱家的吗？”他说：“对了！洞里还有些木头。”我们就到了后面的洞里。一看，有的长了蘑菇，有的长了木耳，有的也有小虫在爬，腐烂了。看样子是不行了，就回去了。妈妈问：“咋样啊？”他说：“不行啊！都烂了，不能用了！”妈妈说：“看！看！我说不行吧！不听我的，非要放在那儿，找你爸，是他说的要放在那儿的，坏了他负责！他负啥责啊？”他反问：“咋找他？”接着说，“他倒是一拍屁股去了省城，留下我们在这儿受罪！”妈妈说：“当时我就说不行，放在那儿要烂的，非要放！那么多木头，可惜了啊！现在又找不到了！”大哥说：“行了，行了！想别的办法呗！”妈妈问：“周老师不是欠你两块的吗？让他还啊？”他说：“去了，他现在没有，说等以后有了再还。”妈妈说：“他还还个啥啊？他弄都弄不到，他要是能弄得到就不会找你了！我说不能给他吧！等你要用的时候谁给你啊？”他说：“行了，行了！不说了，再想办法嘛！”妈妈说：“管你的，自己想办法吧！别找我，我还要去上班呢！”他说：“看样子明天要去一趟沟里。”妈妈问：“去沟里你就能弄出来吗？”他反问：“咋弄不出来？以前我还不是弄出来了。”妈妈说：“以前没有检查站，现在有检查站，查出来了就没收。”接着又问，“你行吗？”他反问：“咋不行啊？”接着说，“我还不能绕开检查站，走山上的小路，扛也扛回来了。”妈妈说：“你别逞能了！一根小的要好几十斤，粗的要上百斤，你能行吗？别弄回来了累坏了，连婚都结不成！”他说：“行了，行了！你上班去吧！你别管了！”妈妈说：“行，行！我不管，就是不听我的话，现在才弄成这样，有本事以后都不要我管！”说着就走了。

他又进里屋把今天拿回来的那包用布包着的棕叶打开了说：“都连着的，还要扯开啊！以后少出去玩儿，帮我干点活，你看我今天这么累了，还要干活儿，学着我，把棕叶扯开。”我们两个就开始扯棕叶。扯一会儿，我就不想扯了，膀子都酸了。我想走，他问：“干啥去？”我说：“看电视去。”他说：“少看点儿电视，电视看多了对眼睛不好！还是要干点儿活，锻炼锻炼。”我说：“我去上厕所。”他说：“去吧！”我就去小便了，回来还是接着干。我俩干到要睡觉了就不干了，看样子也没干多少，还有很多要干的活。

第二天，晚上吃完饭大哥又说：“白跑了一趟！”我问：“没弄到啊？”妈妈问：“你不很能的吗？还带了烟和酒的吗？”他说：“人家不要烟酒，木头也不给！说现在查得严，他们要是给了，要被扣工资和奖金呢！”妈妈说：“看看，我说了吧！你自己想办法吧，你以为还在‘四人帮’时候！我早就听说了，不是你一个人想弄木头，很多人想弄都弄不到呢！”我问：“砍后山的树吗？”他说：“不行！要青钢木，后山的树也细了，再说要晾干也要半年呢！

来不及了，等着用呢！”我问：“老乡那里没木头？用粮票跟他们换啊？”他说：“他们那儿也没有，要是有就不饿肚子了！”妈妈说：“柜子就不做了吧！就做沙发，柜子到老乡那里买，刷上漆，谁知道是谁做的？”大哥问：“那我买的板子咋办啊？”妈妈说：“看看别人要不要，让给别人吧！”他跟我说：“明天放学早点回来，跟着我干活儿，要开始干了，出去玩儿去吧！”

我就下了楼，遇到了王文利，他问：“这两天忙啥呢？咋没看到呢？”我说：“前天跟我哥去下面周老师家看沙发，昨天又跟我哥在家里扯棕叶。”他问：“这么忙啊？”我说：“是啊！昨天我哥到老乡的县城弄了几张板子回来，一只手扶自行车，一只手扶板子。”他问：“一边就放在踏板上？”我说：“是啊！”他说：“你哥真牛啊！怪不得能找到漂亮的女的啊！十好几里路呢！就是不带东西让我走，都要走惨啊！”我说：“我哥说‘手都不是自己了的啊！’”他说：“那肯定要受罪啊！走得快也要几个小时呢！”我说：“我哥想做沙发和大立柜，现在找不到木头啊！”他说：“我爸就是管这个事，为这个事还去了几趟沟里，现在要保护森林，严禁砍伐树木，特别是沟里的那些老树。”我说：“怪不得啊！我哥今天去沟里弄木头，白跑了一趟，他们不给木头，说是要扣工资和奖金的。”他说：“不只是扣工资和奖金，还有可能进监狱坐牢呢！”我问：“这么厉害啊？”他说：“是啊！不厉害点都给他们砍光了啊！沟里的老树有的长了几百年就被他们砍了，现在种树等长大又要长几百年。”我问：“那做柜子用啥啊？”他说：“现在的政策是让老乡在外面的山上种树，砍一棵树，种三到五棵，没有长大的不能砍，等长大了砍。”我说：“那要等到啥时候啊！”他说：“那就等着呗！反正就是不能砍。”我问：“那要做柜子咋办啊？”他说：“去外面买木头或柜子呗！外面有专门能砍树的林场。”

第二天，放学回到家，就看到大哥在外屋锯木头。他说：“你回来的正好，你在下面帮我拉，不比打篮球轻松！”我就在下面帮他拉，拉一会儿，胳膊膀子也酸了，不想干了！

晚上要吃饭的时候，大哥说：“老三也要帮我干点活，要我一个人干，干到啥时候去啊？”三哥问：“我能干啥？”大哥说：“你能干的多了！解料，扯棕叶，都能干。”三哥说：“要考试了，我还忙呢！”大哥说：“我还不知道你那点东西，少在外面玩儿，放了学就回家。”

晚上吃完饭，大哥说：“人家三十二条腿，我才几腿啊？”妈妈说：“你做好了沙发，也有二十多条呢！家里还有彩电呢！有几个结婚家里有彩电的啊？”大哥说：“彩电又不是我的！”妈妈说：“来看的人谁知道彩电是谁的啊？”大哥就跟我说：“你今天就不要出去玩儿了，就在家帮我解木头和扯棕叶，你选一个。”我说：“还是扯棕叶吧！”他说：“行！老三跟我解木头。”歇了会儿我们就开始干了。干了会儿，想起还要写作业，就开始写作业，大哥也没说啥，写完作业，又干了会儿。

第二天，放学回家，就看到大哥坐在小凳子上扯棕叶，我也去帮着扯了几下。他问：“你那儿有没有钱？”接着说，“去帮我买包烟抽，想抽烟呢！”我说：“没有。”接着问，“你那儿不是有吗？”他说：“我要用钱的地方多着呢！还不够呢！”我问：“那我去找咱妈要？”他说：“算了，别去。”我问：“那我看到咱家还有点报纸，要不我把报纸卖了给你买烟？”他说：“行，你去卖吧！”我就把家里看过的报纸找了出来，他帮我捆好了，还拿了两个酒瓶子，就来到河边收废品的地方，结果卖了一毛八分钱。

回到家就问他："卖了一毛八，买啥烟？"他反问："一毛八能买啥烟？"接着说，"加几分钱能买飞雁，飞雁不想抽。"我问："那买冰棍吧？买几根冰棍吃？"他说："也行，去买吧！"就去买了六根三分钱的冰棍，拿回来，一人分了三根吃了。很久没吃冰棍了，感觉还不错！又接着跟他干活儿。

连着两天解木头，锯木头，扯棕叶，写作业，就没有出去玩儿。一天看到家里有一堆黑乎乎的弹簧。我问："这就是弹簧啊？"大哥说："这个不行，当靠背的用还差不多，坐就不行啦！这么细！这就是要扎屁股的弹簧，还是要到省城买好的。"我们又开始把白粗线做成细绳子，用手搓。我问："搓绳子是干吗用的？"大哥说："这是绑弹簧用的。"我说："五贸商店有卖的。"他说："我知道，这不是为省两个钱嘛！啥都用钱买，谁受得了啊？"

有一天，家里地上又有了一堆弹簧。大哥拿着看说："这个还差不多，幸亏李某某去省城，顺道带了回来，要不，还要跑一趟，要白费两天时间啊！"大哥就开始把弹簧往钉好的木架子上绑，我从一堆弹簧里扯出来，一个个递给他。他先绑起来固定一下，再用一头夹断敲弯的小钉子把弹簧钉在了木框上。就这样干了两天。他绑好了就把一个做好了的铁丝框放了上去，也用那样的小钉子钉住。

在固定好了的弹簧上面放了一块旧布，上面再放我们扯好了的棕叶，用麻袋布铺了上去，再用粗大的针把麻袋布缝在铁丝框上。大哥缝个开头，我就接着缝。上面放棉花，再用布套在上面，用钉子把布钉在了木框的边上。

有一天回到家，看到像是做好了摆在了那里。我就坐在了上面，感觉还不错！大哥说："我的沙发没有腿啊！"我说："没有腿也可以坐啊！"他问："你小孩儿懂啥？没有腿还叫沙发吗？"我问：

“不叫沙发叫啥啊？”他说：“叫有靠背的坐垫。”我坐倒是很合适的，他们有腿的沙发我坐上去要靠上背，我的腿就悬在了半空，这个正好，又能靠上背，又能放下腿。

有一天晚上，大哥扛了两根长得有点粗的木头回来。妈妈问：“哪儿弄的木头啊？”他说：“放电影的后面。”妈妈说：“哎呀！这不是偷的嘛！”他说：“这不是没办法嘛！谁让我要结婚呢？”妈妈说：“那也不能偷啊！”他说：“行了！行了！别说了，人家又不是天天结婚，一辈子就结这么一次，这不是没办法嘛！有办法谁还拿他的。”妈妈问：“这是谁放的木头啊？”他说：“不知道，放那儿好久了，早就看到了，不用，再放也都烂了。”

有一天，去他家看他家的柜子的那个男的来了。我喊：“李哥。”他嘴咧着笑着说：“不敢，喊老李就行了！”进来就跟大哥说，“做得不错啊！”大哥说：“来啦！那里啊！差远了，凑合着吧！抽烟。”给他递上了烟。他说：“行，那两条腿我包了，反正也没事干。”大哥说：“那就麻烦了！这几天头都整大了！事真多啊！”他说：“你还是不是干这个的料，还是打篮球适合你，能做成这样不错了！”大哥说：“老三、老四，他俩也帮了点忙，要让我一个人弄，还没这么快呢！一干才知道啊！”他说：“这些都是小手艺活，说大也不大，总是要干的，所以说一般都是老乡的活儿，咱们不是闲着嘛！干着玩儿呗！”大哥说：“没事干，干干也行，我这儿连干了这么多天了可就有点烦了！”他说：“是这样的！你要结婚的嘛！要结婚当然事儿就多了！”大哥说：“谁知道结婚这么多事啊！早知道急着结啥婚啊！”他说：“哎！可不能这么说！婚还是要结的，我是没遇到，遇到我也想结婚，结婚多好啊！一个人老闲逛悠也没啥意思！”大哥问：“你几天能做好啊？”他说：“不出一个星期，漆给你上好，拿来装上就能用。”大哥说：“那感情好！料在那儿，你看是在这儿解，还是拿回去解啊？”他说：“在哪儿解都一样，就在这儿吧！两下就解了。”说完他们就开始拿着料用尺子量了量，就开始锯，锯完找了个绳子捆了捆。大哥说：“谢谢啊！”他说：“又客气！别客气啦，都快认不出来啦！”他扛着就走了。

有一天放学回到家，家里有了个大立柜。我问：“这么快就做好了啊？”大哥说：“哪儿是做的啊！在老乡那里买的。”我问：“那几块板子呢？”他说：“让给王功成了，他也想做柜子，钱也没加，还在老乡那儿花了两块钱吃了顿中午饭呢！”妈妈问：“咋样？刷了漆谁知道是谁做的？”大哥说：“我没料，有料还不是能做。”妈妈说：“别嘴硬了，再让你做十天，你也做不出来。”看了看，这个柜子比看到老乡挑的柜子要高些、要宽些，下面是老虎腿的。我问：“那大镜子呢？”他说：“在老乡那儿订了，过两天去拿。”看到他一手拿个盘子，一手拿个铁刮子往柜子上刮啥？就问：“干啥啊？”他说：“刮腻子，对了，你也帮我看看，哪儿有洞，不平啥的，指给我，让我也省点力。”我就帮他看。有的地方有树节啥的，还有些小洞就指给他，他就干快些了。隔壁于阿姨来看了看问：“小林的柜子还没刷漆啊？谁刷啊？”大哥说：“于阿姨来了！谁帮我刷？还不是自己刷呗！”于阿姨说：“自己刷啊！你自己刷可不好刷啊！你又不是干这个的，刷不匀还浪费漆，我帮你找个人刷吧！他刷了好多个柜子了，又匀又漂亮，都说他刷得好！”大哥问：“是嘛！那要给人家啥好处啊？”于阿姨反问：“给他啥好处？”又说，“给他两包烟就是了，他一天到晚也没啥事干。”大哥说：“那感情好！我先刮腻子，过两天让他来吧！”于阿姨问：“那就让他来了？”他说：“让他来吧！”于阿姨就走了。他说：“谁愿意干，谁干，这些天我都干烦了！”

第二天放学回家，大哥说："回来的正好，过来看。"我们就来到了大立柜边上。他拿着个纸似的东西在大立柜上磨，磨了几下说："这就是砂纸打磨，你看，要磨成这样，这活儿就归你了，全部磨平，磨光滑，沙发那儿我还有活呢！"我说："上面我够不着。"他说："站在凳子上。"我就开始用砂纸磨。磨了很长的时间，看差不多了，就找到他说："干完了。"他过来看了看，又磨了几下。

第二天放学回家就看到有一个人。瘦瘦的，也不说啥话，就在那儿刷漆。大哥问："你那上海牌烟盒呢？"我就找到拿给了他。他拿给了那个人看，问："你看放哪儿？"他指着一个地方说："放那儿，到时候我加上去就是了。"刷到快要吃饭的时候他说，"今天就到这儿，明天我还来刷一遍清漆就完了。"大哥问："吃了饭再走吗？"他说："不了，家里人还等着呢！"大哥说："谢谢啊！那抽支烟再走吧！"给他递了根烟，又给他点燃了。他说："不用客气，反正也没事，我就喜欢刷漆，你这柜子不错啊！自己做的啊？"大哥说："哪儿啊！我没料，也来不及了，在老乡那儿订的。"他说："老乡那儿也能做好柜子，多加点儿钱就是了。"大哥说："就是啊！一般的一百二，我这个一百四，让他们做好点儿，做大点儿。"他说："那也行啊，那走了！"大哥说："慢走啊！"他就走了。

家里大立柜漆好了，大镜子也安上了，沙发的腿也安好了。两个单人沙发，一个三人沙发，还有一个小茶几。我们就开始搬妈妈屋里的东西。把屋里的一部分东西搬了出来，再把新做的大立柜搬了进去，又放了一个三人沙发，屋里就显得漂亮了！沙发用绿色黑格的布罩了起来。妈妈拿出来一叠白色的布说："你帮着牵一下。"在上面还搭上了白线织的网格布，很漂亮啊！妈妈说："那个沙发罩还是掩人从上海带回来的呢！还是你姐的手艺好！要我可不行啊！"

大哥说："按理说还要做个三人沙发的大茶几，现在没地方放，要是把老二的床拆了，放个一圈，那效果就好了！"妈妈说："那老二回来没地方睡了。"大哥说："老二的床也没地方放，床底下还这么多东西呢！时间也来不及了。"

有一天，爸爸回来了，他手里拿着个啥？爸爸跟妈妈说："这次是我有些事情要跟你们厂长说，就要了辆车，正好也把她给带回来了，准备的咋样啊？"妈妈说："差不多了。"后面还带回来了上次来的大哥的结婚对象。她见到妈妈就喊："妈！"妈妈说："来啦！快进来！"就引着她就进了里屋。爸爸手里提着个录音机，是四个喇叭的，还没见过这种，很大！我很想听，一时在外屋没找到插座，刚想提到里屋去。爸爸说："急啥？有的是时间听！还有东西呢！"他就到了门外。下面停了辆绿色吉普车，爸爸对楼下车边上的一个人说："小汪，帮个忙，把东西拿上来吧！"又对我说，"你也去拿东西。"我就下了楼。那个人从车里拿出来一个不大的包，说："这个也是你们的。"我提着包，看到他拿出来两个不大的，亮晃晃的金属东西，中间是红色的，看起来很好看！拿到了屋里，大哥看到了拿在手上，看样子很高兴！没看到过他有这么高兴的样子！他拿着打开又合上，弄着。他说："电镀椅！正想弄呢！就只在徐老五家看到过呢！这回终于干了件好事！"哦原来是椅子啊！爸爸却毛了！大声地问："你说啥？谁没干好事啊？"大哥说："我结婚，不跟你吵！"妈妈拉着爸爸问："人家结婚呢！你吵吵啥？"爸爸生气地说："你听听！吃我的，用我的，还说我没干好事！"妈妈说："你干的好事大家都记着呢！人家结婚呢。你就忍忍吧。"爸爸又对拿椅子上楼的人说："我要在这儿住两天才回去，你也住两天吧！我在招待所给你开间房。"接着又问，"这里有食堂，你带碗没有？"他说：

“我有碗。”爸爸说：“没碗家里拿一个，那走吧！我们一起去招待所，给你开间房，先休息休息，开了一天车了。”就对妈妈说，“我一会儿就回来。”说完拿了些饭票就走了。

我找到了插头，把录音机弄响了，很好听啊！没听过这么好听的！我到刘景文家去看了看，他正在听录音机。我听了会儿说：“我爸拿回来个录音机，比你这个好听。”他问：“比我的还好？”又说，“我可听过好多家的，都没我的好听。”我说：“我听就比你的好。”他说：“是吗？走，听听去。”我俩又回来听，他听了会儿说：“嗯！是比我的好听！”又说，“这个当然好啦！可能是日本原装的？”听了会儿又问，“真牛啊！是你爸买的啊？”我说：“不知道，还没问呢！”听了会儿，他还是走了。

晚上吃完饭，二哥也回来了。我问：“你也回来凑热闹啊？”他说：“我哥结婚我能不回来吗？我也收到信了，下了课就往回赶。”大哥问：“你回来睡哪儿啊？”他说：“我还是睡我那张床呗！”大哥说：“你去招待所吧！屋睡了两个女的，出来进去的不方便，咱爸也睡那儿。”妈妈问：“老二回来了？还没吃饭吧？”二哥说：“还没呢！下了课就往回赶。”妈妈说：“正好，还有饭和菜，快去吃吧！”

第二天，放学回来就弄那个录音机，真不错！还可以自动倒带，上面有按钮，按到几，再按快进，就到第几首歌那里开始放第几首歌。爸爸也在，就问他：“这个多少钱啊？”他说：“一千六。”让我吃一惊，比彩电还贵啊！怪不得这么好听啊！又问：“这是你买的啊？”他说：“我买它干吗？公家的，借来用一下。”就在那里听，他带回来的两盒磁带不是很好听，一盒上面写着《小村之恋》轻音乐，一盒也是音乐，不是很喜欢。

大哥在外屋喊：“别老在那里玩儿了，过来帮忙啊！都忙着呢！”就过去看。他们都在往小袋子里装瓜子、花生、糖，还有两根烟，装完了大哥拿到蜡烛上用火烤一下，小袋子就封了起来。我也帮着装，装了会儿。大哥说：“还没贴喜字呢！还要找人剪喜字。”我说：“我会剪喜字。”他问：“你会剪？”很意外的样子。我说：“我是会剪嘛！早就会了，在托儿所学的。”他说：“那你先拿张报纸剪给我看看。”我就找了张报纸剪了张给他看。他看了看，说：“还行！这活就归你了，剪几个大的，再剪几个小的，跟老三去贴吧！”又笑着说，“你们上托儿所就学剪喜字了，我们上托儿所咋没学啊？”他就拿来了红纸说，“好好剪啊！一张红纸好几毛呢！”我就开始剪了。还先拿尺子画了画，以前画都不用画。就剪了四个大的，几个小的。剪好了大哥又看了看说：“还是跟老二去贴，老二高些，贴高点，贴高点才好看。”就跟二哥拿着糨糊下了楼。二哥说：“贴喜字就是要让没来过的人好找着咱家。”我说：“那从楼前的电线杆开始贴。”二哥问：“别不够了吧？”我说：“不够再剪嘛！”他说：“看样子只有一张红纸。”要贴的时候，二哥说：“你在后面看着，歪了跟我说。”接着又问，“弄得清楚左右不？”我说：“我知道。”我就在后面喊：“往左偏了。”他就调整，看正了，我就说：“行了，可以了。”他就多抹了些糨糊贴牢了，还走到我这边看了看。就在要上楼的柱子上，上了楼的楼梯口的柱子上和家里的大门上，都去贴，正好四个大的；外屋的窗户上，还有里屋的窗户上贴了两个小的，新的大立柜的镜子上，都贴上了小的。正合适，不多，也不少。看到在托儿所学的手艺都派上了用场，也挺高兴的！

晚上正在边听录音机，边往小袋子里装东西，妈妈说：“你就别干了，快写作业吧！明天忙起来，就没时间写作业啦！”就关了录音机，开始写作业，还好作业也不算多。

大哥结婚

第二天是星期天，家里来了很多人，从早上就开始来人。来的人都带着礼物，来了跟大哥他们说了几句，放下礼物，都说："恭喜啊！恭喜啊！""新娘子真漂亮啊！"礼物也杂。送的有放在桌子上不算大的镜子，也有洗脸盆、暖壶、烧水的壶、漂亮的梳子、钢笔、床单、被面，摆了外面半个床。有认识的许大个和郭全，在门口跟我笑着点下头就走了；还有很多人不认识的，冲我笑笑就走了。大哥和新娘子忙来忙去。妈妈和爸爸也招呼着熟人。我倒是没啥事，站在走廊上看，在那儿吃东西。有个人从走廊上快走到家门口了，我就喊了声："有人来了！"大哥说："对了！你就在这儿看，来了人，我们没看到的你就喊一下。"周老师也来了，看见我说："小四。"我说："周老师好！"进了屋说："哎哟！做了这么多的沙发哟！早点跟我说一下嘛，我也过来帮忙做啊！"大哥说："您就不用客气啦！来玩儿就行啦，还带了礼物啊！"大哥就跟新娘子说："这个是周老师，我跟老二他都教过，那时我们可好呢！"新娘子说了啥，我没听见，周老师说："我做柜子小林可帮了大忙，我还没谢他呢！"新娘子看起来确实漂亮啊，新娘子给来的人点烟抽，走的时候，还给一包昨天我们装的东西。做沙发腿的李哥也来了，见到我笑着点了下头，进屋就说："哟！新娘子真漂亮啊！我这腿儿也没白做啊！"大哥又说："来玩儿就是了，还带了礼物啊！帮了这么大的忙，还没感谢你呢！"他说："那是我愿意，哪儿有不带礼物的？再说看到这么漂亮的新娘用我做的沙发腿也高兴啊！"大哥就说："这个是小李，我们这个沙发腿是他帮忙做的，帮了很大的忙，快给他点烟。"新娘子就划火柴点，他就把火给吹灭，新娘子又点，他又给吹灭，第三根点燃了，他笑着说："这就对了，三次点燃，别怪我啊！"我还没见过其他人这样。听起来闹哄哄的，声音很乱，说话声音都不算大，嗑着瓜子，抽着烟，都没待太久。中午的时候他们还都走了，就我们自己家里人做了一桌菜吃。

中午正吃着饭的时候，有人又来了，大哥说："来来！进来坐啊！"来的人放下了礼品说："你们慢慢吃吧，等会儿再过来。"便离开了。

下午大哥的那帮朋友来了几个，有徐老五、一个高个子，还有一个矮点的是刚才来过的那个。以前后面这两个人我都没见过。大哥给新娘子一一地介绍，新娘子给他们点上烟，他们都说："新娘子真漂亮啊！"来了就坐在外屋不走了，边嗑瓜子边抽着烟。他们待了有一段时间了，住小平房的张伯伯来了，我赶紧打招呼："张伯伯！"他笑着冲我点了下头，刚一进屋，屋里坐着的人全都站了起来，都喊："张厂长！"他说："坐坐，都坐下，我就来看看。"大哥恭敬地说："您派警卫员来就是了，您还亲自来啊！"他说："别人家的结婚我可以不去，老刘家的结婚我一定是要来的，你爸可是对咱厂有功劳的啊！"大哥跟新娘子说："这是我们厂长，快点烟啊！"新娘子点了烟，大哥走到里屋门口说："爸，张厂长来了。"爸爸走了出来说："哦！老张来啦！进来坐啊！"他说："不用了！就是来看看。好！好！挺好的！"手上还拿了个被面放到礼物中间。爸爸说："你看，还带礼物来！来都来了，进来坐坐嘛！"他说："这个礼可是要送的，不用坐了！啥时候走啊？"爸爸说："明天。"他问："要走的时候再谈谈？"爸爸说："不用了，我回去打电话给你。"他说："那好！那我走了！"爸爸说："你可是忙人，那慢走啊！"爸爸和大哥他们都送到门口，连说："慢走啊！"他也回头招手说："不用送了，你们忙去吧！"他就走了。大哥刚进屋，屋里有一个高个子就说："够牛啊！他可是大人物啊！厂里结婚的请他，他没有一个去的，能派个警卫员去就很给面子了！"大哥说："他跟我爸是老交情了，有十几二十年了吧！以前常到我们家来，这不当厂长了嘛！就来往少了。"楼道里又来了一个熟人，陈亚文他妈，对着我笑呵呵地问："小四，也不到我们那儿去玩儿啊？"我喊："杨阿姨！"大哥说："杨阿姨来了！"她说："小林结婚也不来告诉一声啊？"大哥说："是想来着，又怕你们忙，我这儿也是随便搞一下嘛！"又跟新娘子说，"这是杨阿姨，跟我们家也是老关系，他爱人是厂里的军代表。"新娘子说："杨阿姨，没跟您说，您还送了礼啊！"她说："我们跟他们家是啥关系，这个礼肯定是要送的啊！新娘子真漂亮，哪天到我们家来玩儿啊！"新娘子说："好啊！"又看了一下徐老五，徐老五喊："杨阿姨！"她说："小五也在啊！"对大哥到门口说："妈，杨阿姨来了！"妈妈走了出来，说："哟！老乡来啦，进来坐，进来坐！"她说："你们家小林结婚也不来告诉一下，要不是遇到那谁，这不是要错过了嘛！"妈妈说："这就不对了！我以为他来了呢，老乡是该通知一下。"她说："这就对了嘛！"又说，"我走了！"妈妈说："进屋坐会儿嘛！"她说："不用了，来看看就行了，挺好的！新娘子真漂亮啊！一晃孩子都这么大了啊！"妈妈说："是啊，都结婚了啊！那你慢走啊！也不留你了，以后来玩儿啊！"她说："好啊！你们忙吧！"大哥又送到了门口，大哥刚进屋，屋里的高个子又说："我去！真牛啊！刚走了厂长，军代表又派代表来了！党委书记的代表儿子徐老五还在这儿坐着呢！厂里三大领导不是亲自来，就是派代表来啊！"大哥说："陈亚文他家跟我们家可是老关系了，以前就是邻居，他妈跟我妈又是湖南老乡，陈亚文又是常在一起玩儿。”高个子问：“那陈亚文呢？”大哥说：“没到他家去，小平房我可不想随便去，要是让人家看到了，还不说我巴结厂领导呢！”高个子反问：“这还用巴结吗？”接着说，“没通知人家，人家自己就送礼来啦！”大哥说：“谁知道他们这么客气啊？”高个子说：“要是再加上张利民他爸就可全齐了啊！这就是党、政、军、群众，四大领导全齐啊！”大哥说：“他也关系好！前两年还到家里玩儿，喝酒啊啥的，这两年没咋看到他。”高个子说：“‘四人帮’垮台了他也垮了！一下班就回家，谁也不搭理，一个人在家喝闷酒，他也是，干革命就干吗，这么认真干吗！”大哥说：“他们这些人就是认真，他也是！”高个子说：“老革命都这样。”大哥说：“前几年他还劝他别那么死心眼，一根筋抓着人家的辫子不放，还三十年河东，四十年河西呢！还不到三年就河东到河西了！”他的意思是指爸爸。这时里屋有人喊大哥，他就进去了。另一个矮个子喜欢看爸爸带回来的电镀折叠椅，坐一坐，还要折两下，往底下反复看一看，还说：“是舒服啊！只听说过，还没见过呢！”高个子问：“等你结婚也去弄两把？”他反问：“我哪儿去弄啊？听说好贵！”徐老五说：“我们家有两把，等坐腻了让给你，你出多少钱？”他说：“不敢！党委书记家的，就是我敢坐，这屁股也不敢坐啊！”徐老五毛了，气急败坏地说：“你说啥！”高个子赶紧劝说：“你们俩要干啥！人家结婚呢，你俩要掐架到别处掐去！”徐老五说：“你小子说话小心点儿！”高个子问：“你俩个咋走到哪儿都掐呢，也不看看地方！”这时来了几个女学生，看到我笑了，说：“你好啊！我们又见面啦！”我说：“你们好！”我喊：“有客人啦！”大哥和新娘子出来迎接，大哥赶紧说：“你们咋来啦！”有一个女孩儿反问：“你结婚我们咋就不能来了呢？”接着说，“我们就是要看一下刘老师找一个啥样的女的当媳妇啊！”还送了个漂亮的笔记本，大哥说：“要来来玩儿就是了，还送啥礼啊！”一个女孩儿说：“我们没上班就不能送礼啊！这是我们大家伙儿凑的。”大哥说：“谢谢啦，进来玩儿嘛！”大哥跟新娘子说：“她们也不抽烟，给她们去拿儿袋吃的。”新娘子进屋拿出来给了她们一人一袋，女孩儿说：“谢谢啊！新娘子真漂亮啊！就不进去了，我们来看看就行了，我们走了！”大哥说：“那慢走啊，以后来玩儿啊！”女孩儿说：“好啊！刘老师再见！”大哥说：“再见！”就走了。刚一进屋，里面的高个子又说：“哟！关系够广啊！刚才说了领导又来了学生妹妹啊！咋？也不怕新娘子吃醋啊！”大哥说：“以前不是当代课老师嘛，都是我教过的学生，我可没让她们来，谁知道她们咋知道的？”高个子说：“人缘真不错啊！你都结婚了，也用不着了，帮咱也介绍一个啊？”大哥说：“行！你要找的话，我去帮你说说看。”高个子说：“艳福真不浅啊！以前咋没发现呢？”徐老五说：“你就不知道了吧！以前那个谁追着人家不放，还挨了顿打呢！”大哥赶快使眼色，意思是新娘子在，不能说啊。高个子说：“没发现，没发现啊！还有这种事啊？得给咱传一下经验啊！都结婚了，新娘子还这么漂亮，咱混了半天，咋连个女朋友都没有啊！”徐老五说：“要说这个你还真不如他啊！别看你能说。”高个子说：“是得好好学学，不能这样下去啊！行啦，我们走啦。”大哥说：“要走啊？那慢走啊！有空来玩儿啊！”他们都站了起来，徐老五说：“你们也该休息了，这一天可是够累的啊！”大哥说：“幸亏以前咱们打篮球留了点底，这段时间可是要掉几斤肉啊！”高个子说：“那就不要送了，休息吧！”大哥说：“慢走啊！你看，下午还是你们给抽起了，要不就冷场啦！”高个子说：“哪儿的话，厂里三大领导都来捧场了，这可是全厂唯一一家啊！”说着就出门了，大哥把他们送到走廊上，还回头说，“留步，回去歇着吧！”大哥说：“好！那改天玩儿吧！”他们都说：“改天玩儿！”就走了。

晚上我们家又做了一桌菜。二哥、三哥也帮着妈妈做饭和收拾。

晚上刚吃完饭，隔壁孙伯伯、于阿姨来了。我赶忙和他们打招呼，于阿姨说：“小四，你哥结婚你可帮了不少忙啊！”又说，“白天看你们家人多就没来，这没人了我们就来了，恭喜啊！”大哥说：“来玩儿就行啦，都这么多年邻居了，还送礼啊！”于阿姨说：“这礼是一定要送的，咱们这邻居关系都不错的！”放下了礼物，新娘子给孙伯伯点上了烟，他们就到里屋坐去了。孙伯伯说：“小林搞得不错啊，在这一带还就看你的了！”大哥说：“哪里啊！简单搞一下，好多人都没告诉呢！幸亏没去告诉，要是都告诉了，那屋里就坐不下了啊！”于阿姨说：“是啊！厂里的人谁不知道你们家哈，这么多年了，老战友、老熟人要都告诉了，不得半个厂的人都要来啊！”大哥说：“于阿姨介绍刷漆的真不错，刷得真好啊！”于阿姨说：“是嘛，我说别看这刷漆很简单，干起来就不简单了！那个刷漆的都练出功夫了！”大哥说：“要我刷，可刷不了这么好啊！”于阿姨说：“肯定没这么好！刷漆就是靠腕力，那不是一天两天能练成的，有的刷了漆，是花的，还得用砂纸给打掉，再重新刷那就麻烦了啊！”大哥说：“是吗？幸亏没自己刷。”爸爸也吃完饭了，站在门口，孙伯伯说：“来啊！老刘，你们家搞得不错啊！”爸爸说：“都是他自己搞的，我也没帮啥忙，谁也没有说，就是昨天在张厂长那里说工作提了一下，也没让他来，他今天就来了，还送了礼。”孙伯伯说：“你老刘要是出面谁不来啊？厂里这么多的书记、厂长、处长，光这些人都够意思了！”爸爸问：“就是结个婚，搞这么复杂干啥！”孙伯伯说：“哎，你以为是‘四人帮’时期，不能大操大办啊！现在就兴这个，来的人越多越好，来的官越大越好，这才有面子啊！”爸爸说：“我看还是算了吧！咱们不兴这个。”一会儿，外面又来人了，是高敏他爸和他妈来了，我喊：“高叔叔，齐阿姨！”高叔叔问：“小四，你们家搞得真不错啊！你大哥呢？”我就喊：“来客人啦！”大哥和新娘子又出来了，说：“你们还这么客气啊，来玩儿就是了。”高叔叔说：“这礼肯定要送的嘛！又不是老结婚啊！”齐阿姨说：“又不会说话了！咋又老结婚了，多不吉利啊！”高叔叔说：“是，是，算我没说啊！”把礼物放下了，大哥跟新娘子说：“快给高叔叔点烟。”高叔叔说：“我一般也不抽烟，这个烟可是要抽的。”就抽上了，连说，“小林搞得不错啊！看你们忙了这么多天，也没过来帮忙啊！”大哥说：“还算忙得过来，就是有点累啊！”高叔叔说：“肯定累了！娶这么漂亮的新娘子嘛，不错！不错！”大哥邀请高叔叔进屋看看，恰巧高叔叔和屋里的孙伯伯、于阿姨都是老邻居。大家正说着话，姐姐和姐夫一家来了。一晚上，大家热热闹闹地聊着天。

第二天，中午我放学回来，看见大哥正站在走廊上往外看。我不解为啥大家都走了。大哥说：“不走干啥？人都快累死了！”说罢，就进屋睡觉去了。吃完晚饭我刚想出去玩儿，王功成和刘景文他爸带着礼物来了，问我哥在哪儿，我告诉他们在里面。大哥出来后，他们寒暄了一会儿就回去了。大哥后来把王功成和刘景文他爸来的事告诉了妈妈，他们说了一些话，我也听不太懂，然后就都洗洗睡觉了。

大哥要吃面

第二天下午，妈妈买了菜回来，大哥问："今天晚上吃啥？"妈妈说："莴笋炒肉、炒莲白、米饭。"大哥不耐烦地说："咋又是这些啊，咋天天都是吃这些啊！"妈妈问："不吃这些，那吃啥？"大哥说："换换样啊，人家都吃面条，咋咱家就不能吃面条呢？"妈妈说："我还想弄面条呢！弄面条多简单啊！不用做菜，放进锅里煮熟了就行。"大哥说："菜还是要做，那今晚咱家吃面条。"妈妈说："那今天就吃面条吧！面条房开了这么久，咱家还没去吃过呢！"妈妈就找出一个小点儿的布袋子打开，拿了一个大袋子面的边上，用小碗从大袋子里往小布袋子里舀面粉。装了一些，就跟我说："你大哥要吃面条，拿到面条房去找他们给做成面条。"说着把小面袋子递给了我，又摸出了钱给我说,"听说是一毛一斤的加工费，这是三毛，这没有三斤，多的找回来。"又拿给了我一个不大的竹筲箕说，"用这个装轧好的面。"我就去了。在我的印象中我们家是没咋吃过面条，还是很多年前吃晚饭吃过一次，一人一碗，面里一人一个荷包蛋。家里一般是有用纸包成圆形的整齐的干面，说是挂面，以前大哥晚上打篮球回来就要煮一碗面吃，有时他们晚上说是饿了又要煮来吃，我一般晚上不饿。

我就拿着布袋子和竹筲箕来到面条房。面条房在三合院中间靠大路的边上，以前这儿是仓库，是临时活动板房。我曾经去看过，里面有两套机器，机器转动着带动着橡皮带子，把湿面放进去，那边就出来了面条。里面有时有两个人在忙着，戴着口罩，身上、头发上都是些白面粉。房子外面有时挂着一排排的长面条，这大概就是为什么叫挂面的原因吧。我来了，把面给一个人，他放在一个秤上称了称说："两斤二两，两毛二。"我把钱给他，他把余钱找给了我。他就把面倒进一个大铁盆里，拿到一个水桶边往里面舀水，舀了些水就转身开始用手搅拌起来，搅拌了一会儿又拿到一个大板子上开始按揉着，看起来跟我们家包饺子开始弄饺子皮一样。那个人按揉了会儿就放到了机器上，开动了机器，一会儿面条就出来了，他把面放到我拿来的竹箐箕里。

我拿起就往回走，走到三号楼那里遇到了王文利，他笑着问："咋好久没见着了呢？"我说："这不是我哥结婚嘛！忙呗！"他又问："咋你家也吃面条啦？"我说："我哥吃米饭吃腻了，想换一换呗！"他说："妈的！我倒是想吃米饭，还吃不着呢！咱们这儿是穷人才吃面条，老乡那儿有碗面条吃就不得了了！"我说："是吗？我们家倒是天天吃米饭，吃久了也烦！"他问："你晚上有没有空？"我说："有啊！"他说："那晚上吃完饭出来聊吧，家里还等着吃面条呢。"我回答："好吧，我们家也等着呢！"

回到家，锅里煮的水也快开了。现在我们家用的是钢瓶液化气，差不多一个月用一瓶，没气了大哥就去换。大哥会用自行车从办公楼边上，驮到楼下，再扛回家。听说挺贵的，八块钱一罐，并不是每家都用。橡胶管分了两根，炉灶有炉盘一个，不高，在蜂窝煤炉子上，我就可以看见锅里的东西了，一个炉盘在原来的灶上。

妈妈已经放了几个大碗，大哥说："让我来兑佐料。"就过来用勺子舀了些白色的大油到每个碗里。大油是妈妈用肥肉放到锅里炼出来的，我有时候要吃炼过的肉，妈妈说是油渣子，刚吃还挺好吃的！大哥说："放些大油，再放些香油。"又倒了瓶子里的油，大哥又问妈妈，"有没有花椒油？"妈妈说："没有，现在哪儿去弄？"大哥说："五贸商店倒是有，今天就算了，改天买点回来。"大哥又说，“放些盐和味精吧。”放了后，又开始倒酱油和醋，妈妈说：“倒这么多啊！像你这样一瓶酱油吃不了几次面啊！”大哥说：“不要点酱油能行吗？面条要有点颜色，哪儿像他们那样放点大油和盐就行啦，多没劲啊！”大哥说：“还要加些蒜，家里有吗，妈妈？”妈妈回答：“有。”他说：“弄点，还要有葱，家里有吗？”妈妈就去弄蒜，妈妈说：“没有葱啊，算了吧！”大哥说：“没葱能行吗？隔壁孙凯峰家常吃面，肯定有葱，小四，你去他家借点，说以后买了还给他们。”我来到孙伯伯家外面，看到于阿姨正在厨房做饭，便问：“于阿姨，我们家吃面条没有葱，我哥说找你家借点葱，等买了还给你家。”她说：“呀！小四，你家也吃面？真稀罕啊！葱在那儿，自己拿吧，还还个啥啊！”阿姨就指着走廊上一个长条窄柜子里，柜子没有门，以前也看到过，放着好几根葱，就拿了一根。妈妈面条已经煮好了，把料汁搅拌在一起，味道还真不错，面里面再加上妈妈炒的那两样菜，我认为是比米饭好吃多了。大哥问：“咋样？我说吧，还是面条好吃吧！”我说：“的确是好吃啊！”大哥说：“那明天咱们再吃面条吧。”妈妈说：“要像你那样弄当然好吃啦！比弄饭还麻烦，你要想吃就弄，我也愿意吃！”大哥说：“再加点花椒油和辣椒油就更好了！”妈妈问：“去哪儿弄辣椒油啊？”哥哥说：“富裕的老乡家里有。”妈妈问：“老乡也有富裕的啊？”他说：“有，一个村有一两户，富裕的老乡家里才有面条，富裕的老乡家也不比咱们差多少，就是没有电视、粮票这些，也有肉吃，只不过是腊肉。”我说：“老乡那儿的菜味道就是不一样。”他问：“咦！你也在老乡家里吃过饭？”我说：“吃过啊！吃过两次，一次是托儿所去老乡镇上演出，一次是去同学二扁家。”他说：“小小年纪经过的事还不少！”

吃完饭下楼遇到了王文利，他问："这些天都在忙啥啊？"我说："就做了几个沙发。"他问："做啥沙发弄了这么多天啊？"我说："两个小沙发，一个大沙发，可费事呢！连捆弹簧的绳子都是自己搓的呢！"他问："那大立柜呢？"我说："大立柜没做，在老乡那儿订的，一般的要一百二一个，我哥给了一百四，要他们做宽点做高点，也是老虎腿的。"他问："咋样啊？加钱了，应该不错的，那漆是谁刷的啊？"我说："还行吧！刷漆是于阿姨找了个人来刷的，那个人就喜欢刷漆，刷出来是挺漂亮的！"他笑着说："呵！还有喜欢刷漆的人啊？这个爱好挺有意思的！"我说："还有人喜欢做木工活的，沙发的腿就是他们帮忙做的，说反正没事干做着玩儿呗！"他说："是吗？这里人是闲，没想到这么闲啊，做这个也上瘾啊！以前我就说过，大人不让干这些，说这些是老乡干的活，干了就没面子，还真有人干上瘾啊！"我说："幸亏他们帮了忙，我哥说谁爱干谁干，我都干烦了，都快累死了啊！"他说："结婚都自己干当然累了，多少事啊。还是要人缘好，大家帮一下忙，就好多了！"我说："可不是嘛，我看着都累！"他问："结婚那天你们家来了不少人，按你们家的人缘应该没喊完吧？"我说："我妈说她一个人都没告诉，我爸也一个人没告诉，我哥说好多人都没告诉呢，要是都告诉了我们都要累趴下。"他问："是吗？你爸妈在厂里这么久，同事一个都没说？"我说："是啊！我妈说好多人跟她都说我爸给厂里办了这么多好事，现在结婚兴热闹，说都要过来热闹一下，我妈怕我哥累坏了，就一个没说，说告诉一个，他们一传，都要来，就一个也没说。"他说："你们家可真奇怪啊！人家结婚到处拉人来热闹，你们家的人缘太好了，谁都不告诉，是怕把你哥累坏啊！"我说："就这样，那我哥说也累得够呛啊！说没告诉是对的，收点儿东西是小事，把人累趴下是大事啊！”他说：“真是啊！还没听说过，儿子结婚同事朋友谁都不告诉，悄悄结婚的，现在不是‘四人帮’时期！”我说：“都这么说啊！于阿姨说厂里谁不知道你们家啊，老战友、老同事，告诉了半个厂的人都要来。”他说：“可不是嘛！真是人缘太好了！你爸的面子太大了，厂里谁不买账啊！”我说：“有些人没告诉都来了，怪我哥没告诉他们，还不高兴啊！”他问：“都是谁啊？”我说：“陈亚文他妈、王功成、刘景文他爸，还有一些女学生。”他说：“我去，这些人在厂里都算重量级的啦！别人结婚请都请不动他们。”我说：“是嘛？他们也这样说，还有住小平房的张厂长。”他惊讶地说：“他都来了！他可是厂里的大人物啊！”我说：“他来说别人家结婚可以不去，你们刘家的人结婚一定要来的，说我爸对厂里有功劳的。”他说：“是有功劳，真是的！关系都很好啊！”我说：“他们说别人家请他，他都不去，能派警卫员去就是很给面子了。”我说：“我爸带回来一个录音机，是借公家的，你猜多少钱？”他说：“我咋能猜到啊，可能要好几百吧？”我说：“我问了，一千六百块，比彩电还贵！”他说：“我去，一千六啊！啥录音机啊？真是比彩电还贵呢！”我说：“四个喇叭的，我去找刘景文，跟他说比他家的好，他说还没听过比他的还好的呢！结果去听了，说是比他的好。”他说：“该告诉我一下，让咱也见识一下一千六一个的录音机，抵人家好几个月工资呢！”我说：“我也忙得很，磁带也没啥好听的，要往小口袋里装东西。”我们正在电线杆附近，看了一下电线杆上的喜字还在，就说，“还要剪喜字，还要出来贴。”指着电线杆上的喜字说，“那个就是我剪的，跟我二哥出来贴的。”他看了一下喜字说：“是吗？剪得还不错嘛！托儿所学的派上用场啦！”我说：“对了，我们家还剩的有小袋吃的，你等着，我给你拿两袋去。”他笑着说：“好啊，去拿吧，咱也沾沾喜气。”我就回家去拿了两袋没有烟的小袋下楼给了他，拿后他就回了家。

第二天，我们家里又是吃面，没有昨天的好吃！后来就再也没有接着吃面了，只是偶尔才吃一次。

世界杯

有一天，大哥很早就打开了电视等着看，很意外！我问：“有啥好看的啊？”他说：“世界杯。”我问：“干啥的啊？”他说：“踢足球的。”我也不出去了，也等着看。等了很长时间才开始。确实不一样啊！他们在草地上踢，一脚球踢得很远，而那边有人还一下就把球接住了。他们快速跑的时候还被撞翻了，翻几个跟斗。在地上显得很疼的样子，一会儿，又爬了起来，像没事似的。听大哥说：“还是巴西好，看样子是巴西能赢。”听到电视里的人也反复地说：“巴西铁三角，‘白贝利’济科、苏格拉底、法尔考，是最强的组合。”

连看了好几天，很多还是不懂。听着解说员说别的队也很强大，也有很强大的球星。他说得很快，也记不住是哪些，真的球王贝利上场了十几分钟。说是要不踢球了，岁数大了，三十八岁了。紧张地踢点球，苏格拉底的球被守门员扑了出去，白贝利济科的也没进。大哥他们遗憾地叫喊着，解说员喊着“罗西！罗西！”看他们赢了那高兴的样子，抱着、笑着，输了的就垂头丧气的样子！

有一天，我正等着看电视，大哥问：“还要看？快要考试了。前段时间我结婚就没好好学，现在还不复习？”我只好去复习功课了。

有一天，听大哥说：“要决赛了，决赛可能更好看了！”我想看，也没看成，只能在外面饭桌上复习，听着电视里面热闹，很可惜！这两天就要考试了，只能临阵磨枪。

万花筒和撑粗线

考完试了，我瞬间感觉轻松了。老师说是过几天去拿暑假作业。啥事也没有了，上午在家休息休息，就多睡了会儿。下午就在楼前边转悠边想有啥玩的游戏。看到有两个小孩儿，其中一个小孩儿手里拿着一个东西对着眼睛看，我看到手上的东西是个不长不粗的圆桶，就问：“这是看啥啊？”他说：“万花筒。”我就问：“拿给我看看？”他就递给了我，也学着他的样子看，看里面就是花花绿绿的，红的占多数，看了看，也不觉得有啥。刚想放下手，那个小孩儿伸出手帮我转了一下，里面的图案变了，变成跟刚才不一样的图案了。外面看这个东西也不算粗，往里面看就是很大的图案，像是大片大片的花，一动就变，每次的图案都不一样，觉得有点意思了。在手上看了看，终于明白为啥叫万花筒了。我认真看着万花筒，拿外面是纸围成的圈，上面是玻璃，底面也是玻璃，玻璃中间夹着些各色的小碎纸。倒着往里面看了看，发现是碎纸挡着些光的三角光洞，是三面镜子围着的，东西也不复杂。我问：“哪儿弄的啊？”小孩儿说：“五贸商店买的。”我就还给了小孩儿，也想弄个玩玩儿。这个东西应该可以自己做，做起来也不算麻烦，就是哪儿去找三片一样大的小镜子啊？就去五贸商店看，三毛钱一个。

晚上就找妈妈要了三毛钱。第二天去买了一个，拿在手上玩儿。王文利和张军看到我拿着玩儿，也拿着看了看。王文利问：“多少钱买的？”我说：“三毛。”王文利问：“考完试了，有啥玩儿的？”我说：“就是没啥玩儿的啊！”他说：“先休息两天再说，这些天上学够累的啊！”我说：“就是累啊！我哥结婚累，我也累啊！”他说：“能不累吗？你要干这么多，咱们还说这么多！”

有一天，看到陈华和赵小燕在那里对站着，就过去在旁边看她们在干啥。她们中间的一个人手上拿着根粗白线用手指撑开着，像是个图形，另一个人伸手去撑，换过来图形就变了，再换过去又变了。就这样来回变来变去的，看样子有很多种。看了会儿，我就问：“让我来？”她们就让给我，我就学着她们的手形去撑。边撑边问：“这是叫啥？”赵小燕说：“面条。”她撑回去图案又变了，我问：“这叫啥？”她说：“手绢。”变了几种我就不会变了，还是在旁边看她们变。变成了一种新的，就问：“这叫啥？”有一种简单的我学会了，常常变出来，我也能变，我问：“这叫啥？”她也不回答；还有一种，她说：“金鱼。”我就不会了；还有一种有些复杂，我看像是水槽，她说：“这是狐狸。”她们还能变一种叫“降落伞”的，我只会变简单的几样。这个可是最容易玩的游戏了。一根不长的粗线头拴在一起，用手就开始撑，女孩儿就能撑出这么多花样来。我也找了根绳子在手上撑，简单的还行，复杂的就是学不会！没啥玩儿的我跟她们玩儿这个，玩儿了一天和一上午。

打牌

一天，刚吃完中午饭，还在抹嘴边的油，就听见楼下有人在喊我。出来看，是张军，问："干啥啊？"他问："小四，下来打牌啊？"我问："还有谁啊？"他说："还有王文利跟刘新文。"往远处看，他们站在那里，哦！他们也要打牌，真好！他说："把牌拿下来，就你有牌。"我便拿着牌下了楼，看到王文利他们笑了笑，他问："在家干啥呢？"我说："没干啥，刚吃完饭啊！"他问："你们家吃饭晚啊。"我说："是啊！"接着问，"咋你们也打牌啊？"他说："这不没事干啊！"接着问，"你们以前在哪儿打的？"我说："在冷库边上。"他说："那我们也去那儿打牌。"我们便来到冷库边上。张军看了看，说："你们等一下，我回去拿几张报纸咱们好坐。"王文利说："快回去拿吧！我看也是要垫一下才好！"我们在旁边找了几块砖头，等张军拿来了报纸。把报纸放在砖头上，这样坐着要舒服点儿。王文利说："我还是跟小四一家吧！"刘新文说："行啊！"

我们就开始打牌了，结果这一次就让我打上了瘾。跟以前和张敏、海娃他们打完全是不一样的感觉，那时我们就很随意地出着牌。是学着大人先出尖、先出对子拿分，尖子和对子出完了再出小的。而刘新文出牌不一样，有时先出小的，有时先出中的，有时先出大的，都不一定；有时像是知道他对家手上的和别人手中的牌；有时出牌像是在逼着我选择。刘新文就看着我，笑着问："小四，出牌啊？"哦！打了几盘，明白了，他们打牌是在算啊，算对家和别人手上的牌！这样打就复杂了，就要动脑子思考了。要分析每个人的出牌规律，还要记着出过的牌，出一圈牌就把牌翻过去也不让看。刘新文的尖子有时拿在手上不出，也有被我的对子逼死的时候。张军问："你有尖子咋不出啊？"他说："谁知道他有这么多对子啊？"

晚上吃完饭又开始打，一直打到天黑看不见了，就另外找个有灯的地方接着打，一直到张军他爸来找他，才停下来回家。

我们的规矩是甩五，不像后来在别的地方是甩二。甩出来的五是天五，最大的，比大王还大。二、三、五是主，也不升级，八十分打下，输了四十分进一贡。跟后来我在别的地方打得不太一样。

第二天从早上开始，一直打到晚上困了、累了。我说："困了！"王文利说："那散伙！"就都回家了。就这样连打了两天。满脑子都是打牌，别的都没兴趣了。

第二天没打，去学校拿了暑假作业。拿回来就要写作业。上午在家写作业，下午又开始打牌。张敏和海娃常在旁边看，有时我们要去上厕所，他们就帮着摸一下牌。

有一天，我后面又坐了一个人，感觉块头比较大，回头一看是高敏。我就问："你来打？"他说："你打你的。"看牌的人也越来越多，郭青山、乔老三有时也来看。

有一天刘景文来了，他跟刘新文说："咱妈找你呢！"刘新文就走了，刘景文就坐在那里跟我们打了起来。高敏一看也想打，我就让给他打牌。打的人就复杂了，郭青山也加入了，王文利有时也让给他打。刘景文、高敏他们几个打了几天，不知为啥就不打了，还是我们几个打。作业写起来就觉得没趣了，只有硬着头皮写，写得很慢，感觉每天要写的总写不完，咋这么多啊？

打了些天，有的牌磨出了痕迹；有的牌变了色。主要是大牌，大王、小王、五点和尖子，因为我们都爱把大牌拿在前面。张军有时摸到了大牌还激动地拿在手上拍一下。这就没啥意思了！因为看牌的背面就知道别人是什么牌了；摸牌的时候就看到了别人摸起来了啥牌。有时张军激动地说："哈，又摸到一个大牌！"我说："都知道牌了，还有啥玩儿头啊？"王文利说："是不好，还是不知道的好！"

第二天去五贸商店看了看，一副牌要八毛钱，两副牌要一块六。看样子他们也没有买的意思，我都出了两副牌了，也该他们出了。话我也说了，他们也没反应，还是凑合着打吧！又打了两天。

一连打了十几天的牌。有几天我的手气特别好，连着赢他们。有一天，张军向我进贡，给了个主牌Q。我问："不会吧？"他说："只有这个啦！又不能给分！"我还给他一个我最小的副牌J，他说："靠！还有啥打头啊，直接进贡得啦！"王文利说："打哟！"结果那盘把他们打了个光头。王文利高兴地说："光头！这可是第一个光头啊！小四的牌太好了！看大人打了这么久，也没看到打光头啊！"我说："二扁进贡给了我个Q，我还给他一个J！"王文利说："这种事都有？怪不得二扁不想打了呢！"张军说："好牌都让你们摸去了，我啥都没有，就是有K也白搭！"刘新文说："老是你们洗牌，把好牌都洗过去了，不行！二扁去洗洗手，好好洗洗牌，手气真的是太差了！要是赌钱，裤衩都要输掉了！"张军就去水管那里洗手去了，回来就开始洗牌。我们的规则是赢家洗牌，输家端牌，端起的第一张翻开后放到第一摞的最下面，赢家就开始先摸牌。我洗的次数最多，每次都是反复地洗来洗去的，还要倒几次牌，他们再端牌。刘新文有时笑着问："小四洗牌是不是把好牌都洗过去了啊？"我反问："那你们来洗牌，我来端牌？"他们又不动，也不说话，看样子还是不干。这盘就让他们洗，这盘我摸的牌还是不错，只是没有那盘好，那盘是最好的一次。最高兴的是双十扣底和打他们光头！看着张军跟刘新文都低着头蔫气了！

有一天，我没下楼，他们也没喊我。我想还是休息一下吧，总赢也没啥意思了。牌背面有了记号，也有点影响打牌的心情。就在家写作业，作业咋这么多呢？写起来也没兴趣！

第二天下午，我到妈妈办公室那里转转。以前看到过她那里有人在打牌，还想看看有没有啥邮票之类的，我拉开抽屉，发现两副新牌，看了看，扯了几张邮票，就把牌拿走了。

第二天下午，还是想打牌，就在楼上看了看，王文利跟张军还就在外面站着，下了楼问："我找了两副新牌，还打不打啊？"王文利问："有新牌？打！"接着对张军说，"把刘新文喊下来。"我回家去拿牌，张军把刘新文喊了下来，我们又坐在冷库边上。王文利洗牌的时候说："还是小四可以！又帮咱们找到了新牌！这回咱们该改一改习惯，别老把大牌放在头上，挨着手就容易脏，还有二扁，摸着大牌激动地摸来摸去，有时他还放在腿上拍一下，这样最容易把牌弄坏！"张军说："这不是老输没面子嘛！"王文利说："还是小四行！满手好牌表情还是那个样，一点笑都没有！"我们又开始打。这回就好些了，又像我们开始打时那样，都有输赢。都有输赢就是要好玩儿些，一家老赢没啥意思，那老输的可能觉得就更没意思了！

第二天打牌我开始就输了。以前王文利的牌就没有几次是很好的时候，我的牌也开始差了！结果那一天都是输，从来没有过这种情况！

第三天我还是输牌，张军跟刘新文来劲了，打牌也不坐着了，蹲在那里打了。有时还用力地甩牌，看样子他们非常高兴。我觉得输牌是比连赢难过多了！不知为啥这两天摸到的牌都很差，真是手气很重要啊。王文利说："这就叫风水轮流转，也让他们高兴高兴！老赢也没意思，是吧小四！"我说："是啊！老赢也没意思！"

第二天我摸到牌的手气就开始好了，又开始连着赢他们了！王文利说：“我说是吧，风水轮流转，又开始到我们了。”张军问：“我们的咋就这么短呢？”刘新文说：“别这么说，这么说还输，好好打你的牌，多动动脑子，赢他们！”从那时起就我们赢得多了，偶尔被他们赢一盘，我们马上就赢了回来。连打了一个多月，我没做的作业越来越多，真是不想做！我咋一做作业就想睡觉，一打牌就来精神了呢？

做暑假作业

有一天，我觉得打不下去了，妈妈也老在家问：“咋不写作业老玩儿呢？作业写完了再玩儿啊！”要我在家做作业，暑假就快过完了，我的作业才做了一小半都不到。就没下楼在家做作业，他们也没来喊我出去。我想快点做，就是做不快。算术题要一个个算，语文造句要一个个的来，都是伤脑筋的事！我怕的是造句，尤其是写作文。有一句名言“雷锋对待同志像春天般的温暖，对待敌人像秋风扫落叶一般”。总是有这样的造句，像这样还算好造的，其他的很多总让我伤脑筋。有次上课老师说：“有位同学写的‘我妈胖得像猪似的，我爸瘦得像猴子似的’。不能这样比喻！”全班同学都笑了，我也觉得很好笑。他爸妈我都认识，是像他说的那样。我觉得我们学的大多数词都用不上，明白了意思，觉得的确不能那么形容，太夸张了！没有那样的感觉。我们动不动就要用热烈、贡献、光荣这样的词造句。我想的造句是：今天有一盘我是双十扣底，我热烈欢迎！有一盘输得很惨，我贡献给刘新文一个大王！连赢了好几盘，我感到光荣！又不能这样造，课文里也没有这样说的，课文里说的都是我没有遇到过的，真愁人啊！如果这样造句，弄不好让老师看到了拿到课堂上给大家讲，那就太没面子了，还是用他们常用的词语造句吧，老师又说不能用这些常用的，管他的！常用的是：在这伟大的新时代我们茁壮成长，我热烈欢迎！我们现在好好学习，长大了好为祖国做贡献！因为有光荣的解放军叔叔保卫祖国，我们才能在这里好好学习！

写作文就更让我恼火了！老师说要写身边的好人好事，我咋没没看见啥好人好事呢？其他的提不起兴趣，我的事情基本上是在打牌，打牌有啥可写的啊。一个暑假要写七篇作文，我一篇也没写。以前上学的时候我就写不出作文，一写我的脑袋就一片空白！能写的是女孩儿，一写就有一二百字。我见过很能写作文的女孩，她们还能把新学的词语加进去，但我看来也觉得没啥意思。感觉像是在报纸、杂志上看到的那样，咋我就写不出来呢？我就瞎写几句话凑合。有一次语文老师问："刘某某同学，你的作文怎么会是这样呢？"我说："我写不出来，没啥好写的。"还记得，有一篇课文《高大的背影》让我想起来我们这儿的那个"劳模"来。里面是讲一个拉车的，而我认识的那个是通下水道的。要让我写也写不出几句话，不知道咋去写，能写出来的就这么多。

隔了几天，他们还是在楼下喊我，我出去说："我的作业还有好多呢，就不打牌了，你们去玩吧。"王文利问："那把牌拿给我们？"我说："来拿嘛。"张军就上来说："你不打算了，要打的人多着呢！"我说："你们打吧，我的作业还有好多呢！"我在家写作业，真的非常难受。又写了几天，一算时间还有两天就开学了，可我的作业还有多半没写呢，写作业的这段时间可真难受。反正是写不完，干脆去跟他们打牌了。王文利问："不是要写作业的吗，咋又来打牌了啊？"我说："没写的多着呢！反正写不完，烦得很，散散心！"一打牌烦恼就少了很多哈！打了两盘又是赢，心情就好多了。王文利说："怪了，小四一来牌就好！"打到快吃饭了，回到家。妈妈又问："要开学了，咋还玩儿啊？作业写完没有？"我不耐烦地回答："我知道！"

交暑假作业

打了两天的牌，就要开学了。上学就要交作业，我硬着头皮交了作业，我的作业本比他们的薄多了啊！老师收作业的时候看了我一眼，吃惊地问："啊！这是刘某某同学的作业吗？怎么那么少啊？"我也不说话。她又找到了我的那本印刷的大数学作业本，翻了翻说："怎么那么多没做啊？"接着说，"不行！差一点儿就算了，差那么多！"接着问，"暑假咋过的啊？"我还是不说话。接着她又说："不行，要找家长来！"我听了心里非常难过，我问："能不能不找家长啊？"她说："不行！差一点儿就算了，差那么多！"唉，又要请家长！

我只有去找妈妈，来到妈妈的办公室，非常小声地说："妈妈，老师要找你去一下。"妈妈问："啥事啊？"我说："我的暑假作业没做完。"妈妈说："跟你说要做作业，要做作业，你不听，我不去！"一听，我有些着急了，赶忙说："老师说，就是要找你去，你就去一下好不好？"妈妈反问："谁让你不听话的？"我说："下次我一定早点把作业写完！"妈妈说："下次还这样，我就不去了。你自己去跟老师说去！”妈妈跟着我去了老师的办公室。老师问：“你就是刘某某的家长啊？他暑假咋过的啊？怎么这么多作业没做啊？”妈妈说：“让他写，他也不听，老在那儿玩儿！他爸不在家，我工作又忙，没有人管他！”接着问，“那咋办啊？”老师说：“回家把作业补上，补上了再来上课。”我一听头都大了！那么多的作业，要做到啥时候啊！新的课又要落下，上次去省城落下了几天，补起来就让我很难受啊！老师接着又说：“差一点就算了，他差这么多！我们班还就他差得最多，他差得太多了，不补不行！”妈妈说：“那我这就让他回去补。”

我们就回了家，妈妈路上说：“让你不要玩儿，不要玩儿！好好写作业，你不听！这下麻烦了吧？”路上，我也想真是麻烦啊！这么多，要写多久啊！咋才能写快点呢？我想要是抄作业可能会快点儿，或许老师还没把作业拿走。妈妈上班去了，我又返回学校。一看果然还没拿走，就一样去拿了一本，回家就开始抄。是比自己写快一点，可抄起来也慢啊！那么多都要抄，也要抄好多天啊！结果就抄到了晚上。

第二天又开始抄。抄了一天，抄作业也是很累的啊！

第二天开始正式上课了。我想如果再抄作业，新课又落下，到时候更麻烦了！干脆我去上课吧。课间遇到了语文老师，她问：“不是让你把作业补完再上课的吗？”我说：“老师，我还是上课吧！如果课程落下了就更麻烦！我晚上回去补作业。”她也没说啥。同学问：“我的作业本呢？为啥拿我的？”接着说，“老师找我收作业，我还没说是你拿走的呢！就说没带来。”我说：“我想抄一下不是快一点嘛！明天给你拿来。”看样子抄也抄不成了！又有新布置的作业了。回去要补作业，又要做新的作业，真难受啊！回家就做新布置的作业，做完了新布置的又开始抄同学的，明天就抄不成了啊！

第二天，到办公室发现老师不在，就把同学的作业放到一堆作业里交了，把我的也塞进去了。回到教室跟那个同学说：“我把你的作业交了。”他问：“交了？你还没说谢谢呢？”我说：“谢谢啊！”他说：“不客气！”管他的！我可不想再补了，太烦了！还好，也没有谁再来找我。这件事就算过去了，可真把我逼惨了啊！

不写作业可真轻松了！吃完晚饭还是下了楼。遇到了王文利问：“你的作业都做完了？”我说：“没有，我还是交了，老师说让我补齐再上课，还把我妈给找去了，这么多谁补得齐啊？”他问：“那老师收你的作业了？”我说：“趁她不在啊！”他问：“你有多少没写？”我说：“有一多半啊！”他说：“这么多啊！”接着问，“你不是天天在写的吗？”我说：“写得慢啊！真不想写啊！老想着打牌啊什么的！”他说：“你就是太投入了，所以你老赢嘛！”我问：“那你的作业都写完了？”他说：“都写了，这点算啥？”我问：“那你打牌不投入？”他说：“没你那么投入，打的时候有时还想想作业，想好了，回去一会儿就写好了。”我问：“我咋就不想作业呢？就想着打牌呢？”他说：“你这个人干啥事都投入，像你哥打篮球一样，都卖劲！”我问：“咋会是这样啊？”他说：“这可能是遗传，你爸就投入，所以当了大官，你们一家人都是这样的。”我问：“哦！投入不好吗？”他说：“那要看干啥？要是当官投入，就能当大官，打牌就是混时间，没必要那么投入。”我说：“原来是这样啊，这几天可把我弄惨了啊！”他说：“你算运气好的！要是遇到个认真的老师，就不让你上课，你就麻烦了啊！”我说：“是啊！”他说：“你等一下，把牌还给你，放假打一打还行，平时不能打，能看看电视就算不错了！”就回去把牌拿来给了我。

换了个新的班主任

没几天，我们班换了个新的班主任老师，教我们语文，是个年轻的女的。第一天她说："我叫陈小秋，你们叫我陈老师，以后是你们的班主任老师。"把她的名字写在了黑板上。她讲课是要好听些，我们上课便更安静了。

第二天，没想到一上课她便叫我，让我坐到了第一排。坐第一排的同学换到了后面，但不是最后一排。之前我是因为受罚坐在了最后一排。我才看清楚了她，还真漂亮啊！白白的脸，透着一点粉红，五官长得好看，看样子很年轻。头发耷在额前偏分，后面扎着两个有些翘起的不长的小辫子。匀称的身材，不高也不矮。上身里面穿的是露出领子的漂亮花衬衫，外面是收腰薄款敞领的绿军装；下身是深蓝色紧身的长裤，直直的刚好落在了脚面。下面黑色高跟皮鞋，干干净净的。像她长这样和打扮成这样的女的，以前我还真没见过！说话声音好听，讲课也清楚好听！上课时班里特别安静，除了她没有一个人说话！

下课她走了，近一分钟的样子，我们坐着都没有人站起来，我还望着门口发了会儿呆！我不由得说："真不错啊！"听到后边一个声音说："是不错！"是以前我抄过他作业的同学。他又接着问，"你知道她是哪儿来的吗？"我问："哪儿来的？"他说："重庆，那儿可是大城市啊！"我问："啥地方？我咋没听说呢？"他反问："我还以为你啥都知道呢？重庆都不知道？"我问："那她在大城市，咋跑到咱这个山沟里来啊？"他说："搞对象呗！她跟咱们这儿放电影的那个结婚了。"我问："你咋这么清楚啊？"他说："是我爸说的，我爸也在机关上班。"跟着上课铃响了，我们就没说了。

从那以后我就常常遇见她了。在学校的走廊里，放学回家的路上。放学经过放电影那里，放电影的外面有个水龙头，她常在那里洗东西。我看到她就喊“陈老师”。她微笑着跟我点个头。从那以后我学习有了些进步，坐在前面听得要清楚些。回家就开始写作业，还把过去的拿出来看了再看。我可不想不做作业，让她批评我。

有一天，放学遇到了王文利，他问：“咋好久没看见了？”我说：“在家学习呗！咱也想好好学习，天天向上嘛！”他问：“咋又变了呢？你们那点儿也学不了多长时间啊？”我说：“我把以前的又看了看。我们不是换了个新老师嘛！咱也学习好点儿，免得老师批评咱。”他问：“你们换了新老师啊？是谁？”我说：“就是咱们这儿放电影的他老婆。”他说：“是她啊！我看到她了。”接着问，“咋好事都让你遇到了啊？”我问：“你知道她是哪儿来的吗？”他反问：“不知道，哪儿来的？”我说：“重庆，听说是大城市。”他说：“怪不得跟咱们这儿的人不一样啊！重庆可是名城啊！”我问：“我就纳闷了，咋我以前就没看到过这样的女的？”他说：“这就是一方水土养一方人，咱们这儿就养不出这样的人。”我问：“是吗？养人是看水土的啊？”他说：“关系可大呢！一看她那个气质就不一样，是见过世面的，哪儿像咱这儿的啊！就会吃，吃得胖乎乎的。”我问：“她模样好看，讲课又清楚，咱能不好好学习吗？”他说：“是得好好学习。”停了下又说，“行，你回去好好学习吧！咱也要学习去了。”

图书在版编目（CIP）数据

大三线 / 流河著 . -- 北京：华龄出版社，2023.11
ISBN 978-7-5169-2632-1

Ⅰ . ①大… Ⅱ . ①流… Ⅲ . ①报告文学－中国－当代
Ⅳ . ① I25

中国国家版本馆 CIP 数据核字（2023）第 205720 号

大三线
作　　者　流　河
出版策划　冀　晖
责任编辑　梁玉刚
责任印制　李未圻
策划监制　小马 BOOK
内文制作　刘龄蔓

出版发行　华龄出版社 HUALING PRESS
社址　北京市东城区安定门外大街甲 57 号
邮编　100011
发行　010-58122255
传真　010-84049572
承印　定州启航印刷有限公司
版次　2024 年 5 月第 1 版
印次　2024 年 5 月第 1 次印刷
规格　880mm × 1230mm
开本　1/32
印张　14.75
字数　340 千字
书号　ISBN 978-7-5169-2632-1
定价　78.00 元